Peter Carey
Oscar und Lucinda

Roman

Aus dem Englischen übersetzt
von Dirk van Gunsteren

Klett-Cotta

Verlagsgemeinschaft Ernst Klett Verlag – J. G. Cotta'sche Buchhandlung
Die Originalausgabe erschien unter dem Titel
»Oscar and Lucinda« bei Faber & Faber, London

Printed in Germany
Schutzumschlag: Klett-Cotta-Design
Gesetzt aus der Aldus von Janß, Pfungstadt
Gedruckt auf holzfreiem und säurefreiem Werkdruckpapier
und gebunden von May + Co, Darmstadt

Die Deutsche Bibliothek – CIP-Einheitsaufnahme
Carey, Peter
Oscar und Lucinda : Roman / Peter Carey. Aus dem Engl.
übers. von Dirk van Gunsteren. – Stuttgart : Klett-Cotta, 1991
Einheitssacht.: Oscar und Lucinda ⟨dt.⟩
ISBN 3-608-95682-4

Für Alison Summers
mit all meiner Liebe

1
Die Kirche

Wenn ein Bischof in der Gegend war, lud meine Mutter ihn zum Tee ein. Sie gab ihm nicht, wie man erwartet hätte, den Platz am Kopfende des großen ovalen Tisches, sondern vielmehr den in der Mitte der Längsseite, wo er, den Rücken zur Aussicht auf den Bellinger, den Blick auf die Wand richten konnte, an der hinter Glas die geheiligte Daguerreotypie von Hochwürden Oscar Hopkins (1841–1866), meinem Urgroßvater, hing.

Diese Bischöfe waren meist die Bischöfe von Grafton. Einmal war es ein Bischof von Wollongong, der auf der Durchreise war. Dann hatten wir einen Kanonikus und verschiedene andere Pfarrer, die ihre Amtsbrüder entweder besuchten oder sie ablösen sollten. Manchmal waren sie kurzsichtig oder unaufmerksam, und man mußte ihnen die Daguerreotypie über den Tisch reichen. Meine Mutter spreizte den kleinen Finger ab, wenn sie ihre Teetasse hob. Sie erzählte den Bischöfen nicht, daß der Collar, den mein Urgroßvater trug, ein Zeichen von Rebellion war. Sie sahen einen viktorianischen Geistlichen. Sie bemerkten den stocksteifen, geraden Rücken, die zusammengekniffenen Lippen, die spitzige Nase, den langgereckten Hals, und sie kamen, da gehe ich jede Wette ein, nie darauf, daß dies so war, weil Oscar Hopkins den Atem anhielt und versuchte, sich zwei Minuten lang nicht zu bewegen, während sonst – was für ein Zappelphillip! – keine Zehntelsekunde verging, ohne daß er sich am Knöchel kratzte oder die Beine übereinanderschlug.

Für mich war das klar, aber ich sagte nichts. Ich war angespannt und saß auf meinen Händen. Gleich würde der Bischof unsere großen Nasen sowie zahlreiche andere Hinweise, die das Gegenteil belegten, ignorieren und eine Bemerkung über unsere Ähnlichkeit mit diesem Pionier-Geistlichen machen. Aufgereiht hatte er uns vor sich: meine Mutter, meinen Bruder, mich, meine Schwester. Wir hatten rotes Haar und lange dünne Hälse wie verdrehte Gummibänder.

Meine Mutter gab sich gern der Vorstellung hin, sie habe Ähnlichkeit mit der Photographie. Ich hätte lieber wie mein Vater ausgesehen. Er war gar nicht so wie wir. Er war klein, hatte ein breites Gesicht, eine geschwellte Hühnerbrust. Er hatte Fältchen um die Augen und schiefe Zähne. Er lachte und furzte. Er konnte beim Kricket geschickt angeschnittene Bälle werfen. Er konnte einhändig Zigaretten drehen. Er war nicht wie wir, und wenn meine Mutter unserm Gast, dem Bischof, erzählte, wie Oscar die kleine Kirche von St. John nach Bellingen gebracht hatte, schnitzte mein Vater mit seinem breiten Fingernagel an einem Streichholz herum und sah durch die Fenster hinaus, wo das große Denkmal seiner Ehe, die Prinz-Rupert-Glashütte – damals, in den dreißiger Jahren, war das Dach leuchtend rot gestrichen –, hoch über dem Bellinger thronte.

Die Art, wie meine Mutter die Geschichte von der Kirche erzählte, war mir immer peinlich. Ihr Stil war geprägt durch ein Übermaß an Emotion. Irgend etwas stimmte nicht. Wir alle müssen es gewußt haben, aber es kam nie zur Sprache. Ich hätte sowieso nicht den Finger darauf legen können. In der Kirche war sie genauso: Ihre Antworten auf das Sanctus (»Heilig, heilig, heilig, Herr der Engel und der sieben Himmel«) waren laut und voll demonstrativer Demut. Über vieles machte mein Vater Witze, aber hierüber nie.

Mein Vater war eifersüchtig auf diese Kirche, obwohl es Ihnen, wenn Sie sie jetzt sehen könnten, schwerfallen würde, das zu begreifen. Sie steht auf einem immer wieder überschwemmten Stück Land am Sweet Water Creek bei Gleniffer – ein winziges Gebäude mit einem Wellblechdach und Wänden aus Schalbrettern. Fünfzig Jahre lang war sie in verschiedenen Brauntönen gestrichen gewesen, bis man ihr dann, im Jahr 1970, einen giftgrünen Anstrich verpaßt hatte. Mittlerweile ist die Farbe kreidig geworden, und die Kirche steht in diesem üppig blühenden Tal wie etwas, das von Flechten überwuchert ist. Sie duckt sich unter die lange Reihe der Keulenbäume, die dem Lauf des Flusses folgt. Hoch darüber, hinter dieser Linie, die der Fluß bildet, ragen die Berge schroff und tausend Meter hoch auf – die Rückwand des Tals und so steil, daß es keine Wege gibt, die hinaufführen, obwohl es heißt, irgendwo da oben sei eine alte Zinnmine, in der man im Zweiten Weltkrieg Frauen und Kinder vor den Japanern verstecken wollte. Ich war damals nicht dort, aber es kommt mir unwahrscheinlich vor. Ich habe vor langer Zeit gelernt, ländlichen Legenden zu mißtrauen. Bei der Historical Society wird man Ihnen beispielsweise erzählen, »Darkwood« heiße »Darkwood« wegen des dunklen Laubs, aber es ist noch gar nicht so lange her, da haben die Leute diese Gegend »Darkie's Point« genannt, und nicht sehr lange davor ist Horace Clarkes Großvater mit seinen Leuten dort hinaufmarschiert – das sollten sich alle alten Familien merken, wenn sie wieder einmal darüber streiten, wer in diesem Landkreis das Sagen hat – und hat einen ganzen Stamm Eingeborener – Männer, Frauen und Kinder – über die Klippe getrieben.

Das sind dieselben Leute, die jetzt wollen, daß die Kirche von St. John auf einem Tieflader weggefahren wird. Sie wollen, daß sie nach Bellingen gebracht wird, wo sie als Sonntagsschule dienen soll.

Was meinen Vater betrifft, so hätte er diese Idee gutgeheißen. Er war, wie ich schon sagte, eifersüchtig auf die Kirche. Ihm gefiel es nicht, daß meine Mutter sie als ihr Eigentum betrachtete. Vielleicht wäre es etwas anderes gewesen, wenn sie in Bellingen gestanden hätte. Aber Gleniffer liegt zehn Meilen von Bellingen entfernt. Für meine Mutter kam ein Gottesdienst in Bellingen nicht in Frage. Sie mußten mit dem Wagen nach Gleniffer fahren. Während des Krieges ging ihre ganze Benzinzuteilung für die Fahrten zur Kirche drauf. Wir alle wurden dort getauft und konfirmiert. Ich wurde dort getraut. Als mein Vater starb, wurde er zum Trauergottesdienst zehn Meilen weit nach Gleniffer getragen und anschließend wieder zehn Meilen zurück zum Friedhof.

Mein Vater betrank sich nicht, aber einmal, als er zwei Bier getrunken hatte, erzählte er mir, daß meine Mutter um die Kirche von St. John herumging wie ein Hund, der einen Zaun bepinkelt.

2
Der Adventskranz

Mein Vater konnte die Taschenlampe nicht nehmen, weil ich sie in der Nacht zuvor ins Plumpsklo hatte fallen lassen. Ich hatte gesehen, wie sie unterging – ihr Strahl hatte noch durch das trübe, faszinierende Meer aus Urin und Kot geleuchtet. Mein Vater war nicht, wie bei einer früheren Gelegenheit, gekommen und hatte sie wieder herausgefischt.

Darum konnte er, als in der Nacht darauf während des Gewitters das Licht ausging, nicht mit der Taschenlampe im Sicherungskasten nachsehen. Überall rings um uns her zuckten Blitze. Wenn sie irgendwo weiter entfernt in die Leitung einschlugen, gab das Telephon kleine, klägliche Klingelgeräusche von sich. Wir nahmen an, die Sicherungen seien infolge einer Überspannung im Leitungsnetz durchgebrannt. Mein Vater ging mit einer Kerze hinaus auf die Veranda. Die Kerze wurde ausgeblasen. Als er wieder ins Haus kam, hatte er die Sicherung nicht dabei.

Schweigend saßen wir um den Küchentisch.

Mein Vater sagte: »Wo ist der Draht für die Sicherung?«

Ich war zehn Jahre alt. Ich saß neben meiner Mutter. Meine Schwester war sechzehn; sie saß neben mir. Mein Bruder war vierzehn; er saß neben meiner Schwester.

»Ich hab ihn verbraucht«, sagte meine Mutter. Die Leute bezeichneten sie als groß. Das war sie nicht. Sie war nicht größer als einen Meter fünfundsechzig, aber sie besaß einen eisernen Willen und ein mißtrauisches Wesen, und das war, in Verbindung mit ihrer Macht als Eigentümerin der Glashütte, eine Kombination, die Größe verlieh.

Ich konnte die qualmende Kerze riechen. Obwohl mein Vater sie in der Hand hielt, konnte er sie, wie ich wußte, nicht riechen. Er besaß keinerlei Geruchsempfindung.

»*Wofür* hast du ihn verbraucht?« Ich konnte meinen Vater nicht sehen. Ich wartete auf nächsten Blitz. »Wofür?« Er hatte eine rauhe Stimme. Das hatte irgend etwas mit dem Verlust seiner Geruchsempfindung zu tun. Jeden Morgen spülte er sich die Nase mit Salzwasser aus. Er fragte oft: »Riecht sie?« »Sie« war seine Nase.

»Ich hab ihn«, sagte meine Mutter, »für den Adventskranz verbraucht.«

Nicht die Spur einer Entschuldigung lag in ihrer Stimme. Blitze tapezierten die Küche mit weißen Laken. Meine Mutter hatte ihren Kopf zu jener hochmütigen Pose schiefgelegt, die ihr, nach der Familienmythologie, angeblich Ähnlichkeit mit einem Kamel gab.

Ich hielt die Luft an. Ich war es gewesen, der meiner Mutter bei diesem Adventskranz geholfen hatte. Es hatte weder Stechpalmenzweige noch Efeu gegeben, aber ich hatte grüne, glänzende Kampferblätter aufgetrieben. Ich wußte, sie hatte nicht nur den Sicherungsdraht, sondern auch den Maschendraht der Kaninchenställe meines Bruders verbraucht. Die Kaninchen waren jetzt in Schuhkartons im Wäscheschrank. Sie dachte nicht daran, daß sie dort alles vollpissen würden. Sie kam gar nicht auf den Gedanken.

Mein Vater zündete die Kerze an. Er kam nicht an den Tisch. Er ging nicht zurück zur Tür. Er stand mitten im Raum.

»Wo ist er?« fragte er.

»In der Kirche«, sagte meine Mutter. »Bitte, David, setz dich hin.«

»In welcher Kirche?«

»Das ist doch egal.«

»Mir ist es nicht egal.«

Ich kann gar nicht sagen, wie beängstigend das war. Sonst sprach mein Vater nicht so. Er mochte es, wenn das Leben ruhig dahinging. Selbst als er starb, versuchte er, es so zu tun, daß meiner Mutter Aufregung erspart blieb.

»St. John.«

Natürlich, St. John. Wo hätte er wohl sonst sein sollen? Aber aus irgendeinem Grund schien diese Mitteilung meinen Vater zu empören. Er faßte sich an den Kopf. Er stellte die Kerze auf den altmodischen Eiskasten, wo sie prompt wieder ausging.

»Himmelherrgott«, sagte er. »Jesses, Maria und Joseph und die ganze verdammte Engelsschar.«

In Lichtschein des Blitzes sah ich, wie meiner Schwester der Unterkiefer herunterklappte.

Meine Mutter stand auf. Sie machte nie sanfte oder langsame Bewegungen. Sie stand so abrupt auf, daß ihr Stuhl hintenüber fiel. Er knallte auf den Boden. Das Telephon klingelte – zwei kurze Meckerer, dann hörte es auf.

»Auf die Knie«, sagte meine Mutter. Sie wollte, daß Gott meinem

Vater seine Blasphemie vergab. Wir verstanden, was sie wollte, aber wir befanden uns auf fremdem Territorium. Nur »Scheidung« hätte mir mehr Angst einjagen können, nur »Sex« wäre peinlicher gewesen.

»Auf die Knie«, schrie sie schrill.

Später war uns klar, daß sie sich wie ein Dragonerleutnant benahm. Aber als wir noch Kinder waren, hatten wir zu viele verwirrende Gefühle. Hauptsächlich wollten wir, daß sie uns liebte. Also gingen wir hin und knieten neben ihr nieder, sogar mein Bruder, obwohl er gern lange aufblieb und sich mit meinem Vater über Kricket unterhielt.

Dann kniete sich auch mein Vater hin.

Wir knieten auf dem harten Linoleum-Fußboden. Mein Bruder weinte leise.

Das Licht ging wieder an.

Ich blickte auf und sah den steinernen, funkelnden Triumph in den Augen meiner Mutter. Noch auf dem Sterbebett war sie davon überzeugt, daß Gott die Sicherung repariert hatte.

3
Weihnachtspudding

Es hätte keine Kirche in Gleniffer gegeben, wäre da nicht ein Weihnachtspudding gewesen. Es hätte am Ufer des Bellinger keine Daguerreotypie von Oscar Hopkins gegeben. Ich wäre nicht geboren worden. Es gäbe keine Geschichte zu erzählen.

Es war kein normaler Weihnachtspudding. Es war ein sehr kleiner Pudding, nicht größer als ein Tennisball. Er bestand aus zwei Teelöffeln kandierten Kirschen, drei Dessertlöffeln Rosinen, der Schale einer Orange sowie dem Saft dieser Frucht, einer halben Tasse Mehl, einer halben Tasse Nierenfett und einem Schuß Brandy, und man hätte wohl kaum vermutet, dies sei, abgesehen von der Größe, eine solche Abnormität, wäre da nicht der Umstand gewesen, daß er im Haus meines Ururgroßvaters Theophilus Hopkins in Hennacombe, Devonshire, England, zubereitet worden war.

Theophilus Hopkins war ein Mann von bescheidener Berühmtheit. Sie können ihn in der *Encyclopedia Brittanica* von 1860 nachschlagen. Sie werden darin drei ganze Spalten über seine Korallen und Korallenalgen, seine Seeanemonen und Seesterne finden. Über den Mann selbst steht dort nichts sonderlich Brauchbares. Der Artikel verrät Ihnen nichts darüber, was für ein Mensch er war. Sie könnten ihn dreimal lesen und würden nie darauf kommen, daß mein Ururgroßvater Weihnachtspudding gegenüber eine eigenartige Einstellung besaß.

Er war ein dunkelhaariger, drahtiger Witwer, vierzig Jahre alt, außen hart und stachlig, mit einem vollen Bart und kompakten Muskeln, und doch war er auch ein weicher Mann. Man konnte diese Weichheit beben spüren. Er war ein Sensualist, der leidenschaftlich daran glaubte, daß er in den Himmel kommen würde, daß der Himmel jede vorstellbare irdische Freude überstrahlte und sich als eine weite, silberne Fläche über die endlosen Räume der Ewigkeit spannte. Gegenüber seinen vergänglichen Empfindungen stählte er sich wie ein Soldat der königlichen Leibwache – in der Kneipe ein witziger Mensch und fröhlicher Zecher –, der keine Miene verziehen darf, wenn Fliegen über seine Augenlider krabbeln. Er gehörte zu den Plymouthbrüdern, und er fand – an dieser besonderen Einstellung ist nichts Verrücktes –, die Feste der christlichen

Kirche seien keineswegs christlich. Sein Problem war sein Temperament, doch ist dieses Wort irreführend. Sein Problem war seine Leidenschaft. Die armselige Hülle seines Körpers vermochte sie kaum zu bändigen, und jedes Jahr zu Weihnachten konnte er sich nur unter Aufbietung aller Kräfte beherrschen. Meistens setzte er seine Leidenschaft konstruktiv ein – er war Prediger, und sein großes Talent bestand darin, die Zuhörer an seinen Gefühlen teilhaben zu lassen. Er weigerte sich, das Wort »Weihnachten« zu gebrauchen. Er nannte es »Julfest«. Er hatte seine kleine Gemeinde aus Landarbeitern, Dachdeckern, Wildhütern, Köhlern, Fischern – all diese ernsthaften Leute im strahlend weißen Sonntagsstaat, die, wenn überhaupt, nur langsam, mit dem Finger auf jedem Wort, lesen konnten – so davon überzeugt, daß Weihnachten nicht nur ein heidnisches, sondern obendrein papistisches Fest sei, daß sie am Weihnachtstag auf den Feldern und Straßen ihrer Arbeit nachgingen wie an jedem anderen Tag auch. Ihre Nachbarn, die Baptisten, lachten über sie. Ihre Nachbarn, die Baptisten, würden in der Hölle schmoren.

Oscar war fünfzehn, ein Alter, in dem Jungen widerborstig und verschlossen sind. Dennoch zog er die Ansichten seines Vaters nicht in Zweifel. Er wußte, daß sein Seelenheil gesichert war, und wenn er am Feuer aus der Bibel vorlas, deutete er sie nicht anders als der Mann, der an dem kleinen Rost rüttelte und ständig in den Kohlen stocherte. Sie beide lasen die Bibel, als wäre sie der Bericht eines gewissenhaften Naturforschers. Wenn in der Bibel etwas von einem Tier mit vier Gesichtern oder von einem Mann mit den Zähnen eines Löwen stand, so glaubten sie das.

Aber an diesem besonderen Weihnachtstag im Jahr 1856 hatten sie ein zweites Dienstmädchen, während sie vorher nur eines gehabt hatten. Das erste war die dicke, geschäftige Mrs. Williams, die sich immer, wenn sie sich aufregte, mit einer Schildpattbürste über ihr Krähennest aus eisengrauen Haaren fuhr. Sie war seit fünfzehn Jahren bei der Familie – zehn Jahre in London und fünf Jahre in Devonshire. In Hennacombe bürstete sie ihr Haar häufiger. Sie stritt mit dem Metzger und mit dem Fischhändler. Sie schwor, die salzige Luft sei schlecht für ihren Katarrh, aber es war – wie sie sagte – »zu spät, um sich noch zu verändern«. Sie blieb, und obwohl sie nicht »errettet« war und sich manchmal eines ihrer Haare im Rührei fand, war sie ein Bestandteil ihres Lebens.

Das zweite Dienstmädchen aber war nicht nur nicht »errettet«.

Man konnte sie noch nicht einmal als »Suchende« bezeichnen. Sie war Anglikanerin und aus Barmherzigkeit aufgenommen worden, nachdem ihr Mann, ein Eisenbahnarbeiter, sie hatte sitzenlassen und ihr zwei Pfarrbezirke die Armenfürsorge verweigert hatten – beide mit der Begründung, für sie sei die andere Gemeinde zuständig. Und sie, die sommersprossige Fanny Drabble, steckte hinter diesem Weihnachtspudding. Sie hatte weiße, knochige Hände mit krebsroten Knöcheln, und hinter ihr lag ein hartes Leben in wackligen Buden und Hütten aus Grassoden, die neben den Gleisen standen, welche die trinkfreudigen Arbeiter legen halfen. Ihr kleines Kind war gestorben. Das einzige Kleidungsstück, das sie besaß, war ein dünnes Baumwollkleid. An ihrem ersten Morgen fiel ihr ein Zahn aus. Aber sie war empört, als sie entdeckte, daß Oscar nicht wußte, wie ein Weihnachtspudding schmeckt. Mrs. Williams wurde – obwohl sie es hätte besser wissen sollen – von Fanny Drabbles teesüßer Flutwelle der moralischen Entrüstung mitgerissen. Der Kleine muß doch wissen, wie Weihnachtspudding schmeckt, und was der Herr nicht weiß, macht ihn nicht heiß.

Fanny Drabble wußte nicht, daß dieser Pudding »das Fleisch« war, »von dem die Götzen essen«.

Es war nur ein kleines Haus, aber es war aus dicken Devonshire-Kalksteinblöcken gebaut. Man spürte, selbst wenn man am Ofen saß, den kalten, kalkigen Geruch der Steine hinten in der Nase. In der Küche konnte man kein Wort von dem verstehen, was im winzigen Eßzimmer nebenan gesprochen wurde. Es war ein beengtes Haus, mit niedrigen Türstöcken und tückischen Schwellen und Stufen zwischen den Zimmern, über die man stolpern konnte, aber dennoch war es ein gutes Haus für Geheimnisse. Und weil Theophilus die Küche nicht betrat (vielleicht weil Mrs. Williams dort auch schlief, und zwar auf einer Bank neben dem Herd), hätten sie Götzenbilder anfertigen können, ohne dabei ertappt zu werden.

Aber Oscar gefiel es in der Küche. Er mochte den trockenen, mehligen Geruch, und er holte Wasser und rüttelte am Herdrost und saß auf dem Tisch, wenn Mrs. Williams den Steinboden schrubbte. Bald wußte er, was sich hier tat. Er sah Kirschen und Rosinen. Normalerweise gab es im Haushalt keine Rosinen. Eine Kirsche hatte er noch nie gesehen. Es wurde erwartet, daß sich das Essen am Weihnachtstag nicht von dem an anderen Tagen unterschied.

Theophilus hatte Mrs. Williams in sein Studierzimmer hinaufkommen lassen. Da dieses Studierzimmer gleichzeitig das Unterrichtszimmer war, hörte Oscar die Anweisungen. Sein Vater drückte sich sehr präzise aus. Es entsprach seinem Wesen, präzise zu sein. Bei jeder Unternehmung, an der er teilnahm, achtete er auf die winzigsten Details. Wenn er eine Seeanemone zeichnete, konnte man sicher sein, daß er kein Härchen auf einem Tentakel wegließ. Die Kartoffeln, sagte er, hätten von »ansehnlicher bis durchschnittlicher Größe« zu sein. Er wünsche einen halben Kopf King-George-Kohl, und so weiter.

In der Küche aber kneteten die Verräterinnen Nierenfett unter den Teig, maßen Rosinen und Sultaninen ab, schälten eine kostbare Orange. Oscar saß neben dem Blasebalg und pumpte, bis der Kessel so laut sang, daß man den Choral, den Fanny Drabble summte, kaum hören konnte. Mrs. Williams rannte die Treppe hinauf wie ein Derwisch, der ablenken und Verwirrung stiften will. Sie schuf einen Schutzschirm aus Staub, einen Wirbel aus Putzlumpen. Sie bürstete sich ihr Haar auf der Vordertreppe und sah dabei durch die tropfnassen grauen Zweige und den rostbraunen Adlerfarn hinaus auf das kalte graue Meer. Sie ging zur Rückseite des Hauses, am Brunnen vorbei, und warf die Haare auf den Komposthaufen. Oscar wußte, daß Mrs. Williams' Haare nicht verrotteten. Er hatte mit einem langen Stock herumgestochert und sie gefunden. Zuerst waren sie schleimig gewesen, aber man konnte sie unter der Pumpe abspülen, und wenn der ganze Schleim abgewaschen war, sah man, daß sie so gut wie neu waren. Es war genauso, wie Mrs. Williams es ihm prophezeit hatte. Er war überrascht gewesen, daß sie recht gehabt hatte. Sein Vater hielt nicht viel von Mrs. Williams' Überzeugungen. Sie dachte nicht wissenschaftlich. Sie sagte, es gebe Männer, die Gräber aufbrachen, nur um die Haare der Toten zu stehlen. Diese machten sie dann bei Haarhändlern zu Geld, die sie wuschen und sortierten und an Leute verkauften, die Perücken und Locken und Zöpfe zum Aufstecken daraus anfertigten. An jedem Haar sei noch die Wurzel – »Friedhofshaar« werde es genannt. Mrs. Williams lebte in ständiger Angst um ihr Haar. Sie war fest davon überzeugt, daß es, wenn auch vielleicht nicht in Hennacombe, so doch in Teignmouth und Newton Abbot, »abgefeimte Schurken« mit scharfen Rasiermessern gab, die immer auf dem Sprung waren, einer Frau das Haar vom Kopf zu stehlen. Sie bürstete ihr Haar auf der Treppe und im Studierzimmer im ersten Stock.

Jedesmal zupfte sie dann die losen Haare aus der Bürste, bog sie zu einer Schlinge, verknotete sie und steckte sie in die Schürzentasche. An dem Tag, an dem sie den Weihnachtspudding kochten, tat sie das noch häufiger als sonst. Als Naturforscher fiel das Theophilus vielleicht auf.

Sie sagten Oscar nichts von dem Weihnachtspudding, aber er wußte es trotzdem. Er weigerte sich zu wissen, daß er es wußte. Dennoch bohrte sich dieses Wissen tief in sein Bewußtsein. Es war ein Sonnenstrahl in einem Raum mit zugezogenen Vorhängen. Staub tanzte in den Luftwirbeln. Nichts stand still. Als Oscar am Weihnachtstag sein Mittagessen aß, schmerzten seine Beine vor Aufregung. Er kreuzte die Knöchel und umklammerte Messer und Gabel. Er lauschte angestrengt nach der offenen Küchentür hin, aber es war nichts zu hören außer seinem Vater, der beim Essen durch die Nase atmete.

Oscar besaß ein kleines Tablett aus Holz, das in winzige Fächer unterteilt war. Diese sollten Käfer oder Muscheln aufnehmen. Oscar bewahrte Knöpfe darin auf. Es waren Knöpfe, die seiner Mutter gehört hatten, obwohl ihm das niemand gesagt hatte. Es waren nicht die Knöpfe seines Vaters. Es gab kleine, runde, die aussahen wie Marienkäfer und anstelle der Beine eine Messingöse hatten. Es gab andere aus Glas. Es gab Metallknöpfe mit vier und Perlmuttknöpfe mit zwei Löchern. Er ließ diese Knöpfe exerzieren, wie andere Jungen Zinnsoldaten exerzieren ließen. Er ließ sie in Reih und Glied antreten. Er gab ihnen Befehle. Er zählte sie durch. Es waren fünfhundertundsechzig Knöpfe. Manchmal, wenn er sie neu ordnete, bekam er Kopfschmerzen.

Am Weihnachtstag sagte sein Vater zu ihm: »Wie ich sehe, hast du deine Knöpfe neu geordnet.«

Die Knöpfe lagen auf der Fensterbank. Es war eine tiefe Fensterbank. Mrs. Williams hatte das Tablett mit den Knöpfen dorthin gestellt, als sie den Tisch deckte.

»Ja, Vater«, sagte Oscar.

»Das taxonomische Prinzip dabei ist die Farbe. Das Spektrum geht von links nach rechts, wobei die Größe das zweite Ordnungskriterium ist.«

»Ja, Vater.«

»Sehr gut«, sagte Theophilus.

Oscar kratzte seinen Teller mit Stew sauber. Er trank sein Glas Wasser aus. Er beugte wie sein Vater den Kopf und dankte dem Herrn für das, was Er ihnen gegeben hatte. Und als Mrs. Williams kam und ihn fragte, ob er ihr bitte helfen würde, Weizenkleie unter das Schweinefutter zu mischen, folgte er ihr flink und leise – ein zarter, blasser Junge mit goldenem Haar. Er dachte an seine Knöpfe und nicht an das, was er tat.

Die beiden Frauen standen nebeneinander wie Krüge auf einem Regalbrett. Die eine war dick und bemehlt, die andere dünn und sommersprossig, aber ihre lächelnden Münder glichen sich wie Spiegelbilder, und sie hatten ihre Hände genau gleich vor dem Bauch gefaltet.

Sie hatten »es« auf einen Teller gegeben. Sie hatten es in Viertel geteilt und mit einer herrlichen Eiercreme übergossen. Mrs. Williams schob ihre Bürste tiefer in die Schürzentasche und hielt ihm den Pudding hin. Sie bewegte den Teller so schnell durch die Luft, daß der Löffel zurückblieb und klirrend auf den Steinboden fiel.

Mrs. Williams hielt inne, aber Fanny Drabble zischte: »Laß!« Sie stieß den heruntergefallenen Löffel mit dem Fuß weg und gab Oscar einen neuen. Sie hatte plötzlich Angst, entdeckt zu werden.

Oscar nahm den Löffel und aß im Stehen.

Einen so köstlichen Geschmack hätte er sich nie träumen lassen. Er ließ den Bissen im Mund zergehen, bewahrte diesen Schatz auf der Zunge.

Er blickte auf und sah, wie die spiegelbildlich lächelnden Münder breiter wurden. Fanny Drabble senkte ihr Kinn auf die Brust. Auch Oscar lächelte, er lächelte beinahe verträumt und war gerade dabei, den Löffel, in Erwartung von mehr, zum Mund zu führen, ja er hatte den zweiten Bissen schon in den Mund gesteckt, als hinter ihm die Tür quietschte und Theophilus mit großen Schritten über den Steinfußboden auf ihn zustürzte.

Er sah es nicht. Er spürte es. Er spürte den Schlag auf den Hinterkopf. Sein Gesicht flog nach vorn. Der Löffel schlug gegen seine Zähne. Der Löffel fiel zu Boden. Eine große, schwielige Hand packte seinen Hinterkopf, und eine andere umschloß seinen Unterkiefer. Er versuchte zu schlucken. Ein zweiter Schlag traf ihn. Er spuckte aus, was er ausspucken konnte.

Theophilus benahm sich, als wäre sein Sohn vergiftet worden. Er zerrte ihn in die Spülküche und zwang ihn, Salzwasser zu trinken. Er preßte ihm das Glas so fest an den Mund, daß seine Lippen schmerzten.

Oscar würgte und wand sich. Die Augen seines Vaters blickten wild. Sie sahen ihn nicht. Oscar trank. Er trank noch einmal. Er trank, bis er sich in den Eimer mit dem Schweinefutter übergab. Als das vorüber war, warf Theophilus den Rest des Puddings ins Feuer.

Oscar war noch nie zuvor geschlagen worden. Er konnte es nicht ertragen.

Sein Vater hielt ihm eine Predigt. Oscar glaubte ihm nicht.

Sein Vater sagte, der Pudding sei die Frucht des Satans.

Aber Oscar hatte von dem Pudding gekostet. Er hatte nicht geschmeckt wie die Frucht des Satans.

4
Nach dem Pudding

Sein Sohn war zierlich und hatte einen langen Hals. Er war leicht, ein Luftwesen, er war aus den Schwungfedern eines Vogels gemacht. Er war weiß und zerbrechlich. Er hatte ein dreieckiges Gesicht, eine schmale Nase, geschwungene Lippen, ein zartes, spitzes Kinn. Die Augen waren so klar und schutzlos wie eine eben geschälte Frucht. Es war ein Gesicht, das einem vollständig vertraute, das einem im selben Augenblick, da es einem die ganze Last der Verantwortung für seinen Schutz auflud, leicht ums Herz werden ließ. Es war ein so offenes Gesicht, daß man Gott im selben Augenblick, da man begann, um seine Sicherheit in dieser Welt zu fürchten, für diesen Mangel an Arglist dankte. Nicht einmal das rote Haar, dieses krause Nest, das nach außen wuchs, waagrecht wie ein windgepeitschter Baum in einem italianisierten Gemälde, nicht einmal dieses Haar deutete auf irgend etwas hin, das soviel Selbstschutz versprach wie etwa »Zorn«.

Er hätte ihn nicht schlagen sollen.

Schon als er es getan hatte, hatte er das gewußt, schon als er gespürt hatte, daß er wie der Wind durch die kohldunstige Küche fuhr, die mit steifen, stummen Kleiderpuppen bevölkert war. Er sah Mrs. Williams nach ihrer Bürste greifen. Er sah Fanny Drabble die Hand heben, um ihren offenen Mund zu verdecken. Als er die Überreste der widerwärtigen Süßspeise im Feuer zischen hörte, wußte er, daß er seinen Sohn nicht hätte schlagen sollen.

Theophilus sah die zwei blauen Flecken, die er seinem Sohn am Hals beigebracht hatte. Sie stammten vom Zangengriff seines Daumens und Zeigefingers. Er bereute diese Verletzung, aber was war ihm anderes übriggeblieben? Der Junge hatte die Haut seiner Mutter. Auf diese Haut hatte ein Dr. Hansen in einer Praxis in Pimlico aus einer 15-ml-Pipette Salpetersäure geträufelt. Hatte der Junge im Wartezimmer ihren Aufschrei gehört? Sie hatte Krebs gehabt, und Hansen hatte die Wucherung auf diese Art entfernt, mit Säure, die er auf ihre zarte Haut tropfen ließ. Was sie schließlich entfernt hatten, war ein Klumpen gewesen, der von all diesen Schmerzen dunkel und hart gewesen war. Sie war trotzdem gestorben.

Er hatte seinen Sohn noch nie geschlagen. Sie hatten einander Halt gegeben, schweigend, denn sie hatten ihren Schmerz nicht mit Worten berühren wollen. Sie waren allein in einem Land, in dem sie nicht zu Hause waren. Sie saßen auf der roten Erde von Hennacombe wie zwei Stadtvögel aus London. Wenn der Vater in Gedanken versunken vor sich hin starrte, hockte sich der Junge, ein unordentliches Bündel aus schlaksigen Gliedern eines Heranwachsenden, wortlos neben ihn und umfaßte das Knie und die schwielige Hand seines Vaters. Sie waren verbunden durch die Bande des Blutes, durch die fundamentalistische Gewißheit einer abtrünnigen Sekte und durch diese tote Frau, über die sie nicht offen sprechen konnten.

Er hatte ihre Kleider ins Meer geworfen. Er war vor Wut und Trauer halb besinnungslos gewesen. Er hatte den Jungen in seinem Bett liegen lassen und war mit ihren nach Lavendel duftenden Kleidern – er hatte sich nicht die Mühe gemacht, sie von den Kleiderbügeln zu nehmen – durch den Einschnitt zwischen den Hügeln zum Meer gerannt. Das Meer hatte sie mitgenommen wie Seegras und dann wieder zurückgeworfen. Er hatte sie aus dem Wasser gezerrt und nach einer Strömung gesucht. Das Meer hatte die Kleider nicht haben wollen.

Der kleine Oscar, der in seinem Nachthemd aus Baumwollflanell wie ein Geist dagestanden hatte, war es gewesen, der ihn schließlich zur Besinnung gebracht hatte.

Sie hatten nie darüber gesprochen, aber in ihren stummen Blicken verstanden sie einander und sagten Dinge, die auszusprechen undenkbar gewesen wäre.

Mrs. Williams begann ihr Haar zu bürsten. Breit und groß stand sie da, die weiße, gestärkte Schürze wölbte sich über ihrem Bauch, und sie bürstete die Masse ihres krausen grauen Haars, das nie in Form bleiben wollte. Sie beugte sich ein bißchen vor, damit sie dabei aus dem Fenster sehen konnte, das auf das Meer ging. Brisch, brisch, brisch. Sie bürstete, als wäre sie allein in ihrem Zimmer. Und wirklich bürstete sie sich mit einer solchen Überzeugung, daß sie sich ein kleines Zimmer schuf, einen kleinen Glaskäfig, der in der Küche stand. Er hatte eine Tür und ein Schloß, und man durfte ihn nicht betreten.

»Also«, sagte Theophilus. Er rüttelte am Rost des Küchenherdes. Keiner wagte ihm zu sagen, daß er zu lange rüttelte und Kohlen durch den Rost fielen. Ein langes Haar von Mrs. Williams landete auf seinem

Kopf. Er spürte es nicht. Fanny Drabble sah es, traute sich aber nicht, es wegzunehmen.

»Also«, sagte er und rüttelte immer noch, vor und zurück, vor und zurück. »Als guter Helfer wirst du, Master Hopkins, die Eimer heraufholen.«

»Lassen Sie mich sie holen, Sir«, sagte Fanny Drabble, der übel war, so übel, daß sie sich ebenfalls fast übergeben mußte. Sie wußte, daß ihre Stellung in Gefahr war. Sie wußte, daß es irgend etwas mit dem Pudding zu tun hatte, aber was dahintersteckte, vermochte sie nicht zu ergründen. »Ach, bitte«, sagte sie. »Lassen Sie mich gehen, Sir.« Und sie zupfte das graue Haar von seinem Kopf. Sie konnte nicht anders.

»Nein«, sagte Theophilus Hopkins. Er bemerkte nicht, daß das Haar fort war. Er rüttelte weiter am Rost, rein-raus, rein-raus. »Das ist nicht nötig, Mrs. Drabble. Master Hopkins und ich werden einige Musterexemplare sammeln.«

Er sah sie an. Sie verstand den Blick nicht, den sie sah. Er schien ihr schwach und wäßrig. Er paßte nicht zum Klang der Stimme.

»Aber Sir«, sagte Fanny Drabble, die endlich das Gefühl hatte, nun dürfe sie sich bücken und den Löffel aufheben, »es ist doch Weihnachten.«

Da erst wandte Theophilus seinen Kopf so weit, daß er seinem Sohn in die Augen sehen konnte. Und da erst ging ihm auf, welchen Schaden er angerichtet hatte.

»Weihnachten«, sagte sie beschwörend, »und die Leute sagen, in Exeter sind die Kessel geplatzt von all der Kälte.«

Als Theophilus sie ansah, verriet sein Gesichtsausdruck, was er gerade gesehen hatte. Sein Gesicht hatte nichts mit Mrs. Drabble zu tun.

»Weihnachten«, sagte sie mit weicher Stimme und wußte nicht, was sie tat.

»Manche nennen es so«, sagte Theophilus und trat von dem Rost zurück. Er streckte die Hand aus, so daß sie ihm den Löffel geben mußte. Sie legte ihn in seine Hand. »Manche nennen es so, aber niemand, der in meinen Diensten steht.«

Ja, dachte Fanny Drabble, und was für ein widerlicher, liebloser Mistkerl du doch bist.

5
Ein Gebet

Oscar hatte Angst vor dem Meer. Für ihn roch es nach Tod. Wenn er an diesen »Tod« dachte, dann war das nicht ein einzelnes Ding, das man mit einem einzelnen Wort hätte benennen können. Es war keine losgelöste Wesenheit. Es zerbrach und flog in Stücke, wimmelnd wie ein Schwarm Fische, splitternd wie Glas. Der Tod besuchte ihn wie ein Gespenst in einem Traum, er verwandelte ihn, er war aus dem Urstoff gemacht, er nahm ihn in die Arme, er war liebevoll, war eben noch kalt und naß wie das Ölzeug seines Vaters, so daß er zurückfuhr und im Schlaf aufschrie und das fest zusammengeknäuelte Bettuch aus Flanell an den Bauch preßte, und dann war er manchmal warm und weich und trug das geistesabwesende Lächeln seiner Mutter.

In den Muscheln am Strand sah er die Wunder, die zu benennen, zu sezieren, zu töten die Lebensaufgabe seines Vaters war. Er sah auch Kadaver, Gerippe, tote Wesen. Wesen, die keine Seele besaßen. Wenn das Meer wirre Knäuel aus Seegras anspülte, dachte er an Pullover mit leeren Ärmeln. Er holte die Eimer von dort, wo sie seit dem Herbst hingen: von der Rückseite des Hauses, neben dem Brunnen. Er mochte es nicht, wenn das Meer seine Knöchel umspülte. Der leichte, gekräuselte Schaum fühlte sich auf seiner Haut wie stählerne Fußfesseln an. Er legte seine feingliedrigen Hände auf die Magengrube und stand, das Gesicht kalkweiß und wie aus Stein gemeißelt, stocksteif und reglos da wie ein Tier, das sich vor dem Blick eines Raubtiers unsichtbar machen will.

Mrs. Williams stürzte sich mit Pullovern auf ihn. Sie ließ ihn vier davon anziehen und half ihm auf ihre atemlose, ungeduldige Art, wobei sie versehentlich an seinen Haaren zog und beim Überstreifen des zweiten den Ärmel des ersten hinaufschob und so weiter, bis er schließlich ein stämmiges, plumpes Wesen mit einer mächtigen wollenen Brust war.

Sie sah ihm nicht in die Augen und erwähnte den Pudding mit keinem Wort.

»Was wird jetzt mit ihr?« fragte Oscar.

Mrs. Williams zerbrach sich nicht den Kopf über Fanny Drabble. Sie machte sich Sorgen um ihre eigene Zukunft. Sie holte die Bürste aus der Schürzentasche und versuchte, Oscars Haar in Ordnung zu bringen. Es war genauso schlimm wie ihr eigenes. Oscar wand sich unter den spitzen Borsten.

»Nein. Ich will das nicht«, sagte Oscar und war überrascht, daß Mrs. Williams aufhörte.

»Dann geh«, sagte Mrs. Williams und gab ihm die Eimer und das aufgerollte Seil. »Geh schwimmen«, sagte sie tückisch. Sie wußte, daß er Angst vor dem Meer hatte. Er trug seine Angst zusammengeknäuelt und verheddert in sich, wie andere Jungen Bindfäden und Zwirn in ihren Hosentaschen voller Krümel haben. Niemand hätte ihm diese Angst angemerkt. Sie hätten ihn für munter, fröhlich, hilfsbereit, höflich gehalten. Und das war er auch. Gewiß, er war sehr religiös, aber nicht auf die düstere Art. Wenn er von Gott sprach, dann mit schlichten Worten und voller Freude. Sein Gesicht paßte besser zu dem, was der Herr des Hauses glaubte, als das des Herrn des Hauses selbst.

Mrs. Williams sah ihm ins Gesicht und suchte dort die Angst. Sie konnte sie nicht finden. Da war etwas anderes, aber er wollte ihr nicht zeigen, was es war.

Dieses andere war Wut.

Sein rechtes Ohr brannte und schmerzte noch von dem Schlag. Er folgte seinem Vater durch das Eingangstor (er stieß dagegen – er stieß immer dagegen) und den steilen und matschigen Pfad zum Meer hinunter (er zählte seine Schritte – er zählte immer die Schritte), und dabei preßte er seine Wut fest an sich wie einen Dolch. Er machte kleine Schritte, damit die richtige Zahl herauskam. Er trug sechs Eimer aus Metall, drei Jutesäcke und ein aufgerolltes Seil, und die Eimer schlugen gegen seine zerkratzten blauen Schienbeine. Seine Strümpfe fanden nicht genug Wade, um sich festzuhalten; sie waren faltig und über den glänzenden braunen Schnürstiefeln mit rotem Matsch verschmiert. Er hatte sich bereits den Hosenboden seiner Knickerbockers an einer Brombeerranke zerrissen, und auf seiner wollenen Hemdhose war noch mehr roter Matsch. Jeder konnte sehen, daß er ein Junge war, dessen Schulbücher zerfleddert und verschmiert waren. Zählend rutschte und stolperte er den Pfad hinunter zum Meer.

Es war nicht die Meeresbiologie, die Theophilus dazu brachte, diesen Pfad hinunterzugehen und brusttief im eiskalten Wasser zu stehen. Gewiß, er war Naturforscher und würde Musterexemplare sammeln.

Aber jetzt hatte ihn die Leidenschaft gepackt, Zeugnis abzulegen. Er grub die Nägel in die Handflächen. Er richtete sich hoch auf, indem er an dem imaginären Faden zog, der am Mittelpunkt seines Schädels befestigt war. Er würde ganz Hennacombe – und ganz besonders seinem Sohn – zeigen, was ein echter Christ von Weihnachten hielt. Sein Atem ging flach, und auf seinem Gesicht lag ein Ausdruck, den ein Fremder für ein Lächeln hätte halten können.

Sie waren noch im mulchfeuchten, tropfenden Wald zwischen den hohen Dünen und dem Meer, aber Oscar konnte bereits den Tod riechen. Der Tod war noch außer Sicht – ordentlich aufgereihte schwarze, samtweiche Hügel, ein Seegras mit dem Namen *Melanosperm*, das unterhalb der fuchsroten Klippen, die dem Weiler Hennacombe seinen Namen gegeben hatten, angespült worden war. Er konnte auch das giftige Salz riechen. Er war kurzsichtig, und das Meer war nicht mehr als ein gedämpftes Grau – als wäre Satin über eine Fallgrube geworfen worden. Aber er hörte es schon und wußte, wie es sein würde: Es würde lang hingestreckt und friedlich daliegen wie ein schlafender Tiger. Es würde grau und perlmuttartig sein und sich vom Sand in leisen, schaumigen Schlucken trinken lassen. Aber das *Melanosperm* strafte diesen Eindruck Lügen und bewies, daß das Meer eine Pflanze ausreißen konnte, die selbst der stärkste Mann nicht zu entwurzeln vermochte, daß es diesen Mann töten, weiße Schaumflocken in seine gurgelnde Kehle stopfen, ihm seine Kleider vom Leib reißen und sie als formlose Fetzen achtlos verstreuen konnte – als Dinge, die dann blaßrosa wie Quallen an dem mit weißen Spitzen gesäumten Rand des Strandes liegen würden.

Er zählte seine Schritte. Es war ein Angewohnheit. Er dachte kaum darüber nach. Wenn er bis zum Fuß der Klippen dreihundertfünfundsechzig Schritte brauchte, würde es irgendwie – er wußte nicht genau wie – gut sein.

Er konnte noch immer den Plumpudding schmecken, der ihm so gewaltsam verweigert worden war. Sein Ohr schmerzte und brannte, und die Wut ließ nicht nach. Diese Wut war undenkbar, aber sie war nichts, das selbst dachte. Sie packte und schüttelte ihn. Er war ein Kaninchen in ihren Fängen. Er rutschte ein Stück durch die rote, abbröckelnde Rinne (das waren fünf Schritte). Die Eimer schlugen gegeneinander, und er schürfte sich an dem Lehm, der so rauh wie Kies war, die Fingerknöchel auf.

Sein Vater atmete auf *diese gewisse Art.* Er trug dicke Wollpullover und gesprenkeltes Ölzeug, das die Farbe von verbranntem Toast hatte und um das er Gürtel und Seile band, an die er seine Hämmer und Meißel, seine Eimer und Säcke hängte. Sein Vater war dunkel und sehnig, wie etwas, das aus geteertem Seil gemacht war. Das Haar seines Vaters war schwarz, gezeichnet mit silbrigem Feuer.

Das Haar des Sohnes war rotgolden, drahtig, immer wirr. Er stand auf dem Strand (vierhundert Schritte) wie ein eben erst gelandeter Engel, und sein Haar wurde von böigen Windstößen zerzaust.

»Mach sie voll«, sagte Theophilus. Er hätte den Jungen nicht schlagen sollen, aber wie hätte er sonst verhindern können, daß er das Zeug schluckte?

Oscar begann, »sie vollzumachen«. Dazu mußte er sich an den Rand des rostroten Tidentümpels stellen, einen Eimer hinunterlassen, warten, bis er sich gefüllt hatte, ihn hinaufziehen und das Wasser in die Eimer gießen, die der Vater an sich festgeschnallt hatte. Wenn die Eimer gefüllt wurden, ächzte sein Vater unter ihrem Gewicht. Die Ächzer waren komisch.

Aber heute sah Oscar seinen Vater nicht an. Er hatte Angst vor dem, was diese Augen ihm enthüllen würden. Statt dessen beobachtete er den Mund seines Vaters. Er beobachtete ihn, als wäre er ein Lebewesen aus dem Meer, eine rotlippige Seeanemone mit schwarzen Tentakeln. Er stand am Rand des Meeres, als wäre es eine Grube voll zischender Schlangen.

Dann ging der Vater ins Meer. Das Meer war eine Amöbe, ein Protoplasma. Es breitete die salzverklebten Arme aus und schloß sich um den Mann. Es ergoß sich auf den Sand und zischte unter den Stiefeln des Jungen. Er wich vor ihm zurück, hinter die Linie der toten *Melanosperm*-Tentakel, er wich zurück, bis er die Felsen der Klippe fest an seinen Schulterblättern spürte. Das Grau der Wolken war weich und irisierend, und sie waren modelliert wie Sand, in dem das Flutwasser langsam versickert ist. Sie waren wie ein Deckel, der überall fest mit dem Horizont abschloß – nur im Süden nicht, denn dort war ein schmales Band aus weichem Gold, wie ein Dolch, den jemand achtlos auf einem Fensterbrett hat liegenlassen.

Sein Vater war undeutlich, eine verschwommene dunkle Gestalt, ein Klumpen in einem Traum.

Oscar saß da wie eine Garbe aus Stöcken, wie ein wackliger Schuppen aus zu langen Knochen. Als er seine Knie umfaßte, knackten sie. Er preßte den Rücken fest an die Klippe; sein Hodensack hatte sich vor Kälte zusammengezogen – eine ledrige, faltige Geldbörse, welche nur zwei kleine Kupfermünzen enthielt, die Haut so zäh und dick wie der Muskelmagen von Hühnern, wie der wurmzerfressene Felsen, neben dem sein Vater bis zur Brust im kalten Wasser stand, mit dem Meißel Steinbrocken löste und in einen Drahtkorb warf.

Oscar preßte den Rücken fest an die Klippe von Hennacombe, und während der Wind einen kleinen Sandsturm um seine Knöchel tanzen ließ, sprach er mit Gott. Er tat es nicht so distanziert und rituell, wie es der Anglikaner Stratton angeblich tat, mit Niederknien und Bekreuzigen. Er saß aufrecht. Er legte die Hände zusammen (die eine sandig, die andere glatt) und rieb sie beim Sprechen aneinander und imitierte so unbewußt seinen Vater, der beim Beten, für alle sichtbar, buchstäblich mit sich rang, wenn er versuchte, unter all den marktschreierisch lärmenden Stimmen seines sündigen Herzens das reine, unverfälschte Wort Gottes zu hören.

»Lieber Gott«, sagte er laut, mit einer hellen, flötenden Stimme, »wenn es Dein Wille ist, daß Deine Gemeinde Pudding ißt, um Deine Geburt als Mensch feierlich zu begehen, dann gib Deinem Dich demütig bittenden Diener ein Zeichen.«

Er kniff die Augen fest zusammen und öffnete sie schnell wieder. Was erwartete er? Engel? Sein Freund Tommy Croucher behauptete, einen Engel gesehen zu haben. Er sagte, er sei über drei Meter groß gewesen, und seine Mutter habe seinen Kopf über dem Melkschuppen gesehen. Er nahm Oscar mit und zeigte ihm, was der Engel zurückgelassen hatte. Es waren drei kleine Steine, die ein Dreieck bildeten. Tommy sagte, sie bedeuteten »Vater«, »Sohn« und »Heiliger Geist«. Oscar hatte Tommy Croucher nicht geglaubt, aber als er sah, daß das Zeichen das mathematische Symbol für »daraus folgt« war, änderte er seine Meinung.

Aber am Weihnachtstag am Strand bekam er kein Zeichen – nur der goldene Dolch im Süden schimmerte ein kleines bißchen heller.

Er grunzte und rieb die Hände aneinander. Sein Ohr tat immer noch weh von dem Schlag. Im Mund hatte er den Geschmack von Erbrochenem, aber das, an was er sich erinnerte, waren Pflaumen, Rosinen,

Kirschen, Nierenfett, Eiercreme aus gelbdotterigen Eiern und sahniger Milch. Das war nicht die Frucht des Satans gewesen. Es war nicht das Fleisch gewesen, von dem sich die Götzen nähren.

»Lieber Gott«, sagte er, und man konnte die gerade Kante seiner Zähne sehen, »wenn es Dein Wille ist, daß Deine Diener Pudding essen, dann wirf ihn nieder!«

Er wand seine Glieder durch die sandigen Korridore des Gebets. Er blickte auf und sah, daß sein Vater fast aus dem Wasser war. Er rappelte sich auf. Seine Knie knackten, erst das rechte, dann das linke, und dann rannte er, der schuldbewußte und gehorsame Sohn, um Hand anzulegen bei den kleinen Lebewesen, die sein Vater gefangen hatte, den Seeanemonen, den blumenähnlichen Wesen mit zerbrechlichen weißen Tentakeln, den leuchtend roten Algen, vielleicht einer glänzendglatten grünen Krabbe oder einer zarten lebendigen Blüte, einem Beweis für die Existenz Gottes, einem Wunder in Elfenbeinweiß, Rosarot, Orange oder Amethyst.

Er rannte mit rudernden Armen und ungeschickt schlenkernden Beinen. Er war kein Athlet, aber er stand dort, wo die Wellen ausliefen, als sein Vater wie ein verfilzter, rotlippiger Neptun aus dem Wasser kam, mit einer blauen Nase, eingehüllt in tropfnasse Wolle und glänzenden verbrannten Toast. Erst da, als er ihm die schweren Eimer abnahm und niederkniete, um die Seile aufzuknoten, sah er, daß sein Vater niedergeworfen worden war.

Theophilus' Zähne klapperten, seine Glieder bebten. Rotes Blut floß aus einer Wunde am Oberschenkel, und das Werkzeug, das sie gerissen hatte, der Meißel des Naturforschers, war noch immer in seiner Hand. Das Meerwasser hatte das Blut abgewaschen, aber nun sickerte es durch die blaue Serge: eine große, unnatürlich leuchtende Blume.

Oscar war nicht mehr wütend. Er stellte den Eimer ab. Er hatte Angst vor dem, was er begonnen hatte.

6
Die anglikanische Kirche

Hochwürden Hugh Stratton sah Oscar beten. Er wußte nicht, daß er betete. Der Junge stand an einem Knick des Pfades am oberen Rand der engen Talmulde, und an den Enden seiner langen, blassen Handgelenke hingen zwei randvolle, überschwappende Eimer. Er betete mit seiner »inneren« Stimme, ohne die Lippen zu bewegen. Er betete, daß sein Papa nicht sterben möge. Er hatte ein kaltes, beengtes Gefühl um die Brust. Der Schmerz in seinen Armen schien nichts mit den Eimern zu tun zu haben. »O Herr, bitte verschone ihn, auch wenn er sich in tiefer Verirrung befindet. Laß durch Deine Strafe nicht sein Blut vergiftet sein. Laß ihn nicht in Unwissenheit sterben. Lieber Herr Jesus, der Du für uns gestorben bist, laß die Schuppen von seinen Augen fallen, damit er das wahre Licht sieht. Laß ihn nicht zu den Verworfenen gehören. Laß ihn inmitten Deiner Heiligen im Himmel sitzen.« Er betete nicht für sich selbst. Dennoch schoben sich Gedanken zwischen Kett- und Schußfäden seines Gebetes. Er versuchte sie auszuschließen. Sie drängten sich hinein. Er sah seinen Vater in einer Kiste aus Kiefernholz mit kleinen Griffen. Er sah Mrs. Williams ihren Koffer packen. Sie fuhr zur »Agentur«. Damit hatte sie schon öfter gedroht. Er hatte kein Geld, um Mrs. Williams zu bezahlen. Es waren selbstsüchtige Gedanken. Er vertrieb sie. Er machte seinen Geist so leer wie den Versammlungssaal. Er begann von neuem.

Hugh Stratton konnte nicht wissen, was er da betete. Er sah nur einen Jungen mit Eimern. Strattons Rücken tat ihm weh. Sein Ischiasnerv war eingeklemmt. Der Schmerz reichte in seinen Oberschenkel, ja bis in die Wade. Er pochte in seiner linken Pobacke und seinem linken Hoden. Er sah in dem Jungen nichts Bewundernswertes (er dachte bei seinem Anblick weder an Engel noch an Porzellan). Sein Weg war ihm versperrt durch einen Jungen mit Eimern, und das einzige, was ihm dabei einfiel, war, daß dies der Sohn des Mannes war, der ihm gestohlen hatte, was von seiner Gemeinde noch übriggeblieben war. Wie die Pokken, wie die Pest hatte Theophilus Hopkins eine Familie nach der anderen von den Kirchenbänken geholt.

Hochwürden Stratton bildete sich ein, alle Menschen zu mögen.

Ganz gleich, mit welchen Widrigkeiten er persönlich zu kämpfen hatte – er versuchte, gerecht zu sein und die Dinge von allen Seiten zu betrachten. Aber den berühmten Theophilus Hopkins konnte er nicht ertragen, diesen Prediger, der die klangvolle Männlichkeit seiner Stimme eingesetzt hatte, um die ungebildeten Landarbeiter von Stratton wegzulocken, und ihm nur die kümmerlichen Reste gelassen hatte – zwei konservativ anglikanische Familien und einen älteren Unruhestifter, der mit dem Gutsherrn in Fehde lag. Im vergangenen Jahr hatte die Osterkollekte zweieinhalb Schillinge und einen halben Penny ergeben. Eine Tonne Kohle kostete siebeneinhalb Schillinge.

Hennacombe war die Senkgrube, der Bodensatz der anglikanischen Kirche. Es war ein Loch. Es war eine »Pfründe«, obgleich man es kaum so nennen konnte, und lag in einer Gegend, wo das Rad erst vor kurzem eingeführt worden war. Es war ein Land für Schlitten, deren Kufen sich tiefer und tiefer in die Straßen gegraben hatten, immer weiter weg von der Sonne. Er verabscheute den roten Matsch. Er war wie Klebstoff, der zäh und schwer an seinen Stiefeln haftete, und sein linkes Bein tat ihm bei jedem Schritt weh. Zwei Rötelfalken kreisten im Aufwind über den Klippen. Sie waren nicht weiter als zwanzig Meter entfernt, aber Hugh Stratton bemerkte sie nicht. Er schob sich an dem Jungen vorbei, der nicht aus dem Weg ging, obwohl der Pfad schmal war. Hugh Stratton war an Unhöflichkeit, ja Feindseligkeit gewöhnt. Er glaubte, daß der Junge ihm absichtlich im Weg stand.

Er trug einen Sack Rüben auf dem schmalen Rücken und führte ein lahmes Pferd am Zügel; das Pferd konnte das Gewicht nicht tragen. Er drängte sich an dem Jungen vorbei. Der Sack schlug gegen Oscars Schulter, und das Pferd stieß ihn in den Stechginster. Hugh Stratton sah nicht, wie der Junge stolperte; er wußte nur, daß sein Rücken schmerzte. Er war froh, daß man ihn nicht grüßte, daß er am Weihnachtstag »nicht gesehen« wurde. Lieber Gott, vergib ihm. Mochte der Herr ihm vergeben und den Nachbarn, die seine Hühner aßen, die Gesundheit erhalten.

Hugh Stratton war vierzig Jahre alt, groß, ein wenig gebeugt und hatte ein Gesicht, das aus der Entfernung eine kecke Jugendlichkeit ausstrahlte – Pausbacken, ein kleines spitzes Kinn, ein weicher sandfarbener Pony –, in dem man bei näherer Betrachtung jedoch all die kleinen Spuren des Schmerzes und der Enttäuschung entdeckte, die Rum mit

Butter, Zucker und Zimt nicht zu verdecken vermochte. Er war ein anglikanischer Geistlicher in einem Landkreis, in dem der Gutsherr Baptist war. Dieser Umstand machte seine Stellung weniger einflußreich und seine finanzielle Lage bescheidener, auch wenn sie nicht hätte verzweifelt zu sein brauchen. Selbst als Theophilus Hopkins aus London hierher gekommen war und ihm seine Gemeinde weggenommen hatte, hätte er durchaus noch ein anständiges Auskommen haben können – schließlich gehörten zur Pfarrpfründe ja vier Hektar gutes Weideland. Aber er besaß kein Talent für die Landwirtschaft. Seine Frau schon eher, aber auch nicht genug. Sie las die Journale der »London Agricultural Society«. Sie führte eine begeisterte Korrespondenz, in der es um eine Drillmaschine ging, mit der man gleichzeitig säen und düngen konnte. Aber es war sinnlos. Sie konnten sich kaum die Briefmarken leisten und befanden sich ständig in der Krise, weil er sich beim Heben den Rücken ausgerenkt hatte oder weil der Hafer nicht hochkam oder weil die Sau ihre Ferkel verlor oder weil, wie heute, ihre Hühner krank wurden und starben, gerade als sie fett genug waren, um sie zu verkaufen. Neuneinhalb Pennies das Stück hätten sie dafür bekommen können. Er hatte – mochte der Herr ihm vergeben – diesen Verlust nicht ertragen können; er hatte sie geköpft und hergerichtet, als wären sie gesund gewesen. Er hatte den Tag des Herrn entweiht. Gleich nach dem trostlosen Frühgottesdienst hatte er die vorbereiteten Hühner hinüber zum Haus des Gutsherrn gebracht und so getan, als wären sie ein Geschenk. Er hatte natürlich auf ein Gegengeschenk spekuliert, aber es war Weihnachten, und so durfte er sich nichts anmerken lassen. Er war zum Hintereingang gegangen. Sie waren Baptisten. Sie hatten ihn verachtet, nicht weil er einen Handel machen wollte, sondern weil er ihn am Weihnachtstag machen wollte. Sie hatten gewußt, daß es kein Geschenk war. Die Köchin hatte ihm die Rüben gegeben, um ihm zu zeigen, was sie von ihm hielt. Er hatte auf etwas Besseres gehofft, aber er hatte so getan, als wäre es ein Austausch von Geschenken, und so hatte er nicht feilschen können. Er machte sich Sorgen wegen der toten Hühner. Hoffentlich kam keine Krankheit über das Haus des Gutsherrn. Der Gutsherr trug einen hohen Hut, einen hohen Kragen und einen dicken Schal um den Hals. Das lange graue Haar hing ihm über die Ohren. Er hatte einen starren, stechenden Blick, der selbst den Teufel herausforderte. Er würde keine Vergiftung hinnehmen. Er hatte eine breite Nase und trotzige Nasenlöcher. Er war rauh, schroff und gütig, und er würde einem Anglikaner, der ihm seine Leute vergiftete, mit der Peitsche des Renegaten ins Gesicht schlagen.

Hugh Stratton führte das lahmende Pferd den steilen Pfad unter den kahlen Ulmen hinauf. Dieser hatte für ihn nichts Schönes. Durch die schwarzen, tropfenden Zweige hindurch konnte er den normannischen Turm von St. Anne ausmachen und ein wenig weiter links das hohe, strohgedeckte Dach des Pfarrhauses. Es hatte graue Mauern aus behauenen Steinen, die mit Flechten, Steinkraut und Moos bewachsen waren, aber er war nicht mehr der intelligente Mann, der gerade das Oriel-College absolviert hatte und von dem ländlichen Charakter, dem Frieden und der kleinen Sonnenuhr im Garten verzaubert war, die die Aufschrift »Zu dienen und zu herrschen« trug. Er wußte, daß das Stroh voller Fäulnis und die Wände feucht waren. Er dachte an Geld und daran, wie er an welches kommen könnte.

7
Stethoskop

Der Schemel hatte drei Beine und war gegen die schräge, abblätternde weiße Wand des Bodenzimmers gelehnt, in dem Oscar schlief. Es war ein karg möblierter Raum, der nur eine eiserne Bettstelle, einen Flickenteppich und eine kleine Spirituslampe enthielt. Aber er war auch trocken und hatte einen süßen, kräftigen Geruch, der den uralten, aromatisch duftenden Dachbalken entströmte. Der Schemel war aus Devonshire-Eichenholz gemacht und, obwohl er alles in allem dunkel war, an der Biegung der Beine zu einem honigfarbenen Ton poliert, an jener Stelle also, an der Hände ihn zweihundert Jahre lang hochgehoben, durch die Luft geschwungen und abgesetzt hatten, und zwar immer in eben diesem Haus.

Morgens stand Oscar auf dem Schemel und hob sein Nachthemd, damit sein Vater seine Brust mit einem Stethoskop abhören konnte. Er hatte nie gefragt, warum der Schemel nötig war, selbst jetzt nicht, da er angefangen hatte, andere Aspekte dessen, was sein Vater tat, in Frage zu stellen. Er stand auf dem Schemel. Er hob sein Flanellnachthemd, und sein Vater klopfte ihn besorgt ab, wie ein junger und unerfahrener Mann, den man gerufen hat, damit er nach Totenuhrkäfern sucht. Das geschah jeden Morgen als allererstes, gleich nach dem Aufwachen. Seine Blase war noch voll. Manchmal war sein Penis steif, manchmal nicht. Da er sich nicht für die Funktion eines steifen Penis interessierte, war ihm das nicht peinlich.

Wenn Oscar sein Nachthemd hob, sah sein Vater die rötlichen Haare, die an den Geschlechtsteilen wuchsen. Er sah sie mit den Augen eines Naturforschers – wenn auch nicht allein mit den Augen eines Naturforschers. Das Auftauchen dieser Haare gefiel ihm nicht. Mit den Haaren kam das große Problem des Lebens.

Der Schemel fand auch spät in der Nacht Gebrauch, wenn Oscar schlief, wenn Theophilus' Augen müde und seine Finger vom Schreiben verkrampft waren. Sein Studierzimmer (das auch der Raum war, in dem Oscar unterrichtet wurde) lag auf der anderen Seite des Gangs, am Ende der Treppe, und um zwei Uhr morgens zog er sich die Schuhe aus und kam herüber, wobei er die Füße in den schmucken gelben Socken hoch in die Luft hob, um sich keinen Splitter einzutreten. Dann nahm er den Schemel und stellte ihn ganz leise ans Bett seines Sohnes.

Er saß da und horchte auf Oscars Atem.

Morgens horchte er mit dem Stethoskop. Die Lungen waren frei. Sie waren immer frei. Er hörte sich sagen: »Frei wie der Himmel«, aber das gab ihm keinen Frieden, denn Gott hatte zu ihm gesprochen und gesagt, mit dem Jungen sei irgend etwas nicht in Ordnung. Die Stimme, die er gehört hatte, war vielleicht nicht das, was Sie Gott nennen würden, aber lassen wir das. Sie würden möglicherweise andere Namen für das gebrauchen, was die beiden Hopkins (Vater und Sohn) Gott nannten. Wie Sie es nennen, ist völlig gleichgültig. Für Theophilus war es Gott. Es war seine Angst, sein Gewissen – Sie können es nennen, wie Sie wollen, aber für ihn war es klar. Auf jeden Fall hatte der Junge dieselbe Brust wie seine Schwester. Die Flüssigkeit in ihren kleinen Lungenflügeln gurgelte noch immer in den verstopften Röhren von Theophilus' Wachträumen.

Wenn er sich auf den kleinen Schemel setzte, zog er das Federbett hinauf, bis es Oscars kleines Kinn berührte. Die Hand mit den abgebissenen Fingernägeln schob sie fort, und Theophilus lächelte und versuchte trotz seiner Besorgtheit nicht, die Decke wieder hinaufzuziehen. Sein Sohn trug ein Nachthemd aus weißem Flanell, und sein Atem war wie warme Milch. Nichts deutete auf das erregte Gemüt des Jungen hin; er glaubte jetzt nämlich, sein Vater sei im Irrtum und im Unrecht, und zwar nicht nur in Bezug auf Puddings, sondern auch in Bezug auf viele andere Dinge.

Theophilus dagegen hegte keinen Zweifel über das Leben im Jenseits. Was ihm Sorgen bereitete, war das Leben im Diesseits. Er fürchtete, sein Sohn könnte ihm »genommen« werden. Er betete zu Gott, Er möge ihn verschonen. Die Stimme antwortete nicht. Wenn es sein mußte, würde er es ertragen. Wenn Gott ihn mit schwärenden Beulen strafte wie Hiob, würde er es ertragen. Gott hatte ihm seine Tochter Sarah, seinen Sohn Percy und seine geliebte Frau genommen. Er hatte es nicht ertragen können, aber er hatte es ertragen. Es gab nichts, das unerträglich war. Die Zähne der Löwen, die Qualen der Märtyrer – im Angesicht der Ewigkeit waren sie nichts weiter als Flohbisse.

Er hielt sich für einen schwachen Mann, für einen Sensualisten.

Manchmal wünschte er sich nur, auf dem Bett zu liegen und seinen

Sohn zu umarmen, seine Nase in dem sauberen, gewaschenen Haar zu vergraben, mit seinen Gliedern einen schützenden Käfig um ihn zu schaffen und seinen Körper, der so zerbrechlich wie der eines Vogels war, vor Unbill zu bewahren; und welch ein Hochmut, dachte er, welch eine Anmaßung würde das sein.

Denn Oscar war bereits in Gottes Hand. Er war einer der Auserwählten. Die Mysterien der Erlösung waren ihm bereits durch göttliche Eingebung enthüllt. Er hatte seine Zuflucht bei Christus gesucht und würde nicht in die Glut der Hölle geworfen werden. All dies war ihm durch göttlichen Ratschluß zugesichert worden.

Und wenn er sich zwang, diesen letzten Gedanken zu denken, spürte Theophilus, daß die Anspannung von ihm abfiel. Die Muskeln in seiner Brust und in den Oberarmen entspannten sich, und seine Atemzüge wurden tiefer und regelmäßiger. Im Geiste sah er, wie sein Blut sich mit Sauerstoff sättigte und ein sattes, leuchtendes Rot annahm. Er reckte sich und fühlte das Blut in den bis dahin verkrampften Fingern kribbeln.

Welch ein Wunder hast Du gewirkt.

Er beugte sich über seinen Sohn und küßte die Luft über seiner Stirn, und dann schlich er auf Zehenspitzen hinaus, in jener leicht übertriebenen und albernen Gangart, welche sich Männer wie Theophilus, die unter normalen Umständen schroff und geschäftig sind, als eine Art Tanz zu eigen machen, mit dem sie ihre zärtlichsten Gefühle feiern.

8
Heidnische Symbole

Das war in Devonshire, in der Nähe von Torquay. Zu behaupten – wie Theophilus es tat –, dies sei ein nahezu tropischer Landstrich, ist dasselbe, wie wenn man eine bestimmte Gegend von Melbourne »das Pariser Ende der Collins Street« nennt. Solange man noch nie in Paris gewesen ist, mag das ja angehen, aber wenn man diese Stadt dann einmal erlebt hat, wird man feststellen, daß eine solche Charakterisierung nichts weiter ist als Wunschdenken.

Wenn ich in Devonshire bin, sehe ich dort nichts Tropisches. Ich bin eher überrascht, daß der Himmel über einem so kleinen Land derart gewaltig und gleichgültig sein kann. Devonshire erscheint grausam und kalt. Ich sehe mir die eigenartige Anordnung von Felsen oben im Hochmoor an und denke an Armut und Unwissenheit und an die Kälte, immer an die Kälte.

Aber Oscar hatte den Bellinger noch nicht gesehen und war wie sein Vater der Meinung, sie seien besonders bevorzugt, weil sie »fast in den Tropen« lebten. Es machte nichts, daß die Söhne von Fischern und Bauern ihn jagten und verspotteten und daß der Sohn des Kochs vom Gutshof ihn zwang, einen Stein zu verschlucken. Es war ein Paradies auf Erden. Sie lasen Zeitungen aus London, die einen Tag nach Erscheinen eintrafen. Sie bestaunten Fuchsien und Myrten, die den Frost unbeschadet überstanden hatten.

Die Hälfte von Theophilus' Gemeinde glaubte noch immer, daß die Sonne tanzte, wenn sie am Ostersonntag aufging, und viele behaupteten, sie hätten ein Schaf gesehen, das mit ihr tanzte. Es war eine Gegend, wo man zur Wintersonnenwende noch einen jungen Hahn opferte. Theophilus hatte selbst ein feucht-fröhliches Fest beobachtet, bei dem ein nackter Junge in einen Apfelbaum gesetzt und (wie Theophilus glaubte) durch mit Apfelwein getränkten Toast betrunken gemacht worden war. Er war nicht hierher gekommen, um nach heidnischer Verblendung zu suchen. Er war gekommen, um Meereslebewesen zu studieren, aber nun, da er einmal hier war, würde er auch Zeugnis ablegen vom Wunder der Auferstehung. Oft war er bestürzt über die Tiefe und Komplexität, über die uralten, faserigen Kettfäden und die geäderten, lebendigen Schußfäden jener Finsternis, die ihn umgab.

Als er eines Morgens heidnische Symbole entdeckte, die auf den Weg gekratzt waren, hielt er sie in seinem Notizbuch fest:

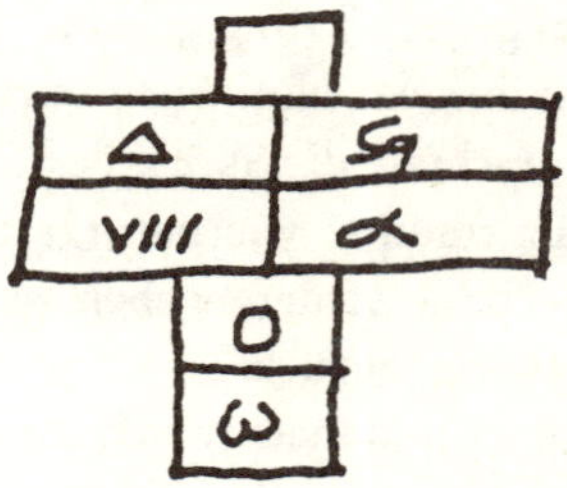

Theophilus bildete sich ein, diese Aufzeichnung unvoreingenommenen Geistes gemacht zu haben, aber selbst wenn er die genauen Proportionen des Zeichens gewissenhaft und genau wiedergab, war er doch kein objektiver Beobachter. Das Zeichen machte ihm Angst. Und wie ihm das Fest als eine Verhöhnung der Kreuzigung erschienen war, so sah er hier einen heidnischen Angriff auf die Heiligkeit des Kreuzes.

Er konnte nicht einfach darüber hinweggehen. Er mußte es bekämpfen. Aber wo er diesen Kampf führen sollte, das wußte er nicht genau. Mit raschen, ausgreifenden Schritten ging er bis nach Morley, denn er meinte, in der Schankwirtschaft dort werde er vielleicht jemanden finden. Er dachte dabei an Bargus, den früheren Waldhüter, der jetzt Küster und Totengräber war. Aber als er in Morley den »Swan« betrat, war kein Mensch dort. Er drehte sich um und ging zurück, vier Meilen über die Felder.

Theophilus ärgerte sich über die Zeit, die er verschwendet hatte. Er war dabei, die Arbeit an den Illustrationen für sein Werk »Die Korallen von Devonshire« abzuschließen. Um den vereinbarten Termin einzuhalten, mußte er jeden Tag zwei Zeichnungen anfertigen. Heute hatte er gar nichts gezeichnet, nur dieses gotteslästerliche Symbol. Er war außer Atem, als er bei Hennacombe über den Zauntritt kletterte und Bargus auf der kleinen Steinbrücke sitzen sah, die dort über den Fluß führte. Er hielt sich nicht für einen abergläubischen Mann, aber dieser »Zufall« brachte ihn aus der Fassung.

Theophilus schrieb Bargus eine gewisse Macht zu, was den alten

Mann, hätte er es gewußt, sicherlich sehr erstaunt hätte. Er war klein und über siebzig und hatte einen breiten Brustkorb, rote Backen und einen schneeweißen, schaufelförmigen Bart. Er gehörte zu jenen Männern, die vor allem eines wollen, etwas, das ihnen mehr am Herzen liegt als alles andere: Sie wollen gemocht werden, und in diesem Punkt hatte er bisher im großen und ganzen Erfolg gehabt.

Als der Gentleman ihm das Notizbuch unter die Nase hielt, nahm er es in die Hand. Er betrachtete die Skizze des Zeichens und dann auch die anderen Skizzen. Er staunte, wie naturgetreu Farn, Stechginster, Stiefmütterchen und Seetang wiedergegeben waren, und gab das Buch dann, lächelnd, aber verwirrt, zurück.

»Sehr schön«, sagte er und machte sich daran, seine Pfeife zu stopfen. Er hatte sich den letzten Streifen Tabak eigentlich für die Wirtschaft aufheben wollen, aber ihm war unbehaglich. Er wußte nicht, wie er das Totenkopfgrinsen dieses Burschen deuten sollte. Ein solches Grinsen hatte er noch nie gesehen. Er stopfte seine Pfeife und dachte: Warum grinst der Kerl mich bloß so an?

Er sah auf und kniff die Augen ein bißchen zusammen, als könnte er so die Bedeutung dieses Lächelns besser ergründen. Jetzt, da die Sonne untergegangen war, wurde es rasch kalt. Er machte eine Bemerkung darüber.

»So«, sagte Theophilus, klopfte auf das Notizbuch, stampfte mit den Füßen auf die Steinbrücke, um seine Stiefel vom Matsch zu befreien, und grinste dabei noch immer. »Sie werden also nicht schlau daraus?«

»Nein, überhaupt nicht.«

»Könnte es nicht das Heilige Kreuz sein?«

»Oh, sicher«, sagte Bargus, der das Ding für ein Kinderspiel gehalten hatte. »Ganz bestimmt.«

Abrupt wünschte Theophilus ihm einen guten Tag. Er glaubte kein Wort von dem, was Bargus gesagt hatte. Bargus war ein Heide. Er führte den Sarg gern dreimal um das Granitkreuz von St. Anne. Er war, den Spaten mit ausgestreckten Händen senkrecht vor sich haltend, mit blitzenden blauen Augen vor dem Sarg gegangen. Wenn er sagte, er verstehe die Zeichen nicht, war das in Theophilus' Augen ein sicherer Beweis dafür, daß er sie sehr wohl verstand.

Aber nicht Bargus – der nun, die Pfeife noch immer nicht angesteckt, langsam über die Felder zum »Swan« in Morley ging – war es gewesen, der dieses Zeichen hinterlassen hatte, und als Theophilus sein Notizbuch einsteckte, wußte er nicht, wer es tatsächlich gemacht hatte.

Mrs. Williams' Verdacht kam der Sache schon näher. Sie war auf dem Weg zum Postamt in Morley – das war zwei Tage später –, als sie auf noch eines von diesen Dingern stieß, die man hier inzwischen »Hexenspuren« nannte. Sie eilte geräuschvoll dahin – eine breithüftige, weißbeschürzte Gestalt auf einem langgestreckten roten Hügel. In Morley nannte man sie »Schwester«. Dieser Spitzname störte sie nicht.

Oscar begleitete sie und zählte die Schritte bis zum Dorf. Er ging neben und etwas hinter ihr und markierte den zurückgelegten Weg mit einem angespitzten Stock, den er nachzog.

Wenn sie stillstand, fühlte Mrs. Williams sich nicht wohl. Es war ihr geradezu unmöglich stillzustehen. Im Bauch ihrer Mutter hatte sie gestrampelt und gezappelt, und seither hatte sie nicht damit aufgehört. Aber als sie die Kratzzeichen entdeckte, blieb sie lange stehen.

Sie hätte Oscars Gesichtsausdruck nicht bemerkt, hätte auch überhaupt nicht weiter darüber nachgedacht, wenn er nicht mit einemmal angefangen hätte, auf den Symbolen vor und zurück zu springen, wobei er mit dem Absatz darüberstrich und gleichzeitig versuchte – diese beiden Ziele widersprachen sich –, über sie hinwegzuhüpfen.

»Himmel und Hölle«, sagte er mit schriller Stimme.

Da erst sah sie sein Gesicht. Es war feuerrot. Seine Wangen waren flach, die Oberlippe hatte sich vorgeschoben, der Mund war verzogen, als zerrten Fäden daran. Er konnte ihr nicht in die Augen sehen, und plötzlich hatte sie ein ganz eigenartiges Gefühl.

9
Losentscheid

Es war natürlich Oscar gewesen, der die »Hexenspuren« gemacht hatte. Sie waren ein Orakel, mit dessen Hilfe er den wahren Willen Gottes erkennen konnte.

Das Δ stand für Theophilus, der seinerseits die Offenbarung, wie die Plymouthbrüder sie verstanden, und das ganze strenge Glaubenssystem repräsentierte, das Oscar bislang ohne irgendwelche Zweifel akzeptiert hatte.

Dies war das Zeichen, das sagte, man könne in die Hölle kommen, weil man Pudding gegessen hatte.

»Gh« bedeutete »Baptisten«, denn es war die Abkürzung für »Gutsherr«, dem örtlichen Repräsentanten dieser Glaubensrichtung. Oscar war in dem Glauben aufgewachsen, daß die Baptisten verdammt waren. Aber vielleicht sah der Gott, der seinen Vater gestraft hatte, am Ende doch gnädig auf den Gutsherrn herab. Das Kratzbild war eine Methode, diese Frage direkt zu stellen.

Die VIII war die Acht von Heinrich VIII. und ein verschlüsselter Hinweis auf die Reformation, ein kurzer Seitenblick auf die unwahrscheinliche Möglichkeit, daß die katholische Kirche nicht eine Ausgeburt des Antichrist, sondern die alleinseligmachende Kirche war. Später bekam Oscar Angst, sein Code könnte zu leicht zu entziffern sein, und er fügte ein X hinzu, so daß in dem Feld »XVIII« stand.

Das α bedeutete »A«, und das wiederum bedeutete »Anglikaner«. Er hätte es beinahe gar nicht hingeschrieben, aber es gab nichts, das er statt dessen hätte schreiben können. Er wußte, daß die Anglikanische Kirche in der Welt dort draußen sehr mächtig war, in Hennacombe aber erregte sie nur Mitleid. Niemand wäre auf den Gedanken gekommen, Hochwürden Stratton für einen geeigneten Führer auf dem schwierigen Weg zum Seelenheil zu halten. Er konnte noch nicht einmal ein Huhn rupfen, ohne die Haut zu zerreißen.

Als Oscar diese vier Felder gezeichnet hatte, fügte er noch einen »Schwanz« aus zwei weiteren Feldern hinzu, um seinem System mehr Ähnlichkeit mit einem Kinderspiel zu geben. Er machte in das erste Feld eine Null, weil es nichts war, und in das zweite ein Omega, weil es das letzte war. Und dann, als er sah, daß seine Zeichnung das Alpha und das Omega aus der Offenbarung I:8, ein zufälliges Zitat also, enthielt, wußte er, daß dies eben kein Zufall war und daß das, was andere ein Kuriosum, ein Zusammentreffen von Umständen genannt hätten, das Wort und der Segen Gottes war.

Ganz oben zeichnete er noch ein Feld, das er leer ließ. Damit wollte er seiner Ehrfurcht Ausdruck geben.

Die erste dieser Zeichnungen war die, welche sein Vater in seinem Notizbuch festgehalten hatte. Oscar hatte sie auf dem schmalen Pfad gemacht, der am westlichen Kamm der engen Talmulde entlangführte. Zitternd hatte er sie gezeichnet, gleich neben einer alten Bank, deren Bretter halb verrottet und von Efeu überwachsen waren. Es war drei Uhr nachmittags gewesen, und der Tag war bereits beinah in der Dunkelheit versunken. Es wehte ein starker Nordwind, aber das war nicht der Grund, warum er zitterte. Er hatte das ganz eindeutige Gefühl, schwankend am Rand der Ewigkeit zu stehen. Welke Blätter flogen über den schmalen Weg, bildeten Grüppchen, wurden auseinandergerissen und verstreut. Er war fünfzehn. Sein Geist war angefüllt mit Tod, Verdammnis, Paradies. Er zeichnete sein System mit einem besonderen gelben Stein, den er unter den Millionen Steinen am Strand ausgesucht hatte. Eigentlich hätte er im Fluß unten den Milcheimer auswaschen sollen. Er konnte ihn auf den Steinen klappern hören, wenn der Wind an ihm rüttelte. Er zeichnete mit dem besonderen Stein. Dieser war nur drei Zentimeter lang und hatte, wie Oscars Gesicht, die Form eines Herzens. Dieser Zufall wurde ihm gar nicht bewußt. Überhaupt lehnte er die Vorstellung ab, daß es so etwas wie Zufall gab. Er kauerte zähneklappernd am Boden, zeichnete und bewegte sich dabei rückwärts.

Als er alle Symbole eingesetzt hatte, stellte er sich so hin, daß seine Fersen am Omega standen und er, mit dem Rücken zu seiner Zeichnung, das Gesicht dem Geruch des Meeres zuwandte.

Dann sprach er in Gedanken und ohne die Lippen zu bewegen diese Worte aus dem Buch der Richter: »Er aber sprach zu ihm: Hab ich Gnade vor Dir gefunden, so mach mir doch ein Zeichen, daß Du es bist, der mit mir redet.«

Der Wind brachte jetzt Regen mit. Die Tropfen peitschten ihm ins Gesicht. Er nahm seinen gelben Stein, seinen Orakelstein, und warf ihn über die Schulter.

Der Stein landete auf dem Alpha.

Mit gebeugten Schultern starrte Oscar den Stein an. Lange blieb er so stehen, und sein Herz war schwer. Es konnte nicht wahr sein. Aber es mußte wahr sein. Wenn es wahr war, durfte er nicht mehr im Haus seines Vaters bleiben. Er mußte in einem anglikanischen Haushalt leben. Er bückte sich schnell, hob den Stein auf und steckte ihn in die Tasche.

Er trug einen langen Ölmantel, der dieselbe schwarzbraune Farbe hatte wie die Jacke seines Vaters. Da der Mantel aber aus einem anderen Kleidungsstück gefertigt worden war, befanden sich die Taschen kurz über dem Boden. Er versuchte, etwas aus einer dieser großen Taschen hervorzuholen, bekam es aber nicht zu fassen. Mit der Hand noch immer in der Tasche, in der Nähe des Saums, machte er ein paar ungeschickte Schritte und hockte sich auf den Rand der efeuüberwachsenen Bank. Weiter flußabwärts hörte er das Scheppern des Milcheimers. Er zerrte an der Tasche. Ein zusammengerolltes Taschentuch fiel heraus. Er hob es auf. Als nächstes kam ein Bleistift und schließlich ein dickes Notizbuch zum Vorschein.

Da der Regen inzwischen stärker geworden war, knöpfte er den Mantel auf und breitete ihn aus; das ergab eine Art Zelt, in dessen Schutz er das Ergebnis notieren konnte. Er schrieb: »1. Montag nach Epiphan.: Alpha.« Dann steckte er das Notizbuch, den Bleistift, den Orakelstein und das zu einem Ball geknüllte Taschentuch wieder ein und rannte, nachdem er flüchtig über seine »Himmel-und-Hölle«-Zeichnung gewischt hatte, die Böschung zum Flußufer hinunter, um den Milcheimer zu holen. Zitternd schrubbte er ihn rasch aus und kletterte den rutschigen, modrig-weichen Hang zum Weg hinauf.

Er rannte nach Hause und zählte dabei. Er mußte am anglikanischen Pfarrhaus vorbei. Seine Knie knackten. Er schnitt dem Knacken und dem Regen Gesichter. Er wollte daheim am Ofen sitzen, in dem sauberen, kühlen Haus aus Kalkstein, wo sein Vater und er Mrs. Williams angst machten, indem sie sich in aller Ruhe und sehr erwachsen über Einzelheiten berühmter Mordfälle unterhielten. Bei diesen Gelegenheiten waren sie sich am nächsten. Danach drückte sein Vater ihn an sich und rieb den Bart an seiner Wange, daß er sich kichernd wand. »Trokkenrasur« nannten sie das. Es war ein Ausdruck der Liebe.

Aber Gott hatte sich für das Alpha entschieden. Es gab keine Möglichkeit, mit seinem Vater darüber zu sprechen.

Von der Zeichnung bis zur Ligusterhecke des Anglikaners waren es einhundertfünfundzwanzig Schritte. Die Hecke war unregelmäßig und löchrig wie der Bart eines Kranken. Oscar verschnaufte. Durch die Hecke konnte er die Rückseite des Hauses sehen, wo der Anglikaner und seine Frau gerade versuchten, ohne die Hilfe eines Metzgers ein Schwein zu schlachten. Das Schwein hätte in der Woche nach Allerheiligen geschlachtet werden sollen, nicht jetzt. Sie stachen es in die Seite des Kopfes. Das Schwein schrie. Oscars Gesicht verzerrte sich. Der Anglikaner nahm seiner Frau das Schlachtmesser ab; seine Hände waren rot, aber nicht von Blut, sondern vom Matsch, dem schlüpfrigen roten Matsch, der an dem nassen Schwein klebte. Der Geistliche stach ein paarmal zu. Sein Gesicht war noch verzerrter als das Oscars. Endlich hörte der Junge das Rasseln des letzten Atemzugs in der Kehle des Schweines. Er entspannte seine Hände und sah, daß seine Fingernägel Mondsicheln in das Fleisch seiner Handflächen gegraben hatten.

Es war unmöglich, daß dies Gottes Diener waren. Und doch mußte es so sein.

»Und der Herr rief Samuel. Er aber antwortete: Sieh, hier bin ich.«

Der Anglikaner konnte ihn nicht gehört haben, aber irgendwie sah er ihn dort stehen.

»Verschwinde«, rief Hochwürden Stratton. Er warf einen matschverschmierten Tannenzapfen nach ihm. »Du schreckliches Kind, verschwinde *nach Hause.*«

Oscar ging nach Hause und versteckte sein Buch.

10
Irrlehren

Oscar hatte den neuen Orakelstein in der Tasche.

Es war nicht der gelbe, mit dem er angefangen hatte, sondern ein neuer, über dessen rot oxidierte Farbe sein Vater (hätte er Gelegenheit dazu gehabt) ihm gesagt hätte, sie heiße *caput mortem* oder Totenkopf-rot. Sein Vater eignete sich alles an, indem er es benannte, ganz gleich ob er darum gebeten wurde oder nicht. Er hatte den gelben Orakelstein entdeckt. Er war auf den mit Steinplatten belegten Vorplatz vor der Kellertür gekommen, als Oscar badete. (Sie pflegten immer, bei jedem Wetter, draußen zu baden. Das sollte die Konstitution stärken.) Oscar übergoß sich gerade schnaufend und keuchend mit kaltem Wasser aus einem großen verzinkten Schöpflöffel, rieb dabei seine magere Brust und stampfte mit den Füßen auf. In der Wand steckte ein Zapfen, an dem Oscar seine Kleider aufhängen sollte. Er legte sie aber lieber auf den Brunnenrand. Sein Vater trat aus dem Haus, um sich zu waschen, sah das Hemd und die Knickerbockers auf dem Brunnenrand liegen, hob sie auf, hängte das Hemd an den Zapfen und leerte die Taschen der Hose. Das war kein Schnüffeln. Ein solcher Begriff existierte gar nicht. Sein Vater nahm all die kleinen Dinge, die sein Sohn im Lauf des Tages gesammelt hatte, in Augenschein. Er hielt sie zwischen Daumen und Zeigefinger, als handelte es sich um den Mageninhalt eines Fisches, dessen Gewohnheiten er zu erforschen suchte.

Das Notizbuch war versteckt, aber er fand den gelben Orakelstein. Aus Gründen, die er nicht weiter ausführte, steckte er ihn in die Tasche. Er sagte nicht, daß er ihn »konfiszierte«. Er äußerte keine Meinung. Er ließ ihn in die Tasche seines Morgenmantels gleiten, und es war schwer zu sagen, ob er geistesabwesend war oder ob es sich um einen Akt der Zensur handelte. Oscar, der spürte, daß er errötete, wandte sich ab und kehrte ihm die Mauer seiner knochigen Schulterblätter zu.

Im Gebet kam der Orakelstein nicht vor.

Am nächsten Morgen lag der Stein auf dem Frühstückstisch. Er lag an Oscars Platz wie eine Anklage. Oscars Herz raste. Er glaubte sich entlarvt. Er hatte einen schmuddeligen Pullover an, wie ihn die Fischer in jener Gegend oft tragen. Mit einemmal war ihm darunter sehr warm.

»Ein schöner Stein«, sagte Theophilus, nachdem Oscar das Tischgebet gesprochen hatte.

»Ja, Vater.«

»Wo hast du ihn gefunden?«

Theophilus streute Zucker auf seinen Haferbrei. Er hatte eine Schwäche für Süßes. Er streute den Zucker betont aufgeräumt und verriet durch nichts die schreckliche Sorge, die ihn überfallen hatte. Irgend etwas stimmte nicht. Irgend etwas stimmte ganz und gar nicht. Er hatte den Stein in einer Anwandlung von Gefühlsseligkeit an sich genommen, um dem Jungen nahe zu sein. Doch jetzt fiel ihm nichts ein, das er hätte sagen können. Seine Frage war dumm, aber eine andere hatte er nicht.

Oscar wollte die Frage nicht beantworten. Er hatte das Gefühl, daß sie nicht unschuldig war. Selbst wenn sie unschuldig war, konnte er es ihm nicht sagen. Mit Hilfe eben dieses Steines hatte Gott ihm kundgetan, daß sein Vater sich in schwerem Irrtum befand.

Sein Vater würde keinen Zweifel an seinem Glauben zulassen. Er glaubte, Gott spreche zu *ihm*. Angesichts dieses Mißverständnisses empfand Oscar Mitleid. Aber nicht einmal in Gedanken sah er eine Möglichkeit, seinem Vater zu sagen, warum er gestraft worden war.

Jeden Tag hatte Oscar das Orakel befragt. Der Orakelstein landete auch weiterhin jedesmal auf dem α und nicht auf dem Δ. Oscar wünschte sich, ein Schwein zu sein, keine unsterbliche Seele zu haben, zu Wurst verarbeitet und gegessen zu werden und von diesem schrecklichen Druck der Ewigkeit befreit zu sein. Er konnte seinem Vater nicht einmal ins Gesicht sehen.

Sein Vater hatte ihn gefragt, wo er den Stein gefunden habe. Oscar wußte nicht, was er damit meinte. Er rührte in seinem Tee. Das Fenster neben dem kleinen runden Tisch war beschlagen. Draußen ertrank der braune Adlerfarn im Nebel.

Sein Vater schien das Ausbleiben einer Antwort nicht zu bemerken, und doch blickten seine Augen eigenartig. Lieber Gott, laß die Schuppen von seinen Augen fallen. Laß die Schuppen *jetzt* von seinen Augen fallen.

»Weißt du, wie man diese Farbe nennt?« fragte sein Vater.

Oscar wollte nicht, daß sie benannt wurde. Er war wütend auf seinen Vater, wütend wegen dem, was er gleich tun würde.

»Das ist Indischgelb.«

»Danke, Vater.«

Mrs. Williams füllte den Toastständer, indem sie, gemäß der strikten Anweisung ihres Herrn, in jeden zweiten Schlitz einen Toast steckte. Es bereitete ihr Qualen, mit diesen beiden zusammen zu sein. Sie machte eine Bemerkung über den Nebel. Eines der Mutterschafe der Crouchers war in der Nacht von einem Hund gerissen worden, aber diese Neuigkeit rief keine Reaktion hervor. Mrs. Williams war schon bei ihnen gewesen, als sie noch eine vollständige Familie gewesen waren, nicht dieses unbeholfen taumelnde Ding, das eines seiner Glieder verloren hatte, aus dem Gleichgewicht geraten war und sich am hellichten Tag an allen möglichen Dingen stieß. Es war eine Qual, mit ihnen zusammen zu sein. Sie ging in die Küche, wo sie sie nicht hören konnte.

»Daß es Indischgelb heißt, hat einen guten Grund«, sagte Theophilus, nahm eine Scheibe Toast und prüfte sie, indem er sie zwischen Daumen und Zeigefinger drückte, um sich zu vergewissern, daß sie trotz des sorgfältigen Arrangements zu ihrer Aufbewahrung nicht pappig geworden war. »Einen sehr *interessanten* Grund.«

Oscar sah auf, und im Blick seines Vaters war etwas, das ihn verlegen machte. Der Blick war sanft und flehend. Er gehörte nicht in dieses harte, schwarzbärtige Gesicht, paßte nicht zum Ton der Stimme. Oscar kannte diesen Blick. Er war ihm früher schon begegnet. Er war ein Phantom. Wenn man versuchte, darauf zuzurennen, wich er zurück; wenn man ihn in die Arme schloß, verwandelte er sich in der Umarmung in Distanz. Man konnte ihn nicht festhalten, diesen sanften und liebevollen Drehpunkt der Gefühle seines Vaters.

»Ich nenne es Indischgelb, weil es dieselbe Farbe hat wie ein Pigment in meinem Farbkasten, das so heißt, und das wird in einem recht eigentümlichen Verfahren gewonnen. Aus Pipi nämlich«, sagte sein Vater.

Oscar sah auf. Sein Vater machte ein komisches Gesicht. »Pipi« deutete auf Vertraulichkeit. Es war seltsam, daß er »Pipi« sagte, wo er sonst »Urin« gesagt hätte. Oscar schlug die Augen nieder und wich dem Verlangen im Blick seines Vaters aus.

Lieber Gott, laß ihn sehen.

Aber er wußte, daß sein Vater nicht sehen würde. Er war voller Eigensinn und Hochmut und konnte Gottes Stimme nicht hören.

Lieber Gott, bitte schick mich nicht zu den Anglikanern.

»Aus dem Pipi von Kühen, die mit den Blättern des Mangobaums gefüttert worden sind.«

Das Tischtuch war weiß. Der gelbe Stein lag darauf, neben der kleinen grünen Zuckerdose. Er war indischgelb und jetzt nutzlos. Oscar steckte ihn erst gar nicht mehr in die Tasche, und als Mrs. Williams abräumte, warf sie ihn in Theophilus' Aquarium.

Eine Woche später schnitt Theophilus erneut das Thema »Pipi« an, auch wenn er diesmal das korrekte Wort dafür gebrauchte. Dies geschah im Zusammenhang mit einem außergewöhnlich großen Blätterpilz, den er im Jahr zuvor gezeichnet hatte und von dem er nun eine detaillierte Illustration anfertigte. Er rief Oscar, der gerade an einem griechischen Aufsatz saß, zu sich, und der Junge war froh, seine krakelige Arbeit verlassen zu dürfen, aber auch argwöhnisch, was nun von ihm erwartet werden würde. Er konnte sich nicht erlauben, seinen Vater zu lieben. Er hielt seine Gefühle auf Armeslänge von sich ab, aus Angst, er könnte sonst von Mitleid übermannt werden.

»Du weißt natürlich«, sagte Theophilus, »daß Hexen diese Pflanze essen.«

Oscar spürte das Gewicht des neuen Orakelsteins schwer in seiner Tasche und hielt ihn mit der tintenverschmierten Hand umklammert. Er wollte seinen Vater anschreien: *Deine Seele ist in Gefahr. Du bist im Irrtum.*

Sein Vater war ihm nah und vertraut, so vertraut, daß er sein Gesicht keinem hätte beschreiben können. Er war eine Gestalt, ein Gefühl, er war das Ding, das das Kind »Pa« nennt. Er war Serge, Formaldehyd, Geborgenheit.

Er war nicht Geborgenheit. Nicht mehr.

»Sie trinken den Urin von jemandem, der diese Pflanze gegessen hat.« Oscar sah nicht auf. »Sie stehen mit dem Teufel in Verbindung, oder jedenfalls glauben sie das, wenn sie berauscht sind.«

Der Stein in seiner Tasche war schwer, zu schwer. Seine Hand hatte sich so fest um ihn geschlossen, daß er ihn nicht loslassen konnte. Die Muskeln rings um seine klare Kinnlinie spiegelten den Krampf in seiner Hand wider. Seine Sicherheit lag in Gott.

Der Geliebte des Herrn wird sicher wohnen; allezeit wird Er die Hand über ihm halten, und er wird zwischen seinen Höhen wohnen.

»Wir haben mehrere Hexen in dieser Gegend«, sagte Theophilus. Er hatte das Gefühl, in einen Nebel hineinzusprechen. Sein Sohn sah ihn nicht an. »Ich glaube, es ist wahr, daß Hexen in der Nähe sind.«

Oscar berührte die Kante des Kartonpapiers, auf dem sein Vater zeichnete. Die Kante war scharf, aber die Oberfläche war weich und samtig.

»Glaubst du, daß es wahr ist?«

»Ja«, sagte Oscar. Er sah auf, und die Augen machten ihm Angst.

Sehet euch vor vor den falschen Propheten, die in Schafskleidern zu euch kommen, inwendig aber sind sie reißende Wölfe.

»Ja, das glaube ich auch.« Es entstand eine Pause. Oscar hörte seinen Vater einen Bleistift spitzen. Er roch den scharfen, metallischen Geruch des Bleis und den süßen, saftigen Geruch der Holzspäne.

»Auf den Wegen findet man Beweise dafür«, sagte Theophilus, »daß die Pilzesser unterwegs sind. Hast du die Zeichnungen gesehen?«

»Ja.«

Und dann tat Theophilus etwas, das ganz und gar nicht seinem Wesen entsprach: Er beschrieb etwas, das er nicht mit eigenen Augen gesehen hatte. In seinem verzweifelten Verlangen, die liebevolle Aufmerksamkeit seines Sohnes zu erlangen, den Blick dieser grünen Augen unbesorgt auf seinem eigenen Gesicht ruhen zu sehen, gab er etwas wieder, das Smart Jack, der Wildhüter, der gelegentlich kam, um seine Kaninchen zu verkaufen oder über eine Bibelstelle zu reden, ihm erzählt hatte.

»Oben ist ein leeres Feld«, sagte Theophilus, »und darin opfern sie eine Ziege. Sie schlagen dem armen Tier den Kopf ab und lassen ihn in dem Feld liegen als eine Verspottung unseres Heilands.«

Und werden die Ohren von der Wahrheit wenden und sich zu den Fabeln kehren.

Oscar sah, wie sein Vater das Glas mit kaltem schwarzem Tee hob, den er bei der Arbeit zu trinken pflegte. Der Mund öffnete sich ein kleines Stückchen. Die Zungenspitze war zu sehen. Oscar sah den Vater, den er liebte, aber er sah auch einen Menschen, den Theophilus Hopkins mehr als alle anderen verdammte: einen Einflüsterer von Irrlehren.

Oscars Hand hielt den Stein umklammert. Die Sehnen am Hals verrieten seine Anstrengung.

Er zog die Hand aus der Tasche und öffnete sie vor seinem Vater. Da!

Theophilus nahm den Stein von der tintenverschmierten Handfläche. Der Stein war warm. Er legte ihn auf das Kartonpapier und drehte und wendete ihn mit der Bleistiftspitze.

»*Caput mortem*«, sagte er.

Oscar brach in Tränen aus.

11
Apostasie

Die Baptistenjungen zwangen ihn, Dreck zu essen. Sie zwangen ihn, Lieder zu singen, die er nicht singen durfte. Sie zeigten ihm einen Kupferstich, auf dem eine Götzenstatue zu sehen war, die im Kristallpalast stand. Sie schmierten ihn mit grobkörnigem Matsch ein, weil sie es nicht ertragen konnten, wie zart und weiß seine Haut war.

Er war nicht »von hier«. Er war »von dort«. Er mochte den Klang seiner Stimme nicht. Er versuchte, sie zu verändern und sie so leicht und weich zu machen wie die von Timmy Croucher. Statt »father« sagte er »fayther«, allerdings nicht zu Hause.

Wie klein seine Welt war. Es machte ihm nichts aus, daß sie klein war. Er hätte sie gern noch kleiner gehabt, wäre gern ein Maulwurf oder Dachs gewesen. Am wohlsten fühlte er sich in dem dichten Wald aus Eichen und Ulmen, der die Downs, das grasbewachsene Hügelland, vom Meer trennte. Hier konnte er, in einer tagträumerischen Trance, aus der ihn kein Wind zu reißen vermochte, stundenlang reglos dastehen, versunken in den Anblick von dürrem Laub, verfaulenden Blättern, Sporen, Pilzen, weißen, unbestimmten Lebensformen – von irgend etwas, das keine Seele besaß und aussah wie verschüttetes Mehl. Er steckte Briefe an seine Mutter in ein Baumloch. Timmy Croucher, ein grobknochiger Junge mit olivfarbener Haut und Flaum auf der Oberlippe, entwarf besondere Gebete; sie hielten ihre eigenen Gottesdienste ab und stritten darüber, wie es in der Hölle sein mochte. Auf der bauchigen, stacheligen Karte seiner Welt nahm dies den größeren Teil ein. Das Dorf war nicht auf der Karte. Dorthin ging er nur, wenn man es ihm befahl, und, sofern er das einrichten konnte, unter Mrs. Williams' Schutz. Wie ein Hund besaß er ein ausgeprägtes Gefühl für sein Territorium, und wenn er ein Gebiet betrat, das nicht auf seiner Karte war, wenn er beispielsweise über die Downs nach Morely ging, dann tat er es mit eckigen Bewegungen, rennend, mit knackenden Kniegelenken, außer Atem und mit Seitenstichen.

Er wollte den Schutz des väterlichen Hauses nicht verlassen. Er hatte kein Verlangen danach, die Welt zu sehen und an den großen Abenteuern des Empires teilzuhaben. Dieses Empire existierte jenseits des Nebels, der die Sicht beschränkte. Irgendwo dort gab es »Disraeli« und »Lord Russell« und »Lord Elgin«. Er konnte sie sich nicht vorstellen. Er kannte Mrs. Williams, Timmy Croucher, Smart Jack.

Er hatte den anglikanischen Pfarrer und seine Frau gesehen, aber in seinem Leben kamen sie nicht vor. Natürlich stimmt es, daß Hennacombe um die Kirche und das Pfarrhaus von St. Anne gebaut war, aber das Dörfchen war wie ein Baum, dessen Kernholz verfault ist. Es gab keinen Kern mehr, nur noch einen Hohlraum voller Staub und Spinnen. Und doch war dies der Ort, wohin er nach Gottes Ratschluß gehen sollte. Wenn er nicht auf den Stein hören wollte, wiederholte Gott es immer wieder. α = Anglikaner.

Gott sagte also: »Geh.« Diese Vorstellung hatte nichts Schönes an sich.

Er versprach Gott, er werde vor Aschermittwoch gehen, aber am Aschermittwoch wachte er in seinem eigenen Bett auf.

Er versprach Gott, er werde vor Karfreitag gehen. Er feierte das Osterfest ohne Glauben in seinem Herzen und inmitten von Plymouthbrüdern in weißen Kitteln. Beim Gottesdienst las er aus der Schrift. Gott sagte: *»Du Heuchler.«*

Ostern kam und kam doch nicht. Am Ostersonntag waren die Wildkirschenknospen noch immer fest geschlossen. Es war der 24. April, fast so spät im Jahr, wie Ostern nur sein kann. Daß es Ostern keine blühenden Wildkirschen gab, war noch nie vorgekommen. Auch Weidenkätzchen gab es nicht. Sie wurden in Hennacombe »Palmkätzchen« genannt und am Palmsonntag anstelle von Palmwedeln verwendet. Auch Himmelsschlüssel als Osterschmuck gab es nicht. Es gab keine Zitronenfalter. Die Mauersegler waren noch nicht zurück. Auch dies war ein Zeichen.

Das Wetter machte ihm angst. Das Wetter war es, das ihn zur Apostasie trieb.

Er ließ das, was er tat, nicht in sein Bewußtsein dringen. Während die Brüder ihren langen und klagenden Choral sangen – es war der zweite Sonntag nach Ostern –, schlich er sich leise zur Tür des Versammlungssaals hinaus. Er hatte in der Tasche nichts weiter als ein Dreipennystück und ein schmutziges Taschentuch. Er ging an seinem Vaterhaus vorbei und hörte eine Tür schlagen, als Mrs. Williams vom Garten hereinkam. Unter sich, ein Stückchen zur Linken, konnte er den viereckigen Turm von St. Anne sehen. Er lag in tiefem Schatten, eingerahmt von kahlen Bäumen. Es war kein verheißungsvolles Ziel.

Er war fünfzehn Jahre alt, fast sechzehn. Die Stiefel waren zu eng für seine Füße. Die Handgelenke ragten aus den Ärmeln – sie sahen aus, als wären sie einen Fuß lang. Er bog auf einen Weg ein, allerdings nicht auf den, der direkt zur Kirche führte. Er versuchte nicht daran zu denken, was er tat. Er sprach ein kleines Gebet, aber die Worte waren wie Ziegelsteine – er setzte sie sorgfältig, langsam, eins nach dem anderen –, um die Alpträume auszusperren, die in sein Wachbewußtsein gesickert waren: das Gesicht seines Papas, der im Feuer der Hölle brannte.

Er konnte die Plymouthbrüder singen hören. Sie zogen die Worte in die Länge wie Karamelbonbons. »Lieber Gott«, betete er, »ich bin erst fünfzehn.«

Der Weg gabelte sich. Der linke Arm führte hinunter ins Tal und daher mehr oder weniger direkt zur Kirche. Er schlug den rechten Weg ein, der nach Man's Nose und dann weiter in die Downs führte.

Er sah hinab auf seine blankgeputzten Stiefel, den roten Kies, den toten Wegrand. Er dachte an Sommer, an die weißen Blüten des Weißdorns, an Schlehen, an Ahornbäume, an Schneeballrosen, an die glänzenden, herzförmigen Blätter der Zaunrüben. Er empfand schmerzvolle Sehnsucht nach sonnenhellen Abenden. Er sah die zarte, forschend tastende Bewegung des Bambusstocks seines Vaters, wie er die schönen Hundsveilchen, die Steinmieren mit ihren Tausenden von weißen Sternen, das Bingelkraut, die Kornraden segnete.

Er dachte: Ich werde nie mehr glücklich sein.

Er schneuzte sich und warf einen kurzen, aber neugierigen Blick auf das Taschentuch. Er steckte es wieder ein. Der Weg war beinah am Meer angelangt. Er mochte diesen Teil des Weges nicht. Er drehte sich um und begann in die Richtung zu rennen, aus der er gekommen war – in Richtung St. Anne. Er wählte einen anderen Weg, der hinunter durch dunkles Unterholz führte. Amseln sangen mit Flötenstimmen, aber er hörte sie nicht. In seinem Kopf rollte etwas umher wie eine getrocknete Erbse. Zweige und Ranken überwucherten den Weg. Er schob sich hindurch. Er drückte mit dem Fuß die dicken Äste der Dornbüsche zu Boden. Er bekam nur noch schwer Luft. Er stolperte und strauchelte. Und als er auf dem hohen Wall herauskam, von dem aus man Hochwürden Strattons Gemüsegarten sehen konnte, verließ er auch diesen Pfad, setzte sich auf den Hosenboden und landete rutschend, mit den Fersen voran, in dem flachen Graben unterhalb des Walls.

Er wollte das Dreipennystück werfen und suchte in seiner Tasche danach, aber er hatte die Münze verloren. In seiner Tasche war ein winziges Loch. Er blieb einen Augenblick stehen und musterte tief atmend die überwachsene Steinmauer.

Er war zwischen Wall und Mauer gefangen. Er hätte sich an der Mauer entlangschieben und den Übergang finden können, obwohl er sich dabei wahrscheinlich verletzt hätte, denn der Übergang war alt und das Holz in der feuchten Luft verfault, da er seit den Zeiten des früheren Inhabers der Pfründe nicht mehr benutzt worden war. Aber Oscar war ohnehin zu ungeduldig, und er stürzte sich jetzt auf die Mauer wie ein vor Angst ganz schwacher Soldat, der in seiner Verzweiflung aus dem Graben springt: Der Körper wird durchpulst von Alarmstoffen, die Zähne sind zusammengebissen, die Lippen bereits zum Schrei geöffnet.

Er krallte sich an einem Stein fest, kratzte Flechten ab und schürfte sich die Haut auf. Er schwang einen Fuß auf den Rand der Mauer, rutschte ab und zerriß sich das Hosenbein, fand dann einen besseren Halt und zog sich hinauf auf die zackige Mauerkrone, von wo er auf Tomatensetzlinge, braune Erde und Zitronenfalter hinabsah. Er war bereits im Sprung, als Hochwürden Stratton, einen Spaten in der Hand, angerannt kam. Der Pfarrer übersprang – eins, zwei, drei – die Beete. Er hatte Glück, daß die Wege breit genug für einen Zwischenschritt waren. Seit dem letzten Sportfest in Eton war er nicht mehr so gerannt.

Neben den Setzlingen steckten bereits die Stangen in der Erde. Sie bildeten eine Barriere, die der Geistliche nicht so leicht überwinden konnte. Er stand auf der einen Seite, der junge Eindringling auf der anderen. Außer Atem sahen sie sich an.

»Du, Junge!« sagte Hugh Stratton.

Oscars Mund stand offen. Sein Hosenboden hatte einen Riß bekommen, als er den Wall hinuntergerutscht war. Er fand, daß der Geistliche aussah wie ein Gemüse, das man geerntet und zu lange liegengelassen hatte. Er konnte eine fremdartige Ausdünstung riechen und wußte, daß das Alkohol war. Er nahm an, daß er bei dem exotischen Ritual des Abendmahls verwendet wurde.

Der Geistliche umging das Tomatenbeet. Er hätte nicht so rennen sollen. Sein Rücken tat entsetzlich weh. Der Ischiasnerv schickte einen

Schmerz durch seine Beine, der so heftig war wie Zahnweh, bohrend in seinen Hoden pulsierte und seine Pobacken in Besitz nahm.

»Du, Junge – geh nach Hause zu deinem Vater.«

»Ich kann nicht«, sagte Oscar und trat einen Schritt zurück in die jungen Salatpflänzchen.

»Geh aus meinem Salat«, sagte Hugh Stratton. Er machte einen Schritt vorwärts. Das war ein Fehler, denn Oscar war gezwungen, noch einen Schritt zurückzugehen und eine weitere Pflanze zu zertreten.

»Ich bin berufen«, sagte Oscar.

Es dauerte eine ganze Weile, bis er sich erklärt hatte.

12
Zu dienen und zu herrschen

Mrs. Stratton war keine Universitätsdozentin. Das wäre unmöglich gewesen, denn obgleich die Universitätsverfassung es einem vierzehnjährigen Jungen (mit Taschen voller Bindfaden und vertrockneten Würmern) gestattete, ein Studium aufzunehmen, durfte eine Frau sich unter keinen Umständen immatrikulieren. Dennoch hatte Mrs. Stratton den dazugehörigen Gang. Ihr ganzer Körper brachte ihre Berufung zum Ausdruck. Sie hatte jenen Gang, den man heutzutage in der Magpie Lane und in der Merton Street besichtigen kann. Die Dynamik dieses Gangs läßt sich am besten würdigen, wenn man einen fast einen Meter hohen Stapel Lehrbücher auf die ausgestreckten Arme einer gedachten Person legt. Der Rest ist reine Physik. Es läßt sich mit Hilfe von Vektoren darstellen: Der vertikale Pfeil steht für die Masse der Bücher, der horizontale für die vorwärtsstrebende Kraft des sich bewegenden Körpers. Es ist ganz klar. Man sieht sofort, warum der Körper eines solchen Menschen im Winkel von sechzig Grad zur Horizontalen vornüber geneigt ist. Es liegt an den Büchern, oder an der Vorliebe für Bücher. Und wenn man an die Höhe des Stapels denkt, wird einem auch klar, warum diese Leute immer derart den Kopf recken. Anfangs hatte man den Verdacht, sie seien kurzsichtig – aber nein, der wahre Grund ist die Höhe des Bücherstapels, über den sie hinwegsehen müssen.

Mrs. Strattons Vater war Universitätsdozent gewesen (allerdings nur kurz – es hatte eine Kontroverse gegeben). Er hatte jedoch nicht diesen Gang. Ihre Mutter war natürlich nie Dozentin gewesen, aber ebensowenig war sie mit abgeknicktem Oberkörper gegangen. Die Tochter hatte, so schien es, diesen Gang entwickelt, um einem eigenen Bedürfnis zu entsprechen. Sah man sie die steilen roten Wege in Devonshire entlanggehen, so sah man einen Menschen, der nicht in seinem Element war. Sie war linkisch, so linkisch, daß man sie, ganz gleich, wie gern man sie mochte, nie zu einer Partie Tennis eingeladen hätte. Sie gehörte nach Oxford, nicht nach Hennacombe, und doch war ihr dies nicht bewußt. Wenn sie in schlammverkrusteten Stiefeln die Straße hinunterging, umgab sie eine Mischung aus Verbissenheit und Gutmütigkeit, so daß man es sich, wenn sie den Kopf hob und einem ihr langes Kinn entgegenreckte, nicht gestattete, Verärgerung zu empfinden oder diese Haltung als Ausdruck von etwas so Unerfreulichem wie Starrsinn zu interpretieren, sondern darin vielmehr die Entschlossenheit erblickte, trotz aller Widrigkeiten ans Ziel zu gelangen.

Ihr Vater war Geistlicher und Inhaber einer großen Pfründe in Buckinghamshire gewesen, die er selbst bestellt hatte. Das Farmleben hatte ihr gefallen. Zur Erntezeit mußten alle mit anpacken – der Hilfspfarrer, der Pfarrer (der Dechant allerdings nicht), die Pächter und die Landarbeiter sowie alle jungen Frauen (unabhängig von ihrer gesellschaftlichen Stellung), die allesamt große weiße Hauben trugen, welche ihre vielgerühmte zarte Haut vor der Sonne schützen sollten. Das gefiel ihr ebensogut wie das gesellschaftliche Leben im Salon, wo ihre Konversation kein bißchen weniger intellektuell war, als ihr Gang vermuten ließ. Ihr Vater sagte gerne, daß Betty »eine brauchbare Ehefrau« abgeben würde. Und obwohl er ihre Brauchbarkeit völlig richtig einschätzte – ohne sie hätte ihr Mann wahrscheinlich hungern müssen –, war sie, als der zukünftige Vikar von Hennacombe um ihre Hand anhielt, eine alte Jungfer von achtundzwanzig.

Was die vorangegangenen jungen Männer beunruhigt hatte, war nicht ihre Begeisterung für das Garbenbinden bei der Getreideernte gewesen, sondern vielmehr ihre Leidenschaft für die Erörterung der großen Fragen, die die Anglikanische Kirche angesichts der immer größer werdenden Kluft zwischen den Puseyanern und den Wesleyanern bewegten. Es gab Leute, denen diese Leidenschaft mißfiel, weil sie der Meinung waren, Theologie sei nichts für eine Frau. Und es gab andere, die fanden, daß ihre Stimme immer ein kleines bißchen zu laut für ein Salongespräch war. Von diesen gehörten natürlich mit Sicherheit einige zur ersten Gruppe, aber es sollte auch erwähnt werden, daß es andere gab, die sich, obgleich sie persönlich Widerwillen empfanden, zur Besitzerin dieser Stimme hingezogen fühlten und sie beschützen wollten, wie einen Blinden, der sich ständig blaue Flecken holt, weil er immer wieder gegen Wände läuft. Es gab jedoch auch junge Männer, die von ihren Ansichten fasziniert waren. Diese waren nicht unbedingt in der Minderheit, es mangelte ihnen aber an Stehvermögen: Ihr Interesse war ein schnell und hoch aufloderndes Strohfeuer, das ebenso rasch wieder in sich zusammenfiel. Sie machten zwei- oder dreimal kurz hintereinander ihre Aufwartung und ließen sich dann nie mehr sehen. Es waren junge Männer, die zu dem Schluß kamen, daß die Tochter des Hauses zwar gescheit, durch ihren Hang zu Streitlust und Widerworten aber auch ziemlich verdorben war, und daß Miss Cross jedes Argument, das man vorbrachte, wie eine Schießbudenfigur behandelte, die sie sogleich erledigen mußte. Wenn ihr Verehrer die evangelische Position vertrat, fühlte sie sich zum Latitudinarismus hingezogen; sie konnte jedoch ebenso leicht für die Verfechter der schwärmerischen Richtung des Evangelismus eintreten, vorausgesetzt, ihr Freier zeigte puseyanische Tendenzen. Sie war durchaus imstande, ein hervorragendes Argument anzuführen, das die zweifelhaften Aspekte des Athanasischen Glaubensbekenntnisses verteidigte, um es dann, ohne ihren Freund mit einem so schweren Problem zu belasten, gleich selbst wieder auseinanderzunehmen. Der Dekan ihres Vaters, ein staubtrockener alter Mann, der es nicht mochte, wenn man seine Kreise störte, verglich ihr Verhalten mit dem eines großen und begeisterten Kindes, das fünf Stunden damit zubringt, eine Sandburg zu bauen, nur um sie dann wieder zu zerstören. Das war ungerecht, und zwar nicht nur, weil er bei dieser Äußerung seinen Mund gouvernantenhaft mißbilligend spitzte (zu derselben festverschnürten Geldbeutelmiene, die auf seinem Gesicht erschien, wenn er – wie stets beim dritten Brandy – an die Schamhaare dachte, die eine berühmte Romanautorin im Bad des Dekanats zurückgelassen hatte). Es war ungerecht, weil Betty Cross keine feste Position bezog, keiner Partei angehörte, keine schismatischen Thesen vertrat, sondern lediglich nach »Wahrheit« strebte. Sie suchte nach etwas, das absolut war, und konnte es nicht finden. Sie hing an keinem Vorurteil, das ihr als Anker hätte dienen können, und daher galt sie als streitlustig. Zum Glück war sie sich dessen ebensowenig bewußt wie ihres Gangs.

Will heißen: zum Glück für Hugh Stratton, der 1838 sein Abschlußexamen am Oriel College in Oxford ablegte. Er kam im Herbstsemester nach Buckinghamshire, um seinen Freund Downey zu besuchen, der bei Betty Cross' Vater den Hilfspfarrer spielte und nebenbei heimlich die frühen apokryphen Evangelien übersetzte. Hugh fand großen Gefallen an Betty Cross und wurde ihrer Gegenwart nicht müde.

Seine Meinung war – und er hatte keine Hemmungen, sie zu äußern –, daß die älteste Tochter des Dekans ihm Ausblicke eröffnet, Möglichkeiten aufgezeigt hatte, auf welche die hervorragenden Fellows in Oriel – ausgezeichnete Männer, berühmte Männer – ihn nicht aufmerksam gemacht hatten. Er wirbelte wie ein Kreisel, er wurde vom Wind ihres Widerspruchsgeistes davongetragen. Ihn störten weder ihr dozentenhafter Gang noch die Lautstärke ihrer Stimme und die Tatsache, daß sie große Hände hatte und diese bereits mit Pigmentflecken gesprenkelt waren. Sie hatte einen starken Knochenbau, aber das gehörte nicht zu den Dingen, die ihm auffielen, weder als begehrenswert noch als abstoßend. Er besaß keinen Blick für Äußerlichkeiten und brachte es fertig, einem Menschen viermal zu begegnen, ohne ihn wiederzuerkennen. Dieses für einen Geistlichen fatale Unvermögen verbarg sich hinter dem unsicheren Lächeln, welches er wildfremden Menschen schenkte, immer bereit, es breiter werden zu lassen, wenn es erwidert wurde, oder es, wenn das nicht der Fall war, wieder an sich zu reißen. Also bemerkte er auch die Pigmentflecken nicht. Er wußte, daß sie flachsblondes Haar hatte, aber wenn man ihn nach der Farbe ihrer Augen gefragt hätte, wäre er gezwungen gewesen zu raten. In der Erinnerung sah er ihr Gesicht als eine formlose Sanftheit, in der alle Einzelheiten durch die Gefühle verwischt wurden – so, wie ein einjähriges Kind angeblich seine Mutter wahrnimmt. Die üppige Fülle ihrer Gedanken aber war für ihn wie ein Garten. Niemand streitet in einem Garten darüber, welches die wahre Blume ist, und so, meinte er, war es auch mit ihren Gedanken und Gegenreden. Er erkannte damals nicht (und würde nie erkennen), daß sie seinem beruflichen Weiterkommen im Weg stehen würde. Sie ging einer ganzen Reihe von Dekanen und Bischöfen derart auf die Nerven, daß sie sich gezwungen sahen, die beiden zu verstecken wie zwei scheußliche Bierkrüge, welche man von einem Verwandten geschenkt bekommen hat, der eines Tages vielleicht einmal zu Besuch kommt. Die Bierkrüge dürfen nicht weggeworfen werden. Man muß sie aufbewahren, sichtbar, aber eben nicht *ganz* sichtbar. Daher also: Hennacombe in der Diözese Exeter.

Die Strattons hatten keine Kinder, und angesichts der Keuschheit ihrer Umarmungen hatten sie auch keinen Grund, welche zu haben. Sie fanden, dies sei ein zivilisiertes Arrangement. Sie hatten es, mit Erleichterung, in ihrer Hochzeitsnacht getroffen und kamen nie in Versuchung, diese Entscheidung zu überdenken. Mrs. Stratton hatte nicht das Gefühl, daß ihr etwas fehlte. Sie war glücklich mit fast jedem Aspekt ihres Lebens, glücklicher, fand sie, als sie gerechterweise hätte sein dürfen. Sie fühlte sich ständig erfrischt von der ländlichen Umgebung, vom

Anblick des Meeres, vom Wechsel der Jahreszeiten. Sie tat sich um. Sie hatte ihre Zeitschriften, die sie lesen, und einen intelligenten Mann, mit dem sie sich unterhalten konnte, aber es gefiel ihr auch, mit den Leuten vom Land zusammenzusein, sie hörte gern die Meinung von Wildhütern und Schäfern, Reetschnittern und Bauernjungen. Sie war arm, gewiß, viel ärmer, als sie je erwartet hatte, aber dieses schreckliche, dieses am meisten gefürchtete Ding war irgendwie nicht so, wie sie es sich einst vorgestellt haben mochte. So viele der Menschen, unter denen sie lebten, waren arm. In dieser Gegend trugen die kleinen Jungen die Kleider ihrer älteren Schwestern auf, und niemandem fiel es ein, darüber zu lachen. Wenn ihr Mann glücklich gewesen wäre, hätte sie ihr Leben für vollkommen gehalten.

Aber Hugh litt unter ihrer Armut. Er schob die Schuld dafür auf den Gutsherrn, diesen Baptisten, oder auf Theophilus Hopkins, der immer im Meer stand. Ein feuchter Fleck an der Wand des Wohnzimmers genügte, um ihn wie ein kleines Kind in Tränen ausbrechen zu lassen. Er machte sich Sorgen um das Reetdach und besaß eine Blechdose für die Münzen, mit denen er eines Tages den Dachdecker bezahlen wollte. Er schrieb besondere Gebete an den Allmächtigen, des Inhalts, die Osterkollekte möge stattlich ausfallen, die Blattläuse sollten seine Tomaten verschonen, und der Weizen solle nicht vom Brand befallen werden. Das Argument seiner Frau lautete, es sei schon immer so gewesen, der Gutsherr schon immer ein ungehobelter Kerl, die Wände schon immer feucht, etc., etc., lieber Hugh, und sie seien noch am Leben. Das war kein gutes Argument. Es machte die Sache nur schlimmer. Er führte sie durch das Haus und wies sie auf die *neuen* Schimmelflecken, auf *neue* morsche Stellen hin. Er legte sich neben der Sonnenuhr (»Zu dienen und zu herrschen«) ins wuchernde Gras und weinte. Er beschwor sie, die Abonnements ihrer Zeitschriften aus Oxford und London zu kündigen. Sie weigerte sich. Er machte ihr lautstark Vorhaltungen. Sie erwiderte, lieber werde sie einen Monat lang bloß Rüben essen, auf Schuhleder verzichten und das Pferd verkaufen. Er sagte, dazu würden sie vielleicht ohnehin gezwungen sein. Sie machte keine Bemerkung über die Kosten des Sherrys, den er später trank, um sich zu trösten.

Dies war der Mann, der durch das Symbol α repräsentiert wurde, derjenige, den Gott Oscar gegenüber als Seinen auserwählten Diener bezeichnet hatte. Die Gefühle, die den auserwählten Diener bewegten, als er schließlich begriff, was Oscar zu ihm getrieben hatte, waren weit komplizierter als die, welche ihn beim Verlust von zweien seiner jungen Salatpflanzen überkommen hatten.

Hugh Stratton warf sein glattes blondes Haar aus der Stirn und vergrub die Hände tief in den Taschen. Er machte eine kleine Bewegung – ein Rucken, ein Nicken, eine Kniebeugung. Und dann drehte er sich um und ging voraus durch das große Labyrinth der Gartenwege, wobei er seinen Gast warnend auf den umgefallenen Rechen, die rostige Forke, die erst zur Hälfte ausgehobene Senkgrube mit den abbröckelnden Rändern hinwies. Und wenngleich, wie nicht anders zu erwarten, ein Teil von ihm verzweifelt darüber war, daß er nun noch jemanden zu füttern und zu kleiden hatte, gab es einen anderen Teil, der in unerhörtem Triumph frohlockte – hier war eine Seele, die theologische Rettung bei ihm suchte. Er ging schnell, mit ausgreifenden Schritten, und der verkniffene graue Ausdruck auf seinem Gesicht stammte lediglich vom Schmerz seines Ischiasnervs. Er ging nicht zur Hinter- oder Vordertür, sondern zum Küchenfenster, durch das er der Köchin die Eier und das Gemüse zu reichen pflegte. Er klopfte laut und ungeduldig und lenkte Mrs. Millar in einem heiklen Moment von der Eiercreme ab.

»Legen Sie zum Essen noch ein Gedeck mehr auf, Mrs. Millar«, sagte er. Er konnte sich ein schiefes Grinsen nicht verkneifen.

»Er hat sein eigenes«, sagte Mrs. Millar. »Zu Hause.«

»Er soll sein eigenes haben, Mrs. Millar«, rief Hugh Stratton, und er rief es voller Freude. »Er soll bei uns sein eigenes haben. Er wird den ovalen Serviettenring bekommen.«

Normalerweise hätte sie das nicht durchgehen lassen – einen Ring als oval zu bezeichnen –, aber seine gute Laune verwirrte sie. Sie beugte sich vor und tat so, als musterte sie den Jungen, während sie in Wirklichkeit versuchte, den Atem ihres Brotherrn zu riechen. Der Geruch der Eiercreme kam ihr dabei jedoch in die Quere, und so zog sie ohne eine Entschuldigung ihren Kopf zurück und knallte das Fenster zu.

13
Rosinen

Es war das zweite Mal in seinem Leben, daß er Rosinen sah. Er pulte sie aus dem Gericht, von dem sie behaupteten, es sei Shepherd's Pie. Er legte sie nebeneinander auf den Rand des Tellers. Der Teller war mit Götzenbildern bemalt. Er begann, die Bilder mit den Rosinen abzudecken. Er tat es nicht mit Absicht. Er war viel zu bedrückt, um berechnend zu sein.

Das ersten Rosinen, die er gegessen hatte, waren in der sogenannten »Frucht des Satans« gewesen – im Weihnachtspudding.

Alle Muskeln in seiner schmächtigen Brust waren angespannt. Er hielt Messer und Gabel umklammert und versuchte, seinen Geruchssinn auszuschalten. Es roch säuerlich im Haus des Pfarrers. Er hatte sich noch nie irgendwo so fremd gefühlt. Es schien, als gäbe es nichts, über das er mit der Hand streichen könnte, das nicht klebrig von Feuchtigkeit war. Man hatte ihm die Aussicht gezeigt, und er hatte unabsichtlich mit der Hand das Schondeckchen auf dem großen kastanienbraunen Sofa gestreift. Die Feuchtigkeit hatte ihm das Gefühl gegeben, etwas Totes zu berühren. Angewidert hatte er die Hand ruckartig zurückgezogen. Er hatte das Gesicht verzogen. Das war bemerkt worden. Er war hochrot geworden und hatte seine Hände tief in den Jackentaschen versteckt, wo Brotkrümel herumrollten.

Aber schlimmer als die Feuchtigkeit war der Nestgeruch im Haus der Strattons. Er war wie eine behandschuhte Hand, die einem die Nase in ein muffig riechendes Buch drückte. Als er eingetreten war, hatte sich der Geruch erhoben und auf ihm niedergelassen wie Blattläuse auf einem Rosenbusch. Rings um ihn her türmten sich schief und schwankend Bücher, Papiere, Zeitungen, und sie standen nicht immer in Regalen, sondern ragten manchmal in Stapeln wie Türme vom Boden auf.

Die drei nahmen in Sesseln Platz und sahen hinaus in das gelbliche Abendlicht. Oscar hatte das Gefühl, an Schmerz und Melancholie zu ersticken.

Dies, so meinte er, mußte der Salon des anglikanischen Pfarrers sein. Niemand sonst in Hennacombe hatte einen Salon. Aber dann sah er aus dem Augenwinkel (er konnte dieser Sache nicht seine ganze

Aufmerksamkeit widmen, denn er wurde gerade über den Gesundheitszustand der Hühner seines Vaters verhört), daß das Dienstmädchen der Anglikaner sich an dem großen Lesetisch zu schaffen machte. Sie räumte Zeitungen und Zeitschriften zusammen und legte sie auf die Papiertürme, die sich entlang der Wände erhoben. Andere stopfte sie in Schränke, die wie Sammelplatz für schmutzige Bettwäsche aussahen – nur daß in ihnen anstelle von Leinen Papier aufbewahrt wurde. Als der Tisch leer war, warf sie ein Tischtuch darüber und legte das Besteck auf.

Als sie alles über Theophilus' Hähne in Erfahrung gebracht hatten, was sie aus ihm herausholen konnten, setzten Mr. und Mrs. Stratton ihn ans Kopfende des Tisches und nahmen dann rechts und links von ihm Platz. Das schien ihm falsch, aber fast alles hier war falsch. Das Licht war zu schwach, um die orientalischen Götzenbilder (denn für solche hielt er das Weidendekor auf den Tellern) und besonders den sogenannten Shepherd's Pie erkennen zu können, der mehr wie eine dicke Lage Kartoffeln mit einer dünnen Schicht Sauce darunter aussah. Er schmeckte höchst sonderbar – nach Curry –, aber da er noch nie ein mit Curry gewürztes Gericht gegessen hatte, erkannte er den Geschmack nicht.

Außerdem steckten Rosinen darin. Er wußte nicht, was das zu bedeuten hatte, aber trotz des Weihnachtspuddings, der ihn hierher geführt hatte, erschienen ihm Rosinen falsch. Man hört nicht innerhalb von fünf Minuten auf, ein Plymouthbruder zu sein. Er legte die Rosinen auf die Gesichter der Götzen.

Eines wurde ihm deutlich vermittelt: Es war wichtig, daß er alles aß, was auf seinem Teller war. Als dort nur noch die Rosinen lagen, beugte Mrs. Stratton sich vor und gab ihm noch einen großen Löffelvoll auf.

»Danke«, sagte er. Er wünschte, er wäre nie hierher gekommen.

»Es sind nur Rosinen«, sagte Mrs. Stratton und strahlte ihn durch das düstere Zwielicht an.

»*Nur* Rosinen!« schnaubte Mr. Stratton. »Vier Pennies das Pfund und *nur* Rosinen.«

»Ja, Lieber«, sagte Mrs. Stratton, deren Vater ihnen die Rosinen (feinste Elemes) zusammen mit einer ganzen Teekiste voll anderer Dinge, die er als »unerläßlich« bezeichnete, per Eisenbahn von Oxford geschickt hatte. »Er kennt sie wahrscheinlich nur nicht. Kennst du keine Rosinen?«

»Oh, nein«, sagte Oscar. »Nein, kenne ich nicht.« Er war froh, eine so simple Erklärung dafür zu haben, daß er keine Rosinen aß. Er bat sie in Gedanken, den Teller fortzunehmen. Er nippte an seinem Tee. Er lächelte Mr. Stratton gequält an, und dieser bemühte sich ebenfalls, seinen guten Willen zu zeigen.

Mr. Stratton war angespannt. Er ließ die Gabel auf seinem leeren Teller klirren und nahm einen Schluck von etwas, das, wie Oscar plötzlich wußte, »Alkohol« sein mußte.

»Hast du schon einmal eine Orange gesehen?« fragte Mrs. Stratton. Sie hatte ein hübsches Gesicht, fand Oscar, mit großen, weichen Lippen und blassen, sanften, blinzelnden Augen, aber alles an ihr war größer, als es hätte sein sollen.

»Ja«, sagte er.

»Wie schön!« sagte sie und lehnte sich, die Hände im Schoß, zurück, als wären Orangen der Grund für sein Kommen gewesen.

Er aß noch mehr von dem schrecklichen Essen.

Er dachte: Sie sind Deine Diener, Herr.

Es hatte den Anschein, daß keiner der Strattons wußte, worüber sie mit ihm sprechen sollten. Mr. Stratton trommelte mit der Gabel auf seinem Teller und trank noch mehr »Alkohol«. Mrs. Stratton fragte ihn über mehrere Obstsorten aus und beschrieb ihm dann eine kleine Kirche in Torquay, die gerade von einigen Anhängern Dr. Puseys restauriert wurde. Außer dem Hochaltar sollte noch eine Reihe anderer Altäre in der Kirche errichtet werden. Jeder Altar sollte eine eigene Sakristei mit einer Garderobe und einem eigenen Schrank für das Altargerät haben. Sie fragte Oscar nach seiner Meinung zu diesem Thema.

»Ich weiß nicht, Ma'am«, sagte der Junge unglücklich. Er wußte, daß ein Altar ein Ort war, an dem heidnische Opfer gebracht wurden. Das war alles, was er im Zusammenhang mit diesem Wort wußte. Er wußte, daß er die Rosinen essen mußte, sonst würde der Teller nicht abgeräumt werden. Sie warteten darauf, daß er die Rosinen aß.

Die Rosinen waren zu einem Symbol für Weihnachtspudding geworden. Er wußte, daß er sie essen sollte. Er konnte sich nicht dazu überwinden.

»Du ziehst also bei Altären die Grenze«, behauptete Mrs. Stratton.

»Naja, ich weiß nicht – ich weiß es wirklich nicht, Hugh – ich weiß nicht, ob es falsch ist, das zu tun, denn schließlich gibt es so vieles, das wir ohne Nachdenken hingenommen haben, und wenn einer ihn ›Abendmahlstisch‹ nennt, werde *ich* ihn deswegen jedenfalls nicht einen Fanatiker nennen.«

Der Junge schob seine Rosinen seitlich an den Tellerrand. Er sah so unglücklich aus.

Mrs. Stratton lächelte. »Eigentlich ist das doch wirklich eine hübsche Unterscheidung. Findest du nicht, Hugh?« Und nachdem sie ihre Rede so selbstsicher begonnen hatte, brachte sie sie jetzt mit einem atemlosen und eher flehenden Unterton und gebeugtem Kopf zu Ende.

Unvermittelt nahm Mr. Stratton sich Oscars Rosinen.

Er spießte sie eins, zwei, drei, usw. mit seiner Gabel auf. Er sagte erst wieder etwas, als er sie alle aufgegessen hatte.

»Glaubst du, dein Vater wird angelaufen kommen?« Er starrte Oscar streitlustig an.

Oscar konnte dem Blick nicht standhalten. Daß Mrs. Stratton seine Hand tätschelte, fand er nicht beruhigend.

»Und mich bedrohen?« fragte Mr. Stratton.

Bis zu diesem Augenblick hatte Oscar überhaupt nicht an die unmittelbare Zukunft gedacht. Seine Gedanken waren auf die Ewigkeit gerichtet gewesen. Er hatte lediglich daran gedacht, wie er das Undenkbare tun könnte. Wenn er sich gestattet hätte, über die Maßnahmen seines Vaters nachzudenken, hätte er nie die Willenskraft gehabt, über die Mauer in den Garten des Anglikaners zu klettern. Aber jetzt, da er sich vorstellte, wie sein Vater hier eintreten und wütende Drohungen gegen Mr. Stratton ausstoßen würde, wurde ihm leichter ums Herz.

»Ja«, sagte er, »ich glaube schon.« Und als er sah, welche Wirkung diese Äußerung auf Mr. Stratton hatte, fühlte er sich mit einemmal sehr stark. Ihm galten die Liebe und Sorge seines Papas. Natürlich würde sein Papa kommen. Er war nur ein Junge, und die ganze Angelegenheit würde ihm aus der Hand genommen werden.

Er lächelte Mrs. Stratton zu, obgleich er wußte, daß dieses Lächeln nicht zu der Ernsthaftigkeit der Frage paßte.

»Drohungen werden seiner Sache nichts nützen«, sagte Mr. Stratton. Er nahm die Glocke und läutete. Es schien, als wartete er ungeduldig, daß Mrs. Millar Oscars Teller abräumte. Er trank sein Glas »Alkohol« aus. »Das kannst du ihm von mir ausrichten.«

»Du willst *hier* bleiben?« sagte Mrs. Stratton, und als sie von Oscar zu ihrem Mann und wieder zurück sah, kam plötzlich Unruhe in ihre Augen. »Hugh?«

Ohne jede Vorwarnung grinste Mr. Stratton sie an. Mrs. Stratton beschloß, das Grinsen dem Einfluß des Sherrys zuzuschreiben.

»Ja, Ma'am«, sagte Oscar.

»Aber was soll dein armer Vater dann tun?« sagte Mrs. Stratton. »Denk doch nur an den schrecklichen Schmerz, den du ihm zufügst – zu wissen, daß sein Sohn hier bei uns ist, kaum hundert Meter von ihm entfernt.«

Oscars Augen schwammen in Tränen. Er kratzte sich am Kopf. Er sah sich im Zimmer um (ein bißchen gehetzt, fand Mrs. Stratton).

»Ich weiß, Ma'am. Er wird sehr traurig sein.«

Mrs. Stratton hörte den Südwestakzent, wo die Baptistenjungen bloß London gehört hatten. Nicht zum erstenmal dachte sie daran, wie ausdrucksvoll er war. Als Oscar »traurig« sagte, schwang in ihr sogleich etwas mit, wie die Resonanz des Klangs einer Flöte, auf der etwas in Moll gespielt wurde.

»Ja«, sagte sie, »furchtbar traurig.«

»Ich weiß, Ma'am, ich *weiß*, aber er ist im *Irrtum*, müssen Sie wissen.«

»Trotzdem wirst du wieder zu ihm nach Hause gehen«, sagte sie, sah dabei aber ihren Mann an, dessen Absichten sie nicht erriet. Sie erwartete, daß sich die Unruhe wegen dieser Angelegenheit auf seinem Gesicht widerspiegeln würde. Das Geld würde seine Sorge, seine Hauptsorge sein. Daher war sie überrascht, daß sein Grinsen sich in ein gütiges Lächeln verwandelt hatte.

»Aber trotzdem«, sagte Mrs. Stratton und wandte den Blick nicht von ihrem Mann, »trotzdem wirst du wieder zu ihm nach Hause gehen.« Sie fügte hinzu: »Hugh?«

»Nein«, sagte Oscar und schlug in qualvoller Erregung mit der Faust auf sein Knie. Das Knie hob und senkte sich unter der zuschlagenden Faust, und sein Fuß trommelte auf dem turkmenischen Teppich, was Hugh Stratton – trotz seines Triumphes – an die Holzfäule in den Trägern unter den Bodendielen denken ließ.

»Ich *kann nicht*«, sagte Oscar und weinte noch immer nicht, aber sein Gesicht war so zerbrechlich, so bleich, und der angespannte Zug um das zarte kleine Kinn grub tiefe Falten hinein. »So sehr ich mich auch danach sehne.«

»Aber«, sagte sie, »dein Vater liebt dich doch sicher.«

»Ja, ja, er liebt mich ganz schrecklich.« Die Tränen flossen jetzt, aber der Junge hatte sich noch in der Hand. Mrs. Stratton bot ihm ihre Serviette an, aber da sie nicht genommen wurde, zog sie sie wieder zurück. Sie wollte ihre Hand auf seine zitternde Schulter legen, aber sie hatte das Gefühl, eine solche Vertraulichkeit stehe ihr nicht zu. Er wirkte jetzt fremd auf sie, wie eine Gottesanbeterin: diese langen, dünnen Glieder, die vor Erregung bebten, die aufgekratzten Hände, die über das dreieckige Gesicht wischten. Trotz dieses Gedankens empfand sie großes Mitgefühl.

»Ich liebe ihn auch«, sagte Oscar mit einiger Anstrengung.

Dann wurden die Stachelbeeren und die Eiercreme von Mrs. Millar aufgetragen, die erstaunt sah, daß Mr. Stratton selbst dem Jungen servierte. Er gab ihm ungewöhnliche Mengen Eiercreme. Es sah ihm gar nicht ähnlich, einem Gast gegenüber so großzügig zu sein. Auch Mrs. Stratton verfolgte das Hin und Her des Schöpflöffels mit Interesse.

»Ich kann gar nicht anders.«

»Anders?« sagte Mrs. Stratton. »Bitte, nimm dir Zucker, wenn du willst.«

»Anders als ihn zu lieben.« Er nahm das sehr kleine Taschentuch, das Mrs. Stratton ihm reichte. Er hatte so etwas noch nie gesehen; es war mit zarten Spitzen gesäumt. Er putzte sich gründlich die Nase und fand, daß dieses Taschentuch sich hierfür schlecht eignete. »Aber unser Streit ist eigentlich nicht persönlich.« Er wußte nicht wohin mit dem Taschentuch. (»Behalt es, behalt es«, sagte Mrs. Stratton.) »Es ist eher theologisch. Sie müssen nämlich wissen«, sagte er, »er ist nicht errettet.«

»Was für ein bemerkenswerter Junge du bist«, sagte Mrs. Stratton.

Trotz seiner seelischen Qualen nahm Oscar dieses Kompliment gerne an und barg es so sorgfältig, wie er jetzt den warmen, harten Ball des nassen Taschentuchs in den Tiefen seiner Tasche barg. Er war tatsächlich ein bemerkenswerter Junge.

»Aber«, sagte Mrs. Stratton, »wir können dich deinem Vater doch nicht stehlen, Oliver, selbst wenn wir das wollten.«

»Er heißt nicht Oliver«, sagte Mr. Stratton (reichlich selbstgefällig, fand Mrs. Stratton).

»Wie heißt er denn dann?«

»Oscar«, sagte Mr. Stratton.

»Oscar?«

»Ja.«

»Was für ein ungewöhnlicher Name«, sagte Mrs. Stratton.

»Ich bin nach einem alten Freund meines Vaters benannt.«

»War er ein Ausländer?« fragte Mrs. Stratton, die mit den Gedanken allerdings nicht bei ihrer Frage war. Ihr Mann beunruhigte sie. Sie wußte sein Gesicht, dessen Ausdruck so ruhig und kraftvoll war wie schon seit Jahren nicht mehr, nicht zu deuten. Er wirkte sehr friedlich, und vielleicht war dieser Friede die Quelle seiner Kraft. Auf jeden Fall war es äußerst ungewohnt.

»Er war Engländer, Ma'am. Er war derjenige, der meinem Vater die Augen geöffnet hat.«

Mrs. Stratton hatte das Interesse an Oscars Namensgeber verloren. Sie wandte sich direkt an ihren Mann, um eine andere, dringendere Angelegenheit zu besprechen, und es war ihr gleichgültig, daß das, was sie zu sagen hatte, privater Natur war.

»Die Kosten, Hugh.«

»Der Junge ist berufen.«

»Wie meinst du das, Hugh?«

»Er ist zum Priester berufen«, sagte Hugh Stratton. »Er muß nach Oriel. Ich werde ihn in den Glaubensartikeln unterweisen.«

Mrs. Stratton preßte ihre Hand an die Brust – nicht leicht, sondern fest, um ihr Herz zum Schweigen zu bringen. »Du hast drei Gläser getrunken«, sagte sie.

»Das stimmt«, sagte Mr. Stratton.

»Morgen werden wir vernünftig darüber reden«, sagte Mrs. Stratton, legte den Kopf schief und musterte ihren Mann.

»Ganz recht«, sagte Hochwürden Stratton und erhob sich von seinem Stuhl. Zunächst stand er etwas unsicher auf den Beinen, aber dann, als er sich streckte, schien er schwungvoller und athletischer als zuvor. Er warf sein Haar aus der Stirn. »Ich glaube« – er schwang die Arme vor und zurück und reckte seine Brust vor – »es wird das Beste sein, wenn Oscar jetzt ins Bett geht.«

Mrs. Stratton sah das Lächeln auf dem Gesicht ihres Mannes. Es war wunderschön und ziemlich jungenhaft, als versteckte sich dahinter ein Strauß Rosen, oder vielleicht auch nicht Rosen, sondern etwas Selteneres – eine Blumenart, die in diesem Teil des Landes bislang unbekannt gewesen war.

14
Prüfungen

Männer und Frauen mit Laternen stapften über Felder, auf denen Winterhafer gesät war. Verschlafene Kinder wurden aus dem Bett geholt, um an kalten Herden Gebete zu sprechen. Die drei Männer der Crouchers, Timothy, Cyrus und Peter, erschienen bei Theophilus und boten ihm an, Oscar mit Gewalt zurückzuholen. Es waren starke Männer mit mächtigen Brustkörben und Armen wie Hufschmiede; sie hatten schwere Holzprügel mitgebracht, mit denen sie auf den Boden stießen, um ihre Worte zu unterstreichen.

Mrs. Williams war insgeheim auf der Seite der Crouchers. Sie hätte ihm den Hintern mit der Haarbürste versohlt und ihn ins Bett gesteckt, noch bevor eine Stunde herum war. Aber ihr Herr schickte die Crouchers weg und bat sie »nur«, ihren kostbaren Schlaf zugunsten von Gebeten zu opfern.

Mrs. Williams war müde. Sie wollte schlafen. Ihr Herr schien zu erwarten, daß sie neben ihm niederkniete und betete. Der Boden war hart, und sie durfte keinen Gebetsteppich unterlegen, nicht einmal das Stück Filz, das sie zum Putzen gebrauchte.

Ihr Herr betete laut. Er betete anmaßend. Er betete, als wäre er der Nabel der Welt, als wäre der einzige Grund, warum sein Sohn davongelaufen war, der, daß Gott den Vater strafen wollte. Er bat Gott, ihn auf irgendeine andere Weise zu strafen. Er bat Ihn laut und unablässig, aber Mrs. Williams fand, daß er sich anhörte wie ein Herzog, der zu einem König spricht, und nicht wie der »arme Sünder«, der zu sein er behauptete. Mrs. Williams war fünfundfünfzig – zu alt für diese Art von Unsinn. Wenn sie Gott gewesen wäre, hätte sie ihm eins hinter die Löffel gegeben und ihn zu Bett geschickt.

Um Viertel nach elf kamen die beiden Anglikaner und trugen roten Matsch und Kneipengeruch in das kleine Kalksteinhaus. Mrs. Williams durfte sich erheben. Sie kochte ihnen Tee, aber sie blieben nicht lange genug, um ihn zu trinken. Danach mußte sie weiterbeten. Und dann durfte sie wieder aufhören – Mr. Hopkins rannte ohne Laterne aus dem Haus. Sie setzte sich an den Küchentisch und wartete, und nach fünf oder zehn Minuten trug der Wind ihr seine Stimme zu: Er stand am Strand und betete laut.

Zum letztenmal hatte sie diese Art von Hysterie erlebt, als die Mutter des Jungen gestorben war. Damals hatte sie versucht, ihn zu beruhigen. Diesmal legte sie sich ins Bett.

15
Die Pfarrhausküche

Es stimmte, daß Lucy Millar ihre Küche nicht mochte. Es war eigentlich gar keine Küche. Es war eine große Vorratskammer, in die irgendein früherer Pfarrer den Herd und das Spülbecken gestellt hatte, ohne sie jedoch – und dies lag vermutlich an der räumlichen Beengtheit – mit all den Regalen, Schränken und Tischen auszustatten, die eine Küche erst zu einer richtigen Küche machen. Nicht daß die Strattons sich nicht dafür entschuldigt hätten. An dem Tag, an dem sie mit ihren Referenzen (sie waren mit einem Bändchen verschnürt) eingetroffen war, hatten sie sie darauf hingewiesen. Mrs. Millar war von Mrs. Stratton, die durchaus wie eine handfeste und praktisch veranlagte Frau gewirkt hatte, beeindruckt gewesen. Sie wußte noch, wie ihre neue Herrin indigniert gesagt hatte: »Nun sehen Sie sich das an!«, als sie den Finger in den schadhaften Blasebalg gestoßen oder versucht hatte – sie hatte es bei dem Versuch belassen müssen –, das winzige Fenster zu öffnen, durch das man den trüben Nordhimmel sah. Sie bat Lucy, sich doch nur einmal vorzustellen, wie herrlich die andere, ursprüngliche Küche ausgesehen hatte, bevor irgendein änderungssüchtiger Pfarrer gutes Geld dafür hinausgeworfen hatte, den Herd und das Spülbecken in die Vorratskammer zu zwängen.

Mrs. Stratton tat so, als hätte sie nichts damit zu schaffen. Sie bekundete Lucy ihr Mitgefühl, weil sie einen herrlichen Sommer in einer »schrecklichen Vorratskammer« verbringen mußte. Sie zahlte ihr nur sechs Pennies pro Woche, und obwohl Lucy vier Kinder und zwei betagte Eltern hatte, die sie vor dem Armenhaus bewahren mußte, waren es manchmal auch nur drei oder vier Pennies, je nachdem, wieviel Geld gerade im Haus war. Lucy war so schlecht gelaunt, daß sie in die Suppe spuckte.

Sie war immer schlecht gelaunt. Sie kam morgens um fünf über die Downs hierher und kehrte abends um acht halb gehend, halb rennend nach Hause zurück. Die Gründe, die sie hatte, böse zu sein, konnte sie gar nicht zählen. In der Küche allein gab es hundert, und es bedrückte und belastete ihre Familie, wenn sie sie aufzählte. Es war eine Litanei, die sie zu fürchten gelernt hatten. Sie beugten die Köpfe und aßen ihre Suppe.

Heute war ihre Laune noch schlechter als sonst. Sie hatten diesen blöden Theo-viehus, diesen Theo-dingsda, gebeten, an ihrem Tisch Platz zu nehmen, und dabei wußten sie doch genau – jedenfalls Mrs. Stratton wußte es oder hätte es wissen müssen –, daß das all ihre Arbeitsgewohnheiten über den Haufen warf. Weil der andere Raum, die frühere Vorratskammer, so klein war, versuchte sie so viel Arbeit wie möglich am großen Tisch in der ursprünglichen Küche zu erledigen. Dort wusch sie in zwei Wannen das Geschirr ab und bereitete alle Zutaten vor, die dann in all diesen Schüsselchen und gesprungenen Tassen auf dem Tisch standen: in einer ein Eigelb, in einer anderen gehackter Schnittlauch, das geschnittene Fleisch in einer Kräutermarinade, die ihm den Geruch nahm, und so weiter. Sie mochte diesen großen Raum. So mickrig der andere war, so großzügig war dieser. Er war der einzige Raum im ganzen Haus, der trocken war. Er hatte ein Fenster nach Süden, das im Winter zwar oft der Gewalt der Stürme ausgesetzt war, aber es gab – sie schnitt die Ligusterhecke vor dem Fenster selbst – den Blick auf das friedliche blaue Meer und einen schmalen Streifen der roten Klippen frei, die Hennacombe seinen Namen gegeben hatten.

Und jetzt hatte sich dieser Theo-viel an den Tisch gesetzt und ihr den Tag verdorben. Besucher gehörten eigentlich in das vom muffigen Geruch der Bücher erfüllte Zimmer, das sie in Gedanken den Schweinestall nannte (auch wenn sie in Gegenwart anderer wie jedermann »Salon« sagte). Er gehörte nicht hierher.

»Sind Sie errettet?« fragte er sie als erstes, ohne irgendeine Einleitung. Sie sagte ihm, er solle sich um seine eigenen Angelegenheiten kümmern. Sie mußte eine Lammkeule auslösen. Aber wenn dieser Mann mit dem starren Blick nicht bald aß und ging, würde es keinen Eintopf geben. Sie ging in die sogenannte Küche und knetete den Teig für das Teegebäck. Es war nicht für das Mittagessen bestimmt, sondern für den Nachmittagstee, zu dem Mrs. Stratton die alten Männer des Dorfes einlud (obwohl der Gutsherr sich schon um sie kümmerte und Mrs. Stratton kein Recht hatte, Geschenke zu machen, die sie sich nicht leisten konnte). Sie brauchte den großen Tisch, um das Gebäck zu machen, aber an dem saß Theophilus, und so versuchte sie, sich in der Vorratskammer mit der Rückseite des Holztabletts zu behelfen. Sie legte es auf einen Hocker und mußte sich hinknien, um den Teig auszurollen. Aber das Tablett rutschte vom Hocker, und der Teig fiel auf den Boden.

Laut sagte sie nichts. Sie kratzte den Teig vom Boden und trat damit an das kleine Fenster, um ihn zu untersuchen. Sie war eine dünne, nervöse Frau mit dunklen, tief in den Höhlen liegenden Augen und energischen Bewegungen, aber als sie den Teig begutachtete, stand sie fast bewegungslos da. Sie dachte nach und wog ab, denn sie wußte, was für ein Geschrei es geben würde, wenn sie den Teig in dem Eimer mit dem Hühnerfutter fanden. Sie schob den Teig zusammen und legte ihn auf das Tablett. Dann ging sie zur Tür und musterte den trauernden Mann. Er bemerkte sie nicht. Während sie ihn beobachtete, seufzte er. Sie war zu schlecht gelaunt, um Mitleid mit ihm zu haben. Sie konnte Mrs. Strattons Schatten sehen, der am kleinen Küchenfenster vorbeiging. Das Fensterglas war von ziemlich schlechter Qualität, undurchsichtig und voller Blasen, aber Mrs. Millar wußte, daß Mrs. Stratton auf ihr Teegebäck wartete. Sie streute Mehl über den Teig und knetete ihn durch, und bald waren die Splitter vom Holzfußboden nicht mehr zu sehen. Dennoch mochte sie kein Teegebäck daraus machen. Unschlüssig ließ sie ihn erst einmal stehen.

Sie nahm die Lammkeule aus dem Fliegenschrank. Das Fleisch hatte einen grünen Schimmer bekommen, aber Mrs. Millar hatte in diesem Haushalt schon Schlimmeres gesehen. Sie holte ihr bestes Sheffield-Messer hervor, ein herrliches Messer, das sie selbst hierher mitgebracht hatte – und daran hatte sie gut getan –, und wetzte es. Sie stellte den Teig beiseite, wischte das Tablett ab und stellte es vorsichtig wieder auf den Hocker. Dann nahm sie die Lammkeule und legte sie darauf. Es paßte ihr nicht, das Tablett als Unterlage beim Zerlegen des Fleisches zu gebrauchen, aber sie hatte keine andere Wahl. Sie kniete sich hin und fing an, die Keule zu zerteilen. Es war ein herrliches Messer, sehr scharf. Sie legte den Knochen frei und genoß ihr Können, genoß auch das Geräusch des Schneidens: Sie konnte die feinsten Fasern reißen hören, obwohl die Klinge so scharf wie ein Rasiermesser war.

Da hörte sie dieses evangelische Gestöhne – es war ein Geräusch, das ein Kranker im Schlaf von sich geben mochte, aber doch bitte um Himmels Willen nicht, wenn er wach war und an ihrem Tisch saß. Sie lauschte ein oder zwei Minuten lang mit schiefgelegtem Kopf, wie eines der Rhode-Island-Hühner, die – das hatte sie nun beschlossen – den Teig nicht kriegen sollten. Dann ließ sie die Lammkeule sinken, legte das Messer daneben, stand auf und ging zur Tür.

Sie war ihm natürlich schon früher begegnet, aber – und das mag merkwürdig erscheinen, denn immerhin lebten sie in derselben Gegend und benutzten jeden Tag dieselbe Straße – sie war ihm noch nie so nahe gewesen. Er war wirklich ein komischer Kauz, wie es ja bei einem, der für das Tanzen nichts übrig hatte, nicht anders zu erwarten war. Er war hart und drahtig und hatte schwarze Augen. Er hielt sich kerzengerade und hatte die Augen so fest zusammengekniffen, daß sich seine Oberlippe dicht unter der Nase vorwölbte. Er rieb seine Hände aneinander, als kämpften sie miteinander, als wollte die Rechte das Handgelenk der Linken packen. Während sie ihn ansah, begannen seine Lippen sich zu bewegen. Die Lippen paßten nicht zu dieser Härte und Steifheit. Sie waren dick und rot und leidenschaftlich. Der Anblick war ihr peinlich.

Sie machte ein Geräusch, laut genug, daß er es hören konnte. Es war ein Geräusch, das ihren Abscheu zum Ausdruck brachte. Wenn er es gehört hatte, so merkte sie nichts davon. Sie kehrte ihm den Rücken und betrachtete wieder nachdenklich den Teig. Es war so ungerecht. Sie konnte die Ungerechtigkeit kaum ertragen, daß sie hier auf ihren schmerzenden Knien liegen mußte, während er den ganzen Tisch für sich allein hatte. Er hielt sich für demütig und bescheiden. Sie hatte seine laute, anmaßende Stimme gehört: »Die Küche ist gut genug für mich.«

Sie wandte sich wieder der Lammkeule zu. Und weil sie wütend und das Licht schlecht war und sie das Fleisch schneiden mußte, ohne Druck auf das Tablett auszuüben, schnitt sie sich tief in die Spitze ihres Zeigefingers. Sogleich erblühte eine leuchtend rote Blume, ein vollkommener Kreis, der schnell größer wurde. Große, heiße Flecken spritzten auf das Tablett und ihre Schürze.

»Gottverdammich«, sagte sie laut und ärgerlich.

Das Geräusch im Nebenzimmer hörte auf, und als sie hinüberging, um Verbandstoff zu suchen, bemerkte sie, daß er sie mit Interesse betrachtete.

»So«, sagte er. Er hatte eine tiefe Stimme, und das war es auch, was die Leute normalerweise als erstes erwähnten, wenn sie von ihm sprachen. Aber sie hatte sie zuvor schon gehört und war nicht überrascht. Es war der Tonfall, der sie erschreckte – ein lebhafter, triumphierender Tonfall, der gar nicht zu den verzweifelten Händen paßte.

»So, Köchin, nun haben Sie sich geschnitten.«

Sie verstand diesen Triumph nicht, weil sie seinen Glauben nicht teilte: Wenn man krank wurde oder sich verletzte, wenn man sich beispielsweise ein Bein brach, dann war das Gottes Strafe für eine Sünde. Er hatte das Gottverdammich gehört und die Schnittwunde gesehen, aber in seiner Sicht der Dinge war die Reihenfolge umgekehrt, und er meinte, die Ursache sei die Wirkung und vice versa.

Sie zerriß ein Stück Leinen, um einen Verband zu machen. Sie tat das auf dem Tisch, und obwohl sie sich nicht dafür entschuldigte, klopfte ihr Herz sehr schnell. Sie konnte Mrs. Stratton am Schirmständer im Flur hantieren hören, wo sie die Schirme und Stöcke einzig und allein deswegen ordnete, weil sie auf ihr Teegebäck wartete.

Mrs. Millar trug die Lammkeule zum großen Tisch. Der Trotz trieb ihr die Röte ins Gesicht. Sie legte die Keule gegenüber von Theophilus auf den Tisch, sah ihn aber nicht an. Sie arbeitete im Stehen und mit gesenktem Kopf. Während sie mit dem Fleisch beschäftigt war, trat sein Sohn ein. Sie hatte ihn schon vor dem gestrigen Abend recht oft gesehen, wenn sie aus dem Fenster geblickt hatte. Er war nicht wie die anderen Jungen in Hennacombe. Er glich, fand sie, einem Mädchen, das sich wie ein Erwachsener verhielt. Sie hatte ihn des öfteren auf dem Fußweg Choräle singen hören und hielt nicht viel von seiner Stimme.

Gleich darauf platzte Mrs. Stratton herein. Sie hatte sich im Hühnerstall zu schaffen gemacht. In der Hand trug sie eine Schüssel voller Eier – wahrscheinlich war auch eins von der brütigen Henne dabei. Es wäre besser gewesen, wenn sie eine richtige Sitzstange gebaut und für einen Schutz vor dem windgepeitschten Regen gesorgt hätte. Sie stellte die Schüssel auf den Tisch und zwinkerte Mrs. Millar zu, die, obwohl sie sich über das Zwinkern freute und noch angenehmer überrascht war, daß sie nicht in die Vorratskammer geschickt wurde, eine neue Welle der Verärgerung in sich aufsteigen fühlte. Sie seufzte und schloß die Augen. Jetzt konnte sie das Teegebäck nicht mehr aufschieben.

»Papa«, hörte sie den Jungen sagen. Die Stimme rutschte von der Tenor- in die Altlage. Er war in diesem Alter. Sie stäubte Mehl auf den Tisch und begann den Teig auszurollen. Es war ihr sehr wohl bewußt, daß sie das Mehl auf einem Teil des Tisches verstreute, den man als das Territorium des Gastes hätte bezeichnen können. Sie spürte die Splitter im Teig, spürte sie durch das Nudelholz. Sie fragte sich, was derart sonderbare Leute sich wohl zu sagen hatten.

16
Hiob und Judas

Alles an seinem Papa war so vertraut und gut, daß er für kurze Zeit vergaß, was ihn hierhergebracht hatte, und nur noch wußte, *daß* er hier war. Sein stärkster Wunsch war, sich ihm in die Arme zu werfen und das Gesicht in den groben blauen Sergestoff zu drücken, der ganz leicht nach Formaldehyd riechen würde, oder, wenn die Anstandsregeln das nicht zuließen, wenigstens die beiden starken Hände zu halten, an denen immer kleine Schürf- oder Schnittwunden von seiner Arbeit mit den Steinen und dem Meer waren.

Er hatte das Gefühl, als wäre er verrückt gewesen, als hätte ihm etwas leicht Krankhaftes den Kopf verdreht. Er wollte irgendwo sein, wo es schön und trocken war, und in jenem Augenblick, als er in der Küchentür stand, kam es ihm so vor, als wären diese beiden Eigenschaften gleichbedeutend.

Er sah, daß sein Vater sich erhob. Er hörte, wie er den Stuhl zurückschob. Er bemerkte das Interesse des Dienstmädchens. Sein Papa, glaubte er, würde ihm die Angelegenheit gleich aus der Hand nehmen: Er würde einfach die Arme ausbreiten – der gute Hirte, der Vater des verlorenen Sohnes – und ihn an seine Brust drücken, ihn an den guten, ehrlichen Baumwollstoff seines Hemdes pressen, ihm sagen, er solle mit nach Hause kommen, er solle diese muffigen Gerüche hinter sich lassen und heimkehren in den herrlichen, asketischen Duft von Bohnerwachs.

Und sein Vater umarmte ihn. Aber er hielt ihn von sich ab, mit einem festen Griff, welcher von einer Leidenschaft erzitterte, die Oscar nicht recht zu deuten vermochte. Es fühlte sich so an, als werde sein Vater mehr von Liebe als von Zorn beherrscht und wollte dennoch Strenge zeigen. Oscar dachte, der Grund hierfür sei das Dienstmädchen. Es war ihm unangenehm, daß eine Fremde Zeugin dieses Gesprächs sein sollte. Seinem Papa ging es offenbar nicht anders. Beide sahen Mrs. Millar erwartungsvoll an. Sie nahm ihr Messer und die blutroten Knochen und verließ den Raum. Aber schon im nächsten Augenblick, noch bevor Vater und Sohn sich hatten setzen können, war sie mit einer Scheuerbürste zurück. Als sie fertig war mit Scheuern, glaubten sie, nun ihre Ruhe zu haben. Aber nein, da kam sie schon wieder und bestreute eine andere Ecke des Tisches mit Mehl. Ohne Entschuldigung, ohne Eile fing sie an, einen Teig auszurollen. Dann platzte Mrs. Stratton herein und brachte Eier und verkündete, Mrs. Millar werde ihnen ein Frühstück machen. Aber Mrs. Millar war, wie es schien, impertinent und tat nicht, was ihr aufgetragen worden war.

Sie begegneten sich gequält, denn ihnen war bewußt, daß sie sich in Gegenwart von Fremden entblößen mußten. In einer weniger gefühlsbeladenen Situation wären sie hinaus in den Garten gegangen oder einen Feldweg entlangspaziert, aber der Vater besaß nicht mehr seine gewohnte Autorität, und der Junge fühlte sich bloß verloren und wartete darauf, geführt zu werden.

Es war für zwei Personen gedeckt. Auf Oscars Platz lagen eine weiße Serviette und ein silberner Serviettenring. Die Protzigkeit dieses silbernen Ringes mußte auf den Vater beleidigend wirken. Oscar sah es und schämte sich. Er war ein Judas. Angesichts dieser Erkenntnis hatten seine Alphas und Deltas kein Gewicht. Er würde geküßt werden, ihm würde sogar vergeben werden, aber er war Judas. Wenn er nach Hause zurückkehrte, würde sein Glück für immer getrübt sein. Man würde ihn nie mehr bitten, den Brüdern aus der Bibel zu lesen.

»Ich habe für dich gebetet«, sagte sein Papa.

Oscar sah ihn an und schlug die Augen nieder. Er schämte sich für das, was er den Augen seines Vaters angetan hatte – das Weiße war gelblich gefärbt und rot geädert, der Winkel des linken Auges war blutunterlaufen. Er war es, der diese Qual bewirkt hatte. Auf der Stirn war ein Schnitt, und im Bart klebte an zwei Stellen Sand.

Lucy Millar schnitt Vierecke aus dem Teig, obwohl sie wußte, daß Mrs. Stratton es lieber sah, wenn die Plätzchen kreisrund ausgestochen wurden, aber für solche Oxford-Mätzchen hatte sie jetzt keine Zeit. Der Heilige Heuchler flüsterte mit seinem Sohn. Er hielt ihn auf eine sonderbare Art am Finger fest und beugte sich über die Ecke des Tisches. Der Junge hätte sich die Nase putzen sollen. Sie wandte den Blick ab.

»Du bist auf einer Reise auf dem Strom der Zeit«, sagte sein Papa. Die Stimme war verknäuelt und verschlungen wie Zuckerwatte. Für Oscars Ohren war diese Stimme etwas, das keine Knochen mehr hatte. Sie war weich und schlaff, ohne Überzeugungskraft.

Aber als Lucy Millar Theophilus Hopkins sprechen hörte, spürte sie im Genick eine eigenartige, nicht unangenehme Empfindung. Sie fettete das Tablett ein.

»Und du hast beschlossen – zumindest hat Mr. Stratton mich gestern abend davon in Kenntnis gesetzt –, die Karte wegzuwerfen, die der Herrgott dir offenbart hat. Wie schrecklich wird es sein, wenn der Herr am Jüngsten Tag sagen wird: ›Kommt her zu mir, ihr Seligen‹, und es nicht zu dir sagt.«

Mrs. Millar bekam am ganzen Körper eine Gänsehaut.

Oscar war es peinlich, daß sein Vater seine Autorität verloren hatte. Er wollte den Finger aus seinem Griff befreien, aber er wußte nicht wie.

»Es ist nicht so, daß du in Versuchung geführt und ihr erlegen wärest«, sagte Theophilus.

Oscar achtete nicht auf die Worte. Er lauschte auf den Tonfall. Er dachte: Er ist im Irrtum, und er weiß es! Er empfand Mitleid, aber auch Wut.

»Es ist keine Schwäche deines Fleisches«, sagte Theophilus. »Eine Schwäche des Fleisches ist leicht zu überwinden. Es ist eine Hoffahrt des Geistes. Du mußt auf die Stimme Gottes hören.«

Sein Sohn hatte einen verschmierten roten Mund und grüne Augen, die ihn ansahen, als wäre er ein Fremder. Er konnte diesen Mangel an Liebe nicht ertragen. Er rieb seinen Bart. Sand fiel auf den Tisch. Er wischte ihn auf den Boden. Er dachte: O Herr, womit habe ich Dich beleidigt?

»Ich habe auf die Stimme Gottes gehört, Papa.«

Er war so zart wie ein Mädchen, dachte Mrs. Millar, und außerdem linkisch. Seine Stimme quiekte und furzte und strahlte keine Autorität aus. Sein Gesicht verriet seine Gefühle wie ein Teich, dessen Oberfläche sich bei der leisesten Brise kräuselte. Und doch, lieber Gott, hätte er ein Richter sein können. Sie nahm das Tablett mit den Plätzchen und eilte damit zum Ofen.

Sie kam zurück und fragte sie, ob sie nun frühstücken wollten. Es war inzwischen zu spät für etwas Aufwendiges. Sie würde ihnen Tee und Toast anbieten. Der Vater fragte den Jungen: »Und warum bist du dann hier, Kind? Warum sitzt du in *so einem* Haushalt?«

Der Junge war ein Zappler. Sein Rumpf rutschte an den hölzernen

Speichen der Stuhllehne auf und ab, und die Hände in seinem Schoß lagen miteinander im Krieg. Seine Füße stießen gegen die Tischbeine. Aber obwohl alles an seinem Körper auf eine Art Panik hinzudeuten schien, blickten seine Augen ruhig. Mrs. Millar sah in ihm etwas, das sie dazu bringen würde, ihn gegen alle abfälligen Bemerkungen, die man in Hennacombe über ihn machen würde, in Schutz zu nehmen, etwas, das sie nur mit dem Wort »gut« umschreiben konnte.

Sie fragte sie, was sie zum Frühstück haben wollten. Sie bot Dinge an, die der Haushalt schon aus Kostengründen nicht zu bieten hatte. Sie wollte ihnen geräucherten Hering bringen, sie wollte ihnen Eier kochen oder in Schweineschmalz braten, mit einer Scheibe Brot. Es drängte sie, dem Jungen Geschenke zu machen, aber die beiden sahen sie nur an und beachteten sie nicht weiter. Sie hatte den Eindruck, daß der Hochmut des Vaters dahintersteckte, und im großen und ganzen hatte sie damit recht, aber es war auch so, daß der Sohn es dem Vater gleichtat. Sie ging und machte ihnen Toast. Sie schnitt dünne Scheiben vom Laib.

Als sie mit dem Toast zurückkehrte, waren es die Sehnen, die ihr am meisten ins Auge stachen: Beim Vater, beim Sohn, bei beiden waren die Halssehnen straff gespannt. Tränen liefen dem Vater über die Wangen und versickerten in seinem Bart. Sie dachte, daß er seinen Sohn beschwor, aber sie irrte sich. Er konnte nicht beschwören. Er konnte nur erdulden.

Oscar hatte gerade eben, in diesem Augenblick, das Ausmaß der Selbstbezogenheit seines Vaters erkannt. All dies, alles, was Oscar getan und gefühlt hatte, war für seinen Papa etwas, das Gott ihm, dem Vater, zufügte. Oscar war lediglich ein Instrument von Gottes Zorn.

Er würde nicht gebeten werden, wieder zurück nach Hause zu kommen.

Er bekam kaum Luft. Sein Magen tat ihm weh. Panik überkam ihn und fesselte ihn, so daß er sich nicht bewegen konnte. Er hatte den Kopf seltsam hochgereckt, wie ein ertrinkendes Kind, und das war es, was die Sehnen an seinem langen Hals hervortreten ließ.

Sie nahmen die Servietten und entfalteten sie auf ihren Schößen. Die Luft war tränenschwanger.

»Ich werde dir nicht befehlen, wieder nach Hause zu kommen, Oscar. Ich werde jeden Tag für dich beten.«

»Ich werde auch für dich beten, Papa.«

Und dann weinten sie beide, und Mrs. Millar stellte den Toast vor ihnen auf den Tisch und schenkte ihnen Tee ein. Getrennt und nicht mehr durch ihre Hände verbunden, saßen sie da und weinten mit gesenkten Köpfen, als wäre das eine Art von Gebet.

17
Abgetragene Stiefel

Es sprach sich bis Teignmouth und Torquay herum. Mrs. Stratton hörte auf dem Markt in Newton Abbot zwei Frauen darüber sprechen, die ihrer Meinung nach kaum einer christlichen Gemeinde angehörten. Sonntags machten die Baptisten aus Babbacombe, die zum Gottesdienst in der Kapelle des Gutsherrn gingen, einen Umweg über Hennacombe, um dieses neue Phänomen mit eigenen Augen zu sehen: Die Gemeinde der Plymouthbrüder kniete und betete vor dem verfallenen Gartentor des anglikanischen Pfarrers. Es gab kein gemähtes Gras, auf dem sie hätten knien können. Es gab Brombeerranken und Brennesseln, aber das hielt sie nicht ab. Sie walzten die Stelle platt wie Vieh, das Schutz vor dem Wind sucht. Wie sie da knieten, so reglos und beherrscht, wäre man nie darauf gekommen, daß ihre Knie zerschunden waren und ihre Knöchel bluteten. Die Männer hatten rote Halstücher und einige der Frauen scharlachfarbene Schals umgebunden, und obwohl man einen oder zwei Männer im dunklen Anzug sah, trugen die meisten ihren Kittel. Hier und da stach einem ein blauer Kittel mit weißer Stickerei auf der Brust ins Auge, aber sonst waren fast alle Kittel leuchtend schneeweiß. Sie blühten wie ein Garten, und nichts deutete auf seelische Not hin.

Die Baptisten zogen schweigend an ihnen vorbei und sprachen erst wieder, wenn sie um die Biegung des Weges waren.

Die Plymouthbrüder sagten nie, wofür sie beteten. Hochwürden Stratton glaubte, sie bäten Gott um seine Vernichtung, aber die, welche diese Wache hielten, wußten, daß Hochwürden Stratton nicht errettet werden konnte. Oscar, der kleine Oscar, war es, für den sie beteten. Hünenhafte Männer mit weißen Bärten, junge Frauen mit schneeweißen Hauben – sie schlossen ihre Augen und ihre Gesichter und legten die Stirn in Falten. Es würde große Freude herrschen im Haus des Herrn, wenn dieser eine Sünder zurückfand in den Kreis der Gerechten.

Die Anglikaner, die rasch vorbeigingen, bemerkten nur, daß Theophilus noch immer nicht unter den Betenden war. Es gab nicht viele Anglikaner – bloß diese vier. Wie jedermann wußten auch sie, daß Theophilus diese Gebete nicht guthieß, daß er glaubte, der Junge sei ihm genommen worden, weil er, Theophilus, zu hoffährtig gewesen war. Diese Sünde war es gewesen, die dazu geführt hatte, und er selbst und niemand anderer mußte die Strafe dafür ertragen. Er konnte das Knien auf Brombeerranken nicht gutheißen, aber niemand außer ihm glaubte, es sei seine Schuld gewesen.

In Hennacombe fand man Oscar unnatürlich. In seinem Fall wollte man nicht gelten lassen, was man bei einem robusteren Jungen hingenommen hätte. Ein kräftiger junger Bursche, der mit sechzehn schon zum Fischen hinausfuhr, mochte sich schon mal mit seinem Vater anlegen und ihm sogar eine blutige Nase verpassen. Das würde zwar nicht allgemeinen Beifall finden, aber niemand würde deswegen vor Gartentoren knien und beten. Und niemand würde auf dem Weg zur Kirche einen Umweg machen. Aber Oscar war so mädchenhaft, so harmlos, so unbedarft, und das – dieses harmlose, herzförmige Kindergesicht – war es, was diese Angelegenheit so unnatürlich machte. Er war wie ein Kobold, wie ein Teufel in einer Geschichte: Welches andere Wesen trat schon in der Gestalt eines Kindes und mit der Stimme eines Erwachsenen auf? Irgendwelche kindlichen Gefühle nahmen sie ihm nicht ab, obwohl diese in ihm natürlich nur so brodelten. Er litt Qualen, von denen Erwachsene meinen, sie seien nur für sie selbst reserviert – jene einsamen, mörderischen, reißenden Gefühle, die einen überfallen, wenn eine Ehe an ihrem Ende angelangt oder ein Baby gestorben ist. Er mußte sich nun nicht mehr der strengen Disziplin unterwerfen, die in seinem Vaterhaus herrschte, und wenn es auch naheliegt zu hoffen, daß ihm jetzt leichter ums Herz war, da er ja schließlich nicht mehr in einem Haus lebte, in dem Musik und Tanz, Dichtung und Pudding allesamt als Werk des Teufels galten, so war dies doch keineswegs der Fall. Seine Welt weitete sich nicht, sondern verengte sich vielmehr, und er war gefangen in diesem Pfarrhaus, in dem es nichts gab, das seine Verwirrung und seinen Schmerz hätte lindern können. Er war wütend, daß sein Vater es fertigbrachte, ihn dort alleinzulassen. Aber wie konnte er seinem Vater die Schuld dafür geben? Er bekam Magenschmerzen und machte dreimal ins Bett.

Er mochte das Haus der Strattons nicht. Er mochte die Feuchtigkeit nicht, den Moder, den säuerlichen Geruch des faulenden Reets, der sich später, in seiner Erinnerung, mit dem Gedanken an Versagen und Enttäuschung verband. Die Strattons waren freundlich zu ihm, aber die

Atmosphäre in ihrem Haus war angespannt. Er verstand diesen Haushalt nicht. Überall waren Uhren, die Stunden schlugen, wenn gar keine Stunden zu schlagen waren. Es herrschte eine nervöse, gereizte Stimmung, und obgleich er in den Glaubensartikeln der anglikanischen Kirche unterwiesen wurde, waren die beiden häufigsten Themen Geld und der Bischof von Exeter. Niemand sagte je, er sei eine Last, aber dennoch mußte er es einfach bemerken. Jede Nacht betete er zu Gott, Er möge den Strattons Geld geben, und manchmal schlichen sich Gedanken in die Gebete ein wie grobes Zeitungspapier, dessen Druckerschwärze ihren Abdruck auf etwas Reinem und Weißem hinterlassen hat, und durch diese Gedanken mußte Gott wissen, daß er in Wirklichkeit woanders sein wollte.

Seine Landkarte schrumpfte. Der undurchdringliche Nebel legte sich über die Grenzen. Jenseits dieser Grenzen konnte er die schemenhafte verschwommene Versammlung der Plymouthbrüder in ihren Kitteln ausmachen. Das ganze Gewicht seiner Schuld drückte sich für ihn in diesen schweigenden, undeutlichen Gesichtern aus. Er stellte sich gerunzelte Stirnen, verzogene Münder, verurteilende Blicke vor. Er fragte sich, ob der Teufel ihn verblendet hatte. Er drückte sich im Pfarrhaus herum und versteckte sich hinter dem Liguster. Er schützte Interesse an der Gartenarbeit vor, um Mrs. Stratton nicht begleiten zu müssen, wenn sie über die struppigen Downs ging, um milde Gaben (runzlige Karotten, die zu verschenken sie sich eigentlich nicht leisten konnte) an jene Baptisten zu verteilen, welche sie hartnäckig als »unsere kleine Gemeinde« zu bezeichnen pflegte.

Auf einem Botengang zum Postamt sah er eine große weiße Gestalt, die sich in Mrs. Williams verwandelte und mit einem Stock hinter ihm herjagte.

Einmal, über dem Combe Pafford (wohin man ihn geschickt hatte, um Mr. Stratton zu suchen, der in Wirklichkeit im Bett im ersten Stock schnarchte), traf er seinen Vater, der Eimer trug. Das war später, um den zehnten Sonntag nach Trinitatis. Sie hatten einander über drei Monate lang nicht gesehen. Es ging ein starker Wind. Er preßte sich gegen ihre Münder, peitschte sie und nahm ihnen den Atem. Sein Vater war geschrumpft. Er schien gut acht Zentimeter kleiner geworden zu sein. Die Haut unter seinen Augen war wie eine verheilte Wunde: wulstig und fahl. In seinen Mundwinkeln klebte getrocknete weiße Spucke.

Sein Vater blieb stehen. Er stellte die Eimer ab. Oscar sah nicht hinein. Er wußte, daß die zarten Tentakel der Seeanemonen ihm nun verboten waren und er ihre Namen nicht lernen und sie auch nicht durch das Mikroskop betrachten würde.

»Guten Tag, kleiner Oscar«, sagte sein Vater.

»Guten Tag, Papa.«

»Ich bete für dich, kleiner Oscar. Betest du auch für mich?«

»Ja, Papa.«

Theophilus versuchte ein Lächeln, aber es fand keinen Halt und wurde wieder in den Schutz des Bartes gezogen. Er nickte, bückte sich, hob die Eimer auf und stapfte den Pfad hinunter zum Haus, und der Wind stand so, daß, obwohl es war, als wäre Theophilus Hopkins lautlos gekommen, das Klappern der Eimer, während er sich entfernte, seinem Sohn länger, als es möglich schien, qualvoll in den Ohren klang.

Theophilus wußte, daß sein Sohn dem Anglikaner beim sogenannten Abendmahl ministrierte. Er trug dabei ein rotes Meßgewand und ein weißes Chorhemd, und er hielt die silberne Hostienschale. Dieses Bild verfolgte ihn unablässig. Es verging keine Stunde, in der er es nicht zehnmal in allen Einzelheiten vor seinem geistigen Auge gesehen hätte. Aber jetzt, über dem Combe Pafford, nahm er das Bild der Stiefel seines Sohnes mit. Sie waren abgetragen und zerkratzt und weiß an den Zehen. Sie waren nicht gepflegt. Der Schnürriemen am rechten Stiefel war gerissen und nicht ersetzt worden – er war an der viertletzten Öse mit einem schäbigen kleinen Knoten zusammengebunden.

18
Die Neununddreißig Glaubensartikel

»Wenn du vor dem Rektor des Oriel College stehst«, sagte Mr. Stratton, »wird es nicht so angenehm sein wie hier.« Er machte eine Geste, welche die Rasenfläche einschloß, die er mit der Sense gemäht hatte. Ja, es war angenehm. Es war der dritte Sonntag nach Trinitatis, ein warmer, sonniger Tag. Wenn es Disteln im Gras gab, so waren sie nicht zu sehen. Die Sonnenuhr war endlich der Wildnis entrissen und zeigte die Stunden. Schmetterlinge warfen leichte, taumelnde Schatten. Mr. Stratton lag auf seinem Teppich auf dem Rasen und beschattete, als er Oscar ansah, mit der Hand die Augen.

Oscar saß auf einem Stuhl mit gerader Lehne. Er war eingeladen worden, ebenfalls auf dem Teppich Platz zu nehmen, aber er saß lieber mit dem Gesicht im Schatten.

»Es wird auf seine Art angenehm sein«, sagte Mrs. Stratton, die wieder aufgestanden war und – sie schien gar nicht anders zu können – auf dem von der Hecke umschlossenen Stück Rasen auf und ab ging. »Es wird auf seine Art angenehm sein. Ihr werdet Tee trinken.«

»Es wird angenehm sein«, pflichtete Mr. Stratton ihr bei, »aber du weißt ja: Sie haben Dr. Pusey noch nicht vergessen. Sie werden streng prüfen.«

»Sie werden streng sein«, stimmte Mrs. Stratton zu, »aber sie werden keine Nachplapperer wollen – ganz bestimmt nicht, Hugh.«

Mr. Stratton ächzte – sein Rücken tat ihm weh, und er konnte keine Stellung finden, in der er keine Schmerzen hatte. »In Trinity vielleicht.«

»Aber nicht in Oriel.«

»Nein.«

»Und er darf nicht erwarten, Hugh, daß er alles auswendig lernen kann wie seinen Katechismus. Er muß sich sozusagen im Umfeld des Themas auskennen. Verstehst du, was ich meine, Oscar?«

»Ja«, sagte Oscar. Seine Hose kniff zwischen den Beinen. Er wuchs aus den Sachen heraus, in denen er gekommen war. Über seinem Kopf flogen Schwalben zu ihrem Nest am Giebel des Hauses und wieder davon.

Ihm war es unbehaglich, wenn Mrs. Stratton sich, wie sie es oft tat, daran machte, vom »Umfeld des Themas« zu sprechen. Wenn sie davon anfing, begann sie – wie auch jetzt –, auf und ab zu gehen. Oscar sah dieses Umfeld geradezu vor sich: Es war voller Sumpflöcher und Gräben. Stellenweise war es von hohem grauem Gras überwuchert und lag in dichtem Nebel. In dem Umfeld, das er, wenn es nach Mrs. Stratton ging, unbedingt durchstreifen sollte, konnte man sich leicht verlaufen.

Er wollte bloß an die neununddreißig Glaubensartikel glauben. Er war bereit, an sie zu glauben, wie er an die Bibel glaubte. Und wenn Mrs. Stratton ihn in das sumpfige »Umfeld des Themas« zerren wollte, setzte er sich gerade auf und verzog das Gesicht zu einem Lächeln.

Mrs. Stratton raffte mit einer Hand ihren langen blauen Rock, während sie über das stachelige, gemähte Gras ging. Sie wollte den Schüler ihres Mannes nicht verwirren. Sie wollte lediglich der Frage nachgehen, ob die göttliche Gnade direkt *gewährt* wurde oder ob sie durch das Studium der Bibel *erlangt* werden mußte. Ihr Mann nippte an seiner Gerstenlimonade. Der Schüler lächelte sie aufmerksam an. Mrs. Stratton war sehr glücklich.

Oscars Lächeln war eine Maske. Er gab sich Mühe, nichts von dem zu hören, was die Frau sagte. Sie brachte Zweifel und Streit. Er wollte nur Gewißheit. Er blendete sie aus. Er sagte in Gedanken das Athanasische Glaubensbekenntnis, das Nizäische Glaubensbekenntnis und das Apostolische Glaubensbekenntnis auf.

Mrs. Stratton galoppierte durch »das Umfeld«. Sie jagte einen Hügel hinauf und ließ ihn hinter sich. Sie sprang in Gräben und trabte stolz durch saftige grüne Täler. Sie baute ihre Frage auf und haute sie dann in Stücke – mit dem Argument, ihre eigene Frage sei falsch gewesen. Sie legte Feuer an sie und sah zu, wie sie brannte. Die göttliche Gnade, erklärte sie nun, könne weder gewährt noch erlangt werden.

Oscars Gesicht schmerzte vom Lächeln.

Mrs. Stratton ging bis zum Quittenbaum und kam zurück, um zu verkünden, die göttliche Gnade müsse von der Kirche *behauptet* und vom Individuum *bewiesen* werden. Sie diskutierte diesen Punkt lebhaft mit ihrem Mann, wobei sie mit den Händen herumfuchtelte, als dirigierte sie ein Orchester.

Oscar fand es fast unerträglich, und doch – das war offensichtlich –

machte dieser Disput den Strattons immensen Spaß. Dreimal rief Mr. Stratton Mrs. Millar und trug ihr auf, frischen Tee zu kochen, und nicht ein einziges Mal machte er sich Gedanken, wieviel Tee sie noch hatten und wie lange er reichen würde.

Mrs. Stratton sagte, es sei nötig, bei der Aufstellung von Doktrinen sein Urteilsvermögen einzusetzen.

Sie sagte auch, Zweifeln sei Sünde.

Sie sagte auch, der Zweifel sei die höchste Stufe, die ein Christ erklimmen könne.

Oscar klammerte sich fest wie ein verängstigter Junge auf einem hohen Mast in stürmischer See.

19
Biblische Geschichten

Mein Vater, meine Mutter, mein Bruder, meine Schwester und ich glaubten an folgendes:

Das Wunder von den Brotlaiben und den Fischen.

Das Wunder der jungfräulichen Geburt.

All die Wunder, bei denen Kranke geheilt und Dämonen ausgetrieben wurden.

Wir glaubten, daß Jesus Lazarus von den Toten auferweckt hatte.

Wir glaubten, daß Gott aus dem brennenden Dornbusch gesprochen hatte.

Wir glaubten, daß Moses' Stab sich in eine Schlange verwandelt hatte.

Wir glaubten, daß Aarons Stab sich in eine Schlange verwandelt hatte.

Wir glaubten, daß das Wasser im Fluß sich in Blut verwandelt hatte.

Wir glaubten, daß Gott die Plage der Frösche geschickt hatte.

Wir glaubten, daß Gott die Plage der Stechmücken geschickt hatte.

Wir glaubten, daß Gott die Plage der Viehpest geschickt hatte.

An die Blattern.

An den Hagel.

An die Heuschrecken.

Wir glaubten, daß Gott die Erstgeborenen der Ägypter getötet hatte.

Wir glaubten die Geschichte von Jonas und dem Wal.

Wir glaubten, daß Lots Weib in eine Salzsäule verwandelt worden war.

Wir glaubten, daß Gott das Rote Meer geteilt hatte.

Wir glaubten, daß Jesus auf dem See Genezareth gewandelt war, daß er Wasser in Wein verwandelt hatte, daß er von den Toten auferstanden und in den Himmel aufgefahren war.

Wir hatten nicht die Zweifel, die man in den sechziger Jahren des neunzehnten Jahrhunderts hegte. Zu Weihnachten bastelten wir aus Pappe und Silberpapier einen Stern von Bethlehem.

20
Palmsonntag in Neusüdwales

Zu Hause in Exeter hatten sie keine richtigen Palmen gehabt. In Parramatta aber gab es zwei Arten von Palmen, mit denen man die Kirche schmücken konnte, und Elizabeth Mullens, zehn Jahre alt und gerade erst in der Kolonie eingetroffen, war aufgeregt.

Die Kinder der Sonntagsschule sollten die Kirche schmücken. Zu Hause war das nicht üblich gewesen. Hier war es üblich. Sie warteten auf der Straße, während die Männer die Seile losmachten und die Palmwedel vom Wagen auf die Straße warfen.

Da waren Letty Savage, die Tochter von Dr. Savage, und ihre beiden jüngeren Brüder. Letty Savage hatte Elizabeths Hand gehalten und ihr schon zwei Geheimnisse verraten. Da war der Sohn des Bürgermeisters, ein kleiner, blasser, sehr stiller Junge. Da waren zwei hübsche Töchter des Pfarrers. Sie alle kamen aus guten Familien und wußten sich zu benehmen. Sie standen still, aber nicht zu dicht am Wagen und schwatzten und kicherten nicht.

Elizabeth würde nie sagen können, warum sie es getan hatte. Es lag an der Aufregung. Es lag daran, daß das Osterfest vorbereitet wurde und die Sonne so warm schien. Es lag daran, daß sie sich wünschte, Miss Ahearn, die Sonntagsschullehrerin, solle sehen, daß Elizabeth alles über den Palmsonntag wußte.

Als der Wagen wieder anfuhr, hob sie einen Palmwedel auf und schwenkte ihn. Sie war nicht ausgelassen, sondern eigentlich eher zaghaft. Sie schwenkte ihn ehrfurchtsvoll, als wäre sie an jenem Tag in Jerusalem.

Da war ein Mann – sie konnte ihn sehen, sie würde ihn immer vor sich sehen – mit einem breiten schwarzen Bart und kleinen abstehenden Ohren, der auf einem gedrungenen, dickbäuchigen Pferd die Church Street hinuntergeritten kam.

Sie wollte bloß den Palmwedel vor dem Pferd auf die Straße legen.

»Hosianna«, rief sie – später, in ihrer Erinnerung, klang ihre Stimme schrill und albern – »Hosianna in der Höhe!«

Ihr Leben lang hatte sie vor Augen, was dann geschah: das sich aufbäumende Pferd, den aufgerissenen Mund des Mannes, die schreckliche Flugbahn. Das Krachen seines Kopfes klang wie eine berstende Walnußschale.

21
Lucinda

Die Puppe war von dem Geld aus dem Marmeladentopf, oder vielmehr aus einem der Marmeladentöpfe, bezahlt worden, denn in der Hütte mit dem gestampften Lehmboden in Neusüdwales, in der Lucinda Leplastrier geboren worden war, gab es viele Marmeladentöpfe, von denen manche sichtbar waren, andere dagegen nicht. Die weniger bedeutenden – bauchig, plump, schwer von Halfpennies und Farthings, breit dahockende Kröten, von Silber ungeküßt – standen auf dem krummen Kaminsims neben der Uhr, einem Familienerbstück. Von diesen Töpfen gab es zwei: den bläulichen für die Kirchenkollekte und den verkratzten grünen für Briefmarken und Marmelade und andere Luxusartikel; diese beiden waren nie voll. Aber es gab andere, größere, die hinter dem Gußeisenofen standen, und einige, die in den aus Ruten geflochtenen und mit Lehm beworfenen Wänden versteckt waren, wo ihr genauer Standort vom getrockneten Lehm verborgen wurde, und wenn man sich in der Hütte umsah, mußte man annehmen, daß dieser Lehmplacken dort eben einfach Verputz war, und selbst wenn die Stelle noch feucht war, mußte man glauben, daß das nichts weiter als ein Loch gewesen war, das ihr Papa wie schon so viele andere mit alten Zeitungen und Lehm gestopft hatte.

Andere Marmeladentöpfe waren hinter den schönen Büchern versteckt, die ihre Mutter immer mitten in irgendeiner anderen Arbeit abstaubte (wenn sie weiße Sauce kochte oder auf dem Tisch in der Mitte der Hütte Seife in viereckige Stücke schnitt) – eine rasche Bewegung mit dem Tuch, ein Tupfen, ein Wischen, eine blitzschnelle Bewegung wie die einer Eidechsenzunge, mit der sie den weißen Lehmstaub von Carlyle, Balzac, Seneca, Dickens, George Sand, John Stuart Mill und den Romanen ihrer alten Freundin Marian Evans leckte, und hinter diesen liebevoll signierten Büchern stand ein nach Asche riechender Topf, der Pennies und sogar Dreipennymünzen enthielt. Das war der Geburtstagstopf.

Aus diesem Geburtstagstopf war das Geld für die Puppe gekommen, und manchmal schien es, als wäre das gegen den Willen ihrer Mutter geschehen, denn sie war oft kurz angebunden, wenn Lucinda ihre

Puppe an die Brust drückte, und doch schien es manchmal, als wäre diese Puppe die Idee ihrer Mutter gewesen, denn wenn der Vater müde oder deprimiert war, weil es mit der Farm nicht aufwärts ging, oder wenn er sich über die Dummheit der Nachbarn ärgerte, stichelte er seine Frau wegen ihres Hangs zum Luxus. Damit war die Puppe gemeint. Einen anderen Luxus gab es nicht.

Die Puppe war ein Geschenk zu ihrem neunten Geburtstag gewesen. Sie war mit einem Schiff von der anderen Seite der Welt gekommen, genau wie ihre Mama und ihr Papa. Sie war sehr schön, mit leuchtend blauen Augen und maisgelbem Haar. Ihre Wangen waren so glatt wie Prozellan und kühl, wenn man sie an einem heißen Tag an den Hals drückte. Die Puppe war von Marian Evans gekauft worden, die, extra um sie zu kaufen, in einer Kutsche zu einer großen Ausstellung gefahren war. Lucinda, die von dem, was sie die »Aufstellung« nannte, sehr beeindruckt war, wußte nicht, was eine Ausstellung war, aber später kam ihr der Gedanke, daß die Puppe gewiß aus dem Gebäude gekommen war, das sie als Erwachsene so bewundern sollte: aus dem Kristallpalast.

An dem Tag, an dem sie mit Dolly zum Spielen an den Bach hinten ging, wickelte sie sie in einen weißen gehäkelten Schal, den sie ohne Erlaubnis aus der Baby-Schublade genommen hatte. Sie wickelte die Puppe in den Schal, weil sie wußte – auch wenn ihre Brüder alle gestorben waren, bevor sie so alt gewesen waren, daß sie sich deutlich an sie hätte erinnern können –, daß man das mit Säuglingen machte.

»Es geht ein ekliger Wind«, sagte sie zu der Puppe. Ihre Mutter fand es nicht richtig, mit Puppen zu sprechen. Hätte sie es gehört, so hätte sie gesagt, es sei »beschränkt«. Aber ihre Mutter war nicht da – sie war geholt worden, um »dem armen dummen Ding« (Mrs. O'Hagen) bei der Entbindung zu helfen, und Lucinda – die sich noch gut an Mrs. O'Hagens letzte Entbindung erinnern konnte – wußte, daß der Unterricht heute ausfallen würde.

Um zu diesem Bach zu kommen, mußte man den anderen Bach – eigentlich war es eher ein Fluß – hinter dem Haus überqueren. Es gab Trittsteine, die hinüberführten, aber die waren wacklig und gefährlich und lagen nach jedem Regen woanders. Sie trug ihre Gummistiefel. Außerdem hatte sie den Leimtopf dabei, den sie sich aus der Werkstatt ihres Vaters »ausgeliehen« hatte, womit zweifelsfrei feststeht, daß das, was sie tat, nachdem sie schließlich die 10-Hektar-Weide hinter sich gelassen und die Stelle erreicht hatte, wo teebraunes Wasser in einem Bett aus gelbem Sand floß, daß also die Handlungen, die sie dort vornahm, wohl kaum einem Impuls entsprangen. Wenn ihr nachgiebiger und sorgloser Vater sie in einem gänzlich uncharakteristischen Wutanfall als »verschlossen« und »eigensinnig« bezeichnete, lag er nur insofern falsch, als er nicht wirklich glaubte, was er da sagte.

Es war ein schöner, klarer Wintertag – an windgeschützten Stellen war es recht warm –, und über den Himmel trieben kleine weiße Wolken, die aussahen wie die Gesichter alter Männer.

Lucinda kletterte das bröckelige Ufer hinauf und ging über die Weide zum hinteren Bach. Entgegen den früheren Hoffnungen und Erwartungen ihrer Mutter war sie klein für ihr Alter (»Sie hat große Füße!« hatte Elizabeth triumphierend an Marian Evans geschrieben; dieses Omen hatte sich jedoch nicht bewahrheitet). Ihr Gang verriet, daß sie ein praktisch orientiertes und selbstbeherrschtes kleines Mädchen war. Ihre Schritte waren kurz und bemessen, flink, aber nicht eilig. In Wirklichkeit war sie aufgeregt und nervös. Sie war noch nie allein am hinteren Bach gewesen, und obwohl es ihr niemand ausdrücklich verboten hatte, wußte sie, daß man ihr die Erlaubnis, wenn sie darum fragte, nicht geben würde.

Früher war dieser Bach der Hauptarm gewesen, bis er 1821, bei den großen Regenfällen, ganz unvermittelt das Bett gewechselt hatte. Darum war der Mitchell's Creek, neben dem die Leplastriers ihre Hütte gebaut hatten, ein neuer Mitchell's Creek, und die Bäume, die dort wuchsen, waren nicht älter als dreißig Jahre, während sich am hinteren Bach eine dichtere, verwachsenere Vegetation aus alten, knorrigen Bäumen fand und man die Narben sehen konnte, die die Eingeborenen hinterlassen hatten, als sie Rinde für Kanus und andere Gerätschaften geschnitten hatten.

Es war dunkel unter den Bäumen am hinteren Bach, und das Wasser war voll welker Blätter und floß langsam. Licht fiel in winzigen Punkten durch das Blätterdach, und es gab kleine Vögel, die am Boden lebten und im Unterholz gleich neben einem beunruhigende raschelnde Geräusche machten. Es war Eingeborenen-Land.

Lucinda setzte ihre Puppe auf einen federnden, schmutziggrünen Grasbüschel und stellte den Leimtopf auf staubig-stumpfen Flußkieseln ab. Dann sammelte sie Zweige und Baumrinde.

Sie machte ihr Feuer auf einer breiten Insel aus Felsen und Kieseln, die vom gerbsäuregelben Wasser, bei dem nur ein vorbeitreibendes Blatt oder das winzige Kügelchen einer Akazienblüte eine Bewegung verriet, träge umflossen wurde.

Sie baute das Feuer fachmännisch. Sie legte zwei große Steine nebeneinander, auf denen der Leimtopf stehen sollte. Sie hatte Wachsstreichhölzer in der Schürzentasche. Sie zündete das Feuer an und hockte sich, die angezogenen Knie von der Baumwollschürze bedeckt, hin und sah den Flammen zu. Sie hatte ein gedankenvolles, intelligentes Gesicht: eine hohe Stirn, vollendet gewölbte und scharf abgegrenzte Augenbrauen, eine bewegliche, etwas dünne, aber schön geschwungene Oberlippe, die dadurch, daß sie ständig eingezogen wurde und sich wieder vorwölbte, Lucindas Begeisterungsfähigkeit verriet, und eine volle Unterlippe, die später einmal auf Sinnlichkeit hindeuten würde, jetzt jedoch, zusammen mit den großen, schwerlidrigen grünen Augen, den falschen Eindruck erweckte, als besäße dieses Mädchen einen sarkastischen, frühreifen Sinn für Humor. Ihr Haar war rötlichbraun, mehr braun als rot, außer hier, am Bach, wo ein Lichtstrahl auf sie fiel und das Rot in einem leicht krausen Glorienschein aufleuchten ließ.

Sie mochte ihr Haar nicht. Es zog und zerrte an der Schildpattbürste ihrer Mutter. Sowohl die Mutter als auch der Vater hatten glattes schwarzes Haar, durch das ein Kamm so mühelos wie durch Wasser glitt. Sie liebte es, wenn die Haarsträhnen ihrer Eltern so ordentlich wie Bleistiftstriche nebeneinander lagen. Sie hatte – bis ihr Vater sie behutsam über ihren Irrtum aufgeklärt hatte – angenommen, ihr Haar würde sich ändern, wenn sie älter wurde, und die Bürste würde eines Tages nicht mehr ziepen und die Haarnadeln würden sie so ordentlich aussehen lassen, wie man es von ihr erwartete.

Tatsächlich hatte dieser unerlaubte Ausflug über die hintere Weide ausschließlich mit ihrer Bewunderung für glattes schwarzes Haar zu tun. Sie wollte ihrer Puppe ein Geschenk machen, und während der Leimtopf begann, seinen tröstlichen und unverkennbaren Duft zu verbreiten, der (wie der Geruch von Kleie, Tweed, Apfelschalen und Tinte) unlösbar mit dem Bild ihres Vaters verbunden war, nahm sie die Puppe auf den Schoß und fing an, ihr die Haare auszureißen.

Das Haar war wie ihr eigenes – lockig und kraus –, aber natürlich blond, während ihres kraus und braun war. Sie riß das Haar in kleinen Büscheln aus, verzog dabei das Gesicht und kniff die Augen zusammen.

»Ach, halt doch *still*«, sagte sie. »Wenn du herumzappelst und nicht stillsitzt, machst du es nur noch schlimmer.«

Sie steckte die Haare in einen Umschlag, auf dessen Rückseite der Name von John Bell stand, einem Mitglied der Royal Society, der – nebenbei bemerkt – dafür verantwortlich war, daß ein so langer Eintrag über Abel Leplastrier in der *Encyclopedia Britannica* stand.

Bald war der Umschlag dick und weich wie ein Schwamm, und der Kopf der Puppe war keineswegs kahl und glänzend, wie sie sich vorgestellt hatte, sondern braun und klebrig von einer Substanz, die entfernt an einen Jutesack erinnerte.

»Na bitte«, sagte sie. »Siehst du? Es war gar nicht so schlimm.«

Aber sie hatte ein bißchen Angst, nicht nur wegen dem, was sie tat, sondern auch wegen der Umgebung, in der sie es tat. Sie sah sich um und spähte in die tiefen, wuchernden Schatten des Buschs.

»Ich mag die schwarzen Männer«, sagte sie laut zu ihrer Puppe. »Ich mag sie lieber als den Bürgermeister von Parramatta.« Aber ein Teil ihrer bisherigen Gelassenheit war ihr abhanden gekommen, und als sie nach dem anderen Umschlag griff – es war der, in dem sie die Haare aufbewahrte, die ihr Vater aus dem schwarzen Schweif des Percherons getrimmt hatte –, waren ihre Hände flatterig, und ihre Finger zitterten, und ganz plötzlich ging einfach alles schief.

Der Leim rann über das Gesicht der Puppe, über ihre großen blauen Augen. Sie benutzte den Schal, um ihn abzuwischen, aber der Leim ging nicht ab, und sie sah, daß der Schal einen häßlichen braunen Fleck bekommen hatte. Sie versuchte, ihn im Bach auszuwaschen.

Und was das Haar betraf: Sie hatte im Geist gesehen, wie es fallen würde. Sie hatte es oft und ganz deutlich gesehen, besonders wenn sie ihr Nachtgebet gesprochen hatte und in den Schlaf hinüberglitt. Aber jetzt wollte das Haar nicht so sein, wie sie es sich vorgestellt hatte. Es lag platt und klebrig und verfilzt am Kopf an. Sie legte die Puppe rücklings auf den Kies und überlegte, was sie nun tun sollte. Sie rieb sich den Hals und die Stirn und hinterließ dort braune Flecken. Dann strich sie den Puppenkopf mit noch mehr Leim ein und klatschte diesmal die Haare händeweise darauf. Was herunterfiel, wurde wieder angeklebt. Es sah nicht so aus, wie sie es sich vorgestellt hatte, und obwohl ein Teil von ihr beunruhigt war, verspürte ein anderer Teil freudige Erregung über die große Veränderung, die sie bei Dolly bewirkt hatte, die nun – es war wie Zauberei – ein anderer Mensch zu sein schien, Eingeborene eines Landes, dessen Karten noch nicht gezeichnet waren. Ihr Vater würde wissen, welches Land es war, und wenn er es nicht wußte, dann würde er eben so tun als ob.

Auf den Aufruhr, den sie hervorrief, war sie nicht gefaßt. Es gab kein Butterbrot, als sie ihre Puppe am späten Nachmittag in die Hütte brachte. Schließlich gab es nicht einmal ein Abendessen. Schreckliche Dinge begannen sich rings um sie her zu ereignen. Ihre Mutter gab ihr einen Klaps auf das Bein. Das hatte sie schon einmal getan. Ihre Mutter hatte Ausbrüche, aber die legten sich schnell wieder. Ihr Vater aber hatte keine Ausbrüche, er zitterte und bebte nicht. Er war ruhig und durch nichts zu erschüttern, selbst als er irgendwo in Parramatta die Post aus der Heimat verloren hatte. Ihr Vater sah die Puppe. Sie hielt sie ihm hin. Er fuhr hoch, er riß den Mund auf, er erschauerte, er warf den besten Vorlegeteller quer durch den Raum und traf um ein Haar eine brennende Laterne. Lucinda hielt ihre Puppe in die Luft. Ihre Mutter warf eine Bratpfanne durch die offene Tür hinaus. Sie warf so fest, daß die Pfanne scheppernd auf den Felsen am Bach aufschlug. Diese Wurfgeschosse waren nicht auf *sie* gezielt, aber die Luft war erfüllt von einer Gewalt, deren Ursprung sie erst Jahre später erkennen würde, als sie ihr ganzes Vermögen an meine Urgroßmutter verlor und über Nacht arm wurde. Da erst fragte sie sich, was die Puppe wohl gekostet haben mochte.

Warum? fragten sie sie. Warum?

Und sie konnte, unter Tränen, nur antworten, sie habe gewollt, daß ihre Dolly ordentlich aussah.

Es war kein Ereignis, das man leicht vergißt, und Lucinda vergaß es nicht. Und doch: Wenn sie als junge Frau über ihre eigene Pedanterie nachdachte – eine Angewohnheit, wegen der sie ständig im Widerstreit mit sich selbst lag (denn schließlich ließ das eine große Engherzigkeit, einen Mangel an Generosität vermuten) –, da sah sie paradoxerweise irgendwie an der Tatsache vorbei, daß ihre Ordnungsliebe sie seit frühester Kindheit begleitet hatte. Sie erinnerte sich nicht daran, wie hoch diese Tugend in ihrer Kindheit gehalten worden war. In ihrer Erinnerung war ihre Kindheit immer »ganz normal« gewesen. Sie glaubte, ihre Ordnungsliebe sei etwas, mit dem sie sich nach dem Tod des Vaters bei ihrer Mutter »angesteckt« hatte, denn damals war Elizabeth, die nun die Farm allein bewirtschaften mußte, zu einer Karikatur ihres früheren Selbst geworden und verlangte Ordnung in einem Ausmaß, das höchst lächerlich war.

Aber so verhielt es sich – wie wir gesehen haben – nicht; allerdings mag sich die Verwirrung ihrer Erinnerung aus dem eigenartigen Zufall erklären, daß auch der Tod ihres Papas etwas mit Haaren zu tun hatte und daß sie, wenn sie an diesen Tod dachte, immer das klebrige schwarze Durcheinander von Haaren vor Augen hatte – genau wie jenes, welches sie so viele Jahre zuvor am hinteren Bach gemacht hatte.

Am Samstag vor dem Palmsonntag des Jahres 1852 wurde ihr Papa in der Church Street in Parramatta vom Pferd geworfen. Er brach sich den Schädel und war fast auf der Stelle tot.

Mr. Chas Ahearn brachte den Leichnam auf einem Wagen, den er von Savage, dem Gemüsehändler, ausgeliehen hatte, hinaus zum Mitchell's Creek. Er hatte ihren Papa in eine schreiend bunt karierte Decke gewickelt, die er an den Seiten eingeschlagen hatte, und erst als diese Decke weggenommen wurde, sah Lucinda, die sich an ihre stumme Mutter klammerte wie jemand, der sich in einem vom Hochwasser tosenden Fluß an einem wild tanzenden Baumstamm festhält, die Haare, die von nun an für immer im düsteren Gestrüpp ihrer Alpträume wuchern würden – verfilzt, klebrig, erstickend.

In Lucindas Erinnerung war die Krankheit der Ordnungswut erst danach über sie gekommen.

Elizabeth Leplastrier war, wie viele Leute auch heute noch, der Meinung, daß man alles, was man über die Qualitäten eines Farmers wissen muß, am Zustand seiner Schuppen und Zäune ablesen kann, und obgleich darin gewiß eine Wahrheit steckt, wurde es für Elizabeth zu einem solchen Dogma, daß sie sich mehr um ihre Schuppen und Zäune kümmerte als um ihre Schafe und ihren Weizen, und in einem Fall, der bald im ganzen Distrikt unter Protestanten wie Katholiken Berühmtheit erlangte, fällte Mrs. Leplastrier eine Bartlett-Birne, einen zehnjährigen, in jeder Hinsicht gesunden und früchtetragenden Baum, weil sie es nicht ertragen konnte, daß er nicht in einer Reihe mit den anderen stand.

Diese kleinen Verrücktheiten lagen nicht weit jenseits dessen, was man die Extreme eines Charakters nennen könnte, und obwohl sie eine Wirkung auf Lucinda ausübten, war es eigentlich nicht die, welche sie sich vorstellte. Es war nicht so, daß sie sich mit ihnen »angesteckt« hatte, sondern vielmehr, daß sie nach und nach das Gefühl hatte, in einem Käfig zu leben, der aus den Ansichten und Gewohnheiten ihrer Mutter bestand, einem Käfig, aus dem sie nicht ausbrechen konnte. Sie sehnte sich danach, dieses Ding – was immer es war, das sie so ordentlich umschlossen hielt – zu weiten und zu zerbrechen, und betrachtet man die Persönlichkeit der jungen Frau, zu der sie sich entwickelte, so erkennt man leicht das Stoßen und Zerren dieses unerfüllten Verlangens. Lucinda Leplastrier, die als die »Glaslady« bekannt wurde, umgab eine Atmosphäre der Contenance, der Ordnung, die Atmosphäre einer makellosen, gestärkten Stille. Aber diese Stille war zusammengerollt und wurde niedergehalten. Wie ein Elfenbeinstab, den man an einem Katzenfell gerieben hat, war sie mit statischer Elektrizität geladen.

22
Elizabeth

Oh, du bist eine Hexe, dachte sie, eine böse, lieblose Hexe. Gott steh dir bei, sprach Elizabeth Leplastrier zu sich selbst, Gott steh deiner sündigen Seele bei.

Sie biß sich in die Wange, biß fest und kräftig zu, so daß sie Blut schmeckte.

»Mach den Tisch frei«, sagte sie zu Lucinda, die immer noch auf dem gepolsterten Stuhl am Küchentisch hockte.

Er ist tot, dachte Elizabeth. Sie nahm die Schürze ab und faltete sie ordentlich zusammen, während sie den Wagen kommen sah und darauf wartete, daß er an dem tiefen Schlagloch rutschte und schlingerte. Es war der Wagen von Savage, dem Gemüsehändler, und es saßen Männer, sechs Männer, darauf und hielten sich fest – schwarze Winkel aus Knien und Ellbogen, wie Geier. Die Sonne war noch nicht untergegangen, aber die Schatten waren lang, und es lag eine Kühle in der Luft.

Das Pferd ihres Mannes, dieses blöde, nervöse, tänzelnde Pferd, trottete hinterdrein. Pandora hieß es. Hatte je ein Tier einen passenderen Namen getragen?

Du Idiot, dachte sie. Es war dumm, dieses Pferd zu kaufen. Ich hab nichts dazu gesagt, aber weiß Gott – ich hätte etwas sagen sollen. Warum hab ich es mir verkniffen? Ich hab dich dreißig Pfund für ein Pferd ausgeben lassen, für ein *Pferd*. Und jetzt bist du hingegangen und hast dich umgebracht.

Ich werde wieder in die Heimat fahren, dachte sie. Hier gibt es nichts mehr, für das zu bleiben sich lohnt. Gott steh mir bei. Denk nicht solche Sachen.

Sie rieb ihre Hände. Sie waren trocken und schwielig. Sie dachte: Ich bin eine Essayistin. Ich bin eine Intellektuelle. Ich sollte nicht solche Hände haben.

Lieber Herr Jesus, laß ihn nicht tot sein. Er hat sich den Arm gebrochen, das Schlüsselbein. Als sie an gebrochene Knochen dachte, war sie nicht wütend auf ihn. Sie liebte ihn. Sie würde ihn pflegen.

Aber jetzt waren der Wagen und die Männer am Tor zur Weide vor dem Haus angelangt, und Chas Ahearn mit seinem Schildkrötenhals fummelte am Tor herum, und sie konnte erkennen (»Schnell, Lucinda, räum ab. Den Kessel, den Kessel – stell den Kessel auf!«), daß auf dem Wagen etwas lag, das in eine gelb und schwarz karierte Decke eingewickelt war. Sie sah, daß Ahearn in ihre Richtung blickte. Die Sonne war verschwunden. Es war sehr kalt. Sie erschauerte. Sie dachte: Ich habe zehn Jahre in Neusüdwales verschwendet, und dieser Augenblick ist mein Lohn. Dieser dumme Mann hat mich zur Witwe gemacht. Aber als sie sah, wie Ahearn ihr sein Gesicht zuwandte – schildkrötenlangsam, mit schweren Tränensäcken –, kam der Schmerz über sie. Es war wie ein Schlag in den Magen. Er traf sie schwer und nahm ihr den Atem. Sie stützte sich an der lehmstaubigen Wand ab, ihr Mund stand weit offen, ihre Hand fuhr klopfend über das zu ordentlichen Zöpfen geflochtene Haar. Eine heftige Bö von Schmerz blies in ihren offenen Mund, so viel Luft, daß sie es kaum ertragen konnte. Sie war ein Segel. Eine große, harte Wölbung drückte nach innen gegen ihre Gedärme.

Auf den schwarzen Seitenwänden des Wagens prangte in Goldlettern Mr. Savages Name. Darunter stand »Viktualien«. Das Killerpferd senkte den Kopf, um zu grasen, aber da war kein Gras, du blödes Tier.

Chas Ahearn hatte den Eindruck, daß die Frau ihren Verlust noch nicht ermessen hatte. Sie schüttelte ihm die Hand. Sie lächelte, ein bißchen vage, aber man wußte ja, daß sie reserviert und außerdem ziemlich exzentrisch war. Nur die Falten auf ihrer hohen Stirn deuteten darauf hin, daß sie begriff, was geschehen war. Als die Männer den Leichnam vom Wagen hoben und auf den Tisch legten, regte sie sich auf, weil ein Stiefel verlorengegangen war.

Elizabeth dachte an London. Sie dachte: Nichts hält mich hier. Ich bin völlig frei. Den Grund, warum ich hier bleiben mußte, gibt es nicht mehr. Und dann biß sie sich so fest in die Wange, daß die Wunde am nächsten Morgen entzündet war und sie einen Monat lang mit Salzwasser gurgeln mußte, bis die Infektion abklang.

Aber es stimmte: Sie hatte keinen Grund, in Neusüdwales zu bleiben. Sie machte sich nichts aus Farmarbeit. Dafür war ihr Mann zuständig gewesen. Er hatte die Böden studiert, aber insgeheim war er ein Romantiker gewesen. Er war es gewesen, der diese Träume vom Leben auf dem Lande gehabt hatte, und sie hatte sich gehütet, die Quellen zu erforschen, denen diese Wünsche entsprangen, aus Angst, sie könnte auf etwas so Dummes stoßen, daß sie aufhören würde, ihn zu lieben.

Elizabeth Leplastrier war Elizabeth Fisher – jawohl, *jene* Elizabeth Fisher, deren große Leidenschaft Fabriken waren. In London hatte man über diese Leidenschaft Witze gemacht. (Sie ist diejenige, die Carlyle in seinen Briefen »die Fabrik« nannte.)

Wie ihre Tochter nach ihr war diese kleine Frau, die sich so gerade hielt, eine große Enthusiastin, und man sagte, es gebe kein Ding, keine Idee, keine Person, die sie nicht »mit dem Lasso einfangen« und mit ihrem Steckenpferd in den Stall zerren könne. Für sie war die Industrialisierung die große Hoffnung der Frauen. Eben jene Fabriken, welche die Romantiker und Ästheten so abstoßend fanden, würden ihren Geschlechtsgenossinnen eines Tages die ökonomische Grundlage für ihre Freiheit bieten. Sie hatte Visionen von Fabriken, zu denen Kinderkrippen und mit Personal ausgestattete Küchen gehörten, deren Herde von den Dampfkesseln der Fabrik mit Hitze versorgt wurden und in denen die Frauen das Essen für ihre ganze Familie wärmen konnten, das sie morgens mit zur Arbeit brachten. Ihre Fabriken waren wie Radnaben, von denen Speichen der Fürsorglichkeit ausgingen.

Als ihr Mann sich in Neusüdwales verliebte, bedachte Elizabeth seinen Plan nur unter dem Gesichtspunkt ihrer fixen Idee und sah oder glaubte zu sehen, daß Neuerungen wie die, für die sie eintrat, in einem Land, dessen Gesellschaft gerade erst im Begriff war, sich zu bilden, leichter einzuführen sein würden. Und außerdem würde es ihnen dieser Schritt ermöglichen, die (für Elizabeth) unliebsame Last eines ererbten Hauses am Sloane Square abzuwerfen. Endlich würden sie ihr Kapital *einsetzen* können. Dies – und nur dies – war es, was hinter ihrer Begeisterung für die Kolonie lag. Sie sah sie vor ihrem geistigen Auge nicht als etwas Schreckliches, mit Schalbrettern Verkleidetes, das aus fünf hohen Schornsteinen Qualm ausstieß, sondern so, wie andere Leute einen kostbaren Edelstein betrachten. Australien verströmte Licht.

Und doch kam es irgendwie nicht zustande. Irgendwie ließ sie sich von dem sanften, ruhigen Abel überzeugen, daß es, fürs erste jedenfalls, klüger war, das Geld in diese zwanzigtausend Morgen Land am Mitchell's Creek zu investieren. Es war ein gutes Geschäft. Es war ein gutes Geschäft, das sie arm machte. Es war ein gutes Geschäft, das – und dies war nicht von Anfang an klar, aber bald schon nicht mehr zu übersehen – die Fabrik, die sie (das hatte er ihr *versprochen*) in Parramatta mieten wollten, dazu verurteilte, für immer ein Traum zu bleiben. In London hatte sie bessere Träume geträumt.

Sie wußte nicht, wie wütend sie war, bis zu jenem Samstag vor dem Palmsonntag, als sich auf dem Weg jene seltsame Schar näherte. Und dann dachte sie so klare und bittere Gedanken, daß es ihr kurz vorkam, als hätte sich der Teufel ihrer Seele bemächtigt.

Sie ging auf Chas Ahearn los, weil er einen Reitstiefel ihres Mannes verloren hatte.

Bald war die Hütte von irischen Gerüchen erfüllt: feuchter Baumwollflanell, schale, in Wolle gehüllte Haut – der warme, dumpfe Geruch ihrer Nachbarn. Da war die alte Mrs. Kenneally mit ihren Barthaaren am Kinn, die der Witwe zuredete, sie solle doch weinen. Sie wollte nicht weinen. Sie hätte lieber jemanden geschlagen. (Gott steh mir bei, dachte sie, und sei meiner Seele gnädig.) Mrs. Kenneally versuchte die starr aufgerichtet dasitzende kleine Frau zu überreden, Rum zu trinken, aber sie weigerte sich, die Hände zu entfalten, um das Glas zu halten. Die O'Hagens und die MacCorkals nahmen sich des Leichnams an – das war später, als es richtig dunkel geworden war – und zündeten Kerzen und Laternen an und wuschen den armen Abel draußen, auf dem kalten Gras, aber sie taten es höflich und bescheiden, und dabei sangen sie die ganze Zeit mit hohen, durchdringenden Stimmen, die so fremdartig waren wie die der Eingeborenen. Und auch sie, die Eingeborenen, kamen. Sie standen am Rand des Lichtscheins, unter den Akazien am Bach.

So wie Elizabeth jetzt war, sollte ihre Tochter später werden, und das galt nicht nur für das Äußere. Im Angesicht des Schmerzes wurde sie energisch. Sie traf Entscheidungen. Im Angesicht von Schuldgefühlen und Unsicherheit wurde sie entschlossen. Jetzt gab sie Anweisungen. Sie wurden befolgt. Die Söhne der MacCorkals, von denen der kleinste über einen Meter fünfundachtzig groß war, holten Truhe und Schrankkoffer vom Heuboden in der Scheune. Es war inzwischen etwa neun Uhr abends. Überall waren Leute, aber Elizabeth hatte, obwohl sie Sozialistin war, keine Freundin, mit der sie hätte sprechen können. Sie hatte nur die Nachbarn, die tröstend auf sie einredeten, die fremd und freundlich waren, die ihr Eintopf brachten, die Kuh molken, die Kürbisse auf der Veranda aufstapelten und ihr anboten, ihre Butter nach Parramatta zu bringen, um sie dort zu verkaufen.

Elizabeth wurde zu einer Tür, und ihre Tochter konnte nichts weiter tun, als sich dagegenzustemmen. Sie weigerte sich, Schwarz zu tragen. Das verkündete sie in jener Nacht. Auch am kalten, verwitweten Morgen blieb sie bei diesem Entschluß. Sie beide trugen kein Schwarz, nicht einmal bei der Beerdigung, der ersten Beerdigung auf dem Friedhof bei Gulgong, der nichts weiter war als eine Wiese mit zwei kaum einen Meter hohen Zypressen.

Sie würden in die Heimat zurückkehren. Dies und nichts anderes war es, worüber Elizabeth mit ihrer Tochter sprechen wollte.

»Wir dürfen uns nicht der Trauer überlassen«, sagte sie. »Wir werden das tun, was dein Papa von uns erwarten würde.«

Aber ihr beherrschendes Gefühl war nicht Trauer, sondern Wut. Wie die Schlinge eines Wilddiebs lauerte sie auf einen Unachtsamen, der sich darin verfing. Lucinda lernte, in Elizabeths Gegenwart sehr vorsichtig zu sein. Auch Mr. O'Hagen war vorsichtig, aber seine Kenntnis des Terrains reichte nicht aus.

Mr. O'Hagen war klein und hatte einen breiten Brustkorb, und in Größe und Statur glich er Abel Leplastrier so sehr, daß es – es war Elizabeth, die das sagte – unheimlich war, sich vorzustellen, wie das meiste von Abels Garderobe schließlich eine halbe Meile bachaufwärts landen würde.

Mr. O'Hagen war ein junger Mann – erst sechsundzwanzig, obwohl er sechs Kinder hatte. Er war höflich und schüchtern und wollte keine komplette Garderobe annehmen, sondern mußte jedes einzelne Teil Stück für Stück aufgedrängt bekommen. An diesem Abend nahm er nur eine Weste und ein Paar Stiefel mit. Er verabschiedete sich. Zweifellos erschien ihm dieser Abschied ganz normal. Er stampfte mit den Stiefeln auf (und hinterließ Matschflecken, aber das machte nichts, das machte nichts) und sagte, jetzt sei eine gute Gelegenheit, das Land zu verkaufen, »denn dann werden Sie sich nicht Ihre hübschen Köpfchen über solche Sachen wie die Ernte zerbrechen müssen«.

Mehr sagte er nicht.

Aber Lucinda, die im Bett lag, wußte, daß es Ärger geben würde, und als Mr. O'Hagen gegangen war, kam ihre Mutter und sagte, sie solle wieder aufstehen. Sie mußte sich schnell anziehen. Sie sollte sich nicht darum kümmern, ob ihre Haare ordentlich gebürstet waren, sondern aufstehen, Kind, und zwar schnell, schnell.

Es sah alles danach aus, als würden sie bleiben. Sie würden nicht in die Heimat zurückkehren. Das war die direkte Folge von Mr. O'Hagens Bemerkung über »hübsche Köpfchen«. Sie leerten auf der Stelle die Koffer und Truhen wieder aus, die sie so sorgfältig gepackt hatten. Sie trugen sie selbst zurück in die Scheune – sechsmal hin und her im Schein der Laterne. Lucinda saß zitternd auf dem Heuboden, während ihre Mutter lang und breit über die Iren herzog. Es gefiel ihr nicht, wie sie ihre Frauen behandelten oder wie sie über Frauen im allgemeinen dachten. Die Iren seien so viele Jahrhunderte lang von den englischen Soldaten geschlagen und gedemütigt worden, daß sie sich, wie die Hühner, nach schwächeren Wesen umsehen müßten, die sie ihrerseits unterdrücken konnten. Während sie das alles sagte, saß sie auf dem Rand des Heubodens und ließ ihre Beine in die schwarze Grube der Nacht hängen. Es waren bereits Mäuse da, die sich über das Eßbare hermachten. Vorher hatte es keine Mäuse gegeben, und in Lucindas Erinnerung war ihr säuerlicher Geruch der Geruch des Scheiterns schlechthin. Ihre Mutter sagte, daß die Iren ihre Frauen einige Schritte hinter sich gehen ließen, mit gebeugten Köpfen, wie Kriegsgefangene.

»Wir werden dieses Land nicht den Iren überlassen«, sagte sie. »Also laß den Kopf nicht hängen, mein Mädchen, und hilf mir hier.«

Irgendwann nach Mitternacht verbrannten sie den Rest von Abel Leplastriers Garderobe. Sie machten ein großes Feuer am Bachufer, und so kam es, daß die beiden Frauen die Farm Mitchell's Run am Mitchell's Creek bestellten.

23
Ein viereckiger Pflock

Lucinda kannte ihre Mutter nicht gut. Das war allerdings nicht das, was sie dachte. Ihr Leben lang hegte und pflegte sie die Fiktion, die sie sich als Kind ausgedacht hatte: daß sie »Vertraute« waren, wie Schwestern. In ihrer Erinnerung wurde immer gelacht und gebürstet und gekitzelt und gekuschelt. Und es ist wahr – das alles hatte es gegeben. Sie hatten mit Regenwürmern, die prall voll Wasser waren, Schwarzfische geangelt, sie waren – gleichzeitig – von Bullenameisen gebissen worden, sie waren im Bach geschwommen, und ihre weißen Unterkleider hatten sich rings um sie gebläht wie Bettwäsche im Waschkessel am Morgen des Waschtags. Sie waren kreischend und kichernd vor O'Hagens blödem, sabberndem Bullen davongerannt und hatten sich an kalten Winterabenden gegenseitig vorgelesen, während die Wallabys auf dem Dach der Hütte herumhüpften. All diese Dinge waren wirklich passiert, aber wenn sie so deutlich im Gedächtnis haften blieben, dann deshalb, weil Angst und schlechte Laune weit häufiger gewesen waren. Je mehr Elizabeth in der Bitternis ihres Herzens die Farmarbeit verabscheute, desto unzugänglicher wurde sie.

Und je mehr sie diese Arbeit haßte, desto mehr strengte sie sich an zu beweisen, daß sie sie fachmännisch tun konnte. Sie lag ständig mit Michael O'Hagen im Streit wegen seiner Zäune, und zwar nicht nur, weil er Akazienholz und andere Holzarten verwendete, die schnell verfaulten, sondern auch weil diese Zäune so träge, schlaffe Linien durch das Land zogen. Sie legte sich mit den MacCorkals an, weil die nichts gegen die Disteln auf ihrem Land unternahmen. Sie fuhr nach Gulgong in die Kirche, das Haar kurzgeschnitten, als wäre sie eine Schwindsüchtige, und trug Kleider, die die Gemeinde lächerlich fand. Ihre Briefe an Marian Evans sind voll von ihren fixen Ideen. Neusüdwales ist »verdorben, materialistisch und korrupt, und wenn nicht korrupt, dann einfach verdammt dumm«.

Ich habe [schrieb sie] siebzehn Jahre damit zugebracht, meine Haut so zu ruinieren, daß Du in Tränen ausbrechen würdest, wenn Du sie jetzt sehen könntest – sommersprossig, trocken, mit einer wunden roten Stelle am Hals, die einfach nicht besser werden will. Seit vier Jahren habe ich kein Buch mehr gelesen, außer der Bibel und dem Gebetbuch. Meine Gedanken kreisen ausschließlich um Geld: wie ich den Viehhändler überlisten könnte, der mich, wie ich genau weiß, betrügt, ob ich zwei irische Saisonarbeiter brauche oder mit einem auskomme, oder wie eine schlau ausgedachte Vorrichtung an den Futtertrögen aussehen müßte, die – sie ist wirklich sehr schlau ausgedacht – die Mäuse ertränkt, welche mir die Haare vom Kopf fressen. Und das, was ich mir selbst zugefügt habe, kann ich aushalten, aber ich kann den Gedanken nicht ertragen, was ich meiner lieben kleinen Lucinda angetan habe. Sie ist so *glücklich,* daß ich oft ärgerlich bin, weil sie blind genug ist, glücklich zu sein. Und doch bin ich es, die sie so blind gemacht hat, die sie von Parramatta und allen Nachbarn oder Mitgliedern der Gemeinde ferngehalten hat, welche ihr durch eine beiläufige Bemerkung enthüllen könnten, wie es wirklich zugeht in der Gesellschaft. Ich fürchte, mein Schöpfer wird für das, was ich getan habe, ein hartes Urteil über mich sprechen, aber, liebe Marian, *ich konnte einfach nicht anders.* Meine Tochter lebt in einer Märchenwelt, die ich für sie erfunden habe, und man würde sie nicht dulden in der offenen Gesellschaft von Neusüdwales, wo man Frauen wie uns mit einer Leidenschaft haßt, die Du erst für möglich halten würdest, wenn Du die wütenden, abschätzigen Blicke sehen könntest. Wenn Du eine Straße in Parramatta hinuntergehen würdest, Marian, würden Dir kalte Schauer über den Rücken laufen. Das ist meine große Leistung als Mutter: daß ich einen stolzen viereckigen Pflock hervorgebracht habe, in dem Wissen, daß es rings um uns her, bis zur Küste des Ozeans, nichts anderes gibt als runde Löcher. Wir müssen in die Heimat zurückkehren.

Ich weiß, daß die Probleme der Landwirtschaft Dich langweilen, auch wenn Du höflich genug bist, es nur ganz selten zuzugeben. Ich vermute allerdings, daß die neuesten Nachrichten zu diesem Thema eine Ausnahme bilden und daß Du, wenn ich Deine Gefühle für mich nicht überschätze, in Deine starken, feinfühligen Hände klatschen und »Endlich!« rufen wirst.

Ich habe ein paar böse Dinge über das »gute Geschäft« gesagt, das der arme Leplastrier bei diesem Landkauf gemacht hat, aber jetzt, wo der arme Kerl es nicht mehr erleben kann, wie recht er gehabt hat, bin ich in der Lage, die Ernte einzufahren. Wie er immer schon gesagt hat, ist das Land hier groß genug für fünf gute Farmen, und die Preise sind so hoch, daß sie selbst die vernünftigste Frau (eine Bezeichnung, auf die ich keinen Anspruch habe) schwindeln machen würden. Kurz gesagt: Ich werde verkaufen. Ich werde meinen Anwalt Ahearn, einen sehr protestantisch orientierten Anglikaner, kommen lassen, damit er dafür sorgt, daß das Land vermessen wird. So ist das hier: In dieser Kolonie sind Anwälte sehr umtriebige Menschen, und niemand wundert sich sonderlich, wenn sie eine Kneipe haben, im Gottesdienst aus der Schrift lesen und einem in ihrer Mittagspause drei Meter Musselin verkaufen. Sobald das Land vermessen ist, werde ich – Gott gebe mir die Kraft, es meiner Tochter zu sagen – verkaufen.

Ich gebe auf, Marian – ich bin nicht völlig besiegt, aber ich strecke die Waffen.

Als dieser Brief in der Bayswater Road eintraf, kämpfte seine Schreiberin mit der Influenza.

Während Oscar sich in Oriel auf das Examen für den Bachelor of Arts vorbereitete, pflegte Lucinda Leplastrier ihre Mutter. Dr. Savage aus Parramatta (keine Verwandtschaft mit dem Gemüsehändler) kam, nur um zu hören, er werde nicht gebraucht. Hochwürden Nelson aus Gulgong kam und mußte sich Zurechtweisungen wegen der Üppigkeit seiner Amtstracht anhören. Lucinda pflegte ihre Mutter allein. Sie war so alt wie Oscar – siebzehn – und kundig und verständig, aber alles Beten und Abtupfen mit dem Schwamm, alle Kraftbrühen und Breiumschläge konnten der rotgesichtigen, schwitzenden Frau, deren einziger Gedanke war, die Ernte müsse eingebracht werden, bevor sie verfaulte, keine Linderung verschaffen.

Die Ernte war bereits eingebracht. Lucinda schleppte eine ganze Garbe herein und stellte sie neben das Bett. Eine Garbe konnte ihre Mutter nicht überzeugen. Sie lag im Sterben, aber sie sagte es nicht. Sie machte sich Sorgen über den ungeernteten Weizen. Sie hatte Visionen von Raupen und Getreidebrand, von faulenden Garben, durch deren Herzen Parramattagras wuchs. Die Zaunpfähle waren locker wie schlechte Zähne in schwindendem Zahnfleisch. Sie neigten sich hierhin und dorthin. Sie richtete sie wieder aus. Sie stampfte ringsum neue Erde fest, aber die Rotrückenwürger setzten sich auf die Pfähle und ließen sie wieder kippen.

Sie konnte nicht sprechen.

Die Garben verwandelten sich in Eingeborene. Sie wußte, daß sie nicht wirklich da waren. Es waren Geister. Sie standen auf den von Stoppeln schlüpfrigen Feldern und stimmten die Totenklage an.

Sie war in etwas schrecklich Falsches hineingezogen worden. Es war heiß, und ihr Durst ließ sich nicht stillen. Es war Epiphanias. Die O'Hagens brannten bereits die Felder ab und legten blaue Streifen, die aussahen wie Pfeifenrauch, um die Vorberge. Sie konnte den Rauch riechen. Sie dachte, es sei Sommer und die O'Hagens hätten wieder mal »ein Streichholz fallenlassen«. Der Gedanke ließ sie die Glieder vor Angst verrenken. Sie warf sich auf dem Bett hin und her, und die Garben verwandelten sich in Eingeborene und die Eingeborenen in Garben und die Garben in Eingeborene. Leplastrier hatte dieses Bett gemacht. Er hatte so viel Getue um dieses Bett veranstaltet. Wie konnte ein Mann, der fähig war, einen Eingeborenen mit einem Gewehr zu erschießen, ein so idiotisches, romantisches Bett bauen? Ein bewußt schlichtes Bett aus frischem Holz und ungegerbtem Leder. Ihr Mann war ein heimlicher Verehrer von Dante Gabriel Rossetti gewesen. Rossetti war ein reaktionärer Dummkopf. Ihr fielen sarkastische Witze über Rossetti und seine Frauen ein, aber sie konnte nicht sprechen. Auf jeden Fall gab es etwas, das wichtiger war. Sie brauchte einen Stift.

So ein kleines Wort. Vielleicht konnte sie es sagen. Lucindas Gesicht beugte sich über sie. So eine reizende Oberlippe, aber das schreckliche Haar der Großmutter väterlicherseits. In ihren Ohren war ein Summen wie von Schmeißfliegen. So ein kleines Wort: Stift. Es wurde zu einer Perle, einer kleinen schwarzen Perle in ihrem Kopf. Und dann blieb die Perle in ihrer Kehle stecken. Sie war in Butter gewälzt worden, damit sie leichter hinunterrutschte. Und dann war sie auf den Boden gefallen.

Ach, verflucht – diese Hütten in Neusüdwales mit ihrem Boden aus gestampftem Lehm.

Jetzt war die Perle voller Schmutz, voller Sand; sie blieb in ihrer Kehle stecken. Sie hatte einen Fehler gemacht. Sie hatte einen wirklich schrecklichen Fehler gemacht. Sie hatte Ahearn nachgegeben, um seinen männlichen Stolz nicht zu verletzen. Mit einem Stift konnte sie den Fehler wiedergutmachen, aber sie brachte das Wort nicht heraus. Es blieb ihr in der Kehle stecken, blieb unausgesprochen – eine kleine, mit Sand überzogene rote Erbse, die in die Speiseröhre gefallen war.

Hol dich der Teufel, Rossetti!

Elizabeth Leplastrier starb, ohne den Versuch gemacht zu haben, ihren Fehler wiedergutzumachen, und ihr war nicht bewußt, daß dieser Fehler – wenn es überhaupt einer war – nicht bei ihr lag, sondern bei den Männern, die das Gesetz gemacht hatten. Dieses Gesetz bestimmte, daß Lucinda Leplastrier erst mit Vollendung des achtzehnten Lebensjahrs über ihr Erbe verfügen konnte. Und selbst wenn Elizabeth gewußt hätte, daß sie im Sterben lag – es ist ein Unterschied, ob man im Sterben liegt oder ein Testament macht –, hätte sie nur wenig tun können, um daran etwas zu ändern.

Sie war nicht zu Ahearn gegangen, um ein Testament zu machen. Sie hatte lediglich ihr Land parzellieren lassen wollen. Sie wollte, wie sie sagte, »so viele kleine Stückchen wie möglich herausholen«. Diese Worte und der Ton, in dem sie gesagt wurden, beunruhigten Ahearn so sehr, daß er, weil er einsetzenden Wahnsinn befürchtete, begann, von einem Testament zu sprechen.

Elizabeth wollte nur ihre Tochter retten und mit ihr nach London zurückkehren. Sie hatte keine Zeit für ein Testament, und als dieser trockene alte Pedant sich als stur erwies – herrje, er war ein solcher Langweiler –, erkannte sie, daß es schneller gehen würde, wenn sie ein Testament machte, damit er dann seine volle Aufmerksamkeit der Parzellierung widmen konnte.

Als sie das Testament unterschreiben wollte, sah sie die Klausel, die verfügte, daß Lucinda erst mit dreißig Jahren in den Besitz ihres Erbes kommen sollte. Chas Ahearn machte sich Sorgen – er hatte einen so häßlichen Adamsapfel und einen langen Hals, der wie der eines gerupften Hühnchens aussah, und weil er »sich Sorgen machte«, war an diesem Teil seines Körpers einiges in Bewegung –, er war, sagte er, höchst besorgt, daß skrupellose Männer sich an eine junge Erbin heranmachen könnten. Wenn Elizabeth seine Briefe an die Zeitung gelesen hätte, in denen er sich über die Verworfenheit der Armen von Parramatta ausließ, dann hätte sie vielleicht eine genauere Vorstellung von dem Mann gehabt, mit dem sie es zu tun hatte. So aber sah sie nur das Gerüst: Sie sah, was für ein alter Dummkopf er war. Sie sagte, sie werde keine einschränkende Verfügung bezüglich des Alters unterschreiben, und er begann sich zu echauffieren. Er fing an, sie mit »Madam« anzureden. Er nannte Lucinda »die Kleine«. Elizabeth wies ihn zurecht, und gleich darauf tat er ihr so leid, daß sie nur noch daran dachte, wie unhöflich sie zu ihm gewesen war, und ihm gar nicht mehr zuhörte. So akzeptierte sie dann achtzehn als das Alter, in dem Lucinda über ihr Erbe würde verfügen können, und ihr war nicht bewußt, daß dies das Äußerste war, was das Gesetz ihr zugestand. Sie unterschrieb und sah ungeduldig zu, wie Chas Ahearn Sägemehl über die feuchten Tintenkringel streute. Sie ahnte gewiß nicht, daß sie schon bald nach Lucindas siebzehntem Geburtstag tot sein würde.

So war die gesetzliche Regelung – und nicht der »Fehler«, der die sterbende Frau quälte – dafür verantwortlich, daß dieser groteske Chas Ahearn für volle sechs Monate zum Verwalter von Lucindas Vermögen eingesetzt wurde. Er war kein schlechter Mensch. Aber er war, in Gelddingen ebenso wie in allem, was die öffentliche Moral betraf, ein strenger, ja harter Mensch. Er war ein gewissenhafter Christ mit einer ausgeprägten Vorliebe für das Gleichnis von den Talenten. Er war groß, aber weich und unbeholfen, seine Hüften waren breiter als seine Schultern, und den Kopf reckte er kurzsichtig vor. Er hatte einen Bauch, den er mit wollenen Westen bedeckte. Er trug eine goldgeränderte Brille auf der Spitze seiner fleischigen Nase. Er kämmte seine dünnen Haarsträhnen – es war eine begrenzte, fast zählbare Anzahl – über seine Glatze. Er hatte einen Backenbart. Er schnaufte.

Mr. Ahearn gelang es nicht, Lucinda aus der Hütte zu holen. Sie war ein kräftiges Mädchen, und Schmerz und Trauer waren noch frisch. Er war zweiundsechzig und nicht mehr ganz gesund. Er brachte zwei irische Arbeiter mit und gab ihnen fünf Schillinge (die er später vom Erbe abzog), damit sie ihre neue Herrin in seinen Jinker setzten und sie – vier Personen in einem leichten Wagen, der nur für zwei gebaut war – nach Parramatta fahren konnten.

24
Mr. Ahearns Brief an den Parramatta Argus

Sehr geehrte Herren!

Einer Ihrer Berichterstatter hat kürzlich auf Mißstände wie »verschmutztes Wasser«, öffentliches Baden und einige andere Ärgernisse hingewiesen. Ich würde es begrüßen, wenn er, sofern es seine Zeit erlaubt, hin und wieder einen Spaziergang durch den herrlichen Park dieser Stadt unternehmen würde. Mir scheint, daß seine Feder imstande wäre, eine anschauliche Beschreibung dessen zu liefern, was ich zu schildern nicht einmal zu versuchen vermag, es sei denn durch die Andeutung, daß die Widerwärtigkeit der Einzelheiten einer Veröffentlichung im Wege steht.

Wir erfreuen uns in dieser Stadt so zahlreicher Einrichtungen und Errungenschaften der zivilisierten Gesellschaft, die in Gestalt in Oxford ausgebildeter Geistlicher, französisch sprechender Schulmeister, kluger Richter und Stadträte den Weg zu uns gefunden haben, daß man nur schwer glauben mag, der öffentliche Park von Parramatta könne ein solcher Tummelplatz verrufener Subjekte geworden sein, daß keine ehrbare Frau, kein unschuldiges Kind es wagen darf, hier spazierenzugehen, sei es nun morgens, mittags oder abends – es war nicht später am Tag als drei Uhr nachmittags, als ich Zeuge jener schändlichen Szene wurde, deren Beschreibung sich, wie bereits gesagt, verbietet.

Die beteiligten Personen gehören jener Klasse der Gesellschaft an, welche umfassende Möglichkeiten des Zugangs zu den Segnungen der Bildung und der Religion besitzt; nach dem Äußeren zu urteilen, sollte es bei ihnen am wenigsten wahrscheinlich sein, daß sie sich in Vagabunden verwandeln. Indem ich in dieser Zeitung Ihre Aufmerksamkeit auf diese unerhörten Vorgänge lenke, gebe ich der Hoffnung Ausdruck, daß die, welche sich gegen die Gesetze der Gesellschaft vergehen, öffentlich zur Rechenschaft gezogen werden.

Hochachtungsvoll,
C. Ahearn, Parramatta.

25
Mrs. Cousins

Zehn Minuten bevor sie Mr. Ahearn die Tür öffnete, hatte Mrs. Cousins diesen Leserbrief zu Ende gelesen und sich, in ihrem Salon, mit Vergnügen ausgemalt, was für »unerhörte Vorgänge« das wohl gewesen sein mochten – nur ein kleiner Tagtraum, nichts, was irgend jemanden hätte kränken können, und wenn darin ein Ereignis aus ihrer eigenen Vergangenheit vorkam, so war das ihre Privatsache –, aber als sie dem Verfasser, der wie ein Gerichtsvollzieher in ihre Träume platzte, persönlich gegenüberstand, stieg heiße Panik in ihr auf. Mr. Ahearn kam an ihre Tür nicht wie einer, der einen Höflichkeitsbesuch abstatten will. Er klopfte zehnmal, und zwar laut, und betätigte den Türklopfer wie ein Mann, den eine amtliche Verfügung mit Gewichtigkeit erfüllt, und als sie zur Tür eilte, um zu öffnen, stand er schwitzend und schnaufend und keuchend da und hielt seinen Zylinder in Händen, die – das fiel ihr besonders auf – leicht zitterten. So hatte Mr. Cousins in den letzten beiden Jahren seines Lebens geschwitzt, aber in seinem Fall war das auf Mortons Rum zurückzuführen gewesen, während Mr. Ahearn, wie jedermann wußte, ein in der Wolle gefärbter Abstinenzler war.

Mr. Ahearn sagte fast alles, was er zu sagen hatte, auf der Türschwelle. Er sagte es klar und deutlich, aber Mrs. Cousins, die versuchte, eine Verbindung herzustellen zwischen dem, was er sagte, und dem, was er geschrieben hatte, brauchte ein Weilchen, bis sie ihn verstand. Er erzählte ihr, »die Kleine« (er sagte nicht welche) sei von einer »Tragödie« heimgesucht worden, und die Abwicklung ihrer Erbschaftsangelegenheiten müsse »pressant« – ein Wort, das er gern gebrauchte und das vielen, einschließlich Mrs. Cousins, die es noch nie gehört hatte, ins Ohr stach – geregelt werden. Die »arme Kleine« werde bald reich sein. Ihre verstorbene Mama habe gewollt, daß der Besitz unterteilt werde, und er müsse diesem Wunsch sogleich nachkommen, solange es noch in seiner Macht stehe, ihre Interessen wahrzunehmen. In der Zwischenzeit sei es von allerhöchster Wichtigkeit (er konnte das gar nicht genug betonen), daß sie angemessen untergebracht sei, und darum bitte er Mrs. Cousins, für den Fall, daß ihr Haus voll sei, eine ihrer jungen Damen für eine Weile umzuquartieren. Miss Leplastrier, sagte er und stand noch immer auf der Schwelle und drehte seinen Zylinder in den großen Händen, müsse dringend Aufnahme in einem christlichen, nein, in einem *anglikanischen* Haus finden.

Mrs. Cousins bat ihn in ihren Salon und zündete, da die Fenster nach Süden gingen und der Raum um diese Tageszeit nicht sehr hell war, ein Licht an.

Mrs. Cousins war eine gutaussehende Frau von vierzig Jahren, dunkelhaarig, mit blassem Teint und mandelförmigen Augen und – das wurde oft bemerkt, auch wenn diese Aussage eher in der Oper als im richtigen Leben Gültigkeit hatte – einer ziemlich spanischen Erscheinung. Sie hatte eine Wespentaille, auf die sie stolz war, die sie aber, da sie sich inzwischen hütete, den Eindruck zu erwecken, als wollte sie ihre Reize zur Schau stellen, lieber nicht zu sehr betonte. Sie kleidete sich gut, aber eher schlicht. Ihr Haar war straff frisiert, und wenn man versehentlich ihre Schulter berührt hätte, so hätte man überrascht festgestellt, daß auch diese sich so fest anfühlte, als wären alle Muskeln zu einer Matte verwoben. Und doch – trotz aller Angespanntheit, trotz der übertriebenen Steifheit ihres Rückgrats, hätte Chas Ahearn bemerken können (er bemerkte es nicht), daß sie, als sie die Lampe entzündete und sie auf das Klavier stellte, einen Schatten warf, der einer biegsameren, anmutigeren Frau gehörte. Diese biegsame Frau hatte früher in Bendigo im Bundesstaat Victoria gelebt und war dem Ruf ihres Herzens bereitwilliger gefolgt, als man es in Bendigo für klug oder schicklich hielt. Die Bedeutung von Schicklichkeit war ihr in Bendigo auf höchst unangenehme Weise vor Augen geführt worden. Sie war nach Parramatta gekommen, um ihr Wissen anzuwenden.

Sie hörte sich an, was Charles Ahearn zu sagen hatte. Und obgleich sie einst eine Schwäche für gutaussehende Männer gehabt hatte, war Mr. Ahearn in ihren Augen nicht häßlich (wie man, ohne übermäßig grausam zu sein, hätte finden können). Sie fühlte sich von seiner Betrübtheit und pompösen Förmlichkeit angesprochen. Die Wirkung war beruhigend und vermittelte ein Gefühl der Sicherheit wie ein guter Kammgarnstoff aus Bradford. Erst als er sich in der Frage des anglikanischen Haushaltes noch einmal vergewissern wollte, wurde sie nervös. Sie richtete sich gerade auf und nahm die Schultern zurück.

Mrs. Cousins glaubte an die Auferstehung der Toten und das ewige Leben. Sie war nie getauft worden, nahm aber an den Gottesdiensten der anglikanischen Kirche in Parramatta teil, als hätte sie das Recht dazu. Es quälte sie, daß sie am Abendmahl teilnahm, ohne konfirmiert zu sein. Das war ein Sakrileg. Sie versuchte ein christliches Leben zu leben, aber vielleicht war das nicht genug. Sie wußte nicht, wie sie diese Angelegenheit ins reine bringen sollte. Oft wachte sie mitten in der Nacht auf und dachte darüber nach, und dann war ihr plötzlich ganz klamm vor Angst. Und als Mr. Ahearn diese Sache zur Sprache brachte, war sie beinahe so beunruhigt, als hätte sie auf der Straße ein Gesicht gesehen, das sie aus Bendigo kannte. Doch abgesehen von ihrer übertrieben aufrechten Haltung verriet nichts an ihr Mr. Ahearn etwas von diesen Gedanken. Sie schenkte ihm Tee ein und versicherte ihm, daß sie die junge Dame unterbringen könne, ohne einen ihrer Gäste vor die Tür setzen zu müssen, daß Miss Leplastrier selbstverständlich an anglikanischen Gottesdiensten teilnehmen werde und daß sie selbst sie sicher durch alle tückischen Untiefen der Gesellschaft von Parramatta hindurchlotsen werde.

Aber als die Waise in diesen bauchigen »Bloomers« erschien, wurde Mrs. Cousins von dem heftigen Verlangen gepackt – es war instinktiv, ein Selbstschutz, ein Ding aus Fleisch und Blut, nichts Vergeistigtes, keine bloße Idee –, dem Mädchen die Hände auf die Schultern zu legen und es rückwärts die Treppe hinunterzustoßen.

26
Bloomers

Amelia Bloomer war 1851 mit ihrer berühmten »vernünftigen Kleidung«, dem »rationalen Kostüm«, nach London gekommen. Es bestand, wie jedermann weiß, aus einem Paar ausgebeulter Hosen, über denen ein kurzer Rock getragen wurde. Recht schnell tauchte es auch in Melbourne auf, aber Elizabeth Leplastrier wurde erst darauf aufmerksam, als sie 1858 auf der Church Street in Parramatta eine Frau in diesem neuen rationalen Kostüm sah.

Hier endlich war die Antwort auf »obszöne Tournüre« und »behindernde Krinoline«. Von da an trugen Mutter und Tochter nichts anderes mehr, und wenn die Straßenjungen von Parramatta gelegentlich Anstoß daran nahmen – nun, was sollte man schon anderes erwarten?

Aber Mrs. Cousins wußte nichts von Amelia Bloomer. Sie wußte nur, was die Schicklichkeit verlangte: so etwas jedenfalls nicht. Sie führte das Mädchen hinauf in sein Zimmer und war entsetzt, als sie in dem Koffer, den die irischen Arbeiter so unordentlich gepackt hatten, noch sieben weitere Kostüme desselben Schnitts, nur in anderen Farben, entdeckte. Unter dem Vorwand, sie wolle sie in die Wäsche geben, nahm sie sie allesamt mit. Sie verstand Miss Leplastriers Vorliebe für diese Art von Mode ebensowenig wie ihre Frisur (sie nahm an, die Kürze der Haare sei die Folge einer Krankheit). Sie ließ einen Schneider kommen. Miss Leplastrier wollte keinen Schneider. Sie war klein, aber zäh und entschlossen. Es gab Tränen, verschlossene Türen und viel Aufregung im Haus. Mrs. Cousins war außer sich. Das Mädchen versuchte, sich den Besatz vom Kleid zu reißen wie ein dummes Tier, das mit den Zähnen den Verband von seinem Bein zerrt. Das Mädchen weigerte sich, mit einer Tournüre zur Beerdigung seiner Mutter zu gehen. Mrs. Cousins *konnte* ihr die Bloomers nicht zurückgeben. Das Mädchen ging nicht zur Beerdigung, die ohnehin eine kleine und traurige Angelegenheit war. Sie blieb den ganzen Tag in ihrem Zimmer und heulte. Man konnte das Heulen von der Straße hören. Eine der jungen Damen, eine Miss Knight aus Surrey in England, fuhr mit dem Postschiff nach Sydney und weigerte sich, die Miete für den Zeitraum nach Miss Leplastriers Ankunft zu bezahlen.

Von da an nahm Lucinda die Mahlzeiten auf ihrem Zimmer ein. Das war in Mrs. Cousins Haus noch niemals vorgekommen. Man hatte sie zwar darum gebeten, aber sie hatte nie eingewilligt. Nun duldete sie es und wollte auch nichts daran ändern. Als Miss Leplastrier schließlich ihr Zimmer verließ, trug sie Bloomers. Sie hatte sie aus der Wäsche gestohlen und sie auf ihrem Zimmer im Koffer eingeschlossen. Es war unmöglich, sie irgendwo einzuführen. Dies alles erzählte Mrs. Cousins Mr. Ahearn. Sie suchte ihn in seiner Kanzlei auf und sprach mit ihm. Sie hatte nicht weinen wollen, aber nun weinte sie. Sie fürchtete um jene zerbrechliche Kostbarkeit, die sie sich erarbeitet hatte: ihre Reputation. Sie wollte, daß die junge Frau woanders untergebracht wurde. Aber Mr. Ahearn sprach vom guten Samariter. Er zitierte alle acht Verse für sie und schloß: »Da sprach Jesus zu ihm: *So gehe hin und tue desgleichen.*«

Mrs. Cousins versprach durchzuhalten.

Aber Lucinda wußte nicht, was sie in Parramatta tun sollte. Sie versuchte, sich gut zu benehmen, aber solange sie sich weigerte, eine Tournüre zu tragen, schien niemand bereit zu sein, sich ihr gegenüber gut zu benehmen. Sie saß am Grab ihrer Mutter, bis man fand, ihr Verhalten sei morbid, und sie wegführte. Da beschloß sie, zur Farm zurückzukehren und dort zu leben. Sie verkündete ihren Entschluß Mrs. Cousins, die so erleichtert war, daß sie sie nicht davon abhielt, wie sie es hätte tun sollen. Sie erwähnte die Gefahren, die ihr durch Rowdies, Buschräuber und Eingeborene drohten, ohne jedoch auch nur einen Augenblick lang zu glauben, das könnte die starrsinnige junge Frau von ihrem Vorhaben abbringen.

Es waren nur drei Meilen. Sie war innerhalb einer Stunde dort. Keine Buschräuber hielten sie auf, und die einzigen, die sie belästigten, waren Schafscherer, die ihr von hoch auf ihren furzenden Pferden Grobheiten zuriefen.

Sie stellte fest, daß Landvermesser mit Hacken und Äxten dabei waren, eine Sichtlinie durch ihren tauglänzenden Obstgarten zu schlagen. Süßes, weißes, gesplittertes Holz leuchtete im Sonnenlicht. Der Klang der Äxte verstummte. Sie starrten sie an: ein Mädchen in smaragdgrünen Bloomers, das einen Koffer durch das nasse, wintergraue Gras schleppte. Sie lächelten, denn sie hatten keine Ahnung, wie ihr Herz raste oder welchen Zorn sie empfand – all die gestockte Liebe, die

Wut auf den Tod, sieh dir nur die Disteln auf unserer Weide an! –, und das alles war gegen die da in ihren blauen Hemden und leuchtend weißen Hosen aus dickem Baumwollzwirn gerichtet.

Sie haßte sie. Es war der Haß, den man für etwas aufspart, das einem wehtun kann. Eine Heugabel mit langem Stiel steckte in einem Haufen faulenden Mulchs innerhalb der Obstgartenumzäunung. Sie ging darauf zu. Weiß der Himmel, was sie getan hätte, wenn Chas Ahearn, der von einer schuldbewußten Mrs. Cousins schließlich über die Flucht seiner Klientin informiert worden war, nicht in einem für ein so halsbrecherisches Tempo viel zu leichten Jinker herangerast gekommen wäre. Sie drehte sich um und sah ihm zu, wie er sich von einer Weide zur nächsten vorarbeitete, wie er sich an jedem Tor aus dem Wagen beugte und sich abmühte, und als er endlich neben ihr hielt, auf dem Damm neben dem Obstgarten, war er so außer Atem, daß er nicht sprechen, sondern nur vom Wagen steigen und ihr ein Bündel Papiere in die rotfingrigen Hände mit den braunen Handschuhen drücken konnte.

Und so, mit keuchender Eile, erfuhr Lucinda vom Verrat ihrer Mutter. Sie stellte ihren Koffer, den sie bis dahin festgehalten hatte, sorgsam im langen, nassen Gras ab. Sie betrachtete den Parzellierungsplan und versuchte ihn zu verstehen. Mr. Ahearns Atem stieß ihr rasselnd ins Ohr. Die Männer beobachteten sie. Einer pfiff »The Wearing of the Green«.

»Das ist nicht die Unterschrift meiner Mama«, sagte sie.

Mr. Ahearn antwortete nicht. Er lächelte sie an. Das war unpassend. Es war seine Art, Mitleid zu zeigen.

Der dunkelhaarige Mann kappte den Ast eines Birnbaums. Er tat es lässig, mit einer Hand. In der anderen hielt er einen langen weißen Stock.

»In sechs Monaten könnte ich Ihnen Befehle geben«, sagte sie. Ihre Stimme war leise, sie ließ die Schultern hängen, und ihr Blick hielt dem seinen nicht stand, sondern glitt ab, hinunter zu der zerschrammten roten Erde, die ihr Papa für sie gefunden hatte.

»Ich könnte Ihnen *Befehle* geben«, wiederholte sie, aber ihr fehlte die Überzeugung.

Mr. Ahearn biß die Zähne zusammen. Er fühlte sich wie einst, als er einen Foxterrier überfahren hatte und gezwungen gewesen war, dem verkrüppelten, sich windenden Tier den Gnadenstoß zu geben. Er tat, was er, wie er wußte, tun mußte, und das war: weitermachen und Festigkeit zeigen.

»Eines Tages, wenn Sie älter sind, werden Sie mir dankbar sein.«

»Wer hat die Kuh genommen?«

Mr. Ahearn blinzelte. »Sie werden reich sein«, sagte er. »Das ist wenigstens ein Trost.«

Sie hörte, was er sagte. Es ergab keinen Sinn. »Jemand hat die Kuh gestohlen«, sagte sie weinend.

»Mein armes Mädchen«, sagte er.

Ihre Füße waren naß und kalt. Es war ein klarer, sonniger Tag, aber das Licht brachte keine Wärme. Es hatte die Schärfe eines Traums. Die Rotrückenwürger saßen aufgereiht auf den Zaunpfählen und sangen. Das Klingen der Axt ertönte wieder. Auch die Hühner waren gestohlen worden, und Mr. Ahearn hatte die Stirn zu sagen, sie sei reich. Sie ging, ihren Koffer in der Hand, zur Hütte. Keuchend folgte er ihr und blieb immer weiter zurück. Dies alles hatte sie ihr Leben lang deutlich in Erinnerung, aber was sie vergaß, waren die Umstände, die sie daran hinderten, etwas anderes zu tun. Sie glaubte, sie sei zu nachgiebig gewesen, sie habe die Farm zu schnell aufgegeben und sich vertreiben lassen.

Auf der hölzernen Türschwelle lag ein Viereck aus Sonnenlicht. Sie kniff die Augen zusammen. Drinnen sah sie (obwohl sie versuchte, nur das zu sehen, weswegen sie gekommen war), daß jemand die Dekken auf dem Bett ihrer Mutter zusammengefaltet hatte.

Die Marmeladentöpfe waren noch immer in ihren Verstecken. Sie hätte sie gezählt, aber sie wollte nicht gesehen werden, und so öffnete sie ihren Koffer und wickelte jeden Topf in ein anderes Kleidungsstück, wobei sie jedesmal einen Ärmel in die Öffnung stopfte, damit es nicht klirrte und keine Münzen herausrollten. Dann ging sie wieder hinaus ins Sonnenlicht und ließ sich überreden, in den Jinker zu steigen.

Am 7. Mai 1859 wurden die fünf Farmen am Mitchell's Creek versteigert.

Am 10. Mai wurde Lucinda Leplastrier achtzehn.

Am Himmelfahrtstag fuhr sie auf Sol Myers Dampfschiff hinunter nach Sydney. Auch wegen dieser »Flucht« machte sie sich Vorwürfe. Sie stellte sich oft vor, sie wäre glücklicher gewesen, wenn sie geblieben wäre und vielleicht selbst einen Teil von Mitchell's Creek gekauft hätte, aber die ältere Lucinda vergaß, daß die jüngere von einer heftigen Ungeduld ergriffen war, in das einzutauchen, was ihre Mutter »die Arbeitswelt« genannt hatte – ein Ausdruck, bei dem die Tochter vor ihrem geistigen Auge verschwommene und ziemlich beängstigende Bilder sah, die denen auf den Dosen mit W. G. Nixeys Ofenschwärze glichen: Fabriken, Schornsteine, Ruß, das Empire.

Am Himmelfahrtstag trug sie ein Kleid mit einer Tournüre. Die eingewickelten Töpfe voller Münzen waren in ihrem Koffer, und in ihrer gehäkelten, mit grünen Perlen verzierten Handtasche hatte sie einen Bankwechsel über ihr gesamtes Vermögen.

27
Der Hibbel

Wardley-Fish war der Meinung, daß Mr. Temple, sein Tutor, ein drittklassiger Schleimer war. Und man wagt keine übermäßig psychologische Deutung, wenn man annimmt, daß es eben dies, nämlich die Kriecherei des Tutors, war, das Wardley-Fish seine Verabredung zum Frühstück bei seinem Tutor so vollkommen »vergessen« ließ. Er vergaß sie nicht erst am Morgen. Er hatte sie schon am Abend zuvor vergessen – zehn Minuten nachdem er mit seinem Möchtegern-Gastgeber darüber gesprochen hatte –, als er seinen Hausdiener anwies, ihm zum Frühstück Pastete, Kiebitzeier, gegrillte Putenschenkel, Pickles und einen großen Humpen Bier zum Hinunterspülen zu bringen. Und erst als er dieses Frühstück verspeist hatte – Senf war auch dabei, den hatte ich ganz vergessen –, vor dem Kamin saß und den Hausdiener losgeschickt hatte, damit er ihm einen zweiten Humpen Bier holte, »erinnerte« er sich plötzlich wieder an sein Versprechen, mit dem Tutor zu frühstücken.

»Sapperlot«, sagte er.

Ein eigenartiges Wort aus Wardley-Fishs Mund. Es war ein Ausdruck, wie er ihn gebrauchte, wenn er glaubte, Gott höre ihm zu.

Jedenfalls beurteilte er seine »Vergeßlichkeit« weder zynisch noch selbstkritisch, ja nicht einmal voller Nachsicht gegen sich selbst. Der psychologische Aspekt kam ihm gar nicht in den Sinn. Er nahm überhaupt keine Interpretation vor. Er betrachtete durch das vom Nieselregen feuchte Fenster den verschwommenen Umriß des Daches hinter dem zweiten Innenhof und dachte daran, daß der Hausdiener inzwischen wohl schon in der Vorratskammer sein und das zweite Bier zapfen würde. Es war zu spät, um ihn zurückzurufen, und also würde er auf das Bier warten, es trinken und dann überlegen, was er tun sollte.

Wardley-Fish hatte für Interpretationen nichts übrig. Sie machten ihn unbehaglich. Dagegen waren sie die Leidenschaft des Tutors, eine Leidenschaft, die fast so groß war wie sein Interesse an jedem, dessen Vater im Adelsverzeichnis stand, vierhundert Hektar Land besaß oder einen Sitz im Kabinett hatte. Mr. Temples Frühstücke machten Wardley-Fish stumm und mißmutig. Er wurde erst wortkarg und wenig später mürrisch. Dann sah er sich finster im Raum um, vermutete in jedem Satz eine Kränkung und verließ den Tutor in der Überzeugung, alle Studienanfänger in Oriel sähen in ihm einen Dummkopf, der es nie weiter bringen würde als bis zu einem akademischen Grad dritter Klasse und einer kümmerlichen Existenz im Winkel irgendeiner erzkonservativen Diözese.

Endlich brachte der Hausdiener ihm das Bier. Wardley-Fish nahm ihn kaum wahr. Er dachte erst an ihn, als er schon wieder fort war, und das auch nur, weil ihm, infolge einer Art olfaktorischen Echos, ein leiser Geruch nach Urin in die Nase stieg, und da wußte er, daß der hektische kleine Kerl wieder einmal zu schnell gerannt war: Er hatte etwas vom Inhalt eines Nachttopfs auf seine Hosenaufschläge gespritzt.

Als er seinen zweiten Humpen getrunken hatte, traf er die Entscheidung, von der er schon die ganze Zeit gewußt hatte, daß er sie treffen würde, nämlich: Zum Teufel mit Temple und seinem bordeauxgetränkten Schnurrbart. Er würde seinen Freund Bishop suchen und nach Otmoor auf die Jagd fahren. Dann bemerkte er, daß es vor acht Uhr war und Bishop noch nicht auf sein würde. Deshalb ließ er sich vom Hausdiener noch einen dritten Humpen bringen. Heute war Renntag in Epsom. Auch daran hatte er bisher nicht gedacht. Der Nieselregen draußen und die Aussicht auf einen schweren Boden hatten ihn darauf gebracht. Nun war seine Lethargie wie weggeblasen. Es gab jetzt nichts Wichtigeres mehr, als nach Epsom zu fahren und rechtzeitig zum Beginn der Rennen dort zu sein. Dafür war Bishop nicht der geeignete Begleiter. Auf der Rennbahn war Bishop ein Langweiler – seine Leidenschaft galt Tieren, nicht Zahlen. Nein, West mußte er fragen. West hatte sich in letzter Zeit zwar zum Puritaner entwickelt, aber man würde ihn herumkriegen können. Er hatte die Spielsucht, und seine ganze Theologie bewirkte lediglich, daß ihm immer unbehaglicher zumute war. Was Wardley-Fish betraf, so war er von Geburt an verdorben. Er war ein echter Sohn seines Vaters. Er griff zur Pomade und glättete seine Haare. Er war ein gutaussehender junger Mann mit breiten Schultern und einem muskulösen Hals. Seinen blonden Bart hielt er ordentlich gestutzt, damit man das energische Kinn, den wohlgeformten Mund und das markante Muttermal auf der Wange sehen konnte. Befriedigt lächelte er seinem Spiegelbild zu. Er nahm den Humpen, versuchte ihn in einem Zug auszutrinken, verschüttete Bier auf seinen

Bart, trank den Humpen in drei Zügen aus, wischte sich den Schaum vom Schnurrbart, rief den Hausdiener, um ihm mitzuteilen, daß er heute nicht das übliche Mittagsmahl einnehmen würde, und eilte – die Hände noch in den Taschen – die Treppe hinunter und hinüber zu St. Mary's Hall, wo er West zu finden hoffte.

Gerade wollte er die gewohnte Treppe hinaufgehen, als ihm einfiel, daß West ein besseres Quartier auf der anderen Seite bezogen hatte. Er hatte Mühe, den Hausdiener zu finden, um ihn nach dem richtigen Aufgang zu fragen, und als er ihn schließlich aufgestöbert hatte, war er in einer solchen Eile, daß er ihn falsch verstand. Er hörte nicht »eins«, sondern »zwei«. Jedenfalls war er, als er mit dem Stock an die verschlossene Außentür hämmerte, an der falschen Adresse.

Wardley-Fish hämmerte laut. Er fragte sich, was für verbotene Dinge West wohl treiben mochte, daß er sein Zimmer so verschloß. Er hämmerte heftig. Er machte ein paar tiefe Dellen, die wahrscheinlich heute noch da sind, unter all der Farbe, die man in Oriel alle zwanzig Jahre aufträgt, Schicht auf Schicht, dick wie Pappmaché, bis die Türen aussehen, als wären sie angeschmolzen, wie Schokolade, die man auf dem Kaminsims hat liegenlassen.

Er hörte jemanden am Türschloß herumfummeln und pochte noch zweimal mit Wucht, und dann sah er . . . zum Donner, nicht West. Nein, es war der Hibbel.

Der Hibbel spähte um seine nur einen Spaltbreit geöffnete Tür und blinzelte nervös.

Wardley-Fish verstand diese Nervosität. Man hatte dem Hibbel Wasser ins Bett geschüttet, weil er nicht auf dem Treidelpfad mitgerannt war und die Mannschaft von Oriel angefeuert hatte. Ein anderes Mal war sein Zimmer zum Schauplatz einer Rattenjagd gemacht worden. Die Ratten waren von jemandem gebracht worden, der genauso geklopft hatte wie gerade eben Ian Wardley-Fish. Diese Ratten waren vielleicht in einem Vogelkäfig gebracht worden, vielleicht auch in einem Korb, am wahrscheinlichsten in einem Sack. Sie waren abgesetzt, freigelassen und dann von Männern mit Hockeyschlägern gejagt worden. Der Hibbel hatte die ganze Zeit auf dem Bett gestanden und lautlos die Lippen bewegt.

Wardley-Fish entschuldigte sich. Er wollte diesem armen kleinen Wicht nicht noch mehr Angst einjagen. Er wollte zu West. Er versuchte das dem Hibbel zu erklären, aber der trat zurück und bat ihn herein, obwohl er – das war ganz offensichtlich – noch immer verwirrt und nervös war.

Wardley-Fish hatte in Oriel noch nie ein Zimmer gesehen, das so kahl wirkte, obgleich es nicht der leere Raum zwischen den Objekten war, der für diese beunruhigende Ausstrahlung sorgte. Er war, als träte man in eine Zelle in, sagen wir, Spanien – in irgendeinem Land, in dem man noch nie gewesen war. Es gab dort nichts Vertrautes, nichts, das man von zu Hause kannte, keinen Port auf dem Kaminsims, keine Teppiche, keine Bilder von Hirschen oder romantischen Mädchen, die hoch auf Schaukeln schwangen. Es gab ein Bett, einen sehr schlichten Tisch, einen harten Stuhl aus Eschenholz mit einer geraden Lehne. Es war ein Gelehrtenzimmer, und doch auch wieder nicht – dazu standen auf den Regalen zu wenige Bücher. Zwar war es aufgeräumt, aber dennoch gab es, was man nur »Haufen« von Dingen nennen konnte, die verstreut herumlagen – Papier, Kleidungsstücke. An einer Wand lehnte ein mit braunem Filz bespanntes Brett, auf dem der Hibbel mit Nadeln Tabellen befestigt hatte: Alle möglichen gelehrten Erkenntnisse waren in kleinen, viereckigen Feldern aufgezeichnet. Die Felder waren höchst akkurat gezeichnet. Die Schrift in den Feldern war verschmiert und krakelig – nicht das Werk eines Akademikers, sondern das eines kleinen, schmutzigen Käfers. Auf dem Kaminsims lehnte schräg ein mit Fächern versehenes hölzernes Tablett wie ein Schaukasten mit künstlichen Köderfliegen in einem Geschäft an der Hauptstraße. Wardley-Fish hatte von diesem Tablett gehört. Seine Existenz hatte sich bis zum Trinity College herumgesprochen. Es enthielt die Knöpfe von Hibbels Mutter.

Im Kamin brannte kein Feuer. Die Überreste eines sehr kargen Frühstücks lagen auf dem Tisch. Wardley-Fish war schockiert. Der Hibbel wirkte so zart und bleich, so verbindlich und doch so einsam. Er wollte nett zu ihm sein, wußte aber nicht wie.

»Sag mal, Hibbel, wie wär's mit einer kleinen Sause?« Und kaum hatte er dieses Angebot gemacht, da bereute er es auch schon. Er würde sich in der Gesellschaft des Hibbels unwohl fühlen. Es würde ihm unangenehm sein, wenn es sich herumsprach.

Oscar versuchte seinem Besucher einen Stuhl anzubieten. Er hörte »Sause« und dachte, dieses Wort beziehe sich auf Herz, Nerven, Aufregung, und wirklich hatte das Hämmern an seiner Tür ihm Angst gemacht, und er hatte nur geöffnet, um zu verhindern, daß sie noch einmal eingetreten wurde. Dennoch war er, als er sich dem nach Bier riechenden Wardley-Fish gegenübersah, nur wenig eingeschüchtert. Wardley-Fish gehörte zu jenen lebenslustigen Studenten, die allesamt nicht sehr brillant waren. Auch wenn Oscar sich bisher auf akademischem Gebiet nicht ausgezeichnet hatte, glaubte er doch, *über* diesen reichen Herren zu stehen. Er fühlte sich ängstlich und überlegen, und zugleich rührte ihn die linkische Freundlichkeit dieses hochgewachsenen Mannes. Er schob seinem Besucher den Stuhl zu. »Was für eine Sause, Fish? Wenn das ein Studentenwort ist, kenne ich es noch nicht.«

Wardley-Fish setzte sich, bemerkte, daß es keine Sitzgelegenheit für seinen Gastgeber gab, und stand wieder auf.

Die Vorstellung, daß der Hibbel eine Sause machte, war absurd. Er besaß kein Geld, um zu spielen. Außerdem war sein Glaube sehr buchstabentreu und evangelisch. Evangelische regten sich immer schrecklich auf über Glücksspiele. Wardley-Fish schob sich langsam in Richtung Tür.

Aber Oscar war so erfreut über die so offensichtlich guten Absichten seines Besuchers, daß er entschlossen war, sich mit ihm anzufreunden. Es war eine Übung in Willenskraft. Es war für ihn nicht leicht oder selbstverständlich.

»Bitte, Fish, erklär es mir.«

Wardley-Fish blieb stehen. »Es hat was mit der Rennbahn zu tun«, sagte er zögernd.

Oscar nickte.

»Du weißt doch, was eine Rennbahn ist?«

Oscar hockte sich auf die Bettkante, in dem (erfolgreichen) Versuch, Wardley-Fish dazu zu bringen, sich zu setzen. »Eine Bahn«, sagte er, »auf der Athleten zum Wettkampf antreten.«

Dann lächelte er, oder vielmehr: Er zeigte die Knospe eines Lächelns, einen eng zusammengefalteten Anflug. Fish fand das eigenartig einnehmend.

»Eine Bahn für Pferde«, sagte Wardley-Fish.

»Sowas«, sagte Oscar und lächelte nochmals. Man hätte dieses Lächeln fälschlicherweise für ein wissendes halten können.

»Man veranstaltet Rennen zwischen Pferden. Na komm, Hibbel, in Wirklichkeit weißt du das doch, oder?«

Das Lächeln war es, das Wardley-Fish den Verdacht eingab, er werde zum Besten gehalten, aber es entsprang lediglich der Freude über einen unerwarteten Besuch. (Oscar fragte sich, ob er, trotz der Kosten, Feuer machen sollte.)

»Und mit welchem Teil des Rennens hat die Sause zu tun?«

Es war zuviel zu erklären. Die Kluft war zu groß. Die Zeit wurde knapp. Wenn West nicht hier war, mußte er oben sein. Wenn er noch schlief, würde es Zeit kosten, ihn zu wecken. Wardley-Fish wurde von Ungeduld erfaßt. Sie verlieh seinen Worten einen schroffen Klang. »Ein Spiel, eine Wette, eine Sause.« Er stand auf. Er merkte, daß er unhöflich gewesen war. Er hatte nicht so brüsk sein wollen. »Was eine Wette ist, wirst du ja wohl wissen«, sagte er, diesmal sanfter, als er es beabsichtigt hatte.

»Um ehrlich zu sein«, sagte Oscar, »nein, ich weiß es nicht.«

Wardley-Fish sah, daß das den ganzen Tag so weitergehen konnte. Er wollte die Gefühle dieses Burschen nicht verletzen (er hatte ein zartes Gesicht und sah aus, als wäre er schnell gekränkt), aber ebensowenig wollte er sich seinen Tag auf der Rennbahn entgehen lassen. »Man gibt jemandem Geld, und wenn das Pferd, das einem am besten gefällt, gewinnt, tja, dann kriegt man das Doppelte oder das Dreifache oder so zurück.«

»Nicht möglich.«

»Du machst dich über mich lustig.«

»Nein, Fish, nein, ich schwöre es. Das alles ist mir ganz neu. Ich dachte, du wüßtest das, denn das, was man meine ›Unwissenheit‹ nennt, scheint hier am College ein beliebtes Thema zu sein. Ich bin in einer ziemlich ländlichen Gegend aufgewachsen, in einem kleinen Dorf in Devonshire. Wir haben uns mit Botanik und Meereslebewesen beschäftigt.«

Und mit Knöpfen, dachte Wardley-Fish, verzog aber keine Miene.

»Bei uns gab es kein Gesause, aber ich muß sagen, daß sich das gut anhört.«

Wardley-Fish war bei all dem höchst unbehaglich zumute. Er hatte das Gefühl, als täte er etwas Unrechtes, und er suchte eigentlich bloß nach einer Möglichkeit, wie er damit aufhören könnte. »Also, hör mal zu, Hibbel.«

»Vielleicht könntest du mich Hopkins nennen.«

»Ja.«

»Hibbel hat so einen unschönen Beiklang. Man sollte nicht meinen, daß man in einem christlichen College auf so einen Namen stößt.«

Die Würde dieser Bitte verfehlte ihre Wirkung auf Wardley-Fish nicht, und er entschuldigte sich, auch wenn er begierig war, begieriger als zuvor, sich zu verabschieden.

»Vielleicht hättest du Lust, jemanden mitzunehmen, wenn du das nächste Mal auf die Rennbahn gehst.«

Wardley-Fish versicherte ihm, das werde er tun, das werde er ganz bestimmt tun. Dann gelang ihm die Flucht, und er rannte die Treppe hinauf zu Wests Zimmer, wo ihm der Mann, dessen hohe und riskante Wetten noch vor einer Woche Aufsehen in Epsom erregt hatten, eine höchst unwillkommene Standpauke über das Laster des Glücksspiels hielt.

Wardley-Fishs Laune war gründlich verdorben, als er West verließ. Er haßte es, allein auf die Rennbahn zu gehen. Da konnte er es eigentlich gleich ganz lassen. Er überlegte, ob er den Hibbel fragen sollte, verwarf diese Idee aber wieder. Der Hibbel hatte kein Geld. Er würde ihm welches leihen müssen, und dann würde es weg sein. Das wäre peinlich. Außerdem: Er wirkte so jung. Er hatte rötlich-blonden Flaum auf den Wangen – nicht einmal einen Bart. Außerdem: Die Teilnahme an Glücksspielen war ein Vergehen, für das man relegiert werden konnte.

Aber Wardley-Fish haßte es, allein auf die Rennbahn zu gehen, und so kehrte er am Fuß der Treppe um und ging nochmals zu Oscars Tür.

Erst später, während der Eisenbahnfahrt nach London, vertraute der Hibbel ihm an, daß er, Wardley-Fish, von Gott gesandt worden sei, daß er, Oscar, darum gebetet habe, daß Wardley-Fish ein Werkzeug Gottes und die »Sause« der Weg sei, auf dem Gott Oscar mit finanziellen Mitteln versehen werde.

Wardley-Fish saugte an seiner erkalteten Pfeife und war beunruhigt (weil er sich einen Verrückten als Begleiter ausgesucht hatte) und zugleich voller Reue (weil er dabei war, einen Unschuldigen zu verderben).

Er lieh meinem Urgroßvater fünf Sovereigns. Da er mit den Gepflogenheiten unter Gentlemen nicht vertraut war, stellte Oscar ihm eine Empfangsbescheinigung aus.

28
Birg deine Schätze für den morgigen Tag

Als sie in Paddington ausstiegen, geriet Wardley-Fish in große Aufregung wegen eines Schlüssels, den er verloren zu haben glaubte. Er benutzte Worte, wie Oscar sie von den Dorfjungen in Hennacombe kannte. Das war nicht die Ausdrucksweise, die er von einem jungen Mann erwartete, der in Kürze in den geistlichen Stand treten sollte. Er sagte nicht »Sapperlot«. Er sagte »verdammt«. Er sagte »verflucht«. Der Schlüssel war von großer Bedeutung, aber Wardley-Fish erklärte nicht warum. Schließlich fand er ihn in seiner Uhrtasche. Es war ein ganz normaler Schlüssel mit einem Messinganhänger. Auf dem Anhänger war die Nummer 35 eingraviert. Oscar glaubte, es sei der Schlüssel zu einem Zimmer. Er hatte nicht mit einem Schließfach gerechnet. In Paddington war er zum letztenmal mit acht Jahren gewesen, und Schließfächer kannte er ohnehin nicht. Er war daher höchst verwundert, als Wardley-Fish mit dem Schlüssel einen Kasten aufschloß. Es waren Kleider darin.

Noch immer gab Wardley-Fish keine Erklärung. Er schickte eine Frau weg, die ihm Lavendel verkaufen wollte. Er ließ Oscar seinen Zylinder halten. Und dann zog er, ohne sich zu genieren, seine Frackjacke aus und stand vor allen Leuten in Hosenträgern da.

Er griff in das Schließfach und holte ein zusammengefaltetes Kleidungsstück hervor. Es entpuppte sich als Jacke mit einem schreienden Hahnentrittmuster und einem Einstecktuch, das aussah wie ein Strauß Narzissen, den jemand in eine krakelierte Vase gestopft hat. Er zog die Jacke an, strich sie ein bißchen glatt und kehrte dann zum Schließfach zurück, dem er einen derben Gehstock, eine karierte Mütze und einen langen Mantel mit eingetrocknetem Matsch am Saum entnahm.

Nachdem er sich mit diesen Kleidungsstücken ausgestattet hatte, nahm er Oscar den Zylinder und die Frackjacke ab, legte beides ordentlich in das Schließfach, verschloß die Tür und steckte den Schlüssel in die Tasche der Hahnentrittjacke. Er lächelte Oscar an, der, trotz seiner Verwirrung und seines Entsetzens, gar nicht anders konnte, als sich von der aufgeräumten, zufriedenen Stimmung seines Freundes anstecken zu lassen.

»Dreh dich um«, sagte Wardley-Fish, und als Oscar zögerte, legte er beide Hände auf Oscars schmale Schultern und tat von Hand, was automatisch nicht funktionierte.

Oscar stellte fest, daß er vor einem großen Spiegel mit einer Reklame für Vedemma Currypulver stand. An den Rändern waren blaue und gelbe Inder mit Turbanen aufgemalt, die sich voreinander verbeugten. Im Mittelpunkt all dieser Unterwürfigkeit standen Oscar Hopkins und Ian Wardley-Fish.

»Donnerwetter«, sagte Wardley-Fish und stieß seinen Stock auf den Boden. »Sieh dir das an. Zwei prächtige Halunken.«

Oscar, der sich nicht umgezogen hatte, war verwundert, daß er in diese Bezeichnung einbezogen wurde. Er legte den Kopf schief und versuchte, seine Erscheinung kritisch zu beurteilen.

Wardley-Fish sah, daß der Hibbel den Kopf schräg legte, die Hände an die Lippen führte und sie aneinander rieb wie eine Gottesanbeterin. Er hatte ihn beleidigt. Das hatte er nicht gewollt.

»Komm«, sagte er. »Wir sind spät dran.«

Wardley-Fish eilte los, und Oscar blieb nichts anderes übrig, als ihm zu folgen. Sie mußten eine Droschke finden, die sie nach Epsom brachte. Wardley-Fish drängte sich durch die samstägliche Menge und hoffte, daß dieses Stoßen und Schieben den Gedanken an die Beleidigung aus dem Kopf dieses komischen kleinen Kerls vertreiben würde. Aber herrje – es stimmte ja. War der Hibbel nicht, kurz nachdem er in Oxford angekommen war, ohne Barett und Talar auf der Hauptstraße herumstolziert, ohne daß die Greifer des Disziplinarbeamten auf den Gedanken gekommen wären, ihn einzusacken? Sie hatten ihn vielleicht für den Ladenschwengel eines Gemüsehändlers gehalten – jedenfalls war ihnen nicht eingefallen, er könnte ein Gentleman sein. Man konnte nicht behaupten, daß das die Schuld seines Schneiders war, denn er hatte gar keinen. Seine Hosen waren fast zehn Zentimeter zu kurz, und seine Frackjacke war ein Relikt aus den dreißiger Jahren. Und wirklich entsprach diese letztere Beurteilung den Tatsachen, denn die Frackjacke hatte Hochwürden Stratton gehört, und ihr beklagenswerter Zustand erklärte sich nicht nur aus ihrem beträchtlichen Alter, sondern auch daraus, daß der Pfarrer die Angewohnheit hatte, sich, wann immer sich die Gelegenheit bot, die Taschen mit Fallobst vollzustopfen.

Sie fanden eine Droschke und befahlen dem Kutscher, sie nach

Epsom zu bringen. Sie waren beide aufgeregt – Wardley-Fish, weil er Pferderennen liebte, und Oscar aus vielerlei Gründen: weil er bald Geld haben würde, um die Rechnung für seine Mahlzeiten zu bezahlen, weil er in London war, weil auf den Straßen ein reges Treiben herrschte. Er sah Pferde, Kutschen, Damen mit Tournüren, Kinder mit Reifen, Männer mit drei Hüten übereinander, Karren mit Äpfeln und Birnen, einen Hanswurst auf Stelzen, hohe Häuser mit Messingbriefschlitzen in den Vordertüren.

Sie kamen an einem Theater vorbei, vor dessen Eingang sich Menschen drängten. Oscar fragte, ob dies tatsächlich das war, was er vermutete.

»Warst du noch nie . . . ?« fragte Wardley-Fish.

»Nein, noch nie.«

»Würdest du gerne mal hingehen?«

Oscar zögerte. Er sah das Theater mit zwei Paar Augen – das eine war seines, das andere das seines Vaters. Das zweite Paar betrachtete das Theater als einen Sündenpfuhl.

»Mein Vater ist stolz darauf, daß er nie Shakespeare gelesen hat«, sagte er. »Findest du das sonderbar?«

»Ganz und gar nicht. Würdest du gerne mal hingehen?«

»Ja.«

»Gut.« Wardley-Fish stieß seinen Stock energisch auf den Boden der Droschke. »Das sollst du, Hibbel. Ich werde selbst mit dir hingehen. Ich werde das übernehmen. Ich werde dafür sorgen.« Und er begann mit volltönender Baritonstimme zu singen:

»Ach, ich liebe Rennen, ich liebe Rennen,
oh, süße Folter,
sie bringt mich zum Flennen,
doch ich liebe Rennen, Ach und Weh,
ich liebe Rennen, juchhe!«

Eine Weile sang er Lieder, bot Oscar seine Taschenflasche an, stieß den Stock auf den Boden, aber nach und nach wurde er stiller, hatte das Kinn in die Hand gestützt und sah zum Fenster hinaus. Um seine überreizten Nerven zu beruhigen, zog Oscar seine kleine Taschenbibel hervor und begann darin zu lesen. Damit war er beschäftigt – er las das zweite Kapitel der Offenbarung des Johannes –, als ein lautes »Heh« von Wardley-Fish ihn aufschreckte.

»Was liest du da, Hibbel?«

Oscar hielt die Bibel hoch. Er war verärgert. Er mochte es gar nicht, wenn man ihn Hibbel nannte.

»Um Himmels willen, Mann, wir sind auf dem Weg zur Rennbahn.«

Oscar sah darin keinen Widerspruch.

»Also steck das Ding weg«, rief Wardley-Fish.

»Nenn die Heilige Schrift nicht ›Ding‹, Fish. Das ist Blasphemie.«

»O je, Hibbel, du bist wirklich ein komischer Kauz.«

»Entweder du nennst mich Hopkins, oder ich nenne dich Pickelhering.« Er starrte Wardley-Fish herausfordernd an, aber die Bibel in seiner Hand zitterte. Er legte sie in den Schoß, damit man es nicht sah.

»Stimmt es wirklich, Hopkins, daß du die Bibel wörtlich nimmst?« sagte Wardley-Fish leise, höflich und unerwartet.

Oscar war dankbar für das Hopkins. »Und daß ich glaube, daß Bileams Eselin tatsächlich mit menschlicher Stimme zu ihm gesprochen hat? Ja, natürlich. Obwohl ich in Oriel oft zu hören bekomme, daß ich damit ganz und gar aus der Mode bin, und alle mir einreden wollen, daß Jonas nicht vom Walfisch verschlungen worden ist und daß die Mutter unseres Heilands keine Jungfrau war – und das sind Leute, die geschworen haben, daß sie an die neununddreißig Glaubensartikel glauben.«

»Dann hat die Eselin also wirklich gesagt: ›Bin ich nicht deine Eselin, auf der du geritten bist von jeher bis auf diesen Tag? Was hab ich dir getan, daß du mich nun dreimal geschlagen hast?‹ Das hat die Eselin gesagt, zu einem Menschen, auf griechisch?«

»Ich bezweifle, daß es auf griechisch war. Hast du dir mal einen Seestern angesehen? Im Querschnitt, unter dem Mikroskop? Glaubst du nicht, daß Gott den Seestern erschaffen hat?«

»Natürlich«, sagte Wardley-Fish, der gerade eben noch dabei gewesen war, seine Brandyflasche aufzuschrauben, und sie nun wieder verschloß und in die Tasche steckte.

»Im Vergleich dazu wäre es Ihm doch ein Leichtes, eine Eselin sprechen zu lassen, und sei es auf griechisch.«

»Und erkennst du auch die Doktrin von der ewigen Verdammnis an?«

»Ja, natürlich.«

Es trat eine Stille ein. Wardley-Fish sah aus dem Fenster. Oscar, der das Gefühl hatte, daß diese Sache noch nicht abgeschlossen war, ließ die Bibel auf seinem Schoß liegen und wartete.

»Erkennst *du* diese Doktrin an?« fragte er schließlich.

»Ja«, sagte Wardley-Fish, aber er sah weiter aus dem Fenster, und erst als die Epsom Downs in Sicht kamen, gelang es ihm, sich wieder zu fangen.

Er wandte sich Oscar zu – sein Gesicht war freudig erregt, aber auch ernst. »In fünf Minuten sind wir da«, sagte er, »und wenn wir auf der Rennbahn sind, dann klimpere nicht so mit deinen Sovereigns, denn sonst wirst du bald feststellen, daß du sie nicht mehr hast. Es wimmelt hier von Taschendieben. Außerdem werden sich die Buchmacher auf dich stürzen. Du gehörst genau zu der Sorte von Leuten, auf die sie warten. Die können dich riechen. Sie werden dir alle möglichen Tips geben und dir sagen, daß du einen oder zwei Sovereigns auf das und das Pferd setzen sollst, aber sie wollen dir nur müde Klepper andrehen, also brauchst du deine Zeit gar nicht erst mit ihnen zu verschwenden. Hast du das verstanden? Gut. Das nächste, was du beachten mußt, ist, daß du dich nicht benimmst wie ein haltloser Spieler. Die sind«, sagte Wardley-Fish (der sich vor so kurzer Zeit noch gefreut hatte, wie ein Halunke auszusehen), »für jeden ein Ärgernis. West, der Bursche in deinem Flügel, ist einer. Es sind die Opiumesser der Rennbahn. Es sind Dummköpfe und Verrückte, und durch sie sind die Rennen so in Verruf gekommen. Sie treibt nichts weiter als ein unbändiges Verlangen nach dem Glücksspiel. West ist ein typischer Fall. Er fängt mit ein paar Sovereigns an. Er gewinnt. Dann setzt er alles im zweiten Rennen, und schon hat er sein ganzes Geld wieder verloren.«

»Sag mir doch bitte, was ich tun soll.« Oscar war höflich. Er hatte nicht die Absicht, irdischen Anweisungen zu folgen. Aber Wardley-Fish war so ernst und angespannt, daß Oscar bestrebt war, das, was seinem Freund auf der Seele brannte, mit dem Balsam der Höflichkeit zu lindern.

»Zunächst einmal werden wir uns auf dem Buchmacherplatz ohne Aufsehen unters Volk mischen. In unserer Aufmachung werden wir nicht auffallen. Wir werden uns unser eigenes Urteil bilden, Hibbel. Wir werden niemanden um einen Tip bitten, und wenn uns einer angeboten wird, werden wir nicht darauf reagieren. Wir lassen uns von niemandem überreden, auf ein todsicheres Pferd zu setzen.«

»Ein todsicheres Pferd?«

»Ein angeblich sicherer Gewinner. Ein Favorit. Wir holen uns die Informationen aus unseren eigenen Quellen. Wir gehen nach unserem System vor. *Wir bergen unsere Schätze für den morgigen Tag.* Und jetzt das System: Wir setzen nie auf den Favoriten. Wir setzen auf die mit den zweit- und drittbesten Gewinnchancen. Wir wetten nicht in Rennen, in denen die Quoten ausgeglichen sind oder der Sieg schon so gut wie feststeht.« Mit solchen Ratschlägen ging es pausenlos weiter. Das meiste davon verstand Oscar nicht einmal annähernd. Dennoch blieb er gelassen und froh. Es freute ihn, daß Fish das Wetten so überlegt und in einem so wissenschaftlichen Geist anging. Es überraschte ihn, wie umsichtig er war. Das paßte überhaupt nicht zu seinem aufdringlichen gelben Taschentuch. Es war nur schwer mit dem Hahnentrittmuster in Einklang zu bringen.

»Wenn du an einem Tag fünf Schillinge gewinnen willst, mußt du bei jedem Rennen fünf Schillinge setzen. Ich schreibe dir das alles auf. Wenn du Geld herausholen willst, mußt du dich daran halten. Hörst du mir überhaupt zu?«

»Ja«, sagte Oscar und versuchte sich zu konzentrieren.

Als sie am Eingang zur Rennbahn angekommen waren, nahm Wardley-Fish einen großen Schluck Brandy. »Ich bin natürlich verdammt«, sagte er. »Aber sowohl Mr. Temple als auch Mr. Foulkes sind der Meinung, daß die Verdammnis nicht ewig währen kann.«

Er blickte auf und sah den Hibbel. Der lächelte, hörte aber gar nicht zu. Seine grünen Augen waren viel zu groß und glänzend.

29
Epsom Downs

Es war kurz vor Christi Himmelfahrt, aber es ging ein schneidender Wind, und der Himmel hing tief und sah ungesund bleich aus. Oscar zog die Schultern nach vorn, als wollte er seinen schmächtigen Körper einrollen wie ein Stück Zeichenkarton. Seine Schläfen schmerzten von der Kälte. Seine Nasenspitze war rot. Er war so aufgeregt, daß er kaum Luft bekam. Er umging Matsch und Pfützen mit großen, linkischen Schritten, hob den Kopf und sog den Geruch von Pfeifentabak und Pferdedung, den Duft von Brandy und dem Eau de Toilette der Damen ein.

Er war noch nie an einem solchen Ort gewesen. Daß dies – ein ganzes Königreich – schon immer existiert hatte, als er in Hennacombe aufgewachsen war, schien unglaublich. Und so sehr weitete sich die Rennbahn – wie ein flüchtiges Gas, das sich anschickte, alle erreichbaren Winkel des belebten Universums auszufüllen –, daß es ihm noch unglaublicher schien, das verschlafene kleine Hennacombe mit seinen roten Klippen könne jetzt noch immer existieren. Er sah Buchmacher mit Backenbärten und mächtigen Bäuchen, die sich unter ledernen Geldbeuteln wölbten. Genau jetzt, in diesem Augenblick, warf sich das Meer zischend auf den Strand. Wie gut es war, nicht dort zu sein. Irgendwo im verschwimmenden Dunst über dem Moor warfen die Baptistenjungen Steine nach den Krähen. Aber er war hier. Er dachte an Mr. Stratton, an den feuchten, langen, düsteren Raum, in dem er und seine Frau bald zu Mittag essen würden, und obwohl er die beiden gern hatte und für ihr Glück betete, zog er es vor, hier zu sein, inmitten feiner Herren mit grauen Zylinderhüten.

Und dann dachte er an seinen Vater, und er hielt den Zug seiner Gedanken an, koppelte die Lokomotive von den lästigen Wagen ab und ging auf volle Kraft zurück, während er mit seinem Körper vorwärtsdrängte, hinter Wardley-Fish her, der auf die nächstgelegene Reihe von Ställen zusteuerte, wo er – in den süß nach Stroh duftenden Gassen dieser wundervollen neuen Welt – etwas einholen wollte, was, wie er schwor, »erstklassige Informationen« waren.

Oscar wußte, daß dies keine erstklassigen Informationen waren.

Er war noch immer mehr Plymouthbruder, als er wahrhaben wollte, und der Blick, mit dem er den Mann musterte, der ihnen diese Informationen gab, unterschied sich nicht wesentlich von dem Blick, mit dem Theophilus dieses Subjekt betrachtet hätte. Es war ein verkrüppelter Stallbursche mit dem bartlosen Gesicht eines Jungen. Er hatte etwas Spitzes um Nase und Augen und verbreitete mit seinem Geschwätz darüber, welches Pferd »sich lang machen« werde und welches nicht, Chef, den übelsten Gestank der Verderbtheit.

Oscar war überzeugt, daß dieser Bursche verdammt sei. Er würde seinem Rat ebensowenig folgen wie er den Teufel bitten würde, ihm etwas einzuflüstern.

Und doch schien Wardley-Fish nichts von alledem zu bemerken. Er nickte eifrig und schnalzte wissend mit der Zunge. Er beugte sich zu seinem frettchengesichtigen Informanten hinunter, und Oscar sah plötzlich, wie begierig er war zu glauben, so begierig, daß er alles glauben würde.

Wardley-Fish machte nicht den Eindruck eines Mannes, der nach einem System vorging. Er hatte nichts Systematisches mehr an sich. Er befand sich in den Fängen einer Leidenschaft, die ihn buchstäblich heißlaufen ließ. Über dem Kragen war seine Haut sehr rosig, und seine Wangen über dem Bart waren gerötet. Seine Ohrläppchen waren groß und fleischig, und sie leuchteten jetzt so purpurrot, daß Oscar an die Kämme der Hühner denken mußte, die er für Mrs. Stratton geköpft hatte.

Wardley-Fish knöpfte seinen Mantel auf, steckte die Hände in die Taschen und hielt das Kleidungsstück von sich ab. Er sah aus wie ein Hahn. Er klimperte mit den Sovereigns in seiner Tasche, tat also genau das, wovor er Oscar gewarnt hatte. Der Stallbursche blickte erwartungsvoll in Richtung des Geräusches. Er ließ durchblicken, daß Madding Girl ein »todsicheres Pferd« sei.

Oscar wußte, daß diese Information keinen Pfifferling wert war, aber hätte er Wardley-Fish gegenüber diese Meinung zum Ausdruck gebracht, so hätte dieser natürlich gar nicht hingehört. Denn dies war es, was Wardley-Fish bei den Pferderennen am meisten genoß: die geflüsterten Unterhaltungen, der Tausch »Tips gegen Trinkgeld«, das Eintauchen in die schmutzigen Winkel der Unterschicht, die Schuldgefühle, die Angst vor der Verdammnis, die Begeisterung – und dies alles war gelöst in dem schnell verdunstenden Brandy in seiner Taschenflasche. Er zog den Mantel aus und gab ihn Oscar.

»Los, Hibbel, wir kommen gerade rechtzeitig, um sie im Führring zu sehen.«

Sie eilten los, Wardley-Fish voran. Er hatte einen breiten Hintern und dicke Oberschenkel. Oscar konnte ihn sich gut auf einem Pferd vorstellen. Er rannte unbeholfen, aber schnell. Oscar folgte ihm mit schmerzhaft knackenden Knien. Die flatternden Rockschöße des fremden Mantels umwehten ihn, und er glich – sein wirres Haar war widerspenstig wie immer – so sehr einer Vogelscheuche, daß ein paar alternde Ganoven ihm Spottrufe nachschrien. Ihm war das gleichgültig. Er war berauscht.

Sein Rausch war ganz anders als Wardley-Fishs. Oscar verspürte keinerlei Schuldgefühle. Er wußte, daß Gott ihm durch das Pferderennen Geld verschaffen und so den Strattons die schreckliche Last, welche sie auf sich geladen hatten, abnehmen würde. Nun würden sie erlöst sein. Gott würde es tun, so wie Er Moses befohlen hatte, das Land zwischen den Stämmen Israels aufzuteilen: »Ihr sollt das Land austeilen durchs Los unter eure Geschlechter. Dem Geschlecht, das groß ist, sollt ihr ein großes Erbe geben, und dem, das klein ist, sollt ihr ein kleines Erbe geben.« Der Allmächtige würde Oscars »Informant« sein.

»Sieh sie dir an«, sagte Wardley-Fish, als Madding Girl herausgeführt wurde. Madding Girl war schweißbedeckt. Weißer Schaum klebte an der Innenseite ihrer Hinterbeine. Die Stute hatte einen sonderbaren Ausdruck in den Augen.

»Sieh sie dir an«, sagte Wardley-Fish. Er packte Oscar am Ärmel und zog ihn so heftig vorwärts, daß Madding Girl sich aufbäumte, seitwärts tänzelte, wendete und dann, vielleicht absichtlich, rückwärts auf sie zukam, so daß sie sich in die backenbärtige Menge zurückziehen mußten, damit das Pferd nicht ihre Füße zerstampfte.

»Sieh dir diesen Hintern an«, sagte Wardley-Fish.

Das war schwer zu vermeiden.

»Das ist das erste, worauf man bei einem Pferd achten sollte, Hibbel, und wenn die Bahn naß und schwer ist, hat ein kräftiger Hintern wie dieser hier die besten Chancen.«

Oscar dachte daran, wie einsam und trübsinnig er sich morgens noch gefühlt hatte. Er hatte gefroren und war unglücklich gewesen.

Jetzt war er warm eingepackt in Wardley-Fishs Mantel. Er war ein Junge, der sich in den süß-sauer riechenden Kleidern eines größeren Mannes, in der kratzenden Tweed-Rüstung eines älteren Bruders, eines Onkels, des Vaters geborgen fühlte. Man »kümmerte sich« um ihn, und er war – mitten im Matsch von Epsom – so zufrieden wie ein Hund, der sich auf einem Sessel zusammenrollt.

Er grinste Wardley-Fish an.

»Siehst du? Schon hast du dich angesteckt«, sagte Wardley-Fish, der in dem Grinsen die Symptome seines eigenen Fiebers erkannte. »Du solltest nicht hier sein. Ich verderbe dich.«

Aber Oscar fühlte sich ganz und gar nicht verdorben. Gott hatte bereits zu ihm gesprochen. Sure Blaze würde das Rennen gewinnen. Heute abend würde er genug Geld haben, um seine Küchenrechnung bezahlen zu können. Er würde sich lange Wollsocken kaufen und Mr. und Mrs. Stratton zwei Guineen und etwas Kaffee schicken. Vielleicht würde er bei Blackwell ein Konto eröffnen können. Er wollte ein eigenes Exemplar von Mr. Paleys »Evidences« haben.

»Sieh dich an«, sagte Wardley-Fish. »Du siehst aus wie eine grinsende Vogelscheuche.«

Oscar runzelte die Stirn. Was seine Erscheinung betraf, besaß er keinen Sinn für Humor. Eigentlich hatte er nie eine klare Vorstellung davon, wie er nach außen wirkte. Er fand sich in Statur und Physiognomie »ganz unauffällig und durchschnittlich«, und was seine Garderobe anging, so glaubte er jetzt, zwar schlicht, aber ganz normal gekleidet zu sein.

»Natürlich«, sagte er schließlich, »ich trage ja auch deinen Mantel. Das sieht gewiß etwas sonderbar aus.«

Wardley-Fish betrachtete Hibbels wirres rotes Haar, sein offenes dreieckiges Gesicht, seine ernsthaften, vor der Brust gefalteten Gottesanbeterinnenhände, und sah – gerade als er anfing zu lachen –, daß Oscars Bemerkung kein Scherz gewesen war. Der Hibbel bildete sich ein, ganz normal zu sein.

Als sie sich durch die Menge zum Buchmacherplatz schoben, lachte Wardley-Fish immer noch. Er konnte gar nicht mehr aufhören. Lachend plazierte er seine Wetten. Oscar sah ihm lächelnd zu. Er dachte, das Lachen hätte etwas mit dem Wetten zu tun. Wardley-Fish wettete ohne jedes System, ging von Buchmacher zu Buchmacher und setzte, während ihm Tränen über die Wangen liefen, alles auf Madding Girl.

Mein Urgroßvater sah ihm so lange zu, bis er wußte, wie man eine Wette abschloß, ging dann zu Perce Gully und setzte bei einer Quote von 9 : 1 drei Guineen auf Sure Blaze.

Mein Urgroßvater gewann seine erste Wette. In Fallstudien über pathologische Spieler stößt man immer wieder auf genau dieselbe Geschichte.

30
Gier

Als Mr. Stratton die behaglichen Räume seiner Freunde in Oxford betrat – er hatte bessere Verbindungen, als man hätte meinen sollen, und war willkommener, als Sie vielleicht denken –, war er wie ein Hund, der auf den Sessel vor dem Kamin gesprungen ist, was er, wie er weiß, zwar nicht darf, wo er aber trotzdem liegt – furzend, schnaufend und Taubheit vortäuschend. Wie er Oxford liebte! Wie er Hennacombe verabscheute! Wie grausam war der Kontrast zwischen diesen beiden. Er fand seine vornehmen Freunde nicht besser als sich selbst. Er trank ihren Brandy mit reinem Gewissen. Er aß wie ein Scheunendrescher und gestattete sich, kleine »Darlehen« anzunehmen – bloß fünf oder zehn Schillinge, nichts Großartiges also, obwohl Mr. Temple gern behauptete, die Summe hätte für ein Haus in Oxford gereicht, wenn Stratton nicht alles für Eisenbahnfahrkarten hinausgeworfen hätte. Einst hatte er sich von seinen Freunden durch seinen Hang zu einer konservativen, weltabgewandten Geisteshaltung abgehoben. Inzwischen war er »der arme Stratton«, und sie liehen ihm kleine Beträge, um ihre Dankbarkeit darüber zum Ausdruck zu bringen, daß er es gewesen war und nicht sie, der die falsche Frau geheiratet und somit zugelassen hatte, daß man ihn nach Devonshire abschob – denn in ihren Augen war es Betty Stratton (die Tochter jenes umstrittenen Dozenten), die an der mißlichen Lage des armen Kerls schuld war.

Hugh Stratton war nicht so sehr ein Gelehrter aus Oxford als vielmehr ein Oxford-Experte. Einsame Beamte in Hongkong wissen über das, was in Knightsbridge passiert, manchmal besser Bescheid als diejenigen, die dort leben, und so verhielt es sich auch mit Hugh Stratton und Oxford. Als er Oscar zur Aufnahmeprüfung bei Hawkins (dem Provost von Oriel) begleitete, brachte er auch das Neueste über gewisse Kontroversen bei der Wahl von Dozenten am Merton College mit, denn diese Nachrichten waren schneller nach Hennacombe gelangt als über das schlüpfrige rote Kopfsteinpflaster der Merton Street.

Doch trotz dieser Vertrautheit mit Oxford und seinen Kollegen fühlte Hugh Stratton sich ausgestoßen. Er konnte nicht einmal das widerhallende Torhaus von Oriel durchschreiten, konnte keinen Blick auf den herrlichen, leuchtenden Rasen im ersten Innenhof werfen, ohne zu denken: »Ich darf hier nicht bleiben.«

Er trat in den Innenhof und spürte, wie alle Augen von Oriel aus den Fenstern auf ihn hinabstarrten. Seine abgetragene Kleidung wies ihn als armen Pfarrer aus, der hier nichts verloren hatte. An seinen Hosenaufschlägen klebte getrockneter roter Matsch, und als er quer durch den Hof zur Kapelle ging, wendeten die Gentlemen von Oriel, denen er begegnete, die Augen ab, allerdings erst, so schien ihm, nachdem sie die feinen roten Äderchen bemerkt hatten, die sich in diesem Jahr zum erstenmal auf seiner Nase und seinen Wangen zeigten.

Als er mit Oscar durch dieses Portal geschritten war, hatte er hier, auf der Mitte des Weges durch den Hof, angehalten und ihm gesagt, er beneide ihn. Aber er hatte es mit einem wehmütigen Lächeln gesagt, und darum hatte Oscar nicht wissen können, wie groß dieser Neid war. Der junge Mann hatte ihn verstanden, wie er vielleicht jeden alten Mann verstehen würde, der seiner Jugend nachtrauerte. Er hatte nichts von den scharfen Kanten dieses Neides geahnt, der mit jedem Tag mehr an Hugh Stratton nagte – und in jenem Augenblick, dort im Innenhof, hatte er ihn mehr denn je gequält. Einer von ihnen würde bleiben. Einer würde ausgestoßen werden.

Aber Neid war nicht die einzige Schlange, die das schlammige Wasser von Hugh Strattons unglücklicher Seele aufwühlte. Er konnte versuchen, sie zu bannen, indem er sich zu ihr bekannte, aber die andere vermochte er nicht einmal zuzugeben – die schreckliche, schuldbeladene Wahrheit war, daß er keine Vorkehrungen für die Finanzierung dieses Studiums getroffen hatte. Als dieses Thema von seiner Frau zur Sprache gebracht worden war, hatte er bloß mit dem Taschentuch gewedelt, als wäre es nichts weiter als eine Schmeißfliege, die man vertreiben mußte. »Ich hab dir doch gesagt, er kann Tischdiener werden.«

»Aber hast du in dieser Sache an Hawkins geschrieben?«

»Ich kann doch den *Provost* nicht mit so einer Angelegenheit belästigen.«

»Dann belästige Temple oder Fisher, aber belästige jemanden, lieber Hugh. Meinst du nicht auch, das wäre besser?«

Er hatte es nie getan, und jetzt mußte er feststellen, daß es für Oscar keine Möglichkeit gab, durch eine Tätigkeit als Tischdiener die Studiengebühren erlassen zu bekommen. Es waren bereits genug junge

Männer da, die für ihren Unterhalt singen oder bei Tisch bedienen mußten. Wenn Oscar Tischdiener werden wollte, mußte er warten, bis eine Stelle frei wurde. Der Finanzverwalter setzte voraus, daß bis dahin die Strattons für die Kosten aufkommen würden. Mr. Stratton hatte ihn nicht aufgeklärt, aber das kam ohnehin nicht in Frage. Als Hugh Stratton also den unterbrochenen Gang über den vom Regen glänzenden Innenhof fortsetzte und seinen Schützling in die wunderschöne kleine Kapelle mit dem Deckengewölbe führte, in der er selbst – blondgelockt, mit Apfelbäckchen – einst wegen der Reinheit seiner Stimme so sehr bewundert worden war, da fühlte er sich nicht nur elend vor Neid, stand nicht nur wankend am Abgrund des Grams, sondern empfand auch Schuld wegen dieser Geldangelegenheit, einer Angelegenheit, für die ihn, wie er fand, eigentlich gar keine Schuld treffen sollte. Er hatte mit Oscar einen großen Rundgang machen wollen, ein dreistündiges Unternehmen, das er sich vorher, in seiner Phantasie, als ein schönes Erlebnis für sie beide vorgestellt hatte. Aber jetzt hatte er furchtbare Kopfschmerzen und kehrte an der Tür zur Bibliothek um und wünschte seinem Schützling einen guten Tag und viel Glück.

Für Oscar waren Mr. Strattons Stimmungen immer rätselhaft, so rätselhaft, daß er es aufgegeben hatte, sie ergründen zu wollen. Er wußte, daß sein Mentor vorgehabt hatte, mit seinem Freund Mr. Temple zu Abend zu essen, aber nun schien es, als wollte er zum Bahnhof gehen. Es hatte wieder angefangen zu regnen.

»Dein Vater muß seine Verantwortung tragen«, sagte der Pfarrer zu Oscar, als sie sich im Torhaus unterstellten. »Er kann nicht ungeschoren davonkommen.«

Im Gegensatz zu Oscar kam Theophilus in den Genuß einer schonungslosen Enthüllung von Mr. Strattons Gedanken zu diesem Thema, doch er war nicht gesonnen, auch nur einen Penny dafür zu bezahlen, daß sein Sohn in das ewige Höllenfeuer geschleudert würde, und das brachte er auch klar und deutlich zum Ausdruck, nicht nur dem spitznasigen und empörten Pfarrer, sondern auch (in einem leidenschaftlichen Brief) seinem Sohn gegenüber, den er beschwor zu fliehen, bevor es zu spät sei.

In diesem Zusammenhang also muß man die Zustellung des Kaffees (Oscars Geschenk nach dem Sieg von Sure Blaze) an die Empfänger im Pfarrhaus von Hennacombe sehen. Nie haben acht Unzen Kaffee eine elektrisierendere Wirkung auf die körperliche Verfassung eines Menschen gehabt. Keine vier Tage nachdem das schmuddelige Packpapier des duftenden kleinen Paketes mit Briefmarken im Wert von zwei Pennies beklebt worden war, erblickte Oscar, der vor dem Frühstück aus dem Fenster und hinunter in den Innenhof von St. Mary's Hall sah, niemand anderen als seinen Gönner, der, eingehüllt in seinen langen schwarzen Mantel, humpelnd (die Folge eines Unfalls mit einer Axt), und zwar *eilig* humpelnd, auf den Eingang zu Oscars Flügel zukam.

Er dachte: Mein Papa liegt im Sterben. Und wirklich war er so sehr davon überzeugt, seine ärgste Befürchtung (nämlich daß sein Vater sterben könnte, bevor sie sich miteinander versöhnt hatten) sei Wirklichkeit geworden, daß er sogleich den großen braunen Koffer aus seinem Aufbewahrungsort in dem Fach unter der Fensterbank hervorholte. Er hatte den Koffer in der Hand, als er auf Hochwürden Strattons scharfes, pikkendes Klopfen öffnete.

Hochwürden Stratton hatte eines von jenen Gesichtern, die einige Zeit brauchen, um sich auf die Anforderungen des Tages einzustellen. Morgens sah er gewöhnlich müde und gereizt aus. Um diese Zeit hatte er eine schlechte Farbe; die Haut war schlaff; die Falten in seinem Gesicht – schmale senkrechte Linien zu beiden Seiten des Mundes, die wie Operationsnarben wirkten – waren tiefer und fielen mehr ins Auge. An diesem Morgen jedoch war das Gesicht vorausgeeilt: Es war angespannt und gerötet, und in den Augen stand jene verstohlene Lebendigkeit (wenn auch nicht die Wässrigkeit), die sie normalerweise aus der Sherryflasche bezogen.

Er sagte nicht Guten Morgen und erklärte auch nicht, was ihn um diese Uhrzeit nach Oxford getrieben hatte, sondern nahm Oscar den leeren Koffer ab, schien über dessen Leichtigkeit überrascht und stellte ihn vor die Tür. Er verfolgte damit keine »Absicht«, es sei denn, daß er, in seiner Verwirrung darüber, von einem jungen Mann mit einem Koffer in der Hand begrüßt zu werden und den Koffer leer zu finden, zu dem Schluß kam, das Ding solle in den Abstellraum gebracht werden, und ihn in den Korridor stellte, wo der Hausdiener sich darum kümmern sollte, auch wenn er, wenn es dies war, was er dachte, nicht wußte, daß er es dachte: In seinem Kopf wimmelte es von eingebildeten Verschwörungen; es war darin kein Platz für Koffer.

Hugh Stratton sagte: »Du hast deine Essensrechnung bezahlt.«

Der Ton, in dem dies gesagt wurde, war nicht der einer Beglückwünschung, sondern einer Anklage. Er schüttelte langsam den Kopf, als wäre er durch diesen Fall von Verrat, den der junge Mann übte, völlig erschöpft und doch zugleich gezwungen, sich damit abzufinden.

Oscar war inzwischen an Hugh Strattons gereizte Stimmungen gewöhnt, aber sie vermochten ihn noch immer aus dem Gleichgewicht zu bringen, und wie gewöhnlich verfiel er in eine Art Lähmung, denn er wußte, daß fast alles, was er vorbringen könnte, die Sache nur noch schlimmer machen würde.

Als Mr. Stratton seinen Mantel aufknöpfte, streckte Oscar die Hand aus, um ihn ihm abzunehmen, aber das Angebot wurde ausgeschlagen. Mr. Stratton legte den altmodischen schwarzen Gabardine-Mantel auf das Fußende des Bettes.

»Und Kaffee trinken«, sagte Mr. Stratton und trat an den Tisch, auf den der Hausdiener das Frühstück gestellt hatte. Er nahm den Dekkel von der Teekanne, als wäre sie ein schlau gewähltes Versteck für geheimen Luxus.

»Aber nein«, sagte Oscar, »keinen Kaffee«, und sah unglücklich auf die straffe, kalte Haut, die sich auf seinem Haferbrei bildete. Er war hungrig. Das war sein normaler Zustand.

»Nein?« sagte Mr. Stratton. Er musterte mit zusammengekniffenen Augen erst den Studenten und dann die Kanne. »Nein?«

»Ich hoffe, Sie haben *Ihren* Kaffee bekommen.«

»Oh, ja, den haben wir *bekommen*«, sagte Hugh Stratton, der auch nicht wußte, warum er das Wort »bekommen« so betonte, und lediglich zum Ausdruck bringen wollte, daß er über die Tricks, die hier gespielt wurden, ganz gleich welcher Art sie sein mochten, vollkommen im Bilde war.

»Ein sehr hübsches Paket«, sagte er und »vergaß« die Bitte seiner Frau, ihren besonderen Dank für dieses aufmerksame Geschenk auszurichten.

»Wie geht es in Hennacombe?« fragte Oscar.

»Ich bringe von dort eine Frage mit. Und zwar diese: Hast du Einkünfte? Denn wenn du welche hast, junger Mann, dann hast du mich hintergangen.«

»Aber nein, Mr. Stratton, bitte.«

»Nichts da«, sagte Mr. Stratton. »Es würde mich sehr erbittern, wenn du mich belogen hast. Nein, danke, ich stehe lieber.«

»Ich habe Sie nicht belogen«, sagte Oscar und schob den Stuhl mit der ungepolsterten Lehne an den Frühstückstisch. »Sie sind zu gütig zu mir gewesen, um das zu verdienen.«

»Wie stellst du es dann an, mir Kaffee zu schicken? Erklär mir das. Es ist fünfzehn Jahre her, daß ich mir zum letztenmal Kaffee leisten konnte, und jetzt kommst du, ein armer Wicht, der vor zwei Jahren noch nicht einmal das Athanasische Glaubensbekenntnis hersagen konnte, ein Hungerleider, der darum *betteln* würde, daß man ihn zum Tischdiener macht, jetzt kommst du und hast die Freundlichkeit, mir diesen Luxus zukommen zu lassen, ohne auch nur eine Erklärung dazu abzugeben.«

»Lieber Mr. Stratton – das habe ich doch nur getan, weil ich Sie beide so liebe. Ich wollte Sie nicht kränken.«

Bei dem Wort »liebe« blinzelte Mr. Stratton. »Und jetzt höre ich, daß deine Essensrechnung bezahlt ist.«

»Ich staune, wie genau Sie informiert sind«, sagte Oscar, der ihm schmeicheln wollte, dann aber mitten im Satz in Panik geriet, weil er merkte, daß man ihm Sarkasmus unterstellen konnte.

Hugh Stratton hörte auf zu blinzeln. »Ich weiß alles«, sagte er. »Wenn du zu Fuß nach Kidlington gehen würdest, um zu beten, würde ich es erfahren.«

Oscar dachte: Er weiß, daß ich beim Pferderennen gewettet habe. Dann dachte er: Nein, er weiß es nicht.

Mr. Stratton hatte das Thema fest im Griff und war nicht geneigt, es fallenzulassen, aber andererseits wußte er auch nicht so recht, was er nun damit machen sollte. »Ich ruiniere meine Gesundheit und meinen Schlaf, weil ich mich sorge, wie ich dich hier unterstützen soll. Ich habe Briefe an Männer geschrieben, die ich vorher um Spenden für die Instandsetzung von St. Anne gebeten habe. Das ist nicht klug von mir. Es schadet mir. Es ist eine schöne alte Kirche, und ich fürchte, daß ich ihr einen schlechten Dienst erwiesen habe. Und dann schickst du mir Kaffee.«

»Außerdem bezahle ich meine Essensrechnung. Das macht Ihre Sorgen doch gewiß weniger drückend.«

»Aber wie bist du an das Geld gekommen?« fragte Hugh Stratton, legte sein Gesicht in Falten und drückte das Kinn auf die Brust. »Woher kommt es? Von deinem Vater?«

»Nein, natürlich nicht.«

»Werd nicht vorlaut, junger Mann.«

»Lieber Mr. Stratton, ich möchte doch nur, daß Sie sich keine Sorgen machen. Gott wird für mich sorgen.«

Hochwürden Stratton schlug sich mit der Faust an die Stirn. »Ich bitte dich, sei doch nicht so einfältig!«

»Vielleicht bin ich einfältig«, sagte Oscar, kam aber nicht dazu, noch mehr zu sagen.

»Du bist ein echter Sohn deines Vaters. Seine einfältige Denkungsweise hat dich vergiftet.«

»Vielleicht bin ich einfältig«, sagte Oscar eigensinnig, »aber ich möchte die Verantwortung für meine Rechnungen selbst übernehmen. Ich möchte nicht, daß Sie sich noch weiter Sorgen machen.«

»Dein Vater gibt dir Geld.«

»Ich schwöre, daß er das nicht tut«, sagte Oscar, der sich in fünfzehn Minuten auf den Weg nach Epsom machen mußte. Wardley-Fishs Fernglas stand auf dem Regalbrett neben dem Frühstückstisch, aber es war noch bedeutungsloser als ein Koffer.

»Wie«, zischte der Pfarrer, »bezahlst du dann deine Rechnungen?«

Oscar fühlte sich verpflichtet, ihm die Wahrheit zu sagen, aber dann dachte er: Er wird mit der Geschichte nach Hennacombe zurückfahren und sie irgendwie gegen meinen Papa verwenden.

»Du bist auf der schiefen Bahn«, sagte Hugh Stratton. »Es könnte sehr gut sein, daß du in einen Wettclub geraten bist. Zu meiner Zeit gab es auch einen, es waren sogar drei Adlige dabei, und alle wurden relegiert. Du mußt mir versprechen, daß du nie bei so etwas mitmachen würdest. Ich versuche, in Oxford Geld für die Instandsetzung meiner kleinen Kirche zu sammeln. Ich kann meinen Namen nicht in den Schmutz ziehen lassen.«

»Mein lieber Wohltäter«, sagte Oscar und erlaubte sich, Mr. Strattons harte Schulter zu berühren, »ein solches Versprechen ist ganz unnötig.«

Auf der Treppe erklangen schwere Schritte. Oscar dachte: Das ist Fish. Aber die Schritte entfernten sich. Es war nicht Fish.

»Ganz unnötig«, sagte Oscar.

Hugh Stratton kniff die Augen zusammen und starrte seinen Schützling grimmig an. Hätte Oscar ihn nicht gekannt, so hätte er sicher gedacht, daß Mr. Stratton ihn haßte, aber im nächsten Augenblick wurde das hagere Gesicht weich und schlaff, und eine kleine rosige Zunge erschien und benetzte die trockenen weißen Mundwinkel.

»Du bist ein guter Junge, Oscar«, sagte er. »Du darfst nicht glauben, daß ich etwas Böses von dir denke.«

31
Himmelfahrt

Irgend etwas stimmte nicht mit Lucindas Kleid. Sie wußte nicht, was es war, aber es erregte Aufmerksamkeit. Sie hatte kein Vertrauen in diese idiotische Mode, die von einem affektierten, schalen Geist zeugte. Aber ihr eigenes Urteil hatte in dieser Sache kein Gewicht, und so hatte sie ein Kleid schneidern lassen, das dem Geschmack von Chas Ahearn und seiner nach Lavendel duftenden Frau entsprach. Selbst jetzt, am Tag ihrer Abreise, ließen sie sie nicht in Ruhe, sondern eskortierten sie – der eine prustend und schnaufend, die andere auf wackligen Knöcheln und mit Klagen über die gefährlichen Planken der Landungsbrücke. Die Leute starrten ihr nach, und sie nahm an, daß das an ihrem Kleid lag. Ein Rowdy warf einen Stein, damit das aufspritzende Wasser sie erschreckte. Sie hatte ohnehin schon Angst. Sie brauchte weder Rowdies noch die Ahearns, um es noch schlimmer zu machen. So wie man ganze Schafe zu Talg einkocht, war ihr Erbe, das Leben ihrer Eltern, reduziert worden, etwas Lebendiges, Atmendes, das in ein Stück Papier verwandelt worden war, in einen Bankwechsel, den sie in ihrer albernen perlenbestickten Handtasche davontragen konnte und der, wie Mrs. Ahearn sagte, dafür sorgen würde, daß »Sie im Handumdrehen verheiratet sein werden, und zwar mit dem besten Mann in der ganzen Kolonie, einem Richter, nein, einem Gouverneur – ja, ganz bestimmt, verlassen Sie sich drauf«.

Mr. Ahearn fand, es gehe zu weit, sich Hoffnungen auf einen Gouverneur zu machen. Mrs. Ahearn fand das nicht. Ihre Aufregung machte die beiden völlig blind für die Gefühle der jungen Erbin, die ihre Augen zu Schlitzen verengte, um ihre Wut für sich zu behalten. Wie konnten sie es wagen? Sie steckten sie in albernen Plunder und dachten keinen Augenblick daran, daß ihr Papa und ihre Mama jeden Penny zweimal umgedreht hatten. Dieses Geld gehörte ihnen nicht, und ihr gehörte es ebensowenig. Das Geld war dem Land gestohlen worden. Das Land war von den Eingeborenen gestohlen worden. Sie konnte es nicht nehmen. Es waren dreißig Silberlinge. Sie würde es der Kirche geben. Tatsächlich hatte sie das bereits versucht. Sie hatte es schriftlich der baptistischen Kirche angeboten, aber der Pfarrer hatte, anstatt die Spende anzunehmen, den Anglikaner Ahearn aufgesucht, und die beiden hatten untereinander abgemacht, daß sie es behalten sollte. Und sie wollte es auch behalten. Sie war ganz allein auf der Welt, eine Waise, ohne jeden Schutz. Sie traute niemandem, nur ihrem Geld, und selbst als sie versuchte, es zu verschenken, wünschte sie sich heftig und leidenschaftlich, es zu behalten. Es gab niemanden, mit dem sie über ihre Gefühle hätte reden können. Ihre Einsamkeit lähmte und fesselte sie. An den Nachmittagen lag sie auf ihrem Bett. Eine Feder wand sich eisenhart um ihre Brust. Ihre Arme waren steif ausgestreckt, wie eine Falle, die darauf wartet, zuzuschnappen.

Lucinda Leplastrier verließ Parramatta und fuhr nach Sydney. Man riet ihr eindringlich davon ab, doch sie hielt es in Parramatta nicht mehr aus. Alle wollten sie hierhin oder dorthin lotsen, wollten, daß sie sich setzte oder aufstand, und dabei grinsten sie schief und fanden sie einfältig. Sie dankte ihrem Schöpfer im Himmel, daß sie Geld hatte und ihnen nicht ausgeliefert war. Jetzt noch diese letzte Kette von Mißverständnissen, und dann würde sie weg sein. Mrs. Ahearn mit ihren wakkelknöchligen Schritten stieß gegen den Korb von Lucindas Krinoline und ließ ihn hin und her schwingen. Alle versuchten ihr einzureden, die Krinoline sei eine »Verbesserung«. Sie fand diese Leute dumm. Das Unpraktische dieses Kleidungsstücks machte sie wütend. Außerdem hatte sie einen albernen Hut auf. Kein Wunder, daß die Leute sie anstarrten.

Mr. Ahearn hatte es sich in den Kopf gesetzt, daß sie unter keinen Umständen mit dem Pöbel an Bord des Postdampfers nach Sydney fahren sollte. Er war einer jener Männer, die einen immer fürsorglich an einen Freund, einen Geschäftspartner, einen Kollegen weiterreichen müssen. Wenn man nach Woop-Woop fährt, kennt er den dortigen Direktor der »Australasian Bank« oder den Hundefänger oder Jimmy Jones, den Polizeiwachtmeister. Was Sydney betraf, so kannte er sich nicht ganz so gut aus, aber er gab Lucinda Empfehlungsbriefe an Petty's Hotel und an Mr. James d'Abbs, den Wirtschaftsprüfer, mit – einen merkwürdigen kleinen Burschen, der aber irgendwie mit Ahearns Frau verwandt war. Und Miss Leplastrier durfte unter gar keinen Umständen den Postdampfer nehmen, sondern mußte mit Mr. Ahearns gutem Freund und vertrauenswürdigem Kunden Sol Myer fahren, der nichts als kalte weiße Blumenkohlköpfe nach Sydney brachte und sie auf jeden Fall gratis am Market-Street-Kai absetzen würde, wo kein Gesindel herumlungerte und auf leichtgläubige junge Damen lauerte wie am Semi-Circular Quay.

Das Gesicht der leichtgläubigen jungen Dame tat weh vom gekünstelten Lächeln.

Es war Himmelfahrt, und man konnte spüren, daß der Winter wie eine Schlange am Ufer lag. Lucindas Haar war drei Monate lang von der Schere verschont geblieben, und nun, da es eine Länge erreicht hatte, die ihre Vermögensverwalter damenhafter fanden, hatte Mrs. Ahearn es straff zurückgebürstet und mit Nadeln und Klammern festgesteckt. Aber Nadeln und Klammern konnten es nicht halten. Sie hatten es noch nie halten können. Ihr Haar war ein Meer aus kleinen Schlangen, und jede davon wehrte sich und bestand auf ihrer Freiheit. Sie fuhr sich über ihren prickelnden Nacken und fühlte, wie die ersten Strähnen entkamen. Die Nadeln waren bloß ineffektiv, aber die Patentklammern ziepten. Sie zogen und zerrten die Haare fast aus den Wurzeln. Lucinda verstand die Logik nicht: daß man sich die Haare wachsen lassen mußte, um sie dann aufzustecken. Es schien ihr, als ragten ihre Nase und ihre Wangen viel zu weit vor. Sie wünschte sich, sie könnte ihr Haar lösen, damit die Kopfschmerzen aufhörten, damit ihre Gesichtszüge weicher erschienen, aber nein, das durfte sie nicht. Statt dessen mußte sie einen neuen Hut aufsetzen und sich Mr. Ahearns Witzchen anhören – er tat, als wäre er über die Damenmode höchst amüsiert –, das sehe aus wie ein Keks auf einem Kürbis.

Lucinda war tief gekränkt, denn sie dachte, das beziehe sich auf ihre roten Wangen, aber Mr. Ahearn hatte diese Bemerkung nur gemacht, weil ihm der Klang gefiel und nicht weil er hier einen echten Zusammenhang sah – er fand weder den Hut zu klein noch ihre Wangen zu rot. Er war ein dümmlicher, puritanischer Mann, der ihr zeigen wollte, daß er sie mochte, aber da er nicht wußte, wie er das machen sollte, ähnelten seine Versuche dem eiernden Gang seiner Frau: Er rempelte und schubste, und dabei wollte er, genau wie seine Frau, Lucinda doch bloß seiner Fürsorglichkeit versichern.

Es war bereits um die Mittagszeit, was unter der Woche spät für eine Fahrt zum Markt gewesen wäre, nicht aber an einem Samstag, wenn es in Sydney einen Abendmarkt gab. Der Blumenkohl würde im Schein von Gaslaternen verkauft werden. Aber in der Sonne war es nicht warm, und die Schatten der windschiefen Lagerhäuser aus Holz hinter der kleinen Gruppe schienen Lucinda von höchst feindseliger und liebloser Kälte erfüllt. Ein Geruch nach faulendem Fisch und ein Gewirr von Geräuschen – Dampfsirenen, Stimmen, das schwere Rumpeln, mit dem die Flöße gegen die eisernen Ringe des Steges stießen – erfüllte die Luft. Ein kleines Ruderboot war unter den Steg geraten und drohte von der steigenden Flut versenkt zu werden. Schiffer riefen Hilfe herbei, um es zu bergen, und mitten auf dem Fluß lagen andere bereit und warteten darauf, daß am geschäftigen Kai ein Liegeplatz frei wurde. Einige schimpften auf Sol Myer, weil er sein Boot nicht wegfuhr. Man hatte es jetzt eilig, Lucinda an Bord zu bekommen. Sie vertrat sich den Knöchel, als sie hinunter auf das Deck sprang. Es blieb – Gott sei Dank – keine Zeit mehr für Tränen, Umarmungen (sie dachte an den Bauch in der Strickjacke – er war so abstoßend wie der eines Gouverneurs) oder Ermahnungen, wie sie sich verhalten sollte.

Hochaufgerichtet, die Arme an ihren Seiten herabhängend, stand sie auf dem Deck.

Chas Ahearn konnte den Ausdruck auf ihrem Gesicht nicht sehen. Als sie ihm, so formell wie ein Wachsoldat, zuwinkte, wußte er nicht, wie er diesen Gruß verstehen sollte. Dann versperrte ihm ein mit einer schwarz schimmernden Dampfmaschine beladener Lastkahn die Sicht. Es war eine große Maschine, und als die Männer sich um sie sammelten, um sie an Land zu schaffen, verlor er Lucinda ganz und gar aus den Augen. Aber es war ohnehin nur ein ganz kleines Lächeln, und es ist unwahrscheinlich, daß er es aus dieser Entfernung hätte erkennen können.

32
Teufelstränen

Ein kleiner Teil von Mr. Myers Boot war überdacht, aber es schien, als diente dieses Dach mehr dem Schutz der Maschine als dem des Schiffers, und überdies war es mit derart vielen Ölkanistern und Putzlumpen geschmückt, daß Lucinda es für besser hielt, so zu tun, als genösse sie die frische Luft neben den Blumenkohlköpfen.

Am Himmel erschien ein dünner Wolkenschleier – das war der Rauch der brennenden Hecken, der von den Farmen am Fluß aufstieg –, und bald hatte er sich so weit ausgebreitet, daß der Fluß, wie als Antwort, einen gelblich irisierenden Schimmer bekam. Sie war noch nie auf einem Boot gewesen. Sie war noch nie in Sydney gewesen. Sie saß, die Hände im Schoß, am Bug auf einer roh gezimmerten Transportkiste und zitterte.

Wie alle Klienten von Chas Ahearn kannte auch Sol Myer die ganze Tragödie. Er sah, wie sie sich hielt – wie gerade ihr Rücken war, wie kantig ihre Schultern. Die Ironie ihres Abschiedsgrußes war ihm nicht entgangen, aber am stärksten empfand er ihre Würde, ihre Einsamkeit – beides Eigenschaften, die durch ihre zierliche Statur noch betont wurden –, und er hatte ein Gefühl, das ihn bei Fremden nicht oft überkam: das Gefühl, als kennte er sie.

Er hätte ihr gern etwas gegeben, ein Geschenk. Das hätte ihm Freude gemacht. Er stellte es sich vor, und sein Gesicht bekam lauter kleine Falten. Aber er hatte nichts außer Blumenkohl, und den stahl sie ihm ohnehin gerade.

Sie saß so gerade, es war ein so guter Rücken, ein so schöner Rükken, ein Rücken, dem man jederzeit vertraut hätte, aber da war ihre Hand – die war nun etwas ganz anderes – und schlich sich davon, eine kleine Krabbe mit ihrer Freundin, der Schlange, und diese beiden – sieh dir das an! – stahlen Blumenkohlröschen.

Sol Myer fing an zu kichern. Eine Geschichte wie diese konnte man nicht erzählen. Eine Geschichte wie diese konnte man nur fühlen.

Die Fahrt auf dem Fluß bot hübsche Ausblicke auf viele schöne Farmen am Ufer. Lucinda konnte sie nicht betrachten, ohne wütend zu werden. Zitternd sah sie starr geradeaus. Natürlich war es kalt, aber das

Zittern kam nicht allein von der Kälte. Sie war nervös, sie hatte eine Art Lampenfieber vor ihrer Zukunft, und die war nicht nur unangenehm. Sie stellte sich in den Mittelpunkt eines Dramas. Und obwohl sie echten Schmerz, echte Trauer, echte Einsamkeit empfand, betrachtete sie sich auch so, wie sie meinte, Sol Myer müsse sie sehen, und da war sie dann eine Heldin am Beginn eines Abenteuers.

Sie wußte nicht, daß sie gleich die Glasfabrik erblicken würde und daß sie diese Fabrik, noch bevor ein Monat vergangen war, kaufen würde. Und dennoch wäre sie nicht verwundert gewesen. Ein solcher Entschluß lag im Rahmen ihrer Erwartungen, denn ganz gleich, was Elizabeth ihrer Tochter angetan hatte – sie hatte ihr ein großes Geschenk mit auf den Weg gegeben: daß sie keine kleinen Ansprüche an ihr Leben stellte.

Es wäre leicht, diese Erwerbung – sie gab ihre halbe Erbschaft für das erste Objekt aus, an das ein »ZU VERKAUFEN«-Schild genagelt war – lediglich als einen Ausdruck des Verlangens zu betrachten, sich von der Last all dieses Geldes zu befreien, und das mag zum Teil auch stimmen. Aber auch das Gegenteil ist richtig, nämlich daß sie wußte, sie würde dieses Geld brauchen, wenn sie irgendeine Form von Freiheit genießen wollte. Es ist besser, sich dieses Geschäft wie einen Flügel vorzustellen, der mit Hilfe von zehn verschiedenen Manövern in den ersten Stock geschafft worden ist, und man kann unmöglich sagen, nur durch diesen oder jenen Handgriff habe man die Aufgabe schließlich bewältigt, denn selbst der unscheinbarste von ihnen mag bei der vertrackten Wende auf dem Treppenabsatz unerläßlich gewesen sein. Aber bei all den einander abwechselnden Kräften gibt es diesen einen beständigen Faktor, dieses eine starke und geschmeidige Tier: ein früheres Erlebnis mit Glas, das mit einem Phänomen zu tun hatte, welches unter dem Namen *larme batavique* oder Teufelsträne bekannt ist.

Sie brauchen mich gar nicht erst zu fragen, was eine *larme batavique* ist, denn ich weiß es nicht. Aber ich halte, während ich dies schreibe, eine Teufelsträne in der Hand (ich habe sie in der Linken, während die Rechte über das Papier gleitet). Es ist ein Tropfen aus massivem Glas, nicht länger als fünf Zentimeter. Und es ist auch völlig unerheblich, daß diese Kuriosität, diese Rarität, der Ausgangspunkt der von de la Bastie entwickelten Technik zur Härtung von Glas gewesen ist oder daß sie zur Erfindung des Sicherheitsglases geführt hat; das alles sind praktische Dinge, und sie können die unglaubliche Faszination, die von diesem Tropfen ausgeht, nicht erklären – eine Faszination, die Sie schneller begreifen werden, wenn Sie einen 10-Kilo-Vorschlaghammer nehmen und versuchen, eine solche Teufelsträne auf dem Amboß kaputtzuschlagen. Sie werden es nicht schaffen. Es ist ein Glas von phänomenaler Härte, und einen Augenblick lang könnte man meinen, es wäre das sagenhafte unzerbrechliche Glas, das ein Alchemist, der Autor von *Mappae Clavicula,* beschrieben hat. Und doch: Wenn Sie den Hammer aus der Hand legen und statt dessen zur Zange greifen – »wenn«, sage ich; ich will es Ihnen nicht ausdrücklich empfehlen –, werden Sie bald feststellen, daß dies nicht der sagenhafte Glasstein der Alchemisten ist, sondern etwas anderes, das freilich fast ebenso magisch ist. Denn obwohl eine Teufelsträne hart genug ist, Schläge mit dem Vorschlaghammer auszuhalten, kann das spitze Ende mit einer Flachzange abgekniffen werden. Es ist gar nicht so schwer. Und sobald man das getan hat, ist es, als hätte man den Schlußstein herausgezogen, den zentralen Stützpfeiler zerschlagen, das Fundament gesprengt. Das ganze Ding explodiert. Und was eben noch unzerbrechliches Glas war, ist jetzt Glasstaub, der bis in die hintersten Winkel der Werkstatt – und, wenn Sie nicht aufpassen, in Ihre Augen – geflogen ist, und was Sie noch in der Hand haben, können Sie gefahrlos zerreiben. Es fühlt sich an wie Zucker.

Es ist nichts Ungewöhnliches, daß ein Glasbläser oder ein Ausheber den Arm bis zum Ellbogen ins ölige Wasser des Abkühlbottichs steckt, in den kleinen Tropfen der heruntergefallenen Glasmasse wühlt und nach Teufelstränen sucht. Diese entstehen durch Zufall, wenn ein Tropfen geschmolzenes Glas aus einer bestimmten Höhe ins Wasser fällt und schnell abgekühlt wird.

In Glashütten findet man erwachsene Männer, Glasbläser, welche ihr Leben lang mit Glasmasse umgegangen sind, die wie die Kinder werden, wenn man ihnen eine Teufelsträne zeigt. Ich habe eine in der Hand. Wenn Sie hier neben mir säßen, wäre es mir fast unmöglich, der Versuchung zu widerstehen, sie Ihnen vorzuführen: Ich würde meine Zange hervorholen und sie innerhalb einer Sekunde zerstören.

Es war also eine Teufelsträne, ein wie eine Träne, aber auch wie ein Samenkorn geformtes Stück Glas, das auf Lucinda Leplastrier einen derart tiefen Eindruck gemacht hatte. So ist das mit diesen Dingern. Sie können eine Leidenschaft in einem wecken, und das, um was es hier geht, die erste Teufelsträne, die Lucinda zu sehen bekam – in einem Alter, in dem sie noch Grübchen auf den Knien hatte –, war ein besonders schönes Exemplar aus gedrehtem roten und weißen Glas und stammte von der feuchten, aus Backsteinen aufgeschütteten Insel Murano. Es war Abel Leplastrier von seinem großen Freund John Bell geschickt worden, einem Mitglied der Royal Society, dem Verfasser jenes enthusiastischen Artikels in der *Encyclopedia Britannica*. Und Lucinda, die auf ihrem Bett aus Blumenkohlköpfen in den Hafen von Sydney einfuhr, hatte allen Grund, sich an den Tag vor acht Jahren zu erinnern, an dem diese Teufelsträne in Parramatta eintraf.

Die Stufen zum Postamt waren aus Holz, und ein breiter, fetter Streifen Sonnenschein lag über ihnen. Es war Winter, und die Sonne war sehr willkommen. Lucinda konnte sie durch den Baumwollstoff ihres Kleides spüren. Das Postboot aus Sydney war gerade gekommen. Ihr Papa saß neben ihr auf der Treppe. Er hielt Mr. Bells Päckchen in der Hand. Diesem Päckchen galt seine ganze Aufmerksamkeit, und die unwilligen Bemerkungen der sich vorbeischiebenden Besitzer von Röcken und Hosen (säuerlich riechende Wolle, Samt mit Mottenkugelduft) kümmerten ihn ebensowenig wie der Inhalt der anderen Post aus der Heimat, die er einfach in den Zuckersack stopfte.

Seine Hände waren breit und stark wie sein ganzer Körper, aber sie hatten kurze Finger, und ihre Bewegungen waren überraschend grazil; sie fielen wie ein Paar weißbäuchiger Spinnen über Mr. Bells Päckchen her. Pick, pick, pick. Roter Siegellack wurde aufgebrochen. Braunes Packpapier wurde so zerrissen, daß es nie mehr wiederzuverwenden war.

Lucinda schmiegte sich an ihren Papa. Sie mochte das Kratzen des Jackenstoffs an ihrer Wange, all diese haarigen Gerüche nach Kleie und Tweed und Apfelschalen. Sie sah die Teufelsträne aus ihrem Nest aus zerknülltem Papier auftauchen, hielt sie aber – oohh! – für ein Pfefferminzbonbon oder einen Dauerlutscher. Sie wollte danach greifen, aber ihr Vater zog seine Hand weg.

»Nein«, sagte er. Er sah sie nicht an. Er las den beigelegten Brief.

Ihr Vater stieß ein Geräusch – ein leises Stöhnen – aus und sprang auf. Auch Lucinda stand auf.

»Du bleibst hier, Lucinda.«

Plötzlich durchfuhr sie Angst. Sie tat, wie ihr geheißen war. Sie setzte sich auf die Stufen. Sie klammerte sich trostsuchend an den Zuckersack auf ihrem Schoß und sah ihrem Vater nach, der von ihr wegrannte. Er lief – immer zwei Stufen auf einmal nehmend – die Treppe hinunter und drängte sich an pomadigen Buchhaltern und krummgearbeiteten Ex-Sträflingen vorbei. Er stürmte – ein breit gebauter Mann mit kurzen Beinen – über die Church Street. Er holte aus und schleuderte das Stück Glas gegen die Sandsteinmauer des Gerichtsgebäudes. Ein Polizist erhob sich von seinem Stuhl auf der Veranda des Gerichtes. Er sah ihrem Papa zu, während der das Glasbonbon aufhob. Der Polizist rief etwas über seine Schulter, und ein zweiter Polizist – ein dünner Mann mit einem grauen Bart, der fast so breit war wie seine Brust – trat heraus zu seinem Kollegen. Beide starrten Lucindas Papa an, der jetzt, ohne zu wissen, daß man ihn beobachtete, zurück über die Straße mit den ausgefahrenen Wagenspuren ging, dabei seine Stiefel mit dampfendem Ochsendung beschmutzte und sie an einem stehengebliebenen Grasbüschel abwischte. Der dünne Polizist ging wieder ins Gerichtsgebäude. Der andere Polizist setzte sich wieder auf seinen Stuhl. Ihr Papa stieg die Stufen hinauf und ließ sich – er roch jetzt nicht mehr ganz so angenehm – neben Lucinda nieder. Er steckte die Hand in die Tasche und zog sein Klappmesser hervor. Seine Hände zitterten. Er hatte Mühe, das Messer richtig anzusetzen – so, daß die große Klinge nur ein kleines Stückchen ausgeklappt war. Er sah Lucinda an und grinste grausam. Dann hielt er das Ende der Teufelsträne zwischen Klinge und Griff und drückte fest zu.

Die Teufelsträne zerplatzte natürlich. Sie spritzte wie brauner Zukker über die Stufen des Postamtes, sprenkelte den Hut einer jungen Witwe, bestäubte den schwarzen Schnurrbart eines schneidig aussehenden Mannes in Nankinghosen. Auch andere bekamen etwas ab. Etliche klopften sich die Kleider ab und sahen sich suchend um, und vielleicht hätte es Ärger gegeben, denn Parramatta konnte immer noch eine reichlich wilde Stadt sein, aber als die Opfer dieses heimtückischen Hinterhaltes ihren Angreifer entdeckt hatten, bemerkten sie, daß er weinte; und nicht nur er, sondern auch das ernste kleine Mädchen neben ihm. Sie konnten nicht wissen – wie sollten sie auch? –, daß, obwohl diese Tränen das Verbindende zwischen Vater und Tochter waren, diese gemeinsame Wirkung zwei völlig verschiedene Ursachen hatte.

Denn John Bells Brief enthielt eine Fußnote zu dem Ereignis, dessen Zeuge Abel Leplastrier soeben gewesen war. Das Glas war seinem Wesen nach ein Symbol für Schwäche und Stärke; es war eine Chiffre, die für das Herz eines Menschen stand. Es war ein Geständnis, eine Anklage, ein Schmerzensschrei. Darum weinte Abel.

Das, was Lucinda berührte, war sehr viel einfacher: die Trauer, daß etwas so Wunderschönes verschwinden konnte wie ein zerstochener Ballon. Aber auch ihre Gefühle waren vielschichtig, und vermischt mit dem harten Schlag der Enttäuschung empfand sie noch etwas, das tiefer war und mehr Kraft spendete: Staunen.

Es erfüllte sie mit einer großen Sehnsucht nach mehr.

Ihre Mutter war es, die die zweite Teufelsträne besorgte. Diese nun traf nicht unverhofft ein, sondern wurde per Zeitungsanzeige gesucht. Die zynische Interpretation dieses Vorgangs war, daß Elizabeth Leplastrier, auch wenn sie mit jedem Penny rechnete, nicht bereit war, sich etwas zu versagen, das ihrem Mann und ihrer Tochter zuteil geworden war. Die großzügigere Erklärung lautet, daß das kleine Mädchen nicht aufhörte, davon zu erzählen und ihre Mutter beschloß, sie solle zu ihrem neunten Geburtstag eine Teufelsträne bekommen.

Wie sich herausstellte, war dies eine große Extravaganz, und Abel war eingeschnappt und entschied sich für die zynische Interpretation.

Sie beschlossen, sie auf der Treppe zur Hütte »knallen zu lassen«. Es war noch früh, die Sonne schien schräg durch das Nadelgewirr der Keulenbäume am Bach. Auf dem Gras lag der Tau – ihre Stiefel waren naß davon. Die *larme batavique* fing das Licht ein und bündelte es wie flüssige Masse direkt aus dem Glasofen. Sie widerstand dem Hammer von Lucindas Vater und der Axt ihrer Mutter. Und dann nahm Lucinda – immerhin war es ja *ihr* Geburtstag – die Spitzzange und kniff, grunzend vor Anstrengung, das Ende ab.

Ein Feuerwerk aus Glas. Eine Explosion von Tautropfen. Crescendo. Diminuendo. Stille.

Es gibt Drogen, die genauso wirken, und obwohl ich nicht unterstellen will, daß unsere junge Unternehmerin die Glashütte kaufte, um an weitere Teufelstränen zu kommen, wurde der Same doch offensichtlich nicht einmal, sondern zweimal in ihr Herz gepflanzt: Sie hatte das wunderbare, widersprüchliche Wesen von Glas erkannt, und als sie die Glashütte bei Darling Harbour besichtigte, brauchte ihr niemand zu sagen, daß Glas ein Ding ist, das sich verstellt, ein Schauspieler also, daß es keineswegs fest, sondern vielmehr flüssig ist, daß eine alte Fensterscheibe nicht nur einen Stich ins Purpurne bekommt, sondern auch unten dicker und oben dünner geworden ist und so ihr wahres, nämlich flüssiges Wesen enthüllt, daß Glas sich, obgleich es so zerbrechlich ist wie das Eis auf einer Pfütze in Parramatta, als belastbarer erweist als Sandstein aus Sydney, daß es unsichtbar und fest, kurz: ein heiteres und paradoxes Material ist und so gut wie jedes andere geeignet, ein Leben darauf zu gründen.

33
Die Glashütte

Die Glashütte an der Lanson-Werft im Darling Harbour war die erste in Sydney. Sie hatte nichts Schönes an sich, und nichts deutete auf die geschmolzenen Mysterien hin, die dort drinnen stattfanden – man sah keinen Lichtschimmer aus dem Arbeitsloch, nur ein Streifen schwarzen Rauches hob sich vom kalten, kalkigen Himmel ab. Lucinda hätte die Fabrik leicht übersehen können, und zwar aus einer ganzen Reihe von Gründen. Der erste ist, daß die Lanson-Werft hinter dem Market-Street-Kai lag, und wäre der letztere nicht von einem Gewirr von Stakbooten, Lastkähnen und einem Dampfschiff (dessen Cockney-Steuermann pittoreske Verwünschungen gegen einen Chinesen in einem vertäuten Dinghi ausstieß) blockiert gewesen, so hätte Sol Myer mit seiner Ladung aus bleichstrünkigen Blumenkohlköpfen dort angelegt, und Lucinda wäre nie weiter in den Schlund des Darling Harbour vorgedrungen, wo die Glashütte auf sie wartete. Und selbst dann wäre es so leicht gewesen, das Gebäude zu übersehen. Nichts an seiner Architektur unterschied es von seinen Nachbarn.

Das kleine Dampfboot erbebte, räusperte sich, stieß ein Klümpchen schwarzen Rauches aus und schob sich an dem Gewirr der Market Street vorbei. Die Sonne stand tief, war aber noch nicht hinter Pyrmont untergegangen. Sie beschien mit sanftem Licht das Ostufer des Darling Harbour, das – für diejenigen unter Ihnen, die Sydney nicht kennen – auch der Hinterhof der Stadt ist. Wo es etwas Weißes gab, leuchtete es. Wo Sandstein war, nahm er ein wunderschönes, warmes Rosa an. Größtenteils aber gab es weder Sandstein noch etwas Weißes, nur Kohle und Rost, und diese tranken das Sonnenlicht wie Sand, der Wasser aufsaugt.

Sol wischte die Kupferrohre der Maschine mit einem ölgetränkten Lappen ab. Dampf stieg auf. Lucinda nahm einen Blumenkohl in die Hand. Was sie von Sydney sah, gefiel ihr nicht besonders. Eine Weinflasche trieb im Wasser, das sich mit einer gewissen satanischen Schönheit kräuselte; Perlmutt: aus einem Dampfschiff ausgelaufenes Öl. Ein Gestank lag in der Luft – es roch nach kochendem Talg, aber das war vielleicht nur Sols Lumpen auf dem heißen Kupferrohr. Sol putzte das Glas seines Manometers mit einem schmutzigen Lappen, der sich von dem anderen nur dadurch unterschied, daß er an einem Nagel oben rechts anstatt unten links hing. Er war mit dem Ergebnis unzufrieden und rieb mit dem Ellbogen nach. Er sah über seine Schulter – ein Chinese wurde gerade aus dem Wasser gezogen. Sol Myer dankte Gott, daß es Chinesen gab. Das war ein bitterer Witz, den er nur sich selbst erzählen konnte. Er fuhr weiter in den engen Darling Harbour hinein.

Sie glitten an dem Durcheinander aus matschverschmierten Baumstämmen vor Walter O'Briens »Colonial Timber Mill« vorbei, als die Sonne hinter Pyrmont verschwand. Sie glitten an der abblätternden Fassade von MacArthurs Getreidemühle vorbei; es war ein graues, mit Schalbrettern verkleidetes Gebäude, das hoch und schmal war und sich deutlich seitwärts neigte.

Am Ufer lag ein Verhau aus unbehauenem Holz, Eisenteilen, Fetzen von Wellblechdächern, übel zugerichteten Baumstämmen, in denen riesige Nägel vor sich hin rosteten. Lucinda hatte Angst. Sie fühlte sich sehr klein. Sie wünschte sich, Sol Myer möge sie plötzlich auffordern, sich ihrem Alter entsprechend zu benehmen und nach Parramatta zurückzukehren.

Auf ihren Armen unter dem Cape bekam sie eine Gänsehaut. Sie verhüllte ihr Gesicht mit einem Baumwollschal und blies in die Hände. Sol drehte am Steuerrad, und als das Boot herumschwang, sah sie diese Worte: PRINZ-RUPERT-GLASHÜTTE. Das Schild, auf dem sie standen, war gebleicht und verwittert: kobaltblaue Schrift auf gelbgrünem Grund.

Die Gebäude lagen ganz im Schatten, wie das Gesicht eines Fremden unter einem Hut, und sahen dadurch nicht einladender aus. Man konnte nicht erkennen, was sie waren, aus was sie gebaut waren, wie sie zusammenhingen. Es gab ein paar Schuppen und einen Kamin, aus dem schwarzer Rauch quoll. Wenn die Reihen von Flaschen nicht gewesen wären, hätte man meinen können, es handle sich um eine Schmiede.

Die Glashütte war zu verkaufen. Man hatte ein Schild aufgestellt, auf dem das stand, kein neues Schild, aber neuer als das, welches den Namen der Fabrik trug. Die Glashütte wirkte beängstigend, fast böse. Na gut, dachte Lucinda, wenn es also so sein soll. Sie traf ihre Entscheidung, ohne zu begreifen, daß es in dieser Stadt Flecken gab, wo Bäume, Gras und Blumen wuchsen.

Vorsichtig, wie eine Hand, die sich behutsam durch auf der Wasseroberfläche tanzende Äpfel schiebt, steuerte Sol sein Boot zwischen den kleineren Fahrzeugen hindurch und legte am Kai an. Lucinda erhob sich. Der Krinolinenkorb schwang. Befangen ging sie auf dem Rand des Bootes nach hinten. Sie hatte das Gefühl, als würde sie von allen Leuten auf dem Kai beobachtet, aber sie irrte sich. Sie nahm ihren Koffer vom Schutzdach. Er war von Büchern schwer. Der Koffer prallte gegen ihr Bein und hinterließ einen blauen Flecken. Sie wußte nichts von Sydney. Sie wußte nichts von Omnibussen oder Droschken, wußte nicht, was man für eine Fahrt bezahlen mußte, wohin diese Wagen fuhren oder wie man sie anhielt. Sie gab Sol Myer sechs Pennies. Er gab ihr einen Blumenkohl und, in borstiger Hast, einen Kuß auf die kalte Wange. Er begleitete sie an Land, wo sie zwischen Jutesäcken und Lastkarren mit eisernen Rädern standen. Zwei Chinesen, der eine naß, der andere trokken, banden schwere Lasten an lange Bambusstangen. Lucinda ging wie jemand, der es nicht gewöhnt ist, Schuhe zu tragen. Mühsam stapfte sie vom Kai den Hügel hinauf; der Koffer schlug schwer an ihr rechtes Bein, mit der Linken hielt sie den Blumenkohl umklammert. Der Krinolinenkorb stand weit nach links ab. So traf sie in Petty's Hotel ein. Zunächst glaubte man, sie habe sich in der Adresse geirrt. Sie legte ihren Blumenkohl auf die Theke der Rezeption und fragte, heftig errötend, ob es in der Nähe des Hotels eine gute Leihbücherei gebe.

Sie hatte beschlossen, sich mit Glas zu beschäftigen.

34
Nach dem Pfingstsonntag

Hochwürden Dennis Hasset, Vikar der Allerheiligenkirche in Woollahra, gab sich, nachdem er den Brief erhalten hatte, die Ehre, L. Leplastrier einzuladen, um mit ihm seine Fragen bezüglich der »physikalischen Eigenschaften und der Herstellung von Glas« zu erörtern. Nicht Lavoisier, sondern Leplastrier, aber zweifellos ein Franzose. Lavoisier war ein Wissenschaftler, der wegen seiner Forschungen auf dem Gebiet der Gase berühmt war. Außerdem war Lavoisier tot. Dennis Hasset fühlte sich dennoch geschmeichelt.

Es war der Tag nach den Taufen am Pfingstsonntag – vierzehn Kleinkinder und der Vater von Morton, dem Gemüsehändler. Hasset hatte sich einen Tag der Muße vorgenommen, und dieses Gespräch versprach ihm einen zusätzlichen Genuß. Er betrachtete seine Vorbereitungen mit einem gewissen inneren Abstand und amüsierte sich über sich selbst. Er legte in seinem Arbeitszimmer jene gelehrten Periodika aus, in denen etwas aus seiner Feder erschienen war, und er tat es mit so viel Bedacht (allerdings auch mit sehr viel Selbstironie, aber das ist nicht der springende Punkt), daß dem schweifenden Auge eines Besuchers gar keine andere Wahl blieb, als darauf zu fallen. Er war imstande, sich wie einen Schaukasten mit tasmanischen Schmetterlingen auszustellen, mit glänzenden Nadeln, die in Nase und Ohrläppchen steckten. Er war imstande, die Journale zu plazieren wie ein Diener, der die Garderobe für den morgigen Tag bereitlegt, und auch wenn er über sich selbst lachte, weil er etwas so Kindisches tat, widmete er sich dieser Tätigkeit mit äußerster Sorgfalt.

»Sehen Sie, Monsieur«, wandte er sich an das leere Zimmer, »es verhält sich so.« Wie verhielt es sich? Er wußte es nicht. Er legte zwei große, rote, längs gespaltene Scheite ins Feuer und setzte sich an seinen Schreibtisch, während die ersten roten Späne knisterten und zu brennen begannen.

Das Arbeitszimmer war dunkel, aber nicht düster, und die Aussicht vom Platz am Schreibtisch, den er schräg in eine Ecke gestellt hatte, war hell und kalt: das Band einer gelben Straße, die sich zwischen zwei Reihen von Eukalyptusbäumen dahinwand und dann verschwand. Dahinter konnte man einen drei Finger breiten Pinselstrich vom Ozean sehen. Es war Mittag, und er zündete Lampen an, vier Stück. Er verteilte sie hier und da, um die Helligkeit des Fensters auszugleichen. Hochwürden Dennis Hasset war mit allem sehr zufrieden. Er legte die Hände auf die mit rotem Leder bezogene Tischplatte des Schreibtischs, ärgerte sich über den Kringel, den ein Glas Bordeaux dort hinterlassen hatte, erinnerte sich aber mit Befriedigung daran, daß der Bordeaux, ein Beychevelle, gut gewesen war.

Er war ein hochgewachsener, gut gebauter Mann Anfang dreißig. Man hätte sein Gesicht fast als gutaussehend bezeichnen können, und wirklich tat man das auch oft, denn er vermittelte seinen Gesprächspartnern den Eindruck eines so starken Interesses, daß sie leicht jene buschigen Augenbrauen übersahen, die sich über der Nase vereinten und sein Aussehen beeinträchtigten. Er hatte dunkles, lockiges Haar, elegante Koteletten, ein etwas langgezogenes Gesicht und ein Grübchen am Kinn. Seine natürliche Hautfarbe war fast – aber nur fast – olivbraun, auch wenn eine zunehmende Vorliebe für Bordeaux-Weine sie roter machte, als die Jahreszeit erklären konnte. Aber Bordeaux hin oder her: Er war einer jener Menschen, deren Körper – wenn man ihnen zum Beispiel freundschaftlich die Hand auf den Arm legt – von einer erstaunlichen Härte ist; erstaunt wären in diesem Fall allerdings nur Sie, nicht aber die vierundzwanzig Jungen in der St.-Andrews-Tagesschule, die Dennis Hasset im Rugby trainierte.

Er war Junggeselle und hätte wohl gesagt, er sei es nicht aus freien Stücken und wünsche sich nichts so sehr wie eine Frau und Kinder, und doch – in Wahrheit (wie er sich jetzt eingestand, während er die Höhe des Lampenschirms auf seinem Schreibtisch so einstellte, daß die Zedernholzumrandung der Lederbespannung in ein weiches, goldenes Licht getaucht wurde) war er in seinen Gewohnheiten so eigen geworden, daß er, obwohl er ja sonst ein wirklich netter Mensch war, schon eine geradezu übermenschliche liebevolle Nachsicht hätte aufbringen müssen, um seiner Liebsten zu erlauben, an der Anzahl der Lampen oder an ihrer Helligkeit etwas zu verändern. War das die Wahrheit? Oder war es das, von dem er fürchtete, es könnte die Wahrheit sein? War er denn nicht gern in Gesellschaft von Frauen? Würde er sich nicht, wie man so sagte, »anpassen« können?

Er hatte nicht lange gebraucht, um festzustellen, daß die Frauen mit Abstand das interessantere der beiden Geschlechter in der Kolonie waren, obgleich man nie auf diese Idee gekommen wäre, wenn man sie in Begleitung ihrer Männer antraf. Dann nämlich waren sie von einer außerordentlich bemerkenswerten Seichtheit. Allein oder in Gesellschaft anderer Frauen aber entpuppten sie sich als Kapazitäten für die Vektoren des menschlichen Herzens.

Außerdem – und das wußte er selbst – war er ein eitler Mann. Sie bewunderten ihn, und er genoß es, bewundert zu werden. Er genoß es, sich auf chintzbezogenen kleinen Sofas zu räkeln und noch eine Tasse Tee zu nehmen. Er genoß dies alles sehr, und das wäre tadelnswert gewesen, hätte er nicht gleichzeitig auch den kleinen Käfer der Hoffahrt, das Insekt der Lust, die wellenförmig dahinkriechende Raupe der Selbstgefälligkeit gesehen. So kam es, daß er, auch wenn er ein Bein ausstreckte und einen mit schwarzer Wolle bekleideten Knöchel zeigte, seinem inneren Selbst von sich selbst erzählte, ganz so, als presse er sein Auge an das Okular eines Mikroskopes und beschreibe in allen Einzelheiten die Mandibeln einer australischen Libelle. Das war seine große Stärke. Es war auch seine große Schwäche: eine übergroße Distanz zu sich selbst.

Er wußte, daß er gewandt, aber nicht brillant, einflußreich, aber nicht mächtig war, oder wenn er es doch war, dann nur auf eine sehr indirekte Weise, nämlich auf dem Umweg über die Väter, die sich für das Rugby-Spiel ihrer Söhne interessierten.

Während er auf Monsieur Leplastrier wartete, legte er ein großes, klares Stück Bruchglas auf seinen Schreibtisch, das wie ein großer Diamant aussah, rein genug für die Weiterverarbeitung zu optischem Glas und hergestellt aus dem feinen, ausgewaschenen Sand der Botany Bay.

Er konnte sich für Glas begeistern, aber seine Leidenschaft galt nicht diesem Stoff, und während es ihm beispielsweise ein Vergnügen gewesen war, vor der »East Sydney Mutual Improvement Society« ein Referat (»Einige erstaunliche Eigenschaften von Glas«) zu halten – der Zeitungsartikel darüber hatte, so nahm er an, die Aufmerksamkeit des angekündigten Besuchers erregt –, war ihm in Wirklichkeit nicht genug daran gelegen. Seinem Antrieb fehlte etwas. Für Bergstrecken war er zu schwach.

Dies konnte man im Fall der jungen Dame, die in diesem Augenblick an der Vordertür eingelassen wurde, allerdings ganz und gar nicht behaupten. Hochwürden Dennis Hasset hörte die Glocke nicht. Er schob das Stück Bruchglas auf dem Tisch hin und her und drehte es um einen halben Grad, damit ein Lichtstrahl der Morgensonne genau so gebrochen wurde, daß er (Hasset kicherte über diesen billigen theatralischen Effekt) auf die gerahmte Urkunde der Universität Cambridge fiel. Hochwürden Hasset war von dieser grotesken Angeberei so eingenommen, daß ihm, als sein Gast angemeldet wurde, das »Miss« anstelle des »Mister« gar nicht auffiel.

»Ausgezeichnet, Frazer«, sagte Dennis Hasset. »Führen Sie ihn herein.«

Natürlich erstaunte es ihn, daß Monsieur Leplastrier einen Rock trug, aber schockiert war er nicht. Er war entzückt. Er brachte seine zierliche Besucherin einige Male zum Erröten, indem er fortfuhr, sie mit »Monsieur« anzureden, und es dauerte eine Weile, bis er seinen Faux pas bemerkte und damit aufhörte.

Sie saß ihm gegenüber. Sie war sehr jung, aber er konnte nicht genau sagen wie jung. Sie verhielt sich in vielerlei Hinsicht wie eine Frau in den Zwanzigern, obschon nicht nur ihre kleine Gestalt diesem Eindruck widersprach, sondern auch die Tatsache, daß ihr Selbstbewußtsein – so hell und rein am Anfang eines jeden Satzes, wo jedes Wort ebenso klar war wie die klar umrissenen Linien ihrer unübertrefflich geschwungenen Augenbrauen – sich zu verflüchtigen schien und sie zwar nicht zu murmeln begann, aber doch weniger deutlich sprach, und ihr Blick, der ihn eben noch fast *herausgefordert* hatte, nun abglitt und zum Bücherregal oder zur Fensterbank wanderte. Auch hatte sie eine bezaubernde, ziemlich europäische Art zu gestikulieren – ihre Hände waren sehr beweglich, und sie konnte sie aus dem Handgelenk zurückbiegen, die Finger sogar noch weiter –, und in diesen Gesten lag etwas, etwas eindeutig Weltliches, Ausdrucksstarkes, ja sogar Überschwengliches, das, in Verbindung mit der Schüchternheit, die ihre unsteten Augen verrieten, das Gefühl vermittelte, sie besitze eine Menge Schneid. Dennis Hasset war sehr beeindruckt von ihr.

Sie trug ein ungewöhnliches Kleid: Es war aus grauer Seide, und unter dem Rock war eine Art Hose. Dennis Hasset war – ganz gleich, was sein Bischof denken mochte – kein Radikaler, und dieses Kleid schockierte ihn. Nun ja, es schockierte ihn nicht direkt, aber, sagen wir, es verlieh ihrem Gespräch einen leisen, beunruhigenden Beiklang, der nur durch die Qualität der Seide und das offensichtliche Können des Schneiders gedämpft wurde. Davon verstand Hasset etwas. Das Kleid wies seine Trägerin als reich, aber nicht ganz gesellschaftsfähig aus. Sie war »fesch«, aber keine Schönheit. Jedoch umgab sie eine Aura von Reinheit. Hände und Füße waren sehr zart, aber ihr Gesicht war es, in dem Hasset diese starke Konzentration ihres inneren Wesens entdeckte. Es lag nicht daran, daß ihre Augen klein gewesen wären, denn sie waren im Gegenteil groß. Das Grün der Iris war weder dunkel noch hell. Es wirkte klar und rein und auf eine Art, die er nicht rational erklären konnte, wie eine starke Verdichtung von grün. Die Augen waren Tore zu einer hitzigen und lebendigen Intelligenz. Sie waren wie junge Tiere, die ihre schützende Hülle verloren haben und noch nicht fähig sind, sich zu verteidigen.

Der Mund war klein, deutete aber nicht auf Gemeinheit hin, sondern lediglich – wenn die Lippen gerade waren – auf Entschlossenheit oder – wenn sie sich entspannten und die schwere Unterlippe sich zeigen durfte – auf eine beunruhigende Sinnlichkeit (beunruhigend deshalb, weil sie unbewußt zu sein schien).

Sie trug einen breitkrempigen grauen Hut mit einer leuchtend blauen Feder, der, obwohl »schick«, nicht ganz angemessen war. Ihr Haar – oder das, was man davon sehen konnte – war braun und saß nicht gerade perfekt. Diese Nachlässigkeit, wo alles andere an ihr doch so ordentlich und adrett war, machte einen irritierenden Eindruck. Ihr Haar schien eigenwillig zu sein. Er kam nicht auf den Gedanken, daß es, wie sie sich ausgedrückt hätte, »eben so« war.

Jedenfalls wußte er, daß er dabei war, eine bemerkenswerte junge Frau kennenzulernen.

»Natürlich«, sagte er und goß die Blätter von Lucindas erster Tasse Tee in den Topf mit dem kleinen Frauenhaarfarn, der ausschließlich zu diesem Zweck dort stand. »Natürlich müssen Sie diese Glashütte kaufen.«

Er gab ihr viel Milch in den Tee, viel mehr als sie wollte. (Das geschah mit Rücksicht auf ihre Jugend, die er glaubte betonen zu müssen.)

»Aber Sie müssen wissen, daß ich Ihnen, auch wenn ich ein oder zwei Aufsätze veröffentlicht habe, über den Herstellungsprozeß eigentlich gar nichts sagen kann. Ich könnte eine Glashütte besichtigen und würde auch nicht mehr sehen als Sie.«

Lucinda war es ziemlich warm. Wenn er ihr nicht würde helfen können, würde sie zu dem Wirtschaftsprüfer gehen, den Chas Ahearn ihr empfohlen hatte. Sie würde den Wirtschaftsprüfer bezahlen. Sie würde ihm einen Scheck ausschreiben und ihn einen Mann einstellen lassen, der in der Lage war, das, was sie wollte, zu erledigen. Oder war dieser Mann hier gerade dabei, ihr zu helfen? Er drückte sich weniger direkt aus, spielerischer, als sie es gewohnt war. Ihre Mutter war stolz darauf gewesen, die Dinge beim Namen zu nennen. Für »hohles Geschwätz« hatten sie nur Verachtung übrig gehabt. Der Tee war schlechter als der von Mrs. O'Hagen. Es war zu warm hier. Es verwirrte sie, sich am Ende eines Weges, der mit einem »Kunstgriffe im Laboratorium« betitelten Aufsatz (einer Anleitung zur Glasherstellung unter Laboratoriumsbedingungen) begonnen hatte, einem Geistlichen gegenüberzusehen. Sie hatte an den Drucker geschrieben, und der hatte ihr die Adresse des Verfassers gegeben.

In ihren Augen waren Pfarrer keine praktisch veranlagten Leute. Mr. Horace (aus Gulgong bei Mitchell's Creek) hatte es fertiggebracht, sich bei dem Versuch, eine kranke Henne zu schlachten, drei Finger abzuhacken. Dieser Mann hier schien ihr Vorurteil zu bestätigen und war anscheinend sogar *stolz* darauf, seine Unbrauchbarkeit zu bekräftigen.

»Ich muß Sie also warnen«, sagte er. »Ich habe zwar ganz annehmbare Theorien – ich habe sie in dem Aufsatz formuliert, auf dem Ihre Untertasse steht –, aber was den kommerziellen Aspekt betrifft, so fehlt es mir sowohl an Kenntnissen als auch an Erfahrung.«

»Dann können Sie mir also nicht helfen.«

»Ganz im Gegenteil«, erklärte er.

Er sah, wie sie auf diese unerwartete Aussage reagierte. Sie bedankte sich nicht, sondern sagte bloß: »Die Verkäufer dürfen nicht erfahren, daß ich eine Frau bin.«

»Und warum nicht?«

»Weil sie sich dann merkwürdig aufführen würden«, sagte sie, gestikulierte mit ihren biegsamen Fingern und Handflächen und ließ die Augen wandern. (Sollte sie den Pfarrer für seine Bemühungen bezahlen?) »Es würde einen großen Teil Ihrer Zeit in Anspruch nehmen«, sagte sie vorsichtig. »Es wären Bücher zu prüfen – oder nicht?« (Er kann nicht arm sein, dachte sie, wenn er an einem sonnigen Tag vier Lampen brennen läßt.)

»Ja«, bestätigte er, »da ist eine Menge zu tun. Aber das, um was es geht, ist ja auch wirklich etwas Bezauberndes. Das sollten wir feiern.«

Er sah sie so begeistert an, daß sie den Blick niederschlug und feuerrot wurde. Als sie wieder aufsah, bemerkte er, daß ihre Augen sich irgendwie verhärtet hatten. Sie hob das Kinn. Sie setzte sich aufrechter hin.

Er war mißverstanden worden.

Dennis Hasset beeilte sich, die Situation zu korrigieren. Er sprach über Glas. Er zeigte ihr einen großen Klumpen Bruchglas, der wie ein kleines Stück von einem Glasfelsen aussah. Sie wußte nichts, überhaupt nichts. Sie wollte Tausende ausgeben und hatte von der Materie keine Ahnung. Er bestand darauf, daß sie das Stück Bruchglas in die Hand nahm. Er holte ein Stück Wasserglas aus seiner Schublade. Er läutete und ließ Frazer einen Becher bringen, damit sie es auflösen konnten. Er zeigte ihr grünes Glas aus Melbourne, dessen Färbung von den Oxyden im Sand stammte, und ließ sie die reinen weißen Sandkörner von der Botany Bay zwischen den Fingern reiben, wo man gut drei Fuß tiefen feinen, sauberen Sand fand, dessen Unreinheiten der Regen im Lauf der Jahrhunderte ausgewaschen hatte. Aus diesem Sand von der Botany Bay konnte man eine Teleskoplinse machen, die so klar war wie die hier – er zeigte es ihr, hielt die beiden Linsen nebeneinander, damit sie vergleichen konnte –, während die Linse von Hallet in London eine keineswegs erwünschte leicht gelbliche Tönung hatte.

Lucinda fand die Botany-Bay-Linse wunderschön. Sie zog ein kleines Spitzentaschentuch, eines von ihrer Mama, aus dem Handtäschchen, damit sie die Linse in die Hand nehmen konnte, ohne sie zu beschmutzen. Und selbst als der Vikar ihr sagte, es mache nichts, wenn sie sie verschmierte, wollte sie das Glas nicht mit ihren bloßen Fingern berühren, die – dessen war sie sich nur allzu bewußt – feucht vor Erregung waren.

Bald hatte er alle möglichen Gegenstände auf die rote Lederbespannung des Tisches gelegt. Dies geschah jedoch nicht mit der auf Wirkung bedachten Sorgfalt, mit der er sein Arbeitszimmer in Erwartung des französischen Professors hergerichtet hatte. Nein, hier handelte es sich um Gegenstände aus Glas. Ein Viereck aus kobaltblauem Glas, das durch Zugabe von Bleioxyd so gefärbt worden war. Ein geschmolzener Klumpen gewöhnliches Flaschenglas, der wie das Gesicht eines alten

Mannes aussah. Hasset sagte, es sei das Gesicht seines Bischofs. Er sagte, sein Bischof möge ihn nicht und das könne sie an dem Gesichtsausdruck erkennen. Sie sah, es stimmte. Er zeigte ihr einen Glasbaustein, den einzigen, der die Belastungsproben überstanden hatte. Und zuletzt zeigte er ihr natürlich eine Teufelsträne und erbot sich, ihr das Wunder vorzuführen.

»Nein, bitte nicht. Das dürfen Sie nicht.«

»Warum darf ich das nicht?« Dennis Hasset war erstaunt festzustellen, daß er verärgert war. Einen Augenblick lang hatte er eine Abneigung gegen seinen Gast. Die Direktheit von Lucindas Blick gefiel ihm nicht. Er stieß sich an ihrem Ton. Er kramte in der untersten Schublade nach einer Zange. Er fand einen Schraubenzieher, der ihm geeignet erschien, legte ihn aber wieder zurück, weil es der Vorführung damit an Eleganz gemangelt hätte und er außerdem wußte, daß sie recht hatte. Das verbesserte seine Stimmung nicht. »*Warum* darf ich das nicht?«

»Weil Sie wissen, was passieren wird«, sagte die junge Frau einfach, »und weil ich es ebenfalls weiß, und wenn die Träne geplatzt ist, kann man sich nicht mehr darauf freuen.« Und dann, als sie in seinem Gesicht eine Andeutung jener Reizbarkeit entdeckte, für die er bekannt war, sagte sie: »Oh.« Sie sagte es nicht, aber sie formte ihre Lippen, als hätte sie es gesagt.

»Oh?« fragte er, aber auf eine aggressive Art, die er mit Überraschung konstatierte, so als wollte er sagen: Ah, *so* fühle ich mich also.

»Mr. Hasset, es tut mir schrecklich leid.«

Er fühlte sich durchschaut.

»Es gibt nichts, was Ihnen leid tun müßte, Miss Leplastrier.«

»Ich bin zu Ihnen gekommen, weil ich Hilfe brauche. Sie haben mich freundlich empfangen. Ich wollte Ihnen vorschreiben, was Sie mit Ihrem Eigentum machen sollen. Wahrscheinlich bin ich nur neidisch.«

»Gewiß nicht.« Er schob die unterste Schublade zu und legte die Teufelsträne vor sich auf das Löschpapier.

»Doch, sehr neidisch.« Sie wollte die Augen niederschlagen, den Kopf senken, doch sie gestattete es sich nicht.

Dennis Hasset sah, daß ihre Augen begannen, hell zu glänzen wie Steine, die man in Wasser gelegt hat. Sie hatte ein eigenartiges Lächeln aufgesetzt, eine ordentlich gebundene Schleife, die das bebende Bündel ihres Gesichtes nur mit Mühe zusammenhalten konnte.

»Und warum«, sagte er, beugte sich vor und imitierte, weil er sich plump vorkam und einen unbekümmerten Ton anschlagen wollte, die Sprechweise eines Iren, »warum möchte das wohl so sein?«

Sein irischer Akzent war perfekt, aber sie wußte nicht, daß die Iren eine Zielscheibe des Spottes waren und es schon Heiterkeit auslöste, wenn jemand nur ihren Dialekt nachmachte. Sie wußte nur, daß die Männer vorausgingen und ihre Frauen ihnen folgen mußten wie Gefangene.

»Ich bin neidisch, weil die Träne Ihnen gehört und nicht mir. Und mehr noch deshalb, weil Sie die Glashütte betreten können und ich nicht.«

»Durch das Haupttor, genau wie Sie.«

»Aber verstehen Sie denn nicht: Das eben kann ich nicht. Man würde mich nur mit größter Herablassung behandeln. Und außerdem würde ich mich in das Wesen verwandeln, für das sie mich halten. Verstehen Sie, was ich meine?«

Ihr Blick hielt ihn fest. Sie war ein Kind. Sie war kein Kind. Ihre Augen blickten klar und ruhig, während ihre Stimme das kaum wahrnehmbare Beben der Unterlippe verstärkte.

Er war gebannt von ihrer Stärke und gerührt von ihrer Zerbrechlichkeit. »Nein«, sagte er, »ich verstehe nicht, was Sie meinen.«

»Durch die Art, wie sie mich ansehen würden, durch die Art ihrer Wahrnehmung, würden sie mich in genau das verwandeln, was sie wahrnehmen. Ich würde das Gefühl haben, zu etwas Geringerem zu werden. Das ist eine Macht, die Männer haben.«

»Aber ich bin doch auch ein Mann.«

»Nein«, sagte sie, zu ungeduldig, um ihm Gelegenheit zu geben, sein Argument auszuführen. »Ich spreche von *Männern*, von Männern als Gruppe, von Männern und ihren Überzeugungen, von Männern an einer Straßenecke oder in einer Versammlungshalle. Es ist wie ein Voodoo. Wissen Sie, was ein Voodoo ist?«

»Ja«, sagte er beeindruckt und kümmerte sich nicht darum, daß Frazer eingetreten war, um ihm zu sagen, das Mittagessen sei fertig. Hasset hatte drei einflußreiche Damen aus dem Pfarrbezirk sowie einen gewissen Mr. Jenkins, der kürzlich, ausgestattet mit einem Empfehlungsschreiben, aus Edinburgh eingetroffen war, dazu eingeladen. Mit wedelnden Handbewegungen bedeutete er seinem gestikulierenden

Diener, sich zu entfernen. Lucinda dachte an Fliegen. Es war nicht die Jahreszeit für Fliegen.

»Verstehe ich Sie richtig: Sie wollen mich also zu Ihrem Bevollmächtigten ernennen?« sagte der Geistliche.

»Sie machen sich über mich lustig, und höchstwahrscheinlich haben Sie sogar recht damit. Ich bin feige.« Sie nickte, aber das Nicken galt ihr selbst, nicht ihrem Gesprächspartner. »Es ist offensichtlich, daß ich mich feige verhalte, aber ich habe darüber nachgedacht, und mir scheint, als müßte ich mich mit meinen Charakterschwächen abfinden.«

»Ich habe mich ganz gewiß nicht über Sie lustig gemacht.«

»Sie hätten das Recht . . .«

»Ich bitte Sie!« rief Dennis Hasset.

Lucinda hielt inne.

»Sie wollen eine Fabrik kaufen, in der Glas hergestellt wird. Das ist doch eine ganz einfache Sache. Stimmt's?« Er lächelte. Das Lächeln bewirkte, was der irische Akzent nie hätte bewirken können.

»Ja, das stimmt.«

»Und Sie brauchen ein wenig Hilfe.«

»Ich kenne Fabriken«, sagte sie und beugte sich vor. »Wir – das heißt, meine lieben Eltern, als sie noch lebten – haben uns viele von ihnen angesehen, und mir ist völlig klar, daß sie in den allermeisten Fällen schmutzig und beängstigend sind, aber ich will mich davon nicht abhalten lassen. Selbstverständlich weiß ich, was mich erwartet.«

»Ich komme gleich, Frazer«, sagte Dennis Hasset. »Ja, ja. Achten Sie gar nicht auf ihn. Nein, bleiben Sie, bitte. Allerdings muß ich mich gleich um einige geistliche Angelegenheiten kümmern. Nicht halb so unterhaltsam wie Glas. Aber, ja, ich werde Ihnen helfen. Noch vor einer halben Stunde kannte ich Sie nicht, Miss Leplastrier, und ich kann nur sagen, daß ich überrascht bin, mich mit so viel Enthusiasmus ›Ja‹ sagen zu hören, aber mein Wort darauf: Ich freue mich auf diese Aufgabe. Wir werden natürlich noch jemanden hinzuziehen müssen. Ich habe einen Freund, einen sehr tüchtigen Burschen namens Dawson . . .«

»Ich habe mehr als zehntausend Pfund.«

Dennis Hasset, der sich erhoben hatte, um das Gespräch abzuschließen, setzte sich wieder, und ein sehr bemerkenswertes Lächeln belebte sein Gesicht. »Kaum zu glauben.«

»Ich will nur die Hälfte davon in dieses Unternehmen investieren.« Sie sagte das im Ton einer Entschuldigung – es tat ihr leid, daß sie die Summe genannt hatte. Sie war bloß ein Mädchen. Sie hatte nichts getan, um eine solche Menge Geld zu verdienen. Sie glaubte, in seinen Augen Tadel zu sehen.

»Und der Rest?« fragte er. Er platzte mit dieser Frage heraus, bevor die ihm eigene Höflichkeit ihn bremsen konnte. Hätte er »mehr als zehntausend Pfund« besessen, so hätte er keinen Tag gezögert, den Verwirrungen der Kirche Lebewohl zu sagen.

»Was den Rest betrifft, so bin ich lieber vorsichtig.«

»Das sind Sie ganz und gar nicht, Miss Leplastrier. Sie sind bewundernswert unbekümmert. Am Anfang unseres kleinen Gespräches dachte ich, es werde meine bittere Pflicht sein, Ihnen Ihre Leidenschaft auszureden. Nun aber scheint mir, daß Sie Herrin über sie – ich meine die Leidenschaft – sind und daß es töricht wäre, sie auf etwas anderes zu verschwenden. Und bevor Frazer kommt, um mir für meinen Ungehorsam Stockhiebe zu verabreichen, werde ich Ihnen auch sagen, warum ich Ihnen so bereitwillig helfen werde.«

»Weil Sie eine Vorliebe für Glas haben«, vermutete Lucinda. »Sie haben« – sie spreizte ihre hübschen kleinen Hände über dem Tisch, auf dem seltsam still die Glasstücke lagen – »Ihre Motive doch wohl deutlich genug dargelegt.«

»Sie sind zu vertrauensvoll. Nein, ich tue das nicht, weil ich Glas unterhaltsam finde, sondern weil Sie eine Leidenschaft haben. Um dieser Leidenschaft willen helfe ich Ihnen. Ich bin ein frierender Mann, der sich am Feuer eines anderen wärmt.«

»Aber eine Leidenschaft ist doch gewiß nichts Bewunderswertes.«

»Sie ist etwas Gefährliches«, gab der Geistliche zu, der jetzt seine kleinen Demonstrationsobjekte – das blaue Viereck, die gelbe Linse, die Phiole mit Sand, die Teufelsträne – ordnete, sie an ihre Plätze legte, seine Zeitschriften zusammenfaltete, seinen Tisch leerräumte, um Platz für weniger interessante Tätigkeiten zu schaffen, und dem jetzt die Taufe am Nachmittag einfiel, sein Rugby-Training, die Chorprobe, der Abendgottesdienst, die Predigt, die noch zu schreiben, das Federmesser, das noch zu kaufen war, das Papier für die Predigt, das auf das von ihm gewünschte Format, nämlich Postkartengröße, zurechtgeschnitten werden mußte. »Etwas Gefährliches«, sagte er nickend und dachte auch daran, daß ihm nur noch zwei Tage bis zu der »Untersuchung« seiner kürzlich gehaltenen Predigten blieben. Sein Bischof hielt ihn für einen freidenkerischen Latitudinaristen. Er wünschte, sein Glaube wäre groß genug, um einer zu sein.

»Ich bin neidisch auf Ihre Leidenschaft, Miss Leplastrier. Es wird mir ein Vergnügen sein, Ihnen zu helfen, sich ihr hinzugeben.«

»Aber Sie werden mir, hoffe ich, helfen, mich ihr vorsichtig hinzugeben.« Sie erhob sich ebenfalls und nahm die Handschuhe und das Täschchen ihrer Mutter. »Sie werden mich davor bewahren, durch sie zu Schaden zu kommen, denn ich bin sehr jung und weiß noch so gut wie nichts von der Welt.«

Sie hielt ihm die Hand hin wie ein Mann. Er zögerte, nahm dann ihre Hand und schüttelte sie. Sie war sehr warm. Man mußte sich einfach des wilden Rauschens des Blutes auf der anderen Seite dieser Wand bewußt sein – der Venen und Äderchen, der Schweißdrüsen, der winzigen Fabriken, die in einen komplizierten Herstellungsprozeß eingespannt waren. Dennis Hasset betrachtete ihre Augen, und da er wußte, wie Augen funktionieren, staunte er, nicht zum ersten Mal übrigens, über die unendliche Komplexheit der Schöpfung und fragte sich, wie dieses Ding, dieses Sehinstrument, ein Flehen so deutlich zum Ausdruck bringen konnte, während es gleichzeitig – sieh doch, ich bin bloß ein Auge – leugnete, daß es irgend etwas derartiges tat.

35
Ein Wettschein

Als Oscar den langen blauen Umschlag aufschlitzte und ihn »leer« fand, lächelte er und stellte sich vor, daß Hochwürden Stratton ihn am Eßzimmertisch versiegelt hatte. Das war, wie Mrs. Stratton ihn (mal verhalten, mal energisch) immer wieder erinnerte, eine gefährliche Angewohnheit, weil all seine Briefe dann zwischen Puddingschalen und Sherrygläsern herumlagen, und mindestens einmal war es vorgekommen, daß ein an einen Bischof gerichteter Brief an einen klatschsüchtigen Freund und – das war es gewesen, was Hugh Strattons Karriere ernsthaften Schaden zugefügt hatte – vice versa abgeschickt worden war.

Aber an diesem klaren Sommermorgen schien es zunächst, als enthielte der Umschlag nicht den falschen, sondern gar keinen Brief, und hätte Oscar, der penibler war, als seine zappelige, impulsive Art vermuten ließ, ihn nicht gegen das Licht gehalten, dann hätte er die äußerst unangenehme Nachricht, die Hugh Stratton hineingeschoben hatte, wohl nicht entdeckt.

Es war ein Wettschein, und er gehörte Oscar und nicht Hugh Stratton. Er war ausgestellt von John Rush, Buchmacher, c/o Tattersall Club. Auf diesem Schein waren mehrere Vermerke. Der erste war die mit einem dicken Bleistift gekritzelte Eintragung von John Rushs buckligem Angestellten, der Oscars Wette auf eine einjährige Stute mit dem Namen Nigger Princess 8:1 gehalten hatte. Danach kamen einige andere, mit dünnerem Bleistift geschriebene Vermerke: Es waren die Notizen, die Oscar auf jedem Wettschein anbrachte, der nicht gewonnen hatte – ein Code für Angaben über die Startposition, den Zustand der Strecke und das Auftreten etwaiger unerklärlicher Ereignisse (göttlicher Eingriffe), die den wissenschaftlich berechneten Sieg verhindert hatten. In diesem Fall war Nigger Princess eingeklemmt worden und während des ganzen Rennens nicht mehr freigekommen. Wenn Sie in der Lage gewesen wären, diese Notizen zu entziffern, dann hätten Sie ihnen vielleicht entnommen, daß diese Behinderungen irgendwie Oscar Hopkins' Schuld gewesen war.

Die Gewinnscheine blieben natürlich beim Buchmacher, aber die anderen wurden mitgenommen nach Oxford und dort ebenso akkurat geordnet wie einst die Knöpfe der Mutter. Ihr Inhalt wurde in ein schmuddeliges Journal übertragen, das sich mit sorgfältig geschriebenen Zahlenkolonnen füllte, und die Scheine selbst landeten in einer Reihe von braunen Briefumschlägen in einem Schuhkarton mit der Aufschrift »Privat«, den Oscar in der untersten Schublade aufbewahrte.

Wie dieser Wettschein seinen Weg nach Hennacombe hatte finden können, war ein höchst unerfreuliches Rätsel. Oscar hatte sich bis zu dem Augenblick, da er sich an den Schreibtisch setzte, leicht, ja beschwingt gefühlt, doch nun brach ihm heißer und mißtrauischer Schweiß aus.

Es war ein Übergriff. Es ließ andere Verletzungen, andere heimliche und schwer vorstellbare Nachforschungen vermuten. Mr. Stratton hatte gesagt: »Wenn du zu Fuß nach Kidlington gehen würdest, um zu beten, würde ich es wissen.« Als Oscar den Wettschein umdrehte und dort die engen, mit schwarzer Tinte geschriebenen Zeilen des Pfarrers las, schien ihm diese Behauptung nicht mehr übertrieben.

Und dies hatte Hugh Stratton auf den Wettschein geschrieben: »Kann ich Deinem Vater versichern, daß dies nicht Dir gehört? Oder kannst Du mir versichern, daß dieses Spiel tatsächlich mit Gewinn gespielt werden kann?« Unterschrieben war das mit »H. S.«

Oscar kam nicht auf den Gedanken, Hugh Stratton für verrückt zu erklären; daß sein Mentor versuchte, ihn zu erpressen, überraschte ihn, schockierte ihn jedoch nicht. Sein Mitleid mit dem Pfarrer ermöglichte es Oscar, ihm diese und alle anderen kleinlichen und verdrießlichen Gemeinheiten zu vergeben, welche er fortwährend gegen alle beging, die mit ihm zu tun hatten. Es war Hugh Strattons Schicksal, daß man ihn um so mehr liebte, je scheinbar unliebenswerter er wurde.

Was Oscar jedoch sehr wohl schockierte, war die Tatsache, daß ein sehr privates Stück Papier aus seinem Zimmer gezaubert und als Belastungsstück gegen ihn verwendet worden war. Wer war der Dieb? Hatte Hugh Stratton persönlich einen seiner »Blitzbesuche« abgestattet, während Oscar im Tutorenkurs gesessen hatte? Er wußte es nicht. Er sah auch ein, daß es unwichtig war.

Oscar griff zu Feder und Tinte und schrieb – ohne daran zu denken, daß Hugh Stratton wieder einmal schuld daran war, daß der Porridge kalt wurde:

Lieber Mr. Stratton, wie aufgeregt war ich heute, als ich einen Ihrer seltenen (und darum sehr ersehnten) Briefe erhielt, und wie enttäuscht war ich daher, als ich entdeckte, daß er nicht war, was er zu sein schien, daß Sie den Umschlag versiegelt hatten, ohne zuvor das hineinzutun, was er, wie wir beide uns wünschten, enthalten sollte. Ich bin sicher, die gute Mrs. Millar hat den Brief inzwischen unter einem Teller gefunden, und lege eine Briefmarke bei, damit ich ihn so schnell wie möglich erhalte und erfahre, was es in Hennacombe Neues gibt und wie es mit der Spendensammlung für die Restaurierung der Kirche vorangeht. Professor Arnold hat mich gebeten, Sie zu grüßen, und sagte etwas von einem geliehenen Buch, aber ich fürchte, ich habe die Nachricht nicht richtig in Erinnerung, und wenn Sie nichts damit anzufangen wissen, werde ich ihn noch einmal fragen und sie Ihnen korrekt übermitteln. Meine herzlichen Grüße an Mrs. Stratton. Ihr O. Hopkins.

Von diesem Tage an warf Oscar seine Wettscheine auf dem Rennplatz weg und führte seine Bücher während der ganzen Zeit, die er in Oxford verbrachte, in einem Geheimcode, den nur er zu entschlüsseln vermochte.

Was Mr. Stratton betraf, so glaubte er jedes Wort, das in Oscars Brief stand. Es war weder richtig noch fair, daß ihm ein Student, der mit Pferdewetten Geld verdiente, das Gefühl gab, so verdorben zu sein.

36
Une petite amie

Lucinda wollte eigentlich gar keine Fabrik. Sie hatte Angst davor. Sie ging die Sussex Street hinunter und sah die Arbeiter, die aus den Hüttenwerken und Werften kamen. Sie war von ihnen ebenso abgestoßen wie gerührt: der Zustand ihrer Hosenaufschläge, die Müdigkeit ihrer Jacken. Sie waren fremdartige Wesen. Sie betrachtete sie wie durch eine Glasscheibe, so wie wir heute, ein Jahrhundert später, auf einen Slum in Delhi hinabblicken, wenn der Jumbo Jet zur Landung ansetzt. Sie konnte nicht wissen, daß sie innerhalb von zwei Jahren, jenseits der Grenzen dieser Geschichte, so tief gesunken sein würde, daß sie sich glücklich schätzen würde, in Edward Jasons Pickles-Fabrik in der Druitt Street arbeiten zu dürfen, daß sie mit den Armen in der fauligen Masse rühren und, mit rot verbrühten Händen und brennenden Augen, an der Schwelle zur großen Erfüllung ihres Lebens stehen würde.

Aber damals, 1859, waren ihre Hände weiß und trocken. Sie bemitleidete die Arbeiter wegen ihrer Armut und Erschöpfung. Und doch hatten die Blicke dieser Arbeiter etwas an sich, das Lucinda angst machte und diese Männer hassen ließ. Die Blicke galten ihrem Alter, ihrem Geschlecht, ihrer gesellschaftlichen Stellung. Sie wußte es. Sie wußte es so gut wie irgend jemand anders, aber dieses Wissen machte es nicht einfacher, denn sie hatte sich sozusagen vertraglich verpflichtet, den eingeschlagenen Weg fortzusetzen. Sie hatte das Gefühl, daß es die Fabrik gewesen war, die ihr ein Entrée beim Vikar von Woollahra verschafft hatte. Glas war es, das ihr diesen Trost spendete. Und das Ergebnis des Besuchs bei Dennis Hasset war eine Art Schrumpfung, eine Intensivierung: Bis dahin war Sydney eine weiträumige und windige Stadt gewesen, mit derben Straßen, bevölkert von Raufbolden und einer Unmenge »ordentlicher« Leute, die immer bereit waren, auf alles, was außerhalb ihres engen Horizontes lag, mit dem Finger zu deuten und es zu verspotten und auszulachen, wo alles widergehallt hatte vom Hufschlag der Pferde und dem Rumpeln rollenden Eisens und das Ganze ein so riesiges, gestaltloses Gemälde voller spuckender, hustender Fremder gewesen war, daß sie es nicht eine Stunde hatte aushalten können, ohne Kopfschmerzen zu bekommen, wo sogar die Bibliothek in der George

Street (der Zufluchtsort, den sie sich gewählt hatte), selbst wenn es dort beruhigende Wände aus Büchern und Büsten von Voltaire und Shakespeare gab, ein kalter, grüner, formeller Ort geblieben war, das Territorium finster dreinblickender Männer mit hohen Kragen, die gelegentlich (auch dies kam vor) mißbilligend mit der Zunge schnalzten, wenn sie Lucinda sahen, so daß sie auch über ihren Büchern noch eine Fremde war, ohne Freunde und ohne eine Karte zur Orientierung, bis sie, beinahe durch Zufall, den Vikar von Woollahra fand und die Welt rings um sie her von ihr zurücktrat.

Erst nach diesem Besuch gestand sie sich ein, wie einsam und verängstigt sie gewesen war.

Nun, da sie entdeckt hatte, daß Glas das Medium war, in dem eine Freundschaft gedeihen konnte, hatte sie nicht die Absicht, es wieder fallenzulassen. Ihr Bedürfnis war so groß, daß die Lampen im Arbeitszimmer des Vikars von Woollahra noch zu einer Stunde brannten, die besser zu einem illegalen Pak-Ah-Pu-Salon gepaßt hätten. Eine solche Übertretung blieb in Sydney nicht unbemerkt; hätten Sie Lucinda jedoch auf diesen Umstand aufmerksam gemacht, so hätte sie Sie gebeten, die väterlichen Ermahnungen zu unterlassen. Sie war eine echte Tochter ihrer Mutter. Sie hatte das Gefühl, sie und Hasset stünden über diesem »Klatsch und Geschwätz«. Sie waren Geschäftspartner, die Geschäftliches zu besprechen hatten, Fabrikanten im Kampf mit der Chemie, Philosophen, die sich mit Philosophie befaßten. Sie mußten die muffigen Hauptbücher der Prinz-Rupert-Glashütte studieren, so vorsichtig wie Detektive, die eine Fälschung nachweisen wollen. Es gab auch Probeflaschen. Meine Flaschen, dachte sie. Blau, bernsteinfarben, farblos; Flaschen für Säure, für Pickles, für Gift, Bier, Wein, Pillen, Marmelade, Flaschen, die mit Weinblättern, Rieseneisvögeln, Blumen, Eukalyptusblüten, Schlangen verziert waren und auf der Unterseite die Aufschrift »EIGENTUM VON« trugen.

Jahre später, wenn sie daran dachte, wie sie und der Vikar die Flaschen betrachtet, mit welch abstrakter Neugier sie sie untersucht hatten und wie weit sie da von der lauten und schweißtreibenden Arbeit der Herstellung von Saucen und Pickles und Marmelade entfernt gewesen war, fällte sie ein hartes Urteil über ihr jüngeres Selbst und vergaß, wie vieles von dem, was sie später werden sollte, bereits angelegt war. Weder ihre Unwissenheit noch ihre Unschuld waren so groß wie später in ihrer Erinnerung. Aber sie genoß es, diese Flaschen in die Hand zu nehmen, und es ging ihr nicht in den Kopf, wie man jemanden, der bis spät in die Nacht aufblieb, um eben dies zu tun, als »unschicklich« bezeichnen konnte. Sie schämte sich nicht deswegen und auch nicht dafür, daß sie manchmal (gewöhnlich, oft) im Ledersessel beim Feuer einschlief, wo sie dann, etwas später, mit einem Becher voll sahnigem Kakao geweckt wurde. Sie faltete die Hände um den Becher und sah ins Feuer und wünschte sich nur, nicht auf den vom bleichen Mondlicht beschienenen Lehmwegen zurück in ihr Hotel fahren zu müssen.

Die junge Frau wußte zu wenig von der Welt, um auf die Meinung der bürgerlichen Gesellschaft Rücksicht zu nehmen, während Dennis Hasset das nicht zu seiner Entschuldigung anführen konnte. Ihm war klar, daß es falsch war, aber er gab – wenn auch nicht ohne eine gewisse Verärgerung – den deutlicher artikulierten Forderungen seiner Schutzbefohlenen nach.

Lucinda hatte die Angewohnheit, zu kommen, wann es ihr paßte. Sie entschuldigte sich jedesmal. Sie hoffte immer, daß sie ihn nicht gerade störte oder bei etwas unterbrach, aber dabei reckte sie ihr Kinn so, daß sie ganz und gar nicht wirkte, als entschuldigte sie sich. Er kam beispielsweise von einer Veranstaltung einer »Mutual Improvement Association« zurück, wo er einen Vortrag über Kochsalz gehalten hatte, und fand sie in seinem Arbeitszimmer an seinem Kamin oder bei der Lektüre eines Buches an seinem Schreibtisch. Gewiß, zwar war, wie er oft vom Rednerpult verkündete, Bildung für ihn eine Leiter, die von der Erde bis in den Himmel reichte, und zu jeder hohen und erhabenen Stellung führte ein Weg, der allen Klassen offenstand, aber trotzdem hätte er es nicht ertragen, wenn ein anderer so in seinen Büchern gelesen hätte wie Lucinda es tat. Sie nahm seine Lesezeichen aus fein genarbtem Leder heraus und legte sie zu weit vorne wieder hinein. Er läutete nach einem Sandwich und entdeckte erst, als er zu lange warten mußte, daß die Köchin damit beschäftigt war, Apfelpfannkuchen für die junge Frau zu machen, die es sich, in ein Buch vertieft, im Eßzimmer bequem gemacht hatte.

Und dennoch hielt er sie, trotz all dieser Gegenbeweise, für sehr selbständig. Er glaubte, sie verbringe die Abende, an denen sie nicht kam, lesend in Petty's Hotel; der Verdacht, daß sie – wie eine einsame

Katze, die an mehreren Hintertüren kratzt – einen Platz in Mr. d'Abbs' Menagerie gefunden hatte, kam ihm nicht.

Mr. d'Abbs war der Direktor der Buchhaltungsfirma »d'Abbs & Fig« und angeblich ein alter Freund von Mr. Chas Ahearn. Lucinda hatte Mr. d'Abbs heimlich aufgesucht, weil sie Zweifel an Dennis Hassets Geschäftstüchtigkeit hatte. Es fehlte ihr der Mut, dem Vikar von Woollahra zu gestehen, daß sie auch Mr. d'Abbs um seine Meinung gefragt hatte und daraufhin von diesem in sein Haus zum Essen eingeladen worden war und am langen dunklen Tisch Gans gegessen hatte, zwischen Wänden, die vollgehängt waren mit Panoramabildern jenes Landes, das Mr. d'Abbs als »Paradies« bezeichnete. An jenen Abenden, an denen sie meinte, Dennis Hasset müsse genug von ihr haben, ging sie dorthin und saß mit Mr. d'Abbs, Mrs. Burrows, Miss Shaddock, Miss Malcolm und Mr. Tomasetti zusammen. Sie war gern in Gesellschaft.

Aus Dennis Hassets Kalender geht hervor, wann Lucinda in sein Leben trat. Dort ist der Termin für das erste Gespräch festgehalten – die dreißig Minuten, die am ersten Dienstag nach Pfingsten für Monsieur Leplastrier freigehalten worden waren, und danach eine große Zahl roter Striche durch vorher vereinbarte Termine, hauptsächlich solche für Komitee-Sitzungen (Komitees für den Bau von St. Andrew, für die Einrichtung von Volksschulen, für die Armenspeisung), aber auch für die Zoologische Gesellschaft, für ein Abendessen mit einem alten Freund und selbst für eine Kirchenvorstandssitzung, die innerhalb eines Monats dreimal verlegt wurde. Er konnte Lucinda nichts abschlagen, und obwohl er sich oft vornahm, sie bei der nächsten Gelegenheit vor die Tür zu setzen, tat er das nie. Er war dreiunddreißig Jahre alt, ein erwachsener Mann, aber ihr war er nicht gewachsen. Außerdem – und das ist sicher der Kern der Sache – fühlte er sich immer, ganz gleich wie verärgert er war, wenn er sie so ungeniert an seinem Schreibtisch sitzen sah, durch ihre Gesellschaft belebt, und wenn sie einschlief, saß er, während sie schnarchte, zufrieden in einem Sessel ihr gegenüber und lächelte.

Aber er wußte, daß er sich leichtfertig verhielt. Das entsprach nicht seinem Charakter. Er strebte nach Erfolg und Bequemlichkeit. Er hoffte, seine Tage in einem Bischofspalast zu beschließen, mit einem intelligenten Dekan, der ihm zur Seite stand. Und doch fuhr er diese junge Frau – ein biologisch vollentwickeltes weibliches Wesen – persönlich dreimal und manchmal viermal pro Woche zu Petty's Hotel. Selten trafen sie vor Mitternacht dort ein, und oft war es zwei Uhr morgens, wenn er nach dem Nachtportier läutete. Dieser Nachtportier wußte, daß die junge Dame auch eine Freundin von Mr. d'Abbs war. Er fand die Situation erheiternd. Aber als er Dennis Hasset zublinzelte, war der Vikar so belustigt über das ordinäre Mißverständnis des Mannes, daß er den ganzen Heimweg über dort oben auf dem Kutschbock, wo eigentlich sein Diener hätte sitzen sollen, in sich hineinschmunzelte – ein Pfarrer in der Amtstracht eines Pfarrers, der durch eine Stadt fuhr, die um diese Uhrzeit den Ganoven und Straßenräubern gehörte.

Bevor der August so recht begonnen hatte, zitierte Bischof Dancer ihn zu sich, um ihn, wie er sich ausdrückte, »die Peitsche schmecken zu lassen«. Sie konnten einander ohnehin nicht leiden. Der Bischof ritt gern auf die Fuchsjagd und war ein erzkonservativer Anglikaner, der keinerlei Verständnis für die Feinheiten einer liberaleren Theologie aufbrachte. Dies war nicht ihre erste Meinungsverschiedenheit. Es hatte eine hitzige Auseinandersetzung über eine Predigt gegeben, in der Dennis Hasset die ewige Verdammnis in Frage gestellt hatte, indem er die Ansicht äußerte (»Sie haben keine *Ansichten zu äußern*!« hatte der Bischof gebrüllt), es sei lächerlich, einen Gott zu postulieren, der über ein weniger hoch entwickeltes moralisches Urteil als der Mensch verfügte, und daher sei ewige Verdammnis schlechterdings unvorstellbar. Der Bischof war nicht geneigt, seine Zeit auf eine Diskussion dieses Punktes zu verschwenden. Hasset hatte es gefälligst zu unterlassen, diesen latitudinaristischen Unsinn zu predigen. Als der Vikar bemerkte, er sei kein Latitudinarist, wurde das Gesicht des Bischofs so rot wie sein Ornat.

Dieses Gespräch nun begann der Bischof mit einer Provokation. Dabei fand er sich gar nicht provozierend, sondern vielmehr verständnisvoll – er kam gleich zum Kern dessen, was seiner Meinung nach das Problem war: »Natürlich, mein lieber Hasset – wir alle haben unsere *Vorlieben.*«

Dennis Hasset hielt sich nicht für übertrieben heikel, aber dennoch fand er diese Art, sich dem Thema Lucinda Leplastrier zu nähern, widerwärtig. Miss Leplastrier war ein kleines unschuldiges Mädchen, über dessen Schlaf er wachte. Einen Augenblick lang sah sein wohlgeformter Mund aus, als hätte er eine faule Auster verschluckt, aber es war nur ein Augenblick, und der Bischof bemerkte es nicht.

Der Bischof sprach gern über Vorlieben. Er hatte eine große Vorliebe dafür, geschossenes Wild so lange hängen zu lassen, bis die Maden es zerfraßen. Dennis Hasset versuchte, ihm die Art seiner Beziehung zu Miss Leplastrier zu erklären. Er sprach offen und wählte seine Worte sorgfältig. Der Bischof nickte, fuhr sich mit seinen großen Händen über den hohen, kahlen Schädel, ließ die Zunge zwischen den Zähnen sehen und kniff die Augen zusammen.

»Dann bestellen Sie doch das Aufgebot«, sagte er in völliger Verkennung der Lage.

»Nein, nein«, lachte der Vikar von Woollahra, »wir sind ein zu seltsames Paar, um das in Erwägung zu ziehen.«

»Tja«, sagte der Bischof, der es leid war zu versuchen, das, was dieser Bursche sagte, zu verstehen, »aber es wäre klug, wenn Sie heiraten würden.«

»Das ist wahr.«

Und mit dieser verwirrenden Bemerkung endete das Gespräch. Der Bischof bildete sich ein, er habe den Vikar angewiesen, seine *»petite amie«* aufzugeben, und der Vikar dachte, er habe die Unschuld seiner Beziehung zur Zufriedenheit dargelegt: Sie waren ein zu seltsames Paar, um eine Heirat in Erwägung zu ziehen.

37
Ein Kartenspiel

Später, als sie Mr. d'Abbs' Haus besser kannte – und sie lernte es wirklich sehr gut kennen –, konnte sie darüber lächeln, wie sie es gesehen hatte, wie sie es in Gedanken erweitert hatte, wie sie es hatte wachsen und sich verästeln lassen, bis es ein Palast war, ein Schloß, ausgebreitet am Ufer der Rushcutters Bay – ein Haus, in dem ein Adliger hätte wohnen können.

Es war nicht annähernd so großartig, wie sie, die Unschuld vom Lande, es sich vorgestellt hatte. Aber es gehörte zu den Häusern, die zur Übertreibung verführen. Es war wie ein Knäuel Bindfaden. Ein wirres Durcheinander aus Fluren und Treppen, jene Art von Haus, wo man immer an Stellen herauskommt, mit denen man nicht gerechnet hat. Da gibt es lange, düstere Korridore, welche zu hellen Alkoven führen, in denen nichts weiter steht als ein, zwei unbequeme Sessel mit verstaubten Sesselschonern. Man sucht die Bibliothek und landet in einer großen Waschküche, wo der Zementboden mit unordentlichen Wäschehaufen bedeckt ist. Man versucht, seinen Weg zurückzuverfolgen und findet sich in einem Garten wieder, wo terrassierte Wege – über viel zu hohe Stufen – hinunter zum Hafen führen. Die Hortensien sind für den Winter beschnitten, und es gibt einen Gärtner, der nach Rum riecht (und ungleiche Socken trägt) und einem die Narben auf seinem Rücken zeigen will, den Kot eines Wallabys, die Kratzspuren eines Beuteldachses oder einen Blutegel, den er mit Hilfe eines Zweiges umstülpt – »Anders sind die Viecher nich totzukriegen, Missus.«

Das Haus verriet Lucinda fast genausoviel über Mr. Ahearn wie über Mr. d'Abbs. Es war offensichtlich, daß Mr. Ahearn es nie gesehen hatte. Es hätte ihn auf jede nur mögliche Weise beleidigt. Er hätte es verschwenderisch, protzig, unchristlich gefunden. Lucinda wurde klar, daß er Mr. d'Abbs nie begegnet war, und doch war sein Wunsch, sie »in die richtigen Hände« zu übergeben, so groß gewesen, daß er vorgab, mit einem Mann bekannt zu sein, den er nur vom Hörensagen kannte.

Mr. d'Abbs war vierzig Jahre alt – ein kleiner Mann, dessen Bewegungen sehr abgemessen und genau waren. Er kleidete sich teuer und künstlerisch. Er bevorzugte Serge- oder Cordstoffe in Olivgrün oder

Marineblau. Seine Krawatten waren aus Wolle oder sogar aus Seide. Er benutzte gern einen Gehstock, obwohl er nicht hinkte. Er hatte ein kleines, recht ironisches Lächeln, das seinen schmalen Schnurrbart verzog und ihm ein nicht ganz respektables Aussehen verlieh. Es gefiel ihm, daß man diesen Eindruck von ihm hatte – in Sydney wirkte sich das nicht nachteilig auf die Geschäfte aus –, und doch entsprach es nicht der Wahrheit.

Mr. d'Abbs war verheiratet und hatte drei Kinder, aber wie es schien, konnte die Familie seine Bedürfnisse nicht befriedigen. Seine Frau war klein und hübsch. Jeder bewunderte ihr Lächeln und ihre goldenen Locken. Lucinda fühlte sich sofort zu ihr hingezogen. Sie hätte gern mit ihr zusammengesessen und sich leise mit ihr unterhalten, aber es war kein Haus, in dem man leise Unterhaltungen führte, und Mrs. d'Abbs saß mit Wut in den Augen am Eßtisch und zog sich meist schon zurück, wenn der Pudding aufgetragen war. Und vielleicht lag es daran, an dieser unglücklichen Ehe, daß Mr. d'Abbs gern Leute sammelte und sich in seinem Salon mit ihnen umgab, und das nicht nur einmal pro Woche, sondern jeden Abend.

Lucinda hätte sich nie einen Raum ausmalen können, der so war wie dieser, und obwohl sie in Romanen viele Beschreibungen großartiger Salons gelesen hatte, gab es in ihrer literarischen Erfahrung nichts, das sie auf die Unbekümmertheit in Mr. d'Abbs' Haus vorbereitet hätte, auf die Art, wie ein Teppich über ein Sofa mit einem vergoldeten Rücken geworfen worden war, um die herausquellende Polsterung zu verbergen, auf die Länge, die Breite des Raums, auf die skandalösen Mengen Staub, die schwindelerregende, faszinierende Aussicht auf die Klippen und Befestigungen des Ostufers der Rushcutters Bay. Und durch dieses opulente, teure Durcheinander tanzte der altmodisch wirkende Mr. d'Abbs. Er war ein Honigfresser zwischen üppig blühenden Wandelröschen, ein Leierschwanz, der die Stöcke und Blätter seiner unordentlichen Laube zusammenkratzte.

Weder Elizabeth Leplastrier noch Mitchell's Creek hatten sie auf eine derartige Umgebung vorbereitet. Auf einen solchen Charakter stößt man nicht in einem Melkschuppen, und das war etwas, dessen Mr. d'Abbs sich bewußt war. Er stand gern an seinem Lieblingsplatz, den Rücken an die Glastüren des Bücherschranks gelehnt, ein Glas guten französischen Cognac in der Hand, sah sich in seinem wunderbaren

Salon um und konnte gar nicht glauben, das dies wirklich sein Leben war, das Leben von Jimmy Dabbs, Ditcher Dabbs' Sohn.

Die Wände seines Salons waren voller Bilder jeder Stilrichtung und Qualität. Jedes verfügbare Fleckchen war mit ihnen zugehängt – es gab Aquarelle hinter verstaubtem Glas, Ölgemälde in gewaltigen, vergoldeten Rahmen, Chromotypien berühmter Meisterwerke, Karikaturen, einen Farbstich (aus der *London Illustrated News*), auf dem Lord Elgins Einzug in Peking zu sehen war, eine ungelenke Bleistiftzeichnung, auf der Eingeborene eine Siedlerhütte angriffen. Er hatte die Bilder von Sir Arthur Gibbs, Mitglied der Royal Academy, an die Scheuerleiste gelehnt, um Platz für die Landschaftsbilder von Mr. Tomasetti, seiner neuen Entdeckung, zu schaffen. Mr. Tomasetti stand gerade auf der Veranda und betrachtete die Abenddämmerung über der Rushcutters Bay. Er hatte ein kommerzielles Interesse daran, für die Einführung toskanischer Weizensorten zu werben, von denen er behauptete, sie seien gegen den Getreidebrand, der noch immer in der Kolonie wütete, immun. Aber außerdem war er auch Italiener, Künstler und Atheist, und das waren drei interessante Dinge. Mr. d'Abbs freute sich, ihn über irgendein Thema reden zu hören, das ihm gerade einfiel. Mr. d'Abbs hatte nicht viel zu erzählen, jedenfalls im Augenblick nicht. Er lächelte und nickte lieber und staunte über die Wendungen, die das Leben nehmen konnte. Und in dieser Hinsicht verband ihn mehr mit Miss Leplastrier, seiner neuen Schutzbefohlenen, als ihm bewußt war, auch wenn er sie, trotz ihres offensichtlich energischen Wesens, ungewöhnlich langweilig fand. Später am Abend würde sie, das wußte er, aus ihrem Schneckenhaus hervorkommen, aber das nützte ihm jetzt nichts. Sie gab ihm das Gefühl, ein wenig steif zu sein, und so fühlte er sich nicht gerne. Sie hatte sich in den Sessel neben Miss Shaddock gesetzt, die mit ihrer Stickerei am Walnußtisch saß. Er nahm an, daß Miss Leplastrier unglücklich war. Natürlich, sie war eine Waise und neu in Sydney. Er zwinkerte ihr zu. Sie sah weg.

Lucinda saß mit den Händen im Schoß da und zeigte ein völlig unbewegtes Gesicht. Niemand hätte ihre Gefühle erraten können, und diese waren so widersprüchlich, daß es ein Wunder war, wie sie sie im Zaum halten konnte, ohne herumzuzappeln.

Erstens: Sie war, genau wie Mr. d'Abbs, erstaunt, sich in einem solchen Raum wiederzufinden. Mit seinem Durcheinander aus Bildern und Teppichen, seiner kuriosen Mischung aus Erlesenheit und Nachlässigkeit deutete er auf komplexere Möglichkeiten im Leben hin, als sie sich bisher hatte träumen lassen, und obgleich er das tief in sie eingebrannte Gefühl für Ordnung und Zurückhaltung beleidigte, fand sie ihn auch höchst angenehm.

Zweitens: Sie war Mr. d'Abbs dankbar für seine Freundlichkeit und Güte, und darum würde sie – ganz gleich, welche Gründe dagegen sprechen mochten – auch in Zukunft zu ihm halten.

Drittens: Sie war von Mrs. d'Abbs irritiert, die, wie sie feststellte, ständig in ihre Richtung starrte. Sie fragte sich inzwischen, ob sie etwas Ungehöriges getan hatte.

Viertens: Es gefiel ihr nicht, wie Mr. d'Abbs seine Kinder auf den Arm genommen hatte: Er hatte sie, selbst als sie gebadet waren, von sich abgehalten, als wären sie so schmutzig, daß man sie nicht zu Zärtlichkeiten ermuntern sollte.

Fünftens: Sie fühlte sich sehr einsam. Mr. d'Abbs' Freunde gaben ihr das Gefühl, fremd zu sein. Miss Malcolm, Miss Shaddock, Mrs. Burrows, Mr. Tomasetti – sie waren, fand sie, sehr höflich zu ihr, hatten es aber nicht eilig, sie in ihren Kreis aufzunehmen.

Sechstens: Sie war verstört, als sie feststellte, daß Mr. d'Abbs und Mr. Tomasetti Atheisten waren. Als Mr. d'Abbs ihr zuzwinkerte, tat sie, als hätte sie es nicht gesehen.

Siebtens: Sie wäre lieber in ihrem Bett gewesen und in den Schlaf hinübergeglitten. Dieses Land zwischen Wachen und Schlafen war ihre einzige wirkliche Heimat, und diese war es, die sie in Dennis Hassets Lehnsesseln suchte.

Achtens: Sie hoffte, daß Mr. Tomasetti bald von der Veranda hereinkam und der spannende Teil des Abends begann.

Man wartete darauf, daß Mrs. Burrows aufbrach, damit man Karten spielen konnte. Mrs. Burrows würde erst gehen, wenn Mr. Tomasetti soweit war. Mr. Tomasetti bewunderte die Abenddämmerung über der Rushcutters Bay. Obwohl er erst kürzlich zu dem Kreis gestoßen war, hatte er bereits freundschaftliche Bande zu Mrs. Burrows geknüpft; niemand konnte genau sagen, wie weit diese Freundschaft ging.

Mrs. Burrows, entschiedene Unterstützerin der amerikanischen Rebellen, war die Witwe eines Armeehauptmanns, der im Falls-Distrikt am Oberlauf des Manning von Eingeborenen getötet worden war.

Lucinda konnte sie nicht ausstehen. Sie hatte Lucinda getadelt, als das Gespräch auf die Eingeborenen gekommen war. Mrs. Burrows hätte ihnen »Gnadenbrot« gegeben, ein in der Pfanne gebackenes Brot aus mit Strychnin versetztem Mehl. Sie wußte, daß das ein extremer Standpunkt war. Sie gefiel sich darin, extreme Standpunkte einzunehmen. Sie war eine von denen, die meinten, ein Weißer, der in Selbstverteidigung einen Eingeborenen erschossen hatte, dürfe nicht gehängt werden. Ihre Ansichten paßten zu ihrem Gesicht, das um die Nase rot, um die Wangen hager und insgesamt verkniffen war. Sie war eine Frau, die zur Kritiksucht neigte, und man hätte nicht meinen sollen, daß sie mit Mr. Tomasetti Freundschaft schloß – schon allein, weil er Atheist war. Sie war so strikt gegen Kartenspielen, daß sie damit warten mußten, bis sie gegangen war. Aber da saß sie nun und wartete ohne zu murren darauf, daß ein Atheist von der Veranda hereinkam, damit sie verkünden konnte, sie werde nun nach Hause gehen.

Dann konnten sie Cribbage spielen. Lucinda drückte sich tiefer in den Ohrensessel. Es war zweifellos eine Sünde, aber ihr gefiel Cribbage. Es gefiel ihr wirklich sehr. Sie stellte fest, daß sie sich den ganzen Tag über auf das Spiel freute, wie sie sich vor nicht allzu langer Zeit auf Dampfnudeln mit Sirup gefreut hätte. Wenn sie Karten spielte, war sie nicht langweilig oder wütend. Sie lachte. Sie sah hübscher aus. Sie konnte die Verwandlung selbst spüren. Man lächelte sie an.

Karten spielen bewirkte bei ihr etwas, das sie nicht einmal sich selbst erklären konnte. Sie hatte dann ein Gefühl – nicht dasselbe Gefühl, aber ein ähnliches – wie damals, als sie den Weidebrand bei Bishop's Plain bekämpft hatten: diese Menschenkette, Männer, Frauen und Kinder, mit ihren Säcken und Feuerpatschen, selbst der fiese alte Michael Halloran war dabei gewesen, und alle hatten in einer Reihe im beißenden Rauch gestanden. Karten spielen war nicht genauso, und trotzdem war es doch so. Man war vereint in einer Runde, in einer Abstraktion menschlichen Strebens.

Aber jetzt war sie einsam und sich sowohl ihrer eigenen Isolation als auch der der anderen bewußt.

Eine Kerosinlampe aus schwarzem, filigriertem Eisen mit einem anmutig geformten weißen Zylinder hing über einem runden, dreibeinigen Tisch aus Walnußholz. An diesem Tisch saß Miss Malcolm, die Gouvernante. Sie war ein hübsches junges Ding, oder war es jedenfalls bis vor kurzem gewesen. Auf der anderen Seite des Tisches saß Miss Shaddock mit ihrer Stickerei. War Miss Malcolm ihrem Wesen nach leicht und feingliedrig, so war Miss Shaddock dunkel und schwer. Und während Miss Malcolm den Eindruck einer größeren Unschuld vermittelte, als sich mit ihrem Alter vereinbaren ließ, verströmte Miss Shaddock eine Atmosphäre drohenden Unheils, als müsse jedes Unternehmen, über das man mit ihr sprach, ein böses Ende nehmen.

Und doch war Mr. d'Abbs, der an seinem Bücherschrank lehnte, über die Anwesenheit, mit der Miss Shaddock ihn beehrte, offensichtlich so erfreut, so zufrieden, daß er sie ganz genauso schätzte wie Mr. Tomasetti, der jetzt – Lucinda konnte seine Ledersohlen quietschen hören – aus seiner Versunkenheit auf der Veranda erwachte.

Mr. d'Abbs sammelte Menschen. Das war seine Leidenschaft. Daß Captain Burrows getötet worden war, als er einsam gelegene Farmen tapfer verteidigte, daß Miss Malcolm die Schwester eines Tenors war, daß man Miss Shaddocks Stickereien dem Prinzen von Wales geschenkt hatte, war etwas, das sie von andern Menschen abhob. Hin und wieder ließ sich Horace Borrodaile sehen. Einmal hatte er Henry Parkes mitgebracht (dessen Schuldschein Mr. d'Abbs noch immer aufbewahrte). Und hier nun war Mr. Tomasetti, der in der offenen Tür stand und mit Kennerschaft über die Landschaft sprach.

Lucinda hörte Mr. Tomasetti nicht gleich zu. Im Mangrovensumpf unterhalb des Hauses saß eine Kuh fest. Niemand im Raum kam auf die Idee, sie zu retten. Es war nicht ihre Kuh. Sie warteten darauf, daß Mrs. Burrows ging, damit sie anfangen konnten zu spielen.

»Sollten wir nicht etwas unternehmen, um der Kuh zu helfen?« fragte sie Miss Malcolm, aber Miss Malcolm schien sich, obwohl sie den Kopf wandte, für das, was sie sagte, nicht zu interessieren. Lucinda war verärgert, wußte aber nicht, was sie tun sollte. Niemand sah sie an. Sie spürte, wie eine Welle der Langeweile, der Sinnlosigkeit sie überkam. Das Tier schrie. Es wußte, daß es sterben würde. Seine Artgenossen würden ihm nicht helfen.

»Ja, ja«, sagte Mr. Tomasetti gerade zu Miss Shaddock, »aber es ist keine christliche Landschaft.« Mr. Tomasetti hatte tief in den Höhlen liegende Augen und einen traurigen Gesichtsausdruck. Er hatte schwarzes, lockiges Haar und einen starken, drahtigen schwarzen Bart. Hinter all dem bemerkte man seine funkelnden Augen, wie Lampen, die am

Ende eines langen Raumes aufgestellt sind. Er war wie ein Mann, dem etwas Kostbares geraubt worden war und der nun darauf wartete, daß andere die Ungerechtigkeit, die darin lag, erkannten und ihm seinen Besitz zurückerstatteten. »Es ist ganz und gar keine christliche Landschaft.«

»Sie sind kein Christ«, sagte Miss Shaddock, und ihre Stimme bebte wie immer, wenn die Unterhaltung diese Wendung nahm.

»Das tut doch nichts zur Sache, Irene«, sagte Mrs. Burrows.

»Gott hat alle Landschaften geschaffen«, sagte Miss Shaddock. »Daran glauben Sie doch, oder nicht, Mildred?«

»Natürlich«, sagte Mrs. Burrows, wandte sich aber Mr. Tomasetti zu.

Lucinda fand dieses Gespräch unerträglich. Es war heuchlerisch, seinen christlichen Glauben herauszustreichen, während das Tier weiter litt. Und doch wußte sie, was Mr. Tomasetti meinte. Sie hatte es selbst auch schon empfunden, und ihre Gedanken gingen zurück zum hinteren Bach. Dort war das Wasser dunkel und still gewesen, braun von der Gerbsäure der Bäume, durchbrochen von Lichtstrahlen, die an Kirchen erinnerten. Hier hatte sie ihrer Puppe die Haare ausgerissen. Hier hatte sie geweint, als ihr Papa gestorben war. Hier hatte sie zwei Eingeborene so unbeweglich wie Bäume stehen sehen. Sie war sechzehn. Sie hielt den Atem an. Da waren noch zwei. Und noch zwei. Das war die Zeit, als die Eingeborenen von Parramatta mit Waffengewalt vertrieben wurden. Ihre Oberkörper waren braun vom Schlamm, rissig wie die Borke von Eisenrindenbäumen. Sie hatte Angst, aber nicht davor, daß sie ihr etwas zuleide tun könnten – es war eine größere Angst. Sie drehte sich um und rannte, sie rannte über die flache grüne Weide, während über ihr Regenpfeifer schrien, sie rannte ins Licht der Sonne, wo die gelben, vom Saft glänzenden Zaunpfähle, deren schlüpfrige Rinde abgeschält worden war, deren runde Rückseiten schimmerten und deren gerade Schnittkanten rauh waren, in einem unordentlichen Stapel auf einem Bett aus faseriger, zerfetzter Rinde lagen.

Sie wußte, was Mr. Tomasetti meinte. Man konnte es in den stillen Schatten an einem Wasserlauf merken. Sie spürte dort die Gegenwart von Geistern, aber es waren keine christlichen Geister, nicht die Geister von Johannes dem Täufer oder Jesus von Nazareth. Es waren andere Geister, andere Geschichten, so ungreifbar wie Schatten.

Sie hätte das gern ausgesprochen. Sie war fähig, ihre Ideen und Gedanken zu ordnen und klar darzulegen, aber sie wußte, daß nur Mr. d'Abbs ihnen aufgeschlossen gegenüberstehen würde. Er lehnte an seinem Bücherschrank und schwenkte sein Cognacglas. Er sah sie an und zwinkerte ihr zu, als wollte er sagen: »Was für eine hübsche Vorstellung Tomasetti gibt. Sehr unterhaltsam, nicht?«

Die Kuh in den Mangroven schrie. Lucinda dachte: Ich sollte nicht hier sein.

»Was ich bei Ihnen nicht verstehe«, sagte Miss Malcolm, »ist, wie Sie leben können.« Sie sagte nicht »ohne Glauben«, aber jeder verstand, worauf ihre Frage abzielte.

Aber Mrs. Burrows begann sich zu erheben und verhinderte dadurch – ob sie das beabsichtigt hatte oder nicht – eine Antwort. Sie stieß einen leisen Schmerzlaut aus und legte die Hand auf den knochigen Rücken. »Ihre Geschäfte würden besser gehen«, sagte Mrs. Burrows, »wenn Sie früher im Bett wären.«

Sollte das heißen, daß Mrs. Burrows über das Spielen im Bilde war? Miss Malcolm wandte den Kopf schnell und ruckartig um zehn Grad, um Miss Shaddocks Blick aufzufangen. Miss Shaddocks Augen blieben auf ihre Handarbeit geheftet, aber ihr molliger weißer Hals färbte sich langsam rot.

»Bleiben Sie doch über Nacht«, sagte Mr. d'Abbs. »Ich werde Ihnen ein Bett herrichten lassen.«

»Bitte«, sagte Mrs. d'Abbs, die bis dahin, das Strickzeug auf dem Schoß (es regte Miss Shaddock immer auf zu sehen, wie *langsam* Mrs. d'Abbs strickte), still und schweigend dagesessen hatte – niemand, niemand außer Lucinda, die neu war und nicht zählte, empfand besondere Sympathie für Mrs. d'Abbs. »Bitte, bleiben Sie doch.«

»Nein, danke. Mr. Tomasetti wird mich nach Hause fahren.«

Mr. Tomasetti trat ins Zimmer und rieb sich den Hals.

»Wir werden Miss Leplastrier an ihrem Hotel absetzen«, sagte Mrs. Burrows und zupfte ihr Umhängetuch zurecht.

»Ach, nein«, sagte Lucinda und sah Mr. d'Abbs hilfesuchend an. »Nicht jetzt schon.«

Mr. d'Abbs hob eine Augenbraue. Miss Shaddock sah stirnrunzelnd über ihre randlose Brille. Es war zuviel Leidenschaft in diesem Ausbruch gewesen.

»Hmmmmm«, sagte Mrs. Burrows. Das war eine Technik, die sie beherrschte. Es erweckte den Eindruck, daß sie Bescheid wußte.

»Wir sind nicht gut genug für Sie«, sagte eine laute, dröhnende Männerstimme von der Tür her. »Wir stehen unter Ihnen, Mrs. Burrows. Sie würden sich *schämen*, in unserer Gesellschaft gesehen zu werden. Und wer könnte Ihnen einen Vorwurf daraus machen?«

»Unsinn«, rief Mr. d'Abbs mit offensichtlichem Vergnügen.

»Sie halten mich für ein Schlitzohr«, sagte der Neuankömmling zu Mrs. Burrows, die es, während sie mit Mr. Tomasetti zur Tür schritt, schaffte, streng und gleichzeitig angenehm berührt darüber auszusehen, daß man sie so aufzog.

»Fig, Sie sind ein Schurke«, sagte Mr. d'Abbs und schnitt dem rotbackigen, kahlköpfigen Mann mit dem festen, kugeligen Bäuchlein ein Gesicht. Es war eine zerknitterte Grimasse, die Mr. Fig bat, sich noch einen Augenblick zurückzuhalten.

»Hat die zweite Sitzung schon begonnen?« sagte Mr. Fig, zwinkerte überdeutlich und machte die Gebärde des Kartenmischens, während man Mrs. Burrows in den Mantel half.

»Sie dürfen nicht hier bleiben«, sagte er zu Lucinda, drohte mit dem Finger und saugte die Wangen ein und gab damit eine sehr schlechte Imitation jener Frau zum Besten, die gerade (endlich! – Miss Malcolms Schultern entspannten sich) das Haus verließ.

Mrs. d'Abbs stand auf. Sie stopfte ihr Strickzeug in die Hutschachtel, die sie für diesen Zweck benutzte. Lucinda verstand nicht, was sie sagte.

»Ist gut, Henny«, sagte Mr. d'Abbs zu seiner Frau.

Lucinda tat es leid, daß Mrs. d'Abbs so davonschlich, die Arme um die Brust geschlagen, mit runden Schultern, ihr ganzer Körper derart um Verzeihung bittend, während doch jeder – jeder, der nur einen Hauch von Einfühlungsvermögen besaß – die ganze Zeit sehen konnte, daß in ihren Augen eine graue, wäßrige Wut stand.

Was in ihrem Haus geschah, gefiel ihr nicht. Und darum hatte sie das Recht, es zu verbieten. Ihr Mann war verpflichtet, sie darin zu unterstützen. Wenn auch nur eine Spur von dem guten Kerl in ihm war, der zu sein er vorgab, würde er das nicht als Opfer empfinden. Doch selbst während Lucinda innerlich eindeutig Partei für Mrs. d'Abbs ergriff, erkannte sie, daß sie spielen, ihre Geldbörse auf den Tisch leeren wollte, und darum mußte sie zu denen gehören, deren Wille Mrs. d'Abbs' Schultern rund werden ließ, denn wenn diese sich aufrichtete, würde sie gewiß Miss Malcolm anweisen, die morgige Lektion vorzubereiten, würde Miss Shaddock nach Hause in ihre Zimmer in der Macquarie Street schicken und Mr. Fig sagen, er möge wiederkommen, wenn er wieder nüchtern sei.

Mrs. d'Abbs tat natürlich nichts dergleichen. Sie küßte ihren Mann auf die Wange und nickte und lächelte freundlich in die Runde, bevor sie sich ins Schlafzimmer zurückzog.

Lucinda stand aus ihrem Sessel auf und ging zu Mr. d'Abbs, der soeben die Spielkarten aus ihrem Versteck im Bücherschrank holte.

»Glauben Sie, daß Sie heute Glück haben?« fragte er sie.

»Ja, ganz eindeutig«, sagte Lucinda, »aber dieses arme Tier ist äußerst unglücklich.«

»Fig«, rief Mr. d'Abbs, »Sie sollten mal hören, mit was für Namen man Sie belegt.«

»Nein, nein«, sagte Lucinda und lachte. »Das ist nicht wahr, Mr. Fig. Da draußen steckt eine Kuh im Schlamm fest.«

»Und?« sagte Mr. d'Abbs.

»Ich dachte mir nur, ob Sie vielleicht jemanden hinschicken könnten, der sie da herausholt.«

Mr. d'Abbs sah sie an und blinzelte. Lucinda war verlegen. Sie war ihm irgendwie zu nahe getreten, aber sie wußte nicht wodurch.

»Ich werde mich sofort darum kümmern«, sagte Mr. d'Abbs, aber obwohl er lächelte, fühlte Lucinda sich unbehaglich.

»Ich hoffe, ich habe nichts Falsches gesagt.«

»Natürlich nicht, natürlich nicht.« Aber in Wahrheit konnte er es nicht ertragen, wenn jemand ihm in seinem eigenen Haus erteilte, was er für »Befehle« hielt, und obwohl er eine große Vorstellung daraus machte, wie er den Raum verließ und Jack, dem Gärtner, sagte, er möge sich darum kümmern, unternahm er in Wirklichkeit gar nichts.

38
Wie ein Fisch im Wasser

»Haha«, sagte Lucinda. »Sie haben mich geschlagen, Mr. Fig.«

»So ist es, Miss Leplastrier«, sagte Fig, der vor kurzem im »Äthiopischen Konzert« in der Kunstakademie in Balmain aufgetreten war. Dort hatte er in seiner Rolle als Kartenabreißer-Nigger einige Lacher bekommen; jetzt aber sprach er die Vokale wohlmoduliert und ließ die Rs rollen. »Ich habe Sie ausgeraubt«, sagte er. »Ich habe Sie ausgenommen und um Ihre Dukaten und Dublonen erleichtert.«

»Ich bin geschlagen«, sagte Lucinda, »aber ich kann Ihnen versichern, daß ich nicht vernichtet bin.«

Jetzt gefiel Lucinda Mr. d'Abbs. Ihm gefielen ihr Schneid und die Art, wie sie lachte. Ihm gefielen ihre schwere Unterlippe, die schläfrigen Augenlider, das Gefühl, daß sie zu den unaussprechlichsten Leichtfertigkeiten imstande wäre. Ihre Oberlippe war fast unwiderstehlich, wie sie sich immer, wenn Lucinda aufgeregt war, streckte und spannte – es war ein bezauberndes kleines Zucken.

»Sollen wir alle einen kleinen Ausflug machen?« sagte er. Er war weniger berechnend, als es den Anschein haben mochte. Er schob die Karten auf der grauen Decke, die er für das Spiel auf den Walnußtisch gelegt hatte, zusammen. »Harry Briggs hat ein Dampfschiff hergebracht. Wir könnten damit nach Pittwater fahren.«

»Oh, ja«, sagte Miss Shaddock. »Ach, ich *liebe* Pittwater.«

Miss Malcolm starrte Miss Shaddock mit einem verträumten, verwirrten, leicht verächtlichen Gesicht an. Mr. d'Abbs wußte, welches Geheimnis dieses Gesicht offenbarte. Er würde bald gezwungen sein, Miss Malcolm aus seinen Diensten zu entlassen.

Miss Leplastrier nahm von Mr. Fig die Karten entgegen und mischte sie. Vor zwei Wochen noch hätte sie sie in alle Richtungen verstreut, aber inzwischen fühlte sie sich am Spieltisch wie ein Fisch im Wasser. Mr. d'Abbs fand es komisch und liebenswert zugleich, eine schöne Frau die Karten mit der Geschicklichkeit eines Croupiers in einem Spielklub mischen zu sehen.

Es war zehn Minuten nach zwei. Lucinda war kein bißchen müde. Sie nippte an ihrem lauwarmen Zimtpunsch und gab neue Karten.

Miss Malcolm gähnte.

»Haben Sie genug?« sagte Mr. Fig, allerdings ohne diese Frage direkt an Mr. d'Abbs zu richten.

»Ach, bitte«, sagte Lucinda, »ein Spiel noch.«

»Sie haben schon drei Guineen verloren«, sagte Miss Malcolm. Ihr Ton war nicht freundlich. Sie musterte Lucinda mit demselben schwerlidrigen, verächtlichen Gesichtsausdruck, mit dem sie Miss Shaddock angesehen hatte.

»Ein Spiel noch«, erklärte Mr. d'Abbs und sah Miss Malcolm mit deutlich zusammengekniffenen Augen an. »Damit Miss Leplastrier Gelegenheit hat, ihr Geld zurückzugewinnen.«

Lucinda teilte eine Karte für Miss Shaddock aus. Sie glitt über die anderen Karten und segelte durch die Luft. Miss Shaddock wollte sie auffangen, stieß sie dabei aber zurück zu Lucinda. Die Karte flog gegen Lucindas Schulter und fiel zu Boden. Lucinda beugte sich hinunter, um sie aufzuheben.

Sie erlaubte sich nicht, die Bildseite anzusehen, aber sie sah, daß Mr. Fig einen Stiefel ausgezogen hatte. Er hatte sein Bein ausgestreckt. Sein bestrumpfter Fuß steckte irgendwo unter Miss Malcolms Röcken. Lucinda registrierte dies mit weit weniger Entgeisterung, als man hätte meinen sollen. Sie dachte nur: Meine Mama würde diese Leute entsetzlich finden. Sie antwortete auf die Frage nach ihren Verlusten.

»Ein Spiel noch«, bettelte sie.

»Wie ein Fisch im Wasser«, sagte Mr. d'Abbs.

Lucinda wußte, daß sie dieses Spiel gewinnen würde, weil sie die Karten selbst ausgeteilt hatte. Sie wußte, daß sie die Karten mit ihrem Willen beeinflussen konnte – und bitte, hier, da war der Beweis: zwei Fünfen und eine Sequenz Herzen. Sie konnte eine Fünf und den König ablegen und auf eine weitere Fünf in der Trumpffarbe hoffen. Das würde sie jetzt tun. Sie bekam keine Fünf. Es machte nichts. Sie würde trotzdem gewinnen.

Ich bin reich, dachte sie. Ich kann tun, was ich will. Es geht ja nur um Pennies. Es ist ja nur zum Vergnügen. Meine Mama würde mich nicht dazu verurteilen, immer allein zu sein.

Morgen würde sie gewonnen oder verloren haben, aber ganz gleich, wie es ausgehen würde – ein Glück würde ihr verwehrt bleiben. Sie konnte jetzt glücklich sein, nicht aber morgen. Wenn sie nämlich gewann, würde sie wissen, daß sie eine Diebin war. Sie war bereits reich. Sie besaß einen Reichtum, den sie nicht verdient hatte. Nach mehr zu streben, war sündig und gierig. Aber wenn sie verlor, würde es noch schlimmer sein. Dann würde sie nicht Reue überkommen, sondern Entsetzen. Das Geld war ihr Mantel, ihre Rüstung. Sie war ein Geizkragen: Sie zählte es, sie bekam Panik bei dem Gedanken, es zu verlieren. Das wußte sie jetzt schon. Sie würde mit eingeklemmtem Schwanz zum Pfarrhaus in Woollahra laufen. Sie würde in der Bibel lesen und am Abendgottesdienst teilnehmen. Im Augenblick aber war sie berauscht vom Spiel und wollte nur mehr. Die Kartenbilder waren klar und deutlich, das Blau war ein tiefes Ultramarin, das Rot ein leuchtendes Karmin, wie die Herzen auf papistischen Heiligenbildchen. Sie sah den Ausdruck in Miss Malcolms Augen. Sie hörte die Kuh in der Schlammsenke brüllen. Sie tastete ihren Nacken ab und spürte, wie ihre Hand von den losen, unordentlichen Flammen ihres Haars beleckt wurde. Wie sie aussah! Ihre Mutter wäre mit der Bürste über sie hergefallen, aber Lucinda war alles gleichgültig außer Karten und wie sie dieses Spiel in Gang bringen könnte.

»So«, sagte sie, »ich will doch mal sehen, ob ich Sie mit meinem Einsatz verlocken kann.«

Und sie leerte den Inhalt ihrer Börse – das entsprach dem Wert von sechzehn Marmeladentöpfen – auf den Tisch.

Mr. d'Abbs war erfreut und amüsiert. Er kam gerade zu dem Urteil, sie sei kindisch, als sie aufsah und er die klare, grüne Herausforderung in ihren Augen bemerkte, und da wußte er nicht mehr, was er eigentlich empfand.

39
Persönliche Habe

Mrs. Burrows mochte es nicht, zu sehr gebraucht zu werden. Das stieß sie ab. Dies war es denn auch, was ihre Beziehung zu Mr. Jeffris behinderte, und nicht die Tatsache, daß er als Angestellter in Mr. d'Abbs' Diensten stand. Während Mr. Tomasetti kalte Augen hatte und sich keinerlei Leidenschaft gestattete, besaß Mr. Jeffris ein heftiges Temperament, und man spürte, daß er es nur so gerade eben im Zaum halten konnte. Er hatte schnell Tränen in den schildpattbraunen Augen. Seine Hände waren oft zu Fäusten geballt oder tief in die Hosentaschen geschoben. Ironie und Sarkasmus waren ihm etwas Fremdes. Er war so direkt wie ein Messer. Und abgesehen von seiner glühenden Leidenschaft für Mrs. Burrows war er von dem Wunsch besessen, unbekannte Gebiete zu erforschen. Er war nicht hochgewachsen wie Burke, er verfügte über keine höhere Bildung wie Mitchell. Aber wenn man ihn hörte, konnte man nicht daran zweifeln, daß er schließlich triumphieren würde.

Mr. Jeffris sah wirklich sehr gut aus. Er hatte volles, rabenschwarzes Haar, eine hohe Stirn, fein geschwungene Lippen und wild blikkende, lebhafte dunkle Augen. Er war adrett, präzise, selbstkritisch. Er war der jüngste Sohn eines Straßenhändlers am Covent Garden und entschlossen, es zu etwas zu bringen. Er paßte in fast jeder Hinsicht perfekt zu Mrs. Burrows, bis auf den Umstand, daß er sie brauchte.

Auch Mr. Tomasetti besaß Leidenschaft, aber sie war von anderer Art. Sie war so kalt wie eine Fensterscheibe in einem warmen Zimmer. Zu ihr hatte Mrs. Burrows Vertrauen. Sie mochte eine gewisse Distanz, die emotionale Entsprechung dessen, was Mr. Burrows, der ständig im Hinterland stationiert gewesen war, ihr in Form von Meilen zugestanden hatte.

Der Unterschied zwischen Mr. Tomasetti und Mr. Jeffris läßt sich am besten anhand ihrer Reaktionen auf die kleine Blechkiste veranschaulichen, die Captain Burrows' kommandierender Offizier mit der Aufschrift »Cpt. Burrows – Persönliche Habe« versehen hatte.

Die Kiste enthielt ein Paar Handschuhe, einige Briefe von Mrs. Burrows, einen Umschlag mit gewissen Postkarten, auf denen Kosaken zu sehen waren, und sechzehn ledergebundene Tagebücher mit Landkarten, Beschreibungen von Wegstrecken und Expeditionen gegen die Eingeborenen sowie kleinen Federzeichnungen von Lagern, Flußüberquerungen, und so weiter.

Als sie Mr. Tomasetti gebeten hatte, sich die Tagebücher einmal anzusehen, hatte er ihr rundheraus gesagt, ihr Mann habe im Umgang mit der Feder kein Talent gehabt. Er hatte sich herabsetzend über den Stil geäußert und sie auf die Striche hingewiesen, die Captain Burrows anstelle von Kommas und Punkten gemacht hatte. Das war noch nicht alles gewesen. Er hatte ihr einen Satz vorgelesen und ihn lächerlich klingen lassen. Er hatte ihr gezeigt, daß die »von Eingeborenen angegriffene Siedlerhütte« in dem Augenblick, da die Zeichnung vollendet war, zusammenbrechen mußte.

Wie Mr. Jeffris glaubte auch Mrs. Burrows an die »Weiterentwicklung der Persönlichkeit«. Mr. Tomasetti bot ihr diese »Weiterentwicklung« in großen Portionen an, oder jedenfalls jene Zurechtweisungen, die Mrs. Burrows als Vorboten jener Weiterentwicklung zu betrachten gelernt hatte. Und obgleich sie ihn, als Antwort auf bestimmte Äußerungen, zweimal ins Gesicht geschlagen hatte, vermochte sie danach Mr. Jeffris' begeisterte Reaktion nicht mehr angemessen zu würdigen.

Mr. Jeffris kam dienstags und donnerstags und brachte sein eigenes Papier und Schreibzeug mit. Er trug eine altmodische Jacke mit einer Kellerfalte, wie sein Held Major Mitchell. Er setzte sich an den Klapptisch im Salon und schrieb Captain Burrows' Tagebücher ab. Er hatte eine gestochene, elegante Schrift mit einigen Schnörkeln, die er sich selbst ausgedacht hatte. Er vermied es, beim Anblick der Nippesfiguren aus Messing und Porzellan, mit denen Mrs. Burrows den Raum geschmückt hatte, unhöflich das Gesicht zu verziehen. Mr. Tomasetti dagegen hatte ihr, als er das erstemal allein mit ihr im Haus war, ohne viel Umschweife gesagt, sie habe keinen Geschmack. Er hatte Dinge in die Hand genommen und wieder hingestellt. Sie hatte im Salon gestanden. Sie hatte einen kleinen Porzellanelefanten in der Hand gehalten. Er hatte ihr gegenüber gestanden, mit dem Rücken zum Fenster. Er hatte seinen Zylinder in der Hand gehabt.

Sie hatte den Elefanten in der Hand gehalten, als sie sich küßten. Später hatte sie ihn auf dem Toilettentisch wiedergefunden.

Mr. Jeffris hatte sich, als er den Elefanten bewundert hatte, auf ihr

Niveau begeben, und dieses Niveau war nicht hoch genug. Paradoxerweise bewirkte seine natürliche Vorliebe für den Elefanten, daß sie ihn so gern mochte wie einen ganz alten Freund aus der frühen Kindheit.

Weder Mr. Jeffris noch Mr. Tomasetti ahnten, in welch eigenartigem seelischen Zustand sich Mrs. Burrows befand. Nichts deutete darauf hin, daß sie sich nicht in der Gewalt haben könnte. Ihre Trauerzeit war vorüber, die Trauerkleidung hatte sie wohltätigen Organisationen gespendet, und dennoch wurde sie noch immer von den Turbulenzen, die dem Mord an Captain Burrows folgten, hin und her geworfen. Die Nachricht von diesem Mord war in drei Wellen über sie hereingebrochen.

Zuerst war von einem Major ein höflicher Beleidsbrief abgegeben worden. Dann waren die Berichte in den Zeitungen erschienen. Burrows war mit Äxten zerstückelt worden, die die eingeborenen Schafscherer in der Manning-Region gestohlen hatten. Mit Speeren hatte man seinen Hals durchbohrt und ihm die Augen ausgestochen.

Und dann, als sie noch um Fassung rang, war die persönliche Habe eingetroffen. Zwischen den Tagebüchern hatte ein Umschlag mit sechzehn Postkarten gesteckt, die von eins bis sechzehn durchnumeriert waren, wie Zigarettenbildchen, die kleine Jungen sammelten. Jede Karte trug die Aufschrift »Von Kosaken geschändet«. Es waren nicht so sehr die dargestellten Vergewaltigungen, die sie schockierten (oder jedenfalls war sie weniger empört, als sie gedacht hätte), und auch nicht die riesigen männlichen Geschlechtsteile; eher schon die Verbindung mit Schwertern und Krummsäbeln, mit abgehackten Brüsten, mit den weit aufgerissenen, vor Schmerz schreienden Mündern der Frauen, ihren entsetzt geweiteten Augen – und nicht einmal dies, so schrecklich es auch war, erschütterte sie wirklich, sondern vielmehr die Frage, warum wohl Captain Burrows, der seinen Kopf doch so gerne schläfrig an ihre Brust gelegt hatte, solche Karten mit sich herumgetragen haben mochte.

Sie konnte diese Bilder nicht aus ihrem Kopf verbannen. Sie verstörten sie und machten ihr angst. Es gab niemanden, mit dem sie darüber hätte sprechen können. Und als sie sie eines Dienstag abends auf dem Klapptisch auslegte wie eine Partie Patience, war sie keineswegs in ihrer normalen Gemütsverfassung.

Als Mr. Jeffris eintraf, nahm sie ihm seinen Mantel ab und führte ihn zu seinem gewohnten Platz. Er merkte, daß sie erwartete, er möge sich setzen. Er setzte sich. Sie hatte seinen Mantel über den Arm gelegt und sah ihm zu, während er die Karten betrachtete.

»Gefallen sie Ihnen?« fragte sie.

»Ob sie mir *gefallen*?«

Sie musterte ihn: Seine hübschen, feuchten Lippen waren leicht geöffnet. Sie brauchte seine Antwort nicht abzuwarten. Sie sah seine Augen. Er hatte sich nicht unter Kontrolle. Was er gesehen hatte, *ängstigte* ihn. Damit konnte sie nichts anfangen. Verängstigt war sie selbst. Wozu sollte es gut sein, wenn er jetzt ebenfalls Angst bekam?

Sie sammelte die Karten ein und steckte sie in den Umschlag. Sie weigerte sich, mit ihm über diese Sache zu sprechen. Er machte sich Sorgen um sie. Es gefiel ihr, daß er sich Sorgen machte. Aber seine Ängstlichkeit gefiel ihr nicht. Sie hatte ihn immer für einen tapferen, starken, männlichen Mann gehalten. Jetzt fing sie an, in einem ganz normalen Ton erschreckende Dinge zu sagen. Zwar sprach sie atemlos und hastig, aber das war schon immer ihre Art gewesen. Sie strich das weiße Tischtuch auf dem Klapptisch glatt und sagte, man sollte die Eingeborenen ohne viel Federlesens vergiften.

Sie wußte nicht, warum sie diese Dinge sagte.

Mr. Jeffris kam nicht auf den Gedanken, es gehe ihr vielleicht nicht gut, denn schließlich unterschieden sich ihre Ansichten lediglich durch ihre Rigorosität von der Meinung vieler Leute in Neusüdwales. Er selbst hatte auch Angst vor den Eingeborenen in der Manning- und der Macleay-Region. Es war gut möglich, daß er eines Tages selbst gegen sie würde kämpfen müssen. Er versuchte, Mrs. Burrows das Verhalten der Eingeborenen zu erklären, nicht so sehr, um sie zu beruhigen, als vielmehr, um dadurch seine eigene Angst zum Schweigen zu bringen. Diese Eingeborenen, sagte er, seien blutdürstiger als alle anderen, weil man ihnen ihr Land genommen und sie in die unzugängliche und zerklüftete Gegend der Falls getrieben habe. Nun stünden sie mit dem Rücken zur Wand.

Aber das beschwichtigte Mrs. Burrows ganz und gar nicht. Sie hörte nicht auf die Worte, sondern spürte dahinter etwas, das sie als »unmännlich« bezeichnet hätte. Auf ihren Wangen erschienen rote Flecken, und ihr Gesicht sah aus wie gemeißelt: Um ihr Kinn war etwas Spitzes, Verbissenes, und die Sehnen am Hals traten hervor.

Sie sagte, man müsse die Armee holen und einen Feldzug zur endgültigen Vernichtung der Eingeborenen führen. Mr. Jeffris ging darauf ein, aber seine Worte richteten sich nur an das dünne, scharfkantige Eis auf dem tiefen Teich von Mrs. Burrows' Argument, in dem die Eingeborenen, die Kosaken und Captain Burrows sich in Fische mit messerscharfen Zähnen verwandelten.

Mrs. Burrows fühlte sich nicht sicher. Das sagte sie oft, aber niemand verstand es.

Als sie in Mr. Tomasettis Begleitung von Mr. d'Abbs nach Hause zurückkehrte, beschloß sie, ihm die Karten ebenfalls zu zeigen. Während sie sich im Bett vergnügten, dachte sie an nichts anderes. Sie hatte sie auf den kleinen Nachttisch gelegt, auf dem sie nachher das Teegeschirr anrichten würde. Sie bereitete eine Kanne Tee, die sie beide dann – wie es ihre Gewohnheit war – im Bett tranken.

Diesen Augenblick wählte sie, um Mr. Tomasetti den Umschlag zu geben. Er zündete sich eine Zigarette an und blies eine dünne Rauchwolke in die Luft. Und dann öffnete er mit der Miene eines Mannes, der sich einer lästigen Pflicht entledigt, den Umschlag und sah sich die Karten, eine nach der anderen, an, wobei er mal an seinem Tee nippte, mal an seiner Zigarette zog. Er knabberte an einem Keks. Er sagte nichts.

Mr. Tomasetti hatte eine dunkle Haut, lange, drahtige Muskeln und schwarzes Haar, das in kleinen, dichten Kräuseln seinen ganzen Körper bedeckte. Er hatte einen langen, dünnen Penis mit einer langen Vorhaut, der sich jetzt, als Mr. Tomasetti die nächste Karte betrachtete, sichtlich unter der Decke aufrichtete.

Er sah sie an und lächelte. Sein Gesichtsausdruck war nicht süßlich, nicht schwach, sondern so rauh wie unverdünnter Whisky. Sie drückte sich an ihn und zitterte wie einst, als sie in den Töpfereien von Stafford feuchten Ton in eine Stuckform gedrückt hatte.

Bei Gott, sie würde ein Teller sein. Mochten die beschürzten Porzellanmaler ihren Rand mit tanzenden Kosaken verzieren, oder mit toten Eingeborenen, die wie die Speichen eines Wagenrades um ein vergiftetes Wasserloch hingestreckt waren.

40
Nicht verliebt

Der Vikar von Woollahra war nicht verliebt. Sie war nicht hübsch genug, daß er sich in sie hätte verlieben können. Außerdem war sie zu jung. Sie »eignete sich« nicht. Das Urteil darüber, was »sich eignete« und was nicht, gründete sich nicht auf die Einschätzung seiner persönlichen Bedürfnisse, sondern zum größten Teil auf sein hochentwickeltes Gefühl für gesellschaftliche Zusammenhänge.

Sydney (oder jener winzige Teil der Stadt, der für ihn »Sydney« war) würde sie nicht geeignet finden. Und er wünschte sich, daß man ihn mochte. Obwohl er sich für einen Radikalen hielt, gefiel ihm der Gedanke, er könnte sich außerhalb der Geborgenheit der Herde wiederfinden, ganz und gar nicht. Er mochte es nicht, wenn man Kritik an ihm übte. Und doch war das etwas, dem er nun alle Tage ausgesetzt war. Niemand – bis auf den Bischof – sagte es ihm auf den Kopf zu. Aber er konnte mit der jungen Frau nicht einmal das Wartezimmer eines Anwaltes betreten, ohne diese gesellschaftliche Erregung zu spüren, die selbst die Schreiber und Botenjungen zu erfassen schien. Er hatte keine Ahnung von Jimmy d'Abbs und den Kartenspielen, und doch wußte er, daß da irgend etwas war, auch wenn er es nicht benennen konnte. Er sah nur, was darauf hindeutete, so wie man an der geriffelten Oberfläche des Meeres erkennen kann, daß darunter unsichtbare Felsen lauern.

Vor drei Wochen noch war sie in Sydney unbekannt gewesen, und dann hatte man nur gewußt, daß sie einen Blumenkohl auf die Rezeptionstheke von Petty's Hotel gelegt hatte. Dann – das war, bevor sie die Krinoline abgelegt hatte, die Mrs. Ahearn in Parramatta für sie hatte machen lassen – waren Bemerkungen darüber gefallen, wie seltsam sie sich kleidete. Und dann behauptete man plötzlich das Gegenteil und lobte, wie gut sie gekleidet war.

Sie spielte Karten mit Jimmy d'Abbs *et al.* Aber danach trank sie Tee mit dem Vikar von Woollahra. Es war, als hätte sie ein Naturgesetz durchbrochen, als wäre sie Eis und gleichzeitig Dampf – beide Tätigkeiten waren nicht miteinander zu vereinbaren.

Dann ging der Vikar von Woollahra mit ihr einkaufen, und die Gesellschaft, die immer der Meinung war, einkaufen sei eine höchst intime

Angelegenheit, registrierte mit Wonneschauern, wie ihr Dampfdruck stieg, während sie sich anschickte, gebührend empört zu sein: Ihre Rohrleitungen ächzten und knackten – man konnte die Geräusche in den Wänden und Kellern hören. Man glaubte, er habe Lucindas elegante Ausstattung bezahlt. Als man erfuhr, daß dem nicht so war, daß die junge Frau Goldmünzen in ihrer Geldbörse hatte – genug, so hieß es, um dem Priester ein Paar Manschettenknöpfe aus Onyx zu kaufen –, fiel der Druck nicht, sondern blieb konstant, so daß die Entrüstung zwar nicht aus geöffneten Ventilen zischte, sich aber weiter als deutlich hörbares Rumpeln bemerkbar machte, als ein gedämpftes Geräusch, das wie das Knurren in der Kehle eines schmächtigen Hundes klang.

Die Gesellschaft (wenn Sie sie so nennen wollen – Lucinda wollte es nicht) wußte nicht, wie sie reagieren sollte. Sie konnte es nicht einfach *hinnehmen*, daß man die beiden zusammen sah, und doch empfand sie dabei irgendwie einen Kitzel. Sie zuckte und schnitt Grimassen und machte spöttische Bemerkungen, wenn sie sah, wie selbstbewußt und männlich er ausschritt, gerade so, als wäre alles in schönster Ordnung. Es hätte nicht lustiger sein können, wenn er einem Ziegenbock seinen Arm geboten und ihn »mein Schatz« genannt hätte. Und was »sie« betraf: Sie schwang ihre Arme. Ja, tatsächlich. Wie ein Spielzeugsoldat. Es wäre vielleicht nicht so irritierend gewesen, wenn sie nicht an der Seite des »guten, braven Dennis Hasset« gegangen wäre. Sollte sie sich doch in Begleitung von Jimmy d'Abbs oder Harvey Fig oder dieses italienischen Atheisten in der Öffentlichkeit zeigen. Sollte sie doch mit ihnen Wein trinken und tanzen – man hätte ihr alles Gute gewünscht, jedenfalls im Diesseits. Aber sie sollte sich nicht herausnehmen, irgendwo zu erscheinen, wo tugendhaftere Damen wie Miss Barley Wilkes oder Miss Harriet Crowley ein größeres Recht hatten.

Man sah dem gutaussehenden Vikar von Woollahra zu wie einem Schlafwandler auf einem Fenstersims. Er begleitete Lucinda zu Jimmy d'Abbs Büro, um den Kauf der Glashütte zu besprechen. Nicht einmal da begriff er, was los war. Er verließ das Büro so unschuldig, wie er es betreten hatte. Seine Freunde versuchten, mit ihm zu reden, aber er weigerte sich, ihnen zuzuhören. Dies war der Grund, warum er mit seinem Freund Tom Wilson brach, einem Universitätsprofessor für klassische Philologie, einem Mann, den er als »den einzigen gebildeten Menschen in ganz Sydney« zu bezeichnen pflegte. Das war an eben jenem

Tag, als der Kaufvertrag schließlich unterschrieben wurde und, theoretisch jedenfalls, seine Beziehung zu Miss Leplastrier hätte beendet sein sollen.

Sein »Freund« Wilson hatte sich als ebenso kleingeistig wie alle anderen erwiesen. Er hatte behauptet, Miss Leplastrier bringe in Gesellschaft von »Subjekten« wie Harvey Fig ganze Nächte mit Spielen durch. Als er das hörte, verkrampften Dennis Hassets Hände sich zu Klauen, und er stieß ein »Arrnng« hervor. Seine Gemütsverfassung hatte ein Stadium erreicht, wo er sich als »unglücklich« bezeichnen konnte. Er schrieb das Wort auf ein Stück Papier, das er dann zerriß und ins Feuer warf. Er schaukelte auf seinem quietschenden Stuhl vor und zurück, und es schien ihm, daß er bis zu seinem Angebot, beim Kauf der Prinz-Rupert-Glashütte behilflich zu sein, ein im großen und ganzen glücklicher Mensch gewesen war. Und bald sehnte er sich nach jener Zeit zurück, da er allein in seinem Arbeitszimmer sitzen und lesen oder die Bewunderung spüren konnte, die man ihm entgegenbrachte, wenn er seinen langen, athletischen Körper auf den angenehm rutschigen Chintzbezügen von Mrs. Wilsons Lehnsesseln ausstreckte. Und selbst wenn es – wie jetzt gerade zum Beispiel – Augenblicke gab, da er allein in seinem Arbeitszimmer sitzen konnte, waren auch sie nicht mehr so wie früher.

Wut war, wie eine Schmeißfliege, in den Raum eingedrungen und schlug gegen das sonnenbeschienene Glas. Er verstand nicht, was es mit dieser Wut auf sich hatte. Er dachte, es sei einzig und allein seine, aber ein großer Teil davon kam von Lucinda. Sie brachte eine Intensität, eine nervöse Spannung mit. Sie konnte nicht in einem bislang immer friedlichen Lehnsessel sitzen, ohne daß man sich bewußt wurde, daß ein großes Energiereservoir entgegen allen Naturgesetzen irgendwie zurückgehalten wurde. Selbst wenn sie nicht anwesend war, konnte er ihre Unruhe spüren. Und er war – auch wenn das höchst unchristlich von ihm war – wütend, daß sie ihm diesen einen Rückzugsort, den einen Platz in seinem Leben, wo er Ruhe vor seinen Gemeindemitgliedern finden konnte, jetzt genommen hatte. Er konnte sich nicht auf seinen Dickens oder Wilkie Collins konzentrieren. Selbst wenn er betete, war er gereizt. Wenn Lucinda in seinem Haus war, wünschte er sich, sie wäre nicht da. Wenn sie fort war, saß er in einem kleinen Sessel am Fenster und wünschte sich – er fand es nicht richtig, dafür zu beten –, die Staubwolke zu sehen, die vielleicht das Kommen ihrer zweirädrigen Kutsche ankündigte.

An jenem Tag aber, an dem er seine Freundschaft mit Tom Wilson beendet hatte, brauchte er nicht auf sie zu warten. Sie kam pünktlich bei Sonnenuntergang, damit sie den Kauf feiern konnten. Sie war pünktlich, aber irgendwie zeigten ihre inneren Uhren verschiedene Zeiten. Sie fühlten sich nicht so, wie sie sich hätten fühlen sollen. Lucinda hatte jenes angstvolle, die Brust einschnürende Gefühl, das sie überkam, wenn sie zuviel Geld beim Cribbage verloren hatte. *Diesmal* aber war das Gefühl nicht von etwas moralisch Zweifelhaftem hervorgerufen, sondern von etwas, das eigentlich eine erhebende Wirkung hätte haben sollen: von dem Erwerb einer Fabrik. Sie hätte jubeln sollen. Sie versuchte es.

Dennis Hasset durchlitt noch immer den Schmerz, den ihm sein Streit mit Professor Wilson zugefügt hatte. Er war wütend und sehr unglücklich. Er goß trockenen Sherry ein, um auf das Geschäft anzustoßen, begann aber sogleich, von seiner Auseinandersetzung zu erzählen. Seine Stimme hatte einen harten, metallischen Klang, und seine Augen funkelten Lucinda, auch wenn das gar nicht seine Absicht war, böse und anklagend an. Angesichts dessen konnte sie sich nicht überwinden, sich zu setzen. Sie stand hochaufgerichtet da, als müsse sie und nicht Wilson sich rechtfertigen.

Dennis Hasset neigte dazu zu vergessen, daß Lucinda bloß eine junge Frau war, so wie er auch dazu neigte zu vergessen, daß sie kein Kind mehr war. Er sagte ihr, was man sich über sie erzählte.

Lucinda nahm die Schultern zurück und lächelte. Ihre Oberlippe wurde sehr dünn, aber sonst verriet nichts an ihr, wie sehr sie das verletzte. Sie verstand nicht, warum man sie so haßte. Andererseits verstand sie es natürlich doch. Man mochte Mr. d'Abbs nicht, weil er lachte und sich ein bißchen vergnügte, weil er eine Smokingjacke aus Samt trug und christlich genug empfand, um nicht entsetzt zu sein, wenn ein Atheist an seinem Tisch saß. Und doch konnte sie es *nicht* verstehen. Vor diesem Wasserfall aus Haß fühlte sie sich so klein und schwach.

Es hätte ihr leid tun sollen, daß Mr. Hasset sich mit seinem Freund überworfen hatte. Es war ihre Schuld. Sie hätte sich um ihn kümmern und ihn über seinen Verlust hinwegtrösten sollen, so wie sie das Geschäft, bei dem er ihr auf ihr Bitten geholfen hatte, richtig hätte feiern sollen. Sie hob ihr Glas und lächelte auf eine Weise, die, wie sie inzwischen wußte, anziehend war. Dazu spitzte sie die Lippen und machte schläfrige Augen. Weil sie es vor dem Spiegel geübt hatte, wußte sie, daß es sie witzig und draufgängerisch aussehen ließ.

Aber im Zimmer war es kühl. Die Vorhänge waren nicht zugezogen. Das Fensterglas, ein grünliches Zeug aus Melbourne, sah schwarz aus – und da es ein ausgezeichneter Wärmeleiter war, fühlte es sich sehr kalt an. Sie stand am Fenster. Sie stellte sich vor, sie sei ein Portrait, das in einem düsteren Zwielicht hing.

»Tja«, sagte sie und drehte sich um. »Ich muß gehen.«

Sie hatte nicht gewußt, daß sie das sagen würde. Sie sah Dennis Hasset ins Gesicht. Sein Mund stand ein wenig offen, in seine Stirn grub ein Stirnrunzeln zwei tiefe Gräben.

»Ich habe für uns einen Rinderbraten machen lassen«, sagte er. Er stellte sein Glas ab. Er legte seine Hände aneinander. Sie spürte, wie seine Traurigkeit über ihr zusammenschlug. Sie konnte seine Enttäuschung nicht ertragen. Sie konnte ihm nicht ins Gesicht sehen und den Schmerz aushalten, der darin lag.

»Ich bin so müde«, sagte sie gähnend.

Sie konnte an nichts anderes denken als daran, daß sie Karten spielen mußte. Sie war ein verabscheuungswürdiger Mensch. Also gut, dann war sie eben verabscheuungswürdig – so war das eben. Aber sie mußte fort. Sie erzählte ihm eine Reihe von Lügen, eine nach der anderen. Sie balancierte sie übereinander wie die Karten eines Kartenhauses, das nur dazu diente, ihr eine Ausrede zu schaffen, damit sie das Pfarrhaus verlassen und so schnell wie möglich den Glenmore-Hügel hinunter zu dem Haus in Rushcutters Bay fliehen konnte, wo sie glänzende Cribbage-Karten auf einen mit einem grauen Wolltuch bedeckten Tisch legen würde.

41
Wer wird einem, der um Fisch bittet, eine Schlange geben?

Sie werden es vielleicht nicht wissen, aber Notting Hill verdankt die eigentümliche Anordnung seiner Straßen der Pferderennbahn, die Mr. John Whyte, ihren Planer und Erbauer, schließlich in den Ruin trieb. Und obwohl es stimmt, daß Oscar in den Jahren in Oriel nicht nur eine Leidenschaft für Rennpferde entwickelt, sondern auch die fleckigen Seiten von sechzehn leinengebundenen Notizbüchern gefüllt hatte, in denen nicht die Gedanken großer Theologen und auch nicht Betrachtungen über die Philosophen des Altertums festgehalten waren, sondern vielmehr Seite um Seite mit blauen, krakeligen Zahlen und Buchstaben bedeckt war – wer eine solche Fülle von Material zusammentragen wollte, konnte nicht in Oxford auf seinem Hintern sitzen, sondern mußte mit der Eisenbahn, mit der Kutsche, zu Fuß reisen, so daß eine Karte dieser Reisen sich ausgenommen hätte wie ein Spinnennetz, das man über Südengland gelegt hatte –, und in diesen Notizbüchern waren die Namen der Pferde, die Namen ihrer Väter und Mütter, ihre Startpositionen beim letzten Rennen, die Zeit, die seit ihrem letzten Rennen vergangen war, sowie das Gewicht, das man ihnen beim letzten Mal aufgelegt hatte, verzeichnet und außerdem notiert, ob sie sich verbesserten oder verschlechterten, wie der Besitzer und wie der Jockey hieß, und so weiter, und obwohl Oscar also diese große Leidenschaft besaß (sie war noch größer, als ich hier angedeutet habe – für sein Bewertungssystem hätte er ein Buch gebraucht, das dicker war als das von Pittsburgh Phil) und die wissenschaftlichen Methoden seines Vaters mit der schwitzenden, schlammbespritzten Braut des Pferderennens vermählt hatte, wohnte er nun in Notting Hill, ohne die geringste Ahnung zu haben, daß eine Rennbahn ihre geisterhafte Spur auf dem Straßennetz dieses Viertels hinterlassen hatte.

Er hörte nicht das Hufgetrappel der Zweijährigen, die die Lansdowne Road hinunterdonnerten. Er sah nicht den Schlamm in der Rechtskurve auf dem Stanley Crescent. Den Namen Ladbroke bemerkte er natürlich. In Notting Hill stolpert man geradezu darüber. Aber damals war Ladbroke noch keine berühmte Londoner Buchmacherfirma, und falls die Straßennamen chiffrierte Botschaften aus der Zukunft waren, so wußte Oscar sie nicht zu entschlüsseln.

Er war – und auf dieser Darstellung beharrte er – nach Notting Hill gekommen, weil er sich in diesem Viertel, oder jedenfalls in den vornehmeren Straßen, auskannte. Er hatte es sich zur Gewohnheit gemacht, während seiner Aufenthalte in der Hauptstadt im Stadthaus der Wardley-Fishs am Ladbroke Square zu wohnen, in einer Gegend, von der der Leibarzt der Königin, der von den eine Meile entfernten Schweineställen in Notting Dale nichts wußte und vermutlich an einem Tag mit Südostwind durch das Viertel spaziert war, behauptet hatte, es gebe in ganz London keine, welche der Gesundheit zuträglicher sei.

Als Oscar sich in London niederließ, konnte er nicht mehr damit rechnen, in dem Haus am Ladbroke Square Unterkunft zu finden. Es war ohnehin wieder einmal geschlossen, und die Dienerschaft hungerte bei halbem Lohn, den sie nicht einmal durch den Verkauf von Essensresten oder Bratfett an der Hintertür aufbessern konnte, und mußte warten, bis Lady Wardley-Fish, wie so oft schon, beschloß, daß das Landleben sie langweilte.

Oscars Quartier lag an der Südseite der Uxbridge Road, einen Block vom Gerassel der Omnibusse und Lastkarren und Kutschen entfernt. Er war jetzt Lehrer und bewohnte ein Dachzimmer im zweiten Stock von Mr. John Colvilles Knabenschule. Man sprach ihn mit »Hochwürden« an, und er hatte sich entschlossen, den steifen weißen Kragen zu tragen; im Augenblick allerdings konnte man nicht erkennen, ob er ihn angelegt hatte oder nicht, denn Oscar lag vollständig bekleidet im Bett und biß mit seinen regelmäßigen weißen Zähnen in die Bettdecke.

Seine unmöglichen Schuhe – sie waren an den Innenseiten der Fersen weiß abgeschabt – lagen, wo er sie vor kurzem auf die schwarzen Dielenbretter hatte fallen lassen: der rechte auf der Seite, der linke stehend, mit aufgebogener Spitze. Man brauchte kein Schuster zu sein um zu sehen, daß die Schuhe meines Urgroßvaters ihm zu groß waren.

Es war kalt im Zimmer. Es gab einen Kamin, aber der war leer. Die kleine Messingkiste für Brennholz war geschlossen, aber sie enthielt ohnehin kein Brennmaterial, sondern jene in Theophilus' enger, kleiner Handschrift auf unerklärlich teurem, knisterndem weißem Papier geschriebenen Briefe, welche ein Gewissen quälten, dem es ohnehin schon so schlecht ging wie Ian Wardley-Fishs Leber.

Er wußte, daß er sündig war. Mit weit aufgerissenen Augen starrte er an die schräge Mansardendecke, die braune Flecken hatte wie eine alte, vergammelte Matratze. Es war der Tag des Herrn. Die Glocken der Kirche von St. John dem Evangelisten hatten vor etwa zehn Minuten aufgehört zu läuten, aber die Grundstimmung des Tages wurde, so schien ihm, besser durch den Gestank des Schweinefetts wiedergegeben, das von den gefährlichen Bewohnern von Notting Dale ausgelassen wurde.

Die Greyhound Row, wo sich Mr. Colvilles Schule befand, war eine ruhige, vornehme Straße. Nur das Zischen von Mrs. Fenns Reisigbesen durchbrach die sonntägliche Stille. Mr. Fenn, der Schneider, hatte seine frisch gestrichene, leuchtend grüne Jalousie fest geschlossen. An der Ladentür des Metzgers nebenan war eine glänzende Messingstange vorgelegt, die mit einem schweren, schwarz emaillierten Vorhängeschloß gesichert war. Mr. Brewer, dessen Laden neben der Metzgerei lag, würde heute keinen Käse, kein Getreide, keine spitzen Tüten voller Bonbons verkaufen und saß – darauf konnte man sich verlassen – mit seiner Familie auf einer Bank in der Kirche von St. John.

Das Gasthaus »Swann Inn« in der Nähe der Zollstation war geschlossen und verriegelt, aber in seinem Bett über Mr. Colvilles leerer Schule konnte Oscar die schmutzige Rauchwolke über Brickfield in den gelben Himmel aufsteigen sehen. Er hörte Hundegebell. Es war eine erstklassige Gegend für Hunde, für Hundeliebhaber und Hundediebe. Gewisse Leute wetteten sogar auf Hunde.

Er war sündig. Diese Sündhaftigkeit war vielleicht eine Folge der Topographie von Notting Hill; er war ein Produkt des Plans dieses Stadtviertels, oder möglicherweise hatte er sich entschieden, dort zu wohnen, ohne zu wissen, was er tat, und war vom Magneten der hufeisenförmig angeordneten Straßen angezogen worden wie eine Handvoll Eisenspäne. Seit er mit Wardley-Fish befreundet war, war er nach Notting Hill gekommen, und seitdem war seine Seele besudelt.

Seinen Freund traf keine Schuld daran. Sein Freund wettete nicht mehr.

Wardley-Fish hatte eine Pfarrei und feilte an seinen Predigten. Und überhaupt war es nicht das Wetten, das sündig war. Durch Wetten hatte er es – mit Gottes Segen – geschafft, seine Kleidung und Nahrung zu bezahlen. Zwar hatte es harte Zeiten gegeben, wo er hungrig gewesen war und sich einsam und verlassen gefühlt hatte. (Einmal hatte eine solche schlimme Zeit von Ostern 1862 bis kurz vor Trinitatis gedauert.) Aber obwohl er verloren hatte, war er, wie man auf der Rennbahn sagte, »in Führung« gewesen. Er arbeitete hart. Er fuhr nach Newmarket und Newbury, nach Catterick und Sandown Park. Er sammelte Informationen und wertete sie aus. Ja, man hätte angesichts seines Erfolges sagen können, daß er das alles allein und ohne Gottes Hilfe erreicht hatte. Aber Oscar sah das anders. Für ihn war Gottes Hand überall im Spiel: Von Buchmachern favorisierte Pferde wurden an der Bande eingeklemmt, gerieten in der Kurve zu weit nach außen, wurden abgedrängt, strauchelten, ließen sich in der Startbox nicht unter Kontrolle bringen oder – dies war zwar ein extremer Fall, aber der Jockey hatte es bestätigt – verweigerten sich wie das Pferd, das vom Anfang der Geraden bis zum Ziel den Atem angehalten hatte, so daß »Desire« bei einer Quote von 33:1 gesiegt hatte.

Er wettete auch ohne sein System. Er hatte Geld an »Magsmen & Macers« verloren. Er hatte auf die Anzahl von Erbsen in einem Glas gewettet, auf geworfene Münzen und auf die Geschwindigkeit von Ameisen, die einen goldgekrönten Gehstock hinaufkrabbelten. Er hatte Cribbage um einen Einsatz von zwei oder drei Pfund pro Spiel gespielt. Aber er hatte es nie aus Habsucht oder Geldgier getan. Davon zeugten die gähnende Leere seiner Kohlenkiste und der Zustand seiner Schuhe. Er wettete nur, wenn er damit ein gutes und frommes Ziel verfolgte.

Es war nicht das Spielen, das sündig war. Sündig war seine Leidenschaft, die außerordentliche Erregung, die er verspürte, die Lust, die ihn dazu trieb, bei jedem Rennen, das auf dem Programm stand, einen Einsatz zu machen – nicht weil das klug war, sondern damit er seine Besessenheit befriedigen und die Pferde, auf die er gesetzt hatte, anfeuern konnte, bis er fast zu heiser war, um sich am Fahrkartenschalter im Bahnhof verständlich zu machen. Sündig war der Drang, der ihn in Augenblicken wie diesem überkam, wenn er wußte, daß man in Notting Dale jetzt, genau jetzt, die Hunde hereinbrachte.

Er biß in ein anderes Stück Bettdecke.

Ganz gleich, welches fromme Ziel er mit seinen Wetten verfolgte – es war nicht fromm, es am Tag des Herrn zu verfolgen.

Die Sache mit den Hunden war böse und gemein. Wardley-Fish war es gewesen – auch wenn ihn, bei Gott, keine Schuld traf –, der ihn dorthin mitgenommen hatte. Oscar war entsetzt, aber auch erregt gewesen. Die Luft war erfüllt vom gefährlichen Dunst des Großstadtproletariats: dem Geruch von muffigem Baumwollstoff, Barchent und geröstetem Hering. Auf Bänken saßen Reihen von Männern mit ihren Hunden. Später, wenn die Uhr lief, würden sie brüllen und schreien, aber am Anfang, wenn sie gerade erst gekommen waren, umgab eine seltsame Stille diese Männer und ihre Hunde. Sie streichelten und tätschelten. Man hörte ein sanftes Gurren, wie in einem Taubenschlag.

Alle starrten auf den Ring. Er war nicht sehr groß, etwa zwei Meter im Durchmesser, und ganz weiß gestrichen. In der Mitte des Rings war ein dunkelgrauer Hügel. Der Hügel war weich und bewegte sich. Der Hügel bestand aus Ratten, die sich zusammendrängten und übereinander krochen.

Die Männer gurrten.

Dann hörten sie auf. Sie rutschten auf ihren Plätzen hin und her, spuckten aus, husteten, sagten leise etwas zu ihrem Nachbarn oder riefen mit heiserer Stimme einen Witz in die Runde.

Ein Foxterrier wurde in den Ring gestellt. Der Foxterrier hieß »Tiny«. Er hatte ein Frauenarmband um den Hals. Er packte eine Ratte nach der anderen, nahm sie, wie man Früchte aus einer Schale nimmt, und brach ihnen, während die Uhr lief, das Genick, und die Männer brüllten so laut, daß man nicht verstehen konnte, was der Banknachbar zu einem sagte.

Als er das zum erstenmal sah, hätte Oscar es nicht für möglich gehalten, daß er je versucht sein würde, auf so etwas zu wetten. Aber die Versuchung kam, nicht weil er sehen wollte, wie lebende Wesen zu Tode gebracht wurden, sondern weil Sonntag war und man nirgendwo sonst wetten konnte. So war das mit dem Wetten: Es war ein Ungeheuer, das gefüttert werden wollte.

Er biß in seine Bettdecke und fragte sich, wie so oft schon, ob es nicht vielleicht dies war – sein Verlangen, dieses Ungeheuer zu füttern –, was sich hinter dem reinlichen Antlitz des scheinbar christlichen Wunsches verbarg: Geld zu sparen, um dann dem gestaltlosen Schrekken des Ozeans zu trotzen und das Wort Gottes nach Neusüdwales zu bringen.

Und doch konnte das Ungeheuer nicht das wahre Motiv sein. Denn als er sein Gelübde getan hatte – zwei Jahre bevor er hier im Bett lag und sich Gedanken über Ratten machte –, hatte er gedacht, daß er sich um das Geld für die Überfahrt nicht würde kümmern müssen.

Die Kirchliche Missionsgesellschaft würde die Überfahrt bezahlen. Er würde einen Tropenhelm (3 Schillinge) brauchen und darüber hinaus lediglich ein Stück Zelluloid (2 Schillinge), um seine furchtbare Angst vor dem Meer zu überwinden.

42
Berufen

Wardley-Fish mochte die Leute, die er kannte, nicht. Sie langweilten ihn. Für ihn waren sie robuste Tiere, die auf einer fetten, saftigen Weide grasten, vorne kauten, schluckten, wiederkäuten und hinten platschend etwas fallen ließen. Natürlich zeigte er ihnen nicht, was er von ihnen hielt. Er tat jovial, ja geradezu liebevoll, und was er zeigte, war nicht direkt gelogen – auf eine distanzierte Weise fühlte er all diese Dinge wirklich –, aber auf jeden Fall stark vergrößert. Er machte sich Sorgen über das krebsrote Gesicht seines Vaters und lachte über die Geschichte seines Bruders, der einen Wilddieb in einer Fallgrube gefangen hatte. Er konnte dann den ganzen Tag mit den beiden reiten und die ganze Nacht mit ihnen trinken – sie waren überall rund und gut gepolstert, und keine scharfe Kante drang durch die Kissen ihrer Selbstzufriedenheit.

Und eben dies war die Eigenschaft, die er an seinem peinlichen Freund so schätzte: daß er in jeder Hinsicht unbequem und eckig war, und ganz gleich, was man an ihm auszusetzen haben mochte – Selbstzufriedenheit gehörte mit Sicherheit nicht dazu.

Der Hibbel hatte so vieles an sich, das er nicht gutheißen konnte: Phobien, Manien, Denkgewohnheiten, die so fremdartig waren, daß sie sich nicht einmal durch einen sonderbaren Vater erklären ließen, der, ganz gleich wie beunruhigend er in seinen Glaubensäußerungen sein mochte (»Sind Sie errettet, Mr. Wardley-Fish?«), doch wenigstens ein gepflegtes Äußeres besaß. Sein Sohn jedoch wollte, auch wenn die Buchmacher ihm ihre biernassen Geldbündel in die Hand drückten, kein Geld für sein Äußeres ausgeben. Er verfügte über keine eigenen Mittel. Das jedenfalls war seine Ansicht. Der Herr hielt es für angebracht, ihm Geld für seine Ausbildung zu gewähren, und es wäre eine Sünde gewesen, diese Gunstbezeugung für etwas zu verwenden, das, wie er fand, ausschließlich die weltliche Eitelkeit befriedigte. Also kaufte er seine Kleidung in den stinkenden Buden jüdischer Händler in der Petticoat Lane und seine Schuhe bei einem skrofulösen Trödler, der darüber hinaus nichts anzubieten hatte als ein paar Heringe und ein grünes Seidentaschentuch, ein riesiges altes Ding, das vermutlich schon sein Großvater gestohlen hatte.

Diese Art sich zu kleiden erschien Wardley-Fish hochmütig. Und wenn er den stieseligen Hibbel vor den Cremorne Gardens antraf, wo man ihm den Zutritt verweigert hatte, weil er nicht bereit war, auch nur das kleinste Zugeständnis an die Mode zu machen, packte ihn einen Augenblick lang der Zorn.

Wardley-Fish trug eine weiße Weste und einen weißen Frack. Er hatte viel Zeit auf die gewachsten Enden seines Schnurrbarts verwendet. Er stieg aus seinem Hansom – zugegeben, er hatte sich ein wenig verspätet – und sah seinen Freund, der gelassen in dem grandiosen Torbogen des Eingangs stand, während hinter ihm der Portier finstere Blicke auf ihn warf. Der Hibbel hatte sich keinerlei Mühe mit seiner Kleidung gegeben. Er war es gewesen, der diesen Treffpunkt vorgeschlagen hatte. Er wußte, was für ein Publikum hier verkehrte. Dennoch war er nicht entsprechend gekleidet. Sein Gehrock war fadenscheinig. Sein rotes Haar befand sich in einem noch besorgniserregenderen Zustand als sonst, denn zu den abstehenden Seiten war eine korkenzieherartig gedrehte Stirnlocke gekommen. Der Portier begriff nicht, daß dieses äußere Erscheinungsbild ein Symbol seiner Unkorrumpierbarkeit war. Daher hatte er ihm den Zutritt verweigert.

Die weißen Hände vor der Brust gefaltet, ein gedankenverlorenes Lächeln auf dem Gesicht, ließ der Hibbel seinen Blick über den Park schweifen und wartete geduldig darauf, daß Wardley-Fish die Angelegenheit ins reine brachte.

Der betrügerische Droschkenkutscher verlangte eine halbe Krone, und Wardley-Fish war zu verärgert, um sich mit ihm herumzustreiten. Die Art, wie Oscar dastand, wirkte zu sehr wie eine Pose. Wardley-Fish konnte einfach nicht glauben, daß es, zumindest teilweise, keine war. Und doch vermochte er auch nicht an der Integrität des Hibbels zu zweifeln, jedenfalls nicht lange, denn er hatte es mehr als einmal erlebt, daß sein Freund jenen Teil seiner Gewinne, die er als Überschuß ansah, weitergab und weiße 5-Pfund-Scheine in den Opferstock einer Kirche warf, weil er selbst im Augenblick über ausreichende Mittel verfügte. Doch darin erschöpfte sich seine sprunghafte Mildtätigkeit nicht, denn es gab in seinem Heimatdorf einen rotnasigen Geistlichen, der ebenfalls Empfänger dicker Einschreibbriefe voller Geld war, und diese Sendungen erzeugten, soweit Wardley-Fish das beurteilen konnte, in dem Beschenkten zahlreiche Gefühle, von denen jedoch keines eine große Ähnlichkeit mit Dankbarkeit hatte.

Oscars heilige Verschwendung brachte Wardley-Fish zur Weißglut, und doch waren es gerade diese Akte der Mildtätigkeit, die er an seinem Freund am meisten schätzte, und er mußte sich in Gedanken immer wieder mit dieser Frage beschäftigen, die wie eines dieser Vexierbilder im *Punch* war, welche eine Sache und gleichzeitig ihr Gegenteil darstellten, so daß etwas, das eben noch wie ein Kirchturm ausgesehen hatte, im nächsten Augenblick ein tiefer Schacht war.

Er nahm seinen Freund am glänzenden, abgewetzten Ellbogen und schob ihn am Portier vorbei vor sich her in die Cremorne Gardens. Es war fünf Uhr nachmittags, und um diese Zeit hatte der Gezeitenwechsel sozusagen bereits eingesetzt: Das Publikum, das tagsüber größtenteils aus wohlanständigen Leuten bestand, schien sich nun – die Ablösung erfolgte innerhalb einer halben Stunde – in etwas Schillernderes und Gefährlicheres zu verwandeln.

Oscar ließ sich vorwärtsschieben. Es gefiel ihm, daß er keine andere Wahl hatte. Er spürte den Luxus rings um sich her, und dieses Gefühl war ihm angenehm und gleichzeitig zuwider. Ein Tisch tauchte vor ihm auf. Er nahm den Schirm von seinem Arm und hängte die Krücke über die Stuhllehne. Er zog das zusammengerollte Päckchen aus der Brusttasche und legte es unter den Tisch. Dies alles tat er ohne Eile, und einem Fremden wäre es nicht aufgefallen, daß er aufgeregt war. Er war hierhergekommen, um eine Entscheidung zu treffen, die ihm sehr große Angst machte. Er lächelte Wardley-Fish breit an. Er strich sich mit den Fingern durch das Haar, zog seinen Stuhl heran, stützte sich mit seinen evangelischen Ellbogen auf den Tisch. Er wirkte, abgesehen von seiner Kleidung, wie ein Neugieriger, der in die Cremorne Gardens gekommen war, um zu gaffen, nicht aber, um etwas zu essen oder zu trinken. Er sah sich bewundernd um, betrachtete die kugelförmigen, gasbetriebenen Wandleuchter, die an der Decke aufgehängten Lüster, die hohe, mit Spiegeln verzierte Wandtäfelung, die Paare, an deren Fingern keine Ringe waren, welche ihre offensichtliche Vertraulichkeit hätten erklären können.

»Was für ein herrlicher Ort«, sagte er.

Aber Wardley-Fish konnte die aufgeregten Füße des Hibbels unter dem Tisch klopfen hören. Und nicht bloß die Füße. Auch die Finger trommelten auf dem Stuhl. Die Oberfläche des Tischs bekam einen Überzug aus nervöser Energie. Man brauchte sie nur zu berühren, um die Unruhe zu spüren.

Wardley-Fish bestellte Champagner. Das konnte er sich eigentlich nicht leisten, aber ebensowenig konnte er die Nervosität unter dem Tisch ertragen. Er würde das eine brauchen, um die Wirkung des anderen zu lindern.

»Wie verführerisch es hier aussieht«, sagte Oscar.

Wardley-Fish kam das alles unehrlich vor. Der Hibbel hatte seine »heilige« Pose eingenommen und redete einfach drauflos. Er bewunderte, um zu kritisieren, er war geblendet, damit er sich dafür tadeln konnte, hier zu sein.

»Weißt du noch«, sagte Wardley-Fish, »wessen Idee es war, sich hier zu treffen?«

»Meine!« sagte der Hibbel und sah zu, wie der Champagner eingeschenkt wurde. Man konnte die Schwingungen seiner Energie im Boden und im Tisch spüren. Es fühlte sich an wie eine Forelle, die am Haken hängt: die ganze Energie eines Lebens, die unbelebter Materie ihr Muster aufzwingt.

Wardley-Fish hatte sich auf den Besuch in den Cremorne Gardens gefreut. Diese Vorfreude hatte als eine sanfte, verschwommene Verheißung am Rand seines Bewußtseins gehangen. Er hatte nicht vorgehabt, »etwas zu versuchen«, aber er hatte bereits ein überaus entzückendes Geschöpf eintreten sehen. Es war eine »Schauspielerin«. Sie hatte eine zarte Haut und auf dem Kopf ein verschlungenes Kunstwerk aus goldenen Haaren. Sie trug zehn Meter moirierten Taft. Er trank sein erstes Glas Champagner und sah zu, wie es sogleich wieder gefüllt wurde. Der Tisch hatte aufgehört zu beben.

Er sah auf und stellte fest, daß die grünen Augen des Hibbels erwartungsvoll auf ihn gerichtet waren.

»Fish«, sagte der Hibbel.

Wardley-Fish fühlte sich deprimiert.

»Fish, ich habe einen großen Teil des Nachmittags bei der Kirchlichen Missionsgesellschaft verbracht.«

»Ja.«

»Und wenn ich will, dann nehmen sie mich.«

»Wofür?«

»Ich habe mich nach Neusüdwales erkundigt.«

Wardley-Fish stellte sein Glas ab. Er sah den Hibbel nicht an. Er dachte darüber nach, daß es keine natürliche Affinität zwischen Glas und Marmor gab.

»Hast du gehört, was ich gesagt habe?«

»Trommel nicht auf dem Tisch herum. Das ist sehr irritierend.«

Wardley-Fish schob sein Glas zehn Zentimeter nach rechts und dann wieder zurück. Oscar faltete die Hände mit den roten Knöcheln, als wären sie ein Puzzle, das er nicht richtig zusammensetzen konnte.

Schließlich sagte Wardley-Fish etwas, und er tat es sehr sanft und leise. »Es ist völlig unnötig«, sagte er, »dir mit solchen Gedanken Angst einzujagen.«

Aber als Oscar antwortete, hatte seine Stimme jenen angespannten, kratzigen Klang. »Ich *muß*«, sagte der Hibbel. Es hörte sich an wie Fingernägel auf einer Tafel.

»Warum sind wir dann hergekommen?« fragte Wardley-Fish, lehnte sich zurück und verschränkte die Arme über der weißen Weste. »Willst du die Geldwechsler aus dem Tempel treiben und die schönen Huren hinauswerfen in den Garten?«

»Es ist ein wunderschöner Ort, Wardley-Fish. Ich fühle mich hier sehr wohl.«

»Dann entspann dich, Hibbel, und trommle nicht mit den Fingern und quietsche nicht und hibbel nicht herum. Du wirst heute abend wieder zurück in die Schule gehen müssen, und dort wird es nicht annähernd so schön sein wie hier.«

Einen Augenblick schwiegen sie. Wardley-Fish fummelte an seiner Zigarre herum und versuchte, die Spitze mit einem neuen, patentierten Gerät abzuschneiden, das nicht so zu funktionieren schien, wie es sollte. Oscar hatte die Hände flach auf den Tisch gelegt und sah ihm zu.

»Aber ich habe mich verändert«, sagte Oscar, als Wardley-Fish die Zigarre angezündet hatte. »Sieh mich an. Sieh doch nur, was aus mir geworden ist.«

»Ach, *zum Donnerwetter*«, brach es aus Wardley-Fish heraus. Er schob seinen Stuhl zurück. Es war ihm egal, daß er an einem so ruhigen Ort so viel Lärm machte. »Aus dir ist nicht das hier geworden«, und er deutete mit gestikulierenden Händen auf die reiche Ausstattung des Raumes, die eben nicht illustrierte, welcher Art Oscars Persönlichkeit war. »Du bist eine Nervensäge, Hibbel. Du hast nur ein einziges Gesprächsthema, und das ist auch noch unsinnig. Du gehörst hier genausowenig hin wie irgendwoanders. Du mußt dir darüber klar werden, Hibbel, *daß du nirgendwohin paßt.*«

»Sprich nicht so laut.«

»Du paßt nirgendwohin. Du bist wunderbar. Du bist völlig einmalig. Hast du das Gefühl, daß du nach Oriel paßt?«

Oscar sah in sein Glas. »Ich habe meine Freunde.«

»Wen?«

»Pennington, Ramsay.«

»Pennington ist ein Suffkopf und ein Puseyaner. Ramsay scharwenzelt um jeden herum, der ihn auch nur ansieht. Und hast du Freunde in Hennacombe? Paßt du dorthin?«

Oscars Augen blickten verletzt und besorgt.

»Und hier paßt du genausowenig hin. Du bist unverdorben. Es wäre eine Frechheit, das Gegenteil zu behaupten. Du brauchst nicht nach Neusüdwales zu fahren, um Buße zu tun.«

»Und du?«

»Und ich? Oh, ich passe hierhin. Ich wage zu behaupten, daß ich nur allzu gut hierher passe.« Wardley-Fish beugte sich vor und nahm Oscars Hand. Er packte ihn am Handgelenk. »Aber du hast mir gezeigt, daß ich gerettet werden könnte.« Sein Lächeln war starr. Oscar spürte, daß seine große Hand zitterte. »Also fang gar nicht erst an, so zu tun«, flüsterte Wardley-Fish, »als müßtest du um die halbe Welt reisen, um deine Seele zu retten, denn ich sage dir, daß das nicht stimmt. Du darfst nicht gehen. Und außerdem« – er zog seine Hand zurück und zündete seine Zigarre wieder an – »kannst du gar nicht.«

Oscar war in blauen Rauch eingehüllt. Er blinzelte und wedelte mit der Hand, während auf seinen Lippen langsam ein Lächeln erschien.

»Und warum kann ich nicht gehen?«

»Weil du es nicht schaffst, ein bißchen *aqua* zu ertragen. Du könntest noch nicht mal nach Calais fahren.«

Oscar beugte sich hinunter und zog aus dem Papierbündel, das auf dem Boden lag, ein kleines, verpacktes Röhrchen. Er wickelte es langsam aus und hörte dabei nicht auf, seinen Freund anzulächeln. Was er dann hochhielt, war ein Stück biegsames Material, das zwar durchsichtig, aber nicht so klar wie Glas war. Darauf waren Linien gezeichnet, von denen meine Mutter später glaubte, sie sollten Längen- und Breitengrade darstellen.

»Was ist das, Oscar?«

Wardley-Fish nannte ihn nur selten Oscar. Es lag eine zischende Traurigkeit darin, die den Besitzer dieses Namens jetzt innehalten ließ, bevor er antwortete.

»Man nennt es Zelluloid, und es ist so ziemlich genau das, was es zu sein scheint. Aber wie du siehst, kann man Linien darauf ziehen, und ich kann es überallhin mitnehmen. Es ist sehr leicht und praktisch.«

»Und das wird dich von deiner Angst kurieren?«

Oscar erklärte ihm, er werde das Wasser durch das Zelluloid betrachten. Er werde sich immer nur ein kleines Viereck voll Wasser ansehen und es so begrenzen. Was als unendliche Weite furchterregend war, werde auf diese Weise »ganz erträglich« sein.

Wardley-Fish gab sich keinen Betrachtungen über diese Theorie hin. Sein Freund redete zu viel, zu schnell, mit zu hoher Stimme. Es würde nicht funktionieren. Nur die Verzweiflung konnte einen Mann dazu bringen, sich das einzureden.

»Ist dir je der Gedanke gekommen«, sagte er, als Oscar geendet hatte und das Zelluloid zusammenrollte, »daß das, was du deine ›Angst‹ nennst, in Wirklichkeit der allmächtige Gott ist, der zu dir spricht?«

»Mach dich nicht über mich lustig, Fish.«

»Ich meine es völlig ernst.«

»›Und ob ich schon wanderte im finstern Tal‹ – nein, Fish, wenn meine Seele rein wäre, hätte ich keine Angst – ›Dein Stecken und Stab trösten mich‹.«

»Aber ist dir schon mal der Gedanke gekommen, daß das, was du ›Angst‹ nennst, vielleicht Gott ist, der dir sagt, daß du nicht in die Nähe von Wasser gehen sollst?«

»Sehr schlau, Fish.«

Wardley-Fish zuckte die Schultern. Die außerordentlich schöne Frau hatte Gesellschaft gefunden. Der Hibbel schob ihm ein Zweischillingstück hin. Er hob es auf und legte es wieder hin. »Soll ich das werfen?«

»Ich wäre dir dankbar, Fish.«

»Du weißt doch, daß ich nur meine eigenen Münzen werfe.« Er schob das Zweischillingstück wieder zurück und wühlte in seiner Tasche.

Sein gutaussehendes Gesicht sah mit einemmal müde und um die Augen aufgeschwemmt aus.

Schließlich fand er einen Penny. Träge und gleichgültig schnippte er ihn hoch, als hätte er nicht erraten, daß damit das Schicksal seines Freundes entschieden wurde. Es war ein stumpfer und schmutziger Penny, den er durch die Luft wirbeln ließ.

»Sag an«, sagte er.

Der Hibbel sah bleich und wächsern aus. Er hatte die Hände vor der Brust ineinander verkrampft. Die Finger bewegten sich in der Falle seiner Hände. Er sah aus wie eine Gottesanbeterin.

»Sag an«, sagte Wardley-Fish, und er sagte es so laut, daß blonde Frauen den Kopf wandten und ihn anstarrten. Der Penny klatschte auf seine Handfläche.

»Ich kann nicht, Fish. Das weißt du.«

Wardley-Fish schob den Penny auf den Rücken des Handgelenks. Er hielt ihn mit der rechten Hand bedeckt. »Warum nicht?« fragte er.

»Weil ich Angst habe«, zischte Oscar. »Du weißt, daß ich Angst habe.«

»Warum machst du dann solche Sachen mit dir?« sagte Wardley-Fish und lächelte. »Also komm, lieber Hibbel, vergiß . . .«

»Kopf«, sagte Oscar.

Wardley-Fish seufzte. Er hob die rechte Hand und enthüllte den Kopf von Königin Victoria.

Das Gesicht des Hibbels war totenbleich, eine aus weißer Seife geschnitzte Maske, und man brauchte kein Gedankenleser zu sein, um zu wissen, daß Gott ihn nach Neusüdwales schickte.

Das war am 22. April 1863. Mein Urgroßvater war zweiundzwanzig Jahre alt.

43
Leviathan

Mein Vater – ich glaube, ich sagte es schon – war ein großspuriger kleiner Kerl, der geschickt angeschnittene Bälle werfen konnte, streichholzdünne Zigaretten rauchte und gern allerlei Unsinn machte. Er war klein, aber stolz darauf, daß er sich gerade hielt und die Schultern nicht hängen ließ. Ich habe ihn auf dem leeren Vorplatz von Carl Fosters Tankstelle mit Hector Thompson kämpfen sehen, einem Mann, der doppelt so breit war wie er. Thompson lag besiegt, benommen, mit blutender Lippe am Boden, bevor irgendeiner in der Kneipe gegenüber Gelegenheit hatte zu merken, was los war.

Aber wenn es um Zelluloid ging, war mein Vater ein Feigling.

Das Zelluloid gehörte ganz eindeutig meiner Mutter. Es war dasselbe Stück, das Oscar 1865 mit nach Australien gebracht hatte, und bestimmt das erste, das auf diesem uralten Kontinent auftauchte. Vielleicht war es die erste synthetische langkettige Kohlenwasserstoffverbindung auf der südlichen Halbkugel. Das war etwas, über das mein Vater, ein ausgebildeter Chemiker, sich Gedanken machte; allerdings sprach er diesen Gedanken nur ein einziges Mal laut aus. Meine Mutter duldete es nicht, daß er darüber sprach, und zwar nicht weil sie dumm war, sondern weil sie (wie es bei Frauen häufiger als bei Männern der Fall ist) verstand, daß der oberflächliche Sinn eines gesprochenen Satzes nur sein Mantel ist und die wahre Bedeutung unter den Halstüchern und Knöpfen verborgen liegt.

Als mein Vater von der wissenschaftlichen Geschichte des Zelluloids sprach (wozu er als diplomierter Industriechemiker berechtigt war), hatte sie das Gefühl, daß er dadurch ihr Besitzrecht am ursprünglichen Zweck, an der Bedeutung und an der Geschichte dieser Reliquie in Frage stellte.

Und sie hatte recht. Wenn mein Vater »langkettiger Kohlenwasserstoff« sagte, sagte er eigentlich: »Ich bin im Recht. Das hier gehört mir.«

Aber das gestand ihm meine Mutter nicht zu. Das Zelluloid gehörte ihr. Seine Bedeutung gehörte ihr. Die Linien, die darauf gezeichnet waren, bedeuteten – in diesem Glauben wurde ich erzogen – Längen-

und Breitengrade. Sie legte das vergilbte, verkratzte Stück Zelluloid auf eine Shell-Straßenkarte und erklärte uns, wie das wohl funktioniert hatte.

Sie wurde, wie so oft, sentimental, wenn sie über die Vergangenheit sprach, und weil sie wollte, daß Oscar ein »Missionar« und ein »anglikanischer Pionier« gewesen war, wuchsen wir mit der Vorstellung auf, Oscar sei als Zwischendeckspassagier, eng zusammengepfercht mit armen Einwanderern, auf einem Segelschiff hergekommen. Wir sahen unseren Urgroßvater vor uns, mit seiner Karte und dem Stück Zelluloid, mit seiner Bibel und dem Gebetbuch. Wir sahen ihn vor uns – auch wenn wir uns angesichts des salbungsvollen Tons, den meine Mutter anschlug, vor Peinlichkeit wanden –, wie er traurige Trauergottesdienste für gestorbene Babies abhielt, wie ein zahnloser Segelmacher das traurige kleine Paket zusammennähte, wie der junge Oscar mit flammend roten Haaren, die milchweiße Haut dunkel verbrannt, in die antipodische Sonne blinzelte, während hinter ihm das ultramarinblaue Meer wogte.

Mein Vater wußte genau, auf was für einem Schiff Oscar gekommen war. Mein Vater wußte den Namen des Schiffs, und wenn er den Namen wußte, hatte er es wahrscheinlich »nachgeschlagen«. Aber wie auch immer – er sagte nichts über die *Leviathan*, die ebensowenig ein Segelschiff war wie das Zelluloid eine Meßvorrichtung für Längen- und Breitengrade.

Die *Leviathan* war 210,5 Meter lang, 25,3 Meter breit und 17,7 Meter hoch. Die Arche war (wenn man zugrunde legt, daß eine Elle 52,4 Zentimeter maß) 157,2 Meter lang, 26,2 Meter breit und 15,7 Meter hoch. Auf Oscar, der die *Leviathan* zwei Wochen nach jenem schicksalhaften Abend in den Cremorne Gardens »entdeckte«, verfehlte diese Parallele ihre Wirkung nicht.

Zu diesem Zeitpunkt lag Ishmael Kingdom Legares umstrittener Dampfer in einer Werft in Tyneside. Es gab wieder einmal Schwierigkeiten, und allgemein glaubte man, daß die Gesellschaft bankrott machen würde. Diese Ungewißheiten beeindruckten Oscar überhaupt nicht. Er ignorierte sie einfach. Er sah nur, daß dies das Schiff war, mit dem er reisen mußte. Es war unsinkbar. Der *Punch* schrieb, die Dimensionen seien so gewaltig, die Verbindungsgänge, Korridore, Passagen etc. so zahlreich, daß ein Mann während der Überfahrt von Southampton nach

Sydney zwar tanzen und essen könne, bis seine Schuhsohlen Löcher hätten und ihm die Knöpfe von der Weste sprängen, daß er aber niemals – der arme Kerl könne sich bemühen, wie er wolle – in den Genuß jener einfachsten Annehmlichkeit einer Reise über den Ozean kommen werde: eines Bullauges, das ihm einen Ausblick auf das Meer gestattete.

Das war genau die Art von Schiff, die Oscar brauchte. Es hatte einen doppelwandigen Rumpf (für den Fall, daß Eisberge seinen Kurs kreuzten) und ein zellenförmig aufgebautes Deck und konnte den gesamten Kohlebedarf für die Reise bunkern.

Oscar Hopkins reiste nicht so nach Australien, wie es sich meine Mutter vorgestellt hatte, sondern in größtem Luxus. Und obgleich es den Menschen in seiner Umgebung schien, als wäre er so entrückt, daß er diesen Aspekt seiner Reise gar nicht wahrnahm, als wäre er ganz und gar unempfänglich für die Reize von »Portieren aus karminroter Seide«, sollte man nicht vergessen, daß Oscar sich für die *Leviathan* entschied, wie er sich für die Cremorne Gardens entschieden hatte. Jemand, der in der Kargheit von Theophilus Hopkins' Kalksteinhaus aufgewachsen war, konnte weder vor dem einen noch vor dem anderen die Augen verschließen.

Die Kirchliche Missionsgesellschaft weigerte sich natürlich, eine Passage auf einem so luxuriösen Schiff zu bezahlen. Daß er die Unverfrorenheit besaß, auch nur auf diesen Gedanken zu kommen, gab Anlaß zu einer gewissen Verärgerung, die er jedoch gar nicht bemerkte.

Er würde die Überfahrt selbst bezahlen. Nur Gott konnte ihm eine so hohe Summe verschaffen.

Er wettete auf Hunde und Pferde.

Tief in seinem Herzen wußte er nicht, ob er gut oder böse, gottgefällig oder verdorben war. Er badete in kaltem Wasser, auch wenn es warmes gab. Er heizte selbst dann nicht, wenn er sich Kohlen leisten konnte. Er traf sich freitagnachmittags mit Wardley-Fish und trank rosa Champagner.

44
Der Schwiegersohn eines Bischofs

Wardley-Fish hätte nur zu gern ein paar Pfund beim Pferderennen riskiert. Aber er hatte das Amt eines Kurators in Hammersmith inne, war verlobt und würde demnächst heiraten, und durch diese Kombination von Umständen war er nicht nur gezwungen gewesen, aus seiner offenbar »anrüchigen« Wohnung in der Nähe der Drury Lane auszuziehen – niemand schien es »anrüchig« zu finden, daß er nun hier wohnte, im selben Haus wie seine zukünftige Frau –, sondern hatte auch sein wildes Leben aufgeben müssen. Dafür gab es gute Gründe, aber er hätte eben gern mal eine Stunde beispielsweise im Casino von Holborn oder, besser noch, in Epsom verbracht. Und er hätte es gern mit seinem johlenden, peinlichen Freund getan. Aber sie waren jetzt erwachsen, und er war ein gutaussehender Bursche, der mit der Tochter eines Bischofs verlobt war.

Miss Melody Clutterbuck, seine Verlobte, wußte nicht, daß Wardley-Fish gleich die Kutsche des Bischofs benutzen würde, um diesem schrecklichen Menschen, über den er immer so viele Witze machte, einen Besuch abzustatten. Sie glaubte, diese Freundschaft sei so gut wie beendet. Sie hatte das unangenehme Thema einfach aus ihrem Kopf verbannt – oder vielmehr fast verbannt, denn da war immer noch die Sorge, das Schiff, das sich dieser Verrückte mit dem Hühnerhals ausgesucht hatte, um nach Australien zu fahren, könnte irgendwie (die *Times* schrieb, das sei höchst wahrscheinlich) nie fertiggestellt werden. Sie konnte keiner Diskussion über die *Leviathan* (die sich in den Clubs und Gesprächsrunden in der City von London von Stasis zu Krisis schleppte) zuhören, ohne dabei den Gottesanbeterinnenkopf und die lachhaften langen weißen, aus speckig glänzenden Ärmeln ragenden Handgelenke meines Urgroßvaters vor sich zu sehen. Da sie nicht in die Geschichte dieser ziemlich unmöglichen Freundschaft eingeweiht war, glaubte sie, Hochwürden Hopkins sei es, von dem der schlechte Einfluß ausgehe, und wenngleich dieses Mißverständnis ihrem Verlobten großes Unbehagen bereitete, fehlte es ihm an Mut zu einer Richtigstellung. Sie empfand keine Sympathien für den Hibbel, und hätte sie beispielsweise erfahren, daß er neben einem leeren Kohlenkasten saß, weil es gottlos gewesen wäre, seine Gewinne für weltliche Annehmlichkeiten auszugeben – dies war es, worüber Wardley-Fish sich gegenwärtig so erregte –, so hätte sie das nur als Bestätigung dessen betrachtet, was sie ohnehin schon wußte: daß dieser kindsköpfige kleine Prediger vollkommen übergeschnappt war.

Nach all den Witzen, die er auf Kosten des Hibbels gemacht hatte, wußte Wardley-Fish nicht, wie er sich ihr gegenüber hätte rechtfertigen sollen. Es gab Dinge, die er nicht erklären konnte, und dazu gehörte auch dies: daß er auf Zehenspitzen die Treppe im Haus ihres Vaters hinunterschlich, am Arm einen hübschen Weidenkorb voller »Sachen«, die in weggeworfenes Seidenpapier eingeschlagen waren. Seine Verlobte war mit ihrer Mutter beim Frühgottesdienst in Knightsbridge. Lediglich mit dem Bischof mußte man rechnen. Der – keineswegs ein Dogmatiker, wenn es um die Einhaltung des Tags des Herrn ging – saß in seinem Arbeitszimmer und katalogisierte, was er seinen »Klimbim« nannte, womit er gewisse Stücke aus der Beute meinte, die Lord Elgins Sieg von Peking nach England gespült hatte. Die Konzentration des Bischofs war außerordentlich. Es war höchst unwahrscheinlich, daß er etwas hören würde. Dennoch ging Wardley-Fish die Treppe so langsam hinunter, daß die Stufen geradezu unnatürlich ächzten und quietschten. Er erreichte die düstere Stelle am Fuß der Treppe, wo schwarze Regenschirme wie Fliegende Hunde am Kleiderständer aus Zedernholz hingen. Gleich würde er draußen, in Sicherheit, und unterwegs zu den Ställen sein, aber bevor es soweit war, hatte der Bischof – der die Vase mit der Krakeleeglasur aus dem Salon holen wollte – die Tür seines Arbeitszimmers aufgerissen und stand ihm, einen knappen halben Meter entfernt, gegenüber.

»Ha«, sagte er.

Das war kein Ausruf des Erschreckens. Der Bischof erschrak nicht so leicht. Es war eher ein Ausdruck der Zurückhaltung, der Höflichkeit – jeder von ihnen war in Gegenwart des anderen stets nervös. Sie waren sehr darauf bedacht, einander ihren guten Willen zu beweisen. Der Bischof war in Hemdsärmeln. Er hatte seine Lesebrille auf der Nase. Er hielt einen Stapel rosa Karteikarten in den Händen.

»Äpfel?« fragte er jovial und griff in den Korb. Als die harte, unregelmäßige Form des Dings in dem Seidenpapier ihm verriet, daß es sich nicht um einen Apfel handelte, war er peinlich berührt. Er fühlte sich, als wäre er ins Gästezimmer getreten und hätte den Gast beim Auskleiden überrascht. Er wußte nicht, was er machen sollte – ob er so tun sollte, als wäre alles normal, oder ob er das Ding wieder in den Korb legen und sich in sein Arbeitszimmer zurückziehen sollte. Er sah Wardley-Fish an.

»Kohlen«, sagte Wardley-Fish, allerdings nur, weil er nicht die Nerven besaß zu schweigen.

Der Bischof schob das Seidenpapier beiseite, und tatsächlich – es war so, wie der junge Mann gesagt hatte. Er zerrieb etwas Kohlenstaub zwischen Daumen und Zeigefinger und roch daran, aber als er das getan hatte, gab es nichts mehr zu tun. Er wollte nicht fragen, was es mit diesem außergewöhnlichen Arrangement auf sich haben mochte. Sein zukünftiger Schwiegersohn schien nicht in der Lage, es ihm sagen zu können. Wardley-Fish, der mit zwanzig Stücken Kohle in einem albernen kleinen Korb am Fuß der Treppe stand, konnte es nicht erklären, nicht einmal sich selbst.

45
Hymnen

Am Dienstag darauf war Wardley-Fish zufällig in der Buchhandlung Martindale. Seiner Verlobten gefielen die romantischen Romane von Mrs. Plumber, und während sie nach dem neuesten dieser Romane fragte (mit einer Stimme, die in dieser Umgebung zu laut und selbstsicher klang), entdeckte er das Buch »Spaziergänge um Hennacombe« des älteren Hopkins. Und darin stieß er, den Regenschirm über den Arm gehängt, auf den jungen Oscar, der als »der kleine Naturforscher in seinem Röckchen« bezeichnet wurde. Das ließ Wardley-Fish natürlich lächeln. Als er weiterlas, wurde das Lächeln jedoch unsicherer, und bald war es ganz verschwunden.

Es war, als wäre ihm Oscar in seinem heimatlichen Teich ins Netz gegangen, als könnte er ihn zum erstenmal richtig sehen. Und obwohl er einmal in Hennacombe in dem spärlich möblierten Haus mit den Holzdielen zu Besuch gewesen war und dem alten Hopkins (der gegen den eiskalten Wind, welcher durch das offene Fenster hereinblies, *immun* zu sein schien) auch wirklich lange Zeit zugehört hatte, als dieser von seinem Wunsch sprach, »das Königreich Christi möge noch zu unseren Lebzeiten errichtet werden«, wurde ihm nun, da er in diesem Buch las, klar, daß weder seine eigene Sicht noch Oscars Beschreibung jenes Teiches der Wirklichkeit entsprach.

Wardley-Fish hatte von Theophilus den Eindruck eines verbiesterten, lieblosen Menschen gehabt, eines Mannes, dem man kein Geburtstagsgeschenk schicken konnte, weil er dahinter die Rennbahn witterte, eines Mannes, der einem kleinen Jungen den Weihnachtspudding aus dem Mund schlug. Aber wo er damit gerechnet hatte, einen strengen, lebensverneinenden Geist zu finden, stieß er statt dessen auf eine so ehrfürchtige, zärtliche Beschreibung von Hecken, Moosen, Rotkehlchen und winzigen Meereslebewesen, daß sogar Wardley-Fish (er selbst war es, der das »sogar« dachte) beeindruckt und berührt war. Er lehnte mit der ganzen schweren körperlichen Verlegenheit eines Mannes, der bei der Hutmacherin auf seine Frau wartet, an der Verkaufstheke der Buchhandlung Martindale und las folgende Passage: »Die hübsche grüne *Ploycera ocellata* war zahlreich vertreten; die häufigste und gleichzeitig schönste Species aber war die herrliche *Eolis coronata*, deren Tentakel von membranartigen Krönchen umgeben sind und die mit Trauben eng beieinander stehender tiefroter und blauer Papillen besetzt ist, welche wie Edelsteine leuchten.«

Nun hielt Wardley-Fish sich für einen echt männlichen Mann mit einer Vorliebe für Brandy und gute Zigarren, und wenn er auch – wie es wohl ratsam war – der Rennbahn entsagt hatte, so hatte er doch nicht die Absicht, die Jagd zu Pferde aufzugeben, an der er, wann immer es möglich war, bei Amersham teilnahm. Außerdem war er überzeugt, daß er dumm war. Das hatte man ihm lange genug eingeredet, und da sein Vater derselben Meinung war, hatte man beschlossen, daß er den geistlichen Beruf ergreifen sollte. Eigentlich hatte Wardley-Fish Jura studieren wollen, aber man hatte ihm gesagt, dafür sei er nicht intelligent genug. Er hatte an diesem Urteil nicht gezweifelt und war noch in Oriel folgerichtig zu dem Schluß gekommen, seine einzige Hoffnung auf eine Karriere bestehe darin, daß er die richtigen Beziehungen knüpfte, und so etwas ließ sich am effektivsten mit einer Heirat bewerkstelligen.

Er behauptete, keinen Sinn für Dichtung oder Musik zu haben, und dennoch berührte ihn, was der ältere Hopkins geschrieben hatte – es nahm ihm fast den Atem. Wo er Fegefeuer und Senfwickel erwartet hatte, stieß er auf Frauenhaarfarn und Laichketten. »Ich stellte fest, daß die Jungen bereits vollständig ausgebildet waren. Jedes war von einem kugelförmigen Ei umschlossen, das vollkommen durchsichtig und farblos war.«

Wardley-Fish hätte alles, aber auch alles dafür gegeben, solcher Gefühle mächtig zu sein und Gottes Schöpfung mit einer so wunderbaren Hymne zu preisen. Beim Lesen dieser schlichten Beschreibungen eines Naturforschers empfand er, was er noch nie empfunden hatte, aber hätte empfinden sollen, wenn er den Psalm aufschlug, der mit den Worten begann: »Ich will dich erheben, mein Gott, du König, und deinen Namen loben immer und ewiglich.«

Er stand mit gebeugtem Kopf an der Theke, mit jenem feucht schimmernden Blick, hinter dem man eine sentimentale Geschichte vermutet. Als seine Verlobte zu ihm trat und sowohl seine veränderte Stimmung als auch das Buch bemerkte, das der impertinent blickende Verkäufer gerade einpackte, sah sie sogleich, daß das eine die Folge des anderen war, und war daher von vornherein gegen das Buch eingenommen. Sie kannte ihn nur gutgelaunt und fröhlich. Am besten gefiel er ihr, wenn er im roten Rock auf einem großen Pferd saß.

Vor dem Laden hielten sie eine Droschke an und ließen sich nach Kensington fahren. Auf dem Weg durch den Hyde Park, wo die schwarzen Bäume lauter grüne Triebe hatten, dachte Wardley-Fish, wie er es seit seinem heimlichen Besuch mit den Kohlen unablässig tat, an seinen Freund, der sich in ein Zimmer eingeschlossen hatte, wo ihm nur ein Himmel ohne Vögel Gesellschaft leistete und seine einzige Perspektive eine schreckliche Seereise war.

Einmal, als er noch klein gewesen war, zu klein für das Internat in Harrow, hatte er sich eine Briefmarke aus der riesigen Sammlung seines Vaters angesehen, eine einzelne blaue Marke mit dem Bild eines Schwans. Er war so vorsichtig, fast ehrfurchtsvoll gewesen, und doch war irgendwie die Perforation beschädigt worden. Sein Vater hatte es natürlich gemerkt, aber nicht die Prügel, die der kleine Wardley-Fish bezogen hatte, hatten ihn am weißen gestärkten Busen des Kindermädchens weinen und schluchzen lassen, sondern die Tatsache, daß er etwas, das er doch nur hatte bewundern wollen, beschädigt hatte und daß diese Beschädigung nicht mehr rückgängig zu machen war.

Es war sein Wesen, daß er die Last seiner Fehler mit sich herumtragen mußte, und mit Oscar würde es genauso sein. Er konnte ihn nicht abschütteln. Er konnte sein Gewissen nicht davon befreien.

Die Droschke holperte über die Serpentine-Brücke, und Wardley-Fish, der hörte, wie seine Verlobte schlecht gelaunt schimpfte, sah sie an und erkannte, daß er sie nicht mochte. Ihre dicken Handgelenke erschienen ihm abstoßend. Er hatte das Gefühl, eingeengt zu sein und keine Luft mehr zu bekommen, und dies ganz besonders, als sein Blick auf das Puder auf ihrer Wange mit den Grübchen fiel.

Er wünschte sich, er wäre nach Afrika gegangen. Er hatte es eine Zeitlang erwogen. *Er* hatte den Hibbel auf diese Idee gebracht. Sie hatten darüber gesprochen – das war vor jenem Abend in den Cremorne Gardens gewesen –, gemeinsam nach Afrika zu gehen, aber da war das Problem mit der Angst vor dem Wasser gewesen. Jetzt aber erkannte er, daß er trotzdem nach Afrika hätte gehen sollen, und der Ehrgeiz, der ihn dazu getrieben hatte, um die Hand der Tochter eines Bischofs anzuhalten, erschien ihm erbärmlich.

Er wußte, daß ihr das Buch des älteren Hopkins nicht gefallen würde, aber als er sie fragte, ob er ihr ein wenig daraus vorlesen dürfe, tat er das dennoch nicht provozierend, sondern in der Hoffnung, daß er sich vielleicht täuschte.

»Melody«, sagte er, »ich muß mein Geheimnis mit dir teilen.« Sie hatten, seit sie dem West End den Rücken gekehrt hatten, kein Wort gewechselt, und da dieses Schweigen ungewöhnlich war, wußte er, daß ihr unbehaglich zumute sein mußte. Normalerweise las er überhaupt nicht, und darum war er sicher, daß ihr der Kauf dieses Buches befremdlich vorkam. Trotzdem öffnete er die Schleife um das grüne Päckchen, wobei er sie seltsam anlächelte.

»Wir sind schon fast da, Lieber«, sagte sie, nahm aber Papier und Bindfaden entgegen und begann es zu falten und aufzuwickeln. Wardley-Fish überhörte die Mißbilligung, die in ihrer Bemerkung mitschwang.

»Nur ein kleines Stück«, sagte er. »Hier. Hibbels Vater hat es geschrieben, und es ist ganz und gar nicht das, was man von ihm erwarten würde.«

Sie nickte – streng, wie sie hoffte.

Wardley-Fish schlug das Buch auf, nicht am Anfang, sondern einfach irgendwo. »›Der Körper ist etwa dreidreiviertel Zentimeter dick‹«, las er (das war nicht ganz das, wonach er gesucht hatte), »›ebenso lang und von einer rotbraunen Tönung, auf der stumpfviolette, mit einer dunkleren Farbe eingefaßte Längsstreifen zu sehen sind.‹«

Melody Clutterbuck sah ihren Verlobten verwirrt an. Sie kamen an einer Abteilung Wachsoldaten zu Pferde vorbei – ein Anblick, den sie normalerweise liebte. Jetzt bemerkte sie sie nicht einmal. Sie öffnete den Mund, um etwas zu sagen, um sich gegen das Aroma des Unappetitlichen – anders ließ es sich gar nicht ausdrücken –, das diese Stelle verströmte, zu verwahren. Das Buch schien für Damen gewiß nicht geeignet zu sein. Aber ihr Verlobter hatte sie hinter sich gelassen. Er galoppierte schon weiter und suchte nach einem besseren Beispiel. Hier ein Abschnitt, dort ein Satz.

»Hör dir das an, hör dir das an«, rief er. Seine Augen glänzten. So begeistert hatte sie ihn sonst nur gesehen, wenn es um Pferde gegangen war. »Dieser alte Knabe ist ein Phänomen. Er rüttelt einen auf. Das ist das ›Ja!‹, Melody, oder nicht? Das ›Ja!‹ deines Vaters. Mr. Carlysles ›Ewiges Ja!‹ Das ›Ja!‹, von dem dein Vater immer spricht.«

»Ian, bitte!«

»Von hier« – er schwenkte tief bewegt das Buch – »zu einem ungeheizten Zimmer.«

»Lieber, was für einen Unsinn du redest.«

»›Ein oder zwei Tage danach legen die anderen beiden Spezies dieser Art ihren Laich ab.‹ Nein, nein, Liebes. Das ist Botanik oder Zoologie. Der alte Knabe ist ein furchterregender Prediger – wir brauchen wirklich keine Angst zu haben, daß er die Grenzen der Schicklichkeit überschreiten könnte.«

Aber er konnte sagen, was er wollte – er wußte, daß er zu weit gegangen war. Er übergab ihr das Buch; als sie die linke Hand danach ausstreckte, und sah zu, wie sie – sie war, trotz ihres entschlossenen Kinns, sehr erregt – versuchte, das Buch mit beiden Händen wieder einzupakken.

Ich habe Angst vor ihr, dachte er, und für dieses Gefühl ist es noch viel zu früh.

Sie waren zum *Jour fixe* bei Mary Braden-Loch, der Gattin von Hochwürden Braden-Loch, eingeladen. Der junge Geistliche benahm sich tadellos. Melody Clutterbuck gefiel es, wie sehr er bewundert wurde, und hatte ihm den Fauxpas in der Droschke bald verziehen. Daher beunruhigte es sie, als sie während einer kurzen Pause in der Unterhaltung bemerkte, daß seine wunderschönen Augen einen leblosen Ausdruck hatten. Sie konnte nicht ahnen, daß diese Augen den endlos weiten Himmel widerspiegelten, den man aus einem Fenster zwei Stockwerke über den Straßen von Notting Hill sah.

46
Im Handumdrehen

Mr. Paxton – derselbe Mr. Paxton, der den Kristallpalast gebaut hatte – war es, der Lucinda Leplastrier den Rat gab, auf der *Leviathan* nach Sydney zurückzukehren. Er spreche als Ingenieur, sagte er, und es könne keinen Zweifel daran geben, daß sie nie wieder etwas Derartiges sehen werde, »solange geistige Gesundheit zu den Voraussetzungen meines Berufes gehört«.

Lucinda äußerte Bedenken, ob sie ihr Leben dem Schiff anvertrauen sollte, das mit diesen Worten beschrieben worden war. Es hörte sich so an, als wäre der Dampfer alles andere als seetüchtig.

»Die Schwimmfähigkeit der *Leviathan* ist umgekehrt proportional zu der Wahrscheinlichkeit, daß sie sich dem ungestümen Meer der Wirtschaft wird behaupten können. Fahren Sie nur«, sagte er. »Sie ist so sicher wie ein Elefant. Es wird eine besondere Erfahrung für Sie sein, kein Zweifel, und eine seltene dazu, denn in zwei Jahren ist die Gesellschaft pleite, und Mr. Legare wird sich wieder dem Brückenbau widmen können, was ohnehin mehr auf seiner Linie liegt.«

Mit der für sie üblichen Verwirrung bezüglich des Preises kaufte sie die Fahrkarte für die Passage. Die zweite Klasse kostete fünfundfünfzig Pfund. Das war zu teuer. Die erste Klasse kostete siebzig Pfund. Das konnte sie sich leisten. Sie kaufte eine Fahrkarte erster Klasse, aber in dem ganzen Hin und Her darüber, ob das nun richtig oder falsch war, war ihr nie der Gedanke gekommen, das größte Schiff, das je gebaut worden war, könnte so leer sein. In London war sie einsam genug gewesen. Dies war noch schlimmer. Die prächtigen, hochmütigen weiten Räume trieben sie hinunter auf den Kai, und in dem Augenblick, da sie den Fuß an Land setzte, fühlte sie sich schon viel besser.

Es war, als wäre sie aus dem Rathaus auf den Markt getreten: Plötzlich war rings um sie her Leben – Kräne fuhren in den auf dem Kai verlegten Stahlschienen hin und her, Dampfmaschinen wummerten, weiße Blüten aus Dampf entfalteten sich, und nicht einmal der Regen deprimierte sie, auch wenn er ihr die Stiefel durchnäßte. Sie genoß es, hier unten, unter lauter praktisch veranlagten Menschen zu sein. Die Luft war erfüllt von praktischen Gerüchen: Kohle, Koks, Anthrazit,

Mineralöl. Der Ölgeruch erinnerte sie an ihre Glashütte, zu der sie in der Zeit ihrer Abwesenheit ein engeres und herzlicheres Verhältnis entwikkelt hatte. Sie vergaß die Ängste und Sorgen, die ein solcher Besitz mit sich brachte, und fühlte sich nun, auf dem Kai in Southampton, zu dem Mann hingezogen, der nach Mineralöl roch: einem Maschinisten, wie sie annahm, einem Schotten mit einem sommersprossigen, verkniffenen Gesicht, der niemals in Marian Evans Salon Einlaß gefunden hätte. Ihre Glashütte roch auch so. Alle Glashütten rochen so. In den Glashütten, die sie besucht hatte, in Trent, in London und sogar in Nottingham, wo Fensterglas für Mr. Paxton hergestellt wurde, war sie demselben Geruch, dem Geruch ihrer Glashütte am Darling Harbour, begegnet. Das Birnbaumholz, mit dem die Füße der Vasen glattgestrichen wurden, war nicht mit Wasser, sondern mit Mineralöl getränkt, und plötzlich erfaßte sie eine Ungeduld, die ebenso groß war wie ihre Ungeduld, dieses Land zu verlassen – sie wollte unbedingt den Duft von verbranntem Birnbaumholz und Mineralöl, den stechenden Geruch der Sulfate und Chromate riechen, deren Oxidation das Glas grün und gelb färbte.

Sie war vierundzwanzig Jahre alt und modisch gekleidet, in grauem, moiriertem Taft. Ihr Rücken beschrieb eine Kurve; ihr Hinterteil war, wie es der Mode entsprach, betont, wenn auch nicht in dem Maße, wie George Eliot es in einem ihrer beißenden Briefe behauptete. Glaubte man der berühmten Romanautorin, so hätte diese Tochter der Verfasserin von Flugschriften ein Teetablett auf ihrem Hinterteil abstellen können, aber George Eliot war sechsundvierzig, neigte wegen ihrer Nierensteine zur Reizbarkeit und hatte die junge Frau außerdem vollkommen mißverstanden.

Sie ist ein so »schlichter« Mensch, daß es den Anschein hat, als wäre alle Fähigkeit, Konversation zu machen, aus ihr herausgepreßt worden. Sie sitzt da und drückt die Hände in den Schoß, ohne ein Wort zu sagen, aber auch ohne jedes Bewußtsein ihrer gesellschaftlichen Unbeholfenheit, und nach zwei Stunden fällt es schwer, die natürliche Sympathie, welche man für sie empfindet, aufrechtzuerhalten. George [Lewes] war so freundlich, mit ihr ins British Museum zu gehen und sie anschließend zum Tee einzuladen, wo sie anscheinend versuchte, ihn zu einem Kartenspiel um Geld zu überreden. Abgesehen von diesem Ausbruch scheint sie wenig gesagt zu haben, und es ist, ganz gleich, welche

Absichten man verfolgt, äußerst schwer, eine Konversation mit jemandem in Gang zu halten, der sich weigert zu sprechen.

Lucinda hatte gedacht, daß die Freundin ihrer Mutter sich für dieselben Dinge begeisterte wie ihre Mutter. Aber George Eliot hatte Elizabeth zwar immer ermuntert, Essays und Flugschriften zu verfassen, »Elizabeths Fanatismus« in Hinblick auf Fabriken jedoch nie geteilt. Und obwohl sie mit Interesse zur Kenntnis nahm, daß dieses Waisenkind tatsächlich eine Fabrik gekauft hatte, verspürte sie nicht den Wunsch, über die Herstellung von Glas zu sprechen. Vielleicht wäre es etwas anderes gewesen, wenn Lucinda Glasbläserinnen beschäftigt hätte, aber ihr einziger Versuch in dieser Richtung hatte sich als Fehlschlag erwiesen. George Eliot zeigte kein Interesse, und außerdem hatte sie zu tun.

Lucinda hielt George Eliot für eine Snobistin. Da war ihr Mr. Paxton schon lieber, der sie zwar unverhohlen auslachte, ihr aber immerhin sein neuestes Projekt erklärt, ihr die Blaupause mit dem Gesamtplan gezeigt und Empfehlungsbriefe an die Glashütten, mit denen er Geschäftsverbindungen unterhielt, geschrieben hatte. Mr. Paxtons gönnerhafte Behandlung war alles in allem angenehmer als die Mißbilligung der berühmten Freundin ihrer Mutter.

Lucinda war mit der Vorstellung nach London gekommen, dies sei die »Heimat«. Ihr war jedoch bald bewußt geworden, daß diese riesige, rußige Maschine alles andere als eine Heimat war. Sie hatte Sydney mit Gedanken an Heirat und Kinder verlassen. Sie war – auch wenn es ihr unbehaglich war, daran zu denken – im Streit mit Dennis Hasset aufgebrochen, der, obwohl er ihr guter Freund und Vertrauter blieb, offenbar der Meinung war, sie sei nicht die geeignete Frau für ihn. Sie war gefahren und hatte ihn im Saft seiner Reue schmoren lassen. Sie hatte keinen Zweifel daran gehegt, daß sie in London Heiratsanträge bekommen würde, und sei es auch nur wegen ihres Vermögens. Sie hatte sich innerlich darauf eingestellt, ungeeignete Kandidaten abzuweisen. Aber nichts dergleichen war geschehen, auch wenn der strenge Mr. Paxton sich ihr zweimal auf eine Weise genähert hatte, die eines Gentlemans nicht würdig war.

Sie trat einen Schritt von den Schienen zurück, um einen Dampfkran vorbeizulassen, und als sie, neugierig, was für eine Last er transportierte, aufblickte, sah sie eine brüllende Poll-Hereford-Kuh, die in einer Segeltuchschlinge hing. Der Kran hielt an und begann seine Last auf die gewaltige, nietenbesetzte Klippe hinabzusenken, die die *Leviathan* war.

Der Kai glich einem Viehmarkt und erinnerte die Frau in dem maßgeschneiderten Taftkleid an die Tage, da sie mit ihrem Vater nach Parramatta gefahren war, um ein Schwein zu kaufen oder die Schlachtkälber zu verkaufen. Angst und der Geruch von nassem Fell lagen in der Luft. Die Tiere ließen große Fladen fallen, und als sie das sah, beschloß sie, sich nicht mehr unter durch die Luft schwebende Rinder zu stellen.

Sie ging an dem Viehgatter vorbei und achtete nicht auf die Blicke der Schäfer in ihrem Ölzeug, die sich nicht vorstellen konnten, warum eine Frau ihres Standes im Regen auf einem geschäftigen Kai umherspazieren mochte. An diese Art von Blicken war sie gewöhnt, und sie spürte zwar die Bedrohung, die darin lag – jenen Voodoo-Zauber, der Gruppen von Männern umgibt –, aber sie war jetzt eine Frau, die solchen Männern Arbeit gab, und die alten Ängste, die diese beleidigende männliche Selbstsicherheit wachrief, wurden durch das Wissen um ihre ökonomische Macht gelindert. Es war nicht richtig, daß sie diese Macht besaß, aber trotzdem freute sie sich darüber und dankte Gott dafür. Sie zwang die Männer nicht, die Augen niederzuschlagen, und dennoch, sie wußte bereits, daß sie es konnte. Das Geld hatte diese Macht geweckt, aber es war nicht ihr Antrieb. Und dieses ungestüme, oft wütende Gefühl der Macht, die sie besaß, war hauptsächlich schuld daran, daß sie in London so einsam war. Selbst George Eliot – ganz gleich, welche Rückschlüsse auf ihre Person man aus ihren Romanen ziehen mochte – war es gewohnt, daß junge Damen vor ihrem Blick respektvoll die Augen niederschlugen. Das tat Lucinda nicht. Die beiden Frauen sahen sich offen in die Augen, und George Eliot erwähnt (in dem bereits zitierten Brief) »eine recht sonderbare Neigung, andere Leute anzustarren«. Es ist gut möglich, daß es dies war und nicht ihr Habenichts-Akzent, ihr Interesse für alles, was mit Geschäften zu tun hatte, ihre mangelnde Fähigkeit, Konversation zu machen, ihre zuweilen schlichten Ansichten oder ihre undamenhafte Art, sich die Nase zu putzen – wie ein Walroß, fand George Eliot –, was sie so fremd erscheinen ließ. Und wenn sie dann schließlich doch die Augen niederschlug, waren ihre Lider schwer und sinnlich. Die Folge war, daß kleinliche Menschen sie »durchtrieben« nannten.

Sie ging an den langschnauzigen Derby-Schweinen vorbei, die sich ineinandergeschoben hatten wie die Teile eines Puzzles, und stieß auf eine große Ansammlung nasser und rostiger Käfige und zwei Männer, die sich über einen davon stritten. Ein Hansom, der, so schien es jedenfalls, mit Pfarrern voll besetzt war, ratterte an ihnen vorüber. Sie bemerkte das ungewöhnlich rote Haar des einen Geistlichen, allerdings nur im Vorbeifahren, denn ihre Aufmerksamkeit war mehr von dem Streit in Anspruch genommen, welcher nur einen der Käfige betraf, nämlich den, der – offenbar aufgrund eines Irrtums – voller nasser, zitternder Kaninchen war.

»Herrgott nochmal!« sagte der Kleinere der beiden. Er hatte ein eifriges Gesicht mit schweren, sandfarbenen Augenbrauen, die auf seine blinzelnden Augen drückten. »In der verflixten Kolonie fressen uns die Kaninchen schon die Haare vom Kopf. Was soll ich mit noch mehr?« Er legte das Gesicht in Falten und ließ seine Stimme ins Falsett steigen.

»Mich dürfen Sie nicht fragen, Chef. Steht aber alles hier drauf.«

»Ich nehm den Rest, aber nicht die Kaninchen.«

»Tut mir leid, Chef, aber da gibt's überhaupt nichts zu reden. Entweder alle oder gar keine.«

Lucinda schlenderte zwischen den Käfigen umher. Da waren Kaninchen, Tauben, Fasane, und alle waren an eine Gesellschaft adressiert, die sich »Acclimatization Society of New South Wales« nannte. Es gab auch Rehe: ein halbes Dutzend Geißen und drei Böcke. Die Böcke waren in getrennte Käfige gesperrt, und einer von ihnen blutete bereits stark am Kopf. Und schließlich entdeckte sie Lamas, die reglos und naß dastanden, jedes in seinem eigenen Käfig. An den Käfigen waren Schilder befestigt, die streng davor warnten, den Tieren zu nahe zu kommen. Lucinda wollte eines der Lamas streicheln, aber es riß mit einer heftigen Bewegung den Kopf hoch, und als Lucinda es noch einmal versuchte, wollte es sie beißen.

Sie ging zurück zur Gangway für die erste Klasse. Der Regen begann nachzulassen und in das übliche Nieseln überzugehen. Ein Offizier, betreßt wie ein Italiener, salutierte vor ihr. Die Fahrt nach Sydney würde fünfundfünfzig Tage dauern. Fünfundfünfzig Tage, bis sie wissen würde, ob Dennis Hasset – sie biß sich auf die Unterlippe und kniff die

Augen zusammen – Harriet Borrodaile oder Elizabeth Palmer geheiratet hatte. In seinen Briefen hatte er von »überaus schrecklichen Bällen« geschrieben, aber sie traute dieser Beschreibung nicht. Lieber Gott, laß ihn noch Junggeselle sein, nicht damit ich ihn heiraten kann, sondern damit er mein Freund bleiben darf. Lieber Gott, bitte laß mir einen Menschen, mit dem ich reden kann.

Es begann jetzt wieder stärker zu regnen, und die Gangway vor ihr war blockiert. Sie hob den Regenschirm, um besser erkennen zu können, was der Grund war, und sah, auf der vierten Stufe stehend, hinauf. Anscheinend gab es da Probleme mit einem Krüppel. Sie erkannte in dem rothaarigen Pfarrer den wieder, der in dem Hansom gekommen war, oder vielmehr: Sie erkannte sein Haar wieder. Der Krüppel war er. Es erschien ihr seltsam, daß sie den Mann rückwärts die Gangway hinauftrugen. Aber dann erkannte sie, daß sie nicht mehr hinauf-, sondern hinuntergingen. Und so sah sie Oscar zum erstenmal, auch wenn es da gar nicht viel zu sehen gab, weil er die Hände vor das Gesicht geschlagen hatte.

Lucinda trat wieder auf den Kai, während der stöhnende Hochwürden Oscar Hopkins rückwärts von der *Leviathan* getragen wurde. Hochwürden Ian Wardley-Fish hielt die Bahre am Fußende, Hochwürden Hugh Stratton trug, trotz seines angegriffenen Rückens, das Kopfende. Mit von der Partie waren Mrs. Stratton, Melody Clutterbuck und Theophilus Hopkins, ein blasser alter Mann, dessen Augenbrauen hätten gestutzt werden müssen; er trug einen Kasten mit Lötzeug, den er eigens für seinen Sohn angefertigt hatte.

Lucinda sah, daß dem rothaarigen Pfarrer die Augen verbunden wurden.

Der Gutaussehende mit dem blonden Bart klatschte in die Hände. Der Rothaarige stöhnte noch immer. Der mit dem blonden Bart sagte: »Tempo. Wir müssen es mit Tempo machen, Hopkins. So werden wir's schaffen.« Dann klatschte er wieder in die Hände und sah sich um wie ein Mann, der einen Stock sucht, um eine Schlange zu töten. Er war völlig durchnäßt.

Der alte Mann mit dem graumelierten Bart hielt sein Geschenk wie ein vor Nässe triefender Weiser aus dem Morgenland, der an einem enttäuschenden Ziel angelangt ist. »Aber«, sagte er und fummelte am Kragenknopf seines Ölmantels herum, »aber du wirst doch wohl *gehen* können, Oscar.«

Eine große, ungepflegte blonde Frau mit einer lauten Stimme, einem deutlichen Oxbridge-Akzent und einem enormen Busen trat vor und zupfte den alten Mann am Ärmel. »Kommen Sie«, sagte sie, »kommen Sie, wir gehen an Bord.«

Lucinda schob sich an ihnen vorbei und betrat die Gangway, bevor sie sie wieder versperren konnten. Sie fand die Engländer extrem anstrengend. Sie erwiderte einen weiteren übertrieben beflissenen Gruß eines Offiziers und eilte in ihre Kabine. Sie ließ den tropfenden Schirm bei der Tür stehen, nahm den Hut ab, schnürte die Stiefel auf und setzte sich dann in Strümpfen an den kleinen Schreibtisch und versuchte, Tagebuch zu schreiben.

Bei dem Gedanken an all die Dinge, die sie erlebt, all die Menschen, die sie kennengelernt, an die Weiten des Ozeans, die sie durchquert hatte, fiel ihr nichts ein, was ihr des Aufschreibens wert gewesen wäre, nichts außer: »Eine überaus große und prächtige Kabine, deren Genuß ich mir durch die Reizbarkeit und Unruhe verderbe, die ich überallhin mitbringe. Würde zu gerne Cribbage spielen.«

Sie hörte die Dampfmaschine des Krans. Sie beugte sich vor, um vielleicht noch einen Blick auf eine Kuh zu erhaschen, als ein großer Käfig am Bullauge vorbeischwang, so nahe, daß sie unwillkürlich zurückfuhr. In dem Käfig waren die drei Pfarrer; der mit der Augenbinde, der noch immer ziemlich grün im Gesicht war, hockte in der Mitte. Sein Mund stand offen. Sie konnte nicht hören, was für Geräusche er von sich gab. Der ältere Pfarrer (er sah aus wie ein gealterter Junge) hielt die Arme von dem mit der Augenbinde. Der wirkte sehr still und blaß, und sein Mund war geschlossen. Der Blonde mit dem Leberfleck aber war ganz aufgedreht. Er hatte die Hände erhoben. Seine Augen tanzten. Er sah aus, als wollte er gleich Luftsprünge machen.

Lucinda konnte ihn deutlich verstehen.

»Im Handumdrehen!« rief er. »Ich hab's dir doch gesagt, Hopkins: im Handumdrehen!«

47
Babylon

Die Salons und Kabinen der *Leviathan* waren üppig ausgestattet und reich verziert. Es gab Schnitzereien, Schnörkel, Plüsch. Der Große Salon, in dem Lucinda Leplastrier mutterseelenallein stand, war fast dreimal so hoch wie sie, neunzehn Meter lang und elf Meter breit. Die zwei großen Schornsteine, die durch den Raum führten, waren mit acht Paneelen verkleidet: vier größeren, die aus Spiegeln bestanden, und vier kleineren, welche mit Bildern von Kindern und allegorischen Darstellungen der Ozeane verziert waren. Es gab große rote Plüschsofas und mit Utrechter Samt bezogene Polsterbänke, es gab eine mit Schnitzereien verzierte Orgel aus Mahagony, elegante, aus Walnußholz gearbeitete Büffets und Tische und arabeske Wandtäfelungen mit romantischen Bildern. Es gab Teppiche aus Brüssel und – dies war der Teil der Ausstattung, den Wardley-Fish erwähnt hatte, weil sich in ihm die aufgedonnerte Pracht der *Leviathan* irgendwie in Reinform offenbarte – Portieren aus karminroter Seide.

Man konnte sich, wie Lucinda es gerade tat, über das Geländer im Großen Salon beugen und auf das Promenadendeck der zweiten Klasse hinuntersehen. Und obwohl es stimmte, daß Mr. Ishmael Legare die zweite Klasse nicht ganz so aufwendig ausgestattet hatte, war er dennoch großzügig mit Komfort und Platz umgegangen, und wenn die Dekken in der zweiten Klasse auch auf klobigen Eisenträgern ruhten – Lucinda war bereits unten gewesen, um sich umzusehen –, so waren diese doch ansprechend (und nach orientalischer Manier) verziert, nämlich abwechselnd rot und blau bemalt und an der Unterseite mit vergoldeten Kanten versehen, während die Zwischenräume in Paneele unterteilt waren, welche in ganz zarten Farben und Goldtönen gehalten waren.

Lucinda sah hinunter in die zweite Klasse, und die gefiel ihr besser als der Teil des Schiffes, in dem sie sich befand. Sie dachte: Ich hab's wieder mal verpatzt.

Sie hatte Geld verschwendet, um an einem Ort zu sein, auf dessen besondere Annehmlichkeiten sie irgendwie »einen Anspruch« zu haben glaubte, aber sobald man ihr die fünfzehn Pfund Differenz abgenommen hatte, dienten diese Annehmlichkeiten nur dazu, ihr das Gefühl zu geben, eingeengt und eingeschränkt zu sein, und ihre Stimme klang rauh, und zwar nicht nur für andere Menschen, vielleicht auch gar nicht für andere Menschen, auf jeden Fall aber für sie selbst. Sie konnte sich nicht vorstellen, daß sich jemand, in dessen Adern warmes Blut floß, in den kühlen, polierten Weiten der ersten Klasse wohlfühlen konnte. Sie hatte sich vorgemacht, sie gehöre zu dieser Sorte von Menschen, aber das stimmte nicht. Darum glaubte sie, daß sie sich in der zweiten Klasse wesentlich wohler fühlen würde. Ihr gefiel es, daß die Kabinen der zweiten Klasse – sie waren, wie kleine Terrassen, in zwei Ebenen angeordnet, eine obere und eine untere – alle auf dieses zentrale Promenadendeck gingen, und da Lucinda sich des sehr offensichtlichen Fehlens von Menschen, die ihr eine gute Reise wünschten, bewußt war, fesselte sie der Anblick der Gruppe von Menschen in der zweiten Klasse; sie umringten die Männer, die in dem Käfig an Bord gekommen waren. Hinter Lucindas Wunsch, unter ihnen zu sein, stand nicht bloß Neugier, sondern etwas Stärkeres, Körperlicheres, ein Bedürfnis, sich auf Tuchfühlung unter ihresgleichen zu drängen, wie ein Derby-Schwein oder ein Kaninchen in einem Käfig.

Die Traube der Menschen um die Pfarrer war größer geworden, seit sie diese Leute zum erstenmal auf der Gangway gesehen hatte. Unter ihnen waren Schuljungen. Erst waren es vier gewesen, aber jetzt waren es nur drei. Diese drei überreichten dem Rothaarigen feierlich eine zusammengerollte Erinnerungsurkunde, und dieser bedankte sich mit einer kurzen Rede. Er gestikulierte viel mit den Händen, wenn er sprach. Er putzte sich die Nase. Man klatschte. Ein breitschultriger Mann mit einem dichten Bart – kein Pfarrer, sondern offensichtlich ein Lehrer – führte die Jungen in eine Ecke und sorgte dafür, daß sie Tee und Kuchen bekamen. Nun kam der vierte Junge auch wieder hinzu. Lucinda fragte sich, wer von ihnen reiste und wer in England blieb. Noch einmal erwog sie, ihr Gepäck hinunter in die zweite Klasse bringen zu lassen, aber angesichts der gelangweilten und hochmütigen Mienen der Stewards fehlte ihr die Kraft dazu.

Der rothaarige Pfarrer führte den alten Mann mit dem dunklen Bart (bestimmt war das sein Vater) zu den Sehenswürdigkeiten auf dem Promenadendeck der zweiten Klasse, wobei er aufgeregt mit den Händen fuchtelte wie ein junger Künstler, den man endlich in die Royal Academy aufgenommen hat, und der alte Mann, der seine Schritte überaus vorsichtig setzte, spielte die Rolle des Stolzen und neuerdings Gebrechlichen. Die jüngere Frau plazierte sich (vorsichtig, denn sie war modisch gekleidet) auf ein mit Samt bezogenes Sofa, drückte die Hände an die Augen und blickte hoch. Lucinda sah, daß sie lächelte, und lächelte zurück, weil sie nicht gemerkt hatte, daß dieses Lächeln in Wirklichkeit eine Grimasse gewesen war.

Melody Clutterbuck – sie war es, die das Gesicht verzogen hatte – war es fast schlecht vor Peinlichkeit. Sie fühlte sich unbehaglich und fehl am Platz. Das Schiff schüchterte sie ein, und doch war es nicht das Schiff, das ihr so zusetzte, denn in anderer Gesellschaft hätte sie andere Empfindungen gehabt. Wäre sie allein mit Ian gekommen oder mit ihrem Vater oder mit fast jedem anderen Menschen, den sie kannte, so wäre alles ganz anders gewesen. Aber durch ein blindes und ungerechtes Schicksal war sie gezwungen, sich einer Gesellschaft von Menschen anzuschließen, für die dieses Schiff nicht bestimmt war, und darum gehörte sie zu ihnen. Sie hätte nicht sagen können, welcher von ihren Begleitern am schlimmsten war. Sie waren eine Truppe; ihre Darbietung war zu grotesk, um sich mit ihr auch nur einen Augenblick lang ernsthaft zu befassen. Da waren zum Beispiel die Strattons, eine Sorte Mensch, die Melody Clutterbuck nur zu gut kannte. Von frühester Kindheit an hatte sie ihresgleichen am Eßtisch ihres Vaters, des Bischofs, studieren können. Sie rochen nach Staub und Sherry, und ihre Kleider wiesen glänzende Stellen auf; die männlichen Exemplare hatten einen unsteten Blick und konnten einem keine Sekunde lang in die Augen sehen; die weiblichen vertraten hochherzige Ansichten und klapperten laut mit dem Besteck; beide hatten Manieren, die man als höflicher Mensch bestenfalls mit »herzhaft« hätte umschreiben können. Die Strattons wiesen alle charakteristischen Eigenschaften ihrer Kaste auf. Sie beugten sich über Teller mit Brötchen, die gemacht worden waren, um kleine Kinder bei Laune zu halten. Wenn sie den Mund voll hatten, während jenes kurzen Augenblicks, in dem ein weiteres Abbeißen unmöglich war, sahen sie sich um wie Angestellte von Sotheby's, die gekommen sind, um das Mobiliar zu taxieren. Sie waren schmuddelig, natürlich, aber es war keine Schmuddeligkeit, die man aus der Entfernung wahrnehmen konnte. Sie war so tief in den Stoff, aus dem sie gemacht waren, eingebettet, daß man meinen konnte, sie sei ein Teil von ihnen, und so war es auch tatsächlich. Sie besaßen kultivierte Stimmen, und dies, dieser Widerspruch zwischen dem Klang ihrer Worte und ihrer äußeren Erscheinung, machte sie so beunruhigend.

Aber sie waren ja noch das Beste, was Melody Clutterbucks gegenwärtige Gesellschaft zu bieten hatte. Für sie gab es in ihrer Welt wenigstens Vorbilder. Sie waren »Typen«, und wenn sie auch enervierend waren, so hatten sie in der Menagerie des Lebens doch ihren festen Platz. Oscar dagegen – Oscar jagte Melody Clutterbuck Schauder über den Rücken und ließ ihre Hände sich verkrampfen. Fingernägel gruben sich ins Fleisch, als könnte dadurch genug Verwirrung im Gehirn geschaffen und mit dieser Nebelwand aus Schmerzen jener andere, größere Schmerz ausgesperrt werden. Dieses knochige Dreieck von einem Kopf war ein Graus. Für ein Dreieck war es viel zu lang. Der Mund nahm zu wenig Platz ein. Das Haar war völlig unmöglich. Er hatte jetzt einen leichten Schnurrbart, aber der war so dünn, daß man den Wunsch verspürte, ihm zu sagen, es habe keinen Zweck, weiter darauf zu bestehen. Melody Clutterbuck hatte eine Liste. Eine lange Liste. So konnte sie beispielsweise seine flötende Stimme nicht ertragen, seine fahrig fuchtelnden Hände, seine vollkommene Blindheit für den Abscheu, den sie für ihn empfand – eine Blindheit, die es ihm, trotz allem, gestattete, ihr immer wieder sein gütigstes Lächeln zu schenken. Selbst die Art, wie er beim Steward Kakao bestellte, war, inmitten dieses überaus prononcierten Luxus, naiv bis zur Idiotie. Die Stewards, das sah man auf den ersten Blick, waren entsetzliche kleine Snobs, und Melody Clutterbuck bemitleidete sie (sie beurteilte sie auch – schließlich waren sie bloß Stewards), wenn sie sich die Leute ansah, die sie würden bedienen müssen. In der ersten Klasse, nahm sie an, würde es weniger peinlich zugehen. Sie blickte hoch zu der Dame in der ersten Klasse, verzog leicht das Gesicht und sah mit Befriedigung, daß ihre Grimasse erwidert wurde.

Der berühmte Theophilus Hopkins (mit seinen Briefen an die *Times*, in denen er Mr. Darwin angriff, hatte er sich unsterblich blamiert) war, wenn das überhaupt möglich war, noch schlimmer als sein Sohn. Er kam ihr vor wie ein Schlafwandler. Er hatte sie angesehen, ohne ihr auch nur andeutungsweise zu verstehen zu geben, daß er wußte, was er da sah. Er trug seine Blechkiste mit sich herum, als enthielte sie die Asche eines ihm besonders teuren Menschen. Wenn er sich setzte, nahm er sie auf den Schoß und stellte seine Teetasse darauf ab. Und doch war es nicht der Mangel an Manieren, der Melody störte. Er konnte Tasse und Untertasse auf seiner Kiste abstellen und dabei fast den Eindruck erwecken, als wäre das korrekt. Nein, es war eher das Wissen, daß er nicht ganz richtig im Kopf war. Auf seine Art war er ein gutaussehender Mann und anständig gekleidet. Seine Hände, das mußte man sagen, waren groß und schwielig, eher die Hände eines Handwerkers als die eines Gentleman. Aber das alles machte nichts. Entscheidend war, daß die Wahrscheinlichkeit bestand, er könne sich in den Kopf setzen, dieses Schiff sei Babylon. Das jedenfalls war Ians Befürchtung. Sie vermochte nicht einzuschätzen, wozu der Alte imstande war, und behielt ihn wachsam im Auge. Zwei Gebete hatte sie schon über sich ergehen lassen müssen: eins am Fuß der Gangway und das andere, als die ungeheure Peinlichkeit des Transports per Kran ins Werk gesetzt wurde. Ian hielt es für möglich, daß er anfangen würde, mit einer Peitsche um sich zu schlagen wie Jesus, als er die Geldwechsler aus dem Tempel trieb. Melody fragte sich, was die Blechkiste eigentlich enthielt, und hatte ihm tatsächlich bereits angeboten, sie für ihn in Verwahrung zu nehmen. Das Angebot war höflich abgelehnt worden. Sie hatte den Eindruck, als starrte er die Seidenportieren an. Ian behauptete, sie würden als erste drankommen.

Ihre Gruppe war jedoch keineswegs die einzige auf dem Promenadendeck. Die anderen bestanden vorwiegend aus Männern, und wenn einige von diesen unter ihren neuen Anzügen Kolonisten der ungehobelteren Art zu sein schienen, so war das um so besser. Der Fanatiker würde sehr bald zur Raison gebracht werden.

Er nahm seine Blechkiste. Melody Clutterbuck war auf alles gefaßt. Der Sohn hakte ihn unter. Gemeinsam gingen sie ein Stück und blieben stehen. Die Augen des Vaters waren dunkel und schweiften umher.

48
Wer kann die Tore seines Rachens auftun?

Dem geübten Auge des Verfassers von *Korallenalgen an der Küste von Devonshire* entging nicht das kleinste Detail. Zwar mögen *wir* dies auf Synapsen zurückführen, die seine persönlichen Leidenschaften geschaffen hatten – Millionen von Verbindungen, wie die Knoten in dem Schmetterlingsnetz, das er in seinem Studierzimmer in Hennacombe hatte hängen lassen, wobei jeder Knoten aus einer Notwendigkeit entstanden und durch steten Gebrauch gefestigt worden war –, aber Theophilus Hopkins, ein stolzer Mann und Fellow of the Royal Society, wehrte sich immer energisch gegen jede Interpretation, die ihm irgendein Verdienst zuwies. Wenn er sein Talent als »Gabe« bezeichnete, so war dieses Wort für ihn nicht ein Synonym, sondern die Erklärung für sein Talent. Daß diese Gabe beachtlich war, belegt sein Lebenswerk: die Zeichnungen von Meereslebewesen.

Im Zusammenhang mit der *Leviathan* lohnt es, ein wenig auf diese Gabe einzugehen, denn schließlich sprechen wir von einem der großen Naturforscher und Stilisten seiner Zeit, von einem Mann, der einen Schmetterling zehn Sekunden lang betrachten konnte und danach die Form und Färbung von Körper und Flügeln exakt wiederzugeben vermochte.

Dieser Mann sah nichts von der *Leviathan*. Er behielt keinen Eindruck zurück, außer einer (unnötigen) Besorgtheit darüber, die riesigen Seitenräder könnten das einzige sein, was das Schiff antrieb. Wenn also seine Augen, wie Melody Clutterbuck fand, »umherschweiften«, so fand sich das, was sie betrachteten, weder auf dem Promenadendeck der zweiten Klasse noch im Salon oder in der Bibliothek oder im Spielzimmer oder im Speisesaal oder sonst irgendwo, wohin er seinen Fuß setzte (ganz langsam, und kein Schritt länger als dreißig Zentimeter), während er versuchte, seine Arthritisschmerzen vor dem geliebten Sohn zu verbergen, den der Herr ihm genommen hatte.

Oscar war 1857 weggelaufen. Jetzt war es 1865, und in der Zwischenzeit hatten sie sich nur viermal gesehen. Diese Begegnungen waren so schmerzhaft, daß sie sie nicht ertragen konnten, und das lag nicht daran, daß der Sohn ein »Mann der Rennbahn« geworden war – der

Vater wußte nichts von seinen Geldquellen und glaubte, er werde durch irgendwelche anglikanischen Institutionen unterstützt. Die Wurzeln ihrer Meinungsverschiedenheit lagen vielmehr in den grundsätzlichen Fragen der Theologie. Und doch hatte Theophilus jeden Morgen und jeden Abend für die Seele seines Sohnes gebetet: daß er am Tage des Jüngsten Gerichts doch noch zur Seite des Herrn sitzen möge und daß sie alle – Mutter, Vater, die Kleinen und Oscar – wiedervereinigt und in aller Herrlichkeit unter all den Heiligen stehen würden. Dies waren keine auswendig dahergesagten Gebete, sondern jedesmal neue, und jeder, der zufällig auf dem langen roten Fußweg nach Morley vorbeikam, konnte ihnen außerordentlich detaillierte Informationen entnehmen.

Ganz Hennacombe sprach über die intimsten Einzelheiten von Theophilus' Trauer, und doch hatte er niemanden, mit dem er darüber hätte sprechen können. Die Strattons waren freundlich zu ihm. Sie waren arm, weit ärmer als er selbst. Sie brachten ihm Fleischbrühe und Puddings mit Rosinen. Aber er konnte über diese Angelegenheit nicht mit ihnen reden. Sie würden am Tag des Gerichts nicht zur Rechten Gottes stehen.

Eine Cousine zweiten Grades von Mrs. Stratton hatte eine Stelle bei der Kirchlichen Missionsgesellschaft in London. Von ihr erfuhren die Strattons, daß Oscar nach Neusüdwales fahren sollte, und sie waren es, die Theophilus die Nachricht überbrachten, welche zu übermitteln sein Sohn noch nicht genug Mut gesammelt hatte. Theophilus war gekränkt. Es war schlimmer als eine Kränkung. Es war Eifersucht. Er kaute auf seiner Unterlippe, bis sie blutete. Er konnte es nicht ertragen, daß sie ihn einluden, sie auf der Eisenbahnfahrt zu begleiten, wenn sie fuhren, um sich von dem Jungen zu verabschieden.

Gott hat mich übergeben den Ungerechten und hat mich in die Hände der Gottlosen kommen lassen.

Und doch mußte er es erdulden. Die Strattons waren in einem Irrglauben gefangen, aber sie waren auch freundlich. Er durfte nicht voller Hochmut sein. Er betete zu Gott, er möge ihn davor bewahren, jene Sünde zu begehen, »die so oft Gewalt über mich bekommt«.

Er teilte sich ein Abteil zweiter Klasse mit ihnen. Er trank von ihrem Tee, in dem zuviel Zucker und zuviel Milch war, und kam sich vor wie ein Betrüger. Er hatte die feste Absicht, seinen Sohn zu retten, nicht vor Australien, sondern vor der anglikanischen Ketzerei. Zu diesem

Zweck holte er seine Bibel hervor. Er wickelte sich in seinen Mantel – das Abteil war ungeheizt –, und als der Zug über die lange flache Brücke bei Teignmouth ratterte, achtete er nicht auf die schöne Aussicht, auf die Frauen mit den nackten Beinen, die im Schlamm nach Muscheln suchten, auf den schönen, glänzenden Schimmer, der auf der feuchten Erde lag, oder auf den dunstigen weiß-blauen Himmel. Er kannte die ganze Bibel auswendig, und wenn man eine Stelle zitierte, konnte er von dort fortfahren, bis man ihn bat einzuhalten. Aber an diesem Tag riß er, während der Zug durch Exmouth fuhr, ein Blatt Papier in schmale Streifen und schrieb in winziger Schrift Notizen darauf. Er legte diese Papierstreifen als Lesezeichen in seine Bibel, um vorbereitet zu sein, wenn er das Gebet über seinen Sohn sprechen würde.

Die Anglikaner wollten sich unbedingt unterhalten. Das ganze Gespräch drehte sich ausschließlich um Geld. Er wußte, daß ihre Situation schwierig war. Er empfand eine gewisse Sympathie für sie. Aber ihm war noch nie ein so krasser Materialismus begegnet. Mrs. Stratton erzählte ihm, sie habe mit einem Verleger einen Vertrag über einen Roman abgeschlossen. Theophilus nickte höflich. Innerlich kochte er. Er hatte keinen Zweifel daran, daß Romane des Teufels waren. Mrs. Stratton wollte mit ihm über die finanziellen Regelungen sprechen, die er mit seinen Verlegern getroffen hatte. Er weigerte sich, über etwas zu reden, das ihren Plänen förderlich sein konnte. Mr. Stratton wollte wissen, woher Oscar das Geld für die Passage hatte. Er kam nicht direkt darauf zu sprechen, sondern näherte sich dem Thema wie eine Maus, die hinter einer Fußleiste hervorkriecht: Er zögerte hier, preschte dort vor, huschte mit kleinen grauen Trippelschrittchen hin und her. Theophilus fand das impertinent. Er bat um Entschuldigung und wandte sich wieder seiner Arbeit zu, aber auch das brachte die Strattons nicht zum Schweigen, und sie fuhren fort, miteinander über ihre Schillinge und Pennies zu reden. Es war, als teilte man das Abteil mit zwei Krämern.

Theophilus erregte sich – auch wenn er das unchristlich fand – so sehr über die Strattons, daß er beim Wiedersehen mit seinem Sohn gänzlich unvorbereitet war. Bevor er seine Muskeln stählen konnte, hatte ihn der Schlag schon getroffen. Er stand auf dem grauen, rußigen Bahnsteig in Southampton und wurde fast fortgerissen. Er sah, wie Mrs. Stratton seinen Jungen umarmte. Die Eifersucht grub ihre Krallen in ihn. Er zitterte. Er umarmte seinen Sohn nicht. Er schüttelte ihm formell die Hand, aber dabei fühlte er sich so leicht im Kopf, daß er fürchtete, er könne ohnmächtig werden. Unter dem Vorwand, er müsse einen Stiefel neu verschnüren, ging er zu einer Bank, aber als er sich gesetzt hatte, wagte er es nicht, sich niederzubeugen, aus Angst, das Blut könne ihm zu Kopf steigen. Er stellte die Blechkiste neben sich und legte die Bibel darauf. Ein paar Lesezeichen fielen heraus. Mr. Stratton hob sie für ihn auf. Theophilus stopfte sie in die Manteltasche, als wären sie nichts weiter als dürres Laub.

Von da an fühlte er sich schwach. Er war wie einer, der eigentlich nach Edinburgh wollte und sich nun in Osaka wiederfindet. Alles war seltsam, entrückt, alles zitterte und bebte. Sein Sohn erschien ihm wunderschön. Sein Herz sang das Hohelied Salomos. Sein Sohn hatte das fein geschnittene, herzförmige Gesicht seiner Mutter, jenes Gesicht, das Theophilus in jenem wunderbaren Augenblick, da der Samen aus ihm herausfloß, in die Hände genommen hatte. *Mein Freund ist mir ein Büschel Myrrhen, das zwischen meinen Brüsten hanget.* Er hatte das herrliche Haar und die zarte, helle Haut seiner Mutter, ihre Lebhaftigkeit und Begeisterungsfähigkeit, ihre großen Augen und vor allem ihre Fähigkeit zu hoffen. Es war kein dunkles Gesicht, eines, das eine Beute der Hoffahrt oder des Neides werden würde. Es war ein besseres, ein viel besseres Gesicht. Er bot sein Geschenk dar. Es war alles, was er hatte.

Bei der Kiste handelte es sich, wie Sie bereits wissen, um eine Blechkiste, die Gerätschaften zum Löten enthielt, ein Verfahren, auf das Theophilus große Stücke hielt, das von seinem Sohn aber nie wirklich gemeistert worden war. Theophilus hatte nicht nur die Kiste, sondern auch die Holzgriffe der Löteisen selbst angefertigt. Für die Säure und das Flußmittel hatte er seine beiden besten Flaschen (die mit den eingeschliffenen Stöpseln) geopfert. Er hatte eine kleinere Schachtel gemacht, die das Harz enthielt. Auf dem Deckel der Kiste war mit Nieten eine kleine Kupferplakette befestigt, in die er »O. J. P. Hopkins – ein Geschenk von seinem Vater« geätzt hatte.

Aber selbst als der Sohn das Geschenk entgegengenommen und ihm gedankt hatte, konnte Theophilus ihn nicht mit ruhigem Herzen ansehen. Er verspürte den Drang, mit ihm niederzuknien und zu beten. Was ihn davon abhielt, dies auf jenem Bahnsteig in Southampton zu tun, war nicht Befangenheit. (Er schämte sich niemals, öffentlich Zeugnis abzulegen.) Es war vielmehr die Angst, er könne von seinen Gefühlen übermannt werden. Dies war sein Fehler, der Sprung in dem Ton, aus dem er geformt war, und dieser Fehler war um so schrecklicher, als er so unvermutet war: daß einer, der selbst vor den feindseligsten Zuhörern so furchtlos zu predigen vermochte, auch zusammenbrechen und vor aller Augen die Herrschaft über sich verlieren konnte. Er hatte bei der Beerdigung der Mutter des Jungen Schande über sich gebracht. Er hatte versucht, ein Gebet für sie zu sprechen. Man hatte ihn weggeführt. Er hatte kein Wort herausbringen können. Die Stimme in seiner Kehle war ihm fremd gewesen.

Als er den Namen *Leviathan* zum erstenmal hörte, saßen sie in einem Hansom und fuhren durch schlüpfrige Straßen in Richtung Hafen. Er dachte nicht an ein Schiff. Er wußte zwar, daß es ein Schiff war. Er hatte zugehört, als die Strattons ihm mit großer Sachkenntnis einen Vortrag über dieses Thema gehalten hatten. Aber als er in Southampton das Wort *Leviathan* hörte, dachte er an das riesige Untier, das Gott geschaffen hatte, um Hiob zu beeindrucken und ihm seine Unwissenheit und Ohnmacht vor Augen zu führen.

Ich will nicht schweigen von seinen Gliedern, wie groß, wie mächtig und wohlgeschaffen er ist. Wer kann ihm den Panzer ausziehen? Wer kann die Tore seines Rachens auftun? Um seine Zähne herum herrscht Schrecken. Stolz stehen die Schuppen wie Reihen von Schilden, geschlossen und eng aneinandergefügt. Aus seinem Rachen fahren Fackeln, und feurige Funken schießen heraus. Seine Schuppen haften an ihm, fest angegossen, ohne sich zu bewegen.

Das war der *Leviathan*, den Theophilus sah. Er stand auf dem Kai und starrte ihn an.

Er sah, daß sein Sohn vor dem *Leviathan* zitterte.

Regentropfen hingen an seinen Haarspitzen wie an einer Distelblüte.

»Aber«, sagte Theophilus, »aber du wirst doch wohl gehen können, Oscar.« Doch plötzlich waren eine Tragbahre, eine Augenbinde, ein Käfig aufgetaucht. Er wollte sein Gebet sprechen, aber als er begann, achtete niemand auf ihn. Die Arthritisschmerzen waren aus demselben Stoff genäht, aus dem sein Tag gemacht war – wie mit einer blitzenden Nadel, in der ein stumpf glänzender Draht steckte. Die Schmerzen machten es ihm unmöglich, sich richtig zu konzentrieren, aber der Name *Leviathan* blieb ihm im Bewußtsein und spendete ihm einen eigenartigen und unerwarteten Trost: Er erinnerte ihn daran, daß er am Willen Gottes nicht zweifeln durfte, daß er als Unwissender vor Seinem Angesicht stand und daß sein Sohn am Ende vielleicht doch nicht verdammt war.

Theophilus Hopkins betrachtete dieses Schiff nicht als Werk des Satans. Und das, was ihm nicht gefiel – Satin, Seide, Plüsch –, sah er nicht an. Wenn ihn das Innere überhaupt an etwas erinnerte, so an das einer anglikanischen Kathedrale, aber er beschloß, gar nicht auf Einzelheiten zu achten. Er wollte nur das Gesicht seines Sohnes im Gedächtnis behalten.

Er wollte hinauf an Deck gehen. Er hatte ein starkes Verlangen nach frischer Luft. Das Meer war rein und unverdorben.

Oscar konnte nicht hinauf an Deck gehen. Darum blieben sie unten und gingen mit untergehakten Armen auf und ab, wie Theophilus es Männer in Italien hatte tun sehen.

Oscar lobte das natürliche Licht und die gute Belüftung. Er hatte das Prinzip dieser Dinge sehr gut erfaßt.

Sie gingen in Oscars Kabine, wo das Stück Zelluloid war, jenes neue Material, von dem Theophilus gelesen, das er jedoch noch nie gesehen hatte. Das Zelluloid war am Bullauge befestigt und in Quadrate unterteilt. Er bekam keine befriedigende Erklärung dafür, beharrte aber nicht darauf. Er meinte, sie könnten vielleicht ein Gebet sprechen. Er fragte sich, ob das Gebet, das er im Zug formuliert hatte, überhaupt das richtige Gebet war. (Er war voller Hoffahrt und Eifersucht gewesen.)

Oscar zeigte ihm, wie man das Bett tagsüber hochklappen und abends herunterlassen konnte. Als das Bett heruntergeklappt war, nahm Theophilus darauf Platz, und der Schmerz in seinen Gelenken ließ einen Augenblick lang nach. Oscar setzte sich ihm gegenüber auf einen niedrigen Stuhl mit einer geschnitzten Rückenlehne, aber er konnte nicht stillsitzen und wippte mit den Knien und spielte mit den Händen.

Das war der Zeitpunkt für Theophilus' zweites Geschenk. Es war winzig, in weißes Seidenpapier eingepackt und mit einem schwarzen Band umwickelt. Es hatte etwas Bedrohliches an sich, und das schwarze Band (ein Rest von einem Trauerflor aus Theophilus' Schreibtischschublade) sollte vielleicht an die Frau erinnern, aus deren Schoß dieses Geschenk gekommen war. Es war eine Glückshaube, jene kleine Membrane, die bei der Geburt Oscars Kopf bedeckt hatte, und sie war aufgehoben worden, Oscars Mutter hatte sie aufgehoben, weil es hieß – das war selbstverständlich ein Aberglaube –, daß sie das Kind vor dem Ertrinken bewahren würde.

»Hier«, sagte er und hielt es Oscar mit deutlich zitternder Hand hin. »Das ist deine Glückshaube.« Und als Oscar nicht verstand: »Die saß oben auf deinem kleinen Kopf.«

Er zog sein Taschentuch hervor und füllte den Raum mit dem Duft von Mrs. Williams' Bügelbrett. Er schneuzte sich, ohne seinen Sohn anzusehen. Er dachte an ein Kind und eine Frau auf einer Landstraße in Devonshire zurück – Myrten, duftende Hecken, herrlicher roter Matsch, der derart dick an ihren Stiefeln klebte, daß ihre Füße so schwer und tapsig wurden wie die von Traumwesen.

Oscar legte die Glückshaube in die Kiste mit dem Lötzeug. Es war kaum noch Platz darin, aber er zwängte sie hinein, bog sie um die Säureflasche, stopfte sie neben die Schachtel für das Harz und zerknitterte dabei das Papier und knickte das Trauerband. Er wollte das Päckchen nicht beschädigen. Er war von diesem Geschenk sehr gerührt. Er verschloß den Deckel und stellte die Kiste umständlich auf ein Regal hinter seinem Kopf. Als er sich schließlich wieder seinem Vater zuwandte, war sein Gesicht wachsam und verschlossen.

Theophilus' Gefühle machten Oscar angst. Er konnte diese Gefühle nicht benennen. Er konnte ihre Farbe, ihre Form nicht einmal ahnen, und obgleich er sich für den Rest seines Lebens fragen würde, wie diese Gefühle aussahen, wich er jetzt, da es wahrscheinlich schien, daß sie so nackt und bloß wie Messer und Gabeln auf einem weißen Tischtuch vor ihm ausgebreitet würden, vor ihnen zurück.

Er erinnerte sich an die Haut seines Vaters, an die Stelle auf der Wange, wo der schwarze Bart dünner wurde, und an die gerippte Wattlandschaft der Bucht unter den Augen. Die Haut sah aus wie etwas, das zu lange eingepackt gewesen ist. Und da war ein Geruch, ein vertrauter und irritierender Geruch, den er als den Geruch eines Hauses erkannte, das die Familie ein halbes Jahr lang nicht bewohnt hat. Diese Verbindung von Vertrautheit und Distanz war höchst beunruhigend. Und da waren auch Geräusche. Man konnte sie schon seit geraumer Zeit hören: elektrische Megaphone. Bald würde man in See stechen. Oscar spürte hinter sich die endlose Weite des Wassers. Die Linien auf dem Zelluloid zerschnitten sie, unterteilten sie säuberlich in Quadrate, die an den Rändern verliefen und wieder zusammengefügt wurden und dann abermals zerschnitten und zusammengefügt, zerschnitten und zusammengefügt wurden.

Oscar sagte irgend etwas Munter-Unverbindliches und floh auf das Promenadendeck.

Es roch nach frischer Farbe und Elektrizität. Außerdem hing ein zarter Duft nach Brandy und Leder in der Luft, wie bei einem Schuhmacher eine Woche vor Ascot. Dies alles war mit dem feinen, aber deutlichen Geruch des Meeres durchwoben. Oscar glaubte zu spüren, daß die *Leviathan* sich bewegte. Seine linke Hand klammerte sich an das Wandgeländer. Er grinste Melody Clutterbuck an.

Miss Clutterbuck nahm die Totenschädelgrimasse kaum wahr. Der Vater – der hinter dem Sohn in der Türöffnung erschien – war es, der ihr Sorgen machte. Sie sah zu, wie er aus der höhergelegenen Kabine kroch, und fand, daß er sich umsah, als stünde er auf der Kanzel. Als er ging, bewegte er sich langsam; daß Schmerzen der Grund dafür sein könnten, fiel ihr nicht ein.

Sie erhob sich und schob sich in Richtung der anderen Treppe, wie eine Bankkundin, die das Gefühl hat, daß vor ihr in der Schlange Bankräuber stehen, ihrer Intuition aber nicht so recht traut.

Und so blieb ihr die Peinlichkeit nicht erspart. Reglos und bleich stand sie da, mit roten Flecken auf den plumpen Händen, den Händen, welche die Handschuhe umklammerten, die sie ausgezogen hatte, als der Tee serviert wurde. Sie sah den älteren Hopkins niederknien. Sie glaubte, ein Stöhnen zu hören. Sie dachte: Prediger knien nicht!

Sie sah, daß ein Steward zu dem alten Mann gehen wollte, dann aber innehielt. Die Gottesanbeterin kniete neben dem Vater nieder. Miss Clutterbuck meinte, das Aufschlagen knochiger Knie auf einem Teppich zu vernehmen, der dick genug hätte sein sollen, um jedes Geräusch zu verschlucken. In diesem Augenblick sah sie ihrem Verlobten in die Augen, allerdings nur eine Sekunde lang, denn er – oh, du Kindskopf, du Kindskopf – tat es diesen Fundamentalisten gleich. Sie sah zu den Strattons, aber er lag schon auf seinen glänzenden Knien, und sie war dabei niederzuknien und stützte sich mit ihrer großen Hand auf seine Schulter. Und jetzt sah Melody Clutterbuck auch Fremde, die gar nichts mit dieser jämmerlichen Gruppe zu tun hatten. Ein kleiner Mann, der nach nassen Tieren roch, kam und kniete neben ihr nieder. Der Anblick seines erkahlenden Schädels hatte etwas schrecklich Intimes an sich. Andere, von denen manche kristallene Weingläser in den Händen hielten, schlossen sich an. Die Stewards blieben stehen, aber auch sie falteten die Hände und beugten den Kopf, wie viele Baptisten es taten. Draußen fuhr das Megaphon fort zu brüllen, aber hier drinnen war es sehr still, und Melody Clutterbuck, die nicht wollte, daß man sie für eine Renegatin hielt, kniete nieder.

Es trat eine lange Stille ein – eine Minute, vielleicht zwei Minuten lang –, bevor Theophilus Hopkins, Fellow of the Royal Society, sein Gebet begann.

»Allmächtiger Gott«, sagte er. In seiner Stimme war ein Knoten. Er fing noch einmal an: »Allmächtiger Gott, dies ist mein Sohn.«

Die nächste Pause war kürzer, aber quälender.

»Dies sind seine Freunde, seine Reisegenossen.«

Man konnte Mrs. Strattons asthmatisches Schnaufen hören. Sie schwankte ein wenig. Mr. Stratton rieb ihr den Rücken.

»O Herr, unser Gott«, sagte Oscars Vater, und seine tiefe Stimme war so erstickt, daß viele die letzten Worte nicht hörten: »Was können wir tun?«

Dann stand er. Er berührte seinen Sohn so kurz, er strich ihm so leicht über die Schulter, daß Oscar sich sein Leben lang fragen würde, ob er es sich nicht bloß eingebildet hatte. Er ging schnell und unter Schmerzen die Treppe hinauf. Mit einem eigenartigen Trippeln entschwand er den Blicken: hastige, kurze Schritte und ein fest verschlossenes Gesicht. Die Gemeinde erhob sich langsam. Keiner sah den anderen an.

Unten auf dem Kai betete Theophilus Hopkins ein zweites Mal. Er stand vor der *Leviathan*, und um ihn sammelte sich eine Menge. Aber die Schuppen des Ungeheuers hafteten fest aneinander, und seine Stimme drang nicht bis zu seinem Sohn, der sich weigerte, das Promenadendeck zu verlassen.

Oscar wartete auf die Rückkehr seines Vaters. Und während er wartete, während nun auch ihm klar wurde, daß sein Vater für immer gegangen war, konnte er seinen Blick nicht von dem Schott wenden, durch das Menschen geschäftig aus und ein gingen und durch das der alte Mann verschwunden war. Ein großer Schmerz legte sich auf sein Herz und umklammerte seine Lungen, so daß er, obgleich er mitten unter Freunden stand und seine roten Lippen geöffnet waren, keine Luft bekam, die ihm Linderung hätte bringen können.

Er dachte: Nie wieder werde ich sein weises altes Gesicht sehen.

Er dachte: Ich bin ein schlechter Sohn, daß ich ihn so allein zurücklasse. Er umarmte Mrs. Stratton und schüttelte Wardley-Fish, Miss Clutterbuck, Mr. Colville und den Schülern die Hand. Ein Tohuwabohu aus Sirenen, Glocken und Feuerwerk erklang. Lucinda, die von oben zusah, fragte sich, warum der Pfarrer ganz allein auf der leuchtendroten Chaiselongue saß.

Im geometrischen Mittelpunkt des Schiffes war Oscar im Netz seiner Angst gefangen. Er glaubte sich von allen verlassen.

49
Das System

Mr. Stratton erschreckte Oscar zu Tode. Er schob sein Gesicht dicht vor das Oscars. Er tat das ohne Vorwarnung. Er schlich mit einem letzten Abschiedsglas Sherry in der Hand über den Teppich. Der Junge sah nicht auf, aber Mr. Stratton glaubte nicht, unsichtbar zu sein. Ganz im Gegenteil. Er war der letzte Besucher auf dem Promenadendeck. Er war bereits zweimal gebeten worden, das Schiff zu verlassen. Er hatte das Gefühl, als tauchte ihn seine Weigerung in Scheinwerferlicht.

Er glaubte, der junge Mann warte auf ihn. Aus seiner Sicht war das nur natürlich, denn es gab Dinge, die schon zu lange aufgeschoben worden waren und die zwischen ihnen besprochen werden mußten. Er hatte erwartet, daß sie früher zur Sprache kommen würden, aber da das nicht geschehen war, mußte man eben jetzt über sie sprechen. Er war ein Mann mit einem nervösen Respekt vor Uhren und Fahrplänen. Glockengeläut, Alarmklingeln, Sirenen hatten eine direkte Wirkung auf seine Physiologie. Aber heute würde er sich nicht von Sirenen einschüchtern lassen. Wenn nötig, konnte man ihn ja in einem Ruderboot an Land bringen.

Mr. Stratton setzte sich einen Meter von Oscar entfernt auf die Sitzbank. Er stellte das Sherryglas auf der Rückenlehne ab. Er brachte es geschickt ins Gleichgewicht und machte sich wirklich gar keine Gedanken darüber, ob der Alkohol Flecken auf der Politur hinterlassen würde.

Oscar sah ihn nicht. Oscar sah nur das Bild, das das Gesicht seines entschwundenen Vaters auf seiner Netzhaut hinterlassen hatte, und ganz besonders das pennygroße, verletzliche Stück Haut unterhalb der Augen.

»Du kannst mich jetzt nicht länger hinhalten«, sagte Mr. Stratton. Er schob sein Gesicht dicht vor das Oscars.

Oscar fuhr gute fünf Zentimeter von seinem Sitz hoch.

»Ha!« sagte er.

Mr. Strattons selbstzufriedenes Gesicht blieb, wo es war, während die dazugehörige Hand sich rückwärts bewegte und blindlings über die Lehne der Sitzbank nach dem Sherryglas ihres Herrn tastete.

Oscar mochte die Strattons nach wie vor gern, und sein Mitleid für Mr. Stratton hatte seinen Gefühlen keinen Abbruch getan, ganz im Gegenteil, aber heute fühlte er sich abgestoßen von der allzu aufdringlichen gerissenen Schläue, die er auf dem Gesicht sah, welches einst – die Vergangenheit schimmerte noch durch die jetzige Verderbtheit hindurch – so unschuldig und jungenhaft gewesen war.

Oscar war zu sehr mit dem Verlust seines Vaters beschäftigt, um verstehen zu können, worauf der Pfarrer hinauswollte. Er legte Mr. Stratton die Hand auf die Schulter. »Es muß sein«, sagte er. »Es ist traurig, aber es muß sein.«

Aber Mr. Strattons Gesicht war vor Argwohn ganz verkniffen. Es war ein Gesicht, das wußte, daß die Welt nicht so war, wie sie gemeinhin dargestellt wird. Es wußte, daß es überall Tricks und Schliche gab, auf die Bischöfe, Universitätsrektoren, Könige und sogar Dekane kleiner Landgemeinden zurückgriffen. Es war ein Gesicht, das zu einer Häresie bereit war, einer Häresie, die selbst den Herrn der himmlischen Heerscharen in einen eitlen und prahlerischen Demiurgen verwandeln würde, dessen Anspruch auf Allmacht sich lediglich auf Dummheit und Hochmut gründete.

»Wir haben lange genug Katz und Maus gespielt«, sagte Mr. Stratton und sah Oscar mit bohrendem Blick in die Augen. »Du mußt es mir jetzt sagen.«

Als Oscar Mr. Stratton in die Augen sah, hatte er das Gefühl, als habe er das noch nie zuvor getan, als habe er diesen Blick aus Höflichkeit, ja übertriebener Empfindlichkeit, immer vermieden, wohl wissend, daß er dort nichts als Elend finden würde. Heute war es ihm nicht gestattet, diesen Augen aus dem Weg zu gehen. Sie waren blau und wäßrig; das Weiße war gelblich, geädert, fleckig, wie das Klobecken im »Swan« in Morley.

Mr. Strattons Hand führte das Sherryglas an den Mund. Die Unterlippe schob sich ihm erwartungsvoll entgegen. Der Fuß des Glases kam Oscars Nase recht nahe.

»Wir haben uns um deinen armen Vater gekümmert«, sagte Mr. Stratton, »so gut wir eben konnten. Wir haben ihm zu essen gegeben, auch wenn wir selbst kaum genug hatten, und wir durften nicht damit rechnen, dafür belohnt zu werden, jedenfalls nicht in dieser Welt. Und in ähnlicher Weise haben wir für dich gesorgt. Du glaubst doch wohl nicht, daß wir es auf *Profit* abgesehen hatten.« Mr. Stratton lachte, ein flaches Geräusch, das mit verbrauchter Luft weit hinten in der Kehle erzeugt wurde. »Wir haben dir eine Ausbildung ermöglicht, damit du Zeugnis ablegen kannst. Wir hatten keine Ahnung, daß wir einen reichen Mann unterstützt haben.«

Mr. Stratton sah sich auf dem Promenadendeck um und unterstrich die Pracht der Umgebung mit einer Mimik, die auf der Bühne puren schauspielerischen Dilettantismus offenbart hätte, hier jedoch, vorwärtsgepeitscht vom rauhen Wind der Gekränktheit, lediglich dazu diente, Oscars Herz mit Scham zu erfüllen.

»Ich bin Ihnen dankbar«, sagte Oscar. »Ich bin Ihnen immer ...«

»Deinen Dank hast du bereits zum Ausdruck gebracht«, sagte Mr. Stratton. »Ich kann nicht behaupten, daß es eine Wohltat war, mit teurem Kaffee oder geheimnisvollen Geldbündeln verspottet zu werden.«

Einen Augenblick lang wurde Oscar wütend. Die Beträge, die er den Strattons geschickt hatte, waren nicht unerheblich gewesen.

»Selbstverständlich willst du mit mir darüber sprechen«, sagte Mr. Stratton. »Du willst mich nicht länger verspotten.« Und er öffnete den Mund ein wenig, wie es seine Gewohnheit war, wenn er auf eine Antwort wartete. Seine rosige Zungenspitze fuhr über die vom Sherry klebrigen Lippen.

Die Sirenen dröhnten. Die Signale hatten ihr Tempo geändert und kamen nun kurz, scharf, eindringlich, wie Dolchstiche in eine straff gespannte weiße Leinwand.

»Bei Gott, du wirst es mir jetzt sagen. Du kannst nicht fahren, ohne es mir gesagt zu haben.« Er packte Oscars Handgelenk und drückte zu. Er ließ nicht los. Es tat weh. »Wie kommt ein Mann der Kirche an Mittel, die es ihm erlauben, in solchem Luxus zu reisen? Ich will keine milden Gaben. Ich komme nicht mit einem Bittbrief zu dir. Ich bin zwar tief gesunken, aber so tief denn doch nicht. Du mußt mir verraten, wie du das gemacht hast.«

»Sie würden die Geschichte nicht sehr schön finden.«

»Um meine Gefühle brauchst du dir keine Sorgen zu machen, mein Kleiner.« Er drückte Oscars Handgelenk noch fester, und sein Mund zuckte einen Augenblick lang vor Wut. »Ich bin so arm, daß ich mir keine leisten kann.«

»Sie wären nicht stolz auf mich.«

»Ich wäre nicht stolz auf dich? Ich bin es nicht! O Herr, mach, daß er aufhört, so um den Brei herumzureden.«

»Wenn ich es Ihnen sagen würde, und mein Papa würde davon hören, dann wäre das ein Schlag, von dem er sich nie erholen würde.«

»Du hast mein Wort, daß er nie davon erfahren wird«, sagte Hugh Stratton, und als er sah, daß Oscar noch immer zögerte, fuhr er fort: »Lieber Oscar, du *mußt* meinem Wort glauben.«

»Ich habe gewettet«, sagte Oscar, »wie Sie schon vor langer Zeit vermutet haben.«

»So«, sagte Mr. Stratton und atmete tief aus, »gewettet.«

»Ich glaube, das Schiff legt ab.«

»Dann mußt du ein System haben. So nennt man das doch, oder?«

»Ein System?«

»Ja, ein System. Temple hat mir das erklärt. Du hast ein System, und du wirst es für mich aufschreiben.«

Und wirklich fischte er aus seiner viel zu vollen Jackentasche einen gebrauchten Briefumschlag und einen Bleistiftstummel und schaffte es, Oscar beides in die Hand zu drücken, ohne den schmerzhaften Griff um sein Handgelenk auch nur einen Augenblick lang zu lockern.

»So leicht ist das nicht. Das kann man nicht einfach so aufschreiben. Wir haben zu lange damit gewartet.«

Mr. Strattons Hand lockerte ihren Griff, seine Kinnlade klappte herunter, und die Haut seines Gesichtes schien leblos und ausgepreßt – ein verbrauchtes Ding vom untersten Brett in der Spülküche.

Oscar hätte sein Handgelenk gern befreit, tat es aber nicht.

»Schreib es auf, Junge. Ich bitte dich.«

Er wußte nicht, was er da verlangte. Es war unmöglich. Die Tabellen und Statistiken, aus denen das System bestand, füllten sechzehn in schwarzes Leinen gebundene Kladden. Mit all den Spalten und Untergliederungen herrschte darin eine so penible Ordnung wie in den Schachteln mit Knöpfen, die Oscar in seinem Vaterhaus sortiert hatte, und doch waren sie auch voller Tintenkleckse und Eselsohren. Seine Hand war seinem Kopf ein schlechter Diener – sie war ein Schmierfink, während sein Kopf ein gewissenhafter Bursche war, der weiße Manschetten trug und despotisch darüber wachte, daß alles an seinem Platz war.

Diese Kladden befanden sich in seinem Schrankkoffer. Sie würden ihm in Neusüdwales nichts nützen. Gewiß war noch genug Zeit, in die Kabine zu eilen und sie Mr. Stratton in die Hand zu drücken. Der Pfarrer würde natürlich nicht schlau daraus werden, aber die Erklärung konnte ja brieflich folgen, und das, worauf es ankam, war die Geste des Schenkens. Denn diese Bücher waren der Beweis, daß man auf der Rennbahn gut verdienen konnte, sofern man sich dieser Aufgabe mit christlichem Eifer widmete.

Und doch konnte er sich nicht von ihnen trennen.

Er wußte nicht, warum er es nicht konnte. Er hatte nicht damit gerechnet, daß man es von ihm verlangen würde, und als das geschah, empfand er nicht den Wunsch, großzügig zu sein, sondern Zorn und Verwirrung. Diese Bücher waren so eng mit seinem Leben verknüpft, sie waren sein Leben, seine Obsession, seine Tagebücher, seine Verbindung zu Gott, die Fessel, welche ihn an das Ungeheuer band, das er füttern mußte. Sie waren privat. Sie waren geheim. Fünf Jahre Arbeit steckten in ihnen. Er war durch den ganzen Süden Englands gefahren, um die verschlüsselten Informationen, die sie enthielten, zusammenzutragen. Seine Geschichtsschreibung war, trotz aller Tintenkleckse und Eselsohren, der eines jeden Buchmachers am Tattersall überlegen – diese Bücher enthielten Aufzeichnungen über fünfhundertfünfundzwanzig Rennpferde sowie darüber, ob sie sich verbesserten oder verschlechterten, über Plazierungen und Gewichte, über Distanzen und Bodenverhältnisse usw., usw. Und obwohl er nie auf Stuten oder Einjährige gesetzt hatte, waren auch sie verzeichnet.

»Bitte gehen Sie jetzt, Mr. Stratton«, sagte Oscar sanft. »Sie kennen jetzt ein Geheimnis, das mir gefährlich werden kann, und darum können Sie sicher sein, daß ich Ihnen aus Neusüdwales schreiben werde. Ich werde Ihnen schreiben, wie ich es gemacht habe.«

Er war ein Geizhals. Er war unchristlich. Er mußte die Bücher verschenken. Selbst wenn er nicht in der Schuld der Strattons gewesen wäre, hätte er die Bücher verschenken sollen. Aber er war ein Wiesel, er war verschlagen, wenn es um Ausflüchte und Ersatzangebote ging.

»Ich werde Ihnen die Bücher postwendend von Sydney schicken. Ich gebe Ihnen mein feierliches Wort, und Gott soll mein Zeuge sein. Und Sie haben ganz recht, wenn Sie sagen, daß ich gedankenlos und unfreundlich gewesen bin, weil ich nicht bedacht habe, in was für einer

Situation Sie waren. Ich hatte nur Angst, daß Sie es meinem Papa sagen würden.«

Hugh Stratton begegnete dem Blick der klaren Augen des jungen Mannes und wagte es noch nicht so recht, ihm zu vertrauen.

»Schreib es auf.«

»Das ist nicht so einfach. Das kann ich nicht.«

»Schwörst du bei Gott?«

»Ich schwöre bei Gott.«

Was schwor er? Lediglich, daß er die Bücher nicht in fünf Minuten abschreiben konnte. Das war wahr, ganz eindeutig, aber er war im Umgang mit dieser wieselhaften Art von »Wahrheit«, die eigentlich gar keine Wahrheit war, zu geschickt geworden.

»Geht es um Rennpferde?«

Gib ihm die Bücher. Gib sie ihm.

»Ja.«

Mr. Stratton ließ sein Handgelenk los. Er nickte. Er machte den Mund auf, um etwas zu sagen, aber die Sirenen triumphierten. Er nickte wieder, und dann noch einmal. Er traf eine gefährliche Entscheidung, wie er sein Wettprogramm finanzieren würde. Er rannte die Treppe hinauf und verzog das Gesicht, als der Ischiasschmerz ihn durchfuhr. Oben angekommen, rief er etwas, aber Oscar hörte ihn nicht. Er betrachtete das leuchtend rote Armband, das Mr. Stratton ihm auf die Haut gedrückt hatte. Er saß in der prächtig ausgestatteten Höhle des Promenadendecks der zweiten Klasse, allein mit diesem neuen Wissen um seine Verderbtheit.

50
Pachinko

Damit es mich geben kann, müssen sich ein Spieler und eine Spielerin begegnen, besessen der eine, zwanghaft die andere. Eine Tür muß sich in einem bestimmten Augenblick öffnen. Gegenüber der Tür muß eine mit rotem Plüsch bezogene Sitzbank stehen. Der Besessene, der mit den achthundertachtzig Seiten – zehn Spalten pro Seite – in sechzehn leinengebundenen Kladden, muß, das aufgeschlagene Gebetbuch auf dem verknitterten Schoß, auf dieser roten Polsterbank sitzen. Die Zwanghafte muß das Gefühl haben, durch die geöffnete Tür vorwärtsgezogen zu werden. Sie muß auf den besessenen Spieler zugehen und (obwohl sie zu diesem Zeitpunkt noch gar nicht weiß, wie ihre Worte lauten werden) eine Unwahrheit sagen: »Es ist meine Gewohnheit, die Beichte abzulegen.«

Aber selbst dazu, zu diesem Abschluß, der von dem aktiven Teil eine Reise voraussetzt, die so komplex ist wie die eines Pachinkoballs aus rostfreiem Stahl (er rollt in einer Rinne durch Tunnel aus Metall, schießt ein Gefälle hinab, ändert die Richtung, hinunter in den Bauch der *Leviathan*, hinauf, biegt ab, kullert hinauf und weiter hinauf und schließlich durch die Tür gegenüber der roten Polsterbank), wäre es vielleicht nicht gekommen, wenn das Ventilationssystem der *Leviathan* nicht eine einzigartige Eigentümlichkeit aufgewiesen hätte, von der seine Planer nicht die geringste Ahnung hatten.

Diese Eigentümlichkeit war folgende: Sie leitete Unterhaltungen von einer Kabine zur anderen, und so wurde Lucinda von den Geräuschen gelangweilter Stewards heimgesucht, die die ganze Nacht Karten spielten. Sie waren nicht in der Kabine nebenan. Die war leer, wie auch alle anderen Kabinen der ersten Klasse, von denen Lucinda beim Durchblättern der Reedereibroschüren angenommen hatte, sie würden sie mit Gesellschaft für die Reise versorgen. (Ein paar Bayern waren in der Fürstensuite, aber diese war mit einer blauen Seidenkordel abgeteilt.) Die Stewards saßen ein paar leere Kabinen weiter, und die Luftschächte waren so konstruiert, daß Lucinda sie vielleicht gar nicht gehört hätte, wenn die beiden Räume näher beieinander gelegen hätten.

Ihre Unterhaltungen waren einwandfrei zu verstehen, so als hätte jeder sein eigenes Sprachrohr.

Wegen ihnen konnte sie nicht lesen. Es war nicht die Lautstärke. Es waren die Themen. Jetzt, dachte sie, spielen sie Tupenny und jetzt Blind Jack und jetzt Poker. Der Cockney mit der hohen Stimme ist der beste Spieler. Sie mochte ihn. Sie stellte ihn sich vor, mit seinem sandblonden, drahtigen Haar und seiner Angewohnheit, die Augen zusammenzukneifen. Er grinste viel. Manchmal kaute er auf einem Streichholz herum. Er gab keine Geheimnisse preis. Da war ein anderer, der schneller sprach, wenn er gute Karten hatte. Er war aus Liverpool. Von ihnen allen war er derjenige, der sich die meisten Sorgen um seine neue Stellung machte. Er war vorher Chefsteward auf der *Sobraon* gewesen, und wenn Lucinda es nicht schon gewußt hätte, so hätte sie nun erfahren, daß die *Sobraon* ein sehr angesehenes Schiff war. Der Chef dieses Mannes hatte sich darüber, daß sein Untergebener seinen Posten aufgeben wollte, um auf ein anderes Schiff zu gehen, so aufgeregt, daß er gesagt hatte, er werde ihn nie mehr anheuern. »Nie«, wiederholte er immer wieder. »Unter gar keinen wie auch immer gearteten Umständen.«

Die Stewards sahen sich als die »Crème de la crème«. Sie waren stolz auf ihre Arbeit. Sie waren nicht die beschränkten Snobs, für die Melody Clutterbuck sie gehalten hatte. *Sie* war die Snobistin. Diese Männer waren Perfektionisten. Sie waren so stolz wie Glasbläser. Man hatte sie hereingelegt. Sie hatten gedacht, sie würden Passagiere bedienen, die ihre Finesse zu würdigen wissen oder wenigstens wahrnehmen würden; statt dessen hatten sie es hauptsächlich mit vierschrötigen Kolonisten zu tun, die sie herumkommandieren wollten. Unten in der zweiten Klasse gab es einen Mr. Borrodaile, einen reichen, streitsüchtigen Mann, der sich betrank und Schiffszwieback in den Luftschacht warf.

Lucinda mochte sie alle, ohne sie gesehen zu haben. Sie hätte gern mit ihnen an einem Tisch gesessen. Sie hätten rauchen und ein Glas über den Durst trinken können. Es hätte ihr nichts ausgemacht.

Sie gehörte nicht in diese Kabine mit ihrem weiten leeren Raum und den nach außen gewölbten Wänden, den kastanienbraunen Teppichen, dem schimmernden Überzug aus Luxus. Sie gehörte noch nicht einmal in diese Kleider (schicke Kleider von Marian Evans' Schneiderin in der Burlington Arcade), und am ersten Abend in ihrer Kabine, mit

Barchester Towers auf dem Schoß, erkannte sie, daß sie sich einzig und allein in Mr. d'Abbs' Haus im Kreis ganz gewöhnlicher Leute entspannen konnte.

Wenn diese Stewards sie in Gesellschaft von Mr. d'Abbs, Mr. Fig und Miss Malcolm kennengelernt hätten (und das war keineswegs unmöglich), so hätten sie mit ihr Karten gespielt, ohne sich dabei etwas zu denken. Sie hätten gesehen, daß sie lachen und sogar trinken konnte, und wenn sie unvorsichtig gewesen wären, hätte sie ihnen um drei Uhr morgens die Heuer abgenommen. Gewiß, es war kein feines Haus und in mancherlei Hinsicht moralisch recht verrufen. Sie war erschrocken, als ihr bewußt geworden war, daß sie dort »hingehörte« – alles war so zweitklassig, so rückständig, ja sogar beschränkt, aber dort konnte sie am Tisch sitzen, ohne sich vom Korsett der Konventionen eingeschnürt zu fühlen. Sie spürte nicht diese schreckliche Spannung in der Kehle, in den Armen, in der Brust.

Im Speisesaal waren diese Stewards wie Schauspieler auf der Bühne: Sie sprachen mit anderen Stimmen. Lucinda konnte die Stimmen, die sie nachts hörte, nicht mit den Stimmen in Einklang bringen, die ihr morgens das Frühstück servierten. Wenn sie sich an den Tisch setzte, kam sie sich wie ihre Komplizin vor. Sie stellte sich vor, daß sich auch die Stewards, wie sie selbst, durch ihre Rolle eingeschränkt fühlten.

Die Mahlzeiten waren auf jeden Fall eine peinliche Angelegenheit. Der Speisesaal war im griechischen Stil gehalten, mit kannelierten Säulen und leeren Tischen. Vier widerwillige Offiziere waren abkommandiert, mit ihr die Mahlzeiten einzunehmen. Wenn sie den Speisesaal betrat, errötete sie. Sie aß so schnell, wie es die Höflichkeit erlaubte. Sie wußte (oder glaubte zu wissen), daß ihr Charakter, ihre Leidenschaften, ihre Tätigkeit für diese Männer indiskutabel, ja sogar schockierend sein mußten. Ihre Tischgenossen hielten sie für eine kleine graue Maus. Das war sie auch. Sie machten sie dazu. Sie hätte lieber Blind Jack oder Poker gespielt. Es gab, dachte sie, während sie das graue Roastbeef schnitt, *so vieles,* was dafür sprach, Karten zu spielen. Man war nicht gezwungen, sich zu verstellen, man konnte schweigen, ohne für langweilig gehalten zu werden, konnte die Stirn runzeln, ohne daß andere sich gleich übermäßige Sorgen machen mußten, ob man denn auch glücklich war, konnte über einen Mann triumphieren, ohne dabei kichern oder albern lachen zu müssen. Man konnte Zeit totschlagen, die Einsamkeit vertreiben, Freundschaft mit Fremden schließen, die man nie wiedersehen würde, und sich jenem angenehmen, gut geölten Auf und Ab aus Erwartung überlassen, der Erwartung, daß gleich etwas Herrliches geschehen würde. Was nicht heißen sollte, daß die Freude daran ausschließlich mit Gier oder Gewinn zu tun hatte. Man konnte auch das wunderbare Gefühl des Verlierens empfinden, das einen ganz leicht im Kopf machte, jenes Wissen, daß man schon wieder einen Stein aus dem Fundament seines Vermögens weggegeben hatte, daß die Geldbörse ganz und gar leer war und außer einer Sicherheitsnadel, ein bißchen Staub und dem Futter aus moirierter Seide nichts mehr enthielt, und man spürte in diesen Augenblicken, ganz gleich, welche Anfälle von Reue oder Panik dies alles am nächsten Morgen auslösen würde, eine so gewaltige Erleichterung: Man besaß keine Verantwortung, man hatte keine Wahl. Man konnte sich vorstellen, man sei nichts weiter als ein Korken, der in einer romantischen Geschichte von Mr. Kingsley einen Fluß hinuntertrieb.

In den ersten Monaten als Besitzerin der Prinz-Rupert-Glashütte hatte sie in den Pausen mit den Männern Cribbage gespielt. Sie hatte das als Möglichkeit betrachtet, sie kennenzulernen. Aber noch bevor ein Monat vergangen war, hatten die Arbeiter ihr (ausgerechnet durch Mr. d'Abbs) die Botschaft zukommen lassen, sie hielten es nicht für »angebracht«, dies fortzusetzen.

Sie würde nie an diese Nachricht – überbracht von einem verlegenen Mr. d'Abbs im Foyer von Petty's Hotel – denken können, ohne den Stich der Ablehnung zu spüren. Es tat über alle Maßen weh. Der Schmerz ließ nicht nach. Sie dachte: Die ganze Zeit, als ich Spaß am Spielen hatte, haben sie mich für ein Flittchen oder etwas Schlimmeres gehalten. Am liebsten hätte sie über ihre Dummheit geweint oder den Männern für ihre Dummheit ins Gesicht geschlagen.

Sie war stolz auf das gewesen, was die Fabrik produzierte. Der Prozeß der Herstellung berührte sie, wie sie immer berührt sein würde von dem Geist der Zusammenarbeit, den menschliches Streben hervorbrachte. Sie sah, daß sie ein Höllenloch gekauft hatte, das immer ein Höllenloch bleiben würde, und doch war sie sehr bewegt, wenn sie sah, wie die Männer eine Kette bildeten, an deren einem Ende Chaos war und an deren anderem Ende Zivilisation stand: da war der schielende kleine Külblmacher, der stämmige erste Glasanfänger mit seinem mächtigen Brustkorb, der alte, gutaussehende zweite Glasanfänger, der es nie zum Meister bringen würde, der Einbläser, mit seinem langen grauen Bart und Armen, so dick wie die Beine eines Knaben, und schließlich der pedantische Einträger, der immer eilig und gebeugt herumlief wie ein nervöser Vogel auf einem Ast. Sie hatte das Gefühl gehabt, es sei nicht richtig, Eigentümerin eines solchen Höllenlochs zu sein, wo die Männer sich mit wassergetränkten Säcken schützen und um drei Uhr morgens (oder zehn Uhr abends oder bei Morgengrauen) zur Arbeit kommen mußten, um die Schmelzöfen zu bedienen. Aber auch wenn sie sich nie irgendwelchen romantischen Gedanken über die Härte eines solchen Lebens hingab, beneidete sie sie nach und nach um ihre nützliche Kameradschaft, zu der sie durch die Hintertür des Kartenspielens einen Zugang zu bekommen suchte. Auch wenn sie die »Herrin« der Arbeiter war, wollte sie sich doch bei der Glasherstellung nützlich machen.

Deren Ablehnung rief in Lucindas Brust höchst unchristliche Leidenschaften wach. »Kein Ehrenmann«, hatten sie ihr ausrichten lassen, »würde mit einer Dame Karten spielen.« Lucindas Gefühle waren ähnlich wie die einer Mutter, die ihr brüllendes Kind am liebsten an die Wand werfen würde.

Sie lauschte auf die Stewards der *Leviathan* und stellte sich vor, wie es sein würde, mit ihnen zu spielen. Sie würde anklopfen. Sie würde sich vorstellen.

Aber natürlich wußte sie, daß sie sich sogleich wieder in »Stewards« verwandeln würden. Es wäre ein so unverfrorenes Eindringen in ihre Privatsphäre, daß überhaupt nicht daran zu denken war. Aber irgendwo mußte doch ein Spiel laufen. Sie dachte an Schiffszimmerleute und Maschinisten im Zwischendeck. Sie nahm ihre eigenen Karten in die Hand, die neuen, die sie in der Old Bond Street gekauft hatte. Es waren Wetherby Supremes, die mit den hübschen schwarzen und goldenen Linien auf der satinierten Rückseite, die ihr, wie sie glaubte, immer besonders Glück gebracht hatten. Sie riß das Siegel der Banderole auf, mischte die Karten mit ihren praktisch veranlagten kleinen Händen, wobei sie, wie immer, wenn sie aufgeregt war, ihre Oberlippe vorschob – eine für einen Pokerspieler nicht sehr hilfreiche Angewohnheit –, teilte den Haufen, bog die Karten durch, ließ sie zu einer Brücke zusammenschnalzen und schob die beiden Päckchen ineinander. Sie spürte einen Schmerz. Er saß in den Kniekehlen, in den Fingerknöcheln – es war eine Anspannung, die ebenso angenehm wie unerträglich war.

Wenn sie zum Beispiel einfach in jene Regionen hinabstiege, die man Zwischendeck nannte, würde sie an eine offene Tür kommen. Drinnen würde ein Spiel im Gange sein. Sie würde dastehen und zusehen. Die Männer würde das nicht stören. Sie konnte es sich genau vorstellen. Vier Arbeiter an einem Tisch. Sie würde ihnen ihre eigenen Karten zeigen.

Albern. Völlig idiotisch.

Sie steckte die Wetherby Supremes in ihre Samttasche und verließ ihre Kabine. Sie würde sich ein wenig die Beine vertreten, sonst nichts.

Sie wollte – natürlich wollte sie das – ihre Ladung im Laderaum inspizieren. Das war ihr gutes Recht. Sie war Fabrikantin. Für Sie, mein Herr, mochte sie vielleicht nicht so aussehen, aber das bewies eben nur, wie sehr manche Leute noch in kolonialen Denkmustern gefangen waren. Nicht alle Fabrikanten hatten Backenbärte und rauchten Zigarren.

Die Maschinen stammten von der Firma »Chance Brothers«. Mit ihnen würde sie das erste Fensterglas in Neusüdwales herstellen. Sie erwartete nicht, daß man dafür eine Stadt nach ihr benannte. Aber ebensowenig erwartete sie, daß man sie mit freundlicher Herablassung behandelte, mein Herr.

Sie öffnete die Tür zum C-Deck und ging die Treppe hinunter. Sie überlegte nicht, was sie tat.

Lucinda war auf der Suche nach einem Spiel.

Sie ging durch die stählernen Eingeweide leerer Korridore mit Türöffnungen, durch die sie nicht vier Männer an einem Tisch, sondern unbenutzte Kabinen sah, in denen die Matratzen in braunes Papier eingeschlagen waren; in einigen Kabinen lagen noch Hobelspäne und Sägemehl, selbst auf dem D-Deck. Und in einem stand der Werkzeugkasten eines Schiffszimmermanns mit einem Satz Stecheisen, die so scharf waren, daß die neugierige Passagierin sich in den Finger schnitt und die Blutung nur mit Sägemehl stillen konnte.

Man hatte gar nicht das Gefühl, auf einem Schiff zu sein – vielmehr war es, als befände man sich in den vernieteten Eingeweiden einer Brücke, eines großen mechanischen Ungeheuers, in den inneren Organen eines Imperiums, dessen Schornsteine sich hoch in den Himmel über dem Atlantik erhoben.

Auf dem E-Deck waren Tiere, Reihen von Ställen mit Schafen, Rindern und Lamas. Die Atmosphäre war durchtränkt mit einer Art Horror. Die Luft war nicht angenehm. Sie war so dick und voller Gestank, daß es Lucinda – die sich immer noch für ein Mädchen vom Land hielt, das mit Dung, Matsch und Tieren vertraut war – in der Kehle würgte. Es gab auch Käfige mit Vögeln und einen jungen Burschen, der sagte, es sei seine Aufgabe, die Tiere zu füttern, und der vor allem wissen wollte, wie es oben war. Er war ein kräftiger, gut gebauter Junge, aber sein Gesicht war bleich und reckte sich ihr aus dem stinkenden Dämmerlicht – alle zehn Meter eine gelbliche Glühbirne – entgegen, und sie fühlte sich unwohl angesichts seiner aggressiven Neugier. Er war nicht das, was sie suchte.

Er fragte sie, ob sie eine Krankenschwester sei. Sie war keine Krankenschwester. Dann wollte er wissen, ob es wahr sei, daß es oben feine Herrschaften gab, die Racketball und Krocket spielten, und ob sie ihn, wenn sie in Sydney waren, nicht bitte in ihre Dienste nehmen würde, denn er sei ein praktisch veranlagter Mensch und könne gut mit Tieren umgehen und wolle nicht, nicht um alles in der Welt, Ma'am, wieder zurück in das grausame England. Sie hörte ihm kaum zu.

Sie fragte ihn nach dem Laderaum. Er wußte nicht, wo der war, tat aber so, als wüßte er es. Sie merkte, daß seine Wegbeschreibung falsch war, und war doch mitfühlend genug, ihn als unschuldig und sich selbst als nicht ganz so unschuldig zu sehen: Sie war ein brünstiges Tier auf der Suche nach einem viehischen Spiel.

Sie verirrte sich zum Maschinenraum. Sie trat nicht ein, sondern öffnete, wo der Ölgeruch am stärksten war, bloß eine große, mit Nieten besetzte Tür, und als sie in die schwindelerregend tiefe Grube aus Stahl sah, fiel ihr Blick auf die beiden riesigen Antriebswellen, die sich drehten und drehten – ein Alptraum aus dem »Gargantua« –, und auf Männer, die so weit unten waren, daß sie wie schmutzige Puppen aus Elfenbein mit nackten Oberkörpern und winzigen Schaufeln wirkten. Hier spielte niemand Karten. Sie hielten inne und sahen zu dem Eindringling auf. Sie trat zurück und schloß die Tür.

Wenn sie sich in Sydney so schlecht gefühlt hätte, wäre sie zu den Chinesen gegangen, um ihre Leidenschaft abzukühlen. Hier gab es keine Chinesen.

Die Atmosphäre dieses Schiffes gefiel ihr nicht. Im Golf von Biskaya hatte es wie ein Korken auf den Wellen getanzt, und all diese langen Korridore aus Stahl schienen mit schmierigem Schweiß gestrichen zu sein. Das Schiff besaß kein Leben. Ein Spielausschuß hatte Damenrennen angesetzt, aber inzwischen sah es so aus, als würden sie nicht stattfinden, denn es gab zu wenige Damen an Bord, und die meisten waren nicht im richtigen Alter, um an Wettläufen teilzunehmen. Lucinda stieg Stahltreppen hinauf und arbeitete sich nach oben vor. Sie begegnete einem Offizier, der errötete, als er eine Frau sah, wo er keine erwartet hatte. Sie fragte ihn nicht nach dem Weg zum Laderaum. Sie setzte ihren Weg nach oben fort. Sie kam an einer Tür vorbei, hinter der etwas Unschickliches vor sich zu gehen schien.

Schließlich landete sie in einer kleinen Küche, einer Art Teeküche. Sie hatte zwei Türen. Lucinda entschied sich für die rechte. Vor ihr saß der rothaarige Priester auf einer mit rotem Plüsch bezogenen Polsterbank. Es war das Promenadendeck der zweiten Klasse. Sie fühlte sich »erwischt«, »auf frischer Tat ertappt«. Umzukehren erschien ihr jämmerlich. Sie hob den Kopf und nahm die Schultern zurück. Sie ging weiter. Sie ging direkt auf ihn zu. Sie stellte sich ihm vor, und als er seinen Namen nannte, hatte sie ihn sogleich wieder vergessen.

»Es ist meine Gewohnheit«, sagte sie, »die Beichte abzulegen.«

»Aha«, sagte er.

»Vielleicht ist das etwas, das Sie nicht gutheißen.«

»Nein, nein«, sagte er, »natürlich nicht.«

»Würden Sie dann«, platzte sie heraus, »wohl so freundlich sein, mich aufzusuchen, wenn es Ihnen paßt?« Und dann floh sie, ohne recht zu wissen, was sie getan hatte, und schon gar nicht, warum sie es getan hatte, in jenen Teil des Schiffes, in den Oscar ihr nicht zu folgen wagte.

Das Meer sah aus wie eine trostlose Wasserwüste. Nach Osten hin konnte sie ganz undeutlich einen schmutzigen Streifen ausmachen: Kap Finisterre. Die großen Schornsteine über ihr stießen den Mageninhalt des Schiffes, einen schwarzen Ausfluß, in den Raum des Himmels aus.

51
Mr. Borrodaile und Mr. Smith

Mr. Borrodaile von der Firma »Ultimo« und Mr. Smith von der »Acclimatization Society« beobachteten den jungen Priester oft. Seit zwei Wochen saß er nun jeden Tag am selben Platz, und selbst jetzt, da Mr. Borrodaile es warm genug fand, um es sich mit einer Hängematte an Deck bequem zu machen, rührte sich diese Leimtüte nicht vom Fleck. Er wollte nicht an Deck kommen, um Teneriffa zu sehen, obwohl er – wie er freimütig bekannte – England noch nie zuvor verlassen hatte. Als sie im Hafen von Teneriffa vor Anker lagen, saß er genauso da wie im Golf von Biskaya: die Bibel auf dem Schoß und – Mr. Borrodaile war es als erstem aufgefallen – mit sich bewegenden Lippen. Mr. Borrodaile glaubte, der Pfarrer bewege die Lippen, weil er die Bibel las, aber Percy Smith war sicher – auch wenn er es für klüger hielt, die Meinung seines vierschrötigen Reisegenossen nicht in Zweifel zu ziehen –, daß der Pfarrer betete, denn dieser war zu gebildet für solche Unbeholfenheiten. (Mr. Borrodaile, der im Jahr zehntausend Pfund verdiente, bewegte beim Lesen die Lippen. Mr. Smith hatte es genau gesehen.)

»Er ist ein komischer Vogel, das ist mal sicher«, sagte Mr. Borrodaile mit seiner Tweedjacke, seinem Backenbart und seinem kantigen Kinn, derselbe Mr. Borrodaile, der Schiffszwieback in die Luftschächte geworfen hatte.

»Das kann man wohl sagen«, pflichtete Percy Smith ihm, allerdings nicht unfreundlich, bei. Mr. Smith war recht klein (er reichte Mr. Borrodaile nicht einmal bis zur Schulter), aber breit, mit kräftigen Armen, die aus aufgekrempelten Ärmeln hervorsahen, und etwas an ihm vermittelte das Gefühl, daß seine Oberschenkel und Waden ebenso kräftig waren. Er hatte einen leicht wiegenden Gang, den Gang eines Farmers, und dieser eher ländliche Eindruck wurde noch verstärkt durch eine Unzahl farbloser Härchen um seine Ohren – sie verliehen ihm ein erdiges, warzenschweinartiges und eigentlich recht gemütliches Aussehen. Dennoch war er, trotz seiner bäuerlichen Erscheinung (immer hatte er Tierhaare auf dem Jackett, und der Geruch der ihm anvertrauten Tiere begleitete ihn), ein gebildeter Mann, und wenn er sich seine

Bildung Stück für Stück und im Schein von Talglichtern angeeignet hatte, so war sie deswegen doch nicht weniger umfassend.

Percy Smith hatte sich ausgiebig mit dem Pfarrer unterhalten, ihn allerdings noch nicht gefragt, weshalb er immer an derselben Stelle saß oder warum er nicht an Deck kam, um sich die Windmühlen von Santa Cruz anzusehen. Sie hatten über Darwin gesprochen. Mr. Smith war überrascht gewesen festzustellen, daß ein Geistlicher bei diesem Thema gelassen blieb. Er war noch immer entzückt über Oscars Bemerkung – er hatte sie sogar in seinem Tagebuch vermerkt –, daß Gott, wenn Darwin sich irrte, Überreste von Dinosauriern in die Erde gelegt haben mußte, um den *Homo sapiens* zu verwirren. Es war nicht bloß das, was er sagte, sondern auch, wie er es sagte. In seiner Art war etwas Leichtes, Durchscheinendes, das Mr. Smith – der, bei aller Leidenschaft für alles Australische, doch sentimentale Gefühle für »die Heimat« hegte – all das in sich zu vereinigen schien, was am »guten alten England« liebenswert und gebildet und kultiviert war. Mr. Smith konnte Oscars Art nicht nachahmen, und als er die Bemerkung des Pfarrers Mr. Borrodaile gegenüber wiederholte, traf er nicht den richtigen Ton. Er sah zu Mr. Borrodaile auf und wartete auf eine Reaktion. Ohne es zu wollen, blinzelte Mr. Smith – er vermittelte, ganz gleich, wie entschlossen er einen Blick erwiderte, immer den Eindruck von Zaghaftigkeit.

Mr. Borrodaile grunzte und begann von einem Tier zu erzählen, das er bei Cowpastures erlegt hatte. Es war, darauf bestand der feuchtlippige Mr. Borrodaile, der reinste Teufel gewesen. Mr. Smith verstand nicht ganz, welches Argument die Erwähnung dieses Teufels stützen sollte. Das machte ihn verlegen, und obwohl er nickte und dem Blick des großen Mannes standhielt, blinzelte er heftiger denn je.

»Tatsächlich«, sagte Percy Smith und begann sich emsig Staub von den Knien zu klopfen.

Mr. Borrodaile dachte: Ein Hund mit Flöhen.

Am anderen Ende des Promenadendecks saß Oscar auf seinem Platz. Er hatte seinen Tacitus dabei. Er hatte seine Bibel und sein Gebetbuch. Er hatte eine Flasche Mineralwasser, eine Teetasse nebst Untertasse und eine Ausgabe des *Punch,* und dies alles lag auf dem Samtplüschbezug der Polsterbank, der, da kein richtiger Tisch bereitgestellt worden war, durch diese lange und ununterbrochene Benutzung ebenso schmuddelig und verschwitzt aussah wie der Inhaber des Platzes, dessen karottenrotes Haar infolge der feuchten Luft wild in alle Richtungen abstand und viele kleine Locken bekommen hatte.

Es gab Passagiere, die, wie frisch Verliebte, allen in ihrer Umgebung ihr Glück aufdrängen mußten. Der Herr Pfarrer wußte ja gar nicht, was für herrliche Sonnenuntergänge er verpaßte. Sie erzählten ihm davon, wie auch von den Zephiren, den linden Lüftchen und ihrer Begeisterung für eine Hängematte unter dem Sternenhimmel. Der Nordstern war noch zu sehen, würde aber bald und vielleicht für immer aus ihrem Leben verschwinden. Der junge Mann mit dem fein geschnittenen, porzellanweißen Gesicht lächelte und nickte, und seine grünen Augen ruhten aufmerksam, nicht aufdringlich, sondern respektvoll auf ihren sonnenverbrannten und begeisterten Gesichtern. Er lächelte und nickte, hatte sich jedoch unerklärlicherweise darein gefügt, in seinem Anzug zu schwitzen. Diese Halsstarrigkeit verärgerte manche Passagiere ziemlich, aber Oscar hatte mit ganz anderen Begleiterscheinungen seiner Angst zu kämpfen, und im Augenblick war die wichtigste Frage: Wie groß waren die Fenster in Miss Leplastriers Kabine?

Er hatte versprochen, ihr die Beichte abzunehmen, aber dann hatte ein Steward ihm gesagt, die Fenster in den Kabinen der ersten Klasse seien »so groß, daß man bis nach Japan sehen« könne. Das war genau die Aussicht, die Oscar auf keinen Fall haben wollte. Ihm wurde schon übel, wenn er nur daran dachte.

Und doch, er hatte es zugesagt. Zwei Tage waren seitdem vergangen, und das nicht eingelöste Versprechen lastete schwer auf ihm.

Für die Mehrheit der Anglikaner war die Beichte eine sehr puseyanische Angelegenheit, womit sie meinten, sie sei papistisch und daher falsch. Aber das Sakrament war im Gebetbuch enthalten. Oscar hatte es zwar noch nie einem Fremden, wohl aber des öfteren Wardley-Fish gespendet, dem seine Sünden in regelmäßigen Abständen derart zusetzten, daß er in eine lähmende Depression verfiel, in deren Tiefen er dann nur noch an die Verdammnis seiner Seele denken konnte. Daher sah Oscar das Sakrament der Beichte als einen Akt der Liebe an, wie es die Pflege eines kranken Freundes ist, und obwohl dabei oft Übelriechendes im Spiel war (die Absonderungen der Seele konnten ebenso unappetitlich sein wie die Ausscheidungen des Körpers), vermittelte dieser Dienst am Mitmenschen doch eine große Befriedigung.

Im Fall von Miss Leplastrier rechnete er nicht damit, daß seine christliche Nächstenliebe stark auf die Probe gestellt werden würde. Er konnte sich nicht vorstellen, daß sie größere Sünden auf sich geladen hatte als ein wenig Hochmut oder Gier. Er würde ihr mit Freuden Gottes Segen geben, aber er konnte es nicht, wenn die Fenster so groß und schwindelerregend waren, wie er jetzt fürchtete.

Seine Feigheit quälte ihn so, daß er erleichtert war, als Mr. Borrodaile auftauchte und ihm mit einem Gespräch über die Zollschranken zwischen den Kolonien eine Ablenkung bot. So fiel es Oscar leichter, die aus den Augenwinkeln wahrgenommene Gestalt von Miss Leplastrier zu ignorieren, die über ihm auf dem Deck der ersten Klasse promenierte: Er bildete sich ein, sie sehe zu ihm hinunter und warte darauf, daß er ihr jenen Frieden brachte, welcher höher ist denn alle Vernunft.

Mr. Borrodaile sagte, es sei unerhört, daß die Leute in Wodonga für Waren aus Melbourne Zoll zahlen müßten. Oscar begriff weder die politischen noch die geographischen Zusammenhänge. Das war Mr. Borrodaile, der keiner von denen war, die viele Fragen stellen, nicht bewußt. Er hatte keinerlei Fragen, aber viel zu erzählen.

Er erzählte Oscar, er habe bei Cowpastures einen Teufel erlegt. Er beschrieb sein Fell und seinen Mageninhalt. Er sagte, in Neusüdwales würden Pfarrer gebraucht, es gebe ganze, auf den amtlichen Karten als »Pfarrbezirke« bezeichnete Regionen, wo die Leute gottlos aufwüchsen, die Kinder nie eine Schule von innen gesehen hätten und wo so gotteslästerlich geflucht werde, daß sogar ein welterfahrener Mann wie er selbst schockiert sei.

Falls Oscar sich mit dem Gedanken trage, die Eingeborenen zu bekehren, so gebe er ihm den guten Rat, seine Zeit nicht damit zu verschwenden. Das Bemerkenswerte an den »Kerlen« sei das völlige Fehlen irgendeines Glaubens an ein höheres Wesen. Jedes andere Volk, versicherte ihm Mr. Borrodaile und rieb sich die eigenartige flache Stelle auf seiner Adlernase – wie die Armlehne eines Ledersessels glänzte dieser Teil der Nase vom häufigen Darüberstreichen –, jedes andere Volk, ganz gleich wie unzivilisiert es sei, habe ein paar Gottheiten oder Götzenbilder aus Holz oder Stein; die australischen Eingeborenen jedoch glaubten bloß an einen Teufelteufel, der sie, wie sie meinten, auffressen könnte. Das alles wisse er nicht vom Hörensagen, sondern von einem Eingeborenen, den er aufgrund seines Betragens »Ochse« getauft habe.

Oscar mußte einfach immer wieder verstohlene Blicke auf Mr.

Borrodailes große schwarze Schuhe werfen. So riesige hatte er noch nie gesehen. Mr. Borrodaile besaß auch große und starke Hände, die in gestärkten, gestreiften Manschetten steckten. Seine Fingernägel waren bis auf das Fleisch abgekaut. Oscar sah zu, wie die Hände sich falteten und neue Stellungen einnahmen. Mr. Borrodaile sagte, in Sydney gebe es Opium- und Spielhöllen. Dabei sah er Oscar fest an, als wollte er etwas betonen, das Oscar nicht zu ergründen vermochte. Er hatte zusammengekniffene Augen; das Weiße wirkte verlebt und blutunterlaufen. Es gebe Bars, sagte Mr. Borrodaile, mit »leichten Mädchen«. Er sagte auch, es sei ein Ort für praktisch veranlagte Menschen, und Oscars Gesicht werde bald von der Sonne verbrannt sein, wenn er nicht darauf achte, stets einen Hut zu tragen. Er sagte, es könne nicht schaden, wenn bei Tisch ein Gebet gesprochen würde, und es sei höchste Zeit, daß »Euer Hochwürden« aufhöre, sich abzusondern; und dann verkündete er, daß er bald einen Spaziergang an Deck unternehmen werde, daß zwei Runden eine Strecke von einer Meile ergäben, daß es wohl keinen Zweck habe, »Euer Hochwürden« dazu einzuladen, und daß Oscar dem Ausdruck »Leimtüte« eine neue Bedeutung verliehen habe, denn es sehe so aus, als wäre er nicht nur selbst eine Leimtüte, sondern als hätte er sich auch (»Ho ho«) auf eine gesetzt.

Mr. Borrodaile las Mr. Smith auf (der in einem Sessel gedöst hatte), befreite ihn von seiner *Illustrated London News* (die wie eine Kinderdecke auf seiner breiten Brust gelegen hatte) und verschwand die Treppe hinauf, um zu sehen, ob sie nicht einen fliegenden Fisch zu Gesicht bekommen könnten.

Oscar bildete sich ein, daß die schöne Dame aus der ersten Klasse ihn beobachtete. Er nahm eine bestimmte Haltung ein, die, wie er hoffte, den Eindruck von Autorität vermittelte. Er schlug die Beine übereinander, richtete sich gerade auf und blätterte die Seiten seines Buches in regelmäßigen Abständen um. Er würde Mr. Smith bitten, die Größe der Fenster in der ersten Klasse für ihn zu erkunden. Oscar starrte auf seinen Tacitus und wartete. Er hatte etwa zwanzig Minuten lang auf die Seite gestarrt, als er Mr. Smiths weiche, koloniale Vokale vernahm.

»Na, Herr Pfarrer, immer noch am Lesen?«

Er ließ sich neben Oscar, der es gerade noch schaffte, sein Mineralwasser in Sicherheit zu bringen, auf die Bank fallen.

»Meine Güte, hat Borrodaile einen Schritt am Leib.« Percy Smith wischte sich mit einem Taschentuch über die gerötete, schweißglänzende Stirn. »Er ist immer noch oben. Ich würde sagen, seine Schritte sind einen Meter fünfzig lang. Am Bug hat er mich abgehängt.«

»Und wenn Sie spazierengehen«, fragte Oscar und legte sein Buch beiseite, »kommen Sie dann an den Kabinen der ersten Klasse vorbei?«

»Oh, selbstverständlich, aber in einem so mörderischen Tempo«, antwortete Percy Smith lachend, »daß alles verschwimmt und ich nicht sagen könnte, an was ich neben diesem Burschen mit den Riesenbeinen vorbeigekommen bin. Das soll keine Kritik sein. Es ist bewundernswert. Aber ich fürchte, daß ich bei dieser Hitze eine Enttäuschung für ihn bin. Aber Sie«, sagte er und tätschelte Oscars Schienbein, »haben die richtige Figur. Er hat Sie bereits ins Auge gefaßt. Er wird Sie mit an Deck nehmen, das garantiere ich Ihnen.«

»O nein.«

»Er hat schon davon gesprochen«, neckte Mr. Smith ihn weiter.

»Du liebe Zeit.«

»Er hat gesagt, Sie hätten bessere Beine als ich.«

»Längere vielleicht, aber nicht stärkere.«

»Auch stärkere.«

»Da irrt er sich.«

»Stärkere und in jeder Hinsicht bessere«, sagte Percy Smith lächelnd. »Nein, ich fürchte, Sie sind auserwählt. Mich hat er ausgemustert. Wenn ich ein Pferd wäre, hätte ich Angst, den Gnadenschuß zu bekommen.«

»Aber ich kann nicht an Deck gehen, Mr. Smith. Das ist ganz unmöglich.«

»Er hat es verstanden, als Sie es abgelehnt haben, mit ihm Karten zu spielen. Er hat mir gesagt, daß er große Achtung vor Ihnen hat. Allerdings ist er ein Mann mit heftigen Gefühlen und könnte Ihre Weigerung genausogut als eine Art Affront auffassen. Aber vielleicht irre ich mich auch. Ich habe ihn ja gerade erst kennengelernt. Immerhin ist er ein gefühlsbetonter Mensch. Da bin ich ganz sicher. Er hat mir erzählt, seine Großmutter sei eine spanische Schönheit gewesen – vielleicht erklärt sich das daraus.«

»Ja«, sagte Oscar, »aber die Tatsache, daß es für mich unmöglich ist, einen Spaziergang auf Deck zu machen, hat nichts, aber auch gar nichts mit Mr. Borrodaile zu tun.«

»Mr. Borrodaile würde es nicht so sehen«, sagte Percy Smith, und möglicherweise – es ließ sich schwer beurteilen – lag in seinem verkniffenen Lächeln eine gewisse Kritik an Mr. Borrodaile.

Oscar besaß eine Hartnäckigkeit, die ihn trotz all seiner nervösen Erregung und der Schwierigkeiten, denen er sich gegenübersah, stur seinen Kurs verfolgen ließ. Daher blieb ihm keine Zeit, auf Mr. Smiths Verräterlächeln zu achten. »Aber«, sagte er, »ich habe ein Leiden.«

Als Percy Smith hörte, daß der Pfarrer ein Leiden hatte, legte er das Kinn auf die Brust; die aschblonden Augenbrauen drückten schwer auf seine sanften blauen Augen; er verschränkte die kräftigen, verkratzten Arme vor der Brust.

»Und wegen dieses Leidens«, sagte Oscar und begann, seine Hände zu öffnen und zu schließen, als wären sie zwei mit einer Angel verbundene Klappdeckel, »möchte ich Sie bitten, mir die Größe der Fenster in der ersten Klasse zu beschreiben.«

»Bullaugen«, korrigierte Percy Smith ihn. »Aber wie äußert sich dieses Leiden denn eigentlich?« Schon während er die Frage stellte, kam er zu einem vorschnellen Schluß: Es gab nur einen einzigen Grund, durch ein Fenster der ersten Klasse zu sehen. Es gab dort nur eine Passagierin, und diese besaß – Mr. Borrodaile hatte mit befremdlichem Enthusiasmus darauf hingewiesen – einen sehr schön geschwungenen Rücken.

»Bullauge scheint mir das falsche Wort. Ich habe gehört, daß sie sehr groß sind, aber mein Zustand hat mich verhindert, selbst die Wahrheit herauszufinden.«

»Sie ziehen mich auf wie ein kleines Mädchen. Ist das jetzt ein Ratespiel?«

»Es tut mir leid – ich finde das sehr peinlich.«

»Und es hat nicht zufällig etwas mit einer jungen Dame zu tun?« Percy Smith lächelte nicht. Aber er biß sich auf die Unterlippe, und die blonden Augenbrauen lasteten nicht mehr so schwer auf seinen Augen.

Oscar spürte, wie das Blut in seine Ohren schoß; er spürte, wie es sich in zwei großen Blasen in beiden Ohrläppchen staute. »Oh, nein«, sagte er. Er sah wirklich sehr prüde aus. »Es ist nichts Unehrenhaftes im Spiel. Ich möchte tatsächlich bloß wissen, wie groß die Fenster sind. Es ist die Aussicht auf das Meer, die mir Sorgen bereitet. Es ist die Menge des Meeres . . .«

»Die Menge des Meeres?«

»Die Menge, ja, die Menge des Meeres, des Wassers, die man von einer Kabine der ersten Klasse aus sehen kann.«

Er wirkte recht verstimmt. Er kratzte einen eingetrockneten Saucenfleck von seinem verknitterten Oberschenkel. »Es geht um etwas rein Berufliches. Bitte lachen Sie nicht, Mr. Smith. Es ist keine Romanze.«

»Aber, aber, mein lieber Freund«, sagte Mr. Smith und streichelte Oscars Schulter, als wäre dieser ein nervöses Tier, das man beruhigen mußte. »Mir ist das doch völlig egal. Ich bin ja ein ziemlich ruhiger Typ, aber so wie ich weiß, daß Sie kein moralinsaurer Mensch sind, sollten Sie wissen, daß ich auch keiner bin.«

Oscar hatte diesen Ausdruck noch nie gehört, doch beschäftigten ihn im Augenblick wichtigere Mißverständnisse.

»Zunächst aber«, sagte Percy Smith und klaubte jetzt die Tierhaare von seinem Jackett, »müssen Sie aufhören, die Zähne so zusammenzubeißen, und mir zuhören. Hören Sie mir zu?«

»Natürlich, aber Ihr Lächeln deutet darauf hin, daß Sie etwas wissen, das Sie gar nicht wissen können.«

»Ich sage Ihnen doch, junger Mann: *Entspannen Sie sich.* Heute kann man nichts mehr für Sie tun. Aber morgen vielleicht, und dann werden Sie nicht mehr schmachten müssen wie ein gewisser Montague unter dem Fenster einer Capulet.«

Das Gespräch wurde durch Mr. Borrodaile unterbrochen, der zurückgekehrt war, um Mr. Smith zu einem Wurfringspiel an Deck zu holen. Da man um »einen Penny pro Wurf« spielen würde, äußerte Mr. Borrodaile recht vernehmlich die Vermutung, daß die Leimtüte keine Lust hatte mitzumachen.

52
Montaigne

Mr. Borrodaile mochte keine Frauen an seinem Tisch. Sie behinderten den natürlichen Gesprächsfluß und engten ihn ein. Es bedeutete, daß fast jede Tür zeitweilig vor einem verschlossen war. Man war in Ketten gelegt, an seinen Stuhl gefesselt und hatte kein Gesprächsthema. Kein Gesprächsthema? Tja, welches denn? Blumen? Die Gesundheit der Kinder? Das Problem, daß sich schon wieder ein Dienstmädchen zuviel herausgenommen hatte oder den Diener heiraten wollte? Aber als Gentleman durfte man ja nicht über Politik reden (denn davon verstanden Frauen nichts) oder Gottes Existenz in Zweifel ziehen (denn das machte ihnen angst). Geschäftliches kam ebensowenig in Frage wie Sport, und die Flasche, die sonst so munter von Hand zu Hand gegangen wäre, blieb an ihrem Platz auf der Anrichte und durfte nicht ihrer eigentlichen Bestimmung zugeführt werden.

Als also Mr. Borrodaile, nachdem er sich zwei Gläser Cognac, so weich und schimmernd wie das Abendlicht des Südens, genehmigt hatte, in den Speisesaal der zweiten Klasse geschlendert kam, war er etwas aus der Fassung gebracht, als er an seinem Tisch nicht nur den jungen Pfarrer (den er selbst eingeladen hatte), sondern auch die junge Frau aus der ersten Klasse sah, die einzuführen Mr. Smith auf sich genommen hatte. Selbstverständlich war Mr. Borrodaile im Bilde; Mr. Smith hatte ihn über seine Vermutung in Kenntnis gesetzt. Aber er hatte es vergessen. Jetzt fiel es ihm natürlich wieder ein, und das ganze Wohlbefinden, das er mit seinen abgemessenen Schritten an Deck, mit langen, tiefen Atemzügen, die Ozon in seinen Körper sogen, und mit der gleichfalls befriedigenden Inhalation guten Cognacs aufgebaut hatte, verflüchtigte sich.

Er nahm schweigend Platz. Er war ein massiger Mann und wußte, daß sein Schweigen schwer wog. Er setzte seinen Kneifer auf und nahm sich die Speisekarte vor. Er tat, als hörte er nicht, daß die anderen ihm einen guten Abend wünschten. Er sah sich nach dem Weinkellner um und auch nach dem, der diesen Unsinn angezettelt hatte, aber der sah bei seinen Tieren im Zwischendeck nach dem rechten, dieser alberne Hampelmann. Der Zahlmeister – ebenfalls ein handfester Bursche –

war an den Tisch der Farmer aus Cornwall gesetzt worden, die keinen Tropfen Alkohol tranken.

Er hörte, wie der Geistliche – Handgelenke wie ein Mädchen, eine Stimme, so weich wie die einer Flöte – die Frau nach dem Buch fragte, das sie gelesen hatte.

»Montaigne«, sagte sie.

Mr. Borrodaile verspürte ein Jucken am Hals, als hätten sich zwei oder drei Grashüpfer gleichzeitig dort niedergelassen. Wie es bei Grashüpfern angebracht war, kratzte er sich nicht, sondern tastete mit seinen dicken Fingern nach der Ursache dieses Juckens – und fand nur Haut.

»Ah, ja«, sagte der Pfarrer, faltete die weißen Hände und nickte, als wollte er einen Betenden parodieren, »ah, ja, Montaigne.«

Mr. Borrodaile mochte diese Art von Unterhaltung überhaupt nicht. Er war ein praktisch orientierter Mensch. Sein Vater war Stellmacher gewesen, und er selbst hatte ebenfalls dieses Handwerk erlernt, aber wenn er an den Begriff »praktisch« dachte, meinte er nicht die Einstellung, die viele Hobelspäne auf dem Werkstattboden, aber herzlich wenig Geld auf der Bank bringt. Er glaubte, der Pfarrer stehe weit über ihm, und das gefiel ihm nicht. Und doch verhielt es sich in Wirklichkeit, jedenfalls solange es um Montaigne ging, nicht so, oder wenn doch, so war die Überlegenheit nicht größer als die, welche einem ein Ziegelstein verleiht – nur *so* viel höher – oder, falls kein Ziegelstein zur Hand ist, das flach hingelegte Buch selbst. Nachdem Oscar »Montaigne« gesagt hatte, vermochte er nichts mehr hinzuzufügen. Er wußte nichts über Montaigne, nicht mehr jedenfalls, als man lernen kann, wenn man drei Nächte hintereinander mit einem muffig riechenden Buch auf dem Schoß eindöst. Er war noch nicht einmal bis zum zweiten Kapitel (das über den Müßiggang) gekommen, als sein spitzes Kinn sich in seine Brust grub und ihm die Lesebrille von der Nase rutschte. So hatte er nie Montaignes Essay über die Gerüche gelesen, und das war wirklich ein Jammer. Es war ein Jammer, weil Oscars Geruchssinn so hochentwickelt war wie das Sehvermögen seines Vaters und ihm der erste Satz dieses Essays besondere Freude gemacht hätte: »Von einigen Männern, darunter auch von Alexander dem Großen, wird berichtet, ihr Schweiß habe infolge einer seltenen und außergewöhnlichen Eigenheit einen süßen Duft verströmt.«

Zu diesen Männern gehörte Mr. Percy Smith leider nicht. Als er, unter vielen beflissenen Entschuldigungen, am Tisch Platz nahm, brachte er den Geruch der übel gelaunten Lamas mit, die ihn aufgehalten hatten. Lucinda allerdings fand diesen Geruch nicht unangenehm und bezeichnete ihn, im Gegensatz zu dem von Mr. Borrodailes Zigarren und Cognac, als »ehrlich«.

Mr. Smith beugte den Kopf tief über den Tisch und machte sich über seine Consommé her, von der Mr. Borrodaile behauptete, sie sei nichts weiter als eine auf einem flachen Teller servierte Rinderbrühe. Mr. Smith nickte, sah jedoch auf, blinzelte unter sandfarbenen Augenbrauen und erkundigte sich, worüber man gerade sprach. Er hatte die kleine Unterhaltung über Darwin, die er mit dem Pfarrer gehabt hatte, genossen, und als er hörte, daß es nun um Montaigne ging, fand er, daß dieses Paar gut zusammenpassen würde. Er wollte gerade bekennen, daß er wenig über Montaigne wußte, aber gern mehr über ihn erfahren würde. Jetzt, da der Zahlmeister mit den roten Äderchen sich einen anderen Platz gesucht hatte, gefiel ihm der Tisch viel besser. Er sah gleich sehr viel freundlicher aus.

Es war Lucinda gewesen, die Mr. Smith geantwortet hatte. Sie war es gewesen, die »Montaigne« gesagt hatte. Mr. Borrodaile mochte den Klang dieses Wortes ganz und gar nicht. Er bescherte ihm drei weitere Phantom-Grashüpfer, diesmal genau unterhalb des Hemdkragens, wo er nicht an sie herankam. Er meinte, die junge Dame sei prätentiös und benutze ein fremdes Wort für »Berg«, wo es ein englisches auch getan hätte. Er war sich zwar nicht ganz sicher, wollte aber auf relativ unverfängliche Art klarstellen, daß er Bescheid wußte.

»Montaigne«, sagte er, schmunzelte verständnisinnig und steckte den Kneifer in die Tasche seines Jacketts. »Montaigne – Berg, Hügel, Erhebung.«

Dies rief ein verwirrtes Schweigen hervor, aber bevor es länger als ein oder zwei Sekunden gedauert hatte, antwortete Mr. Smith – wäre er nicht mit seiner Consommé beschäftigt gewesen, so hätte er schneller reagiert – mit einem anerkennenden Lächeln. Mr. Borrodailes Empfindlichkeit war ihm deutlich bewußt.

»Britaigne«, sagte Mr. Borrodaile und kämpfte sich weiter vor wie ein Mann, der sich in einem ihm unbekannten Land einen Pfad durch dichtes Unterholz hackt. Hick, hack. Weiß der Himmel, welche Schlingpflanzen ihn stolpern lassen, welche Dornen sich an ihm festkrallen werden. Zack. »Bourgogne. Bretagne. Montana, natürlich.« Er lachte jetzt schallend, und für einen Mann seiner Größe war es ein helles Lachen: Es klang wie eine Serie von Knallfroschexplosionen. Tränen rannen ihm über die Wangen und versickerten in seinem Schnurrbart. »Oh je«, sagte er und putzte sich die große, kantige Nase, »meine arme 'erz.«

Die beiden Männer hatten das Gefühl, als hätten sie die Pointe verpaßt, aber Lucinda Leplastrier sah und spürte die Stacheln, die sich hinter Mr. Borrodailes Gelächter verbargen, auch wenn sie den Sinn der Worte nicht verstand, und es rief ihr Dinge über Sydney in Erinnerung, die sie vergessen hatte. In Sydney war dieser Mann reich und mächtig. Sie kannte ihn nicht, aber sie konnte sicher sein, daß er zu Diners beim Gouverneur eingeladen wurde. Er war ein Barbar.

»Aber Spaß beiseite«, sagte Mr. Borrodaile, als ihm das Corned Beef vorgelegt wurde (er drückte prüfend mit dem Messer darauf und schob die Scheiben hin und her, machte aber keine Bemerkungen über die Qualität des Fleisches). »Spaß beiseite« – er sah von Mr. Smith zu Oscar – »ich würde zu gerne hören, was unser Pfarrer zum Thema Talg zu sagen hat.«

»Nichts«, sagte Oscar und lächelte. Er spielte mit etwas in seiner Tasche herum. Lucinda, die ihm von der Seite einen Blick zuwarf, gefiel diese Antwort so gut, wie ihr dieser Kerl mißfiel, der – ihr war plötzlich eingefallen, in welchem Zusammenhang ihr der Name Borrodaile schon einmal begegnet war – sein beträchtliches Vermögen mit dem Kauf und der Aufteilung von Land gemacht hatte. Dies war ein Beruf, der ihren großen Zorn erregte, und das nicht nur, weil sie ihm als so junge Frau zum Opfer gefallen war.

Das also war Mr. Borrodaile. Er benannte Straßen nach sich.

»Sie können nicht«, sagte Mr. Borrodaile und verschluckte einen zu großen Bissen. »Entschuldigung.« Er hielt inne, um mit Burgunder nachzuspülen. Er wischte sich über das glänzende, grübchenbesetzte Kinn zwischen den Hecken seines herabhängenden Schnurrbarts. »Sie können nicht nach Neusüdwales reisen, ohne sich eine Meinung über dieses Thema gebildet zu haben. Glauben Sie mir, Herr Pfarrer – das wäre gerade so, als würden Sie ohne Regenschirm nach Irland fahren. Solange es um Lamas geht, ist es völlig egal, ob Sie etwas im Kopf haben oder nicht. Selbst Mr. Smith wird Ihnen das bestätigen. Aber Talg, mein lieber junger Hochwürden, ist etwas, über das Sie Bescheid wissen müssen. Als wir abfuhren, lag der Zwischenhandelspreis für einen Zentner Talg bei zwei Pfund, und wenn ich ein junger Mann mit Kapital wäre, würde ich darin investieren.«

»Aber Preise können sich ändern«, sagte Lucinda.

Mr. Borrodaile sah sie an und blinzelte.

Dies war ein Thema, bei dem er keinen Widerspruch duldete, noch nicht einmal, wenn die betreffende Person durch Korsett und Krinoline geschützt wurde. Er war nicht geneigt, seine Zeit mit Leuten zu verschwenden, die die Schafzucht zur Fleischproduktion betreiben wollten. Es gab ohnehin schon zuviel Hammelfleisch in der Kolonie. Nein, er war für Talg, er war ein Vertreter der Zerlegen-und-schmelzen-Fraktion, und er wollte Gelegenheit haben, das klarzustellen.

»Sich ändern!« sagte Mr. Borrodaile, hielt Messer und Gabel hoch und sah an seinem glänzenden Nasenrücken entlang auf Lucinda hinunter. »Bei Gott, Mädchen, natürlich werden sie sich ändern. Sie werden raufgehen.«

Oscar fand dieses Geschrei recht enervierend. Die Gotteslästerung störte ihn. Sie war noch schockierender dadurch, daß sie mit einem so lauten und durchdringenden Organ ausgestoßen wurde. Er sah, daß die schmächtige Miss Leplastrier nichts getan hatte, was diese Bösartigkeit gerechtfertigt hätte. Das verletzte sein Gerechtigkeitsgefühl und bewog ihn, Stellung zu beziehen und Partei für sie zu ergreifen.

Und dennoch dachte er gar nicht an »Parteien«, sondern lediglich daran, einen Schiedsspruch zu fällen und die Verantwortung für die Harmonie am Tisch auf sich zu nehmen. Darin lag eigentlich sein großes Talent. Es hatte ihn zu einem guten Lehrer gemacht. Es beruhte darauf, daß er Streit haßte und lautes Geschrei fürchtete. So war aus der Schwäche eine Tugend geworden, und er brachte dieses Gerechtigkeitsgefühl in jede gesellschaftliche Situation ein, indem er seine Neugier und Aufmerksamkeit wie ein guter Sozialist aufteilte und allen Beteiligten je nach ihren Bedürfnissen eine gerecht bemessene Menge davon zukommen ließ. Was ihn selbst betraf, so meinte er, zu weltlichen Dingen, abgesehen vom Thema Pferderennen – das er nun abgeschlossen zu haben glaubte – und der Konstruktion der *Leviathan* – über die alle am Tisch bestens informiert waren –, nichts Nennenswertes zu sagen zu haben. Er hatte festgestellt, daß die Schüler in Mr. Colvilles Schule ihm in weltlichen Dingen voraus waren.

»Und in was würden Sie investieren, Miss Leplastrier?« Die Frage war ganz unschuldig. Er glaubte nicht, daß sie in der Lage war, in irgend etwas zu investieren.

Lucinda Leplastrier legte Messer und Gabel, die Gabel mit den Zinken nach oben, nebeneinander auf den Teller. Sie wußte, daß ihre Frisur schrecklich aussah. Sie spürte, wie die Haare aus den Klammern rutschten. Ihre Wangen brannten, aber sie zwang sich, ihren Blick um den Tisch schweifen zu lassen und bei jedem Gesicht zu verharren, bevor sie antwortete. Diesen Trick hatte sie sich in Sydney beigebracht. Es war ein Treibanker, den sie auswarf, um nicht vom Sturm ihrer Gefühle mitgerissen zu werden, und obwohl sie sich dessen nicht wirklich bewußt war, umgab sie das mit einer fast königlichen Würde.

»Ich würde . . .«, sagte sie. Sie zählte bis drei. Sie verlor den Faden. »Ich würde mein Kapital in etwas investieren, das meinem Herzen nahe ist.«

»Schön gesagt«, bemerkte Mr. Borrodaile und spendete ihr ironisch Applaus.

»Dann vielleicht nicht ›das meinem Herzen nahe ist‹, Mr. Borrodaile. Sagen wir lieber, ich würde in etwas investieren, das mir eine große innere Freude bereitet. Und sollte es sich dabei zum Beispiel um Land handeln, dann würde ich erst ein Stück Land suchen, das hervorbringen kann, was ich mir vorstelle, und dann würde ich mich auf gute und schlechte Jahre gefaßt machen, aber ich würde gut für mein Land sorgen.«

»Mein liebes Kind . . .«

Lucinda verzog das Gesicht zu einer kleinen Grimasse, die in dem schmerzhaften Gebiet zwischen Zucken und Lächeln geboren war.

»Vor allem aber, Mr. Hopkins«, sagte sie zu Oscar (der sich vorbeugte und so, obwohl er keineswegs unhöflich sein wollte, mithalf, Mr. Borrodaile auszuschließen), »würde ich jemandem mit Kapital einen Rat geben, der mit meinem Verständnis des Gleichnisses von den Talenten im Einklang steht. Einem solchen Menschen würde ich den Rat geben, etwas zu produzieren, das vorher nicht da war. Ich muß zugeben, Mr. Borrodaile, daß ich Ihre Talgfabriken nicht mag.« Während sie das sagte, wandte sie sich wieder ihm zu. Ihre Stimme war leise, fast bekümmert. »Und der Grund dafür ist nicht allein der, daß sie einen höchst unangenehmen Geruch verbreiten, sondern auch, daß ich auf einer Farm gelebt und gearbeitet habe und es nicht ertragen kann zu sehen, daß Tiere einem so niederen Zweck zugeführt werden, und damit habe ich jetzt sicher etwas gesagt, das es Ihnen erlaubt, mich albern und weibisch zu nennen.«

»Aber mein liebes Kind, so etwas würde ich nicht einmal denken.« Doch seine zusammengekniffenen, blutunterlaufenen Augen dachten Schlimmeres und holten es, eins nach dem anderen, hervor und breiteten es aus. Es war eine Privatvorstellung, und Percy Smith merkte nichts davon – er lächelte Lucinda an und schüttelte so dümmlich und herablassend den Kopf, daß sie ihre gute Meinung von ihm auf der Stelle revidierte.

»Im Prinzip«, sagte Oscar und lud sie alle ein, sich die Hände zu einer Gemeinschaft zu reichen, zu der sie – auch Lucinda – sich nur widerwillig zusammenfanden, »im Prinzip ist das doch sicher richtig, Mr. Borrodaile.«

»Herrgott«, stieß Mr. Borrodaile hervor und versuchte dann, die Gotteslästerung aufzufangen, bevor sie landete. Einen Augenblick lang sah sein Mund aus wie der eines Mannes, der einen zu heißen Bissen genommen hat und ihn nun ausspucken und irgendwie wieder loswerden will, es aber aus Gründen des guten Benehmens nicht kann. Er konnte es nicht zurücknehmen. Er konnte nur weitermachen, einen Weg freihacken und sich keine Gedanken darüber machen, daß er nicht wußte, wohin ihn der nächste Schritt führen würde. »Ich hab Ihnen den Pfarrer schon von hinten angesehen. Ihr Gang verrät Sie.« Er schüttete seinen Burgunder hinunter. »Ach was, passen Sie auf, ich werd's Ihnen zeigen.«

Lucinda hielt den Atem an. Selbst Mr. Smith, der sich inzwischen an die sprunghaften und energischen Bewegungen seines Freundes, an seine leidenschaftlichen Ausbrüche, seine Kränkungen, Beleidigungen, Rachegelüste gewöhnt hatte, selbst Mr. Smith legte Löffel und Gabel neben einem überhaupt nicht zu dieser Jahreszeit passenden Plumpudding ab und machte ein beunruhigtes Gesicht. Mr. Borrodaile ließ sich nicht beirren.

Oscar und Lucinda waren hochrot, als wären sie ein Paar von Ehebrechern.

Mr. Borrodaile stellte sich mit dem Rücken zu einer verspiegelten Säule und lächelte idiotisch. Er zwirbelte seinen Schnurrbart. Er zupfte an den Manschetten wie ein Bariton, der gleich anfangen wird zu singen. Er war natürlich betrunken. Er setzte ein gelassenes Gesicht auf, aber nicht das Gesicht war der springende Punkt. Der springende Punkt war: Mr. Borrodaile würde einen Gang »vorführen«.

Er faltete die großen Hände vor der Brust. Er neigte den Oberkörper nach hinten. Er zog seine geröteten Wangen nach innen und sah gen Himmel wie ein Chorknabe in einer Prozession. Er ging. Er war eine Marionette, deren Fäden sich verwirrt haben. Seine Beine zuckten auswärts und dann nach oben. Sein Oberkörper wackelte hin und her wie der Hauptmast einer in der Dünung vor Anker liegenden Brigg. Die Hände falteten und entfalteten sich und flogen auseinander, um etwas zu fangen – aber was? Einen Schmetterling? Eine Hoffnung? Ein Gebet?

Mr. Borrodaile schritt, eierte, wankte und lächelte durch den ganzen Speisesaal und schlug, wo das Mobiliar es erforderte, elegante Haken.

Der Zahlmeister schob rumpelnd seinen Stuhl zurück, und diejenigen in der zweiten Klasse, die sich vorher schon über Borrodailes »Mumpitz« beklagt hatten, blickten den Offizier erwartungsvoll an, aber der hatte seinen Stuhl nicht zurückgeschoben, um Borrodaile in die Schranken zu weisen, sondern um zu applaudieren. Mr. Borrodaile ging genau wie der rothaarige Pfarrer – nein, nicht »genau«. Er sah überhaupt nicht wie dieser Bursche aus, und doch hatte er sein Wesen erfaßt. Sein Gang verhielt sich zu dem seines Vorbildes wie ein wackelndes Skelett zu einem tanzenden Jungen.

Mr. Borrodailes großes Gesicht mit dem Grübchen am Kinn war rot vor Vergnügen. Er schritt dahin. Er legte den Kopf in den Nacken. Er schwang die Arme. Binnen kurzem applaudierten ihm alle.

Oh, wie er als Junge die anderen herumgeschubst haben mußte, dachte Lucinda, als sie diese sehr genaue Imitation sah, eine Imitation, die sie, obwohl sie zum Gegenteil entschlossen war, lächeln machte. Aber applaudieren wollte sie nicht. Die Absicht, die dahinter stand, war zu gemein: Alles an dem jungen Mann, was gut und freundlich war, sollte schwach und irgendwie verächtlich erscheinen. Sie schämte sich ihres Lächelns, und daher war sie, als sie sich schließlich gestattete, das Ziel dieses Spotts anzusehen, überrascht festzustellen, daß Oscar nicht nur breit lächelte, sondern ebenso begeistert klatschte wie die Lästerer am Tisch des Zahlmeisters.

Sie war sprachlos. Wieviel Selbstvertrauen er haben mußte. Sie beschloß noch im selben Augenblick, daß sie ihn näher kennenlernen wollte.

»Na sowas«, sagte Oscar, der nicht so selbstsicher war, wie Lucinda dachte, sondern vielmehr beschützt wurde durch eine eigenartige Blindheit für sich selbst. Das Komische und Groteske an Mr. Borrodailes Gang war nicht zu übersehen, und doch kam Oscar nicht einmal einen Augenblick lang der Gedanke, dies könnten Elemente seines Erscheinungsbildes sein. Er sah sich selbst nie als merkwürdig und verstand Mr. Borrodailes Manierismen lediglich als schauspielerische Kunstgriffe, die eine innere Realität vermitteln sollten. So symbolisierten die gefalteten Hände für ihn bloß seine Weltabgewandtheit, die zuckenden Beine seine Begeisterungsfähigkeit, das idiotische Lächeln seine Freundlichkeit und Güte. Und er war keineswegs verärgert. Eigentlich berührte es ihn, daß jene Charaktereigenschaften, die zu stärken er sich so bemüht hatte, von Mr. Borrodaile derart schnell erkannt worden waren.

»Na sowas«, sagte er, lehnte sich zurück und ließ die Fingerknöchel knacken. »Wie es scheint, können wir das, was uns im Herzen bewegt, nicht vor denen verbergen, die uns genau beobachten.« Er sah zu Mr. Borrodaile auf, der grinsend hinter ihm stehengeblieben war. »Ich gratuliere, Mr. Borrodaile – das ist eine große Begabung.«

Mr. Borrodaile konnte nicht anders: Er war irritiert. Er beugte sich vor, »lieh« sich das Weinglas des Pfarrers aus, stand lächelnd da und nippte an dem Wein, ohne sich zu entschuldigen.

»Eine große Begabung«, sagte Oscar und verdrehte den Hals, damit er Mr. Borrodaile ansehen und gleichzeitig den Anblick der Bullaugen in der Wand hinter ihm vermeiden konnte. »Und damit meine ich nicht Ihre Vorstellung – ich kenne mich, was das Theater betrifft, nicht besonders gut aus und kann mir kein Urteil erlauben.«

Mr. Borrodaile fühlte sich unbehaglich. Er stellte das Weinglas des Pfarrers wieder ab und kehrte zu seinem Platz zurück, und in diesem Augenblick sah Oscar, was er bisher hatte vermeiden können zu sehen.

Das gräßliche Seidentuch des Meeres ließ ihn an einem Kloß in der Kehle würgen.

Er hielt inne.

»Nicht die Vorstellung«, half Mr. Smith ihm auf die Sprünge, während sich Mr. Borrodaile, dem jetzt bewußt wurde, daß man wenigstens lobend und voller Achtung zu ihm sprach, höflich auf seinen Stuhl setzte und sich aufmerksam vorbeugte, um zu hören, was sein Opfer zu sagen hatte.

»Ich kann mir kein Urteil erlauben«, sagte Oscar und besänftigte seine panische Kehle mit einem Stück trockenem Brot. »Aber Ihr Gespür für den inneren Menschen, für jene Seiten, die wir nicht gern zeigen, ja, die wir oft sorgfältig verstecken – dieser Scharfblick, Mr. Borrodaile, ist wirklich bewundernswert.«

Mr. Borrodaile sah sehr zufrieden aus.

Lucinda verbarg ihr Vergnügen hinter ihrem Wasserglas.

»Das ist eine Begabung«, sagte Oscar, beugte sich vor und bewegte die Arme, als hielte er eine Schatulle von einigem Gewicht. »Es ist etwas, das Sie nicht bloß dazu benützen sollten, um andere Passagiere während einer langen Reise zu unterhalten. Es ist etwas, das ein Christ in seinem Leben anwenden sollte.«

Während er sprach, wurde Oscar so ausladend und exzentrisch, daß er selbst Mr. Borrodailes Parodie übertraf. Durch die Aufregung, die Verlegenheit und ein bißchen Wein war er mehr der Mensch, den Wardley-Fish liebte, mehr der Lehrer, an den sich die sechzig Jungen in Mr. Colvilles Schule noch als Greise würden erinnern können. Er war lebhaft. Er schwenkte die langen Arme über den Tisch und verfehlte Burgundergläser und Weißweinflaschen nur, weil seine Tischgenossen sie aus seiner Reichweite entfernten. Seine Stimme wurde heller und bekam jenen berühmten flötenden Klang. Er sah von einem zum anderen und zog sie mit sich in den blubbernden Topf seiner Begeisterung, bis auch sie meinten, das, was sie gesehen hatten, sei kein grausamer Spott gewesen, sondern eine Bestätigung, eine Einsicht, etwas, das eine weit größere Bedeutung besaß, als sie zunächst gedacht hatten. Im nachhinein rieben, putzten, polierten sie es, bis es in ihrer Vorstellung wie etwas Kostbares glänzte und der Übeltäter – der gemeine, verächtliche Mr. Borrodaile – wenigstens für eine Zeitlang in einen guten Menschen verwandelt war.

Lucinda, die anfangs gedacht hatte, Mr. Hopkins sei lediglich schlau, war, als sie sah, daß in seiner Begeisterung keine Berechnung war, so berührt, daß sie Tränen in den Augen hatte.

Auch Mr. Borrodaile war berührt, wenn auch in anderer Hinsicht, und für eine Weile – eine halbe Stunde oder so – war er wie ausgewechselt. Er interessierte sich für die Gefühle und Ansichten der anderen Passagiere. Und seine Augen führten, wenn sie Lucinda Leplastrier ansahen, nicht mehr diese kalten Instrumente, dieses Operationsbesteck vor, das er vor kurzem noch so gehässig (der Koffer wird aufgeklappt: Da! Sehen Sie!) ausgebreitet hatte.

Neben dem Schiff war ein Leuchten. Der Chefsteward machte sie darauf aufmerksam, und einige eilten an Deck, wo man das Schauspiel besser genießen konnte, und so lenkte Oscar, der nicht wollte, daß man auseinanderging, die volle Wucht seiner Begeisterung auf das Thema Phosphoreszenz, ohne sich auch nur ein einziges Mal über die Schulter nach dem Glühen umzusehen, das die Bullaugen des Speisesaals ausfüllte.

53
Phosphoreszenz (I)

Er wußte, welchen Weg sein Gesprächsthema den Tischgenossen weisen würde: gewiß, ja geradezu unvermeidlich die Treppe hinauf und hinaus in die warme Nacht, die seine schreckliche Angst ihm verbot. Je mehr er sie mit seinen Beschreibungen und Erklärungen faszinierte, desto sicherer war es, daß sie ihn schließlich zurücklassen würden, um das Wunder anzusehen, das er in so leuchtenden Farben vor ihnen beschwor.

Am meisten wandte er sich an Miss Leplastrier (die mit der wunderbaren Oberlippe und den glänzenden, neugierigen Augen), und als sich schließlich der Schub seiner Begeisterung mit der Anziehungskraft des geschilderten Phänomens verband und alle wie ein Mann aufstanden, erhob er sich ebenfalls. Obgleich er ihnen nicht versprach, mit ihnen an Deck zu gehen, so ließ er doch auch nicht erkennen, daß er sie nicht dorthin begleiten konnte, und während ein weltliches Gericht bestätigt hätte, daß er seine Zuhörer nicht in seinen Absichten getäuscht hatte, wäre der himmlische Richter wohl nicht so leicht irrezuführen gewesen.

Am Fuß der pompösen, schlüpfrigen Treppe, die zum Oberdeck führte, blieb er still hinter der lärmenden Gesellschaft zurück und fühlte sich wie ein trauriges, häßliches Wesen aus einem Märchen, eines, das für alle Zeit vom Licht des Tages verbannt ist und bleich, schweißschimmernd und mit weit aufgerissenen Augen in der dunklen, stählernen Unterwelt umherkriechen muß.

54
Phosphoreszenz (II)

Weiß wie Milch, durchsetzt mit hellen Funken aus blauem Licht, wogte das Meer um den Bug der *Leviathan*. Die Milch stockte. Das Meer war marmoriert mit Streifen aus klarem schwarzem Wasser. Ein Eimer wurde hinuntergelassen. Er pendelte und schepperte und verschwand in der Dunkelheit. Die weißen Wolken lösten sich auf, aber die Funken blieben. Einer davon explodierte plötzlich. Es war ein Leuchtfeuer unter Wasser. Das große Schiff schwamm in flüssigem Licht. Der Eimer hatte das Wasser noch nicht erreicht. Im lumineszierenden Meer konnte Lucinda die herrlichsten Feuerkugeln hin und her rollen und torkeln sehen wie etwas aus einer Prophezeiung.

Aber an Spektakeln war sie nicht interessiert. Wenn sie damit zufrieden gewesen wäre, hätte sie auch allein in der ersten Klasse bleiben können. Es verlangte sie nach Intelligenz und Freundlichkeit, und für beides war die Phosphoreszenz lediglich ein Auslöser, ein Kanal gewesen. Mr. Hopkins hatte beides, das Spektakuläre und das Persönliche, zusammengebracht, und weit besser als alle Phänomene hatte ihr die Art gefallen, wie er die Hände bewegte: überhaupt nicht wie ein Engländer. Er schien voller Leben, er schien geradezu überzusprudeln. Sein Kragenknopf hatte sich gelöst, und dafür mochte ihn Lucinda fast so sehr wie für alles andere.

»Dann lassen Sie uns gehen«, hatte sie gesagt und war vom Tisch aufgestanden. »Lassen Sie uns Zeugen des Wunders sein.« Sie hatte Ironie in ihre Worte gelegt, aber ihre Gedanken waren ganz und gar nicht ironisch gewesen.

Und dann hatten sie sich alle gleichzeitig erhoben und waren zur Tür hinaus und die Treppe hinauf gegangen, und sie hatte sich knapp vor der fürsorglichen Hand von Mr. Borrodaile gehalten, der es für nötig erachtete, sie durch die Tür zu *lotsen*, als wäre diese ein gefährliches Riff und sie selbst zu dumm, um die Fahrrinne zu finden. Sie hatte sich nicht umgesehen. Sie hatte gedacht, Mr. Hopkins sei noch immer mit von der Partie.

Es waren zu wenige Passagiere an Bord, als daß das Deck überfüllt gewesen wäre, aber das Phosphoreszieren hatte, wie eine zurückweichende Flut, einen Sog erzeugt, und Passagiere wie Besatzung waren, gegen alle Regeln der Rangordnung und des guten Benehmens, hinaufgesaugt worden oder in die warme Nachtluft hinausgeschwärmt und drängten sich mittschiffs neben den großen Wasserkondensatoren: Stewards und Kammerstewards, Maschinisten, der junge Bursche, der sich um die Tiere kümmerte, Passagiere aus der dritten Klasse mit Stimmen, die in Limehouse und Holborn, Liverpool und Manchester zu Hause waren. Erst als sie in dieser Menge eingezwängt war, entdeckte Lucinda, daß Mr. Hopkins nicht mehr bei ihnen war. Sie glaubte, dies sei irgendwie ihre Schuld. Sie war wieder einmal zu direkt gewesen. Sie hatte ihn mit ihrem forschen Wesen vergrault. Ihre ironische Art hatte ihn verletzt. Sie hatte sich nicht genug beherrscht – aber warum sollte sie sich immer beherrschen? Man wollte, daß sie sich die Füße mit einer Seidenschnur fesselte, damit sie nur noch langsam vorankam. Selbst Dennis Hasset hatte versucht sie zu überreden, kürzere Schritte zu machen. Er hatte den Schnitt ihrer Krinoline zum Vorwand genommen, aber sie hatte den Verdacht, daß das nicht der wirkliche Grund war.

Es lag auf der Hand, daß es klug gewesen wäre, seinen Rat zu befolgen und sich Zügel anzulegen. Aber man legte ihr ja ohnehin schon überall Zügel an. Dieses Gefühl zog sich wie ein roter Faden durch ihr Erwachsenenleben. Sie lehnte die Konventionen ab, die nach Fischbein und Gummi verlangten, und dennoch fühlte sie sich eingezwängt und wund, beengt und behindert.

Lucinda war wütend auf das Phosphoreszieren. Dafür hatte sie nun etwas viel Wertvolleres aufgegeben. Während sie das Meer betrachtete, wurde ihre Oberlippe immer schmaler, als wäre das, was sie da sah, nichts weiter als ein Rummelplatz: vorbeisausende Lichter, ekelhafte Süßigkeiten, geschmacklose Anreißer. Mr. Borrodaile war unangenehm aufmerksam. Er sagte, die Lichtkugeln seien Quallen. Es mißfiel ihr, daß er seinen massigen Oberkörper über sie beugte, wenn er ihrem Ohr näher sein wollte. Er hatte vergessen, daß er diese Information zur selben Zeit wie sie von Mr. Hopkins bekommen hatte. Sie vermochte seine Denkweise nicht zu ergründen. Jetzt fuhr er nämlich fort, noch mehr von dem, was er bei Tisch in sich aufgenommen hatte, wieder von sich zu geben: Er erzählte ihr, diese Quallen hießen Medusen, und die Lichtpunkte, die wie Funken aussähen, seien in Wirklichkeit *Entomastraca,* obwohl er es nicht ganz richtig sagte.

»*Entromysteriosa*«, sagte Mr. Borrodaile, und das nicht gerade leise.

Aber Mr. Hopkins hatte ihr noch nicht einmal eine gute Nacht gewünscht. Sie wußte nicht, was sie getan hatte, um eine solch schwere Kränkung verdient zu haben.

Das Phosphoreszieren war natürlich wunderbar. Wie hätte es nicht wunderbar sein können? Aber Staunen, selbst das Staunen über eines von Gottes großen Wundern, ist unmöglich, wenn man sich töricht und unglücklich fühlt. Lucinda zwang sich, fünfzehn sich langsam dahinschleppende Minuten lang an Deck zu bleiben, bevor sie erklärte, nun habe sie genug von diesem Meeresleuchten gesehen.

Aber Mr. Smith wollte, daß sie blieb. Er hielt sie mit Daumen und Zeigefinger am Jackenärmel fest, allerdings so blinzelnd und eulenhaft, daß sie ihm wegen dieser Vertraulichkeit nicht böse sein konnte, sondern sogar froh war, daß wenigstens er freundlich über sie dachte.

»Aber der Eimer ist doch noch gar nicht wieder heraufgezogen, Miss Leplastrier. Sie dürfen uns nicht verlassen, bevor Sie die Vorführung gesehen haben.«

»Bitte bleiben Sie«, sagte Mr. Borrodaile, aber sie spürte, daß sich sein Wohlwollen für sie verflüchtigt hatte, seit sie von seinem flüsternden Mund abgerückt war.

»Aber in dem Eimer ist auch nichts anderes als im Meer, oder?« sagte Lucinda. »Er enthält doch keinen besonderen Zusatz.«

»Warten Sie«, sagte Mr. Smith. »Sehen Sie, da kommt er.«

»Platz da«, sagte Mr. Borrodaile.

Er stand auf Lucindas Fuß. Es tat sehr weh, aber sie sagte nichts. Sie fand die Vorstellung, er könnte einen großen Wirbel veranstalten, und die Aussicht, daß er ihr, wenn er sich entschuldigte, seine große Hand auf den Arm oder die Schulter legen würde, unerträglich.

Es gab ein großes Gedränge, als der Eimer an Deck gehievt wurde. Sie war kleiner als alle anderen. Sie zwängten sie ein, und Lucinda, die in die zweite Klasse gekommen war, um ihre Artgenossen zu spüren und zu riechen, fühlte sich beengt und der Atemluft beraubt. Sie schob sich mühsam nach vorn, allerdings eher, um den dumpfen menschlichen Ausdünstungen zu entrinnen, als um den Inhalt des Eimers zu betrachten. Er enthielt eine große Anzahl leuchtender Wesen.

»Nun machen Sie schon, Smith«, sagte Mr. Borrodaile barsch.

»Einen Moment noch, Borrodaile«, sagte Percy Smith. Sein Ton verriet mehr Selbstbewußtsein als gewöhnlich. »Ich warte auf den Maschinisten.«

»Ich bin der Maschinist«, sagte ein Mann, der neben Lucinda stand und nicht nach Öl, sondern nach Whisky roch.

Er hielt Mr. Smith eine Flasche mit einem Stöpsel aus eingeschliffenem Glas hin. Mr. Smith beugte sich über Lucindas Schulter und nahm die Flasche in Empfang. Er trat in den kleinen freien Kreis um den stumpf zinkfarbenen Eimer und suchte, nachdem er den Stöpsel herausgezogen hatte, Lucinda unter den Zuschauern. »H_2SO_4«, erklärte er. »Schwefelsäure.« Er kniete sich hin und goß ein wenig davon in den Eimer. »Schnell«, sagte er und trat zurück. »Schnell, und gut aufgepaßt.«

Lucinda wurde so heftig vorwärtsgeschoben, daß sie es, selbst wenn sie es gewollt hätte, gar nicht hätte vermeiden können, der »Demonstration« zuzusehen. Die glimmenden Punkte im Eimer wurden heller; einige waren weiß, andere gelblich, aber alle leuchteten intensiv wie winzige Sterne, die plötzlich am Himmel erstrahlen. Dann flackerten sie, wurden blasser und erstarben. Der Eimer wurde dunkel.

»Sehen Sie, Borrodaile?« rief Mr. Smith. »Das ist der Beweis.«

Du beschränkter Mensch, dachte Lucinda. Die Beschränktheit deiner Phantasie würde selbst Gott umbringen.

Sie schob sich durch die Menge nach hinten und ging – während Mr. Borrodaile mit lauter Stimme erklärte, das beweise gar nichts – über den leeren Teil des Decks zu ihrer noch leereren Kabine. Sie sah auf und versuchte den Nordstern zu finden, aber die *Leviathan* hatte ein bauschiges schwarzes Tuch über den Himmel gespien, und das Firmament war so tot wie der Inhalt des Eimers. Sie dachte: Ich mag keine Fabriken. Versuche ich denn etwa immer noch, meiner Mutter zu gefallen? Sie betrat das Promenadendeck der ersten Klasse und schaute, ohne zu wissen, was sie dort sehen würde, hinunter auf das Promenadendeck der zweiten Klasse.

Sie sah Oscar Hopkins, der – demonstrativ, wie ihr schien – für sich allein dasaß. Als er ihr zuwinkte, tat sie, als hätte sie es nicht bemerkt.

55
Neid

Es stimmte, was Wardley-Fish in den Cremorne Gardens zu ihm gesagt hatte: Er paßte nirgendwohin. Schon allein seine Situation, die Tatsache, daß er allein auf dem Promenadendeck der zweiten Klasse saß, belegte das. Er war ein komischer Vogel, ein Storch, eine Gottesanbeterin, ein Bauerntölpel, ein Hibbel. Er hatte Angst vor Wasser. Er war abgeschnitten vom Leben selbst. Er saß auf seiner Polsterbank wie ein Krüppel im Rollstuhl und stutzte die Wunder der Meere so zurück, daß man sie ihm in einem häßlichen Feuerlöscheimer vorführen konnte.

Mr. Smith kam ziemlich betrunken die Treppe herunter und versuchte, eine einzelne Qualle in ein Glas Gin zu fabrizieren. Er behauptete, in Amerika sei das ein berühmter Drink. Das Tier leuchtete hellgelb auf – ein Schrei aus Licht – und starb.

Mr. Smith sagte zu Oscar, er sei ein »langweiliger Gesellschafter« und ging, um mit Mr. Borrodaile und dem Maschinisten Poker zu spielen. Die Stewards entfernten den Eimer und rieben das Wasser aus dem Teppich.

Oscar war in vielerlei Hinsicht ein demütiger Mensch. Aber er hatte auch die Denkgewohnheiten des Renegaten, der weiß, daß er errettet ist, während alle anderen verdammt sind. So hatte Oscar, ganz gleich, wie überlegen ihm beispielsweise Mr. Borrodaile am Tisch im Speisesaal sein mochte, im Innersten seines Herzens das Gefühl, »besser« zu sein als jener. Und es kränkte ihn, es kränkte ihn über alle Maßen, daß ein solcher Mann an Deck gehen konnte, um das Meeresleuchten zu betrachten, während er selbst, der über dieses Phänomen mehr wußte als jeder andere an Bord des Schiffes, dazu nicht imstande war.

Er hatte die Tischgesellschaft die Treppe hinaufsteigen sehen, wie er einst dem heidnischen Singen und Tanzen zur Sommersonnenwende in Hennacombe zugesehen hatte. Damals war er neidisch gewesen beim Anblick der alten Frauen mit ihren großen Hauben, die sich im Kreise gedreht und gelacht hatten, während er versteckt hinter einem Baum hatte sitzen müssen. Dieselben Gefühle hatte er gehabt, wenn er seinem Vater in der Brandung zugeschaut hatte. Selbst wenn er Angst vor dem

Wasser hatte, selbst in dem Augenblick, da der Schrecken am größten war, wurde er von Neid gequält und zerrissen.

Er hatte Miss Leplastrier auf der Promenade gesehen. Er hatte ihr zugewinkt, aber da er kurzsichtig war, konnte er nicht mit Sicherheit sagen, wie sie reagiert hatte. Der Gedanke, er könne sie vor den Kopf gestoßen haben, war ihm unerträglich. Er sagte sich, er sei durch sein Wort gebunden, ihre Beichte zu hören, und dies, und nicht die Erinnerung an ihre großen Augen und ihre hübsche Oberlippe, ließ er in sein Bewußtsein ein, als er sich schließlich von seiner mit Samtplüsch bezogenen Bank erhob und mit unsicheren Schritten in seine Kabine ging.

Er nahm seine Bürsten und den Handspiegel aus der kleinen Zedernholzschublade. Er bürstete sein drahtiges rotes Haar energisch und versuchte, ihm ein zivilisierteres Aussehen zu geben, aber je mehr er bürstete, desto mehr stand es nach den Seiten ab. Als er seine Toilette beendet hatte, sah sein Kopf aus wie die Krone eines windgepeitschten Baumes. Er fand den verlorenen Kragenknopf und befestigte ihn wieder. Er bemerkte die Anfänge eines kleinen Pickels auf der Nase. Er stieß auf einen Porzellantiegel mit Pomade (die zur Bändigung der Haare dienen sollte), öffnete ihn, roch daran und verschloß ihn wieder.

Er klappte die Kiste mit dem Lötzeug auf und nahm die eingepackte Glückshaube heraus. Diese stopfte er in die Seitentasche seiner Jacke. Sie verringerte seine Angst nicht im geringsten. Dann machte er sich auf den Weg zur Treppe, die zum Promenadendeck der ersten Klasse führte. Oben angekommen, erkundigte er sich in so tragischem Ton nach dem Weg zu Miss Leplastriers Kabine, daß der Steward, der ihm vorausging, nicht Angst, sondern eine ernste spirituelle Krise dahinter vermutete.

56
Köder

Lucinda nahm ihr Kartenspiel und mischte es. Die Schutzschicht war neu und glänzte, und die Druckfarben darunter leuchteten wie farbige Steine in einem Aquarium. Sie stand vor dem schönen Walnußtisch und gab sich Pokerkarten. Sie hatte sich an den Tisch gelehnt, die Kante drückte gegen ihren Oberschenkel. Sie breitete die fünf Karten, Gesicht nach unten, aus und drehte dann mit dem Fingernagel eine um. Pik König. Sie ließ sie wieder auf die Bildseite fallen. Tatsächlich: Ihre Hände schmerzten. Sie preßte sie aneinander. Sie ging um den Tisch und blieb gegenüber den fünf ausgebreiteten Karten stehen. Sie teilte fünf weitere Karten aus. Sie hob das Kartenpäckchen ab. Die unterste Karte war die Karo Drei. Sie stand da und starrte auf den Tisch. Wenn sie dort gesessen hätte, wo die Karten lagen, hätte sie über der Schulter ihres Gegenübers das spiegelglatte, mondbeschienene Meer sehen können. Aber hätte sie wirklich gespielt, dann hätte das Meer nicht existiert. Nichts hätte existiert außer jener kleinen, kugelförmigen Welt, deren exaktes geometrisches Zentrum das abgehobene Kartenspiel war.

Sie ging zu ihrem Schreibtisch. Ihr Gang war entschlossen und hatte nichts Verträumtes an sich. Sie nahm ihre Geldbörse aus der Schublade. Sie trug sie zum Tisch. Sie leerte ihren Inhalt auf den Tisch: große Pennymünzen, klobige Sovereigns, Pfundnoten, einen einzelnen »Fünfer«.

Dann ging sie im Raum umher, umkreiste den Tisch in bestrumpften Füßen.

In Hörweite saßen Männer beim Kartenspiel. Sie sollten sehen, daß sie nicht allein waren mit ihrer Leidenschaft. Sie zog an einer Schnur, einem roten Seil mit einer goldenen Quaste am Ende. Damit ließ man den Steward kommen. Aber als er eintrat, weigerten seine Augen sich, den herrlichen Köder wahrzunehmen, den sie für ihn ausgelegt hatte. Er verließ die Kabine und kehrte mit einem Teegeschirr auf einem silbernen Tablett zurück. Er wich ihrem Blick weder aus noch suchte er ihn. Er wünschte der jungen Dame eine ruhige, angenehme Nacht.

Sie hatte sich an einem Tag zweimal lächerlich gemacht.

57
Beichte

Als sie Hochwürden Hopkins in der Tür stehen sah, war das erste, was sie dachte, als sie wieder denken konnte: die Karten. Sie hatte sie als Köder ausgelegt, aber nicht für ihn – für jeden anderen, aber nicht für ihn. Doch davor gab es einen Moment, da sie überhaupt nichts dachte. Ihr Mund war ein Echo der offenen Tür.

Und dann dachte sie: Die Karten. Er durfte die Karten nicht sehen, und das Geld auch nicht. Da lagen Münzen und Geldscheine, eine Fünf-Pfund-Note, so weiß wie ein Brautschleier – es war ein leuchtendes Weiß, eine duftende Gardenie, die Einladungen an stolperfüßige Insekten aussandte, welche ihr, ohne zu wissen, was sie taten, helfen würden, sich fortzupflanzen. Alles war darauf berechnet, ins Auge zu fallen – aber nicht in sein Auge, sondern das eines anderen.

Sie dachte: Was für ein liebes Gesicht. Die extreme Feinheit und Kultiviertheit dieses Gesichtes prägten sich ihr ein. Sie stellte sich nicht, noch nicht, die Frage, ob es schicklich sei, daß er sie ohne Begleitperson in ihrer Kabine aufsuchte; diese Frage kam erst einen Augenblick später, und mit ihr Besorgnis, wie ein Schluck heißer Whisky. Sie hatte die Bitte, er möge ihre Beichte hören, vollkommen vergessen. Sie sah nur diesen sehr liebenswerten Mann, den sie, wie sie fürchtete, durch ihre Direktheit vor den Kopf gestoßen hatte.

»Kommen Sie doch herein.« Das war die einzigen Worte, die gesprochen wurden. Sie versuchte, ihn zu der gekrümmten Wand der Kabine zu lotsen, weg von dem Pokerspiel. Sie wollte seinen Blick auf das schimmernde Meer lenken. Sie wußte, daß ihre Kabine den Vorzug besaß, mit »Panoramafenstern« ausgestattet zu sein, und wollte eine Unterhaltung darüber beginnen. Aber er kehrte ihnen buchstäblich den Rücken, bewegte sich wie eine Krabbe in die entgegengesetzte Richtung und tastete sich, als wäre er ein Blinder, zu einem Stuhl an eben jenem Tisch, an dem er nicht Platz nehmen sollte.

Sie war entsetzt und so angsterfüllt, er könnte ihr Laster entdekken, daß sie sein Verhalten gar nicht sonderbar fand. Sie sah, daß auf seiner Stirn Schweiß stand, aber das wurde ihr erst viel später bewußt, als der Augenblick vorüber war.

Sie fand es seltsam, daß er sich nicht entschuldigte, als er sich setzte, während sie noch stand. »Bitte entschuldigen Sie«, sagte er statt dessen, »daß ich nicht früher gekommen bin.«

Sie lächelte und neigte den Kopf. Sie blieb stehen, damit seine Augen, die zu ihr aufsehen mußten, nicht sahen, was vor ihm auf dem Tisch lag. Er hatte es bereits gesehen. Er mußte es gesehen haben. Und doch, so schien es, hatte er es nicht gesehen. Wovon redete er? Früher gekommen? An Deck? Sie fragte sich, ob sie nicht ein Tuch finden könnte, das sie über den Tisch werfen konnte.

»Sie müssen wissen«, sagte er, »daß ich schreckliche Angst vor dem Meer habe. Das ist etwas, das mir seit frühester Kindheit zu schaffen gemacht hat. Mein Vater ist nämlich Naturforscher, und er stand die ganze Zeit in der Brandung, und als kleiner Junge mußte ich ihn immer begleiten.«

»Ich verstehe.« Sie verstand keineswegs. Er war aufgeregt und schwitzte, aber das bemerkte sie nicht. Sie war wie jemand, der Spanisch hört, wo er Griechisch erwartet hat. Der Pfarrer hatte eine Karte aufgenommen und spielte damit.

»Jedenfalls habe ich eine Ängstlichkeit entwickelt, ähnlich der, die manche Menschen haben, wenn sie hoch über dem Erdboden sind. Sie also heute abend an Deck zu begleiten oder hierher, wo all diese großen Fenster sind, zu kommen, um Ihre Beichte zu hören – naja, ich hatte die Befürchtung, das würde über meine Kraft gehen.«

Aber sie konnte *ihm* doch nicht beichten. Sie wollte nur, daß er gut über sie dachte.

»Mr. Smith und Mr. Borrodaile wissen nichts davon«, sagte er. »Offen gestanden wäre es mir auch lieber, wenn sie nichts davon erfahren würden. Aber ich schulde Ihnen eine Erklärung, warum ich nicht gekommen bin, um Ihnen die Beichte abzunehmen, wo ich doch, wie Sie sehen, die ganze Zeit sehr wohl dazu imstande gewesen wäre.«

Aber sie durfte nicht beichten. Sie wünschte, er würde die Karte wieder hinlegen. (Bestimmt wußte er, was das war.) Sie gab wieder, was sie von George Lewes gehört hatte, allerdings zehnmal schneller als jener mit seiner schleppenden Sprechweise: daß die Königin in Crathie an einem presbyterianischen Gottesdienst teilgenommen hatte und eine dezidierte Meinung zu den Gefahren von Kniebeuge und Beichte hatte. Es sei daher, meinte sie, unklug zu beichten.

»Ah, ja«, sagte er, »die Königin. Aber, sehen Sie« (und hier stieß er mit dem Bein an den kleinen Tisch, so daß man die Münzen klimpern hören konnte), »es reicht nicht, daß sie damit nicht einverstanden ist, denn die Anglikanische Kirche hat das Sakrament in ihr Gebetbuch aufgenommen, und es braucht schon mehr als den Willen der Königin, mehr als den Willen unseres Herrn, um dieses Sakrament wieder daraus zu streichen – es braucht einen Parlamentsbeschluß. Ich bin kein Anhänger dieser Regelung, Miss Leplastrier, aber wenn Sie wollen, dürfen Sie beichten, und niemand kann Sie der Häresie bezichtigen.«

Oscar besaß ein winziges Gebetbuch, nur acht Zentimeter hoch und fünf Zentimeter breit. Er schlug es so routiniert auf, als hörte er jeden Tag ein paar Beichten.

Lucinda geriet jetzt in Panik. Sie konnte diesem jungen Mann nicht beichten. Sie sah seine Handgelenke – lange weiße Brücken zu wunderschön geformten Händen – und ein kleines, abgeschürftes Stück Schienbein zwischen der heruntergerutschten Socke und dem Hosenaufschlag. Er hatte ein herzförmiges Gesicht, wie ein Engel von Dante Gabriel Rossetti. Sie konnte ihm nicht beichten, und doch hatte die Zeremonie bereits begonnen. In seinen Vokalen war das weiche westenglische Schnurren. Sie glaubte, überhaupt keine Stimme mehr zu haben.

Nun war sie an der Reihe zu sprechen. Draußen an Deck hörte man Stimmen. Es waren die Belgier, die ihren Spitz riefen. Sie umklammerte die Stuhllehne. Sie hatte das Gefühl, ihre Stimme sei ganz dünn. Ihr Blick fiel auf seinen Schuh und das Schienbein, die wie ein Ast unter dem Tisch hervorragten. Der Schuh wippte auf und ab. Der Schuh paßte nicht zu dem Sakrament, aber als sie aufblickte und sein Haar, das wie das Haar von Engeln war, und seine sehr stillen, reglosen grau-grünen Augen sah, beichtete sie. Sie beichtete so leise, daß er sich vorbeugen mußte, um sie verstehen zu können.

Es war eine kleine, silberne Stimme, die in einem Fingerhut Platz gehabt hätte. Sie paßte nicht zu den Dingen, die sie sagte. Der Schuh hörte auf zu wippen. Die Sünderin hatte die Augen mit ihren schweren Augenlidern verschlossen. Sie sprach rasch, aber leise, mit silbriger Eile.

Sie beichtete, sie habe gewisse Räumlichkeiten in der Drury Lane aufgesucht, um dort Fan-Tan zu spielen (sei allerdings geflohen, als man sie angestarrt habe).

Sie beichtete, sie habe in einem Eisenbahnzug voller »Rennbahngestalten« ein gewöhnliches Würfelspiel gespielt; zwar sei sie gar nicht zum Rennen gegangen, aber mit diesem Zug gefahren, mit dem Vorsatz, dort Würfel zu spielen, denn sie habe gelesen, daß derlei in solchen Zügen nichts Ungewöhnliches sei. Man habe sie gebeten, sich aus der Runde zu entfernen, da die Anwesenheit einer Frau von den Spielern offenbar als unpassend empfunden worden sei.

Sie habe versucht, Mr. Paxton zu überreden, sie zu einem Hahnenkampf mitzunehmen.

Sie habe die Stewards belauscht. Sie habe den Tisch in ihrer Kabine wie eine Falle präpariert. Sie habe Poker spielen wollen.

Sie gestand noch andere Sünden, aber ihr Beichtvater hörte sie kaum. Er saß mit gesenktem Kopf da und versuchte, sein wild hämmerndes Herz zu beruhigen. Er verkrampfte die Hände und preßte sie zwischen seine Beine. Er stöhnte.

Lucinda hörte das Geräusch. Sie stand mit gesenktem Kopf da und wagte nicht, ihn anzusehen. Sie wartete auf die Absolution. Sie hörte ein anderes, ersticktes Geräusch, dessen Bedeutung ihr nicht klar war. Sie dachte: Jetzt wird er nicht mein Freund sein wollen. Sie kniff die Augen zu, um solche weltlichen Gedanken zu verbannen, kniff sie so fest zu, daß leuchtende Wesen durch das schwarze Meer ihrer Netzhaut schwebten.

Wenn Oscar versuchte, gute Gedanken zu denken, dachte er immer an seinen Vater. Auch jetzt tat er das, und dies war es, was ihn hatte stöhnen lassen: die Einsamkeit, in die er diesen strengen und liebevollen Mann gestürzt hatte.

Die Stimmen der Stewards drangen durch die Luftschächte, aber keiner von beiden achtete darauf.

Noch immer verweigerte der Priester die Absolution.

»Das Würfelspiel, das Sie im Zug gespielt haben – war es ›Dutch Hazard‹?« fragte er.

Lucinda sah ruckartig auf, aber der Priester hatte den Kopf gesenkt und seitwärts zur rechten Schulter gewandt. »Ja«, sagte sie. »Wir haben auch noch ein anderes gespielt.«

»Vielleicht ›Old British‹?«

Lucinda spürte, daß auf ihrem Hals unter dem geneigten Kopf ein Fleckenmuster erschien. »In Neusüdwales«, sagte sie, »nennt man es ›Seventh Man‹.«

Ihre Gefühle waren diffus, so verschwommen wie ein Erröten, eine Vermischung von Hitze und Blut.

Oscar konnte das Bild seines Vaters nicht mehr klar vor sich sehen. Eine gewisse unbekümmerte Freude – ein Ding ohne scharf umrissene Form, ein Nebel, eine Wolke aus Elektrizität – verdrängte die vertrauten frommen Gedanken.

»Und wer«, fragte er, entspannte die Hände und legte sie auf den Tisch, »wer hat den ›Peter‹ gemacht?«

Lucinda Leplastrier hatte den Kopf schiefgelegt. Sie schlug die Augen auf. Ihr Beichtvater machte ein ausdrucksloses Gesicht, ein *beinah* ausdrucksloses Gesicht, das jedoch durch ein leichtes Zusammenpressen der Lippen davor bewahrt wurde, völlig ausdruckslos zu sein.

Lucinda kniff die grünen Augen zusammen. »Den ›Peter‹?«

»Kennen Sie den Ausdruck nicht?«

Sie sah auf seinen Mund. Sie konnte nicht recht glauben, was sie dort sah. »Doch«, sagte sie sehr vorsichtig. »Doch, ich glaube, ich kenne ihn.«

»Das dachte ich mir«, sagte Oscar Hopkins. Er klappte das kleine Gebetbuch zu und steckte es in die Tasche mit der Glückshaube. Als seine Hand die Glückshaube berührte, fiel ihm das Meer hinter seinem Rücken ein. Der Gedanke daran erzeugte lediglich ein Prickeln auf dem Rückgrat.

»Und Sie, Mr. Hopkins – kennen Sie diese Ausdrücke auch?«

»Ich fürchte, ja.« Er lächelte, ein klares, strahlendes Lächeln.

Auch Lucinda lächelte, allerdings weniger überzeugt. »Das ist höchst unschicklich, Mr. Hopkins.«

Oscar zog sein Taschentuch aus der Jackentasche und wischte sich erst die feuchten Hände und dann die schweißnasse Stirn ab. »Tatsächlich?« sagte er. »Das glaube ich eigentlich nicht.« Er sah sehr zufrieden mit sich aus.

»Aber Sie haben mir noch gar nicht die Absolution erteilt.«

»Für welche Sünden?«

Sie war schockiert – weniger über das, was er sagte, als von dem plötzlichen Stimmungswandel, der über ihn gekommen war. Er hatte diese Worte mit einer wütenden Leidenschaft gesprochen, die gar nicht zu seinem Wesen paßte. Seine Augen wurden hart. Er wies mit einer ruckartigen Handbewegung auf die Karten – ha! er hatte sie also doch gesehen –, die vor ihm lagen. »Unser ganzer Glaube ist eine Wette, Miss Leplastrier. Wir wetten – und das steht alles bei Pascal, und es ist ein sehr weiser Gedanke, auch wenn die Königin von England Pascal wahrscheinlich nicht annähernd presbyterianisch genug findet – wir wetten, daß es einen Gott gibt. Wir setzen unser Leben darauf. Wir berechnen die Chancen und den Gewinn: daß wir mit den Heiligen im Paradies sitzen werden. Die Angst, mit der die Wette uns erfüllt, läßt uns vor Tagesanbruch in kalten Schweiß gebadet erwachen. Wir springen aus dem Bett und knien nieder, selbst im tiefsten Winter. Und Gott sieht uns, und sieht uns leiden. Und wie kann dieser Gott, ein Gott, der uns neben unserem Bett beten sieht ...« Seine Hände machten sehr eckige Bewegungen. Er war von einer wilden Leidenschaft gepackt, und die Augen in dem Gesicht mit dem spitzen Kinn reflektierten das Licht der elektrischen Lampen. Lucinda spürte, wie sich die Haare in ihren Genick aufstellten. Ihre Augenlider senkten sich. Wäre sie eine Katze gewesen, so hätte sie geschnurrt.

»Ich kann nicht glauben«, sagte er, »daß ein Gott, dessen erste Bedingung an uns ist, daß wir in jeder Sekunde der irdischen Existenz unsere unsterblichen Seelen aufs Spiel setzen ... Ja, es ist wahr! Wir müssen in *jedem Augenblick* der uns zugewiesenen Lebensspanne eine Wette abschließen. Wir müssen *alles* auf die unbeweisbare Tatsache Seiner Existenz setzen.«

Lucinda erschauerte. Es war kein unangenehmes Erschauern und keines, das durch Kälte hervorgerufen war. Es gab viele Gründe dafür, nicht zuletzt die Erkenntnis, daß ihr Laster einer Freundschaft mit ihm nicht im Wege stehen würde. Ein anderer Grund aber war ein Erkennen: Sie sah in Oscar ihr Spiegelbild, die unvermittelte Kälte der Leidenschaft eines Spielers – etwas Stählernes, ja sogar Wütendes, das es nicht duldet, verleugnet zu werden. Lucinda war auch irritiert, weil ihr Beichtvater den Wert ihres Geständnisses herunterspielte, und dies (die Tatsache, daß er das Tischtuch unter dem Mahl weggezogen hatte) würzte ihre Gefühle mit dem Salz des Zorns, auch wenn die kraftvolle Verteidigung, die mein Urgroßvater aufbaute, sie erfreute, ja entzückte – er war wie ein Uhrmacher-Engel mit wirrem Haarschopf, der mit kleinen Zahnrädchen und gefährlichen Federn hantierte und jedes Teil hochhielt, auf daß es überprüft und gutgeheißen werde, bevor er es in das schimmernde Gefüge seines Glaubens einbaute.

»In jedem Augenblick«, sagte Oscar und hob dabei einen Finger, um ihre Aufmerksamkeit auf das fette Lachen zu lenken, das aus dem Luftschacht drang.

»Da«, sagte er triumphierend, als wäre ihm das Lachen in die Falle gegangen, als wäre dieses Lachen der springende Punkt des Ganzen, und er war wie ein Mann, der einen Grashüpfer im Flug gefangen hat, und lächelte, als kitzelte ihm dieses Wunder die Handfläche.

»Da. Nie wieder werden wir diesen Mann dieses Lachen ausstoßen hören. Dieser Augenblick ist vorüber.«

Niemand, der Oscar Hopkins beobachtete, hätte gleich erkannt, daß dies ein junger Mann war, der dem Glücksspiel nun, da er keine »Verwendung« mehr dafür sah, abgeschworen hatte. Er vertrat seine Ansichten anscheinend nicht nur mit Leidenschaft, sondern auch mit Entschiedenheit. Selbst wenn man nicht seiner Meinung gewesen wäre, hätte man daher nicht an seiner Überzeugtheit gezweifelt.

Lucinda ahnte nicht, daß sie die Verteidigungsrede eines Schuldigen gehört hatte. Alles mögliche ging ihr durch den Kopf, aber dies nicht. Sie dachte, was für ein außergewöhnlicher und wunderbarer Mann er war. Sie dachte, daß sie nicht allein mit ihm in einer Kabine sein sollte. Sie dachte, daß sie vielleicht Karten spielen könnten. Sie dachte: Ich könnte ihn heiraten – nein, nicht ihn, natürlich nicht ihn, aber einen Mann, der so ist wie er. Eine große Leichtigkeit erfüllte ihre Seele.

»In *jedem Augenblick*«, sagte er.

Sie hatte das Gefühl, ihn zu kennen. Sie stellte sich nicht nur seine Sehnsucht nach Erlösung, sondern auch seine Angst vor der Verdammnis vor. Sie sah die Angst, die ihn »vor Tagesanbruch« überfiel. Es war ein Spiegel, in den sie blickte – ein Spiegel und zugleich ein Fenster.

»Daß ein solcher Gott«, sagte Oscar, »der die Qual und die zitternde Hoffnung kennt, mit der wir unseren Einsatz machen ...« Er hielt inne und betrachtete verwundert seine zitternden Hände. Dieses Zittern kam von der Inbrunst der Überzeugungen, welche er enthüllte, aber auch eine andere Erregung war im Spiel, nämlich jene, die das offene, bewundernde Gesicht von Miss Leplastrier erzeugte. »Daß ein solcher Gott ungnädig auf einen Menschen blicken kann, der ein paar Pfund auf die Wahrscheinlichkeit setzt, daß ein unvernünftiges Tier als erstes die Ziellinie überquert, es sei denn« (und hier schien es, als wollten sich seine Lippen zu einem beglückten Lächeln teilen, welches gewiß mehr durch Lucindas Bewunderung hervorgerufen wurde als durch den neuen Gedanken, der ihm gerade, in eben diesem Augenblick, gekommen war) »es sei denn – und niemand hat mir gegenüber je diese Meinung vertreten –, man betrachte es als Blasphemie, das, was seinem innersten Wesen nach göttlich ist, auf ein alltägliches Vergnügen zu übertragen.«

»Mr. Hopkins«, sagte Lucinda und setzte sich endlich, »wir dürfen unsere Seele nicht für Phantastereien aufs Spiel setzen.«

Sie meinte das ernst. Und gleichzeitig meinte sie es ganz und gar nicht ernst – es gab nichts, was ihr besser gefiel, als Luftschlösser zu bauen. Es bedeutete ihr sehr viel, sich Phantasiegebilde auszudenken, und sie gebrauchte dieses Wort nicht in einem abwertenden Sinn. Der Kristallpalast, jenes Gebäude, das sie mehr bewunderte als jedes andere, war nichts weiter als eine Art Phantasiegebilde, und sie hatte eine Leidenschaft für gewisse Ideen, jene philosophischen Gegenstücke großer Kathedralen aus Stahl und Glas, und ließ sich insgeheim von ihnen mitreißen.

»Keine Phantastereien«, sagte Oscar.

Er nahm die Karten auf und legte sie zusammen. Es war nicht seine Absicht zu spielen. Lucinda war es, die diesen Vorschlag machte. Später, als sie Oscar besser kannte, gestand sie jedoch, daß sie das nur getan hatte, weil sie dachte, er wolle spielen.

58
Ruf

Der Skandal hatte bereits die Runde gemacht. Mr. Smith und Mr. Borrodaile, Mr. Carraway, Mrs. Menzies, Mr. und Mrs. Johnston wußten davon. Die Stewards wußten es natürlich auch alle – sie waren schließlich nicht nur die Richter, sondern auch die Zuträger, die ihren Weg von Klasse zu Klasse und sogar bis hinunter in die nietenbesetzten Eingeweide des Schiffes fanden, wenn sie auch nicht bis zu dem jungen Master Smiggins kamen (dessen Aufgabe es war, die Tiere auf den nahenden Sturm vorzubereiten). Er wußte, daß »die Dame ihren Ruf verspielt« hatte, aber das hatte er von Clemence, dem Hilfsmaschinisten mit der langen Nase. Er wußte nicht, daß es sich um »seine« Dame handelte, um die, für die er arbeiten wollte.

»Sie ist hingegangen und hat's tatsächlich getan. Jetzt ist er hin«, sagte Clemence, der Angst vor den Tieren hatte.

»Was?« fragte Master Smiggins.

»Ihr *Ruf*. Hab ich dir doch erzählt. *Compreyvous?*«

»Klar *compreyvous*, verdammt. Ich hab ja schließlich 'ne Schwester, oder? Und jetzt zieh Leine. Wir kriegen einen Sturm, und ich muß mich um die Viecher kümmern.«

»Ja, kümmer' dich schön um deine Schätzchen«, sagte Clemence, machte aber, bereit, die Flucht zu ergreifen, vorsichtshalber einen Schritt zurück.

Master Smiggins trat dem Lamaweibchen in den Hintern, stieß es in seine Box und band sie zu.

»So«, sagte er, »alles dicht. Jetzt kannst du nicht aus dem Bett fallen, egal was passiert.« Er wandte sich dem Männchen zu. »Und du mach keinen Ärger«, sagte er. Er sah sich um. Clemence war verschwunden. »Hat *ihren* Ruf verspielt«, sagte er. Er hatte einen Stock, mit dem er nach dem Männchen stieß.

»Klar«, sagte er. »*Klar compreyvous*, verdammt.«

59

Du herrschest über das ungestüme Meer

Lucinda liebte es, Poker auf einem Tisch mit einer grauen Wolldecke zu spielen. So hatte sie natürlich auch zum erstenmal Cribbage gespielt, im Haus von Mr. d'Abbs, und wenn sie in windigen Nächten allein in ihrem gemieteten Haus in Longnose Point saß, breitete sie manchmal eine Decke über das Wachstuch auf dem Küchentisch und legte sich eine Patience. Es war eine Wohltat für sie, Tee zu trinken, am Rost des Herdes zu rütteln und die weiche Decke unter den glatten Karten zu spüren. Die Tische in den Spielhöllen weckten in ihr nicht dasselbe Gefühl. Sie genoß das Spielen, oh ja, aber das war eine andere Art von »Genuß« als jener, den sie an den grauen, mit einer Decke bedeckten Tischen in ihrem oder Mr. d'Abbs' Haus empfand. Die Tische in den Spielhöllen waren kalt und glatt. Es war ein eisigeres Vergnügen, wie die berechnende Leidenschaft einer Tänzerin, wie ein angespanntes, gekünsteltes Lächeln oder ein Paar glänzende Lackschuhe.

In ihrer Kabine, allein mit dem Priester, nahm Lucinda eine Decke von ihrem Bett und breitete sie über den kleinen Tisch. Sie wußte, daß das nicht schicklich war, zwang sich aber, nicht daran zu denken. Es mußte alles richtig sein. Sie würde Scheuklappen tragen. Wenn er schockiert war, würde sie ihn eben nicht ansehen. Sie wollte, daß alles so war, wie es sein sollte. Sie nahm eine kleine Lampe mit bernsteinfarbenem Schirm und stellte sie auf die Seite des Tisches.

Sie dachte: Mit einem Priester allein in meinem Schlafzimmer.

»So«, sagte sie, konnte sich aber nicht überwinden, ihn anzusehen. Sie legte die Hand flach auf die Decke. Sie hatte an den Nägeln gekaut. Sie versteckte sie unter ihrer Handfläche.

»Ja«, sagte sie und sah ihm verwegen in die Augen.

Sein Gesicht sah nicht so aus, wie sie es sich vorgestellt hatte. Sie hatte es in Gedanken wieder zusammengesetzt und es lang und streng gemacht, während es in Wirklichkeit sanft, beinah hübsch war, mit milden Augen, die sie unter langen Wimpern betrachteten.

»Sollen wir spielen?« fragte er.

Lucinda errötete.

Sie spielten um Penny-Einsätze.

Es war ein so *ruhiges* Spiel. Das wäre ihr nicht aufgefallen, wenn er nicht zuvor so erregt gewesen wäre, wenn er nicht getreten und mit den Füßen gescharrt und so auf seinem Platz herumgezappelt hätte – sie hatte beim Essen neben ihm gesessen und die Lebensenergie in ihm durch den Tisch, durch die Beine ihres eigenen Stuhls gespürt. Jetzt dagegen spürte sie nur diese konzentrierte Ruhe. Es war keine leblose Ruhe, es war nicht diese starre Maske, welche die meisten Männer beim Pokerspiel aufsetzten und die ihre Augen so blind wie die von Statuen werden ließen. Er war ein Cello, eine Violine, er war festgeschnallt wie Odysseus am Mast seines Schiffes.

Sie verlor. Sie fühlte sich so leicht – es war eine leichte Brise, ein Libellenflügel von einem Gefühl. So war es immer, wenn sie verlor. Sie empfand immer so viel Schuld und Angst, wenn sie verloren hatte, daß sie nicht auf den Gedanken kam, sie könnte es genießen zu verlieren, und doch begleitete dieses Gefühl jedes verlorene Spiel, und einmal, als sie den Leichnam eines von Ameisen ausgehöhlten Grashüpfers gesehen hatte, von dem nur noch der zarte, papierdünne Panzer übriggeblieben war, hatte sie in dieser leichten, wunderschönen Hülle die physische Manifestation jener Empfindung erkannt, die sie hatte, wenn sie verlor.

Sie warf ihr Geld von sich, sie streifte es ab. Ein Penny, noch ein Penny, eine Dreipennymünze. Mr. Hopkins hatte einen erlesenen Pokerstil. Sie machte ihm Komplimente, wie eine andere Frau ihrem Tanzpartner zu seinem Walzer Komplimente gemacht hätte. Sie hielt sich gerade. Sie steckte ihre Karten zu einem ordentlichen Fächer. Sie hatte bereits einen Sovereign verloren, aber sie wollte nicht aufhören. Sie wußte jetzt, daß diese Reise wunderbar sein würde. Sie wußte, daß sie glücklich war.

Um halb zwei begann das Schiff sich in den Wind zu legen, und sie spürte, daß sie anfingen, lange, hohe Wellen zu durchpflügen. Das Schiff machte Geräusche, die Lucinda an einen Pianisten erinnerten, der seine Knöchel knacken läßt. Sie fügte die Bewegungen des Schiffes in ihre Vorstellung von Glück ein.

Sie lächelte Oscar an. Er lächelte zurück. Er legte den linken Knöchel auf sein Knie. Er wippte damit, stieß aber nicht gegen den Tisch, und sie bemerkte es nicht.

Um halb drei nahm das Spiel erneut eine Wende. Oscar machte

Druck und bluffte sich dreimal hintereinander zum Sieg. Er atmete durch den Mund. Schweiß stand ihm auf der Stirn, aber Lucinda glaubte, das käme von der Aufregung.

Er wies darauf hin, daß das Schiff, obwohl es so groß sei, sich bewege, wie man es bei einem kleineren erwarten würde. Er machte eine Bemerkung über die Größe des Meeres. Es sei etwas so Gewaltiges, sagte er. »›Wer mißt die Wasser mit der hohlen Hand, und wer bestimmt des Himmels Weite mit der Spanne und faßt den Staub der Erde mit dem Maß und wiegt die Berge mit einem Gewicht und die Hügel mit einer Waage?‹« Er lächelte und zeigte die schöne, ordentliche Reihe der Zähne in seinem Unterkiefer.

Sie lächelte. Sie hatte kein Verständnis für seine Angst.

Er erhöhte die Einsätze. Zweieinhalb Schillinge, um zu sehen. Es hätte schon einer Mrs. Williams bedurft, um das Beben in seiner Stimme zu erklären.

Das Spiel hatte sich verändert. Es war nicht mehr still und ruhig. Lucinda lehnte sich nicht mehr zurück. Sie beugte sich vor. Sie rieb ihren Hals. Sie hatte dort, nur vom Reiben, einen kleinen roten Fleck.

Oscar war bleich. Er spielte mit einer Art hastiger Atemlosigkeit. Sein Fuß klopfte an das Tischbein. Lucinda störte das nicht im geringsten. Er nahm ihr zwei Pfund und fünf Schillinge ab. Sie erhöhte erneut den Einsatz. Sie fühlte sich so leicht, fast schwindlig. Sie gestand, daß sie glücklich war. Sie bemerkte das Stampfen des Schiffes kaum. Ihre Hutschachtel fiel polternd von der Kofferablage, und eine Vase mit Papierblumen rutschte von dem Beistelltisch, auf dem Lucinda sie unvorsichtigerweise hatte stehen lassen, und rumpelte, ohne zu zerbrechen, über den Boden.

Es war dreiundzwanzig Minuten nach drei. Der erste Brecher rollte über das Schiff. Sie drehten sich um (»Huu«, sagte Oscar) und sahen den nächsten: Seine weiße Schaumkrone ragte wie ein Gespenst in der Nacht über ihnen auf.

Es war beängstigend. Sie fand es beängstigend. Sie machte eine alberne Bemerkung, wandte sich zu ihrem Partner um und sah, daß er sich, kreidebleich vor Angst, mit offenem Mund, über den Tisch beugte und versuchte, die Karten aufzuheben, ohne sie anzusehen. Er grabschte nach ihnen, nicht wie ein Kartenspieler, sondern wie ein Wilder. Er stopfte sie in die Tasche. Er stieß immer wieder ein Geräusch aus –

»Oh, oh, oh, oh« –, das aus seinem Schlund, aus dem oberen Teil seines Magens kam.

Der Brecher krachte auf das Deck. Man konnte sein Gewicht in den Eingeweiden spüren.

»Oh, oh, oh.« Er zerknüllte noch mehr Karten. Sie war wütend auf ihn. Das waren die Wetherby Supremes, die sie bei Hare in der Old Bond Street gekauft hatte.

»Ich habe Sie vom rechten Weg abgebracht«, sagte er. Er stand jetzt und klammerte sich an der Tischkante fest. Er sah sie nicht an. Er zog ein in Papier verpacktes Päckchen aus der Tasche. Als er es hervorholte, fiel ein Regen von zerknitterten Spielkarten zu Boden.

Das Päckchen enthielt natürlich seine Glückshaube.

Das Schiff bäumte sich auf und stürzte krachend so tief, daß man, auch als es schon aufgeschlagen war, seinen Magen noch fallen spürte. Man hätte nicht meinen sollen, daß etwas so Großes so ungestüm herumgeschleudert werden konnte.

Auf der Brücke brauchte es zehn Männer, um das stampfende Ungeheuer zu steuern.

Durch den Lärm (Knarren, Ächzen, eine knallende Tür) konnte sie Glocken läuten hören.

Er sagte: »Sie müssen mir vergeben.«

Die Vase rollte an ihrem Fuß vorbei. Sie fand Zeit sich zu wundern, daß etwas so Häßliches nicht zerbrach und wahrscheinlich auch einen Schiffbruch überstehen würde, bei dem alles Schöne und Nützliche auf den Grund des Meeres versenkt wurde. Sie hob die Vase auf. Sie legte sie auf ihren Schoß. Der Pfarrer schlug sich mit der geballten Faust auf den Oberschenkel.

»Ja«, rief sie, »ja, natürlich vergebe ich Ihnen.«

Aber sie verstand ihn überhaupt nicht. Sie verband beides – die Karten und den Sturm – nicht miteinander. Es fiel ihr nicht ein, das eine könnte die Ursache und das andere die Wirkung sein. Es fiel ihr nicht ein, sich einer so primitiven Denkweise hinzugeben. Sie konnte ja nicht ahnen, daß ein Mann, der wußte, daß das Meeresleuchten von Quallen erzeugt wurde, auch glauben konnte, dieser Sturm sei ein Zeichen Gottes.

Aber Oscar wußte, daß er nicht bloß zum Vergnügen hätte spielen sollen. Er wußte, daß seine Apologie des Glücksspiels Gott mißfallen hatte. Er wußte, daß er die junge Frau auf den Weg der Sünde geführt hatte. Wellen schlugen dem Schiff ins Gesicht. Wasser rauschte über das Oberdeck. Die riesige *Leviathan* rollte und schlingerte seitwärts vor der schroffen Wucht des Sturmes.

»Oh je«, sagte Oscar, »ich habe Angst.«

Die Bullaugen waren mit einem kleinen Schraubgriff verschlossen. Er preßte seine Glückshaube an die Brust und taumelte bergauf, um an den Griff zu gelangen. Dann stand er am Bullauge, sah hinunter in die finstere Grube des Meeres und zwang sich zu tun, wovor er am meisten Angst hatte: den Griff aufzuschrauben.

Lucinda dachte, er müsse sich übergeben. Sie stolperte über den abschüssigen Boden zu ihm hinunter, um ihm zu helfen. Dann sah sie, was er tat: Er warf ihre Wetherby Supremes zum Fenster hinaus, er gab Buben und Damen auf, als wären sie Briefe.

»Nein«, schrie sie ihm ins Ohr. Sie grabschte nach seinen Händen und versuchte, ihn vom Bullauge wegzuzerren. Seine Lippen bewegten sich. Seine Augen waren geschlossen. Sie kratzte ihm die Handrücken blutig, aber sie konnte ihn nicht abhalten. Sie rettete eine Kreuz Zwei und eine Karo Fünf. Ihre Gefühle waren ein Durcheinander aus Wut, Zuneigung, Bestürzung. Er drehte sich um und blickte sie an, und sie sah, daß seine Augen ziellos durch den Raum irrten. Er klammerte sich an ihr fest. Sie bekam Angst und wich zurück, und er sank ohnmächtig vor ihren Füßen zusammen.

Sie vermochte nicht einzuschätzen, wie schlecht es ihm ging. Sie hatte noch nicht einmal verstanden, was eigentlich geschehen war. Sie fühlte seinen Puls und hätte ihm den Kragen geöffnet, nur wußte sie nicht, wie das ging. Sie tastete nach dem Kragenknopf, aber sein Hals fühlte sich warm an – es war eine unschicklich vertrauliche Berührung. Es war nicht recht, wütend zu sein, aber sie war wütend, wegen der Karten, wegen der Decke, die er vom Spieltisch gezerrt hatte. Der Raum sah aus, als hätte dort ein Skandal stattgefunden. Sie hob das Geld und die Decke auf. Sie wurde zweimal gegen die Wand geschleudert. Sie schaffte es, die Decke wieder auf das Bett zu legen, und strich sie glatt, so gut es ging.

Sie hätte den Schiffsarzt kommen lassen sollen, aber es war vier Uhr morgens. Er würde doch gewiß gleich wieder aufwachen? Sie setzte sich und wartete.

Oscar erwachte aus seiner Ohnmacht, aber er war nicht imstande, die Kabine ohne fremde Hilfe zu verlassen. Kurz vor Morgengrauen mußte sie zwei Stewards rufen, und diesen fiel die undankbare Aufgabe zu – das Schiff stampfte und schlingerte nun in enttäuschendem Maße, und das Gehen bereitete Schwierigkeiten –, den stocksteifen Mann aus der Kabine dieser ledigen Dame zu tragen, ihn die Treppe hinunter zu schaffen und in seiner eigenen Kabine ins Bett zu legen.

60
Von Kapstadt nach Pinchgut

Die Szene war von Mr. Borrodaile beobachtet worden, oder jedenfalls behauptete er das, denn er war am nächsten Morgen beim Frühstück in der Lage, dem ziemlich seekranken und wachsgesichtigen Mr. Smith ein sehr detailliertes Bild dieses Skandals zu zeichnen.

Auch der Kapitän besuchte Lucinda, und möglicherweise war sein Benehmen durch das Wissen, daß sein großes Schiff in stürmischer See nichts taugte – ein Rudergänger lag mit gebrochenem Arm auf der Krankenstation –, unvorteilhaft beeinflußt, denn er war abschätzig und snobistisch, fand Lucinda, wie ein Handschuhverkäufer bei Harrod's, der es als unter seiner Würde erachtet, eine Kundin aus den Kolonien bedienen zu müssen.

Das alles verletzte Lucinda, aber sie konnte es ertragen. Sie verhärtete ihr Herz gegen jedermann auf dem Schiff mit Ausnahme von Mr. Hopkins und beschloß, auf seine Wiederherstellung zu warten. Sie erwartete selbstverständlich eine Entschuldigung und freute sich schon auf den Augenblick, da sie, und zwar aus vollem Herzen, würde sagen können, es gebe nichts, für das er sich entschuldigen müsse. Der Kapitän war es, der sich hätte entschuldigen müssen, und wäre es ihr möglich gewesen, so hätte sie ihn dazu gezwungen. Sie hatte eine rachsüchtige Ader, von der sie wußte und auf die sie nicht stolz war. Ursprünglich war das ein winziges Äderchen gewesen, aber es war größer geworden durch die Nahrung, welche es von Männern wie dem Kapitän und dem hämisch kichernden Mr. Borrodaile bekommen hatte, dem sie auf dem schlingernden, schlüpfrigen Achterdeck begegnete, wo er sich im Südwester, in Begleitung seines grinsenden Lakaien, erging.

Danach ging sie nicht mehr an Deck. Aber sie konnte natürlich auch nicht Mr. Hopkins aufsuchen, und obwohl ihr Ruf durch seinen Besuch bei ihr nicht wiederhergestellt worden wäre, hätte Oscar ihr doch wenigstens den Rücken stärken und seine Freundschaft anbieten können.

Während der ganzen Fahrt entlang der Küste Afrikas blieb das Wetter stürmisch, und obgleich sie verstand, daß dies der Grund war, warum Mr. Hopkins sich nicht sehen ließ, hatte sie, nachdem sie fünf

Tage wie eine Gefangene in ihrer Kabine verbracht hatte, das Gefühl, sie habe ein Recht auf eine angemessene Entschuldigung.

Er kam nicht.

Sie nahm die Mahlzeiten in ihrer Kabine ein, in der es, trotz des grauen Himmels und der katzenaugengrünen See, höchst unangenehm warm war.

In Kapstadt entfloh sie an Land und erduldete das selbstgerechte »Tz-tz« einer gewissen Mrs. Penhaligon (der Frau eines der Farmer aus Cornwall), aber Mr. Hopkins ließ sich noch immer nicht blicken.

Als sie den Hafen verließen, war es weiterhin stürmisch, und Oscar blieb, stöhnend und mit grünem Gesicht, wo er war und schloß sich in seiner Kabine ein. Er wurde von einem Steward mit dem komischen Namen Sidebottom versorgt. Er befingerte seine Glückshaube so unablässig, daß diese sich durch Schweiß und Erregung binnen kurzem in etwas höchst Unappetitliches verwandelte. Er konnte lediglich Boullion und trockenen Toast bei sich behalten. Er las in der Bibel, wenn seine Augen die tanzende Schrift ertragen konnten. Er betete. Er gelobte Gott, daß er nie wieder spielen würde.

Mein Urgroßvater schaffte es erst, seine Kabine zu verlassen, als die Kanonen von Pinchgut das große Schiff beim Einlaufen in den Hafen von Sydney begrüßten, und Lucinda Leplastrier, deren unerfreulichste Reise ihres Lebens endlich hinter ihr lag, sah ihn auf einer mit rotem Plüsch bezogenen Polsterbank sitzen, auf dem Promenadendeck der zweiten Klasse, im geometrischen Mittelpunkt des Schiffes.

Er sah zu ihr auf und lächelte, aber Lucinda hatte so lange auf dieses Lächeln gewartet, daß es ihr, als es zu guter Letzt kam, wie eine Vision erschien, die einen im Fieber heimgesucht hat: Es war unangenehm und beschwor die ganze verdrehte Grausamkeit einer Krankheit herauf, von der man endlich genesen ist.

61
Ein Geschäftsgrundsatz

Ein Geschäft zu besitzen ist so, als hätte man Hühner. Man kann nicht wegfahren und sie einfach unbegrenzt lange von den Nachbarn versorgen lassen. Man kann einen Futterautomaten kaufen, und es werden viele gute angeboten – die Anzeigen stehen auf der letzten Seite der *Weekly Times*. Man kann einen Freund oder Nachbarn bitten, ein, zwei Tage lang »ein Auge auf sie« zu haben, das ist nicht so schlimm. Aber glauben Sie bloß nicht, Sie könnten ein halbes oder gar ganzes Jahr fort sein und Ihre Hennen bei Ihrer Rückkehr in bester Verfassung vorfinden. Die Tiere haben Milben und den Pips, das Wasser ist verbraucht, die beste Legehenne hat ein Hund gerissen, der Hahn ist von Waranen angefallen worden – die Aufzählung ist unvollständig und soll lediglich die Richtung angeben und verdeutlichen, daß man so etwas nicht machen kann. Und wenn Sie Venedig, Florenz und die Alte Welt sehen wollen, dann essen Sie Ihre Hühner vorher, oder verkaufen Sie sie, denn nur so können Sie sicher sein, daß Sie bei Ihrer Rückkehr nichts Schlimmeres erwartet als ein unkrautüberwucherter Hühnerhof.

Lucinda wußte das nicht. Oder wenn sie es wußte, dann tat sie jedenfalls so, als wisse sie es nicht. Sie fuhr nach London, um dort zu heiraten (obwohl sie fest entschlossen war, wieder – der Himmel mochte wissen, wie – zurückzukehren: Sie stellte sich eine bestimmte Art von Ehemann vor, der das möglich machen würde). Sie dachte, sie könnte für ein Jahr verreisen und die Prinz-Rupert-Glashütte in der Obhut anderer lassen. Beachten Sie den Plural! Das war ein noch größerer Fehler, denn schlimmer, als sein Geschäft einem anderen anzuvertrauen, ist es, es zwei anderen anzuvertrauen, und noch schlimmer, als es zwei Leute anzuvertrauen, ist das, was Lucinda tat: Sie vertraute ihre Fabrik drei Leuten an, von denen nur einer praktische Erfahrungen mit Glas besaß.

Es stimmte, daß der Vikar von Woollahra über gewisse Kenntnisse bezüglich der chemischen Zusammensetzung von Glas verfügte, aber er war der letzte, der sich als Fabrikanten bezeichnet hätte, und mit Wardley-Fish verband ihn eine Abneigung gegen Schmutz. Er konnte es nicht ertragen, schmutzige Hände zu haben. Er war nicht gern an Orten – und das galt auch für die heruntergekommene Schule, an der er jeden dritten Montag eine Predigt hielt –, wo es Menschen mit schmutzigen Händen gab. Wenn er die Glashütte besuchte, konnte er sich nicht konzentrieren.

Hätte Dennis Hasset sich vorgestellt, er sei tatsächlich für das Wohlergehen der Fabrik verantwortlich, so hätte er – denn er war ein gewissenhafter Mensch – erklärt, daß er für eine solche Aufgabe ungeeignet sei. Er wußte jedoch, daß Lucinda auch ihren Finanzberater, Mr. d'Abbs von der Firma »d'Abbs & Fig«, gebeten hatte, sich um die Geschäfte zu kümmern. Er sollte die Einnahmen verbuchen und die Rechnungen und Löhne bezahlen. Für diese Dienste würde er ein Honorar erhalten. Hochwürden Hasset würde kein Honorar erhalten. Er war ein Freund. Er sollte lediglich »ein Auge auf alles haben«.

Lucinda hatte beide Männer gebeten, dem Rat ihres Glasbläsermeisters Arthur Phelps zu vertrauen, der sich nicht nur mit der Herstellung von Glas auskannte, sondern als Meister auch der natürliche Führer der anderen Arbeiter war. Unter den Arbeitern in einer Glashütte gibt es eine festgefügte Hierarchie, und an ihrer Spitze steht der Meister. Um sich das zu vergegenwärtigen, hätten Sie nur einmal Arthur Phelps zuzusehen brauchen, wenn er, die Glasmacherpfeife im Mund und die Backen aufgebläht wie ein Trompeter, seine Zigarette, ohne die Hände zu Hilfe zu nehmen, vom linken Mundwinkel um das Mundstück der Pfeife herum zum rechten Mundwinkel wandern ließ.

Mr. d'Abbs war ein geschniegeltes Männlein, dessen Kleidung (etwa ein blauer Cordsamtanzug, eine Wollkrawatte und ein gemaserter Gehstock) eher auf einen Ästheten als auf einen Finanzberater hindeuteten. Er malte gelegentlich und hatte als Dichter dilettiert, aber für Arthur Phelps' Kunstfertigkeit fehlte ihm jeder Sinn. Die innere Organisation der Fabrik verstand er nicht einmal annähernd. Dasselbe galt, ganz gleich, über welche anderen Qualitäten er verfügen mochte, auch für den Vikar von Woollahra.

Arthur Phelps war ein stämmiger Mann mit einem ausdrucksstarken Gesicht, einem mächtigen Brustkorb und einem dicken Bauch, den er gern als seinen Blasebalg bezeichnete. Er nahm seine Verantwortung ernst, und er hatte das Gefühl, daß Lucinda ihn im Stich gelassen hatte und die anderen beiden ihm Knüppel zwischen die Beine warfen. Ständig bekam er einander widersprechende Anweisungen, und das raubte ihm den Schlaf. (Mr. d'Abbs hätte wahrscheinlich nicht geglaubt, daß das bei einem ungebildeten Arbeiter, noch dazu einem, der gern mal einen Schluck trank, überhaupt möglich war.) Arthur Phelps warf sich nachts hin und her, bis seine Frau ihr Bett in der Küche bei den Kindern aufschlug. Es plagte ihn, daß sie zu viele Kobaltglasgefäße und zu wenig Bierflaschen herstellten, daß ihnen der Sand ausgehen würde, bevor Mr. d'Abbs' Buchhalter den Transporteur für die letzte Ladung bezahlt und damit die nächste Lieferung sichergestellt hatte, daß die Füße der Vasen nicht dem veränderten Geschmack der Kunden entsprachen, daß Mr. d'Abbs von ihm eine Erhöhung der Produktion verlangte, während am folgenden Tag der Vikar von Woollahra erschien, überall mit seinem Regenschirm herumstocherte, im falschen Augenblick eine Tür öffnete und Zugluft hereinließ, die einen Krughenkel verdarb, und die Arbeit aufhielt, weil er Arthur mit den winzigen Bläschen, die das Glas in letzter Zeit enthielt, auf die Nerven ging.

Auch Arthur störten diese Bläschen. Er schämte sich für sie. Aber schuld daran war nur die Eile, zu der Mr. d'Abbs sie antrieb. Niemand wußte zu würdigen, wie hart die Jungs arbeiteten oder wie sehr sie sich einsetzten. Und das taten sie nicht für den Lackaffen oder den Pfaffen, sondern für Miss Lucinda. Sie sprachen mit Verehrung von ihr. Und wenn sie sie auch gönnerhaft behandelten, als wären sie ihre Väter oder Brüder, so beschützten sie sie doch auch. Sie versuchten, die Anforderungen ihrer Berater zu erfüllen. Sie versuchten, schnell zu arbeiten, auch wenn die Anweisungen auf eine dumme Art gegeben wurden und ohne Respekt vor der Kunstfertigkeit oder der Stellung der Handwerker. Infolge der Eile verbrannte sich ein junger Ausheber die Lunge, und dies ist etwas, das, auch wenn die Gefahr immer gegeben ist, in einer gut organisierten Glashütte nie vorkommen wird. Er war nicht dumm gewesen, sondern hatte bloß helfen wollen. Sie veranstalteten eine Sammlung für ihn, aber Mr. d'Abbs' Beitrag war viel zu klein. Es lief alles schief. Und darum begann Arthur zu weinen. Er weinte, weil er daran dachte, was nun mit dem Jungen werden sollte, weil er sich sorgte, wann der Ton für den neuen Hafen eintreffen würde, wie sie die zwanzig Gros mit Bläschen verunreinigter Kobaltgläser verkaufen sollten. Der Zweite Glasanfänger kam mit einem Glasposten vom Ofenloch. Arthur nahm einen Schluck Bier und machte sich bereit, das nächste Glas zu blasen. Der Glasanfänger reichte ihm die Pfeife, und in diesem Augenblick begann Arthur zu weinen. Der Heizer, der gerade neu eingestellt worden war, rannte zu Mr. d'Abbs, aber von dem hielten die Männer so wenig, daß das bloß ihre ohnehin schon schlechte Meinung von dem Heizer bestätigte. Arthur sagte kein Wort zu Mr. d'Abbs. Er schneuzte sich und trank seinen letzten Krug Glashütten-Bier. Er nahm eine Flasche als Andenken mit, und Mr. d'Abbs war klug genug, keinen Versuch zu unternehmen, ihn daran zu hindern.

Arthur hatte bald eine Stelle als Auszieher bei der Sägemühle nebenan gefunden. Er sagte, die Arbeit mache ihm Spaß.

Sie hielten die Öfen noch eine Woche lang in Gang, aber mit Arthur hatte die Fabrik auch ihre Seele verloren. Dennis Hasset sah, was geschah, versuchte aber nicht einmal, den Lauf der Dinge aufzuhalten. Seine Gedanken waren mit anderen Problemen beschäftigt. Der Bischof von Sydney hatte ihn zu sich zitiert, damit er ihm seine Predigten erläuterte.

62
Heimat

Für Dennis Hasset war die jungfräuliche Empfängnis unbewiesen und stand nicht im Einklang mit der wahren Menschlichkeit Christi. Er glaubte nicht an die Wunder des Alten Testaments. Er zweifelte viele der Wunder des Neuen Testaments an. Er lehnte die Doktrin von der Verbalinspiration ab. Er fand, es gebe keinen hinreichenden Beweis für die körperliche Auferstehung Christi. Er bejahte Darwins Theorie von der Evolution, und zwar nicht bloß soweit sie Insekten und andere Tiere betraf (das war das Äußerste, was Bischof Dancer bereit war zuzugestehen), sondern auch in Hinblick auf den Menschen. Er bezeichnete seine Haltung als liberal-kirchlich.

Bischof Dancer kannte diese Haltung unter der alten Bezeichnung »Häresie«. Er war ein Kirchenmann von altem Schrot und Korn und hatte nichts übrig für Evangelisten (das war die protestantische Spielart) oder Puseyaner (das war die hochkirchliche Richtung). Er lehnte Kniebeuge und Meßgewänder ab, und der Anblick von Kerzen, die nicht ausschließlich dem Zweck der Beleuchtung dienten, ließ ihn mit seiner Zahnprothese klappern. Er gehörte der Roastbeef-und-Yorkshirepudding-Schule der Theologie an und fand, daß die feinsinnigen und vernünftigen Predigten des Vikars von Woollahra der Beginn einer Fäulnis waren. Er hätte ihn – um es unverblümt auszudrücken – am liebsten wegen Ketzerei »drangekriegt«. Aber da die Kirchengesetze so etwas neuerdings verboten, würde er ihn eben von seinen Lampen und seinem Kaminfeuer in Woollahra entfernen und ihn den Bellinger hinauf nach Boat Harbour im Kirchensprengel Nimmermehr schicken, wo er feststellen würde, daß die Gemeindemitglieder etwa genauso freundlich waren wie daheim zur Zeit des ersten Reformgesetzes (an die Bischof Dancer sich nur zu gut erinnern konnte: Ein Hagel von Steckrüben war damals auf ihn niedergegangen, und seine Fenster waren eingeworfen worden). Boat Harbour war von gotteslästerlich fluchenden Sägemühlenarbeitern bevölkert (ehemalige Sträflinge allesamt) und, soweit Bischof Dancer das beurteilen konnte, eine kleine Hölle auf Erden. Angesichts dieser Schwierigkeiten mochte Hochwürden Hassets Glaube vielleicht eine Wiedergeburt erfahren – jedenfalls gelang es dem Bischof, sich das einzureden.

Als Lucinda am Dienstag vor Palmsonntag am Vikariat von Woollahra eintraf, wußte sie nichts von alledem. Sie hatte ganz persönliche Gründe, aufgewühlt zu sein. Sie wußte nicht, ob sie gekommen war, um Dennis Hasset wegen dem, was sie soeben in der Glashütte gesehen hatte, zu tadeln, oder ob sie angesichts eben jener Katastrophe seinen Trost suchte. Während der ganzen Fahrt durch die Stadt – und wie winzig ihr diese Stadt nun erschien! – hatte sie sich sarkastische und bittere Dinge ausgedacht, die sie zu ihm sagen wollte. Aber als sie vor dem Pfarrhaus (das ebenfalls schäbiger war, als sie es in Erinnerung gehabt hatte) vom Wagen stieg, überfiel sie plötzlich eine Angst – vielleicht lag es an der stumpfen Farbe der roten Ziegelsteine oder an dem hohlen Schatten der vorderen Veranda –, der Zustand, in dem sie ihre Glashütte vorgefunden hatte, könnte vielleicht die Folge einer persönlichen Tragödie sein, die über ihren Freund hereingebrochen war.

Die Prinz-Rupert-Glashütte war verlassen gewesen, die Häfen waren grau und leblos, die Glasmasse darin hatte sich verfestigt. Unter dem hölzernen Thron des Glasbläsermeisters hatte sie ein miauendes Kätzchen mit gelähmten Hinterbeinen und Augen voller Eiter gefunden, das sich in einem so schrecklichen Zustand befand, daß Lucinda, die einen Hut mit Straußenfedern und teure schwarze Handschuhe trug, ein schweres Schüreisen nehmen und das Tier mit verzerrtem Gesicht und zugekniffenen Augen töten mußte. Sie spürte das Knirschen im ganzen Arm.

Als das Kätzchen nur noch ein schmutziges, lebloses Stück Fell war, lehnte sie das Mordinstrument an den Thron. Sie dachte: Ich war stark genug.

Und obgleich das, was sie getan hatte, sie hauptsächlich tief erschütterte, war ein kleiner Teil von ihr stolz darauf.

Sie hatte also bereits einen äußerst aufregenden Tag hinter sich, als sie ihren alten Freund wiedersah. Sie traf ihn nicht so an, wie sie es sich vorgestellt hatte, nicht in dem freundlichen Studierzimmer mit Wänden voller Bücher, sondern in einem Raum, in dem sich Kisten stapelten und wo Dennis Hasset kampieren durfte, während der neue Amtsinhaber und seine Familie sich in den anderen Zimmern häuslich einrichteten.

Ohne ein Kaminfeuer war der Raum kalt und feucht. Lucinda fröstelte in ihrem Kaninchenmantel. Man hatte sie noch nicht einmal höflich hereingeführt. Sie war an der Eingangstür von einem zu hübschen Mädchen mit einem Reifen begrüßt worden. Sie hatte ihren Freund auf einer rohen Holzkiste sitzend vorgefunden, inmitten von alten Briefen, die verstreut herumlagen und auf denen man leicht ausrutschte. Er war kleiner als früher und gebeugt, und obwohl keine Invalidendecke auf seinen Knien lag, hielt er sich so, als brauchte er eine. Selbst als er sich erhob, richtete er sich nicht ganz auf. Sie fand seine Hand sehr kalt und blutleer. Sie sahen einander an, und obgleich sie in seinem lieben, vertrauten Gesicht nach vielem forschte, kam es ihr so vor, als könnte sie dort bloß Niederlagen und Erschöpfung entdecken.

»Was für ein ekelhaftes Wetter«, sagte sie.

Dennis Hasset fand, daß sie Tränensäcke bekommen hatte und ungesund blaß aussah. Er hatte sich auf dieses Wiedersehen gefreut, aber jetzt ärgerte ihn ihr Ton. Sie sprach, als wäre er für das Wetter verantwortlich. Er sah aus dem Fenster, zuckte die Schultern und setzte sich wieder. Er dachte daran, wie schnell Frauen alterten.

»Ich fürchte«, sagte er, »ich kann Ihnen nur eine Kiste anbieten. Die Sessel sind fort, nicht einfach besetzt, sondern fort. Es tut mir so leid wegen Ihrer Fabrik. Das kam zur unrechten Zeit.«

»Ihr Arbeitszimmer ist ja ein Schlachtfeld«, sagte sie.

Er zuckte die Schultern.

»Ich finde das ziemlich erschreckend«, sagte sie.

»Wir hängen unser Herz zu sehr an weltliche Dinge.«

»Ja, aber es ist trotzdem erschreckend.« Der Schreck hatte nicht so sehr damit zu tun, wie das Zimmer sich verändert hatte, sondern vielmehr mit der Erkenntnis, daß sie mit diesem Ort – den sie fast aus ihrer Erinnerung getilgt hatte – all jene Gefühle verband, die jemanden veranlassen, eine ganz bestimmte Stadt als »Heimat« zu bezeichnen. Hier fühlte sie sich heimischer als in ihrem Haus in Longnose Point. Und gewiß fühlte sie sich hier weit heimischer als in Mr. d'Abbs' Haus, auch wenn sie während ihrer Abwesenheit mit romantischen Gedanken daran gedacht und es in einen Ort der »Freundschaft« und des »unbeschwerten Vergnügens« verwandelt hatte, wozu es allerdings nötig gewesen war, alles, was an diesem Haus und den dort verkehrenden Menschen geschmacklos und verdorben war, in Gedanken beiseite zu schieben.

Aber dieses Zimmer, Dennis Hassets Zimmer, hatte all das enthalten, was in ihrem Leben wahr und gut war. Das hatte sie vergessen, weil er ihr keinen Heiratsantrag gemacht hatte, wie sie es erwartet hatte, und weil sie wütend auf ihn gewesen war. Aber nun, da sie wieder da war, erkannte sie, daß Sydney ohne seine Freundschaft, ohne dieses Zimmer, unerträglich sein würde. Alles in ihr wollte wie ein Kind aufschreien angesichts der Ungerechtigkeit, die sie bei ihrer Rückkehr vorfand. Aber sie war kein Kind mehr, und sie würde nicht mehr ihre heiße Schokolade verlangen und einen Sessel am Kamin, in dem sie schlafen konnte. Sie war eine erwachsene Frau mit einem Freund, dem man übel mitgespielt hatte, und sie zwang sich, ihre Sorge um ihn zu zeigen und ihm die ganze Geschichte zu entlocken, und zwar so behutsam, wie man einen verklebten Wundverband ablöst.

Und dennoch gab es einen Teil in ihr – und es war ein beträchtlicher Teil –, der keinen Pfifferling um das gab, was Dennis Hasset widerfahren war. Dieser Teil war wütend. Er fand, daß Dennis Hasset ein schwächlicher Dummkopf und schlechter Freund war. Er verurteilte ihn, weil er sie nicht genug schätzte, weil er zusammengesunken dasaß, weil er kein Feuer machte. Er bestand neben dem anderen Teil, der ihn liebte. Und diese beiden Seelen kämpften in ihr, während sie sich seine Geschichte anhörte. Sie fand, daß er ein liebes und intelligentes Gesicht hatte und daß es nicht klug von ihm war, mit soviel Nachsicht über seine Feinde zu sprechen.

»Aber«, sagte sie schließlich, »Sie können diese Versetzung nach Boat Harbour doch bestimmt anfechten.«

Er schüttelte den Kopf.

»Aber das ist ungerecht. Fühlen Sie sich denn trotzdem noch als Christ?« Sie wollte, er würde sich gerade hinsetzen.

»Natürlich.«

»Dann soll er *verdammt* sein«, sagte Lucinda, und sie sagte es nicht leise, »dann soll er in der *Hölle* schmoren.« Und Tränen liefen ihr über die Wangen, und er beugte sich vor und nahm ihre Hand. Aber sie wollte nicht, daß er ihre Hand hielt. Dafür war es jetzt zu spät. Und außerdem waren ihre Tränen egoistische Tränen, die sie überhaupt nicht um ihn, sondern um sich selbst vergoß. Er hatte eine große Hand, und sie spendete Lucinda keinen Trost, sondern erinnerte sie nur daran, wie klein ihre eigenen Hände waren. »Er benimmt sich wie ein *Schuft*«, sagte sie und zog, unter dem Vorwand, sie müsse ihr Taschentuch suchen, ihre Hand weg. »Oh, Mr. Hasset, bitte, und wo liegt Boat Harbour?«

Er lächelte und zuckte die Schultern. Ihm war, das sah sie nun, gar nicht klar, daß auch ihr Leben von dieser Entscheidung betroffen sein würde.

»Ist es weit weg?« Sie war eigentlich gekommen, um ihm Vorwürfe zu machen, weil er ihre Fabrik vernachlässigt hatte. Sie hatte die Art, wie er zusammengesunken auf der Kiste saß, verachtet. Aber sie war nicht bereit, ihn aufzugeben. Er war ein guter Mann, nur zu weich.

Sie spürte, daß ihre Wangen gerötet und fleckig waren. Wahrscheinlich waren die Äderchen auf ihren Augenlidern zu sehen.

»Weit genug«, sagte er. »Es liegt im Gebiet des Kumbaingiri-Stammes. Was heißt in diesem Land schon ›weit‹? Ich weiß es nicht, Miss Leplastrier. Das mit Ihrer Glasfabrik tut mir schrecklich leid. Es kam beides gleichzeitig.«

»Die Fabrik war alles, was ich hatte.«

»Sie haben sie ja noch«, sagte er kühl. Er fand, daß sie sich zu viele Gedanken über ihre mißliche Situation machte.

»Ja, aber nicht meinen Partner.«

Die Weichheit ihrer Stimme nahm ihm den Atem. Er rief sich zur Ordnung. In letzter Zeit war er ganz allgemein zu gefühlsselig gewesen.

»Ich glaube, ich werde nie vergessen, wie Sie in mein Arbeitszimmer kamen und ich dachte, Sie wären ein Mr. Leplastrier. Wissen Sie noch, was das für ein Gerede gegeben hat?«

»Wir haben uns höchst ungehörig benommen.«

»Oh, wir waren ein bis zwei Grade schlimmer als ungehörig.«

»Und die Leute haben es bemerkt«, sagte Lucinda, die, obwohl sie lächelte, spürte, daß ein heißes Prickeln ihren Hals und ihre Schultern überlief.

»Sie konnten gar nicht anders«, sagte Dennis Hasset und grinste breit.

»Dann bin ich also für Ihre Verbannung verantwortlich.«

»Oh, nein.«

»Oh, doch, und Sie haben versucht, es mir zu verheimlichen. Was für ein Kind ich gewesen bin. Ich habe nie daran gedacht, wieviel Schaden ich Ihnen zufüge.«

»Kein Wort davon.«

»Ich habe nie daran gedacht.«

»Kein Wort davon, hören Sie? Sie haben unrecht. Sie haben völlig unrecht. Bitte. Ich versichere Ihnen, die ganze Angelegenheit ist rein theologischer Natur.« Das stimmte nicht ganz. Seine Freundschaft zu ihr hatte seine Situation nicht verbessert.

»Geben Sie mir Ihr Wort darauf?«

»Ja«, sagte er. Es entging ihr, daß er beim Klang seiner Lüge kurz das Gesicht verzog.

»Dann gehen Sie einfach nicht«, sagte sie. »Wenn das wirklich stimmt, müssen Sie nicht gehen.«

»Ich kann Ihrer Logik nicht folgen.«

»In meiner Argumentation ist nicht mehr Logik als Wahrheit in der Ihren«, sagte sie leise.

Er wußte nicht, ob er die Stirn runzeln oder lächeln sollte. Er dachte an die Nachmittage, an denen er sie unangemeldet und im Sessel schlafend vorgefunden hatte. »Wie traurig das Leben ist«, sagte er.

Lucinda stand auf und trat ans Fenster. Es überraschte sie, daß die Aussicht noch dieselbe war. Sie schlug den Kragen ihres Kaninchenfellmantels hoch. Sie zog die Handschuhe an, als wollte sie gehen, und dann streifte sie sie wieder ab und legte sie, die Finger ordentlich nebeneinander, auf eine Kiste und strich den Daumen glatt. »Sie *müssen* ja nicht gehen. Sie können sich entscheiden.«

Dennis Hasset reckte sich, und niemand, der die träge Selbstsicherheit seiner Bewegungen sah, wäre auf den Gedanken gekommen, daß er glaubte, er sei der Schwäche angeklagt und für schuldig befunden worden. »Ich muß meinen Lebensunterhalt verdienen«, sagte er. »Nur ein Bischof kann mir den sichern. Ich habe keine andere Wahl.«

»Sie dürfen nicht.«

»Was darf ich nicht?« fragte er verärgert. »Was *darf* ich nicht?«

»Nichts.« Sie seufzte. Sie setzte sich auf die Kiste. Sie spürte, wie sich der Pelz in der splitterigen Rauheit des Holzes verfing. Sie dachte an den Schnurrbart ihres Vaters, der über ihr Kindergesicht strich.

Er hob die Hände (angespannt, hart, die Finger gespreizt) und ließ sie fallen (weich wie Lumpenpuppen). Die Lumpenhand rieb über das schnurrbärtige Gesicht. »Ach, Miss Leplastrier«, sagte er lächelnd, »wir schulden einander mehr christliche Nächstenliebe, als wir uns hier erweisen.«

Lucinda nahm ihren Handschuh auf und musterte ihn eingehend. »Lieber Mr. Hasset«, sagte sie, »ich bin Ihnen zugetan.« Sie runzelte die

Stirn, als hätte sie einen Fehler in der Stickerei entdeckt. Auf beiden Wangen hatte sie einen Fleck, so groß wie ein Zweischillingstück. »Ich bin schuld, daß Sie aus meiner Gesellschaft verbannt werden, und das tut mir wirklich schrecklich leid. Und ich gebe zu – selbst jetzt, da ich nur an mich selbst denke und daran, wie einsam ich sein werde, und wieviel Freude ich gehabt habe, als ich zusammen mit Ihnen die Fabrik gekauft habe, und ich habe immer gehofft, wir könnten noch mehr planen. Ich habe die Zylinderblasmaschine von ›Chance and Sons‹ gekauft.«

Vom Korridor, zu nahe, die Stimme einer Frau: »Arthur, *laß das*!«

Lucinda beugte sich vor, runzelte die Stirn und sprach leiser. »Sie ist bereits geliefert, und morgen werde ich Ingenieure beauftragen, sie aufzubauen. Die Öfen werden noch diese Woche wieder in Betrieb genommen. Und ich habe das Gefühl, daß ich, auch wenn ich die Neununddreißig Glaubensartikel nicht genau kenne und nicht weiß, wieviele Wunder Sie anzweifeln, nicht verstehe, warum Sie gehen müssen.«

Auf dem Flur waren energische Schritte zu hören. Es schien, als würden sie Besuch bekommen – aber nein: Die Schritte hielten inne und entfernten sich dann in die Richtung, aus der sie gekommen waren.

»Es ist, als wären wir im Tower eingeschlossen.«

Dennis Hasset lächelte. »Ich muß gehen, wohin man mich schickt.«

»Wohin Gott Sie schickt?«

»Natürlich.«

»Oder ein Mensch, ein Bischof?«

Er fuhr sich mit den Händen über die Augen.

Sie sagte: »Sie sind anderer Meinung als dieser Bischof?«

»Oh, bitte, Miss Leplastrier, bitte, lassen Sie dieses Thema.«

»Das werde ich nicht tun.«

»Dann« – er sah auf, sein Gesicht war gerötet, seine Augen funkelten – »sind Sie impertinent.«

Sie stand auf. Sie fühlte sich gedemütigt, als hätte man ihr ins Gesicht geschlagen, als hätte man ihr den Hintern mit einem Lederpantoffel versohlt. Sie begann wieder mit ihren Handschuhen zu spielen. »Es ist also impertinent, wütend zu sein, wenn Freunde schlecht behandelt und beleidigt werden. Es ist impertinent zu glauben, daß man Ungerechtigkeit *nicht* mit demütig gebeugtem Kopf hinnehmen muß. Sie, Mr. Hasset, glauben nicht an die jungfräuliche Empfängnis. *Ich* glaube nicht daran, daß es klug ist, auch die andere Wange darzubieten.«

Er konnte nicht lange zornig sein. Das war sein Fehler, eine Folge seines allgemeinen Mangels an Leidenschaft. Seine Gefühlsausbrüche waren wie Funken, welche keinen Zunder fanden, den sie zum Glühen hätten bringen können. Als er sprach, tat er es mit Ironie und Selbstironie, und seine scheinbar simplen Worte bezogen sich auch auf andere selbstkritische Gedanken, die Lucinda, wie er glaubte, erkennen würde, die aber selbstverständlich nur er allein kannte. »Ihre Ansichten sind sehr rigoros«, sagte er.

Lucindas Handschuhe waren verknittert. Ein Daumen war eingedrückt. Sie mußte den Handschuh aufblasen. »Ja, und ich verhalte mich auch sonst höchst unschicklich. Ich bin laut und eigensinnig. Ich bekomme den Mund nicht auf und bin dumm. In der besseren Gesellschaft bin ich eine Peinlichkeit. Die Freunde meiner Mutter, die mir so begeisterte Briefe geschrieben und mich eingeladen haben, in die Heimat zu kommen, haben, als ich in ihren Salons saß, feststellen müssen, daß ihre Begeisterung fehl am Platz war. Sie dankten dem Herrn – jedenfalls diejenigen, die nicht den Atheisten spielten –, daß sie keine Tochter an die Kolonien verloren hatten. Sie würden Ihnen zustimmen. Ich sollte nicht so unverblümt mit Ihnen reden. Ich sollte verbindlicher sein, auch wenn es mir weh tut, was mit Ihnen geschieht, was mit uns beiden geschieht. Was wird aus Ihnen werden, Mr. Hasset? Sie sind zu gut, um an einem Ort zu landen, wo es nichts gibt als Schlamm und Spelunken. Es gibt dort keine Kirche?«

»Es gibt kein Kirchen*gebäude*.«

»Bleiben Sie.« Sie hatte die Handschuhe angezogen, als wollte sie aufbrechen. Er erhob sich nicht. Sie setzte sich. »Wir können die Fabrik gemeinsam leiten.«

So, dachte sie, ich bettele.

Sie sah, daß er ihr Angebot erwog. Sie sah, daß ein wenig Leben in seine Augen kam. (Sag ja, sag ja.) Er richtete sich auf. Er schlug die Beine übereinander.

»Ich kenne mich in geschäftlichen Dingen nicht aus.«

»Keiner von uns beiden kennt sich damit aus.«

Er sah sie an: Ihre Wangen waren gerötet, ihre Augen glänzten, ihre Lippen waren geöffnet, sie beugte sich vor und faltete die kleinen, behandschuhten Hände. Er lächelte und schüttelte den Kopf. »Sie führen das Negative als starkes Argument für das Positive an.«

Sie wußte, daß sie ihn würde halten können. In ein, zwei Minuten würde alles entschieden sein. »Es spielt *keine Rolle*, was wir wissen. Als ich noch Mr. Leplastrier war und einfach in Ihr Arbeitszimmer – dieses Zimmer hier – spaziert kam, da haben Sie zu mir gesagt, ich hätte eine Leidenschaft.«

»Und das stimmt ja auch.«

»Und Sie haben gesagt, dies – die Leidenschaft – sei es, worauf es ankomme.«

»Das glaube ich immer noch.«

»Dann spielt es doch keine Rolle, daß wir von geschäftlichen Dingen nichts verstehen. Unser Unwissen ist nur zeitweilig. Oh, Mr. Hasset, lieber Mr. Hasset, wir werden gute Dinge herstellen, Dinge, die etwas wert sind, Dinge, auf die wir stolz sein können. Wir werden nicht sein wie diese Talgkocher und Landschacherer. Wir könnten die großartigsten Glasfabrikanten sein.«

»Und keiner von uns wäre einsam.«

Sie sah ihn mit weit offenem Mund an, und dabei war ihr nicht bewußt, daß ihre Unterlippe fast unanständig plump aussah. Sie konnte seinem Blick nicht standhalten. Seine Augen waren sanft und grau, aber sie konnte sie nicht ansehen. Sie machte den Mund zu. Sie spürte, daß sich ihr Hals und ihre Schultern röteten. Sie begann, die Handschuhe wieder auszuziehen. Es war sehr still. Draußen zog ein Ochsengespann den Hügel hinauf, aber der Treiber machte kein Geräusch. Man hörte nur das quietschende Rad des Karrens und zweimal das Knallen der Peitsche, das die Luft durchschnitt wie ein Vogelschrei in dem Wald ihres Gesprächs, der sich durch diese eine Bemerkung in eine Landschaft aus Baumstümpfen und Gebüsch verwandelt hatte, wo es keinen einzigen Baum mehr gab, hinter dem man sich hätte verstecken können.

»Ich muß gehen«, sagte er, als die Stille unerträglich geworden war.

»Um Männern, denen es egal ist, was irgend jemand glaubt, etwas zu predigen, an das Sie nicht glauben.«

»Das ist nicht nett ausgedrückt.«

»Aber treffend.«

»Auch nicht treffend. Ich werde predigen, was ich glaube.«

»Daß es keine jungfräuliche Empfängnis gibt.«

»Daß Christus für unsere Sünden gestorben ist, auf daß wir durch Sein Blut erlöst und zur Seite Gottes im Paradies sitzen werden.«

Sie war überrascht über die Leidenschaft in seiner Stimme. Sie war zu sehr daran gewöhnt, ihn sagen zu hören, er besitze keine Leidenschaft, und zu sehr bereit, diese Behauptung ohne weiteres zu akzeptieren. Sie hatten über Kirchenpolitik, aber nie über Religion diskutiert. Sie hatten über *ihre* Themen gesprochen: Glas, Fabriken, die positiven Auswirkungen der Industrialisierung. Er war auf ihre Bedürfnisse, ihre Begeisterung eingegangen, und sie war eingebildet und egoistisch gewesen, aber heute, in diesem Augenblick, wäre sie lieber keine Industrielle gewesen, sondern hätte, wenn man sie davon hätte überzeugen können, daß das gut und christlich sei, am liebsten eine kleine Farm irgendwo im Hinterland gehabt.

»Also«, sagte sie nickend und ordnete in Gedanken ihre Entdekkungen, »also gibt es einen Teil in Ihnen, der sich wünscht, weggeschickt zu werden?«

»Einen recht großen Teil«, gab er zu.

»Und dies alles« – sie umschloß mit einer Geste den verwüsteten Raum, die Kisten, das auf dem Boden verstreute Papier – »macht Ihnen in gewisser Weise Freude.«

Er nickte und war sich plötzlich seiner selbst bewußt. Er rieb sich die Hände, sah zu Boden und dann aus dem Fenster. Er verbarg seine Freude vor ihr. Sie sagte es ihm auf den Kopf zu. Er gestand es. Und diese Worte, die Anschuldigung und das Geständnis, wurden von beiden so ruhig, so sachlich ausgesprochen, daß sie wie der Schnitt eines Rasiermessers waren, das, weil es so scharf ist, keinen Schmerz verursacht, wenn es ins Fleisch schneidet.

Aber als Lucinda erkannte, daß sie dieser Freundschaft weit mehr Gewicht beimaß als er, kam sie sich mehr als bloß dumm vor.

»Werden Sie all Ihre Bücher mitnehmen?«

»Man hat mir gesagt, es gebe im allgemeinen Probleme mit Schimmel.«

»Dann werden Sie sie also hier lassen?«

»Aber nein, ich werde sie mitnehmen.«

Sie sah sein gutaussehendes, lächelndes, schuldbewußtes Gesicht an und haßte ihn. Es war ein Anfall, der urplötzlich kam und sogleich wieder vorbei war. »Oh, ist Ihnen das denn egal?« rief sie. »*Warten* Sie denn schon darauf, daß der Schimmel Sie befällt?«

Und Dennis Hasset sah sie an – unruhig, unglücklich, besorgt, was als nächstes geschehen würde. Ihm kam der Gedanke, er könnte um ihre Hand anhalten, und sie könnte Ja sagen. Das war ein merkwürdiger Einfall, etwas ganz Neues – als sie Australien verlassen hatte, war sie ein Kind und er ihr Beschützer gewesen –, und dieses Neue war nicht ohne Reiz. Für einen Augenblick sah er ein leidenschaftliches Leben, Freiheit von der Tyrannei des Bischofs, etwas ganz Eigenes vor sich. Er hatte sich immer vorgestellt, er werde einmal eine große und attraktive Frau heiraten. Er fand Lucinda nicht attraktiv. Das war kein Hinderungsgrund.

Die Hinderungsgründe lagen woanders. Der erste hatte mit seinem Seelenheil zu tun, und er war, so seltsam das auch erscheinen mochte, einer Meinung mit Bischof Dancer, daß vieles für Boat Harbour sprach. Er *spürte* seinen Glauben nicht genug. Er war zu sehr ein Geschöpf seines eigenen Intellekts, und er sehnte sich nach etwas Einfacherem, Rauherem, nach etwas, das Christus besser gerecht wurde.

Der andere Hinderungsgrund war kaum mehr als ein Kieselstein vor einem Wagenrad. (Er merkte kaum, daß er da war, und doch brachte er das Rad zum Stillstand.) Dennis Hasset war in allem, was geschäftliche Dinge betraf, ein Snob. Und so liebend gern er auch von der Tyrannei der Bischöfe befreit gewesen wäre – die Vorstellung, er könnte eine Straße hinuntergehen und für einen Händler oder Fabrikanten gehalten werden, war ihm unerträglich. Er fand, daß Glas als Material eine große Schönheit besaß, aber gerade die Eigentümlichkeit des Lebens, das Lucinda ihm vorschlug, gerade das, was dieses Leben so attraktiv erscheinen ließ, machte es für ihn absolut indiskutabel.

Er ging auf keinen dieser Gründe ein. Diese Gedanken und Gefühle waren zu sehr ein Teil von ihm. Er gab Lucinda keinen Hinweis, warum er sich nun, fast unmerklich, von ihr zurückzog. Sie hatte einen Handschuh an- und den anderen ausgezogen. Sie stand an einer offenen Kiste, kramte in den Büchern und war sich ihrer selbst gar nicht recht bewußt. Sie verstand nicht, warum sie zurückgewiesen und gedemütigt wurde.

Als der Wunsch zu fliehen am größten war, zwang sie sich zu bleiben. Sie zwang sich, ihn nach Einzelheiten der Reise zu fragen, und vereinbarte sogar, noch Tee mit ihm zu trinken, bevor sein Schiff fuhr. Aber als sie schließlich das Vikariat von Woollahra verließ, tat sie es in der düsteren Gewißheit, daß es in Sydney nun niemanden mehr gab, den sie besuchen konnte.

Sie mußte einen Jungen nach ihrem Kutscher schicken, der in einer nahegelegenen Kneipe saß. Der Mann stand nicht mehr sicher auf den Beinen. Es war ihr gleichgültig. Sie konnte das Bild von Dennis Hassets traurigem und lächelndem Gesicht nicht aus ihren Gedanken verbannen. Es sollte noch lange dort bleiben, ganz gleich mit welchen Werkzeugen sie versuchte, es wegzukratzen.

63
Longnose Point

Zu wissen, daß man einsam sein wird, ist nicht dasselbe wie einsam sein. Als Lucinda in Sol Myers Boot den Parramatta hinunterfuhr, stellte sie sich vor, daß ihr Leben einsam sein würde, und diese Erkenntnis erfüllte sie mit Stärke. Und doch: Was sie sich vorgestellt hatte, war nicht Einsamkeit – die etwas Bitteres, Morastiges ist –, sondern etwas anderes, etwas Glänzendes, Hartes. Der Unterschied zwischen dem, was sie sich vorgestellt hatte, und dem, was sie schließlich erfuhr, ist der Unterschied zwischen einer Messerklinge – einem Objekt von kalter Schönheit – und dem ständigen Schmerz einer offenen Wunde.

Sie hatte gedacht, sie sei in Sydney und in London und auch in ihrer Zuckergußkabine an Bord der *Leviathan* einsam gewesen, aber bevor Dennis Hasset nach Boat Harbour gefahren war, hatte sie einen Vorsprung vor ihrer Einsamkeit gehabt. Sie war eine Tänzerin gewesen, die schneller gewesen war als die brennende Zündschnur. Sie war beschäftigt gewesen, hatte Pläne gemacht, war nach London und wieder zurück gefahren. Ihr Leben war eine Serie von Erwartungen gewesen, und selbst in den ersten Jahren in Sydney, als sie viele Nächte allein und nur in Gesellschaft ihrer Katzen verbracht hatte, war ihr immer bewußt gewesen, daß sie Gesellschaft haben konnte, wenn sie es wünschte. Sie hatte gedacht, sie sei einsam, aber sie hatte ihre Einsamkeit genossen.

Sie war an den Rand von Balmain gezogen und hatte das baufällige Haus auf dem Gelände der Whitfield Farm gemietet, das auf der felsigen Landzunge stand, welche in den Longnose Point ausläuft. Es bestand aus Erdgeschoß und erstem Stock, war aus Stein gebaut und hatte eine große alte Küche mit Ausblick auf den Parramatta. Joubert und Borrodaile (ganz recht, genau der) hatten noch nicht begonnen, das Land zu parzellieren. Die Farm war bankrott – es war nur noch ein Verwalter dort, und über dem Obstgarten lag der süße Mostgeruch faulenden Fallobstes. Im Sommer wuchs das Gras hüfthoch, und der Weg zu ihrem Haus war silbrig-grün – unter dem Jinker, den sie selbst lenkte, legte sich das Gras flach. Sie reparierte das undichte Dach des Stalls. Sie pflanzte Löwenmäulchen und Stiefmütterchen. Sie ließ sich ihre Bücherkisten bringen und die lauten, nicht mit Teppich belegten Stufen hinauftragen. Es ließ sich romantisch leben in diesem Haus, und das änderte sich auch nicht schlagartig in dem Augenblick, da die *Susanna Cuthbert* mit dem Vikar an Bord zwischen den Sydney Heads den Blikken entschwand.

Lucinda hatte Pläne. Sie mußte Betriebsanlagen installieren lassen. Sie traf sich mit Mr. d'Abbs, wenn auch nur selten privat. Der Weg nach Rushcutters Bay schien ihr jetzt zu weit, und sie glaubte, der Drang zum Glücksspiel habe sie ganz und gar verlassen. Ihre Arbeit war so anstrengend, daß sie eine Stunde, nachdem sie zu Abend gegessen hatte, eingeschlafen war. Sie wachte früh auf. Sie war allein, aber noch nicht einsam. Ihr Kopf war voller Träume von Glas, von Formen, die sie am äußersten Rand ihres Blickfeldes sah, von Bauten, deren Funktion sie nicht einmal annähernd zu erraten vermochte.

Sie würde eine kleine Pyramide aus Glas bauen.

Einen Turm.

Eine Arkade, die die ganze George Street überspannte.

Sie dachte nicht an Farmen oder Heirat.

Sie aß ihren Haferbrei mit der Linken und hielt einen Bleistift in der Rechten. Aus ihrer Leidenschaft ragte eine Spitze aus Wut, ein bißchen von dem Ich-werd-Ihnen-zeigen-was-Sie-ausgeschlagen-haben-Mr.-Hasset.

Sie konnte nicht zeichnen. Sie brachte ihre Visionen zu Papier, aber sie sahen plump und mißgebildet aus. Sie fand einen Franzosen, einen gewissen Monsieur Huille, einen Künstler und Freund von Mr. d'Abbs. Der Unterricht blieb erfolglos. Monsieur Huille war zwar sehr freigebig mit Kritik, weigerte sich jedoch, selbst zum Bleistift zu greifen, bis er schließlich, nachdem seine Schülerin taktloserweise insistiert hatte, eine überaus gräßliche Eiche zeichnete. Schweine (oder vielleicht auch Hunde) grasten unter ihren dünnen Zweigen. Die Zeichnung war so schlecht, daß Monsieur Huille, angeblich nachträglich durch Lucindas beharrliches Bestehen auf einem »Beweis« gekränkt, sich weigerte, den Unterricht fortzusetzen. Das Dokument seiner Unfähigkeit nahm er mit. Er behauptete, es sei zwanzig Pfund wert, aber später fand sie es, vom Regen durchweicht, im Stall neben dem Heuhaufen.

Ostern ging sie allein zum Gottesdienst in Balmain, obwohl sie abends hinüberfuhr nach Rushcutters Bay. Mrs. Burrows war da, also wurde nicht gespielt. Lucinda fand die Konversation entsetzlich. Sie fühlte sich ausgeschlossen, aber nicht einsam.

Nach Ostern inserierte sie, sie suche eine Frau, die die Kunst des Glasblasens lernen wolle. Sie hatte sich vorgestellt, auf diese Weise könne sie vielleicht eine Partnerin finden. Es meldete sich eine Frau, die im »Her Majesty's« Trompete spielte. Sie war stark. Ihre Lunge war gesund, und sie hatte große, kräftige Hände, aber die Männer wollten nichts mit ihr zu tun haben. Abermals gingen die Öfen aus, und Arthur Phelps, der zurückgekommen war, um für sie zu arbeiten, kehrte wieder in die Sägemühle zurück.

Sie schrieb zornige Briefe nach Boat Harbour. Sobald man sich allerdings durch das Gestrüpp der Verärgerung hindurchgekämpft hat, haben selbst diese Briefe etwas Festliches. Lucinda beschrieb, mit offensichtlichem Vergnügen, wie es in ihrem eigenen, mit Kisten vollgestellten Arbeitszimmer am Ostersonntag 1865 aussah. Und wenn ihr auch zum Zeichnen das Talent fehlte, so konnte sie doch ein Stilleben mit Worten schildern. Sie zeigte dem verbannten Dennis Hasset die dunkel verbrannten Schatten, den eierschalenweißen Tupfer des offenen Herzens eines Buches, einen über einen Stuhl drapierten delftblauen Schal, die schlafende, marmeladengelbe Katze, den langen Balken aus Sonnenlicht, der durch die Vorhänge vor den Fenstern an der Nordseite fiel und sich schmal und silbrig über den Fußboden aus Zedernholz streckte. Sie machte ihm absichtlich Heimweh nach Sydney, auch wenn er diese Stadt nie zuvor als »Heimat« betrachtet hatte. Er fühlte die Wärme und die frische Klarheit der Luft. Er stellte sich den sachten Nordostwind vor, einen sanften, feuchten Wind, der – später, langsam – Regen bringt.

In einem auf den 22. August datierten Brief ließ sie sich darüber aus, daß eine intelligente Frau nie einsam zu sein brauche, wenn sie ihre Abende in Barchester oder beispielsweise mit Mr. Nickleby verbringen könne.

Der August ist der erste Monat, in dem die Westwinde wehen – rauhe, grobe Winde, die von Drummoyne herübergejagt kommen oder von Bedlam Point und der Hen and Chicken Bay den Fluß entlangpfeifen. Im August waren die Räume in der oberen Etage von Lucindas Haus dunkel und kalt geworden. Auf den Zedernholzdielen waren keine Balken aus silbrigem Sonnenschein mehr. Die Katze hatte sich nach unten zurückgezogen, wo sie der ohnehin schon verkratzten Kiefernholztür eine weitere Wunde zugefügt und übellaunig so lange geschrien hatte, bis ihre Herrin sie herein an den warmen Ofen gelassen hatte.

Was also werden wir dort unten finden? Die junge Fabrikantin, mit einem Lineal am Zeichenbrett sitzend? Oder, nach des Tages Arbeit, tief in ein Buch von Mr. Dickens oder Sir Walter Scott versunken? Sowohl *Waverley* als auch *Bleakhouse* liegen neben dem Sessel auf dem Boden. Sie vermag aber nicht darin zu lesen. Jedes Wort führt ihre Gedanken irgendwie zu Dennis Hasset, zu ihrer eigenen Situation, zu ihrem mangelnden Wissen um wirtschaftliche Zusammenhänge und praktische Fertigkeiten, zu der allgemein bedauerten Lage einer Frau, die unverheiratet und allein ist.

Lucinda ist eingeschlafen, ihr Kopf ist auf die Schulter gesunken, das Buch liegt dort, wo es auf den Orientteppich gefallen ist. Ihre Unterlippe, die Dennis Hasset vor zwei Monaten noch so schockierend sinnlich erschien, wirkt jetzt, im Schlaf, düster und deprimiert. Ihre Wangen sehen ganz eingesunken aus. Die Augen beben hinter den schweren, blaugeäderten Vorhängen der Lider. Das Kinn ist schwer, leblos. Der Wind rüttelt an den Schiebefenstern in ihren Führungen. Das Feuer zischt. Es gibt kein Gaslicht, nur eine rußende Paraffinlampe, deren geschwärzter Zylinder gereinigt werden müßte. Die Katze beobachtet das klappernde Fenster.

Dies ist nicht der Schlaf der Erschöpfung. Er ist die Folge von zwei Gläsern Brandy und dem Sauerstoffmangel im Raum, vor allem aber ist er auf die Wirkung des bitteren, klebrigen, sirupartigen Narkotikums der Einsamkeit zurückzuführen.

Sie könnten nun vorschlagen, sie solle sich doch ein Hausmädchen nehmen. Aber sie hat ja ein Hausmädchen. Also gut – dann eben ein Hausmädchen, das bei ihr wohnt. Hatte sie auch. Aber sie will kein Hausmädchen mehr, das bei ihr wohnt. Hausmädchen sind jung und lebenslustig. Sie haben Verehrer. Sie sitzen in der Küche und kichern. Sie machen nur, daß man sich noch einsamer fühlt.

Dann . . ., dann sollte sie eben ausgehen. Aber wohin? Zu Mr. d'Abbs natürlich, wo sie früher so viele schöne Stunden verbracht hat. Aber es war nicht bloß die Kleingeistigkeit von Mr. d'Abbs' *menage*, die sie deprimierte, nicht nur diese für Sydney so eigentümliche Kombination von Dummheit und sturer Selbstsicherheit, nein, es war auch Mr. d'Abbs' Entschlossenheit, sie von ihrem einsamen Leben zu erlösen.

Man plazierte jetzt jedesmal irgendeinen »Philosophen« oder »Dichter« (der sich langsam alt fühlte und nun endlich glaubte heiraten zu müssen) zu ihrer Linken.

Dann hätte sie eben andere Einladungen annehmen sollen. Und wirklich hätte sie gern Tee getrunken und über ganz alltägliche Dinge gesprochen. Sie hätte gern Quadrillen getanzt und sich über die Abenteuer von Wickelkindern unterhalten. Waren dies nicht auch Dinge, für die man sich in Romanen interessierte? Warum sollte man sich dann nicht auch im wirklichen Leben dafür interessieren?

Aber Lucinda hatte sich all jene Menschen entfremdet, mit denen sie jetzt eine Bekanntschaft hätte pflegen können. Nicht nur waren ihr ausgreifender Gang falsch und ihre Frisur unpassend – auch ihre Art, sich zu kleiden, nahm im allgemeinen keine Rücksicht auf die Gefühle anderer. Sie hatte sich ferngehalten. Sie hatte zu verstehen gegeben, daß sie keine Sympathie für jene lose zusammengefügte Gruppe von Menschen empfand, die man als »ihre Klasse« hätte bezeichnen können. Selbst ihr Haus, das Haus, das sie sich ausgesucht hatte, rückte sie ins Abseits. Diesen Hochmut verzieh man nicht. Die Gesellschaft würde sie nicht ein zweites Mal einladen, sich zu ihr zu gesellen.

Glücklicherweise war ihr noch nicht bewußt, daß sie in ihrer eigenen Glashütte nicht willkommen war. Sie wiegte sich in dem Glauben, diese trockene, ziegelsteingepflasterte Fabrik sei ihr Zuhause. Sie war ihre einzige Verbindung zum wirklichen Leben. Lucinda mochte den Geruch der Arbeiter. Ich meine das nicht vulgär – sie mochte den Geruch einfacher Leute. Es lag Arbeit, Wärme, Nützlichkeit darin.

Im Winter war es kalt in ihrem eigenen Haus. Es roch nach Bohnerwachs. Sie konnte es nicht mehr ertragen, dort zu sein.

64
Die Menge Deiner Zaubereien

Einst war sie glücklich gewesen, wirklich glücklich, aus tiefstem Herzen. Wenn sie jetzt im Stall die Laterne an den Nagel hängte und sich mit dem störrischen Wallach abmühte, konnte sie nicht fassen, was aus ihr geworden war.

Es war neun Uhr abends. Und sie machte die Runde.

Sie dachte nicht daran, wo das enden würde. Sie machte sich noch nicht einmal viele Gedanken über den Ort, wo es anfing. Es war unheimlich hier draußen in Longnose Point.

Es gab so viele Dinge, über die sie nicht nachdenken konnte. Ihr Geist jagte durch Korridore, und sie rannte ihm immer ein kleines Stück voraus und schlug Türen hinter sich zu.

Sie wollte bloß eine Runde machen. Sie legte das Geschirr an. Sie ließ das Pferd im Schritt den matschigen Weg am Birchgrove House vorbei gehen. Der Verwalter sang. Er war allein, und er sang. Betrunken war er auch. Letzte Woche hatte er nachts den Melkschuppen angezündet. Lucinda hatte zwei Pistolen in eine Decke gewickelt und unter den Kutschbock gelegt.

Regen fiel in langen Schwaden. Sie suchte in ihrer Erinnerung nach der Zeit, als sie glücklich gewesen war. Sie verbannte das betrunkene Gegröle aus ihrem Bewußtsein. Sie verschloß sich vor dem Westwind. Sie war mit ihrem Vater in Parramatta. Sie fuhren nach Hause. Ihr großer vierrädriger Wagen holperte über das Kopfsteinpflaster und wurde schneller, und der alte Kaltblüter schnappte nach seinem vertrauten Feind, dem Percheron neben ihm. Sie fuhren in einem flotten Trab, ein bißchen zu schnell, durch die High Street (paß auf!), vorbei an dem Phaeton des Doktors, den leichten Wagen der Farmer, dem Gewimmel der Sulkys und Lastkarren. Da waren Frauen mit weiten Röcken, Ladenbesitzer in Fräcken, Farmer, die sich Knieriemen umgeschnürt hatten, so daß ihre dicken Beine wie Würste aussahen, deren Enden mit Bindfaden abgebunden waren. Wenn der Kaltblüter den Percheron beißen wollte, zog ihm der Vater eins mit einem langen Stock über. Sie lachte, wenn das Pferd dann zusammenzuckte, und wußte nicht, daß ein Pferd einen Menschen töten kann.

Hinter ihnen auf dem Wagen waren Gerüche. Sie konnte sie noch immer aufzählen, den Geruch von Kleie, von Hafer, den weichen, staubigen, gelben Geruch von Saatweizen. Die Gerüche verbanden sich mit anderen zu einer Halskette von Gerüchen, wobei einige in Parramatta zu Hause waren, während man anderen auf dem Heimweg begegnete, wo die Luft zum Beispiel plötzlich voller Honigduft war und die Ligusterhecken neben der Straße, die damals noch nicht als lästiges Gestrüpp galten, einem mit ihren üppigen weißen Blüten zuwinkten – oder jedenfalls schien es so, denn eigentlich war das nicht der Liguster, sondern (Da, Lucy, da, schnell, siehst du?) ein herrlicher Papagei, nein, drei, vier Papageien, leuchtend rot und blau, die die weißen Wolken der nektargefüllten Ligusterblüten schüttelten.

Sie rumpelten über eine Holzbrücke an Grass Corner vorbei und fuhren dann durch einen kleinen Einschnitt. Einmal hielt ihr Vater dort an. Er drückte ihr die Zügel in die Hand und sprang vom Wagen. Er war klein und breit gebaut, mit starken Armen und Schultern. Er machte Übungen, damit seine Beine mehr Muskeln bekamen, aber sie blieben immer, wie sie waren. Er duftete nach Äpfeln und manchmal – auf der Fahrt nach Parramatta – nach Eau de Cologne. Er hatte immer Papiertüten dabei. Jede Tüte, die ihm unter die Finger kam, wurde sorgsam zusammengefaltet, und er zögerte nicht, jeden, der eine Tüte besaß und sie anscheinend nicht zu schätzen wußte, darum zu bitten, sie ihm zu überlassen. Lucinda fand das nie peinlich. Sie lernte nie jenen Lebensabschnitt kennen, in dem alles, was die Eltern tun – die Art, wie sie reden oder sich kämmen – peinlich ist. Sie stand der Papiertütensammlung nicht kritisch gegenüber. Sie wußte, daß ihr Papa diese Tüten für seine Bodenproben brauchte und daß er jederzeit (wie jetzt, da er vom Wagen springt und den Griff seiner praktischen kleinen Schaufel ausklappt) eine Tüte, in der vorhin noch Weingummi war, mit einer Schaufelvoll saurem Sand füllen konnte oder mit stechend riechender schwarzer Erde, die schwer von Humus war, oder mit Ton, der, für Lucindas Empfinden wenigstens, so süß duftete wie Ligusterblüten. Der Ton in diesem Einschnitt war ein Wunder. Man konnte natürlich wie einer von den einfachen Leuten daran vorbeifahren, wie ein Nachbar namens Houlihan, Molloy oder Rourke, wie einer von denen, die an diesen Ton nicht mehr Gedanken verschwendeten als an Livy oder Montaigne, aber wenn man anhielt, konnte man sich in ein Karminrot versenken, das leuchtend genug war für die Gewänder im Paradies oder in ein rötliches Gelb, das – ihr Vater sagte es mit einem Augenzwinkern – genauso aussah wie der Senf auf seinem Teller. Dieser Scherz brachte sie dazu, ein wenig davon zu essen, als sie weiterfuhren (sie krochen den Dyer's Hill hinauf, von dessen Plateau sie in ihr kleines Tal hinunterfahren würden); sie hatte gedacht, sie würde nun endlich das verbotene, scharfe Gewürz schmecken, aber es war nur körniger Lehm, den ihr lachender Vater mit seinem Taschentuch von ihrem ernsten Gesicht wischte.

Aus genau diesem Ton machte ihr Vater die Töpfe für die Küche. Ihre Mutter machte sich darüber lustig, und es stimmte ja auch: Sie waren unförmig, und es gab immer Probleme mit den Deckeln, die nicht schließen wollten, so daß man die Spalte mit den kostbaren Papiertüten abdichten mußte, wie auch die Spalte zwischen den Schwartenbrettern der Hütte mit Pappmaché abgedichtet wurden, aber in beiden Fällen richtete das Papier nichts gegen die Ameisen aus (die roten und die kleinen schwarzen), die das Essen mit dem Geruch von Ameisensäure verdarben.

Ihre Mutter nahm ein Brett und zeigte ihr, wie man aus dem Ton eine Schlange rollte und aus der Schlange einen Topf machte. Lucinda wußte noch, wie schön das anfangs immer gewesen war, wenn ihre Finger trocken waren und der Ton geschmeidig, aber irgendwann, sie wußte nicht warum, ging es immer schief. Ihre Mutter neben ihr konnte den Ton dazu bringen, ihr zu gehorchen, und selbst wenn sie einen Fehler machte, konnte sie das überstehende Stück abschneiden und glattstreichen, während Lucindas Ton bald naß vom Schlämmwasser war und sie ihn so lange immer wieder durchgearbeitet hatte, bis er ihr, schleimig, schlüpfrig und formlos, unter den Händen auseinanderbrach. Und es war gleichgültig, ob die Mutter die Wörter dafür wußte (sie wußte für alles Wörter) und ihr zeigte, daß das Material nicht noch mehr Wasser aufnehmen konnte und seine Struktur verändert und eine andere Form angenommen hatte, sich aus einem Schmetterling wieder in eine Raupe verwandelt hatte; es war gleichgültig, daß sie genau wußte, wie das geschah. Es änderte nichts. Es änderte nichts an dem Gefühl – erst waren ihre Hände schlüpfrig, dann furchtbar trocken, die Haut runzlig und alles Leben daraus gewichen –, diesem schrecklichen Gefühl der Verzweiflung, wenn ein wunderschöner Topf, den sie angefangen hatte, mit einemmal nichts weiter war als ein gewundener Haufen Ton und aussah wie etwas, in das man versehentlich getreten ist.

Die Wege ihrer Erinnerung, diese Wege aus zerfließendem Senf, führten sie heute abend an diese Stelle. Dies war nicht die Flucht, die ihr vorgeschwebt hatte. Sie hatte einen vollen Kreis beschrieben, von Verzweiflung zu Verzweiflung. Sie befand sich auf jenem Hügel, der nach Gouverneur Darling benannt war. Dort standen jetzt Häuser, dicht aneinandergedrängt, um sich gegenseitig zu schützen. Durch die von weichem gelblichem Licht erhellten Fenster glaubte sie die Stimmen von Frauen zu hören, Frauen mit runden Bäuchen, die in Töpfen rührten und Kindergesichter abwischten. Es war neun Uhr abends und böig und regnerisch, aber in den Häusern, stellte sie sich vor, waren Kinder, Zinkbadewannen, Dampf, krebsrote kleine Körper. Die Glasfabrikation erschien ihr wieder einmal sinnlos. Die Freude daran fiel in sich zusammen wie zu oft durchgearbeiteter Ton. Sie hätte, dachte sie, gern an einem Tisch gesessen und das Silber geputzt. Sie wäre nicht zurückgezuckt vor den süßlichen Milchrülpsern der Kinder.

Und doch hielt sie nicht an. Natürlich hielt sie nicht an. Sie kannte niemanden in diesen Häusern. Sie wickelte sich fester in den weiten Ölmantel und zog den Südwester bis zu den Augenbrauen in die Stirn.

Drüben in The Rocks brannte ein Feuer. Sie machte es in Gedanken zu einem christlichen Symbol und schob dieses Symbol wieder von sich, indem sie darüber nachdachte, warum in Wirklichkeit in The Rocks ein Feuer gemacht wurde. Es gab dort Ratten, die die Pest verbreiteten. Man warf die Kadaver auf einen Haufen und verbrannte sie auf der Straße.

Sie fuhr auf dem Weg mit den tiefen Spurrillen den Hügel hinunter. Wieder bekam sie Angst, allein unterwegs zu sein. Diese Ängste kamen und gingen, wie die kalten Stellen in der Luft an einem Bach. Sie glaubte nicht an Gespenster, aber jetzt erschrak sie leicht und fuhr zehn Zentimeter von dem harten Kutschbock hoch, wenn eine Gestalt in einem langen Mantel ihren Weg kreuzte. Sie wünschte sich nach Hause zurück, aber dann rief sie sich in Erinnerung, wie es zu Hause war. Sie gebrauchte die Peitsche ganz unsentimental und gab dem Wallach geschickt einen Schlag auf die Flanke. Der Schlag bewirkte eine Veränderung des Rhythmus; das Pferd schüttelte den Kopf, und weiter ging es, in einem schärferen Trab, immer in der schlüpfrigen Spur, die so weiß wie Ton war und sich am Ufer der White Bay entlangwand.

Es gab Idioten, die ohne Laterne daherpreschten. Einen betrunkenen Fuhrmann, der seine halbe Ladung verlor. Wie feige Mr. Hasset gewesen war! Sie allein hier zurückzulassen, wo es doch eigentlich nicht einmal sein Wille gewesen war, fortzugehen.

Sie war wütend auf Dennis Hasset, auf die grölenden Dummköpfe, die aus dem Dunkel galoppiert kamen, auf die ausgefahrene Straße und das Schlammloch, wo der betrunkene Fuhrmann eine Bohle verlor, die um ein Haar ihre Räder blockiert hätte.

Die Wut machte sie leichtfertig. Sie fuhr schnell. Sie machte die Runde. Sie fuhr bis zur George Street, obwohl es ihr um diese Nachtzeit dort nicht gefiel. Sie forderte sich selbst heraus. Sie war verwegen. Sie hielt ihren Jinker an, als sie an den Theatern – am »Her Majesty's«, am »Rapallo«, am »Lyceum« – vorbei war. Das Wetter hatte die Leute nicht davon abgehalten, auszugehen. Die Straße war ein Fluß aus Wagen und Pferden, und an seinen Ufern schwammen dicht an dicht Männerhüte wie Treibgut.

Es waren Banden von Krawallmachern aus The Rocks unterwegs. Sie hatten die Daumen unter ihre Hosenträger gehakt. Lucinda hatte Angst. Unter ihrem weiten Mantel war sie klein und weiß, mit weichen Brüsten und schwachen Armen und ganz verschwitzt in der kalten, windigen Nacht. Ein Mann in einer Kutsche sprach sie an. Sie trieb den müden Wallach zu einem leichten Galopp an. Sie hörte Rufe: »Hüah, Kleine!« Gelächter. Sie tauchte in den Schatten von St. Andrews ein. Sie verabscheute diese Kirche. Dunkel und unerbittlich stand sie da: Bischof Dancers Festung. Eine Zusammenrottung am Hauptportal kündete nicht von einem Spätgottesdienst, sondern von einer Schlägerei. Zwei Polizisten rannten herbei, und ihre Gesichter leuchteten im Schein einer Gaslaterne für einen Augenblick bleich auf. Sie bog im letzten Moment in die Bathurst Street ab und stieß beinahe mit einem weiteren unbeleuchteten Sulky zusammen. Ein seidiges, fedriges Geschrei erhob sich aus dem Sulky. Lucinda empfand Verachtung, die gleich darauf in Neid erstickte. Sie trieb ihr Pferd mit der Peitsche an und folgte der Linie aus breiten Veranden, als wollte sie ihren lieben Freund in Woollahra besuchen. Aber in Woollahra wartete niemand auf sie. Dort war ein zu hübsches Mädchen mit einem Reifen, das behauptete, dies sei sein Haus.

»Ich werde verrückt«, sagte sie. Sie sprach es laut aus. »Ich verliere den Kopf und kenne niemanden.« In dieser Stadt war es beängstigend, über Wahnsinn nachzudenken – sie war so hart und voller Eukalyptusbäume, brechender Stöcke, Sandsteinfelsen mit bruchstückhaften Gesichtern und scharfen Kanten. Lieber Gott, einer solchen Schwäche durfte man sich nicht hingeben, jedenfalls nicht in Sydney.

»Eine Verrückte«, flüsterte sie. »Te-rrrab!«

Sie machte die Runde. Das Pferd wußte es. Es wußte, wohin die Fahrt ging. »Keine Verrückte«, sagte sie, als sie hinunter in die rauchige Dunkelheit von The Rocks fuhr. Aus dieser Nähe konnte man das Feuer nicht sehen. Es war auf der anderen Seite. Die Kanalisation stank. Sie stank überall, aber hier, in der Nähe des Hafens, war es schlimmer als anderswo. Lucindas Nerven waren angespannt. »Lieber Gott, vergib mir.«

Sie wollte bloß ein bißchen Pak-Ah-Pu spielen. Das war eine Lotterie, die von den Chinesen am Ende der George Street betrieben wurde. Dort war es dunkel und gefährlich. Vor dem Haus hing eine Laterne mit einer Kerze – es gab hier kein Gas. Männer standen in Zweier- und Dreiergruppen herum. Sie roch faules Fleisch und auch Alkohol. Diese beiden Gerüche wurden durch die salzige Luft vom Hafen herübergetragen. Der Wind spielte in der Takelage der großen Segelschiffe. Sie band die Zügel am Geländer fest. Noch bevor der Klang ihrer Schritte ihr Geschlecht verriet, wurden die Männer ungewöhnlich still. Der weite, nasse Mantel war eine unzureichende Verkleidung. Sie machte den Rükken steif und nahm eine Haltung kühler Unnahbarkeit an. Sie sagte zu sich selbst: »Du bist der Boss.«

Der vordere Raum war wie ein Laden hergerichtet. Jeder wußte, daß das eine Tarnung war – selbst die Polizisten, die hier die Runde machten (und goldene Ringe und dicke Uhren trugen). Lucinda achtete nicht auf die verstaubten Waren, die hier angeboten wurden, sondern ging – sie hörte den Widerhall ihrer Stiefel auf den hölzernen Bohlen – auf die mit einem Vorhang verhängte Tür an der hinteren Wand zu. Sie konnte *hören*, wie klein ihre Füße waren. Sie spürte die Unmännlichkeit ihrer Füße.

In Wirklichkeit wollte sie nicht mehr bloß einen Pak-Ah-Pu-Schein. Sie machte die Runde. Pak-Ah-Pu ist nichts weiter als ein Lotteriespiel. Es gibt einem nicht diesen Stich (das war ihr Ausdruck dafür) wie ein gutes Spiel. Aber als sie am Tisch stand, tat sie, was sie ursprünglich hatte tun wollen. Es war fast halb zehn, Zeit für die letzte

Ziehung des Tages, und daher drängten sich recht viele Männer um den Tisch. Einige von ihnen waren betrunken, aber keiner schwankte. Es umgab sie jene ziemlich mürrische Stille, auf die man gegen Ende des Tages in allen Wettbüros stößt. Der Boden war mit zerknülltem Papier, Zigarettenstummeln und Streichhölzern übersät, die nervös in drei Teile zerbrochen worden waren. Die Männer hatten einen erschöpften und glasigen Blick. Lucinda spürte eine nur mühsam beherrschte Wut – oder meinte sie zu spüren –, aber diese Wut war vielleicht auch nur ihre eigene.

Sie gab dem Chinesen hinter dem Tisch ihr Sixpence. Sie erhielt ihren Schein und markierte schnell, ja mit geradezu drängender Eile, zehn der chinesischen Schriftzeichen auf dem Papier. Insgesamt standen dort achtzig. Sie wußte nicht, was sie bedeuteten. Sie waren auf grobes graues Papier gedruckt. Zweimal durchstieß sie mit dem unangenehm kurzen, abgekauten Bleistiftstummel (Eigentum des Hauses) das Papier. Sie schrieb ihren Namen (nicht ihren wirklichen Namen) auf den Schein und gab ihn dem Chinesen, welcher ihn in eine Schale legte, die schwarz aussah, vermutlich aber mit einem chinesischen Dunkelblau bemalt war. Das Licht war schlecht. Sie konnte den zertretenen Stummel einer dicken Zigarre neben ihrem Fuß sehen. Sie versuchte, an nichts zu denken, während sie darauf wartete, daß es halb zehn wurde.

Es dauerte dreieinhalb Minuten. Die ganze Zeit rührte sie sich nicht. Die Luft rings um sie her war unbewegt. Ab und zu sagte einer der Männer leise etwas. Darauf ertönte Gelächter. Einmal hörte sie ein Wort, von dem sie wußte, daß es sich auf Geschlechtsverkehr bezog. Sie war ganz naß unter ihrem Ölzeug. All diese Angst, die sie spürte, diese Feindseligkeit und Gefahr, war nichts weiter als eine Aura, die etwas anderes umgab, eine größere Zusammenballung von Gefühlen, die dicht, komprimiert, eine Kugel aus reiner Willenskraft war: Lucinda setzte ihren Willen ein, um zu gewinnen. Ihre Wut wurde so belanglos wie Schmeißfliegen, und dann noch belangloser, wie Thrips.

Sechs Richtige brachten zehn Schillinge. Sieben brachten vier Pfund, acht Schillinge und acht Pennies. Acht brachten dreiundzwanzig Pfund, sechs Schillinge und acht Pennies. Es stand alles auf der Tafel an der hinteren Wand. Lucinda war nicht so dumm, ihre Willenskraft auf zehn Richtige zu verschwenden. Sie entschied sich für acht, denn sie fand, daß das im Rahmen ihrer Möglichkeiten lag. Es roch nach

Räucherwerk und nassem Hund, und dann war da noch dieser andere Geruch – der Geruch von Männern, die eine harte, schweißtreibende Arbeit haben und nur einmal pro Woche baden. Man kann einen ähnlichen Geruch erzeugen, wenn man feuchte Putzlumpen in einem Eimer liegen läßt. Es war kein angenehmer Geruch, aber Lucinda mochte ihn. Der Zigarrenraucher hatte sich einen neuen Stumpen angesteckt und machte die Luft bläulich und streifig. Dies alles war unterlegt mit dem gedämpften Schreien eines Babys in einem anderen Zimmer. Viele Chinesen, so hatte sie gehört, hatten europäische Frauen. Die Chinesen behandelten ihre Frauen gut, hieß es. Es waren gefallene Frauen, die außerhalb der Gemeinde standen. Man sagte – ihr geistlicher Freund hatte das gesagt –, daß sie geliebt wurden und glücklich waren. Sie versuchte, das Geräusch aus ihrem Bewußtsein zu verbannen. Sie nahm eine große, schwere Tür und drückte sie – sie wollte sich nicht schließen lassen – fest zu.

Jetzt kam Bewegung in die Männer. Eine Schulter wurde, ohne jede Empfindung, an sie gepreßt. Die Männer drängten sich wie Fische oder Ferkel bei der Fütterung – alles Gefühl war im Mund konzentriert, der Rest des Körpers war ganz taub. Es waren achtzig Schriftzeichen. Zwanzig davon wurden in eine Schüssel getan. Von diesen zwanzig wiederum wurden zehn gezogen. Das geschah jetzt. Lucinda wurde von allen Seiten bedrängt. Der Chinese, ein Auge gegen den Rauch seiner Zigarette zugekniffen, zog zehn Spielmarken aus vergilbtem Elfenbein und legte sie auf ein kleines Holztablett.

Man hatte ihr gesagt, daß die Schriftzeichen Tugenden darstellten. Sie hatte Mühe, sie bei diesem Licht zu erkennen. Da war das mit dem Dach, das mit den beiden Fs, die beleidigt Rücken an Rücken standen, das mit den Augen, die einen wie die einer Katze durch hohes Gras anstarrten, das, das aussah wie ein Fluß – lieber Gott im Himmel, lieber Gott, vergib mir – sie hatte acht Richtige.

Sie fühlte sich leicht, leicht wie ein Vogel. Der Chinese gab ihr Geld, wenn auch mit Mißbilligung. Sie konnte sich nicht vorstellen, daß er gut zu seiner Frau war. Sie gab keinen Pfifferling darauf, was er dachte. Sie machte die Runde. Sie kam in die Hölle.

Denk nicht daran!

Sie spannte alle Muskeln an, um dieser Vorstellung zu widerstehen. Und dann, fast gleich darauf, war es ihr gleichgültig. Die Lotteriespieler sahen die kleine Frau in dem großen Ölmantel auf die Tür zugehen. Sie ging energisch und herrisch darauf zu – nicht die Tür zur Straße, sondern die nach hinten.

Sie machte die Runde.

Im zweiten Zimmer wurde Fan-Tan gespielt. Es war dunkel in den Ecken, viel dunkler als im Pak-Ah-Pu-Zimmer. Aber das Licht über dem Tisch mit der Zinkplatte war heller, und das Zink selbst warf einen stumpfen Glanz zurück in die Gesichter der lärmenden Spieler, ließ sie kränklich aussehen und gab ihnen einen grünlichen Schimmer. Niemand sah auf, als sie eintrat. Einen Augenblick lang blieb sie im Schutz der Dunkelheit hinten stehen. Sie fühlte sich mit einemmal ganz wunderbar. Sie konnte sich nicht erklären, woher dieser plötzliche Umschwung kommen mochte: daß sie von fleckengesichtiger Höllenangst in diese eigenartige elektrische Ekstase verfallen konnte, einfach indem sie von einem Zimmer in ein anderes ging. Sie hatte das Gefühl, sie dürfe nicht auf die Erlösung hoffen, und es war ihr gleichgültig. Sie würde nicht geliebt werden, sie würde keine Ehefrau und auch keine Mutter sein.

Sie empfand die vollkommene Kälte, die Bergsteigern vertraut ist.

Der Croupier war dünn und hatte Gold im Mund. Sie konnte das ranzige Öl in seinem zu einem Pferdeschwanz gebundenen Haar riechen. Es gab hier alle möglichen Gerüche. Der Ölmantel eines Matrosen und frisch geputzte Schuhe. Der Croupier stieß einen kleinen Schrei aus – wahrscheinlich auf englisch, obgleich er fremd klang, mechanisch, als wäre der Mann eine außergewöhnliche Maschine von der Pariser Weltausstellung. Die Dunkelheit hüllte sie ein, wärmte sie wie Brandy. Der Croupier warf – es war eine so *geschmeidige* Bewegung – die Messingmünzen. Als sie auf der Zinkplatte aufschlugen, klangen sie stumpf und scharf zugleich; leicht, substanzlos, aber auch tot und schwer. Es war ein Genuß zuzusehen, so wie es ein Genuß ist, einem geschickten Metzger beim Zerteilen eines Tieres zuzusehen: die schnellen Bewegungen des Messers, die Weichheit und Nachgiebigkeit des Fetts rings um die Nieren, das saubere Auslösen der Knochen aus dem Muskelfleisch. Der Croupier bedeckte einige der Münzen mit einem Blechbecher, während er die anderen mit der Rechten einstrich. Sie war Christin. Ihr Kopf fand die Parallele – der Tag des Gerichts, errettete Münzen, verstoßene Münzen –, ohne daß sie danach gesucht hätte. Schafe zur Rechten. Ziegen zur Linken. Sie zog den Vorhang über dieses Bild, kehrte ihm den Rücken und konzentrierte ihre ganze Aufmerksamkeit auf den Heiden, als der den Becher hob und die Münzen ordnete – sieh doch, wie anmutig er das macht, wie beweglich seine langen Finger sind (drei davon beringt, einer mit einem Smaragdring) – und sie in Viererhäufchen zusammenschob.

Jetzt wurde es laut. Schreie wie Ja, genau, und Nein, verpatzt, Stöhnen, und dann ein merkwürdiger Anfeuerungsruf, der quäkig wie der eines Schuljungen klang und nicht nur gutmütige Kommentare hervorrief.

»Die Zwei.«

»Swei«, sagte der Chinese. »Numma swei.«

Er hatte alle Münzen in Viererhäufchen aufgeschichtet. Zwei blieben übrig. Jeder, der seinen Einsatz auf der Seite des Tisches plaziert hatte, auf der »2« stand, hatte sein Geld verdreifacht.

Der Chinese teilte die Gewinne aus. Er ließ sechs Münzen über das Zinkblech schießen. Jemand äußerte den Wunsch, auf eine exzentrische Art Wasser zu lassen. Ein anderer hatte dasselbe mit einem Furz vor. Man lachte und riß grobe Witze. Lucinda war nicht einsam. Sie drängte sich jetzt nach vorn, um ihren Einsatz zu machen, aber auch, um sich zu erkennen zu geben. Sie mußten wissen, daß sie hier war. Das bewahrte die Männer vor Peinlichkeiten. Sie hätte sich lieber nicht zu erkennen gegeben, aber sie durfte es nicht hinauszögern. Sie sah nicht in die Gesichter der Männer, als sie sich zwischen ihnen hindurchdrängte, um an das hell glänzende Quadrat aus eingefaßtem Zink zu kommen.

Sie sagte: »Entschuldigen Sie.«

Bis sie es merkten, dauerte es länger, als man hätte erwarten sollen, und das lag zum Teil am Alkohol, der dem Raum seine Unbeständigkeit verlieh, zum Teil aber auch daran, daß aller Aufmerksamkeit auf das Zinkquadrat gerichtet war, auf dem in dem Augenblick, den sie wählte, nichts von Bedeutung zu sehen war mit Ausnahme der roten Zahlen (1, 2, 3, 4), die durch das oftmalige Hin- und Herschieben von Münzen auf der bemalten Oberfläche verblaßt waren, bis sie fast Zahlengeistern glichen.

Schließlich spürten sie ihre Andersartigkeit, ihre Weiblichkeit. Sie merkte, daß die Körper zurückwichen. Wo eben noch heißes Gedränge gewesen war, fühlte sie jetzt eine beträchtliche und deutliche Abkühlung.

Aber sie war nicht einsam, und sie hatte keine Angst und war nicht schüchtern. Sie sah den Chinesen an: *Er* war einsam, und sehr jung, aber sie stellte das auf eine Weise fest, die ihre Fähigkeit zu Mitgefühl oder Anteilnahme nicht berührte. Was sie in Anspruch nahm, waren seine beringten Finger, der schwarze Blechbecher, die Messingmünzen, die roten, verkratzten Zahlen, und diese Dinge erfüllten sie, auch wenn sie lediglich Instrumente waren, mit der Erwartung eines großen, wenn auch mechanischen Vergnügens.

Sie setzte ein Zweischillingstück auf die Vier. Die Münze erhielt bald Gesellschaft von den üblicheren Kupfermünzen. Die Vier gewann. Lucinda fühlte sich von den anderen gemocht. Sie spürte das warme Pulsieren ihrer Anerkennung. Sie sprangen von kalt auf heiß. Es ging so schnell wie das Schlachten eines Hahns. Sie zeigte keine Dankbarkeit, aber sie begrüßte es. Sie war nicht einsam. Sie sah niemanden an. Sie spielte mit inspirierter Verwegenheit. Sie hatte das Gefühl, als könnte sie das Spiel durch ihren bloßen Willen steuern.

4, 3, 2, 4, 4, 4, 4, 1, 4, 3, 3, 3, 4, 1.

Sie gewann, bis sie in den Treibsand der letzten 1 geriet. Danach gelang es ihr nicht mehr, wieder ins Spiel zu kommen. Sie war aus dem Takt. Es gab einen verborgenen Rhythmus, den sie nicht hörte. Die Männer folgten ihr nicht mehr. Sie plazierten ihre Einsätze nicht mehr mit den Worten: »Dasselbe wie die Dame.« Aber sie zogen sich auch nicht von ihr zurück. Und als sie um drei Uhr morgens ihre Geldbörse schloß, hatte sie nicht mehr Geld als der Ärmste von ihnen. Die Börse war leer, vom Geld befreit, und enthielt nur noch das saubere, moirierte Seidenfutter. Sie fühlte sich leicht und rein wie Reispapier. Sie gestattete sich, ihre Mitspieler zu bemerken. Sie fühlte sich so schlaff wie eine Lumpenpuppe und vollkommen sicher.

Sie sah, daß der Geruch nach Schuhcreme zu einem Möchtegern-Gentleman gehörte, der einen Anzug mit zu kurzen Ärmeln trug, und daß nicht der Chinese ranzig roch, sondern ein ältlicher Mann mit grimmigen, buschigen, rötlich-blonden Augenbrauen und einem ausgeprägten schottischen Akzent. Dort drüben standen ein eigenartig aussehender alter Mann, der im Stil der zwanziger Jahre gekleidet war, und zwei junge Matrosen, die unmöglich älter als sechzehn sein konnten. Sie bemerkte auch einen Stich von Königin Victoria, der im tiefen Schatten an der Wand hing, und, direkt darunter, ein lebendiges, dreidimensionales

Gesicht, das ihr beunruhigend bekannt vorkam, obwohl sie nicht gleich sagen konnte woher.

Sie klappte ihre Börse wieder auf. Sie tat, als suchte sie etwas darin. In der Börse war, wie schon gesagt, nichts. Lucinda öffnete sie, um ihre Verwirrung zu überspielen. Sie kannte das Gesicht gut, fast sehr gut. Es gelang ihr, aus der bis eben noch leeren Börse einen Fahrschein für einen Londoner Omnibus zutage zu fördern. Sie sah auf und bemerkte, daß der Bursche ihr zuzwinkerte. Sie zerriß den Fahrschein und ließ die Fetzen auf den Boden fallen. Sie machte die Börse wieder zu. Sie stopfte die Börse in ihre Tasche. Sie spielte bereits mit dem Gedanken, ihre Hutnadel aus der Filzscheide zu ziehen, als ihr einfiel, wo sie dieses herzförmige Gesicht und das flammendrote Engelshaar zuletzt gesehen hatte.

»Oh je.« Sie drehte sich um, lächelte und streckte ihre Hand aus, wobei sie ganz vergaß, daß ein solches Verhalten an diesem Ende der George Street höchst ungewöhnlich war. »Nanu«, sagte die geheimnisvolle Frau und legte ihr strenges Gesicht so schnell ab wie ein Maler seinen Lappen. »Nanu«, sagte sie und ging auf meinen mit einemmal entsetzten Urgroßvater zu. »Nanu, Hochwürden Crab.«

Später schwor sie, Oscar habe seinen Mund sperrangelweit aufgeklappt. Sie beschrieb es ihm. Er war wie die Puppe eines Bauchredners, von der die lenkende Hand abrupt abgezogen worden ist, so daß das Ding zusammengesunken und ohne Rückgrat dasitzt und nicht fähig ist, auch nur einen Arm zu heben.

Die Stille, die sich nun über den kleinen Raum senkte, war nicht vollständig: Der Chinese begann, seinen Blechbecher und die Messingmünzen wegzuräumen. Welches Mißverständnis hier vorlag, war ganz klar: Er fürchtete, dies sei wieder einmal eine königliche Kommission zur Untersuchung illegaler Glücksspiele. Er glaubte, der junge Mann mit dem offenen Mund und den roten Haaren sei einer von diesen Priestern in den Kommissionen, die es darauf abgesehen hatten, nachzuweisen, daß sein Vater opiumsüchtig und seine Frau eine Prostituierte war. Er strich die Münzen in die Tasche seiner schlotterigen Jacke, steckte den Becher in die hintere Tasche und machte sich daran, mit dem Schatten an der Wand zu verschmelzen.

Der Raum leerte sich nicht sogleich. Es gab ein paar Männer, bei denen die Neugier die Angst überwog und die noch ein, zwei Minuten warteten und sich Gedanken über das Verhältnis zwischen dem Geistlichen und der Frau in dem Ölmantel machten. Höchstwahrscheinlich neigten auch sie schließlich zu der Auffassung, daß es sich um eine königliche Untersuchungskommission handelte. Jedenfalls blieben sie nicht mehr lange.

»Oh je«, sagte Lucinda. »Es tut mir leid.«

»Ich heiße nicht Crab.«

»Nein, nein. Es tut mir wirklich leid. Ich weiß auch nicht, wie ich auf diesen Namen gekommen bin.«

Das war gelogen. Sie wußte genau, wie sie darauf gekommen war: Sie hatte das Bild einer Krabbe vor sich gehabt, die seitwärts von einer roten Plüschbank zur nächsten kroch.

»Ich heiße Hopkins, nicht Crab«, beharrte er.

Ihr kam seine Reaktion zu gekränkt und humorlos vor. »Ich sollte mich vor allem für die Anrede ›Hochwürden‹ entschuldigen«, sagte sie.

Da lächelte er, und sie wußte wieder, wie sehr sie ihn gemocht hatte.

»Tja«, sagte er, schnippte eine Münze in die Luft und fing sie (patsch) zwischen der rechten Handfläche und dem linken Handrücken auf, »ich schätze, ich muß den Tatsachen ins Auge sehen: Meine Tarnung ist dahin. In London nimmt man es, wie Sie wohl wissen, nicht halb so genau. In der Drury Lane *erwarten* sie geradezu, daß hin und wieder ein Pfarrer kommt.«

»Sie könnten es bei Ah Moy versuchen.«

»Stimmt. Aber es ist so elend weit dorthin.«

»Es tut mir wirklich leid.«

»Ach«, sagte er, gähnte und reckte sich – sie konnte seine Mandeln sehen und seine glatte, rosige Mundhöhle, die erstaunlicherweise keine Spuren irgendwelcher Laster erkennen ließ –, »es ist schon besser so. Ich sollte Ihnen dankbar sein, Miss Leplastrier, daß Sie mich vor meiner Schwäche bewahrt haben.«

Sie hatten sich in Bewegung gesetzt und gingen nun linkisch, peinlich berührt, unentschlossen durch das Pak-Ah-Pu-Zimmer. Die Kunden waren alle gegangen, aber zwei Chinesen mit einer Leiter waren dabei, einen großen Union Jack an der Wand aufzuhängen. Sie verbeugten sich höflich, obwohl dies eine Bewegung war, die sich auf einer wackeligen Leiter nur unter Schwierigkeiten ausführen ließ. Einer von ihnen verlor das Gleichgewicht, oder vielleicht sprang er auch absichtlich. Er war ein behender alter Mann, der bei der Landung nur ein ganz leises »Uff« ausstieß; er begleitete sie zur Tür auf die George Street und wünschte ihnen dabei vielmals höflich eine gute Nacht.

»Das ist eine gefährliche Sache, auf die Sie sich da einlassen, Miss Leplastrier«, sagte Oscar, als die Tür hinter ihnen verriegelt worden war und sie allein auf der dunklen, vom Regen glänzenden Straße standen. »Sie wissen doch, daß wir kaum eine Minute vom ›Crooked Billet Inn‹ entfernt sind, wo dieser Kerl neulich die Pistole gekauft und den armen Kinder damit so aufs Kreuz gelegt hat, daß der sich mit dem Ding erschossen hat? Haben Sie einen Wagen? Ich bin leider auf Schusters Rappen hier.«

»Haben Sie denn keine Pfarrstelle?«

»Eigentlich wollte ich keine. Aber der Bischof hielt überhaupt nichts von Missionsarbeit. Er hat mir die Pfarrei Randwick zugewiesen (die viel zu gut für mich ist), und dazu gehörten ein herrlicher Wagen und ein Wallach namens Prince. Unglücklicherweise habe ich auf schlechte Ratgeber gehört.«

Lucinda fror und hätte lieber bei einer Tasse Kakao zu Hause gesessen, aber sie konnte ihn bei diesem Wetter nicht vier Meilen zu Fuß gehen lassen. Sie mußte ihn zum Pfarrhaus fahren, das in genau der entgegengesetzten Richtung von ihrem Haus lag. Sie sah ihn wachsam und distanzierter an, als es ihre Gewohnheit war, während er vor ihr stand, die langen Arme in der feuchten Hafenluft schwenkte und in diesem unschuldigen, gehobenen Englisch erklärte, wie es dazu gekommen war, daß er Pferd und Wagen (beides bereitgestellt vom Vorstand der Gemeinde Randwick) auf der Rennbahn an einen gewöhnlichen Tipgeber verloren hatte, der, wie sich am nächsten Sonntag herausgestellt hatte, noch dazu ein Gemeindemitglied war. Sie war von seiner Unschuld bezaubert und gleichzeitig entsetzt darüber, und dies eben war es auch, was sie verwirrte, denn sie wußte nicht, ob seine Naivität echt oder lediglich eine Tarnung war, hinter der sich ein verrückter oder gar krimineller Mensch verbarg.

Sie fuhr ihn hinaus nach Randwick, und während der Fahrt gelang es ihnen, die gerade erst verheilte Wunde ihrer Reise mit der *Leviathan* nicht zu berühren. Als er ihr ein Spiel vorschlug, ertappte sie sich dabei, daß sie ihn, wider bessere Einsicht, fragte, ob er einen Schuldschein akzeptieren würde.

65
Bischof Dancers Frettchen

Bischof Dancer war ein Mann, den Sie sehr schnell verstanden hätten, wenn Sie ihn an einem Samstag in Camden hätten sehen können, wo er sich, angetan mit einem roten Jagdrock und hohen schwarzen Stiefeln, hinunterbeugte, um sich ein Glas heißen Grog als Satteltrunk geben zu lassen. Er hatte ein gutaussehendes, gerötetes Gesicht, das inzwischen bis zum Scheitelpunkt seines Schädels reichte. Die Haare, die er noch hatte, klammerten sich an die Seiten und den Hinterkopf; sie waren dünn und weiß und, wie sein Bart, kurz geschnitten. Ohne die Mitra hätten Sie ihn wohl für einen Landjunker gehalten. Er hatte kräftige Oberschenkel und breite Schultern, und man konnte zwar sehen, daß der Mann einen Bauch hatte, aber das war nicht einer von diesen Kopfkissenbäuchen, sondern ein fester, harter Bauch. Er saß gut zu Pferde, und das, auf dem er nun saß, war ebenfalls ein schönes Exemplar – einen Meter zweiundsechzig Bandmaß, und kein einziges Arbeitspferd unter seinen Vorfahren.

Dancer konnte selbstverständlich keine Geistlichen dulden, die auf der Rennbahn bekannt waren und Pferd und Wagen verspielten, weil sie gehört hatten, dieses oder jenes Pferd werde »sich lang machen«. Sydney – eine korrupte Stadt – war zu puritanisch, um dergleichen durchgehen zu lassen. Hätten Sie Bischof Dancer diese Geschichte jedoch nach dem Abendessen erzählt, so hätte er sie komisch gefunden. Er hatte im Grunde seines Herzens überhaupt nichts gegen Pferderennen und überließ diesbezügliche Strafpredigten den Baptisten und Methodisten. Die wahre Anglikanische Kirche, so hätte er gedacht (wenn auch nie laut gesagt), war eine Kirche der Gentlemen. Und Gentlemen geraten eben manchmal in Schulden.

Er hatte Oscar nach dessen Ankunft einem genauen Verhör unterzogen. Er hatte ihn alle Gangarten durchexerzieren lassen und diesen Zappelphilipp so streng geprüft wie einen Examenskandidaten aus Cambridge. Er suchte nach Anzeichen für diese liberale Broad-Church-Ketzerei, konnte aber keine finden: Oscar akzeptierte die jungfräuliche Empfängnis, die körperliche Auferstehung, die Speisung der Fünftausend. Der Bischof vernahm seine Ansichten über die Schöpfungsgeschichte mit leichtem Unbehagen, aber es war politisch nicht mehr opportun, um dieses Thema viel Wind zu machen. Er schmeckte jedoch bald Oscars evangelisch orientierten Hintergrund heraus. Unter normalen Umständen hätte er so etwas niemals hingenommen. Er verabscheute diese Prediger mit ihrer stampfenden »Verzückung«. Die schmucklose Schlichtheit, der sie das Ritual unterwarfen, gefiel ihm nicht, und von dieser Einstellung fand sich vieles in Oscars Haltung. Bischof Dancer war höchst erfreut darüber. »Dieser Bursche«, sagte er zu sich, »wird mein Frettchen draußen in Randwick sein.« Und als er das dachte, stellte er sich Oscar geradezu bildlich als ein Frettchen vor, dessen langer weißer Hals in einem Erdloch verschwindet.

Er fragte den unordentlichen Bewerber, was er von Kerzen auf dem Altar hielt. Oscar fand, daß sie nur zur Beleuchtung entzündet werden sollten. Er fragte ihn nach seiner Ansicht über das Ornat. Oscar meinte, ein schlichter Chorrock sei vertretbar, er selbst bevorzuge jedoch eine einfache schwarze Soutane. Er fragte ihn nach der Kniebeuge. Oscar gestand, daß diese Praxis ihm Unbehagen bereite.

Bischof Dancer wurde richtig herzlich. Er lud den jungen Mann ein, zum Lunch zu bleiben. Er ließ ihm Rindfleisch vorsetzen, das allerdings kalt war, und war nicht einmal leicht beunruhigt, als Oscar seinen Bordeaux ablehnte. Das würde ihnen Spaß machen da draußen in Randwick, diesem Nest von Puseyanern mit ihrem papistischen Ritual. Es würde einen erstklassigen Krach geben, aber er würde Sieger bleiben. Er mußte Sieger bleiben. Denn er hatte, infolge einer jener Ungewöhnlichkeiten, die diese Diözese so interessant machten, das Recht, den Amtsinhaber selbst zu ernennen. Wenn das der Gemeinde von Randwick nicht paßte, konnte sie ja zur römisch-katholischen Kirche übertreten. Sie würde jedenfalls keinen Pfarrer bekommen, der den Gottesdienst in weißer Seide und rotem Satin abhielt. Der hier war zwar ein nervöses Bürschchen, fand Bischof Dancer, würde in dieser Frage aber unnachgiebig bleiben. Er würde nicht anfällig für Puseyaner sein, höchstens für Missionare. Selbst beim Lunch brachte er noch einmal seine Bitte zur Sprache, er möge »ins Hinterland« geschickt werden (wo immer das sein mochte – wenn man ihn danach fragte, wußte er keine Antwort). Bischof Dancer antwortete ihm unverblümt, Missionsarbeit sei reine Zeitverschwendung. Die Eingeborenen stürben wie die Fliegen, und wenn er daran zweifle, solle er sich nur einmal auf den Straßen von

Sydney umsehen, Mann, und sich ein Bild von der Verfassung der Exemplare machen, die man dort antraf. Das Feld sei übersättigt mit Missionaren, und im Kampf darum, wer den »armen Teufeln« mehr Decken schenken könne, stünden die Methodisten in scharfer Konkurrenz mit den Baptisten. Er solle die Eingeborenen den Renegaten überlassen, riet ihm Bischof Dancer. Gott habe Arbeit für ihn in Randwick.

Oscar kam nicht auf den Gedanken, ein Bischof könnte ihn belügen. Er schluckte Dancers Geschichte und schrieb sie sogar an Theophilus, der in der *Times* für ihre weitere Verbreitung sorgte. Durch diese Leichtgläubigkeit ließ Oscar es zu, daß man ihn fast in die unmittelbare Nachbarschaft der berüchtigten Rennbahn von Randwick beorderte. Er war Bischof Dancers Frettchen, aber es waren nicht Keble, Pusey und Newman, die ihm in seinem neuen Pfarrbezirk die größten Aufregungen bereiteten, sondern Volunteer, Rioter, Atlanta, Mnemon und Kildare.

66
St. John

Sydney war eine gleißende Stadt. Er mußte die Augen zusammenkneifen. Die Geschichten aus dem Evangelium lagen über dem abweisenden Land wie Zeitungen auf einem gebohnerten Fußboden. Sie rutschten, sie glitten zur Seite, sie verbanden sich nicht mit dem, was unter ihnen war. Es war eine Stadt ohne Moos oder Flechten, und die Menschen, die sich abmühten, sie bewohnbar zu machen, waren wie Soldaten, die in felsigem Gelände unter Beschuß genommen wurden. St. John in Randwick war aus roten Ziegelsteinen und sehr weißem Mörtel gebaut. Der feine Lehmstaub, der auf allem, sogar auf der Zypressenhecke neben dem Pfarrhaus, lag, konnte den Eindruck, den die Kirche machte, nicht mildern. Sie schien aus lauter scharfen Kanten zu bestehen, wie ein von Sträflingen gebrochener Stein.

Er war bereit gewesen, seiner Herde zu dienen, hatte jedoch feststellen müssen, daß diese Leute die Produkte dieser Landschaft waren. Sie schlossen ihn nicht in die Arme, sondern hielten auf Abstand. Er fand das, was sie sagten, so geradeheraus wie einen Dachdeckernagel. Sie fanden das, was er sagte, konfus und seine Schlußfolgerungen so verworren wie das Ende eines falsch gewickelten Wollstrangs.

Sie warnten ihn vor Schlangen und Spinnen und rieten ihm, die Fenster nachts geschlossen zu halten. Er suchte den Fehler bei sich selbst. Er ließ seine Haushälterin Teegebäck backen und lud die Mitglieder des Gemeindevorstandes zum Tee ein. Sie saßen steif auf ihren Stühlen, und ein Gespräch wollte nicht in Gang kommen. Er kam sich jung, unzulänglich, unerfahren vor. Er fragte sie nach Gemeindemitgliedern, aber wie es schien, wußten sie so gut wie nichts. Erst als er fragte, ob es in der Gemeinde Eingeborene gebe, zeigten sie, daß sie lächeln konnten.

Sie wußten, daß er Dancers Mann war. Sie warteten ab und beobachteten ihn. Sie fanden seine Form des Gottesdienstes so reizvoll wie ein Stück Brot ohne Butter.

Er betete zu Gott, Er möge ihm den Schlüssel zu ihren Herzen geben. Außer beten und Predigten schreiben hatte er nichts zu tun. An den langen Winternachmittagen lauschte er auf das Donnern der Pferdehufe. Er schickte seine sechzehn Kladden mit Aufzeichnungen an Mr. Stratton und schwor, sich nie wieder auf ein Glücksspiel einzulassen. Das hatte er Gott während jenes schrecklichen Sturms versprochen. Mr. Stratton hatte Grund genug zu wetten – er nicht. Für seine Kleidung und seinen Lebensunterhalt wurde gesorgt. Das Haus war groß genug für eine achtköpfige Familie. Er erhielt dreihundert Pfund pro Jahr und hatte eine Haushälterin, die ihm jeden Abend Hammelfleisch vorsetzte. Er brauchte keinen Reichtum. Er begehrte nichts.

Die Pferde donnerten durch den Nachmittag. Im April war die Bahn hart, aber im Mai, wenn der Regen kam, wurde sie weicher. Er hielt Predigten gegen die Spielleidenschaft.

Es war Mrs. Judd, seine Haushälterin, die ihm von diesen Predigten abriet und von den »großzügigen Herren« erzählte, die nicht nur in die Kirchenkasse spendeten, sondern auch auf der nahegelegenen Rennbahn Wetten annahmen. Diese Information verschaffte ihm die Ausrede, die sein durchtriebenes Spielerhirn brauchte. Er mußte auf die Rennbahn gehen und sich selbst ein Bild machen.

Da er bei Männern, gegen die er gepredigt hatte, keine Wetten abschließen konnte, mußte er sich mit einer Reihe von Boten, Laufburschen, Tipgebern und Halunken einlassen, die mit seinem Geld verschwanden und nur ausgesprochen wenig wieder zurückbrachten. Er hielt sich an kein System. Er hatte »bloß ein bißchen Spaß«, so wie ein Raucher vielleicht »bloß eine« geschnorrte Zigarette raucht. Die Tipgeber und Laufburschen führten ihn schließlich zu den fliegenden Two-Up-Runden, die in fünf Hotels veranstaltet wurden, welche, aufgereiht wie die Perlen in der Halskette des Teufels, zwischen Randwick und St. Andrews lagen. In der George Street gab es Fan-Tan-Klubs. Unten in Paddington konnte man in den Tavernen bei Swy und Poker und jedem anderen Kartenspiel, das man sich nur vorstellen konnte, mitmachen. Oscar hatte noch nie eine solche Spielleidenschaft gesehen. Sie beschränkte sich nicht auf bestimmte Klassen oder Menschentypen. Das Spielen schien die Hauptbeschäftigung in der Kolonie zu sein.

Er war verwirrt und hatte Heimweh. Er war von Feinden umgeben, und Sie finden vielleicht, er hätte, wenn er schon so versessen darauf war, mit Miss Leplastrier Rommé zu spielen, wenigstens soviel Verstand haben können, die Vorhänge zuzuziehen. Er war nicht so arglos, daß er von diesen Feinden nichts wußte, und doch fand er es falsch, daß er ein solches Wissen besaß. Obwohl er also nicht unberührt davon war, hatte er das Gefühl, als wäre es irgendwie von magischer Bedeutung, so zu tun, als wüßte er von nichts. Er zog die Vorhänge nicht zu.

»Hm«, flötete er in seinem Sessel und schien nur aus Knien und Ellbogen zu bestehen, »wie *nett.*«

Lucinda Leplastrier hielt sich nicht für eine Snobistin, aber sie hatte von ihrer Mutter einen starken Widerwillen gegen das Wort »nett« in dieser Bedeutung geerbt. Es klang eigenartig. Es paßte nicht zu seiner gebildeten Aussprache. Ohne es zu wollen, verglich sie ihn mit Dennis Hasset, mit dem Ergebnis, daß alles, was Oscar tat, unreif und frivol wirkte.

Und doch: Wenn man ihm beim Kartengeben zusah, mußte man einfach den Eindruck bekommen, daß das alles vielleicht bloß eine Pose war. Es paßte nicht.

Er war nicht vulgär, aber die Einrichtung des Pfarrhauses war es in höchstem Maße, und sie konnte nicht glauben, daß er inmitten all dieser Dinge leben und unempfindlich dafür sein konnte. Der Teppich hatte ein kantiges Muster, groß genug, um einem das Gefühl zu vermitteln, man könnte darüber stolpern. Es war in einem satten, schreienden Grün gehalten. Der marmorne Kaminsims sah aus, als wäre er von Handwerkern bearbeitet worden, die sich besser auf die Anfertigung von Sarkophagen verstanden, und der Spiegel darüber war mit grüner Gaze verhängt, damit die Fliegen keine Flecken darauf hinterlassen konnten. Es gab zu viele Sessel, nämlich neun, nicht gerechnet das Sofa, auf dem sie saß, und der große Ohrensessel, in dem er zu hocken schien, wobei er sich so begierig vorbeugte, daß sie sich regelrecht zurückgestoßen fühlte. Bei den Sesseln war es die Farbe. Sie waren in einem leuchtenden Ton gehalten, einem Blau, das eines Eisvogels würdig gewesen wäre, und während es diesem Vogel zweifellos gut stand, war es keine Farbe, die zu dem Teppich paßte. Als der Gemeindevorstand so extravagant hatte arbeiten lassen, hatte niemand daran gedacht, daß die grelle Sitzgruppe auf einem grellen Teppich würde stehen müssen.

Sie konnte ihn nicht heiraten.

Natürlich hatte er nicht um ihre Hand angehalten, aber manchmal, wenn sie an ihre Begegnung zurückdachte, hatte sie es bereut, daß sie auf sein Abschiedslächeln nicht reagiert hatte. Sie brauchte sich nur das häßliche und nicht zueinander passende Sammelsurium von Tischchen anzusehen – Eiche, Ahorn, Zeder –, um zu erkennen, daß sie kein schlechtes Gewissen haben mußte.

An den Wänden hingen Bilder, allerdings keine Gemälde, sondern »Chromos«. Das einzige, was sie mit ihm verband, war eine gemeinsame ernstzunehmende Schwäche, auf die sie nicht stolz war. Und es ist unwahrscheinlich, daß sie – einsam oder nicht – seine Gesellschaft noch einmal gesucht hätte, wäre es nicht zu dem folgenden Zwischenfall gekommen.

67
Der Messias

Die Haushälterin in Randwick war eine gewisse Mrs. Judd, die, hätte sie nicht ihre Gründe gehabt für den Wunsch, die Böden zu wischen und den Herd zu schwärzen und die Fliegen zu erschlagen, welche zwischen der orangefarbenen und der lila Fensterscheibe im großen Wohnzimmer in der Falle saßen, ebensogut hätte zu Hause sitzen und Pralinen essen können. Die Judds waren reiche Mitglieder der Gemeinde. Mr. Judds Vater war vielleicht – oder vielleicht auch nicht – als Sträfling nach Australien gekommen, sein Sohn aber war ein erfolgreicher Fuhrunternehmer, Besitzer von Fuhrwerken aller Art, die durch die ganze Kolonie fuhren, eines Schiffes, das den Handel an der Küste bediente, und eines herrschaftlichen Hauses in Randwick. Er war ein vierschrötiger Mann, und obwohl er an der Hüfte behindert war – was seinem stämmigen Körper eine leichte Neigung nach Steuerbord verlieh und den Eindruck erweckte, als trüge er einen unsichtbaren Sack auf den breiten Schultern –, packte er noch immer genauso zu wie die Männer, die für ihn arbeiteten. Er hatte nicht nur dafür gesorgt, daß seine Frau sich um den Haushalt im Pfarrhaus von St. John kümmerte, sondern inspizierte es auch hin und wieder selbst. Er hatte das Gefühl, als gehörte das Haus ihm, und das kam nicht von ungefähr: Mit seiner Spende war der größte Teil davon bezahlt worden, und es war sein Geschmack (oder der seines Polsterers), der für die Inneneinrichtung verantwortlich war. Wenn ein Dachziegel locker oder herabgefallen war, kümmerte sich Mr. Judd persönlich darum, und zwar nicht, indem er einen Dachdecker kommen ließ, sondern indem er auf das Dach stieg und den Schaden selbst behob. Er war ein rauher Mann, aber für die Kirche hatte er eine Menge übrig. Und im Zentrum des Irrgartens seiner Liebe zu dieser Institution lag jenes eine Ding: Er hatte einen schönen Bariton, und darauf war er stolz.

Jedes Jahr wurden in Randwick alle möglichen Gottesdienste veranstaltet, bei denen berühmte Werke geistlicher Musik – beispielsweise der *Messias* – aufgeführt wurden, und dann fühlte sich dieser rauhe, streitlustige Mann in etwas Reines verwandelt – in gesponnenes Gold aus Mr. Händels Feder. Das war der Grund, warum er die Kirche liebte und sich gewohnheitsmäßig vor jenem Menschen demütigte, der es ihm ermöglichte, diese großen Augenblicke zu erleben: dem Pfarrer.

Bislang hatte noch niemand mit Oscar über den *Messias* gesprochen. Kurz vor seiner Ankunft war die Matthäuspassion aufgeführt worden. Danach war viel zu tun gewesen, um alles für den neuen Pfarrer herzurichten, und niemand hatte den *Messias* erwähnt. Mr. Judd konnte das Thema nicht selbst anschneiden. Das hätte so ausgesehen, als wäre er eitel. Und doch spürte er, daß die Aufführung gefährdet war. Er hatte gehört, daß Bischof Dancer für Händel nichts übrig hatte, aber andererseits erzählte man sich auch das genaue Gegenteil. In den meisten Dingen war Mr. Judd ein direkter Mann. Er hielt nichts von diesem weitschweifigen Herumgerede, das das Kennzeichen der tonangebenden Schichten war. Aber in dieser besonderen Angelegenheit steckte zuviel von seinem Herzen. Er schaffte es nicht, dem Pfarrer die einfache Frage zu stellen, die ihn so beschäftigte. Statt dessen demütigte er sich. Er hackte Holz und trug es persönlich zur Brennholzkiste. Er kratzte den alten Anstrich von den Fensterläden, schliff sie bis auf das nackte Holz ab und strich sie neu. Während sich die anderen Mitglieder des Gemeindevorstands abseits hielten und mit Worten geizten, war Mr. Judd beflissen und freundlich und versuchte, den storchenbeinigen Neuen in ein Gespräch über Musik zu verwickeln.

Doch Oscar bekannte lächelnd, er sei völlig unmusikalisch und könne beim Thema Musik genausowenig mitreden wie beim Thema Merinozucht – sofern das überhaupt ein Thema sei. Er wollte über die Eingeborenen sprechen. Mr. Judd nicht; er schliff die Fensterläden schweigend ab. Bald brannte ihm seine Frage so unter den Nägeln, daß er sich – Eitelkeit hin oder her – gezwungen sah, die musikalischeren Gemeindemitglieder zu befragen, was sie von der Einstellung des neuen Pfarrers hielten. Zu seiner Bestürzung mußte er feststellen, daß die Wetten gegen Händel standen. Dies war Bischof Dancers Mann. Man brauchte sich doch bloß sein Ornat anzusehen. Dieses Jahr würde es keinen Händel geben, Matty, ach Gott, nein.

Mr. Judd kam und stutzte die Hecke und kehrte mit seiner Frau an einem Freitagmorgen um sechs Uhr zurück, um das Laub zusammenzufegen. Er war tiefunglücklich. Und – es überkam ihn stoßweise, in Anfällen, wurde weggeschickt und wieder zurückgeholt – er war auch wütend.

Er war überrascht, daß Licht brannte und die Fensterläden nicht geschlossen waren. Er sagte seiner Frau, sie solle auf dem Weg warten, während er – ganz leise – auf die Veranda stieg und verstohlen durch das Fenster sah.

Sie wissen ja, was er da sah.

Es lag auch Geld auf dem Tisch. Auch dies sah er. Er sah eine Frau, Karten, Geld. Das war der Augenblick, in dem er anfing, an die Scheibe zu hämmern.

68
Schwerer Schaden

Sie werden – es sei denn, Sie haben höchst eigentümliche Lesegewohnheiten – mit dem Wort »Mittwochsmorde« wahrscheinlich nichts anzufangen wissen. Die Leute aus der Generation meiner Großeltern sprachen noch von ihnen, aber heutzutage sind sie vergessen. Der Name bezieht sich nicht auf das auffallendste Kennzeichen dieser Morde, sondern lediglich auf den Umstand, daß die ersten beiden an zwei aufeinanderfolgenden Mittwochabenden begangen wurden. Der Mörder ließ sich jedoch nicht so leicht in eine Schablone pressen und mordete von da an auch dienstags (das dritte Opfer) und sonntags (das vierte). Dennoch – und das möge allen, die mit der Presse zu tun haben, eine Lehre sein – blieb der Name haften.

Angesichts der Blutrünstigkeit dieser Morde könnte man es für seltsam halten, daß Lucinda, ganz gleich, wie einsam sie sich fühlen mochte, ihr Haus überhaupt verließ, oder man könnte ihr, sofern man diese Seltsamkeit akzeptiert, großen Mut attestieren, wenn man erfährt, daß sie ohne Begleitung durch damals noch größtenteils unbeleuchtete Straßen gefahren war. Außerdem war sie sich der Gefahr, die von dem Mörder ausging, durchaus bewußt. Sie wußte, daß er aller Wahrscheinlichkeit nach ein Metzger oder – dies vermuteten die Zeitungen – ein gescheiterter Metzgerlehrling war. Das war keine rührselige Geschichte, keine Erfindung der Sensationspresse. Die Ausführung der Morde, die Art, wie die Schnitte angesetzt, die Leichen zerteilt und Knochen freigelegt waren, deutete klar darauf hin.

Man konnte nicht allein leben, ohne sich in Gedanken mit den Mittwochsmorden zu beschäftigen, und wenn ihr Hausmädchen bei Einbruch der Dunkelheit nach Hause ging, war Lucinda nicht einfach allein, sondern allein auf einer Halbinsel, in einem windumwehten Haus, wo die Bodendielen zuweilen laut stöhnten und die Balken – oder waren es die Nägel in den Balken? – unerklärliche Geräusche von sich gaben. Allein mit ihrer nervösen Katze, erfüllte dies Lucinda manchmal mit einer solchen Angst, daß sie nicht aus ihrem Sessel am Ofen aufstehen konnte, nicht einmal wenn die Kohlenschütte leer und es drei Uhr morgens und so kalt war, daß sie ihren Atem sehen konnte. Daher waren eben jene Ausflüge, die uns so mutig erscheinen mögen, in ihren Augen höchst feige: Sie floh nicht nur vor der Einsamkeit, sondern auch vor der Angst. Auf der Straße glaubte sie sich sicherer als zu Hause, in einem Fan-Tan-Salon sicherer als im Bett. Und wenn ihre hohe Meinung von Oscar durch sein egoistisches Betragen an Bord der *Leviathan* auch schweren Schaden genommen hatte (was sich in der unverhältnismäßigen Verärgerung über die Spitzigkeit seines Ellbogens äußerte oder über die Art, wie sich seine Hosenbeine hochschoben und einen knochigen weißen Unterschenkel entblößten, mit roten Druckstellen wie Hochwassermarken, welche die Strumpfhalter über den hinuntergerutschten Strümpfen hinterlassen hatten), so war sie doch recht zufrieden, diese Stunden mit ihm verbringen zu können, oder jedenfalls nicht so verstimmt, wie sie es sich gestattet hätte, wäre der Mittwochsmörder nicht immer noch auf freiem Fuß gewesen. Sie wartete auf den Tagesanbruch.

Er sagte ihr, seine Kaminuhr – ein riesiger Apparat, dessen Innenleben aus Messing zu sehen war – gehe zehn Minuten vor. Sie zweifelte nicht an der protzigen Unzuverlässigkeit der Uhr und fühlte sich durch den Himmel draußen besser informiert. Nach ihrer Schätzung war es fast sechs Uhr. Es hatte ihr gefallen, wenn auch nicht auf jene persönliche Art wie an Mr. Borrodailes Tisch. Damals hatte ihr *Oscar* gefallen, und sie hatte ihrem Geist erlaubt, sich allerlei hübsche Phantasien auszudenken. Sie hatte sich vorgestellt, Oscar sei ein von Mr. Rossetti gemalter Engel. Das war, bevor er sich als so gedankenlos erwiesen hatte. Aber Rommé war ein Spiel, das man auch mit Wildfremden spielen konnte, mit einem Maskierten, ja sogar (dachte sie) mit einem ausgeklügelten Apparat. Mit nichts in der Tasche war sie gekommen, und jetzt besaß sie fast fünf Pfund – sie lagen in Scheinen und Münzen vor ihr. Sie hatte ihm das Geld langsam abgenommen und festgestellt, daß diese Tätigkeit genauso befriedigend war wie verbogene Nägel aus alten Balken zu ziehen. Sie hatte es ebenso genossen wie die schwindelerregende Leichtigkeit, die sie gespürt hatte, als sie beim Fan-Tan verlor. Sie kam gar nicht auf den Gedanken, daß sie ihn in Wirklichkeit vielleicht bestrafen wollte.

Sie war nicht müde. Sie konnte es sich nicht leisten, müde zu sein. Sie hatte noch Zeit, nach Hause zu fahren und zu baden, bevor sie mit Mr. Rolls, einem kürzlich aus Melbourne eingetroffenen Bauunternehmer, den Tee nahm. Sie begann, ihren Gewinn einzustreichen. Damals waren die Scheine größer. Man bekam etwas Greifbareres für seine Mühen. Wenn man eine Pfundnote aus der Tasche zog, hielt niemand sie für ein Zigarettenpapier oder – falls man nicht zur Arbeiterklasse gehörte – für eine Visitenkarte. In diesem Augenblick, als Lucinda begann, diese triumphierend großen Geldscheine zusammenzulegen, preßte Mr. Judd sein vierschrötiges Gesicht an die Fensterscheibe. Er war in seiner Jugend Boxer gewesen, und das hatte sein Gesicht ein wenig aus dem Gleichgewicht gebracht: Die Nase war ein ganz kleines bißchen zur Seite gerückt, die Ohren hatten keine Ähnlichkeit miteinander. Wenn man ihn kannte, wußte man, daß er ein eigenartig weiches Wesen hatte, und wenn seine Handrücken auch zerschrammt und die Handflächen schwielig waren, so mußte man doch feststellen, daß er mit zarten Dingen zart umging – ich denke dabei an die Musik. Man kann sich jedoch leicht vorstellen, daß ein solches Gesicht ohne eine angemessene Einführung, ich will nicht sagen: wie das eines Mörders, aber doch beängstigend wirken konnte.

Lucinda hätte die Qualität des Fensterglases berücksichtigen sollen. Es war kein Tafelglas, sondern Mondglas von uneinheitlicher Dicke und mit einer gelblichen Verfärbung, die auf Salze im Sand zurückzuführen war. Man könnte sagen, sie hätte wissenschaftlicher reagieren sollen. Aber das tat sie nicht. Sie sah ein Metzgergesicht mit buschigen Augenbrauen. Sie sah eine unnatürlich gelbe Schweineschnauze. Daß das Gesicht teilweise hinter einem beschlagenen Stück Fensterscheibe verborgen war, ließ es nicht weniger schreckenerregend erscheinen.

Sie konnte nicht schreien.

Sie stieß einen Laut aus, den man ungefähr so wiedergeben könnte: »Erg.«

Oscar lächelte unsicher.

»Erg.«

Sie machte ihn ohnehin nervös. Sie konnte besser griechisch. Sie schien sich in der Theologie gut auszukennen. Sie lächelte nicht so leicht. Sie spielte Karten mit einer Geschicklichkeit und kühlen Eleganz, die ihn schockierte. Er mochte ihren Duft. Er wußte nicht, wie er mit ihr umgehen sollte, und als sie ihn anstarrte und »Erg« sagte, wurde er unsicher.

»Tja«, sagte er und mischte die Karten. »Tjajaja.« Er führte seinen Kartenmisch-Trick vor. Den hatte er sich selbst beigebracht, auch wenn er ihn in einer »Spielhölle« in der Jermyn Street gesehen hatte. Dort hatte ihn ein sehr betrunkener und zerbrechlich wirkender Schauspieler vorgeführt, der beim Kartenmischen eine fließende Brücke machen konnte, die fast einen Meter lang war. Das hatte Oscar lange geübt. Er glaubte, das könne Stoff für eine Unterhaltung abgeben.

Mr. Judd sah die Brücke und konnte nicht mehr an sich halten.

Er hämmerte.

Oscars Gesicht reagierte genauso wie vorhin, als Lucinda ihn mit »Crab« angesprochen hatte. Es verlor Festigkeit und Farbe. Die Muskeln unter seiner Kopfhaut zogen sich zusammen und ließen alle Haare strammstehen. Er öffnete den Mund, und Lucinda kam diesmal nicht in den Genuß eines sauberen rosigen Tunnels und der kleinen Spitze der Epiglottis, sondern einer halb zerkauten Kokosmakrone, die, mitten im Prozeß der Einspeichelung, in der Mundhöhle hing.

Aber dann drehte er sich natürlich um und entdeckte Mr. und Mrs. Judd.

Lucinda konnte nicht wirklich glauben, was sie ihn jetzt tun sah. Die unfreundliche Haltung der Eindringlinge war völlig offensichtlich, doch der schlaksige Pfarrer erhob sich, wischte sich den Mund mit seinem Taschentuch ab, ging zum Fenster, öffnete es und ließ sie ein. Nein, sie traten nicht ein, nicht gleich jedenfalls, aber die Stimme des Mannes drang in den Raum ein, und Lucinda hatte nicht genug Zeit, den Klang der Stimme von ihrem Schreckbild zu trennen, konnte die moralische Entrüstung nicht entziffern und hatte das Gefühl, als würde sie unter einer feindseligen Welle von nach Tabak stinkender Wut begraben.

»Mr. Judd«, hörte sie ihren Gastgeber sagen. »Mrs. Judd. Bitte, kommen Sie doch herein.«

Hereinkommen? Lucinda konnte es nicht fassen. *Herein*kommen? Ihre Hand war an ihrem Hut und tastete nach dem erbsengroßen Silberknopf am Ende der Hutnadel. Sie dachte an die Eigenschaften von Glas, und zwar nicht an seine Neigung, sich gelb zu verfärben, wenn der Sand Salze enthalten hatte, sondern an seine Bereitschaft zu zerbrechen, in Scherben zu zerfallen, die in Form von Halbmonden, Krummsäbeln, Stiletten, Dolchen, Schlachtmessern auf dem Teppich liegen, eine Waffensammlung in Puzzle-Form, die darauf wartet, aus der Fensterscheibe, die sie gefangenhält, befreit zu werden – und als Schlüssel braucht es bloß einen Kieselstein, eine Münze, ein Stück Kohle.

»Bitte«, sagte Oscar, klatschte in die Hände und rieb sie aneinander, »bitte, kommen Sie doch herein.«

Lucinda nahm ihren Hut ab und versteckte die Nadel hinter ihrem Rücken. Oscar trat zurück, und die beiden Judds – die zweite mit größeren Schwierigkeiten: Sie war nicht nur stattlich, sondern auch durch ihre Röcke behindert – stiegen von der Veranda über die Fensterbank in den Salon.

Oscar sah ihnen mit fast ebensoviel Verwunderung zu wie Lucinda. Er war so nervös, daß er sich kaum bewußt war, was er gesagt hatte. Obwohl es ja stimmte, daß er die Judds gebeten hatte hereinzukommen und dabei auf der einen Seite eines geöffneten Fensters stand, während sie sich auf der anderen Seite befanden, hatte er damit nicht gemeint, daß sie sein Fenster als Eingangstür benutzen sollten. Und doch – er gestand es sich später selbst ein, als er über sein Tun nachdachte, sich stöhnend setzte und mit der geballten Rechten auf seine linke Hand schlug – war er es gewesen, der einen Schritt zurücktrat, und dieses Zurücktreten war gewissermaßen so gewesen, als zöge man einen Magneten von einem Nagel zurück, denn man muß, wenn man auch nur ein bißchen über die Naturgesetze Bescheid weiß, damit rechnen, daß der Nagel dem Magneten folgt, und es hat gar keinen Zweck – sein Vater hätte ihm das bestätigt –, seine Unschuld zu beteuern, wenn man doch weiß, daß das ein Gesetz ist, ein namenloses Gesetz zwar, aber dennoch ein Naturgesetz: Wenn eine solche Konzentration von Energie vorliegt und alle Vektoren auf eine Person gerichtet sind und diese Person »Kommen Sie herein« sagt und gleichzeitig zurücktritt, dann wird das Objekt der Aufmerksamkeit, wie Wasser auf einer schiefen Ebene, den Weg des geringsten Widerstandes nehmen und eben eintreten.

Nun war Mr. Judd sich nicht bewußt, daß er einem Naturgesetz gehorchte. Er hatte keine Ahnung von Physik. Er kannte sich mit Jute und Sackleinen aus, mit Kleie und Hafer, mit Joch und Deichsel und Zugketten, er wußte, wie lang das Gras an der Straße von Sydney nach Yass war, aber er wußte nichts von den Kräften, die ihn vorwärtszogen. Er war entsetzt, als er sich auf dem erstklassigen Bradford-Wollteppich des Pfarrers wiederfand. Er blickte hinab auf seine Stiefel und bemerkte, daß der rechte nicht richtig zugebunden war und am linken Schmutz und Blätter klebten, und dann wandte er den Kopf und sah, daß seine

Frau – Gott steh mir bei! – versuchte, ihm zu folgen. Das war typisch. Das war mal wieder so typisch. Warum konnte sie nicht sehen, daß sie sich bloßstellte? Sie bestand nur aus Hintern und Busen, und ihre armseligen kleinen Beine waren so kurz und plump, daß sie nicht auf die Fensterbank steigen konnte, aber ein Zurück konnte es jetzt nicht mehr geben – er mußte ihr helfen.

Mr. Judd war wütend auf seine Frau, aber das wollte er nicht vor anderen Leuten zeigen, und darum benahm er sich äußerst fürsorglich und gab sich große Mühe, ihr zu einem würdevollen Entrée zu verhelfen. Als sie endlich im Zimmer stand, vergewisserte er sich, daß ihr Kleid ordentlich saß, bevor er sich irgend etwas anderem zuwandte.

So ertappte er, ein echter Mann, sich dabei, daß er wie ein Schneider an ihren Röcken herumzupfte. Als ihm bewußt wurde, was für eine Figur er abgab, war er einen Augenblick lang verlegen. Aber dann setzten sich lebenslange Gewohnheiten wieder durch, und er tat, was er immer tat, wenn er in einer ungünstigen Lage war: Er griff an.

»Ich bin normalerweise keiner, der durch ein Fenster klettert«, sagte er. »Und Sie sollten mich inzwischen so gut kennen, daß Sie das wissen. Aber ich will Ihnen was sagen, Sir: Wir werden uns das nicht bieten lassen! Nein, auf keinen Fall. Wir wollen bloß unseren Händel. Es geht uns nur um die Ehre Gottes, aber das wollen Sie ja nicht einsehen. ›Saufet euch nicht voll Wein . . .‹« Er hatte gar nicht zitieren wollen – die Worte fielen ihm ganz von selbst ein. Er konnte keinen Wein entdecken. Das, worauf er abzielte, war nicht Wein. »›Saufet euch nicht voll Wein‹« – sein Blick fiel auf die Karten: Sie lagen offen auf dem Tisch, und Geld ebenfalls – »›daraus ein unordentlich Wesen folget, *sondern werdet voll Geistes*; redet untereinander in Psalmen und Lobgesängen und geistlichen Liedern, singet und spielet dem Herrn in euren Herzen.‹«

Darauf trat eine Stille ein. Alle standen mit roten Gesichtern da und versuchten, die Situation zu erfassen. Händel? dachte Oscar. Was für Händel? Durch das offene Fenster wehte ein kalter Luftzug herein.

»Sie haben gespielt«, sagte Mr. Judd und drohte dem Geistlichen mit einem erstaunlich neckischen Finger.

»Das stimmt, Mr. Judd«, sagte Oscar. Er schlang die Arme um seine magere Brust und rieb sich dann die Hände. »Ich habe gespielt. Es tut mir leid, wenn ich Anstoß erregt habe.«

»Es hat keinen Sinn, es abzustreiten.«

»Ich streite es nicht ab.«

»Glauben Sie, der Allmächtige hat keine Ohren? Glauben Sie, unsere Lobhymnen würden Ihm nicht gefallen?«

»Oh, doch, Mr. Judd. Ganz bestimmt.«

»Dann sollten Sie nicht spielen, Sir. Es ist eine Torheit und eine Sünde.«

Lucinda wußte nicht so recht, was hier vorging. Sie hielt diese Leute nicht mehr für Mörder, aber sie fand die Situation höchst prekär. Der Mann sah gewalttätig aus, und die Frau schien zu glauben, es sei ihre Pflicht als Ehefrau, schweigend eine ebensogroße Wut auf Lucinda zu richten. Sie blickte finster drein und trat unter ihren Röcken von einem Fuß auf den anderen wie ein Kuh, die zum Melken angebunden ist. Lucinda erhob sich.

»Mir scheint«, sagte Oscar, »bei dieser Aufregung haben sich zwei ganz verschiedene Fäden ineinander verwirrt.«

Lucinda sagte nichts. Sie fand seinen konzilianten Ton völlig unpassend.

»Aufregung?« sagte Mr. Judd. »Ich bin nicht aufgeregt.«

»Sie will sich davonschleichen«, sagte Mrs. Judd.

»Einerseits haben wir die Tatsache, daß ich gespielt habe. Andererseits lieben Sie, so will mir scheinen, Musik.«

»Geistliche Musik. *Geistliche* Musik.«

»Sie setzt ihren Hut auf.«

»Sie ist mein Gast, Mrs. Judd.«

»So kann man es auch nennen.«

»Mrs. Judd«, sagte Mr. Judd tadelnd.

»Ich lasse mir nicht den Mund verbieten«, sagte Mrs. Judd. »Ein solcher Heuchler ist mir noch nie untergekommen. Jawohl, ein Heuchler. Wir haben ihm ein wunderschönes Ornat gemacht. Und Sie wollen es nicht anziehen, stimmt's etwa nicht? Sie meinen, es gefällt Gott besser, wenn Sie aussehen wie eine Krähe.«

»Ich trage ...«, sagte Oscar, aber weiter kam er nicht.

»Sie ziehen sich wie eine Vogelscheuche an«, sagte Mr. Judd.

»Ich lasse mir *nicht* den Mund verbieten. Er zieht sich wie eine Vogelscheuche an«, stimmte sie ihrem Mann zu, »und streicht unseren *Messias*, und dann sitzt er mit Spielkarten und Frauen im Tempel des

Herrn, und ...« Sie sah nach hinten zu dem offenen Fenster und hielt einen Augenblick inne. »Und da sind wir nun«, sagte sie schließlich.

Diese letzten Worte schienen anzudeuten, daß sie, gegen den Widerstand ihres natürlichen guten Benehmens, dazu gebracht worden war – mit Hexerei vielleicht –, durch das Fenster ihres Arbeitgebers zu klettern und mit matschverschmierten Schuhen auf seinem teuren Teppich zu stehen.

Lucinda war aus der Zugluft gegangen und wärmte sich am Feuer. Es stimmte, daß sie ihren Hut aufgesetzt hatte, allerdings nicht weil sie gehen, sondern weil sie die Hutnadel wieder an Ort und Stelle stecken wollte. Diese Art von Waffe würde sie nicht brauchen.

»Sie sind eine unverschämte Frau«, sagte sie, »und Sie sind ein unverschämter Mann.«

Mrs. Judd öffnete den Mund. Mr. Judd trat seiner Frau auf den Fuß. Mrs. Judds Mund blieb offen, und ihr Kopf fuhr ruckartig herum. Sie versuchte, im Gesicht ihres Mannes zu lesen.

»Sie glauben« – Lucinda zog ihren Rock fest um ihre Beine, bis sie spürte, wie sie brannten – »daß Sie zivilisiert sind, aber in Wirklichkeit benehmen Sie sich wie Wilde in Frack und Zylinder. Sie sind ganz und gar nicht zivilisiert, und wenn Spielen eine Sünde ist, dann ist sie weniger schlimm als die, welche Sie gerade begangen haben. Sie sollten zu Gott beten, daß Er Ihnen Ihre Unverschämtheit vergibt.«

Oscar war entsetzt, diese patrizische Arroganz aus dem Mund einer Frau zu hören, die sich eine halbe Stunde zuvor eine Zigarette angezündet und den blauen Rauch mit bebenden Nasenflügeln eingesogen hatte (was er in höchstem Maße sinnlich gefunden hatte). Er hätte sich bei den Judds entschuldigt, fand aber keine Gelegenheit.

»Sie können gehen«, sagte Lucinda.

Und tatsächlich bewegten die Judds sich unsicher auf die Tür zu.

»Durch das Fenster«, sagte Lucinda.

Und die Judds verließen den Raum durch das Fenster. Lucinda achtete darauf, daß sie es hinter sich schlossen. Sie sah ihnen nach – es war jetzt ganz hell –, als sie die lange senfgelbe Auffahrt hinuntergingen. Sie konnte sehen, daß sie beide gleichzeitig redeten.

Da begann sie zu lachen. Es war kein einfaches Lachen, und der Grund für ihre Heiterkeit lag ebensosehr in ihrer Verwunderung über sich selbst (wie wütend mußte sie auf Sydney sein) wie in der Freude über ihre Bosheit. Und ihr Gesicht sah reizend aus, wenn sie lachte. Zum ersten Mal in diesem Pfarrhaus war sie ganz sie selbst, war nicht auf der Hut, hatte ein offenes Gesicht, und man konnte in ihr das kleine Mädchen sehen und sich vorstellen, wie sie damals auf der Farm in der Nähe von Parramatta gewesen war. Sie sah hübsch aus, aber Oscar bemerkte es nicht, denn er lehnte sich in einem häßlichen grünen Sessel zurück und fuhr sich mit den Händen durch das widerspenstige rostrote Haar.

»Oh je«, sagte er. »Jetzt bin ich erledigt.«

Und dann war Lucinda wie eine Athletin, die sich, ohne es zu merken, mit warmgelaufenem Körper einen Muskel gerissen hat. Nun kühlte sie ab und wurde steifer, und da wurde ihr bewußt – es schmerzte mehr, als man es für möglich halten sollte –, welchen Schaden sie angerichtet hatte.

69
Das Tischtuch

Bischof Dancers Amtssitz – sein ganzes Haus – wurde renoviert. Es war dort nicht mehr auszuhalten. Es gefiel ihm nicht, wie seine Frau nach irgendeinem Handwerker rief, ebensowenig wie die plötzliche Zugluft, die durch ein unvermeidlich offenes Fenster fuhr, oder das gleichermaßen unvermeidliche Hämmern und Sägen. Sich dort aufhalten zu müssen, war ein Ärgernis, und er konnte seinen Obliegenheiten nicht mit Höflichkeit nachkommen. Besonders *dieser* Obliegenheit nicht.

Und so kam es, daß Bischof Dancer mit dem Dekan von St. Andrew und seiner Frau zu Mittag aß. Er hatte für den Dekan nicht viel übrig, aber er brauchte ein Amtszimmer, und das des Dekans war unter denen, die in Frage kamen, das einzige, welches die richtige Atmosphäre hatte. Nun war »Atmosphäre«, wie Sie sicher ganz richtig vermuten, nichts, worüber Bischof Dancer sich unter normalen Umständen viel Gedanken machte. Er war stark genug, seine eigene »Atmosphäre« mitzubringen, und hatte es nicht nötig, sie zusammen mit dem schweren Schreibtisch und den Samtvorhängen des Dekans zu borgen. Aber in diesem Fall war er der Unterlegene. Er brauchte ein Amtszimmer, in dem er – es ging kein Weg daran vorbei – dem Gemeindevorstand von Randwick seine Kapitulation anbieten konnte.

Er verlor nie gern, aber am wenigsten gefiel es ihm, gegen Leute wie diese zu verlieren: emporgekommene Ladenbesitzer und Stallburschen, Lumpensammler, die ihre Zugehörigkeit zu dieser Zunft in früheren Zeiten dadurch kundgetan hätten, daß sie drei Hüte übereinander trugen, und jetzt genauso gekleidet waren wie die Herrschaften, denen sie einst gedient hatten. Manchmal kam Sydney ihm vor wie ein Ball von Waisenkindern, die eine Kostümkammer geplündert hatten. Was für ein grotesker Anblick: Pastetenverkäufer, die sich als Gentlemen gaben, Kammerzofen mit Straßdiademen. Sie warteten jetzt draußen, im Vorzimmer des Dekans: Mr. Allcock mit Zylinder und glänzenden Reithosen, Mr. Judd, Mr. Henry und ihr Anführer Mr. Graham, Mitglied des Parlaments und wohlbekannt als Puseyaner.

Der Bischof blieb am Tisch sitzen, obgleich dieser inzwischen größtenteils abgeräumt war. Er wollte dem Dekan etwas vorführen, aber der hatte Bedenken. Er hatte den Bischof aus Höflichkeit eingeladen. Er hatte zugesehen, wie er eine ganze Flasche seines besten Bordeaux getrunken hatte, und nun machte er sich Sorgen, was die Folgen sein könnten.

»Ich werde es Ihnen zeigen«, sagte der Bischof.

»Mylord«, begann der Dekan. Er sah, daß Bischof Dancer in einer gefährlichen Stimmung war und wußte, was der Grund dafür war. Die Presse hatte Wind von dieser Sache im Pfarrhaus von Randwick bekommen, wo, wie es hieß, höchst unmoralische Dinge vorgefallen waren. Es hatte etwas mit Frauen und Kartenspielen zu tun. Bischof Dancer hatte den Pfarrer ernannt. Er hatte sich mit dieser Entscheidung gebrüstet. Er hatte den neuen Pfarrer »mein Hochwürden Frettchen« genannt.

»Nennen Sie mich nicht ›Mylord‹«, sagte Dancer. »Lassen Sie es mich vorführen, dann werden Sie sehen, daß ich kein Aufschneider bin.«

Der Bischof musterte den Tisch. Er war für eine solche Vorführung bescheiden gedeckt. Fast alles Geschirr war bereits von dem weißen Tischtuch abgeräumt worden. Lediglich ein kleines Silbertablett mit Gewürzen, eine protzige Sauciere, eine Bordeauxflasche mit einem zentimeterstarken Depot, zwei Wein- und drei Wassergläser waren noch zurückgeblieben. Es war ein strahlend schöner Tag. Der Westwind hatte sich vorübergehend gelegt, und die Sonnenstrahlen fielen durch die Pfirsichblüten vor dem Fenster und machten ein hübsches Muster auf dem Tisch.

»Das würde ich Ihnen nie unterstellen«, sagte der Dekan und schob seinen Stuhl ein wenig zurück, hatte jedoch nicht den Mut, sich zu erheben. »Aber das Warten wird die Stimmung Ihrer Besucher nicht verbessern. Ich könnte mir vorstellen, daß ihr Ton recht anmaßend sein wird.«

»So, glauben Sie?« sagte Dancer. Auch er schob seinen Stuhl zurück. Er hielt das Tischtuch so, wie er einst seine Schwester die Schleppe des Hochzeitskleides der Herzogin von York hatte halten sehen. Er sah den Dekan an. Der Dekan war ein adretter Mann. Neben seinem Platz lagen ein kleiner Besen und ein kleines Kehrblech, und er fand nichts dabei, verstreute Brotkrumen aufzufegen. Für Bischof Dancers Geschmack saß sein Haar übermäßig ordentlich. Es war dick und fest, stahlgrau und sah aus, als wäre es Härchen für Härchen mit einem Rasiermesser geschnitten worden. »Ich bin immer schon der Meinung gewesen, Dekan, daß sich Männer in unserer Position des Wertes der Gelassenheit bewußt sein sollten.«

Der Dekan versuchte, nonchalant auszusehen. Es gelang ihm nicht. Er verschränkte die Arme vor der Brust. Es war eine breite Brust, und er war ein junger, gut gebauter Mann, und doch, dachte Dancer, benimmt er sich wie ein aufgeregtes Huhn. Man konnte sich leicht vorstellen, wie er Krümel vom weißen Tischtuch pickte.

»Glauben Sie mir, Bischof, ich bin ganz gelassen. Eigentlich habe ich mich bloß gefragt« – und hier schob der Dekan seine heruntergerutschte Brille hoch, und sein Mund nahm einen affektierten und zugleich selbstgefälligen Ausdruck an – »ob Eure Lordschaft durch diesen Skandal in Randwick vielleicht unter Druck geraten könnten.«

»Skandal?« sagte der Bischof und prüfte die Spannung des Tischtuchs. »Es gibt keinen Skandal.«

»Und wenn Ihr Mann vor das Kirchengericht gebracht wird?«

»Mein Mann? Ha, ha, mein lieber Dekan, also wirklich. Dieses lächerliche Bürschchen ist ein *Prediger*. Wohl kaum ›mein Mann‹. Aber jetzt: Konzentration. Sehen Sie genau zu. So etwas bekommt man nur in wenigen Dekanaten geboten.« Dancer spürte eine nicht unangenehme Spannung in seinen Muskeln – sie waren straff wie eine Angelschnur, an deren Ende ein widerspenstiger Barramunda zerrte.

»Erlauben Sie, daß ich die Sauciere entferne.«

»*Setzen* Sie sich«, befahl Bischof Dancer. Der Dekan setzte sich. Er knöpfte sein Jackett zu.

Der Bischof spannte das Tischtuch. Es war ganz straff, genau richtig. Er kniff die Augen zusammen und konzentrierte sich und konnte, durch diese Straffheit, genau spüren, wo die Weinflasche (die, weil sie leicht und hoch war, einige Schwierigkeiten barg), die Sauciere und das Tablett mit den Gewürzen standen. Er verstärkte den Zug noch etwas, bis zu dem Punkt, wo das Tischtuch sich fast in Bewegung setzte.

Und dann riß er es einfach vom Tisch.

Die Flasche sprang in die Luft, schwankte, landete aber sauber auf der polierten Tischplatte aus Zedernholz. Es gab ein langes, tiefes, klingendes Geräusch, als sie pendelnd zum Stehen kam.

Das Gewürztablett war nie ein Problem gewesen. Nur die Sauciere, ein exzentrisches, dreibeiniges Gebilde, blieb hängen. Daran waren zum Teil die Beine schuld, zum Teil aber auch der Dekan, der darauf bestand, daß die Tischtücher immer steif gestärkt wurden. Ein Bein der Sauciere hatte sich, nahm der Bischof an, in einer gestärkten Falte verfangen, und es wäre auch kaum etwas passiert, wenn der Dekan ihm nur vertraut hätte. Aber der war, nervös wie ein Kaninchen, in dem Augenblick, da das Tischtuch weggerissen wurde, von seinem Stuhl hochgefahren. Er sprang sozusagen aus der Deckung und lief genau in die Schußlinie.

Es war nur noch sehr wenig Sauce übrig gewesen, kaum mehr als ein Löffelvoll. Sie machte einen Fleck auf dem Oberschenkel des Dekans, aber selbst den würde man, auch wenn man ihn nicht mit einem nassen Schwamm entfernte, nicht mehr sehen, sobald er einmal getrocknet war.

»Na, bitte«, sagte Bischof Dancer. »Sie wollten ja nicht glauben, daß ich das kann.«

An jenem Abend bat der Dekan Gott um Vergebung für das, was er in diesem Augenblick gedacht hatte. Doch während er die Scherben der Sauciere aufhob, wurde sein Zorn nicht einmal durch den Gedanken gemildert, daß er ihr Muster nie hatte leiden können.

»Ich werde sie ersetzen«, sagte Dancer und faltete das Tischtuch mit einer (für den Dekan) erstaunlichen Akkuratesse zusammen.

»Das werden Sie *nicht* tun«, sagte der Dekan mit bleichem Gesicht, die Hände voller scharfer Scherben. »Sie werden so gut sein und den Gemeindevorstand empfangen und diese Angelegenheit mir überlassen.«

Der Bischof mußte sich zwingen, ihm nicht durch das Haar zu fahren, und erst bei seinem Nachtgebet schaffte auch er in seinem Herzen Raum für Reue, aber selbst da, als er im Nachthemd auf bloßen Knien betete, breitete sich ein Lächeln auf seinem Gesicht aus. Er konnte es nicht unterdrücken. Gewiß würde Gott diesen Widerspruch verstehen.

70
Die barmherzige Samariterin

Ganz genauso wurde Oscar der Boden unter den Füßen weggezogen. Denken Sie aber nur nicht, dieser Party-Trick des Bischofs sei metaphorisch gemeint gewesen. In diesem Fall hätte der Schaden ungleich größer sein müssen. Für eine Metapher hätten wir den Tisch des Dekans mit Doulton-Porzellan beladen müssen, mit Suppentellern, flachen Tellern und Essig- und Ölkännchen, mit Terrinen, Tassen und Untertassen, mit Kerzenhaltern, Saucieren, Eiercremeschälchen und Vasen mit Lilien, und selbst dann wäre nicht annähernd das dabei herausgekommen, was Bischof Dancer Oscar antat. Um etwas Vergleichbares anzurichten, müßten wir schon mit einer Säge oder Axt auf den Tisch losgehen.

Sobald die Presse von Oscars Fehltritt Wind bekommen hatte, war er erledigt. Es spielte keine Rolle, daß Bischof Dancer selbst gern Karten spielte oder daß er gegen »flotte Mädels« nichts einzuwenden hatte. Seine privaten Neigungen standen nicht zur Debatte. Er mußte sich lossagen. Er mußte dementieren, sich distanzieren usw. Und Oscar Hopkins, dessen ganzes Wesen auf der Gewißheit aufbaute, einer der Auserwählten zu sein, mußte jetzt feststellen, daß er höchst öffentlich ausgestoßen wurde. Sein Name wurde in ganz Sydney bekanntgemacht. Man fand, er sei jemand, den man schicklicherweise nicht in seine Dienste nehmen könne.

Daß er zu dieser Skandalgeschichte nicht paßte, weder in Hinblick auf seine Persönlichkeit noch auf seine Erscheinung, ließ niemanden an den Verleumdungen zweifeln, die nun über ihn verbreitet wurden. Im Gegenteil: Sein unschuldiges Benehmen ließ die Schuld nur um so schockierender erscheinen.

Er nahm sich ein Zimmer in einer heruntergekommenen Pension in der Bathurst Street. Er machte die Erfahrung, wie sehr wir das Produkt unserer gesellschaftlichen Stellung sind: Eben noch war er warm und geborgen gewesen, der Wertschätzung und Zuneigung völlig Fremder würdig, man hatte ihm Respekt entgegengebracht, ohne zu zweifeln, man hatte ihm uneingeschränkten Kredit eingeräumt, aber im nächsten Augenblick schon war er zu einer höchst verachtenswerten Kreatur geworden, die man ohne weiteres anspucken durfte, zu jemandem, dem der schmierige Besitzer einer abgetakelten Pension – unrasiert, ohne Hemdkragen und mit einer Tätowierung auf dem behaarten Handgelenk – erst nach Leistung einer nicht unerheblichen Vorauszahlung ein Zimmer gab.

Für neue Siedler, die in Sydney ankamen, galten September und Oktober als die idealen Monate. Im September war es nicht mehr kalt und windig, und im Oktober war es noch nicht heiß. Die Schmeißfliegen, Buschfliegen und Hausfliegen waren noch nicht die Plage, die sie sein würden, wenn in den Öfen die York-Schinken schmorten und die musselinumhüllten Puddings gegen die Wände der gußeisernen Töpfe schlugen, in denen sie gekocht wurden.

Für Oscar Hopkins waren September und Oktober trostlose Monate. Er war abgeschnitten von denen, die ihn liebten. Seine Post erreichte ihn nicht, und er für seinen Teil schämte sich zu sehr, um jemandem in der Heimat von seiner Schande zu berichten.

Seine Post wartete im Ordinariat auf ihn. Die Briefe lagen in der Schublade eines Schreibers, neben den Eierbroten, die sich der Inhaber dieses Schreibtisches zur Mittagspause mitbrachte. Die Umschläge bekamen Butterflecken. Sie rochen nach Ei. Sie lagen ungeöffnet da, und Oscar hatte keine Ahnung, daß Wardley-Fish leidenschaftliche Briefe an ihn schrieb: Er liebe Melody Clutterbuck nicht, die Verlobung sei gelöst, er, Fish, sei ein selbstbetrügerischer Geck, ein Opportunist, ein Poseur gewesen. Wardley-Fish hatte eine Passage nach Sydney an Bord der *Sobraon* gebucht.

Hätte Oscar diesen in der Schublade eingeschlossenen Brief gelesen, so hätte er festgestellt, daß er als »gut« charakterisiert wurde. Diese Güte stand im Gegensatz zur »Weltlichkeit« oder »Falschheit« des Verfassers, von welcher dieser sich dadurch, daß er eine Überfahrt auf einem Klipper gebucht hatte, befreite »wie von Schweinen, lieber Hibbel, die ich hiermit über die Klippen von Dover treibe, so daß sie sich die ekligen borstigen Hälse brechen und in den Fluten ihr rohes, viehisches Leben aushauchen«.

Hätte Oscar diesen Brief gelesen, so hätte er sich die Schuld an der Lösung der Verlobung gegeben. Aber wenn Schuld eine Ware gewesen wäre wie Eier oder Butter, so hätte er bereits mehr gehabt, als er sicher tragen konnte. Und selbst während er zu Gott betete, Er möge ihm die Last erleichtern, sah er sich um, ob er sich nicht noch mehr aufladen könnte. Er betete, als gierte er nach Strafe. Er betete wie ein Vierzigjähriger, dem plötzlich sein vernachlässigtes Zahnfleisch bewußt geworden ist, seine Zähne nicht dreimal, wie es der Zahnarzt empfiehlt, sondern neunmal täglich putzt, bis das Zahnfleisch rot und wund und aufgeschwemmt ist und in pochendem Erschrecken vor soviel Eifer schmerzt.

Er betete, er möge vom Feuer der Hölle verschont bleiben.

Seine Nachbarn in der Pension beschwerten sich über ihn. Sie hörten ihn stöhnen. Sie sahen seine Handrücken nicht, und wenn sie sie gesehen hätten, so hätten sie den Grund für die blutigen Schnitte darauf wahrscheinlich nicht erraten. Man hätte schon einige Zeit in einem auf Gebet und Versenkung ausgerichteten Mönchsorden leben müssen, um zu wissen, daß diese tiefen Wunden von der Nägeln der einen Hand stammten, die sich in den Rücken der anderen gruben. Keine Stigmata, sondern die Dolchstiche des Gebets.

Und doch ging er gleichzeitig, am selben Tag, auf die Rennbahn. Er setzte auf Falcon und Presto und Maid of the Lake und glaubte die ganze Zeit, daß er sich damit gegen Gott versündigte (es mußte so sein) und daß Gott ihn dafür gestraft hatte. Er spürte das Pulsieren jener erregenden Chemikalien, die, wie sein Körper wußte, auf der Rennbahn erzeugt wurden, aber er wettete nicht, weil er das Vergnügen suchte – im Gegenteil, er fürchtete es –, sondern weil er verzweifelt war und keine andere Möglichkeit sah, seinen Lebensunterhalt zu verdienen.

Man kann nicht tagsüber erfolgreich wetten, wenn einen nachts die Angst vor dem Höllenfeuer überfällt. Jede Angst dieser Größenordnung verhindert das effektive Funktionieren jener analytischen Fähigkeiten, welche der einzige Aktivposten des Wettenden sind. So verlor er natürlich mehr, als er gewann, und es spielte keine Rolle, daß er die Nähe von Stallburschen und Jockeys suchte und sie für ihre Freundschaft mit einem Schilling bezahlte oder daß er die Programme studierte, als müßte er für ein Examen in Oriel büffeln – er verbrachte die zwei Monate, die den Höhepunkt der Rennsaison bildeten, in sehr schlechter Verfassung, und als das Rennen um den Preis der Tuchhändler ausgetragen wurde, befand er sich in ernsten Schwierigkeiten.

Er verlor Gewicht, obgleich er nicht viel zu verlieren hatte. Sein Kragen baumelte ihm wie ein Kummet um den Hals, und er ging wie ein Mann, der sich unsichtbar machen will: stets nahe an der Hauswand, die Hände tief in den Taschen vergraben und den Blick immer auf jene Stelle gerichtet, wo sich die Fundamente der Gebäude aus dem Bürgersteig erheben. In diesem Zustand war er, als Lucinda ihn fand, auch wenn er gerade nicht in der Geborgenheit einer Mauer ging, sondern, nach allen Seiten ungeschützt, über den Hof hinter dem Postamt eilte. Die *Bombay* war am Tag zuvor zwei Wochen zu spät mit der Post aus England eingetroffen, und daher hatte sich alles in der George Street eingefunden, wo die Post gesammelt wurde. Der Hof lag ganz verlassen da. Hier herrschte kein Gewimmel, das Oscar vor forschenden Blicken geschützt hätte, welche in dem Schnitt des abgewetzten Wollstoffs eine Berufung zu Höherem hätten erkennen können. Das nervöse, niedergeschlagene Benehmen seines Trägers paßte genau zu dem Inhalt des Briefes, den er aufgeben wollte, und paßte zugleich ganz und gar nicht dazu. Ein Beobachter hätte nie vermutet, in welch kultiviertem Stil dieser Brief geschrieben war. Nämlich:

Lieber Papa, es tut mir sehr leid, Dir durch das lange Schweigen, das dieser Brief nun beenden soll, so viel Kummer bereitet zu haben. Wenn Du diese Zeilen gelesen hast, wirst Du glauben, daß ich für jenes ewige Feuer bestimmt bin, vor dem man uns gewarnt hat. Ich muß bekennen, daß mir ist, als befände ich mich in einem Fegefeuer, durch das ich hindurchmuß, zu Zeiten in tiefer Verzweiflung, ja entsetzlicher Angst, dann wieder in einem Zustand (möglicherweise verderbenbringender) froher Zuversicht, daß Er, in dessen Hand meine Seele ist, so gnädig sein wird, mich trotz all meiner Sünden zu erlösen.

Mein liebster Pa, ich habe eine Bitte an Dich, und zwar, daß Du mir schreibst, wenn auch nicht in der Weise, die Dein liebevolles Herz Dir eingibt, denn ich weiß ja, daß Du den aus der zärtlichsten Sorge geborenen Drang verspüren wirst, mich über die Schritte zu unterrichten, welche ich unternehmen muß, um meine unsterbliche Seele zu retten. Diese Ratschläge werde ich ganz gewiß beherzigen, und ich bitte Dich nicht, Deine strenge Pflicht zu vernachlässigen, sondern wünsche mir nur, daß Du mir, in einer Nachschrift vielleicht, auch ein wenig von den schmalen Wegen um Hennacombe berichtest, auf denen wir drei einst so glücklich gewandelt sind.

Ich habe Heimweh nach Hecken und Vögeln mit schönen Stimmen, nach dem wunderschönen blaßblauen Himmel über England.

Diese Kolonie erscheint mir so hart und neu, überall ist der Boden gerade erst aufgebrochen, und es gibt viel Ton und Sandstein, aber noch nichts, was der Erde eine Krume geben könnte. Die Vogel sind farbenprächtig, haben aber rauhe Stimmen. Überall fehlt es an Fürsorge und edler Gesinnung, und der Gesellschaft insgesamt (obgleich besser gekleidet, als irgend jemand in England sich würde träumen lassen) scheint wenig am Allgemeinwohl zu liegen; vielmehr ist alles Trachten auf Eigennutz gerichtet. Diese Einschätzung ist möglicherweise unnötig düster, und ich hoffe, daß es nur die unglückliche Lage, in der ich mich befinde, ist, die meinen Blick verzerrt. Jedoch scheint es mir, daß für einen Mann, sobald er einmal einen Ruf genießt wie jenen, in welchen ich ungerechterweise geraten bin, nichts zu tun bleibt.

So groß war das Gewicht der ausführlichen Beichte, die nun folgte, daß es nicht verwundern konnte, mit welch bleiernem Gang er sich dahinschleppte, und daß Lucinda, die unablässig an ihn dachte, seit sie in der *Sydney Mail* von dem »Skandal« gelesen hatte, ihn nicht erkannte.

Übrigens hatte sie ihn auch in dem Artikel in der *Mail* nicht gleich erkannt. Sie sah natürlich den Namen – Hopkins –, aber ihr Name für ihn war nicht Hopkins, sondern Crab, jenes Wesen, das seitwärts auf das Bullauge zugekrochen war, vor dem er solche Angst gehabt hatte. Da stand etwas von Judd, Hochwürden Hopkins und einer »Dame«, und es dauerte eine ganze Minute, bis sie begriff, wer und was damit gemeint war.

»Lieber Gott im Himmel, vergib mir«, sagte sie. Sie saß in der Küche in Longnose Point. Sie verschwendete keinen Gedanken daran, wo ihr Hausmädchen gerade sein mochte, sondern kniete sogleich nieder, schlug die Hände vor das Gesicht und rieb ihre Augen, als könnte sie, indem sie all diese Blitze durch die Finsternis zucken ließ, ungeschehen machen, was sie so leichtfertig angerichtet hatte.

Sie dachte: Man sollte mich nicht frei herumlaufen lassen. Das ist der zweite Mann, den ich ruiniert habe. Sie setzte sich auf und faltete die *Mail* auf ihrem Schoß zusammen. Sie würde jetzt sofort nach Randwick fahren und sich entschuldigen, oder zum Bischof oder zu irgendeinem anderen, der in dieser Sache etwas zu sagen hatte. Ihr nächster Gedanke war, daß sie sich fernhalten mußte, um den armen Mann nicht noch mehr zu kompromittieren. Ihr dritter Gedanke – und das war der, den sie schließlich in die Tat umsetzte – war, daß sie hinfahren mußte, um zu sehen, wie sie helfen könnte. Sie wählte ihre langweiligste und biederste Kombination – ein freudloses braunes Wollkleid und einen strengen, schwarzen, randlosen Hut –, die, ganz gegen ihre gutgemeinten Absichten, lediglich die Wirkung ihres schönen Teints unterstrich, welcher nun, wie bei der »Pippin« genannten Apfelsorte, braunrot auf einem zart karminroten Untergrund war. Sie fuhr hinaus nach Randwick. Dort traf sie nicht Hochwürden Hopkins, wohl aber Mrs. Judd an, die sich oben auf der Veranda aufpflanzte und nichts mitzuteilen hatte außer dem Genuß, den es ihr bereitete, in einer so offensichtlich überlegenen Position zu sein.

Lucinda gab dem Wallach die Peitsche und ließ das Pfarrhaus hinter sich; rasselnd fuhr sie über den Viehrost und wirbelte eine Fahne aus puderfeinem Tonstaub auf, den Mrs. Judd von der Veranda fegen konnte.

Sie dachte: Ich habe es nur noch schlimmer gemacht. Sie dachte: Ich werde nichts mehr unternehmen.

Sie fuhr zu der Straße, die über die Hügel durch Darlinghurst führte. Sie wollte die Glashütte besuchen. Sie formulierte diesen Wunsch nicht aus, aber ihr Gesicht, das durch die schmale Oberlippe lang geworden war, wurde jetzt weicher und bekam wieder seinen gewohnten Ausdruck. Der Gedanke an diesen Besuch in der Glashütte war eine formlose, namenlose Vorfreude, wie sie ein Tabaksüchtiger empfindet, wenn er aus der Kirche ins Freie tritt. Es war das Nächstbeste. Das nächstbeste Schöne. Aber es war bloß eine Gewohnheit, und als sie merkte, was sie gedacht hatte, sah sie, daß die Packung leer war.

Vor drei Wochen hatte sie Arthur Phelps – der, der seinen Bauch seinen Blasebalg nannte – versprochen, daß sie die Fabrik nicht mehr besuchen würde. Wie hatte sie so etwas versprechen können? War sie denn nicht die Besitzerin?

Arthurs breite Hände hatten mit Tabak und Papier herumgefummelt. Seine Augen waren ganz mit dem Anlecken und Anzünden beschäftigt gewesen. Er hatte sie nicht angesehen, aber sie hatte ihn angesehen, diesen großen, schwitzenden, in nasses Sackleinen gepackten Körper, die männliche, fremde Andersartigkeit seiner weißhaarigen Haut. Er hatte mit großer Höflichkeit und spürbarem Unbehagen mit ihr gesprochen und dabei die ganze Zeit an der kleinen Zigarette herumgefingert, die er ebensogut mit verbundenen Augen hätte drehen können. Er war mit ihr hinaus auf den Hof gegangen, wo das Fensterglas in Holzkisten verpackt wurde. Das Holz war frisch und roch süß und saftig in der Frühlingsluft. Gelbe Strohhalme wurden vom Nordostwind aufgewirbelt und hingen wie Kratzer in der Luft. Arthur trat mit seinen großen, klobigen Schuhen nach dem getrockneten, zerfurchten Lehm.

Lucinda wartete, bis er fertig war. Sie sah, daß er ein ausgeprägtes Gefühl für seine Autorität besaß, ein »natürliches« Gefühl, das weit stärker war als das, welches sie dazu gebracht hatte, eine Kabine erster Klasse zu buchen.

Schließlich hörte er auf, an der winzigen Zigarette herumzuzupfen, und zündete sie im Schutz seiner hohlen Hand an. »Ma'am«, sagte er, »es ist besser, wenn Sie nach mir schicken und mich in Ihr Büro kommen lassen.«

In der Sägemühle nebenan kreischte es – ein langer, schriller Schmerzensschrei, als das Sägeblatt durch das Herz eines neuen Zedernstammes fuhr. Arthur hatte dort gearbeitet. Wenn ihm die Arbeit in der Glashütte nicht gefiel, würde er ohne Zweifel wieder dort eingestellt werden.

»Ich weiß schon, Sie meinen es nicht böse, Ma'am. Aber es macht meine Jungs ganz kribbelig. Die überschlagen sich vor lauter Höflichkeit, und dann zieht der Ausheber den Posten falsch aus, und der Einbläser bläst ungleichmäßig und dann lohnt es sich nicht mehr, das Glas weiter zu bearbeiten. Das sind arme, ungebildete Arbeiter, Ma'am, und die lassen sich von einer Dame leicht ablenken.«

Diese schlichte Rede erfüllte sie mit einer Verzweiflung, die zu groß war für Tränen oder gar Wut. Sie öffnete den Mund.

»Wenn Sie mal vorbeikommen wollen«, sagte Arthur, »könnten Sie uns vielleicht vorher Bescheid sagen, Ma'am.«

»Wie lange im voraus, Arthur?« Sie sah dem Packer zu. Er nahm zu wenig Stroh.

»Ach, bloß einen Tag, Ma'am, das würde reichen. Sie geben uns Bescheid, und wir machen alles fertig, Ma'am, und dann machen Sie eine richtige Inspektion, Ma'am, wie in der Königlichen Marine, und dann geht's hier nicht drunter und drüber – dann ist hier klar Schiff und alles piccobello.«

»Aber es ist meine Fabrik, Arthur.« Es war kein Unterton in ihrer Stimme – einer Stimme, von der man oft fand, sie sei zu schnell eisig oder sarkastisch. Sie hatte keinen Willen. Lucindas Augen waren trokken und verkratzt wie der strohverwirbelte Himmel. »Ich bin die Eigentümerin.«

Und Arthur Phelps sagte: »Ich weiß, Ma'am, aber es ist unser Handwerk, Ma'am. Das müssen Sie auch sehen. Es ist unser *Handwerk.*«

Und sie hatte es akzeptiert. Sie hatte es akzeptiert, weil sie nie die Leere, die Hohlheit vergessen konnte, die sich im Innersten ihres Wesens ausgebreitet hatte, als sie aus London zurückgekehrt war und die Glashütte verlassen gefunden hatte, die Öfen kalt, und dann dieses Kätzchen – das mörderische Knirschen seines Schädelknochens gehörte auch zu diesem Gefühl –, diese Einsamkeit, die Übelkeit, und nichts, das hell oder weich oder mitfühlend gewesen wäre. Sie wußte, daß sie Arthur Phelps' Forderungen nicht hätte nachgeben dürfen. Sie war wütend, weil sie nachgegeben hatte. Sie besuchte die Glashütte jetzt nachts, wenn die Heizer arbeiteten und das Feuer schürten oder einen neuen Hafen aus Ton einbrachten. Auch den Heizern war ihre Anwesenheit unangenehm, aber sie waren keine Handwerker und nicht eingebildet genug und wagten es nicht, sie zu bitten, sie möge von dem hölzernen Thron steigen, auf dem Arthur sein Bier trank und sein Handwerk betrieb. Es war warm und trocken in der Glashütte. Sie war fast jede Nacht dort. Sie grübelte. Und nun grübelte sie auch über Oscar Hopkins nach. Die Ofentüren schwangen lautlos auf und schlugen mit einem plötzlichen Krachen zu. Sie saß auf Arthurs Thron und trank Brandy aus einem Flachmann. Sie dachte an Heime, an die Heime, die sie nicht besaß, und an die Heime, die sie verloren hatte.

Sie dachte sich Briefe an den Bischof aus, die sie nie schrieb, und Anzeigen unter der Rubrik »Persönliches« im *Sydney Morning Herald,* die sie nie aufgab. Sie ging zu Ah Moy, aber dort war er nicht. Sie ging zu den Pferderennen in Homebush und Randwick. Sie plazierte ihre Einsätze, als gäbe es ein Pferd, das mit dem rasenzerfetzenden Donnern seiner Hufe auf der aufgeweichten Bahn den Schmerz, den sie empfand, auslöschen könnte. Sie wettete wild entschlossen. Sie sah ihn nirgends, und als sie ihm schließlich auf dem Hof des Postamts begegnete, erkannte sie ihn nicht, jedenfalls nicht sofort. Die Kluft zwischen ihrer

Erinnerung an ihn und dem, was aus ihm geworden war, erzeugte in ihr ein Gefühl höchster Unruhe.

»Mr. Hopkins?«

Der Mann fuhr herum. Er hatte einen Pickel auf der Oberlippe, obwohl »Pickel« vielleicht eine zu höfliche Bezeichnung für die entzündete Schwellung war, deren Umgebung sich zu einem tiefen, wütenden Rot verfärbt hatte. Auf der Wange hatte er einen Schnitt, und auch dieser sah entzündet aus. Als er sie erkannte, knöpfte er die Jacke zu, als könnte er dadurch verbergen, wie sein dünner Hals aus dem viel zu weiten Hemdkragen ragte.

»Miss Leplastrier«, sagte er. Er hatte keinen Hut, den er hätte ziehen können. Er holte statt dessen einen Brief aus der Tasche und schwenkte ihn.

Auch sie hatte einen Brief. Er war an Mr. Paxton adressiert und enthielt Fragen nach den Details einiger von ihm entwickelter Ablaufrinnen, die verhinderten, daß Kondenswasser von Glasdecken tropfte. Sie schwenkte ihn.

Sie gaben ihre Briefe auf. Sie versuchte, nicht hinzusehen, als Oscar seine Viertel-Penny-Münzen auf die Theke zählte, um die Briefmarken zu bezahlen. Sie sah die Gebets-Schnittwunden auf seinen Handrücken. Noch nie in ihrem Leben war ihr derart bewußt gewesen, wieviel Unheil sie anrichtete. All die Eigenschaften, die sie früher so verärgert hatten – die nervöse Zartheit, die Jungenhaftigkeit, die Unschuld, die ihr so auf die Nerven gegangen war –, erschienen ihr nun regelrecht liebenswert.

Ihr Wagen stand im Hof an der Druitt Street. Sie winkte einer Droschke und brauchte Oscar nicht zu überreden, einzusteigen. Arthur Phelps hätte ihr Benehmen »herrisch« genannt. Sie ließ die Droschke zur Pension in der Bathurst Street fahren.

Lucinda war entsetzt über diese Pension. Sie war so abgestoßen von den Verhältnissen dort, vom Schmutz auf dem Boden, von den mit dem Ruß der Lampen verschmierten Wänden, von der liederlichen Erscheinung des Besitzers, daß sie – als dieses Subjekt Zweifel an der Schicklichkeit ihres Besuchs in Mr. Hopkins' Zimmer äußerte – mit dem Regenschirm auf die Empfangstheke schlug.

Sie sah sich nicht so genau in Mr. Hopkins' Zimmer um; allerdings blieb ihr eine halbleere Flasche in der Kolonie hergestellter Fusel im

Gedächtnis. Oscar hatte einen Schrankkoffer. Sie ließ ihn vom Kutscher hinuntertragen, und dann fuhren sie zur Druitt Street und von da aus, nachdem sowohl der Passagier als auch sein Schrankkoffer in ihren eigenen Wagen umgeladen worden waren, hinaus nach Longnose Point.

Sie ließ den Skandal hinter sich. Sie trieb den Skandal vor sich her. Er war ihr gleichgültig. Sie preßte all ihre Gefühle durch einen engen Trichter. Sie ließ das Hausmädchen heißes Wasser und Verbandstoff bringen. Sie breitete Handtücher auf ihrem Eßtisch aus und legte seine verletzten Hände darauf. Sie dachte, die Wunden stammten von einem Faustkampf. Die Wunden waren rot, ihre Umgebung purpurn; sie klafften gelb, als wären sie die Lippen der Haut. Sie waren, dachte Lucinda, wie Fleischblumen, wie Banksien.

Sie reinigte die Wunden vom Eiter. Oscar stieß hohe tutende Laute aus wie ein Nachtvogel.

71
Die Wette der Strattons

Wäre Hochwürden Stratton ein Pferd gewesen, Sie hätten nicht auf ihn gewettet. Der Schweiß hätte auf seinen Flanken geschäumt, wo er auffiel, nicht verborgen zwischen den geheimen Falten seiner Hemdhose. Aber Pferd oder nicht, die Zeichen waren unübersehbar für jeden, der ein Auge hatte zu sehen: eine gewisse Wildheit in seinem Blick, eine Neigung, durch das Gartentor hinauszustürmen, bevor seine Frau noch die Haustür geschlossen hatte. Er stand neben dem Tor und stampfte unruhig auf, während sie nachkam.

»Wir haben genügend Zeit, lieber Hugh«, sagte sie und eilte trotzdem den Weg hinunter zum Tor, wobei sie einen Schal um ihren Kopf wickelte, denn obwohl es erst September war, wehte ein kalter Wind vom Meer.

»Nach welcher Uhr?«

»Wir haben doch nur eine Uhr, Hugh. Seit acht Jahren haben wir nur noch eine Uhr.«

»Seit neun«, sagte Hugh Stratton und bot ihr seinen Arm. »Das meinte ich ja.«

»Dann weiß ich nicht, worauf du mit deiner Frage hinauswillst. Bitte erkläre es mir«, sagte sie in jenem demütigen, neutralen Ton, auf den sie insgeheim so stolz war. Sie wußte, daß es riskant war, in diesem Ton mit Hugh zu reden, wenn er so nervös und reizbar war, aber sie hätte, selbst wenn sie es gewollt hätte, nicht anders reagieren können.

»Worauf ich hinauswill«, sagte Hugh Stratton, der sah, daß Theophilus Hopkins ein Stück weiter den Hügel hinauf auf sie lauerte, »ist, daß wir *eine* Uhr haben, während Tommy Parsons eine ganz andere Uhr hat.«

Tommy Parsons' Ponywagen verkehrte täglich irgendwann zwischen acht und neun Uhr auf der Landstraße. Mr. Stratton brauchte Tommy Parsons, wenn er heute rechtzeitig zum Rennen in Newton Abbot sein wollte.

»Tommy Parsons«, sagte Mrs. Stratton, »besitzt aller Wahrscheinlichkeit nach überhaupt keine Uhr. Ich wäre höchst erstaunt, lieber

Hugh, wenn ich Tommy Parsons mit einer Uhr sehen würde, und du sicher auch.«

Hugh Stratton seufzte übelgelaunt. »Der springende Punkt«, sagte er, »der springende Punkt, liebe Betty, ist, daß dieser kleine Methodist keine Uhr besitzt. Er hat überhaupt keine Vorstellung von Zeit. Er könnte jetzt, in diesem Augenblick, die Landstraße entlang zockeln, während wir uns über die Uhrzeit streiten, und da, da vorn wartet der Prediger auf uns. Er wird uns aufhalten.«

Und wirklich: Theophilus ging gerade, das Notizbuch in der Hand, seinen kurzen Weg hinunter. Er tat, als hätte er die Strattons nicht gesehen, und war so hingegeben an seine Täuschung, daß er sie erst durch sein Blickfeld gehen ließ, bevor er sie »sah«.

»Ho«, sagte er.

»Ho«, sagte Hugh Stratton, allerdings in einem Ton, der es Mrs. Stratton angeraten sein ließ, ihn warnend in den Arm zu kneifen.

»Haben Sie Neuigkeiten?«

»Die Post ist sehr langsam«, sagte Mrs. Stratton. »Unsere Zeitungen aus Oxford haben zwei Wochen gebraucht, um hier einzutreffen. Ich weiß nicht, warum das so lange dauert.«

»Ah, ja«, sagte Theophilus, stand da, ohne den Versuch zu unternehmen, die Unterhaltung fortzusetzen, sah sie an und nickte. In seinem Mundwinkel klebte Haferbrei. Es ließ ihn vernachlässigt aussehen.

»Wie geht es Ihnen, Mr. Hopkins?« fragte Mrs. Stratton.

»Sie müssen uns jetzt entschuldigen«, sagte Mr. Stratton.

»Es ist noch nicht acht Uhr«, sagte Mrs. Stratton, der diese Begegnungen mit Theophilus immer unangenehm waren und die dann, gerade weil sie am liebsten weitergeeilt wäre, das Gefühl hatte, sie müsse noch ein wenig verweilen.

»Dann gehen Sie«, sagte Theophilus mit lauter Stimme, die Mrs. Williams' grauen, zerzausten Kopf am Fenster auftauchen ließ. »Ich will Sie nicht aufhalten.«

»Das ist wahr«, sagte Betty Stratton. »Ich bin es, die *Sie* aufhalten will, während mein Mann die entgegengesetzte Haltung einnimmt.«

»Es ist nicht zu glauben«, sagte Hugh Stratton.

Theophilus betrachtete Hugh Stratton, wie er ihn immer betrachtete: als wäre er ein Käfer, den Gott in seiner grenzenlosen, unermeßlichen Weisheit erschaffen hatte. Er sah die gelblichen Augen, die bleiche

Haut, die tiefen Falten, die wie Messerschnitte neben den Mundwinkeln saßen. Er sah die Wut in seinem Blick und dachte, der Grund dafür sei, daß Hochwürden Stratton ein weiteres Mitglied seiner Gemeinde an die Plymouthbrüder verloren hatte. Luzifer selbst geriet gewiß auch in eine solch gelbäugige Wut, wenn ein Lamm inmitten der Herde Schutz und Zuflucht fand.

»Sie müssen mich entschuldigen«, sagte Hugh Stratton und lüpfte den Hut, »aber die entgegengesetzte Haltung in dieser Auseinandersetzung macht es erforderlich, daß ich mich zur Landstraße begebe.« Und mit einem schiefen Lächeln, das nicht unfreundlich gemeint, aber angesichts des Tumults seiner Gefühle das äußerste war, das er zustande brachte, setzte er seinen Weg fort und ließ seine Frau und Theophilus Hopkins im ineinander verwirrten Geschirr ihrer beiderseitigen Verlegenheit zurück.

Hugh Stratton hatte einhunderteinundzwanzig Pfund und sechzehn Schillinge bei sich. Die Schillingmünzen klimperten in seiner Hosentasche. Die abgegriffenen, lappigen Banknoten ruhten dick und weich und still an seinem Herzen. Es war das gesamte Kapital seiner Frau, dessen Zinsen es ihnen bislang gestattet hatte, sich ihr hartes Leben ein wenig angenehmer zu machen. Mrs. Strattons Zeitschriften waren davon bezahlt worden, ebenso wie Mr. Strattons Fahrten nach Oxford und einmal in der Woche eine Flasche Sherry. Heute würde er das Geld in das System investieren, das der junge Master Hopkins ihm hatte zukommen lassen.

Hugh Stratton war von der Leistungsfähigkeit des Systems sehr beeindruckt gewesen, ganz besonders, als er seinen Schützling an Bord der *Leviathan*, umgeben von diesem Luxus, gesehen hatte. Das Bild der mit Blattgold verzierten Säulen war ihm noch lange im Gedächtnis geblieben. Und doch war er nicht der richtige, um diesen Hügel hinaufzueilen, zu Buchmachern zu fahren und mit ihnen Geschäfte zu machen. Er besaß nicht die Persönlichkeit, um dieses System für seine Zwecke einzusetzen. Seine Frau war gründlich, hartnäckig, ruhig, und all diese Eigenschaften waren für jedermann in ihrem Gang zu erkennen. Hugh Stratton dagegen hatte – das war in Oxford das allgemeine Urteil gewesen – brillante Eingebungen, aber nie die Geduld, die ein hervorragender Gelehrter brauchte; er war immer zu sehr auf Resultate bedacht, auf Wirkung, auf die Bestätigung, daß er all seine Mühen nicht auf eine Täuschung verschwendete.

Nachdem sie beschlossen hatten, ihren ganzen finanziellen Grundstock aufs Spiel zu setzen, war Betty Stratton durchaus fähig, auf der Rennbahn solide zu Werke zu gehen, sich Zeit zu nehmen, gründlich zu beobachten und die Informationen zu sammeln, die sie brauchen würden, um Oscars System gewinnbringend anzuwenden, wohingegen Hugh – der meinte, er müsse es seiner Kontrolle unterwerfen – zuviel Angst hatte, um diese Angelegenheit richtig zu betreiben. Er machte sich kritzelnd Notizen und konnte nachher seine Schrift nicht mehr lesen. Er sah ein Rennen und sah irgendwie nichts. Er sprach mit einem Jockey, war aber so darauf erpicht, als Experte zu erscheinen, daß er sich Ausdrücke, die er nicht verstand, nicht erklären ließ.

Und doch war er nun unterwegs zur Rennbahn, wo er ihr gemeinsames Vermögen einem Buchmacher in den Rachen werfen würde. Er glaubte, abends würden sie reich sein, und doch glaubte er es nicht genug, und obgleich sich seine Erwartung schmuck und frisch angemalt präsentierte, mit rotem Plüsch und kannelierten Säulen, lauerte, wie die Erinnerung an einen Traum von faulenden Zähnen, tief unter dieser Oberfläche das Wissen, daß seine Vorbereitung unzureichend war. Er konnte sich nicht überwinden, das, was falsch war, genau anzusehen. Er mußte weiter. Er durfte den Ponywagen nicht verpassen. Und hätten Sie den Schweiß auf seiner Oberlippe, den wütenden Blick seiner Augen gesehen, Sie hätten gewußt, daß dies ein Mann war, der bereits beschlossen hatte, sich zu ruinieren, und daß nur seine Frau, die ihm mit stark vornüber geneigtem Oberkörper nacheilte, noch immer glaubte, sie könnten ihre finanziellen Lebensverhältnisse vielleicht endlich verbessern.

72
Mrs. Smith

Lucinda hatte ein Hausmädchen, eine Mrs. Smith, eine kinderlose, gerade dreißigjährige Witwe. Sie war weder lebhaft noch redselig, aber diese Eigenschaften, die Lucinda einst für unerläßlich gehalten hatte, erschienen ihr nun – da innerhalb von zwölf Monaten zehn Hausmädchen gekommen und wieder gegangen waren – nicht mehr unbedingt erforderlich.

Mrs. Smith machte ihre Arbeit gut. Sie war klein und dünn, aber man hätte sie nicht als schmächtig bezeichnet, denn ihre Arme und Beine waren so stark wie die eines Athleten, und sie schrubbte und klopfte und fegte gern. Sie tat diese Arbeit schweigend, als hielte sie den Atem an. Wenn sie sprach, blieben ihre Augen gleichgültig, und das einzige, was imstande schien, diese Gleichgültigkeit zu überwinden, war die Kirche. Mrs. Smith war Baptistin. Sie fand nicht, daß das Haus zu einsam gelegen sei, was unter ihren Vorgängerinnen eine verbreitete Klage gewesen war. Es zog sie nicht nach Manly zum Tanzen oder zur Domain, um dort Spaziergänge zu machen. Sie wollte nur am Sabbat dienstfrei haben, um tun zu können, was sie ihre »Pflicht als Christenmensch« nannte, und dies verkündete sie so grimmig und kompromißlos, daß Lucinda glaubte, Mrs. Smiths Religion sei eine private, mit Juwelen geschmückte Kammer, in der ein Anglikaner nicht willkommen sein würde.

Die gängige Regelung sah fünfzehn Schillinge pro Woche, alle zwei Wochen einen freien Sonntagnachmittag und -abend sowie einmal wöchentlich einen freien Abend vor. Aber Lucinda versuchte nicht zu feilschen. Sie bot Mrs. Smith sechzehn Schillinge pro Woche und akzeptierte ihre anderen Forderungen. Mrs. Smith sagte, sie werde den Extra-Schilling dem Herrn spenden.

Diese Übereinkunft war keine frohgemute, aber sie war praktisch. Das Silber war ordentlich geputzt, und an den Gabelzinken klebten nicht die bitteren Krusten, die das herausragende Merkmal der Dienstzeit des neunten Hausmädchens gewesen waren.

Das Badezimmer roch nach scharfen, strahlenden Glanz verbreitenden Patentputzmitteln. Die zum Wasser gelegenen Fenster schienen

Wellen von Ammoniakgeruch zu verströmen und waren stets, ganz gleich, welches Wetter herrschte, blitzblank geputzt. Und wenn das Haus tagsüber ein wenig abweisend und chemisch behandelt wirkte, so wurde dieser Eindruck gegen Abend vom kräftigen Geruch der Eintopfgerichte verdrängt, die Mrs. Smiths besondere Spezialität waren. Gute Eintöpfe haben etwas Wildes und Gehaltvolles. Sie gelingen am besten, wenn sie auf den Schwingen eines Impulses, geleitet vom Kompaß der Intuition zusammengestellt werden. Dies waren nun Eigenschaften, die Mrs. Smith zu fehlen schienen. Aus ihrem Kochtopf, so hätte man erwartet, mußte etwas Dünnes, Wäßriges kommen. Nichts deutete darauf hin, daß sie eine Frau war, die Würzkräuter stengelweise ans Essen gab, das Fleisch in dicke Stücke schnitt und wußte, ob man die Pilze, die sie am Rand von Whitfields Weidegrund fand, essen konnte, auch wenn sie giftgelb aussahen und die Form eines Fächers hatten.

In ähnlicher Weise erwies sich Mrs. Smith, als Oscar Hopkins ins Haus gebracht wurde, nicht als gemein, wie ihr Mund vermuten ließ, sondern als mitleidsvoll und praktisch veranlagt. Sie kam nicht auf den Gedanken, es könnte unschicklich sein, einen Mann in das Haus zweier alleinstehender Frauen zu bringen. Sie sah nichts Anstoßerregendes darin, daß seine Wunden am Eßtisch versorgt wurden. Sie holte Handtücher aus dem Wäscheschrank, und zwar gute, dicke, damit die Schellackpolitur des Tisches durch das kochend heiße Wasser, um das man sie gebeten hatte, keinen Schaden nahm.

Natürlich wußte sie nicht, wer Oscar Hopkins war. Sie wußte nicht, was für einen skandalösen Ruf er hatte.

Sie sah seine Hände, und da sie mehr Erfahrung mit den Martern des Gebets hatte als ihre Herrin, erkannte sie die Ursache dieser halbmondförmigen, entzündeten Wunden. Sie riß eine Damenbluse – zum Wegwerfen eigentlich noch zu gut, aber gerade fest und weich genug für die Wundreinigung – in Streifen, trat dann mit verschränkten Armen und schräggelegtem Kopf zurück und sah, mit einem Blick, der so unverwandt wie der eines Vogels wirkte, zu, wie ihre Herrin sich um den Mann kümmerte.

In Gegenwart des Mannes sagte sie kein Wort, aber ihr Gesicht wurde ein ganz kleines bißchen weicher, als sie ihre starkknochigen Hände faltete und eine auf den Fingerzinken der anderen wippen ließ.

In der Küche flüsterte sie Lucinda zu: »Die Schnitte kommen vom

Beten.« Und sie führte ihr vor, was sie meinte, und schloß dabei die Augen.

Lucinda war abgestoßen und erregt von der Innigkeit solchen Betens. Es erschien ihr fremd, papistisch, wie die italienischen Gemälde, auf denen Heilige gemartert wurden. Sie fühlte sich beurteilt. Sie hatte Achtung davor, vielleicht eine übertriebene Achtung – sie, der die Gebetskissen in der Kirche von Balmain nicht weich genug waren. Sie fand die Jodtinktur hinter dem Koschenillkaktus, wo Prucilla Twopenny sie versteckt hatte.

Die Jodtinktur brannte, und als Lucinda es nicht mehr ertragen konnte, Oscar weitere Schmerzen zuzufügen, übernahm Mrs. Smith die Behandlung. Sie verband dem jungen Mann die Hände und fragte ihn, ob er glaube, daß er einen Becher Kakao halten könne.

Es war auch Mrs. Smith, die Oscar ein Bett bereitete. Es scheint, als hätte sich ihr die Frage, ob das möglicherweise sündig sei, zu diesem Zeitpunkt nicht gestellt. Und in der Tat stellte sich diese Frage erst nach ihrem sonntäglichen Kirchenbesuch.

Am Samstag brachte sie ihnen beiden Toast und Haferbrei in das kleine Zimmer im ersten Stock, durch dessen Fenster man den dünnen grauen Schleier der Gummibäume vor dem Kobaltblau des Parramatta sah. Mrs. Smiths Verhalten war in keiner Weise mißbilligend. Im Gegenteil: Lucinda war berührt zu sehen, wie munter und aufgeregt sie war. Man konnte sich gut vorstellen, wie sie als Frau zu ihrem Mann oder als Mutter zu ihrem Sohn sein könnte. Mit sanftem Druck brachte sie Oscar dazu, sich einen Löffel Zuckerrübensirup in den Haferbrei rühren zu lassen, und als sie den süßen Löffel über den Teller des jungen Mannes hielt, lächelte sie ihrer Herrin am anderen Ende des Tisches verschwörerisch zu.

In diesem Nektartropfen der Zeit war Lucinda berührt. Sie dachte: Ich bin glücklich.

Damals gab es noch Kakadus auf der Kakadu-Insel, und sie stellten sich mit Geschrei und kräftigen, reißenden Schnäbeln zum Frühstück am Montag ein. Sie versammelten sich in dem Moreton-Bay-Feigenbaum an der Südseite des Hauses und brachten Lucinda zum Lachen, wenn sie ihre gelben Hauben aufstellten oder gravitätisch auf den glatten Ästen mit den faltigen Ellbogen umherwatschelten.

Das war der Augenblick, da Mrs. Smith Lucinda um ein Wort

unter vier Augen bat, und diese, die dem Gesichtsausdruck ihres Hausmädchens nichts entnehmen konnte, folgte ihm arglos und dachte, es sollte nun irgendeine Angelegenheit, die den Haushalt betraf, erörtert werden, oder Mrs. Smith wolle sie fragen, ob sie an Pfingsten oder am Aschermittwoch frei haben könne. Als Lucinda mitging, hielt sie noch ihre Serviette in der Hand.

Mrs. Smith konnte die Last ihrer Gefühle nicht bis zum vorderen Salon tragen. Sie kam bis zum Fuß der Treppe, wo sie sich abrupt umdrehte und sagte: »Ich kann hier nicht bleiben, Madam. Nicht, solange Sie sich so benehmen, Madam.«

»Wie denn?« Lucinda empfand nur Verwirrung, als wäre sie in einem Wagen gefahren, der ganz lautlos ein Rad verloren hatte, so daß sie in den mit Steinen übersäten Straßengraben gekippt war, wo sie sich doch eben noch auf der gepolsterten Bank zurückgelehnt und verträumte Gedanken über die Form der Wolken gedacht hatte.

»Dieser ›*Gentleman*‹«, sagte Mrs. Smith. Das war alles, was sie herausbrachte. Es war, als erstickte sie an dem Wort.

»Aber, Mrs. Smith, Sie sind es doch gewesen, die ihm sein Bett gemacht hat. Und da Sie doch ebenfalls in diesem Haus wohnen, erscheint mir das alles nicht unschicklich.«

»Ihre Moral ist Ihre Sache, Madam. Aber meine ist meine Sache.«

»Haben Ihre Freunde in der Kirche mit Ihnen gesprochen?«

Aber Mrs. Smith wollte auf eine so direkte Frage nicht antworten, und in ihre Augen trat eine dunkle und harte und funkelnde Selbstgerechtigkeit. Sie hob das Kinn und faltete die Hände vor der Schürze. Der Korridor, in dem sie standen, war dunkel. Gut zwei Minuten lang rührte sich keine von beiden.

Als Lucinda ihren Platz gegenüber von Oscar wieder einnahm, bemerkte er nicht sogleich den Kummer in ihrem Gesicht. Statt dessen bemerkte er, daß sie einen großen, festen Knoten in ihre Serviette gemacht hatte, den sie, ganz gleich, wie sehr sie daran zerrte, nicht aufbekam.

73
Richtet nicht

Hätten Sie Mrs. Smith gesehen, ihren mausgrauen Schal um die Schultern gelegt, den Korb in der Beuge ihres sehnigen Arms, hätten Sie sie gesehen, wie sie den Hügel hinaufging, vorbei am Metzgerladen in der Mort Street in Balmain, so hätten Sie bemerkt, falls Sie überhaupt etwas bemerkt hätten, daß dies eine Frau war, die die Fensterläden ihres Lebens fest verschlossen hielt, die sich beim Gehen dicht an die Wand drückte und so in jenem schmalen Streifen trockenen Schattens blieb, während der Rest der Straße in Sonnenlicht gebadet war. Eine zurückgezogen lebende Frau, hätten Sie gedacht, bis Ihr Blick auf etwas Interessanteres gefallen wäre (da: ein Kesselflicker, der im Rinnstein sitzt und einen winzigen Topf mit einem schwarz versengten Griff ausbessert), und dann hätten Sie sie vergessen.

Und doch gab es, drei Tage nachdem Mrs. Smith Lucindas Haus verlassen hatte, in ganz Sydney kein Dienstmädchen, das über die unorthodoxe Situation draußen bei Whitfields Farm nicht im Bilde gewesen wäre. Das hieß nicht, daß keine anderen Hausmädchen oder Köchinnen zu haben gewesen wären, sondern lediglich, daß die Bewerberinnen Opportunisten waren, die meinten, sie könnten angesichts der dort herrschenden Zustände eine Extra-Prämie verlangen. Es gab nicht eine einzige, die weniger als eine Guinee pro Woche forderte. Das allein war schon beleidigend genug. In ihrer Haltung kam jedoch noch etwas zum Ausdruck, auf das man nicht so leicht den Finger legen konnte – denn während sie überhöhte Forderungen stellten, oder es jedenfalls versuchten, nahmen sie (dies kam vor allem im Mund und in den Augen zum Ausdruck) eine Haltung moralischer Überlegenheit ein.

Diese Einstellungsgespräche hinterließen Lucinda beschmutzt und wütend, und sie hätte wohl gar kein Hausmädchen mehr in Dienst genommen, wenn Mrs. Froud sich nicht angeboten hätte.

Mrs. Froud war die Frau von Lucindas erstem Glasanfänger. Sie kam an zwei Nachmittagen die Woche, um »sich zu kümmern«. Mrs. Froud war freundlich und fröhlich, aber man merkte – zumindest erschien es Lucinda so –, daß sie eine Vermutung hegte. Diese Vermutung war völlig falsch. Es gab nichts zu vermuten.

Oscar lag im Bett und kaute an seiner Decke. Er schrieb Mr. Stratton einen Brief über die Gefahren des Spielens.

Mein lieber Gönner [schrieb er], mich quälen die stärksten Gewissensbisse wegen der Schlange, die ich, zu einem Zeitpunkt, da mir die Wirkung ihres Giftes nur zu gut bekannt war, in Ihre vertrauensvollen Hände gelegt habe. Ich habe Ihnen meine Aufzeichnungen geschickt, weil ich es versprochen hatte, und nun bitte ich Sie, ebenfalls etwas zu versprechen: Verbrennen Sie sie. Ich bereue es, jemals den Fuß auf eine Rennbahn gesetzt zu haben. Opium ist gewiß kein schlimmerer Fluch. Dies mag in Ihren Ohren vielleicht übertrieben klingen, aber ich kann Ihnen mitteilen, daß ich im Augenblick freundlicherweise Aufnahme bei einer Person gefunden habe, die wie ich ein Opfer dieser Geißel ist, und obgleich das Haus, das wir bewohnen, klein ist, nicht größer als das meines Vaters, sprechen wir kaum miteinander, aus Angst, irgend etwas, das wir sagen oder tun, könnte zu einer Pferdewette oder einem Kartenspiel führen, so daß wir uns, ohne es zu wollen, wieder einmal in diesem irrsinnigen Rauschzustand wiederfinden würden.

So ging es seitenlang weiter, der Tenor blieb derselbe. Der Brief spiegelte Oscars Vorstellung davon wider, was im Haus geschah, aber was für ihn so klar auf der Hand lag, war für Lucinda keineswegs so offensichtlich. Während sie auf ein Gespräch hoffte, entzog er sich einer Unterhaltung, aus Angst vor dem, wohin sie führen könnte. Er versuchte, zu verschwinden, sich klein und unauffällig zu machen, während sie am Tisch saß und darauf wartete, daß er ihr Gesellschaft leistete. Sie mochte nicht ständig in sein Zimmer gehen, und doch konnte sie ihn dort nicht allein lassen. Sie meinte, er befinde sich in den Fängen der Einsamkeit. Sie bemerkte, daß er sie nicht haßte, und doch spürte sie, daß er sich von ihr zurückzog. Der Grund dafür ging ihr eines Abends auf, als sie sich gerade darauf vorbereitete, zu Bett zu gehen.

Er denkt, ich will ihn zu meinem Ehemann machen.

Nur um ihn zu beruhigen, erfand sie die romantische Geschichte ihrer leidenschaftlichen Liebe zu einem Geistlichen, den Bischof Dancer so grausam nach Boat Harbour verbannt hatte. Er sollte denken, daß ihr Herz bereits vergeben war, daß sie sich lediglich wünschte, er möge ihr

Gesellschafter und Gesprächspartner sein. Er sollte ruhig sein, sich fangen und aufhören, im Haus herumzutrippeln.

Aber sie erzählte ihre Geschichte einem Mann, dessen Gefühle so beschaffen waren, daß er kaum imstande war, diese Last zu tragen, geschweige denn die traurige Geschichte, die sie ihm zusätzlich auflud. Er war sehr berührt, zu sehr berührt. Es war lächerlich, das wußte er – schließlich kannte er sie kaum –, aber er mußte alle Kraft zusammennehmen, um nicht in Tränen auszubrechen. Er biß sich auf die Lippe, er verzog das Gesicht, er bat, ihn zu entschuldigen, obwohl doch noch ein Stück Rosinenkuchen ungegessen auf seinem Teller lag. Sie hörte das Quietschen der Stufen, als er die Treppe hinaufging. Die Tür zu seinem Zimmer wurde geschlossen. Lucinda nahm ihre Teetasse und warf sie an die Wand.

74
Kopf oder Zahl

Lucinda hatte ihm ein Bild von Mr. d'Abbs entworfen. Sie hatte ihn in ein schüchternes Wesen verwandelt, in eine Haselmaus mit einer Weste und einer goldenen Uhrkette. Oscar hatte sich eine kleine rosige, bebende Nase vorgestellt, hatte Mr. d'Abbs' Hände vor sich gesehen, wie sie über sein Gesicht strichen, während er nervös Toilette machte. Als er zu dem Vorstellungsgespräch ging, empfand er innige Zuneigung zu Mr. d'Abbs, nicht nur wegen dessen Furchtsamkeit, sondern auch wegen der christlichen Nächstenliebe, die diesen bewegte, seinen guten Namen als Geschäftsmann aufs Spiel zu setzen, indem er einem Mann Arbeit gab, dessen Schande in aller Munde war. Als er aber schließlich in Mr. d'Abbs' Büro saß, stellte er fest, daß dieser keineswegs schüchtern war, oder wenn doch, so war diese Schüchternheit ausgesprochen selektiv und reagierte vielleicht auf den Unterschied zwischen den Geschlechtern und ganz gewiß auf die gesellschaftliche Stellung seines Gegenübers, gerade so wie die Chinesen ein derart feines Gehör für die menschliche Stimme haben, daß man sich beispielsweise nach dem Weg zu Li-Po erkundigen kann und erst dann verstanden wird, wenn die Intonation genau richtig ist.

Es war der elfte Tag im Oktober und früh am Nachmittag. Regen prasselte gegen Mr. d'Abbs' Fenster, und obwohl er die Jalousie ganz hinaufgezogen hatte, war der Himmel so dunkel und schlierig, daß man eine Lampe anzünden mußte. Vom Büro aus sah man auf die Fenster anderer Büros, in denen ebenfalls Lampen brannten. Oscar hörte den Donner und dachte daran, daß bald sein Hemd durchnäßt an seiner Haut kleben würde.

»Sie haben keine Handschrift«, sagte Mr. d'Abbs. »Sie haben keine Handschrift, auf die irgend jemand auch nur einen Pfifferling geben würde.«

Oscar hockte auf der Stuhlkante. Er war sich der Flecken auf seiner Hose bewußt. Seine Versuche, sie zu entfernen, hatten sie nur noch schlimmer gemacht. Es waren dunkle Flecke mit einem Wasserrand. Er hatte das Gefühl, als wären sie die sichtbaren Male seiner Schande. Und obgleich er sich die Gefahren vor Augen geführt hatte, die das Zappeln barg, konnte Oscar sich, als Mr. d'Abbs ihn über den Schreibtisch hinweg übelgelaunt ansah, nicht beherrschen, mit der Oberseite des Daumennagels an seiner Hose zu reiben.

Er legte den Kopf schräg und sah Mr. d'Abbs an.

Mr. d'Abbs war unkonventionelle Menschen gewöhnt. Er sammelte sie sogar: Künstler, Dichter, Philosophen. Es war der große Stolz seines Lebens, daß er ihnen inmitten der Welt der Wirtschaft einen Zufluchtsort bieten konnte.

Er konnte niemandem, nicht einmal seiner Frau, sagen, welch einen Genuß ihm das Wissen bereitete, daß eben jetzt, in diesem Augenblick, in der Buchhaltung nebenan der Dichter und Forscher Mr. Jeffris, der Pianist Mr. Trevis-Dawes, der Aquarellmaler Mr. Coyle, dessen Ansichten von Pittwatter und dem Hawkesbury Henry Kingsley bewundert hatte, für ihn arbeiteten. Er hatte kein Verlangen, sich mit ihnen zu unterhalten, und er pflegte ganz gewiß keinen gesellschaftlichen Umgang mit ihnen. Aber mehr als alles andere erfüllte es ihn mit Genugtuung, daß sie da waren.

Aber der hier war kein Künstler. Er war Pfarrer. Mr. d'Abbs hatte jemanden erwartet, der breiter und ordentlicher war. Er hatte nicht damit gerechnet, bei einem geschaßten Geistlichen auf »künstlerische« Eigenheiten zu stoßen. Er war ein sehr merkwürdiger Bursche, und Mr. d'Abbs betrachtete ihn mit unverhohlener Neugier; es war erstaunlich, daß dieses ungekämmte Strichmännchen, dieser Grashüpfer, schließlich die Verteidigungsanlagen jener Frau überwunden hatte, die Harvey Fig »unsere Taschen-Venus« genannt hatte.

Weiße Hagelkörner tanzten auf dem Fenstersims. Von der Gasse unten drang das wilde Wiehern eines erschreckten Pferdes herauf. Mr. d'Abbs streckte unter dem Schreibtisch die Beine aus, kreuzte seine dünnen weißen Knöchel und wünschte, er hätte Miss Lucinda Leplastrier nicht so voreilige Versprechungen gemacht.

Die zusammengeknüllte Schriftprobe des Pfarrers knisterte noch – er konnte es jetzt hören – im Papierkorb neben seinem Schreibtischsessel.

»Ich habe schon einige schlechte Handschriften gesehen«, sagte Mr. d'Abbs.

»Ja«, sagte Oscar und legte seinen Knöchel über das Knie, merkte dann aber, daß man seinen Strumpf sehen konnte und dies ohnehin nicht die richtige Haltung für einen Angestellten war, und stellte den Fuß flach auf den Boden. »Ja, das kann ich mir vorstellen.«

»Tja, bevor ich all dies hatte«, sagte Mr. d'Abbs und machte eine großartige Gebärde, obwohl es in seinem Büro nicht viel gab, auf das man mit einer großartigen Gebärde hätte hinweisen können. »Mein eigener Bruder zum Beispiel.« Und Mr. d'Abbs sah vor seinem geistigen Auge ein Bild, das Oscar niemals erraten hätte: einen Jungen, dessen Arme mit juckenden Punkten jener winzigen roten Milben übersät waren, die man »Erntezwicker« nannte – sie kamen zur Erntezeit und gruben sich tief in die Haut. Sie waren sehr unangenehm. Sie waren schlimmer als die Disteln, die in die Hafergarben gebunden waren.

»Er war Linkshänder, wie Sie«, sagte Mr. d'Abbs und machte vor, wie sein Bruder sich um seinen Federhalter gekrümmt hatte. »Aber das haben sie ihm abgewöhnt. Vielleicht war er schon ein bißchen zu alt, denn obwohl meine alte Dame eine resolute Frau war, hat es damit nie so recht geklappt. Bei meinem Bruder war das nicht so schlimm, aber bei Ihnen, Sir, in Ihrem früheren Beruf . . .«

Bei der Erinnerung an seinen »Beruf« wurde Oscar schmerzlich berührt hochrot. Er hatte gedacht, von seiner früheren Tätigkeit wisse man hier nichts. Nun beugte er unter dem Gewicht der Schande den Kopf. »Ja«, sagte er und zwang sich, Mr. d'Abbs anzusehen, »das ist tatsächlich sehr unangenehm.«

Für Mr. d'Abbs lag in diesem Blick ein wütendes Funkeln. Er fand ihn ziemlich beunruhigend.

Oscar lächelte.

Mr. d'Abbs fand in seiner Schublade eine Zigarre. Sie war ausgetrocknet, eindeutig ausgetrocknet. Er holte sie trotzdem hervor und legte sie auf das Löschblatt. »Unangenehm, Sir. Ja, wirklich, sehr unangenehm. Ich kannte mal einen Pfarrer in Basingstoke, der Linkshänder war und nie eine Pfarrstelle behalten konnte, denn sobald die Leute einmal gesehen hatten, daß er das Sakrament in der linken Hand hielt, wollten sie ihn nicht mehr haben und rannten zum Bischof und ließen sich rubbel-die-Katz einen neuen Pfarrer geben.«

Oscar sah Mr. Judd die Straße hinunterreiten, Mrs. Judd auf einem dickbäuchigen, hinternschwenkenden Gaul hinterher. Rubbel-die-Katz.

»Ah, jetzt lächeln Sie, aber ich könnte schwören, daß Sie nie eine Stelle als Landpfarrer in England gehabt haben.«

»Das stimmt.«

»Wußte ich's doch. Sonst hätten Sie nämlich nicht gelächelt. In Mousehole in Cornwall hab ich einmal eine Hexe kennengelernt. Sie hat mir die Hand geschüttelt, als wäre sie ein Mann. In dieser Gegend könnte kein Linkshänder Pfarrer sein. Wie steht es mit Ihrem Latein? *Sinister?*«

»*Sinister, sinistra, sinistrum, sinistro, sinistris.*«

»*Sinistartorium*«, sagte Mr. d'Abbs. Er tastete mit seiner linken Hand in der Schublade umher. Er fand den Zigarrenschneider.

»Der Ablativ?«

Mr. d'Abbs antwortete nicht, aber als er aufsah, wirkte er höchst zufrieden. »Tja«, sagte er, »wir sprechen hier kein Latein, auch wenn Mr. Jeffris, mein Bürovorsteher, eine Vorliebe für die Klassiker hat. Aber was sollen wir mit Ihnen anfangen? Sie schreiben unleserlich. Ich hätte vielleicht nichts dagegen einzuwenden, aber Mr. Jeffris ist ein Höllenhund. Er wird Ihnen was hinter die Ohren geben. Und glauben Sie nur nicht, daß das eine poetische Umschreibung ist. Genau das wird er tun. Es ist prähistorisch. Es ist der unumstößliche Beweis dafür, daß wir den Affen noch in uns haben. Eben noch ein zivilisierter Mensch und im nächsten Augenblick ein Tier. Und doch ist er auf seinem Gebiet ein solches Genie, daß ich es ihm nicht verbieten kann, denn ein guter Buchhalter ist das Geheimnis eines jeden erfolgreichen Geschäftes. Wenn Ihnen jemand etwas anderes weismachen will, glauben Sie ihm nicht. Die armen Buchhalter mit ihren tintenverschmierten Manschetten sind es, die es uns Gentlemen ermöglichen, im Club zu sitzen oder mit Mitgliedern der Regierung zu speisen. Es sind die Buchhalter, Sir, und ich bin beileibe kein Radikalreformer. Meine Beobachtung ist wissenschaftlich fundiert. Es ist meine Aufgabe, am Ruder zu stehen und den Kurs ein wenig nach links, eine Winzigkeit nach rechts zu korrigieren, und doch: Was kann ich schon groß tun? Werden Sie den Anforderungen gewachsen sein? Das hier ist etwas anderes als beten.«

Oscar wußte nicht, was er auf eine solche Frage antworten sollte. Er fuhr sich durchs Haar. Er entdeckte einen Zweig darin, der sich während seines Morgenspaziergangs in Longnose Point darin verfangen hatte. Er zog ihn heraus und betrachtete ihn: ein acht Zentimeter langer Eukalyptuszweig.

»Ich hoffe, daß Sie den Anforderungen gewachsen sein werden«, sagte Mr. d'Abbs, sah den Zweig an und legte den Kopf schief.

Es trat eine kleine Stille ein. Oscar steckte den Zweig in die Tasche.

»Ich hoffe, daß Sie den Anforderungen gewachsen sein werden, denn wenn es etwas gibt, das unangenehmer ist, als einem Mann Arbeit zu geben – und Sie in Ihrer Lage werden wohl nicht verstehen können, daß der Akt des Arbeitgebens etwas Unangenehmes ist, was? –, wenn es also etwas gibt, das unangenehmer ist, als einem Mann Arbeit zu geben, dann daß man ihm sagt, daß man ihm keine Arbeit mehr geben wird.«

Mr. d'Abbs' Ledersessel war neu und glatt, und er war, während er redete, immer tiefer gerutscht. Jetzt aber setzte er sich auf, zupfte an seinen Aufschlägen, zog an der seidenen Krawatte und stützte die Ellbogen in den Ärmeln aus Cord auf die Tischplatte.

»Sie würden nicht für möglich halten, was für Szenen sich schon in diesem kleinen Zimmer abgespielt haben, Mr. Hopkins. Männer, die man für zivilisiert hätte halten sollen, Männer, die in Merton oder Oriel studiert haben, Astronomen, Meister der Dichtkunst, haben dort gesessen, genau dort, wo Sie jetzt sitzen, und mir mit Angriffen auf mich, meine Kinder, meinen Besitz gedroht. Und das waren Gentlemen, oder jedenfalls gaben sie vor, es zu sein, und ehe ich es mich versah, drohten sie mir mit Gerichtsverfahren und behaupteten, sie hätten Freunde in der Regierung und so weiter. Und es spielt keine Rolle, daß ich lange davor ein ruhiges Gespräch mit ihnen geführt hatte, so wie das, das ich jetzt mit Ihnen führe, und daß ich ihnen meine Unannehmlichkeiten und Sorgen geschildert hatte. Letztlich spielt das alles keine Rolle. Aber schreiben Sie es bitte auf, wenn Sie wieder zu Hause sind. Schreiben Sie auf, was ich Ihnen gesagt habe, und wenn Mr. Jeffris findet, daß Sie seinen Ansprüchen nicht gerecht werden, und Sie den Wunsch verspüren, einen Stein durch mein Schlafzimmerfenster zu werfen, dann lesen Sie vorher Ihre Aufzeichnungen.«

Erst als Mr. d'Abbs aufstand und die Hand ausstreckte, begriff Oscar, daß er nun eine Stelle als Buchhalter hatte. Er hätte froh sein sollen, aber er war es nicht. Er verspürte keine Freude, nur Angst vor dem, was über ihn hereinbrechen würde.

»Tja«, sagte Mr. d'Abbs und griff nach der Glocke auf seinem Tisch. Er läutete und hoffte, daß das Läuten munter klang. Er fühlte sich allerdings ganz und gar nicht munter. Denn nun würde er Mr. Jeffris' Rache dafür erdulden müssen, daß er diesen Burschen eingestellt hatte. Tage-, ja vielleicht monatelang würden Türen zugeschlagen, Papiere auf den Tisch geknallt, Lippen zusammengepreßt, einsilbige Antworten gegeben werden – es würde eine disharmonische Reihe von Akkorden und Trommelschlägen folgen, an deren Ende die Entlassung dieser Vogelscheuche stehen würde. Er stellte die Glocke wieder auf den Schreibtisch und sah seinen neuen Buchhalter an. Der Bursche tappte mit seinem linken Fuß und klimperte mit Münzen in seiner rechten Tasche, eine Kombination von Bewegungen, die seiner Haltung etwas Ungewöhnliches gab: das Becken war vorgeschoben, die rechte Schulter hing herab, und das Ganze wurde gekrönt von einem schauerlichen Lächeln, dessen Bedeutung völlig unklar war.

Oscar hatte einige wenige Münzen in der Tasche. Es waren zwei Pennies, große, schwere Münzen – drei davon wogen eine Unze –, und drei Dreipennystücke, die so leicht waren, daß man ihr Gewicht in einer leeren Tasche nicht gespürt hätte. Er zog einen Penny hervor und betrachtete ihn. Er tat das so harmlos, daß Mr. d'Abbs, der ihn anstarrte, dachte, dieser Einfaltspinsel wundere sich lediglich, was in seiner Tasche so viel Lärm gemacht hatte. Mr. d'Abbs verschwendete kaum einen Gedanken daran. Aber als der schlagseitige Buchhalter den Penny in die Luft schnippte und ihn – patsch! – auffing, begann Mr. d'Abbs nachzudenken. Weiß Gott, er dachte nach. Da jedoch das einzige Sichtbare bei dieser Handlung ein Mann war, der eine Münze warf, und da dieses Verhalten, auch wenn es sich in das Bild einer Spielernatur fügte, weder zu dem Verhalten des Mannes noch zu der Situation, dem Büro, dem Einstellungsgespräch, der Zigarre des Arbeitgebers und den Buchhaltern nebenan paßte, kam Mr. d'Abbs, noch während Oscar die Münze auf seinem Handrücken begutachtete, zu dem Schluß, daß es sich hierbei lediglich um eine nervöse Angewohnheit ähnlich dem Wippen von Knien und dem Hervorziehen von Zweigen aus dem Haar handelte – eine unvorteilhafte Angewohnheit, aber letztlich nichts weiter als eine jener Verschrobenheiten, die Miss Leplastrier – wer konnte daran zweifeln? – wohl für ein positives Charaktermerkmal halten mochte. Er seufzte.

Oscar hörte den Seufzer. Er ließ ihn an die Stelle des Seufzers treten, den er selbst gern ausgestoßen hätte. Der Penny war ein Fingerzeig Gottes.

Kopf.

Er mußte die Stelle nehmen.

75
Schmierfink

Mr. Jeffris schlug ihn nicht. Oscar hatte erwartet, geschlagen zu werden, aber in der ganzen Zeit, die er dort arbeitete, schlug ihn niemand. Er sah auch nie, daß einer der anderen Buchhalter – es waren zwanzig in dem langen, schmalen Raum – mehr abbekam als einen scharfen Nasenstüber, und auch dies geschah nur in einem einzigen Fall, und da das Opfer dieser Züchtigung der allerjüngste der Buchhalter war und der Zwischenfall allgemeines großes Gelächter hervorrief, in das selbst der Betroffene einstimmte, war das Ganze offenbar doch nicht so schlimm.

Und trotzdem herrschte in dem Raum eine fast unerträgliche Spannung, und wenn auch nicht tatsächlich geschlagen wurde, so lebte man doch mit der *Möglichkeit* von Schlägen, und dies war es, dachte Oscar, als dieser ganze Alptraum vorüber war, was die Arbeit unter Mr. Jeffris so anstrengend machte, daß Oscar, kaum daß er zu Abend gegessen hatte, das Bedürfnis hatte, zu Bett zu gehen und, wenn die Umstände es zuließen, volle zehn Stunden schlief wie ein Toter.

Den ganzen Tag waren seine Muskeln hart und angespannt, obwohl niemand ihn bedrohte, und über Schläge wurde kein Wort verloren. Überhaupt wurden nur sehr wenige Worte über irgendein Thema verloren, und wenn dies auch nicht gerade Mr. Jeffris' erklärte Politik war, so war Oscar doch nach einer Stunde schon klar, daß der Bürovorsteher keine Unterhaltungen zwischen den Buchhaltern wünschte, und Oscar hatte beim Betreten des Büros ein Gefühl, wie man es in einem Omnibus hat, in dem jeden Tag dieselben Leute fahren: Die Passagiere sind miteinander vertraut und nicken einander zu (oder auch nicht), lassen aber ein Gemeinschaftsgefühl erst erkennen, wenn es zu einer Tragödie oder einem komischen Zwischenfall kommt. Dann bringen sie ihre Solidarität durch Gelächter zum Ausdruck. Oscar gab ihnen fast sogleich Gelegenheit dazu.

Mr. d'Abbs hatte geläutet, und zwar ganz und gar nicht munter, sondern heftig und nervös. Er hatte Mr. Jeffris vorgestellt, der auf den ersten Blick keineswegs prähistorisch wirkte. Was den Beweis für den Affen im Menschen betraf, so konnte Oscar nichts davon sehen. Mr.

Jeffris war ein junger Mann, nicht älter als Oscar, mit dem Schnurrbart und der Haltung eines Gardeoffiziers, auch wenn er, der nur ein kleines bißchen kleiner war als Mr. d'Abbs, nicht die für das Militär erforderliche Körpergröße erreichte. Er hatte pechschwarzes Haar und war, abgesehen vom Schnurrbart, der dichter und länger war als der von Mr. d'Abbs, glattrasiert. Er hatte ein Grübchen am Kinn, und auf seiner sehr weißen Haut lag ein bläulicher Schimmer. Mr. Jeffris lächelte nicht, aber er machte auch kein mürrisches Gesicht. Er verzog überhaupt kaum eine Miene, und doch vermittelte er den Eindruck gewaltiger, ja gefährlicher Leidenschaft. Sie war da, in der Kluft zwischen der wütenden Intensität seines Blickes und der sehr ruhigen, beherrschten Haltung seines muskulösen Körpers.

Mr. Jeffris war sehr höflich zu Mr. Hopkins. Er führte ihn in die Buchhaltung. Es war ein langer Büroraum mit einem großen Ofen in der Mitte. Das zweimal in stumpfem Winkel gekrümmte schwarze Ofenrohr legte auf seinem Weg zur Wand eine erstaunlich lange Strecke zurück, und an der Art, wie die Tische ihm folgten, konnte man erkennen, daß es im Winter sehnlichst erwünschte Wärme abgab und, auf dem Weg von warm nach kalt, auch die Rangordnung unter den Buchhaltern dokumentierte: Mr. Jeffris' Tisch stand dem Ofen am nächsten, während der des jüngsten Buchhalters am weitesten entfernt war.

Oscar bemerkte die ungewöhnliche Führung des Ofenrohrs, verstand sie aber nicht. Mehr überrascht war er über die teure, in Mauve und Braun gehaltene Tapete (einerseits) und den nackten, mit Farbe bespritzten Boden (andererseits). Das paßte nicht recht zusammen, und der Grund hierfür – den ihm mitzuteilen sich allerdings niemand herbeiließ – war, daß die früheren Mieter, sehr erfolgreiche Anwälte, ihren Teppich mitgenommen hatten. Den größten Eindruck machte auf Oscar die Tiefe des Raums, der nur fünf Fenster besaß, welche allesamt auf die Sussex Street gingen, und so war er erstaunt, als man ihn zum Licht führte und ihm einen Tisch am Fenster zuwies, von wo er nicht nur einen Ausblick auf das interessante Treiben auf der Sussex Street selbst – eisenbeschlagene Räder, Kopfsteinpflaster –, sondern auch auf das bunte Durcheinander der kleinen Puzzleteile des Darling Harbour hatte, das am Ende zweier gegenüber abzweigender Straßen zu sehen war. Sogar der Kamin der Prinz-Rupert-Glashütte lag in seinem Blickfeld.

Als man ihn zu seinem Tisch führte, fürchtete Oscar, er werde zu Unrecht bevorzugt. Er wollte sich nicht so schnell Feinde machen.

»Aber«, sagte er zu Mr. Jeffris, »dieser Tisch ist doch viel zu gut für mich.« Er sagte es im Flüsterton, aber da es sehr still im Raum war, rief dieser Satz trotzdem brüllendes, höhnisches Lachen hervor. Man rückte Stühle, hustete, schnaubte, keuchte – es war ein Tohuwabohu. Oscars Wangen wurden so flach wie Töpferton, auf den man mit dem Spatel geschlagen hat. Er sah Mr. Jeffris an, der auf seinem Schnurrbart kaute. Dann wandte er seinen Blick den anderen Buchhaltern zu, die schon wieder verstummt waren. Niemand sah ihn an.

Er dachte: Diese Gemeinheiten werde ich mir nicht gefallen lassen.

Dann dachte er: Ich muß.

Die spinnwebfeinen Kapillaren in seinen Wangen waren prallvoll mit Blut. Er saß an seinem Tisch und stellte fest, daß sich irgend etwas an der klebrigen, gewachsten Oberfläche für seine Finger eklig anfühlte. Er faltete die Hände im Schoß. Der Drang, aufzustehen und zu gehen, war immer noch sehr stark. Er überfiel ihn in Wellen wie Magenschmerzen. Mr. Jeffris gab ihm drei muffig riechende Journale mit brüchigen Lederrücken. Dies waren die Debitorenbücher der Firmen »John Hill & Co.«, »John Bell« (Homöopathische Arzneien) und »Senior's«, die ebenfalls Heilmittel herstellte, ohne jedoch den Anspruch zu erheben, es seien homöopathische. Oscar war, was das Geschäftsleben betraf, kein Snob, aber diese Welt war ihm völlig fremd. Als er einen Blick in die Bücher warf, hatte er das Gefühl, er werde sie nie verstehen. Mr. Jeffris gab ihm die Quittungsbücher der Firmen und bat ihn, die Empfangsbescheinigungen in die Journale zu übertragen. Und obgleich man meinen könnte, dies sei eine nicht gar so fernliegende Tätigkeit für einen jungen Mann mit einer Leidenschaft für Rennstatistiken, vermochte Oscar die Wesensverwandtschaft nicht zu sehen. Er empfand nur Verzweiflung darüber, daß man das Leben so niedrig und langsam und sinnlos dahinbringen konnte. Mr. Jeffris gab ihm einen Federhalter mit einer neuen Feder, ein Tintenfaß und einen Bogen rosa Löschpapier, das, vielleicht aufgrund seiner Farbe, vielleicht aber auch nicht deshalb, bei seinen Kollegen einen Husten- und Scharranfall auslöste.

Und so wurde Oscar eingestellt. Er versuchte, Dankbarkeit zu empfinden. Er saß auf einem harten Holzstuhl ohne Kissen, an einem Tisch mit einem wackligen Bein, ein Umstand, der manchmal dazu beitrug, daß ihm Ausrutscher und Kleckse unterliefen. Er fand die Arbeit anstrengend und die Arbeitszeit zu lang. Nichts in Hennacombe, in Oxford, in Notting Hill, in Randwick war so geisttötend gewesen. Als Pfarrer hatte er seine Vormittage am Schreibtisch genossen. Er hatte etwas Jasmintee getrunken und sich dabei Gedanken über die vordringlichste Pflicht der Woche gemacht: seine Sonntagspredigt. Nichts hatte ihn auf etwas so Langweiliges und Niedriges vorbereitet.

Er trug Bezeichnungen für Waren ein, unter denen er sich nichts vorstellen konnte, und in der Spalte daneben Preise, die er nicht hätte bezahlen können.

Er übertrug: Duschwannen.

Badewannen mit Fußabdeckung.

Sitzwannen.

Fußwannen.

Er trug ein: Badezimmerablagen.

Chiffonieren.

Extrafeine Ware.

Millefleurs-Puder.

Und er schwitzte in der prallen Nachmittagssonne, die brennend heiß auf seinen Tisch schien und von Tag zu Tag stärker wurde. Er bat nicht darum, daß ein Vorhang angebracht wurde. Er wußte, welches rohe Gelächter diese Bitte begleiten würde. Seine Arbeitstage endeten nicht mit einem Gefühl der Befreiung, sondern mit dumpfen Kopfschmerzen und einem verschwitzten Hemd, das ihm unangenehm an der Haut klebte. Seine Träume schrumpften ein, bis sie keine größere Vorstellungen mehr aufnehmen konnten als die von einem Vorhang oder einem raschelnden Popelinehemd mit scharfen Falten. Er besaß nur zwei Hemden. Das weiße trug er zwei Tage lang, das blaue drei. Und obwohl er dreimal pro Woche badete und seinen Kragen täglich wechselte, rochen seine Hemden wie die alten Lumpen, die in der Beiküche in Hennacombe in Mrs. Williams' Eimer gelegen hatten. Seine Kollegen machten Bemerkungen über diesen Geruch, ohne daß allerdings je ein Wort gesagt worden wäre. Es geschah irgendwie im stillen, obgleich »Stille« vielleicht das falsche Wort dafür ist. Es war eher eine niederdrückende Stille, die wie ein Deckel war, unter dem sich eigenartige und geheime Geräusche regten.

Hochwürden Oscar Hopkins saß über einer übel nach Pferdedung riechenden Straße von Sydney in seinem eigenen Gestank, ein Opfer einander ablösender Wellen von Wut und Depression, die von einer hinter sonnenhellem Glas gefangenen Schmeißfliege oder dem Glockengeläut von St. Stephen in Pyrmont oder von St. Andrews in der Innenstadt ausgelöst werden konnten.

Er hatte der kirchlichen Kommission dargelegt, daß er nicht aus Gewinnsucht gewettet hatte, aber er hatte sich nicht gut verteidigt. Er war nervös gewesen, eingeschüchtert durch die Unerschütterlichkeit und die Autorität seiner Richter. Er hatte sich so verworfen gefühlt, wie sie ihn sahen. Seine Stimme hatte gezittert, als er vor ihnen gestanden hatte, vor den in Purpur gekleideten Bischöfen, die Tee aus Tassen mit Blumendekor tranken. Er hatte gesagt, daß er nie zu seinem persönlichen Vorteil gespielt habe, und sie hatten ihm das einfach nicht geglaubt. Und so war er ausgestoßen, angespuckt, mit dem Bann belegt worden.

Mr. Jeffris nannte ihn »Mr. Schmierfink«. Das hielt man für einen großartigen Witz. Er bekam die Aufgabe zugewiesen, die Tinte zu mischen – eine schmutzige Arbeit, die seine Manschetten ruinierte. Wenn er montagabends nach Hause ging, saß die Tinte so tief in den Poren seiner Haut, daß es eine Behandlung mit Bimsstein brauchte, um sie, oder vielmehr das meiste davon, zu entfernen, denn selbst nach langem und schmerzhaftem Scheuern blieb immer noch ein Schatten, ein bläulicher Schimmer, der auf seiner Haut lag und den er Miss Leplastrier gegenüber scherzhaft seinen »Montagsschatten« nannte.

Elizabeth Leplastriers Tochter fand an seinem unordentlichen Erscheinungsbild mancherlei auszusetzen: seine blaue Tinte, den unangenehmen Geruch seiner Hemden. Und doch hielt sie es für ihre christliche Pflicht, ihm zu helfen, und so mühte sie sich samstagmorgens (nicht sehr elegant) zusammen mit ihm ab und rührte im Kessel mit der Kochwäsche. Ihr Gesicht war feucht vom Wasserdampf. Ihre Augen brannten vom Rauch. Er pladderte mit kochendem Wasser, spritzte sie und sich selbst naß und stieß Schmerzlaute aus, während er das blaue und das weiße Hemd im Waschtrog bearbeitete.

Soviel war klar: Er war mit seinen Händen nicht besonders geschickt. Er ging die Dinge zu hastig an, um sie ordentlich zu erledigen. Er war unbeholfen, bewegte sich eckig und hätte sich ernsthaft verletzt, wenn er je in einer Glashütte hätte arbeiten müssen.

Lucinda interessierte sich dafür, wie Männer etwas machten, wie sie ihr Leben organisierten. Sie setzte ihren Gast an den Küchentisch und fragte ihn über die Tintenherstellung aus. Er überraschte sie mit der Gewissenhaftigkeit seiner Antwort – das paßte so gar nicht zu klatschenden Hemden und spritzendem Wasser.

Um die Tinte zu mischen, brauchte er zunächst einmal eine braune Papiertüte mit Tintenpulver, einen kleinen Blechbecher und eine große Flasche. Mit diesen Utensilien mußte er in die Durchfahrt gehen, die durch das Gebäude führte. In dieser Durchfahrt war ein Wasserhahn angebracht. Natürlich gab es im Haus noch andere Wasserhähne, aber es war verboten – über den Becken hingen Schilder, die es ausdrücklich untersagten –, dort Tinte anzumischen. Nein, er mußte in die Durchfahrt gehen, die nicht nur rotznasigen Botenjungen, die den Weg von der Kent zur Sussex Street abkürzten, als Passage diente, sondern auch eine Zufahrt für die Wagen und Lastkarren war, die zu der Stellmacherwerkstatt im mit Gerätschaften vollgestellten Innenhof des Gebäudes wollten. In dieser Durchfahrt ging selbst bei schönstem Wetter ein Zugwind, und der Wasserhahn war einer von denen, die eine weite Öffnung haben, durch die gurgelnd viel Luft kommt – »lauter Luft und kein Wasser«, wie ein vorbeigehender Lumpensammler bemerkte. Hier, an die nach Urin stinkende Wand gedrückt, hockte Theophilus Hopkins' Sohn, inzwischen vierundzwanzig Jahre alt, ein Alter, in dem sein Vater bereits zwei herausragende Monographien veröffentlicht hatte, und mußte das Tintenpulver mit einem flachen Stahlspatel in den Blechbecher geben, wobei er die Menge nur schätzen konnte. Das war nicht nur eine niedere Tätigkeit, sondern auch *nicht einfach*. Tintenpulver wurde vom Wind davongeweht. Winzige, stechend brennende Pigmentteilchen landeten in seinen ohnehin schon böse blutunterlaufenen Augen. Er mußte das Pulver in dem Becher zu einer Paste verrühren. Der Wasserhahn gurgelte, spritzte, kleckerte. Der Spatelgriff wurde naß, dann blau. Das Blau war jetzt auf seinen Händen und seinem Gesicht, aber er mußte den Brei so weit verdünnen, daß man ihn gießen konnte, und ihn in die Flasche füllen, und wenn dann noch genug Zeit war und man nicht schon den jungen Summers hinuntergeschickt hatte, um ihm ausrichten zu lassen, er möge sich beeilen und man brauche die Tinte jetzt so schnell wie möglich, wenn Sie nichts dagegen haben, Mr. Schmierfink, konnte er sich waschen.

Er brachte Lucinda zum Lachen, aber als ihre Fröhlichkeit sich gelegt hatte, blieb ihr ein schwarzer und leicht bitterer Nachgeschmack, und diese ganze Szene paßte nicht zu ihrem Bild von Mr. d'Abbs, den sie, trotz seiner Schwächen und Eitelkeiten, immer für einen gutherzigen Menschen gehalten hatte und nicht für jemanden, der einen anderen Menschen dem Spott und der Erniedrigung aussetzte.

Es gab zu dieser Zeit vieles, das ihr Sorgen bereitete, Dinge, die sie selbst eigentlich wichtiger fand als ihren nervösen, tintenverschmierten Gast.

Aber sie konnte es nicht ertragen, daß er Schmierfink genannt wurde. Daß er es hinnahm, war ein Fehler, und noch schlimmer war es, daß er Witze darüber machte. Der gurgelnde Wasserhahn blieb ihr im Gedächtnis. Sie sah ihn deutlich vor sich: seine weite, graue Mündung, den grün angelaufenen Messinggriff. Dieses Bild rief in ihr ein Gefühl hervor, das in keinem Verhältnis zu seiner tatsächlichen Bedeutung stand. Sie war es gewesen, die diese Situation heraufbeschworen hatte, und sie nahm mehr Schuld auf sich, als sie für richtig hielt. Sie nahm sie auf sich und fand es gleichzeitig dumm, das zu tun. Und als es weit bedeutendere Dinge gab, mit denen sie sich hätte befassen müssen, verließ sie ihr eigenes Büro (nur ein kleines Stück die Sussex Street hinunter, vor der Druitt Street) und ging mit geradem Rücken und raschen, zielstrebigen Schritten zu der Durchfahrt, die zur Werkstatt des Stellmachers führte.

Der Wasserhahn war an der Südseite. Sie hatte gedacht, er sei an der Nordseite. Es lag ein Geruch in der Luft – ein Geruch nach Männerpisse –, der sie normalerweise ihre Schritte hätte beschleunigen lassen. Kein Teil des Wasserhahns war aus Messing. Er war ein stumpfgraues Ding, ein fetter und häßlicher Apparat, stumpf und grau, mit Tinte verschmiert, die, wie es schien, auch der Grund für diesen Gestank nach betrunkenen Männern war.

Sie drehte den Hahn auf und wieder zu. Sie sog die Unterlippe nach innen. Wasser spritzte auf ihre Schuhe. Wenn dies die Arbeit war, die Mr. d'Abbs seinen Dichtern und Astronomen gab, dann war er nicht einmal der Schatten jenes Mannes, für den er sich ausgab, dann war er ein Barbar wie alle anderen.

Lucinda war mit einemmal sehr wütend. Es gefiel ihr nicht, daß ihre Schuhe naß waren. Sie würde sich den Raum ansehen, in dem ihr

Freund, der »Ästhet«, der Medici, seine Dichter unterbrachte. Vielleicht war es ein Stall, ein Wandschrank, ein Hühnerhaus, der Boden eines Brunnens.

Sie ging durch das zederngetäfelte Treppenhaus hinauf zu den Büros und stellte fest, daß Mr. d'Abbs (er mußte an ihr vorbeigegangen sein, als sie an dem Wasserhahn herumgedreht hatte) einige Schritte vor ihr war. Er bemerkte ihre nassen Schuhe, fragte aber nicht nach dem Grund dafür. Tatsächlich legten sie den ganzen Weg bis zu seinem Vorzimmer zurück, ohne sich auch nur einen guten Morgen gewünscht zu haben. Mr. d'Abbs war nervös. Lucinda glaubte, dies hinge irgendwie mit dem Wasserhahn zusammen. Aber er hatte sie gar nicht am Wasserhahn stehen sehen. Er war nervös, weil er es nicht mochte, wenn die Routine seiner Ankunft im Büro gestört wurde. Er hatte Miss Leplastrier nicht erwartet. Unerwartetes mißfiel ihm. De facto empfing er Miss Leplastrier. Es war jedoch nicht seine Aufgabe, jemanden zu empfangen. Das war Mr. Jeffris' Vorrecht, und dieser Punkt war schon vor langer Zeit geklärt worden. Jetzt war Mr. d'Abbs sich nicht sicher, ob er in sein Büro gehen und Miss Leplastrier im Vorzimmer stehenlassen oder ob er sie ohne Rücksicht auf die Gepflogenheiten hineinbitten sollte; andererseits schien sie sein Büro ohnehin nicht sehen zu wollen.

Sie wollte die Buchhaltung inspizieren.

Oh, nein, das würde sie nicht, das wäre ja noch schöner.

Das Vorzimmer war sehr klein, und obwohl das Sofa bequem genug und der Raum mit einem Aschenbecher, einem Messing-Spucknapf und einer Ausgabe der *London Illustrated News* ausgestattet war, hatte man darin kaum mehr Platz als in der Kutsche, mit der sich Mr. d'Abbs in die Stadt hatte fahren lassen. Sie standen daher sehr dicht beieinander, und angesichts dieses erzwungenen engen Kontaktes mit einem Vertreter des anderen Geschlechts war beiden unbehaglich zumute.

»Es kommt überhaupt nicht in Frage«, sagte Mr. d'Abbs, stellte umständlich den Schirm in den Schirmständer, der ausschließlich für Besucher gedacht war, überprüfte den Sitz seiner Manschetten und lächelte in die Richtung der Schulter seiner Klientin (dies alles allerdings nicht in ruhiger Folge, sondern als wäre er eine Maschine, in der irgendein Teil nicht richtig verschraubt ist, und als wollte er, entgegen den bei der Herstellung eingebauten Grundsätzen, alles drei gleichzeitig tun).

»Es kommt überhaupt nicht in Frage, daß Sie die Buchhalter bei der Arbeit stören.«

Beinahe hätte Lucinda eine Ausrede erfunden. Dann dachte sie: Nein, ich werde mich nicht durch eine Lüge erniedrigen. Sie nahm die Schultern zurück und versuchte, seinen Blick festzuhalten. Sie erklärte, sie wolle sich ein Bild von den Arbeitsbedingungen der Buchhalter machen.

Mr. d'Abbs dachte: Ha!

Er glaubte, sie sei verliebt. Und diese Erklärung ließ ihn zwar schief grinsen (sie wollte bloß ihren Geliebten sehen, das war alles), spendete ihm aber keinen Trost.

Sie legte ihre naseweise kleine Hand auf den Griff der Tür zur Buchhaltung. An dieser Tür war ein kleines Emailleschild. Darauf stand »Privat«. Am »t« war ein kleines Stück abgesprungen, aber die Bedeutung war klar. Mr. d'Abbs starrte es an, als könnte er Miss Leplastrier durch die schiere Intensität seines Blickes dazu bringen, dem Schild zu gehorchen. Doch trotz seiner Bemühungen drehte sie den wackligen kleinen Türgriff.

Verflixt. Er würde ihr die Wahrheit sagen. Er würde sich ihr praktisch ausliefern. Bei einer Frau konnte man das wagen. Sie würde seine Übereinkunft mit Mr. Jeffris verstehen. Eigentlich war es gar keine Übereinkunft. Es war zwar nie ausgesprochen worden, aber es galt als vereinbart, daß der Raum hinter dieser Tür Mr. Jeffris' Territorium war. Nicht einmal Mr. d'Abbs, der Kapitän dieses Schiffes, setzte seinen Fuß dort hinein. Wenn er bestimmte Bücher einzusehen wünschte, läutete er.

»Kommen Sie, Miss Leplastrier«, sagte er jovial und öffnete die Tür zu seinem Büro. »Kommen Sie. Ich werde uns Tee bringen lassen.«

Doch hinter seinem Rücken hörte er ein leises »Klick«.

Lucinda trat in den Raum, in dem die Buchhalter arbeiteten. Es waren so viele Männer und Reihen von Tischen. Es war gar kein so schlechtes Büro, besser als ihr eigenes. Sie bemerkte den großen Ofen, die Tapete. Alles machte einen ordentlichen, geschäftsmäßigen, wenn auch etwas düsteren Eindruck. Sie sah einen kleinen Mann – er war nicht größer als sie selbst – auf sich zukommen. Sie fragte sich, wo Oscar sitzen mochte. Der kleine Mann, nahm sie an, war Jeffris. Er sah besser aus und war breitschultriger und athletischer, als sie gedacht hatte. Er war attraktiv, aber auf eine dunkle, beunruhigende Art, über die sie sich lieber keine Gedanken machte. Er schien zu tänzeln. Er hatte kleine Metallplättchen an den Schuhsohlen. Sie hörte ihn auf sich zukommen. Klack, klack, klack. Ganz grundlos hatte sie plötzlich Angst. Sie hatte ein Tor geöffnet und stand nun einem schwarzen Hund mit gesträubten Haaren gegenüber, der sie aus dem gefährlichen Teil seiner Kehle heraus anknurrte.

In ihrem Ohr konnte sie Mr. d'Abbs hören (allerdings verstand sie nicht, was er da sagte): »Ich habe ihm diesen Büroraum überlassen, müssen Sie wissen. Ein Bürovorsteher ist die Seele des Geschäfts. Von ihm hängt alles ab. Sie verstehen. Ein Bürovorsteher ist Basalt, Granit, auch wenn Sie das noch nicht bemerkt haben sollten.« Die Worte waren wie das Rascheln von trockenem Laub. Sie merkte, daß er an ihr zog wie ein bettelnder Zigeuner – kleine spitze Finger zupften an der Schulter ihres Crêpe-de-Chine-Kleides und an den Volants des Ärmels.

Dieser Mr. Jeffris gefiel Lucinda nicht. Er hatte dunkle, feindselige Augen. Sie hatte sich allein dadurch, daß sie seine Tür geöffnet hatte, seinen Haß zugezogen. Für einen Rückzug war es jetzt zu spät, und so trat sie außer Reichweite von Mr. d'Abbs' zupfenden Beschwörungen und weiter in den Büroraum hinein, zwischen die Tische der Buchhalter, die, obgleich sie erwachsene Männer waren und teilweise recht streng und militärisch wirkten, mit den Füßen scharrten und sich wie Schuljungen hinter ihre Bücher duckten.

Schließlich entdeckte sie Oscar. Das Tageslicht war sehr hell, und so sah sie ihn als Silhouette – sein wirres Haar unterschied ihn von den anderen. Erst aus der Nähe konnte sie seinen Gesichtsausdruck erkennen. Er würde sie nicht verleugnen. Sie sah es. Er blickte auf und lächelte, aber es war ein mitleiderregendes Lächeln. Oh, Gott, dachte sie, der arme Mann wird aufstehen müssen. Sie machte auf dem Absatz kehrt. Sie spürte die Augen aller Buchhalter auf sich. Sie roch die Gasse, den säuerlichen Geruch von Urin. Sie spürte die Geringschätzung, die diese Männer für ihren zierlichen Körper empfanden, für ihre Fraulichkeit, für den Klang ihrer Schritte auf den Dielen. Sie nickte Mr. Jeffris und Mr. d'Abbs zu, der zu der offenen Tür zurückgekehrt war wie ein Hund, dem man den Salon verboten hat. Als sie vor ihm stand, drehte sie sich um.

»Danke«, sagte sie. »Ich wollte mir ein Bild von den Arbeitsbedingungen machen.«

Sie blieb nicht, um sich mit Mr. d'Abbs zu unterhalten. Sie kam sich wie eine Idiotin vor. Sie eilte wieder zurück zu ihrem eigenen Büro und dachte daran, wie wenig sie doch darüber wußte, wie die Welt der Männer organisiert war.

An jenem Abend erfuhr sie von der rätselhaften Nachwirkung ihres Besuchs. Der ganze Bürobetrieb war aus dem Gleichgewicht geraten. Mr. Jeffris war in Mr. d'Abbs' Büro gestürmt. Es hatte einen sehr lauten Wortwechsel gegeben. Die Buchhalter waren an ihren Plätzen geblieben und hatten einander nicht angesehen.

76
Glück

Sie *erwartete* nicht gerade, glücklich zu sein, während sie, mit umgeschnürter Schürze und Holzpantinen an den Füßen, den Boden scheuerte, vom Gemüsehändler übergangen wurde, ihre eigene Fabrik nicht betreten durfte, Dennis Hassets Gesellschaft beraubt und allmählich so vom Leben abgeschnitten war, daß ein durchs Leben irrender Heimatloser ihr einziger Gefährte war, ein von der Kirche verstoßener Priester mit blau verschmierten Händen und einem müden, verschwitzten Geruch. Diese nicht sehr verheißungsvollen Umstände dienten lediglich dazu, ihre Aufmerksamkeit abzulenken, während das Glück sich an sie anschlich wie ein Wilddieb in der Nacht.

Sie hatte nicht gewußt, daß sie glücklich war, aber anderen war es insgeheim aufgefallen: den Glasbläsern, Mr. d'Abbs, Mr. Chas Ahearn, der ihr einen Besuch abgestattet und ihr Eier von seinen Bantamhühnern mitgebracht hatte. Sie bemerkten es, weil Lucindas Art sanfter geworden war, weil ihnen jene Ironien und Sarkasmen erspart blieben, die für Mr. Ahearns Geschmack beispielsweise in letzter Zeit zu ausgeprägt gewesen waren. Sie gab ihm einen Kuß auf die Wange und nannte ihn »Nonkel«, und der alte Herr errötete bis zu den Ohrläppchen.

Dennoch hatte sie den Augenblick, da ihre Waagschale sich von »niedergeschlagen« nach »obenauf« neigte, nicht erkannt. Sie war zu beschäftigt gewesen, um es zu bemerken, jedenfalls bis zu diesem Morgen, dem Morgen des letzten Sonntags vor dem ersten Advent. Sie ging mit ihrem Logiergast an ihrem gescheckten Haus vorbei (die eine Hälfte war weiß gestrichen, die andere Hälfte bestand aus unverputzten Backsteinen). Es war etwa eine Stunde bis zum Frühgottesdienst, und die Glocken von Balmain waren noch stumm. Glänzende Hereford-Rinder (sie gehörten zum Inventar der bankrotten Whitfield-Farm) taten sich am jungen Frühlingsgras gütlich. Lucinda trug ein langes weißes Baumwollvoilekleid mit winzigen eingewirkten Rosen. In einer Hand hielt sie Handschuhe und Gebetbuch, in der anderen ihren Hut. Sie ging auf dem schmalen Viehweg, der dem Grat der Halbinsel folgte. Es lag noch Tau, nicht viel zwar, aber sie spürte, wie der Saum ihres Kleides sich vollsaugte. Es war ihr gleichgültig. Oscar schritt neben ihr durch das fast kniehohe Gras. Es geschah nichts. Es wurde nichts gesagt. Aber sie dachte: Ich bin glücklich.

Sie sah Oscar an. Er bemerkte es nicht. Er war damit beschäftigt, nach Schlangen Ausschau zu halten und den Hafen zu betrachten – ein Meer aus schroffen Hügeln, zwischen denen silbriges Glas ausgegossen worden war. Er sah auf, er sah zu Boden, seine Augen waren überall. Er hatte eine kleine blaue Wildblume hinter das Band seines hohen Hutes gesteckt. Sie dachte daran, als welch ein angenehmer Hausgenosse er sich erwiesen hatte, und wenn sie in solche Ungnade gefallen waren, daß der mit nur rudimentärer Bildung ausgestattete Vikar von Balmain es vorzog, sie »nicht zu sehen«, wenn sie nach dem Gottesdienst an ihm vorbei ins Freie traten, so fand sie, dies sei eine Ungnade, die sie beide über den Rest der Gemeinde hinaushob.

Sie hatte ein vorschnelles Urteil über Oscar gesprochen. Das war eine schlechte Angewohnheit. Es hatte ihr früher schon Schwierigkeiten eingetragen. Sie hatte ihn mit Dennis Hasset verglichen und die Lippen gespitzt, wenn er die Teetasse auf eine bestimmte Weise zum Munde geführt oder die Kanne etwas zu hart auf den Tisch gestellt hatte. Sie war gekränkt gewesen, wenn er wieder in sein Zimmer gehuscht war und die Tür vor ihr geschlossen hatte. Und doch – wie schnell das gegangen war! – hatte sie nach und nach Stolz auf die Schicklichkeit empfunden, mit der sie inzwischen das Haus teilten, auf das Gefühl sorgfältig bemessener Beherrschung (eine von ihr sehr bewunderte Tugend), die sie sich im Umgang miteinander auferlegten, so daß eine große Nähe möglich war, eine Nähe, wie es sie unter intimen Freunden gab, aber auch eine erhebliche Distanz, eine Distanz nicht wie zwischen Fremden, sondern wie zwischen Nachbarn. Sie standen weit über den Philistern, von denen sie geschnitten und gekränkt wurden. Gott, der alle Dinge sah, würde ihr Tun nicht schändlich finden.

Sie spielten nicht, sie ließen sich auf kein Glücksspiel irgendwelcher Art ein.

Was Freundschaften mit Frauen betraf, besaß Oscar keine Erfahrungen. Zuerst war er ihr gegenüber schüchtern, stotterte, war unbeholfen und versuchte, sich in ihrer Gegenwart unsichtbar zu machen. Einzig und allein in seinen sündigen Träumen malte er sich ein ganz klein wenig intimere Begegnungen aus. Und wenn das Hausmädchen geblieben wäre, hätte sich daran vielleicht auch nichts geändert. Aber

Mrs. Froud hatte gekündigt, weil sie in anderen Umständen war, und nun hatten sie keine Hilfe mehr. Sie mußten das Haus in Ordnung halten, einen Ofen mit Bleirot anstreichen, Seife machen, Teppiche klopfen, die Messingtürgriffe mit Zitronenhälften abreiben. Als er sah, wie die junge Frau arbeitete – kleine, schnelle Schritte, ein Strich mit der Bürste, ein Schlag mit dem Staubtuch, ein Wisch mit dem Mop, ein Klappern mit dem Eimer, eine Energie, die das, was Lucindas Körpergröße versprach, weit übertraf –, zog der Logiergast seine abgewetzte Jacke aus, krempelte sich die Ärmel hoch, wodurch er dünne, milchweiße Arme entblößte, und machte sich an ihrer Seite an die Arbeit. Anfangs war Lucinda peinlich berührt. Es erschien ihr unmännlich.

Und doch wurden sie so zu Freunden: indem sie nebeneinander rückwärts kriechend die angeschlagenen Kacheln des schachbrettartig gemusterten Küchenbodens scheuerten. Sie gingen dilettantisch zu Werk. Sie tranken kannenweise Tee und hoben die Blätter auf, um die Teppiche damit zu reinigen. Und wenn sie, gewöhnlich gegen Mitternacht, endlich fertig waren, streifte Lucinda ihre Schuhe ab und ließ sie auf den feuchten Boden fallen, und Oscar legte die Füße auf einen Stuhl. Er war mit Bleirot oder W. G. Nixeys Bleischwarz verschmiert und hatte klebriges Bohnerwachs an den Ellbogen. Sie fand, er sei ein »altes Weib«, eine »gute Seele«, ein »komischer Kauz«. Manchmal sah sie ihn an und sah ihn, wie sie ihn noch nie zuvor gesehen hatte – als eine »Erscheinung«, die vor sich hin summte, mit dem Messergriff im Tee rührte, hoch und heulend lachte, lateinische Sätze von sich gab, von denen er annahm, daß Lucinda sie verstand. Im Gespräch war er so weitschweifig, so sprunghaft. Er gab ihr das Gefühl, mittelmäßig, unkultiviert und unelegant zu sein. Sie konnte nicht ahnen, daß ihre abgestreiften Schuhe »reizend« und das Objekt seiner Bewunderung waren.

Sie sah, was sie an Bord der *Leviathan* gesehen hatte: daß er kein Mann war, den man leicht gönnerhaft behandeln konnte, daß er ein leidenschaftlicher, ein begeisterungsfähiger Mann war, der sich in einen Dschungel von Ideen stürzen konnte, und zwar nicht ängstlich, sondern voller Ungeduld (zack, platsch, nasse Kleider aus dem Waschkessel), aber auch, daß er ein angenehmer Gesellschafter war.

Er hatte großes Heimweh und sprach gern von England. Es war ein anderes England als jenes, das sie so enttäuscht hatte. Es war ein heimeliges, grünes Land, und sie konnte nicht wissen, daß das Haus der Strattons feucht und kalt war oder daß die Baptistenjungen ihn gezwungen hatten, einen Stein zu verschlucken. Er sprach mit Wärme von den Strattons, die er »meine Gönner« nannte, und erzählte ihr nicht, daß Hugh Stratton, der bei Pferderennen eine ebenso glückliche Hand hatte wie bei der Landwirtschaft, mit Oscars System sein gesamtes Kapital verloren hatte und so tief in Schulden steckte, daß er sich inzwischen Geld von Leuten leihen mußte, die er seit seiner Studienzeit in Oriel nicht mehr gesehen hatte.

In der Zedernanrichte neben Oscars Ellbogen war ein leuchtend weißes Päckchen Spielkarten. Er sah es – es lag schief zwischen einem grauen Wollknäuel und einem unordentlich aufgerollten Maßband, er sah es oft, nämlich jeden Abend, wenn er die Hand nach der Sherry-Karaffe (mit dem eingeätzten Bild eines Emus) ausstreckte und die beiden fingerhutgroßen Gläschen einschenkte, die ihr »Schlaftrunk« waren. Er sagte kein Wort über die Karten. Er glaubte, seiner Gastgeberin – die den Haushalt mit solcher Disziplin versorgte – seien die Karten gleichgültig. Er wünschte, er hätte die Charakterstärke, das ganze Spiel zum Fenster hinauszuwerfen, aber nachdem er sich damit schon auf der *Leviathan* lächerlich gemacht hatte, wagte er es nicht.

Sie sprachen nicht über Kartenspiele, aber das, worüber sie nicht sprachen, verlieh ihren Abenden etwas Angespanntes und Prickelndes, und später lagen sie in ihren Betten – glücklich, gewiß, aber wach.

Lucinda schlich wohl gelegentlich um Mitternacht aus ihrem Haus, um irgendwoanders ein Spiel zu machen, aber sie wagte es nicht, das Kartenpäckchen in ihrer eigenen Anrichte anzurühren. Sie wußte noch gut, welche Leidenschaft ihn ergriffen hatte, als es um seine »Schwäche« gegangen war. Sie wagte nicht einmal, ihn zu fragen, wie es gekommen war, daß er seine Meinung in dieser Sache so grundlegend geändert hatte. Aber, ach, wie sehr es sie verlangte, mit ihm darüber zu sprechen, wie sehr sie sich wünschte, die Karten über eine graue Wolldecke gleiten zu lassen! Diesmal würde es keine Kopfschmerzen geben, nur diese wunderbare Erfüllung ihrer Freundschaft.

Aber sie sagte nichts. Und auch wenn sie ihre »reizenden« Schuhe auf den Boden geworfen hatte, auch wenn ihre nackten Zehen durch ihre Strümpfe deutlich zu sehen waren, auch wenn sie ein Glas Sherry in der Hand hielt – kurz: obwohl sie nach außen recht radikal erscheinen mochte, war sie, wie sie fand, zu schüchtern, zu sehr Mäuschen, um ihm ihre Spielleidenschaft zu offenbaren. Sie konnte diese mäuschenhafte Ängstlichkeit nicht leiden. Wie gewöhnlich fand sie sich zu vorsichtig, zu beherrscht.

Einmal sagte sie: »Ich wollte, ich hätte zehn Schwestern und eine große Küche, um darin zu lachen.«

Ihr Logiergast runzelte die Stirn und klopfte seine Knie ab.

Sie dachte: Er ist wie eine Schwester für mich, und das werde ich mit anderen Menschen nie erreichen, aber er versteht es nicht.

Sie hätte gerne eine Freundin gehabt; sie hätten einander das Haar bürsten können, sie hätten, so Gott wollte, endlich einmal diese schwere, klirrende, häßliche Rüstung ablegen können.

Selbst wenn sie scheinbar über ihre Glasträume sprach, hielt sie sie vor ihm verborgen. Er hörte voller Bewunderung zu, aber sie zeigte ihm nur die milchige Hülle ihrer Träume: Fensterglas, die dafür geltenden Transportpreise, die Schwierigkeiten mit den Bauunternehmen, die ihre Rechnungen nicht innerhalb von sechs Monaten bezahlten. Er glaubte, dies sei ihr Geschäft, und das war es natürlich auch, aber all die Dinge, von denen sie erzählte, waren wie eine Nebelwand vor einer Landschaft mit Bergen, so riesig, daß es ihr vermessen erschienen wäre, darauf Anspruch zu erheben. Ihr wahrer Ehrgeiz, den sie ihm aber nicht beichten konnte, war, etwas Außergewöhnliches und Großartiges aus Glas und Gußeisen zu bauen. Einen Kristallpalast, aber keinen Kristallpalast. Ein Palmenhaus, aber kein Palmenhaus. Glas, von Stahl eingefaßt, der wie ein Spinnennetz gewoben war – diese Idee tanzte am Rand ihres Blickfeldes umher, allerdings nie lange genug, um klare Konturen anzunehmen. Wenn sie versuchte, eine Skizze zu zeichnen, wirkte der Entwurf minderwertig, hölzern, unelegant. Manchmal, in ihren Träumen, hatte sie das Gefühl, als hätte sie die Form gefunden, die ihre Idee annehmen sollte, aber wenn es so war, dann war diese Form wie eine nicht ausreichend fixierte Photographie, die, dem Tageslicht ausgesetzt, verblaßt. Sie war klug oder töricht genug zu glauben, daß das keine Rolle spielte, daß die Form sich schließlich ganz von allein offenbaren würde.

Bevor sie an diesem Punkt angelangt war, waren viele grundsätzliche Dinge zu erledigen. Das wichtigste war, einen Gießer zu finden, der bereit war, ihr lange genug zuzuhören, um zu verstehen, um was es ihr ging. Sie hatte die ganze Umgebung des Darling Harbour und die verrauchten Gassen von Leichhardt abgesucht, und an jenem Sonntagmorgen, als ihr endlich bewußt wurde, daß sie glücklich war, beruhte ein Teil ihres Glücks sicherlich auf dem Wissen, daß sie in dem verdrießlichen alten Frauenhasser Mr. Flood den Mann gefunden hatte, der – auch wenn er Atheist war und weder Geschmack noch Sinn für Humor besaß – die benötigten Teile gießen und die Eckverbindungen austüfteln konnte. Ja, er würde ihr am Dienstag sogar einen »Prototyp« bringen.

Sie zeigte Oscar einen Ibis, der aus den Mangroven an der Snails Bay aufstieg. Sie sagte ihm, wie man diesen Vogel nannte, aber sie brachte es nicht über sich, ihm irgend etwas über ihr Geheimnis zu verraten. Der einzige, mit dem sie es teilte, war der Vikar von Boat Harbour.

Oscar hatte ihre Briefe nach Boat Harbour gesehen. Sie lagen dick und prall auf dem Kaminsims; er nahm an, es seien Liebesbriefe. Sie wußte, daß er das dachte. Er sollte es denken. Dieses Mißverständnis machte es ihnen möglich, Freunde zu sein und das Haus miteinander zu teilen. Aber die ganze Zeit war sie kurz davor, dieses Ding, dieses eine überaus wichtige Ding mit ihm zu teilen.

An dem Morgen, da sie wußte, daß sie glücklich war, betrachtete sie ihren Begleiter und sah sein fein geschnittenes, herzförmiges Gesicht, die raschen, vogelähnlichen Bewegungen, den leuchtenden Haarschopf; sie sah, wie er mit dem Gehstock nach Grasbüscheln schlug; sie sah, daß er die rechte Hand tief in der Rocktasche vergraben hatte; sie sah einen lieben Freund und Gefährten, aber sie sah auch einen leicht gefährlichen, begeisterungsfähigen, ja sogar egozentrischen jungen Mann. Wenn sie ihm ihr Geheimnis preisgab (es war so zerbrechlich, es war so schwer faßbar wie eine Wolke), würde sie es vielleicht erleben, daß er es zerstörte, weil er nicht begriff, was sie ihm da überreichte. Oder vielleicht würde er es auch verstehen, besser verstehen als sie selbst, und es ihr entwinden, es mit seiner Begeisterung an sich reißen.

Darum zeigte sie es ihm nicht, ihr Glasschloß mit seinen Streben wie Fledermausfinger, und wenn es eine Wolke gab, so war es eine Kumuluswolke mit aufragenden Säulen, mit Abgründen, sich emporschraubenden Spitzen und schwindelerregenden Tiefen. Sobald Lucinda daran dachte, spannten sich alle Sehnen in ihren Händen. Sie spielte jetzt mit ihren Fingern, hier draußen auf Longnose Point. Sie schloß die

Augen und verkniff ihr Gesicht. Es war ein herrliches Gefühl – angespannt, unerträglich, ein Jucken, ein Schmerz. Auf dem Wasser im Hafen von Sydney lag eine Haut aus Silber. Ein Kormoran durchbrach die Oberfläche wie eine phantastische Idee, die die dünne Haut zwischen Traum und Wirklichkeit zerreißt.

77
Feierlichkeit

Am Sonntag nach der Balmain Regatta ging Arthur Phelps zwei Meilen zu Fuß zur Whitfield-Farm. Er nahm seinen jüngsten Sohn mit. Die beiden steckten in ihren besten Kleidern, der Kleine in einem Matrosenanzug und Arthur in einem Tweedanzug mit Weste. Sie hatten die Stiefel in die Hand genommen, um das Leder zu schonen, und am Haus der Birchgroves Halt gemacht, um sie sich anzuziehen und das Angebot eines Bechers Wasser und einer Karotte frisch aus dem Garten anzunehmen.

Arthurs Bart war gewaschen und gekämmt. Er war schneeweiß und so weich wie das Fell eines gerade gebadeten Hundes. Lucinda hätte ihn fast nicht erkannt. Er sah so imposant aus wie Mr. Henry Parkes. Er roch nach Seife und Mottenkugeln.

Sie bat ihn herein, aber er setzte seinen Fuß nicht über die Schwelle. Sie hielt die Tür auf und sah, daß Moskitos ins Haus drangen, während ihr Gast sich die Schuhe auf der Tretmühle der Fußmatte abputzte. Sie kannte diese Art von »Respekt«. Ihr war dabei immer höchst unbehaglich zumute.

Arthur hatte eine Rede einstudiert. Er nahm Haltung an und zog seinen »Blasebalg« ein. Sein Sohn wurde von Moskitos gestochen, aber Arthur hielt seine Rede und ließ die Hand des Jungen nicht los. Als sie die Rede hörte, hatte Lucinda das Gefühl, daß ihre Ohren sich in leuchtende Blüten verwandelten. Arthur kannte nicht nur Oscars Namen, sondern verband ihn auch mit dem ihren. Er stellte eine Vermutung an. Das war das erste, was sie empörte. Das zweite war, daß Arthur sie beide einlud, die Fabrik zu besichtigen. Sie waren gemeinsam, als Paar, eingeladen.

Von allen Dingen, die sie empörten, empörte sie dies am meisten: daß dieser Mann, dieser Glasbläser, der sich anmaßte, ihr zu befehlen, ihre eigene Fabrik nicht ohne vorherige Anmeldung zu betreten, jetzt, da er annahm, sie sei mit einem Mann verbunden – ganz gleich, ob diese Verbindung als skandalös empfunden wurde oder nicht –, am Tag des Herrn zwei Meilen zu Fuß ging, um dafür zu sorgen, daß der Herr und Meister sein neues Territorium inspizierte.

Und trotzdem nahm sie die Einladung an. Wie schwach sie doch war! Weil es sie berührte, daß er zwei Meilen zu Fuß zurückgelegt hatte, und weil sie sich der hohen Mauer aus Wut schämte, die sie unter sich zu begraben drohte. Sie nahm an. Sie sagte: »Also gut« (du dumme Gans, du dumme Gans) und schloß die Tür, noch während Arthur ihr einen guten Abend wünschte. Sie wollte ihm später Nachricht geben, daß sie eine andere, früher zugesagte Verabredung übersehen hatte, aber sie schob es immer weiter hinaus, und so sah der folgende Samstag sie den Hügel der Druitt Street hinunter auf die Glashütte zugehen. Für Oscar, der spindeldürr und unbeholfen an der Seite seiner kompakten und penibel zurechtgemachten Freundin einherging, war es offenkundig, daß sie nicht zufrieden war. Er dachte: Sie hat sich zu sehr geschnürt. Aber sie hatte sich überhaupt nicht geschnürt – sie war lediglich wütend. Die »Einschnürung« war in ihrem Gesicht zu sehen, das ihr breitkrempiger Hut nicht verbergen konnte – zusammengepreßte Lippen, ganz kleiner Mund.

Der Hut war zu breitkrempig für jemanden von ihrer Größe. Er verdarb die Proportionen und ließ sie noch kleiner wirken. Sie wußte das. Zweimal blieben sie stehen, mitten auf der Straße, und sie rückte daran herum, mit dem einzigen Erfolg, daß sie danach unordentlicher aussah.

Oscar verstand die emotionale Wetterlage nicht. Er hatte gerade eben erst Mr. d'Abbs' Büro verlassen und war nicht darauf versessen, seinen Samstagnachmittag, die erste freie Zeit in der Woche, für die Inspektion eines so häßlich aussehenden Unternehmens zu opfern. Er hatte sich an Picknicks in Manly und Watsons Bay gewöhnt. Hier aber stank es, auch wenn nicht klar war, welche Fabrik daran schuld war. Eine Säge kreischte. Sie überquerten das mit Pferdedung übersäte Kopfsteinpflaster der Druitt Street und betraten einen Fabrikhof. Dort waren Schutzdächer aufgebaut. Sie stiegen über Pfützen. Stapel von Kisten mit zerbrochenen Flaschen (blaue in den einen Kisten, braune in den anderen) waren aufgetürmt.

Australien war ein ekelhaftes Land. Er wollte, er wäre nie hierhergekommen. Und jetzt hatte er auch noch den armen Wardley-Fish nachgezogen; das jedenfalls hatte er jenem abgestandenen, fettfleckigen Brief entnommen, den das bischöfliche Ordinariat vor kurzem freigegeben hatte. Das Schiff, mit dem Wardley-Fish kam, befand sich bereits auf hoher See – sein Kommen war nicht mehr zu verhindern. Was würde Fish sagen, wenn er mit all dem hier konfrontiert war?

Ein Mann im Anzug und mit durchgescheuerten Manschetten rannte über den Hof und verschwand in dem runden Backsteingebäude mit dem rostigen Blechdach. Lucinda deutete in seine Richtung, deutete auf ihn, auf seine Manschetten, auf die Tür, durch die er verschwunden war. Sie deutete mit ihrem japanischen Schirm – es war ein spitzes, gereiztes Stoßen.

Oscar suchte die Schuld für diese schlechte Laune bei sich. Er spürte, wie der Schirm sich in seine Rippen bohrte. Er wußte, daß er hier nicht erwünscht war. Er wollte ja auch gar nicht hier sein! Er warf einen Blick auf Lucindas schlechtgelauntes Gesicht und mochte sie nicht. Er lächelte und zog die Augenbrauen hoch, und mit dieser eigenartigen Maske, nunmehr unbeschattet von seinem Zylinder, betrat er die Fabrik.

Nichts war so, wie er es erwartet hatte. Drinnen war es sehr aufgeräumt und angenehm trocken wie die Hand eines Pastetenbäckers, wohingegen es draußen unordentlich und feucht gewesen war. Die Wände hatten keine Fenster; diese befanden sich hoch oben, unter dem Dach. In der Mitte des Saals waren sechs Öfen, fünf weitere standen an der Wand. Es gab eine lange Reihe von Lastkarren und Maschinen, die im Augenblick nicht in Betrieb waren. Er nahm an, daß sie zur Herstellung von Fensterglas dienten, und so war es auch.

Aber am wenigsten hatte er damit gerechnet, daß die Fabrik mit Blumen geschmückt sein würde: Kornblumen, Tigerlilien, Mohnblumen, weiße und gelbe Maßliebchen, Fresien, Schwertlilien, Narzissen, Jonquillen. Sie waren zu Sträußen zusammengebunden und an den großen Pfeilern befestigt worden, die das Dach trugen. Sie standen in großen grünen Glasbehältern an den Wänden. Sie waren in ein Fischernetz geflochten, das zwischen den Öfen und dem Eingang gespannt war, und unter diesem Blumenbanner hatten sich alle Männer versammelt. Ihre starken O-beinigen Körper kämpften gegen die Fesseln ihrer Anzüge an. Als Oscar und Lucinda eintraten, stimmten sie ein Lied an.

»Oh Herr, du füllest unser Herz mit grenzenloser Liebe.«

Lucinda sah starr geradeaus. Sie war berührt, natürlich war sie berührt. Diese Hohlköpfe hatten sich solche Mühe gegeben, ihr eine Freude zu machen. Aber sie war auch wütend, und die Ursache für die

Tränen, die ihr über die Wangen liefen, waren gänzlich andere als die, welche bei ihrem Logiergast dasselbe Phänomen bewirkten. Beider Tränen, dessen bin ich sicher, enthielten Salz, und der Salzgehalt bewegte sich wahrscheinlich im normalen Rahmen, d. h. zwischen einem und zwei Prozent, doch will ich damit bloß die Grenzen chemischer Analyse aufzeigen, denn während Lucindas Tränen von diametral entgegengesetzten Emotionen hervorgerufen waren, flossen Oscars alle in eine einzige Richtung und entsprangen in so erhabenen Regionen wie Freude, Staunen, Demut und Liebe für diese in Anzüge gezwängten Arbeiter, die öffentlich ihre Liebe für ihn in Szene setzten, für ihn, einen Fremden und Ausgestoßenen.

78
Topf und Kessel

Sie waren Fremde füreinander, zwei Gefäße, die auf demselben Herd standen: Der Kessel stieß pfeifend große Freudenwolken aus, der Kochtopf schmorte leise durch, und jeder von ihnen war blind für den Zustand des anderen.

Das Glasblasen wurde demonstriert. Lucinda glaubte, Oscar sei gelangweilt und bloß höflich. Er trank ein Glas Bier mit den Männern; ihr boten sie keins an. Sie setzte ein Lächeln auf und verachtete sie alle als Idioten.

Sie war kriegerisch unchristlich.

Mr. Hopkins' Zunge war durch den Alkohol bald geschwollen. Sie war aufgetrieben und so dick wie die eines Ochsen in seinem feinen Mund mit den kleinen Zähnen. Sie ließen ihn einen Choral singen. Er hatte keine Singstimme. Und Lucinda wußte zwar, daß das dem Publikum nichts ausmachte, aber ihr machte es etwas aus.

Sie kam sich geistlos und häßlich vor. Er war so schlotterig und schlabbrig wie eine Puppe. Er sah zu, als sie ihm zeigten, wie man einen Bierkrug macht, sechsmal. Niemand schien daran zu denken, was es kostete, die Öfen in Gang zu halten. Sie würde es nicht ansprechen können, ohne die Beherrschung zu verlieren. Sie verschütteten ihr Bier auf den mit Ziegelsteinen gepflasterten Boden, legten ihm den Arm um die Schultern und nannten ihn »Pater« (Michael Casey jedenfalls nannte ihn so).

Sie befand sich im Zentrum eines großen kalten Raumes. Sie lächelte, bis ihr Gesicht schmerzte. Sie fragte Billy mit den zerquetschten Ohren nach seiner Frau und seinen Kindern und stellte fest, daß er ihr nicht sagen konnte, wie alt seine Kinder waren. Es machte ihr nichts, daß er arm war. Sie lächelte ihn an. Er war betrunken. Er klopfte ihr beim Sprechen auf die Schulter. Während er versuchte, das Alter seines mittleren Kindes auszurechnen, ging sie weiter.

Mr. Hopkins war draußen auf dem Hof. Er hatte es übernommen, ihren Sand und ihre Kohle zu inspizieren. Er war in Begleitung von Arthur Phelps.

Sie hätte heulen können. Hätte um den Hof rennen können, immer im Kreis, wie ein Hund, der von einem Wagen angefahren worden ist. Und die Sonne war jetzt so gleißend.

Sie kam sich vor wie ein Kind. »Ich glaube«, sagte sie, »wir haben noch eine Verabredung, Mr. Hopkins.«

Da verstand er, oder jedenfalls schien es ihr so. Das verdiente Anerkennung. Er schüttelte Arthur die Hand und lehnte die Einladung, doch noch einmal hineinzugehen und sich von »den Jungs« zu verabschieden, ab. Arthur umschloß seine Rechte mit beiden Händen.

»Es ist uns eine große Freude«, sagte er und hielt die zartgliedrige Hand noch immer mit einem Griff gepackt, der sich für Oscar anfühlte wie ein wattierter Handschuh aus grober Baumwolle, »es ist uns eine große Freude, Sir, zu sehen, daß unsere Missus mit einem Gentleman wie Ihnen zusammen ist, Sir. Und wenn Sie irgendwelche Fragen haben, Sir . . . Sobald wir die Fensterglasproduktion richtig in Schwung gebracht haben, kommen Sie einfach her, und dann werden wir Ihnen mit Vergnügen alles erklären.«

Oscar, dessen Hand noch immer in der Zwangsjacke der Glasbläserhände steckte, drehte sich um und sah, daß Lucinda, die zu Beginn der Rede noch neben ihm gestanden hatte, wegging. Sie ließ die Schultern hängen. Sie reckte den Hals nach vorn. Er verstand nicht, was schiefgelaufen war. Hatte er sich denn im Kreis ihrer Männer nicht wie ein Mann benommen?

»Danke, Arthur, das werde ich tun.«

Er hörte Hochrufe. Er drehte sich um und sah, daß die Männer aus dem Fabrikgebäude gekommen waren und sich, ihre Bierkrüge in der Hand, an der Wand aufgestellt hatten. Sie jubelten ihrer Chefin zu, die mit gebeugtem Kopf an ihnen vorbeiging. Bei den ersten Hochrufen spannte sie den Schirm auf und versteckte ihr Gesicht dahinter.

»Auf Wiedersehen, Arthur.«

»Auf Wiedersehen, Sir, und es war mir eine Ehre, Sir, und, auch wenn ich Frau und Kinder habe, ich war nie verheiratet, so wahr ich hier stehe, Sir, und es ist nicht so, daß ich kein Christ bin. Meine Mutter war eine Baptistin, und mein alter Herr war Unitarier, und wir gehen ab und zu in die Kirche, aber ich will Ihnen was sagen, Sir, denn ich finde das sehr beruhigend, und Sie vielleicht auch . . .«

»Danke, Arthur.«

»So ein alter Mann, ein Mr. Hollis, einer von diesen . . . wie nennt man die noch? . . . einer von diesen Christlichen Sozialisten, hat mir gesagt, daß die Einrichtung der Ehe – ich komme noch ein Stück mit, Sir, machen Sie sich wegen den Jungs keine Gedanken. Winken Sie ihnen mal zu, Sir, ja, genau so. Dieser alte Mann, ach, was für einen Bart der hatte – ganz silbrig weiß war der und ging ihm bis zum Gürtel. Er konnte ihn sich in die Hose stecken, und manchmal, wenn er einen gerüsselt hatte, hat er das auch getan. Der hat mir gesagt, daß unser Herr Jesus nie was von Ehe gesagt hat, sondern daß sie erst später eingeführt worden ist, und zwar bestimmt von einem der Päpste, und das hätte bloß was mit Besitz zu tun und nichts mit unserem Herrn Jesus, und dahinter hätte gesteckt, daß die Kirche irgendwann die ganzen Aufzeichnungen über alles an sich gerissen hat. Naja, mein Gedächtnis hat ein paar Löcher. Winken Sie noch mal, Sir, die freuen sich so, daß Sie gekommen sind. Sie freuen sich für die Missus, Sir, daß sie jetzt endlich einen Mann hat. Es war schwer für sie. Ein paar von uns sind regelrecht erleichtert, daß Sie jetzt da sind, Sir. Also, auf Wiedersehen, und es war mir eine Ehre.«

Oscar eilte der schwarzen Gestalt mit dem Schirmbuckel nach. Er winkte zurück. Und er gab eine so komische Figur ab, wie er, den Hut ins Genick geschoben, über eine Pfütze sprang, einen Schirm schwenkte, hüpfend einem Fladen Ochsenscheiße auswich, daß die Männer lachten, allerdings nicht bösartig. Sie gingen zurück zu ihrem Faß und lächelten und schüttelten den Kopf. Ihr neuer Herr war ein komischer Kauz, aber kein Gauner.

Was für eine andere Verabredung? Oscar wußte von keiner Verabredung. Vielleicht hatte sie eine andere Verabredung – er jedenfalls nicht. Er war enttäuscht, denn er wünschte sich nichts so sehr wie mit ihr zu reden. Er hatte das Gefühl, als hätte er eine Tür geöffnet, die in ihr Leben führte. Er hätte sich gern irgendwo hingesetzt, irgendwo, wo es Marmortische gab. Wäre dies London gewesen, dann wäre er ins Café Lux in der Regent Street gegangen. Ein Glas Port für die Dame. Oder auch bloß chinesischen Tee, und dann hätten sie über ihre Glasfabrik sprechen können.

Er war nie auf den Gedanken gekommen, daß ein Herstellungsprozeß schön sein könnte. Hätten Sie ihn eine Stunde zuvor gebeten, zu sagen, was er als schön bezeichnen würde, so hätte er auf die Welt der Natur zurückgegriffen und die Spezies rechts und links der Wege in

Devonshire aufgezählt oder die Arme in die Gezeitentümpel der Erinnerung getaucht und die Anemonen hervorgeholt, die sein Vater gezeichnet und benannt hatte, diese wunderschönen, seelenlosen Lebewesen, die dennoch von Gott geschaffen waren. Er hätte Ihnen die zu Hocken aufgeschichteten Garben der Strattons gezeigt (und dabei vergessen, daß seine Arme davon verkratzt gewesen waren und die ganze Nacht gejuckt hatten) oder den Anblick des wogenden Meers durch ein vertrautes Fenster mit einer zwei Fuß tiefen Fensterbank. Niemals hätte er Sie in ein Gebäude mit einem rostigen Wellblechdach geführt oder in Gänge, deren Wände aus Kästen voller Flaschen bestanden und die mit glitzernden Scherben übersät waren. An solchen Orten war man auf Fäulnis, Gestank, Abfall vorbereitet, aber nicht, ganz gewiß nicht, auf Staunen.

Und doch hatte er Staunen gefunden, und er hatte es im Urin gehabt, noch bevor er etwas zum Bestaunen gesehen hatte, daß es – das hatte er schon in dem Augenblick gewußt, da er eingetreten war – in diesem trockenen, sauber gefegten Gebäude etwas Außergewöhnliches gab.

Sie führten ihn zu einem Arbeitsloch, ließen ihn hineinsehen in die proteische Welt, in der man keinen Unterschied erkennen konnte zwischen der weißen Glut des Feuers, dem Weiß des Hafens und der Weißglut des geschmolzenen Glases, das sie »Metall« nannten. Als Arthur »Metall« gesagt hatte, hatte Oscar an »Zinn« oder »Silber« oder »Gold« gedacht. Und als der Ausheber dem Hafen einen Posten entnahm, hätte die Masse tatsächlich aus einem dieser drei Metalle bestehen können. Diese rotglühende Kugel am Ende der langen Pfeife, die er von Mann zu Mann gehen sah, von Arbeitsloch zu Arbeitsloch, wo jedesmal etwas Glasmasse hinzukam, diese Kugel, die ein wenig aufgeblasen, geschwungen, weitergereicht wurde, bis man sie endlich dem größten und zerlumptesten übergab. Und dann nahm der, der sich (ganz vertraulich, im Flüsterton und in Oscars Ohr gesprochen) als niemand anderes als der berühmte Ritter Sir Knallfurz vorstellte, die lange Pfeife und war gleichzeitig Tambourmajor, Dudelsackspieler, Trompeter und Magier, denn er verwandelte die Glasmasse in einen Bierkrug. Er setzte sich schließlich auf seinen hölzernen Thron und rollte die lange Pfeife auf den Armlehnen vor und zurück, während er den Fuß des Kruges mit einem Stück nassem Birnbaumholz glättete, von dem zischend Dampfwolken zu seinem von Tee und Bier verfärbten Schnurrbart aufstiegen. Er ließ sich vom dritten Ausheber eine Schlange aus rotem, geschmeidigem Glas geben, hob sie hoch in die Luft – wo sie so wütend aussah wie eine Schlange in den Klauen eines Adlers – und formte sie mit einer schwungvollen Bewegung zu einem Fragezeichen und dann zu einem Henkel. Das alles war so schön, so präzise, und man konnte nur staunen, daß dieses Wunder von einem schnurrbärtigen Falstaff mit dickem Bauch vollbracht wurde, dessen schmutzige Unterwäsche durch die Lagen des nassen, säuerlich riechenden Sackleinens zu sehen war.

»Ich bin ein wandelnder Blasebalg«, behauptete Arthur und winkte jemanden herbei, der ihm sein Werk abnehmen sollte. »Ich hab mich selbst dazu gemacht.«

Aber was Oscar an der Herstellung von Glas faszinierte, war nicht, daß ein Mann seinen Körper entsprechend den Anforderungen der Produktion geformt hatte, sondern vielmehr, daß jemand, der so offensichtlich derb und unvollkommen war, etwas so Schönes schaffen konnte.

Glas. Blendend weiß. Rotglühend. Elastisch. Proteisch. Flüssig. Ein Lichtgefäß.

Er hastete hinter der Besitzerin her. Er war ein zappelbeiniger Usurpator, ein Dieb in einem abgewetzten Anzug. Er war ein Schmetterlingssammler, ein Kunstinteressent, der dem Ding nachjagte, das ein solches Wunder vollbracht hatte. Er wollte daran teilhaben, ganz gleich wie.

Sie floh vor ihm, mit raschen Schritten, wie ein ehrbarer Bürger, der sich von einem Taschendieb verfolgt fühlt. Sie bog in die York Street ab und verschwand in der Menschenmenge des Marktes. Er drängte sich durch die engen Gassen zwischen den Verkaufsständen. Es war ein sonniger Frühlingstag, aber hier hingen Laternen zwischen den Würsten, und er ließ Lucindas großen schwarzen Hut nicht aus den Augen, folgte allen Haken, die sie schlug, stieß dabei zwischen den Ballen mit Baumwollstoff, den Stapeln von Arbeitshosen und den Spalieren von blauen Stahlschaufeln, die sich ausnahmen wie Waffen in einer Rüstkammer, mit Leuten zusammen und trat wieder hinaus in das blendend helle Licht der George Street. Sie legte ein solches Tempo vor, daß selbst Oscar, dessen Beine einen guten Fuß länger waren und der darum mit jedem Schritt einen halben Meter mehr zurücklegte als Lucinda, Mühe hatte, sie nicht aus den Augen zu verlieren.

Aber er ließ sich nicht abschütteln. Er rempelte und hüpfte, er stieß und entschuldigte sich. Er blieb ihr auf den Fersen, als sie zurück zur Sussex Street ging. Sie kamen an der Gasse mit dem Gebäude vorbei, in dem die meisten seiner Kollegen noch immer über ihren Büchern saßen. Nur sechs Häuser weiter, wenn auch auf der anderen Straßenseite, betrat sie ein hohes Backsteingebäude mit Fenstersimsen aus leuchtend gelbem Sandstein. Prinz-Rupert-Glashütte (Verwaltung) 4. Etage.

Im Erdgeschoß und in den ersten beiden Etagen befand sich eine Druckerei, und das ganze Haus dröhnte im Rhythmus ihrer Maschinen. Im Treppenhaus hing der scharfe, ätherische Geruch von Druckerschwärze. Durch eine offene Tür sah Oscar beschürzte Männer, die ihre Druckformen mit Buchstaben aus dem Setzkasten füllten. Er schwitzte so stark, als säße er an seinem gewohnten Platz in Mr. d'Abbs' Buchhaltung.

Die Firmen im dritten Stock waren, sei es wegen mangelnder Kundschaft, sei es dank der Fortschrittlichkeit der Geschäftsführung, am Samstagnachmittag geschlossen. Bis auf eine Putzfrau, die auf den Knien lag und über diesen zweiten Vandalen, der durch ihr Werk marschierte, mißbilligend mit der Zunge schnalzte, war der Treppenabsatz leer. Auch die Tatsache, daß Oscar auf Zehenspitzen ging, vermochte sie nicht zu besänftigen.

In der vierten Etage prangten die Namen dreier Firmen auf Türen aus dunklem Holz, alle drei in verschiedenen Schrifttypen, sorgfältig in Blattgold ausgeführt, mit golden abgesetzten tiefschwarzen Schatten. Das erste Schild, auf das sein Blick fiel, trug die Aufschrift »Prinz-Rupert-Glashütte«.

Er klopfte, wenn auch nur leise, und trat nach einer ganz kurzen Pause ein. Die Verwaltung bestand aus einem einzigen Raum: ein Schreibtisch und drei Stühle, auf engstem Raum zusammengedrängt unter einer durchhängenden Decke. Auf dem Boden lag kein Teppich, aber an der Wand hinter dem Schreibtisch hing ein gerahmter Stich des Kristallpalastes, und an der Wand gegenüber dem Fenster (an dem Lucinda, ihren unkleidsamen Hut in der Hand, nun stand) war ein Glasregal aufgebaut, auf dem eine sorgfältig abgestaubte Kollektion von Flaschen (grün, leuchtend gelb, kobaltblau) und viereckige, buchgroße Glasproben in den verschiedensten Farben und Ausführungen ausgestellt war. Das Sonnenlicht spielte jetzt auf diesem Regal, und die Stücke leuchteten, und die Farben vermischten und durchdrangen sich wie der Inhalt einer Schatulle in einer Kindergeschichte.

Oscar lächelte und dachte: ein Laubenvogel.

Ihr Schreibtisch war aus Zedernholz und ebenfalls mit einer Glasplatte abgedeckt. Darauf stand ein einsames Tintenfaß mit einem Federhalter. Kein Löschblatt. Eine hohe blaue Vase enthielt eine Lilie, die offenkundig nicht mehr frisch war. Ein Blütenblatt und feiner Pollenstaub lagen auf der gläsernen Schreibtischplatte.

Der Kamin von Miss Leplastriers Fabrik wuchs aus ihrer linken Schulter. Sie wandte sich nicht um. Er konnte den zarten Wirbel an ihrem Haaransatz im Nacken sehen. Als er hinter ihr stand – er war ihr sehr nahe, weniger als einen halben Meter entfernt –, konnte er sehen, daß die Männer im Fabrikhof ein Tauziehen veranstalteten. Offensichtlich waren einige von ihnen sehr betrunken.

Erst aus dieser Nähe sah er, daß ihre Schultern zitterten. Ihre Gefühlsaufwallung erschreckte ihn. Damit hatte er nicht gerechnet. Jetzt wußte er nicht, was er tun sollte. Er faltete die Hände. Ihm wurde bewußt, wie klebrig und verschwitzt er war. Er dachte: Wir sind hier nicht in der Öffentlichkeit. Er dachte: Bestimmt stinke ich. Er sprach ihren Namen. Er berührte ihre Schulter. Sie drehte sich um. Ihr stolzes Gesicht war in sich zusammengefallen – wie ein zerknüllter, in den Papierkorb geworfener Brief. Ihre reine Haut war plötzlich von kleinen Gräben durchzogen – Falten, Einschnitte, die von der Nase bis hinab zum Kinn ein Delta bildeten –, und ihre großen grünen Augen waren Gläser in der Hand eines Betrunkenen: randvoll, überschwappend, aber natürlich nicht vor Ausgelassenheit, sondern hin und her gerissen zwischen dem nach außen gerichteten Druck der Wut und dem nach innen gehenden Sog der Kränkung.

Er hatte keine Ahnung, was dahintersteckte, aber er beugte sich leicht zu ihr hinunter, breitete die Arme aus und drückte sie an sich. Sie war so klein.

79
Die heimliche Zartheit ihrer Haut

Er war zärtlich. Er tupfte ihre Augenlider mit seinem Taschentuch ab und bemerkte gar nicht, wie schmutzig es war. Es war mit Tinte verschmiert, zerknautscht und verklebt. Ihre Lider waren groß und zart, und das Taschentuch war steif und nicht annähernd weich genug. Er befeuchtete einen Zipfel mit der Zunge. Er war sich der heimlichen Zartheit ihrer Haut und des Bebens ihrer Augen unter den Lidern schmerzhaft bewußt. Er trocknete ihre Tränen mit einer Liebe, einer Sorgfalt, wie er sie noch nie zuvor an den Tag gelegt hatte.

Er holte den Stuhl, der hinter dem Schreibtisch stand. Als er ihn anhob, löste sich die Rückenlehne und fiel krachend zu Boden.

»Oh je.« Lucinda setzte sich schniefend auf die Fensterbank. »Alles bricht zusammen.« Und tatsächlich kam ihr das Büro so vor, nicht nur heute, aber heute mehr denn je. Es war nie gewesen, was es zu sein vorgab: das greifbare Monument ihres Erfolges und ihrer Solidität. Es enthielt einen schweren Schreibtisch, verschiedene Ablagen und Aktenschränke sowie Schaustücke aus der Glasproduktion, aber für sie waren diese Dinge nie echt, sondern lediglich Theaterrequisiten gewesen. Dieses Büro war ihr Verbannungsort, und dies ganz besonders jetzt, da das Fenster den Rahmen für ein Bild betrunkener Männer beim Tauziehen abgab. Sie fühlte sich machtlos und gedemütigt, wie ein Kind, das von einem großen Hund an der Leine über die Straße gezerrt wird.

In der Schreibtischschublade lag ein Klauenhammer. Obgleich Oscar anfangs zu energisch vorging und es so aussah, als würde er an dieser Aufgabe scheitern, gelang es ihm, die Rückenlehne wieder am Stuhl zu befestigen. Sie tat ihm den Gefallen und setzte sich. Ihr Rücken war im Licht der Nachmittagssonne gebadet.

Sie sagte: »Ich komme Ihnen bestimmt sehr lächerlich vor.«

Er sagte: »Aber nein, ganz und gar nicht.«

Sie streckte die Hand aus, nahm das angebotene Taschentuch und schneuzte sich. Sie hatte einen blauen Tintenfleck im Gesicht. Er saß genau auf ihrer Nasenspitze. »Habe ich recht, daß Sie den Grund für meine Tränen erraten haben?«

Gar nichts hatte er erraten. Er fühlte sich zu breit, zu groß, zu unbeholfen. Sie war so dicht, so kompakt. Es war nichts Überflüssiges an ihr. Er hockte sich an der gegenüberliegenden Wand hin. Zu lang und dünn seine Beine, unordentlich wie ein Haufen ungesägtes Feuerholz.

»Nein«, sagte er, »nein, ehrlich. Ich habe keine Ahnung.«

Ihr Gesichtsausdruck veränderte sich kaum merklich. Man hätte nicht sagen können, was es war – eine Verkleinerung der Unterlippe, ein Flachwerden der Wangen, ein Zusammenkneifen der Augen. Aber Doppeldeutigkeit lag nicht in ihrer Absicht. Sie hatte ihm ganz unvermittelt das Vertrauen entzogen. »Wenn Sie keine Ahnung haben«, sagte sie, »warum finden Sie mich dann nicht lächerlich?«

»Weil Sie kein ›lächerlicher‹ Mensch sind.«

Sie sahen einander an und sahen im anderen die Verwandlung vom kampfbereiten Fremden zum vertrauten Freund und wieder zurück, und keiner blieb lange genug eines davon, daß man Gewißheit hätte haben können. Sie hatte samtig grüne, außergewöhnlich schöne Augen. Das Weiße war von verschlungenen roten Fädchen durchzogen.

»Und sind Sie neugierig?« fragte sie. Sie zog und schob; selbst jetzt, da sie versprach, ihn ins Vertrauen zu ziehen, forderte sie ihn heraus. »Auf den Grund für meine Tränen? Sind Sie ein kleines bißchen neugierig?«

Er war neugierig, natürlich war er das, aber es war die Neugier eines Liebenden, und er fürchtete das, was sie sagen könnte. Er glaubte, die Tränen hätten irgend etwas mit den dicken Briefen zu tun, die sie auf dem Kaminsims liegen ließ. Er glaubte, daß Dennis Hasset hinter den Tränen steckte. Er war neugierig. Er war ganz und gar nicht neugierig. Er besaß den Egoismus der Liebenden, war dankbar für die durch die Tränen möglich gewordene Vertraulichkeit, war wütend auf das, was sie anzukündigen schienen.

Sie sahen einander an, bis aus dem Blick ein Starren wurde und sie ihn beide gleichzeitig abwenden mußten.

»Ja«, sagte er, »natürlich bin ich neugierig.«

Er feuchtete noch einmal eine Ecke des Taschentuchs an und wischte ihr zärtlich den Fleck von der Nase. Sie neigte leicht den Kopf und schloß die Augen.

Sie erzählte ihm, wie die Männer, denen sie Brot und Arbeit gab, ihr die Zugehörigkeit verweigert hatten, die ihm angeboten worden war. Ihr Mund veränderte sich, als sie es erzählte. Er wurde klein. Oscar sah die scharfen Zähne in ihrem Unterkiefer.

Er hatte Mitleid mit ihr. Er war ein Tölpel und mitschuldig an einem Akt großer Herzlosigkeit. Es tat ihm leid, so leid, und er sagte es ihr. Insgeheim war er auch froh, daß die Tränen gar nichts mit Dennis Hasset zu tun hatten, und obwohl er sich Mühe gab, nicht zu grinsen, konnte er es nicht vermeiden.

»Tja«, sagte er, »dann sollten Sie aber auch erfahren, warum ich Ihnen gefolgt bin.«

»Jedenfalls nicht, um meine Tränen zu trocknen.«

»Sind Sie neugierig?«

»Oh«, sagte sie und lächelte, »natürlich bin ich neugierig.«

Er nahm ihre Ironie mit einem Neigen des Kopfes zur Kenntnis. »Ich bin Ihnen nachgerannt, weil ich Ihnen sagen wollte, daß ich in meinem ganzen Leben noch nie etwas so Großartiges wie Ihre Fabrik gesehen habe.« Er runzelte die Stirn.

Lucinda errötete, aber was sie empfand, war nicht zu erkennen.

Er klemmte seine ineinander verkrampften Hände unter die Knie.

Sie sagte: »Ach so.«

Er seufzte und sagte: »Ja.«

»Ja, was?«

Aber er hatte sein »Ja« als Antwort auf das gemeint, was, wie er hoffte, mit »Ach so« gemeint war, und besaß nicht genug Mut, das weiter auszuführen. »Vielleicht«, sagte er und hob seinen zerdrückten Hut vom Boden auf, »sollten wir einen Tee trinken.« Er dachte dabei an das Café Français. Dort gab es Marmortische.

»Ich werde es Ihnen zeigen«, sagte sie, erhob sich und strich ihre Samtröcke glatt. Was sie damit meinte, war höchst unklar.

Er fragte sie weder »Was?« noch »Wo?«, sondern folgte ihr, als sie das Büro verließ. Sein Geist war verschwommen an den Rändern, aber scharf im Brennpunkt seiner Linse. Ihr Gang war unerwartet beschwingt, federnd, klar, widerhallend. Auf dem Treppenabsatz öffnete sie eine Tür mit der Aufschrift »Acclimatization Society of New South Wales«.

Oscar dachte: Mr. Smith.

»Weg«, sagte sie und tippte auf das Schild. »Verschwunden. Das ist jetzt meins.«

Sie schloß die Innentür auf und stieß sie auf. Er wollte ihr den Vortritt lassen, aber sie ging nicht hinein. Sie trat einen Schritt zur Seite und machte eine Gebärde wie eine Platzanweiserin im Theater. Sie stießen zusammen und verstrickten sich in ihrer Höflichkeit. »Sehen Sie«, sagte sie ungeduldig, »sehen Sie doch.«

Das, was er sich ansehen sollte, war Mr. Floods »Prototyp«, jene Konstruktion, die, bis eben noch, das kristallene Zentrum ihres Lebens eingenommen hatte. Als sie jedoch neben Mr. Hopkins in der Tür stand, vermochte sie darin nicht mehr einen Beweis für die Geschicklichkeit von Mr. Flood mit seinen behaarten, versengten Armen, seinen Stechzirkeln und seinen Tabellen zu sehen, denen er die »tatsächliche Schwundrate« entnahm. Sie sah nicht mehr die geniale Gitterwerkkonstruktion aus Profilstäben und Fittings. Sie sah bloß ein plumpes kleines Gebäude mit einem schrägen Dach, das sich ausnahm wie ein ganz normales Plumpsklo.

»Sie dürfen nähertreten«, sagte sie trocken. »Es ist nichts Heiliges. Es ist lediglich« – sie imitierte Mr. Floods gepreßte, nasale Sprechweise – »ein ›Prototyp‹.«

Aber Oscar sah etwas anderes als das, was Lucinda befürchtete. Staubkörnchen tanzten im leuchtenden Tunnel der untergehenden Sonne, und er sah kein plumpes kleines Gebäude und auch kein ganz normales Plumpsklo, sondern Licht, Eis, Spektren. Er sah Glas, und zwar so, wie die, die es lieben, es wahrnehmen. Er begriff, daß es das Material war, das dem Wesen der Seele oder des Geistes (oder seinem Wunschbild von Seele oder Geist) am nächsten kam, er begriff, daß es frei von Unvollkommenheiten und Staub und Rost war, daß es der Herrlichkeit Gottes den Weg bereitete.

Er sah kein Plumpsklo. Er sah eine winzige Kirche, um die Staubkörnchen tanzten wie mikroskopisch kleine Engel. Sie war klar und rein und ohne jede eitle Aufgeblasenheit. Sie war so schön und zugleich so ... redlich. Das Licht fiel durch ihre durchsichtige, schmucklose Haut und tauchte die mit Leimfarbe gestrichenen Wände des Büros in Farben, die so prächtig waren wie die der bunten Glasfenster in einer Kathedrale.

»Ach«, sagte er. »Ach herrje.«

Als er sich zu ihr umdrehte, sah Lucinda, daß sein Gesicht sich gerötet hatte. Sein Mund war ganz klein geworden, als wäre das, was ihn lächeln ließ, ein Stück Eiskonfekt, das man heimlich lutschen mußte.

Er sagte: »Ich bin ganz außerordentlich glücklich.«

Diese Bemerkung ließ ihn gerader, größer erscheinen. Seine Haarspitzen standen in Flammen.

Sie spürte ein angenehmes Prickeln in Nacken. Sie dachte: Du bewegst dich hier auf dünnem Eis.

Er war leicht, körperlos. Er stand vor ihr, kratzte sich am Kopf und grinste sie an, und sie grinste zurück.

»Sie haben eine Hundehütte für Gottes Engel gebaut.«

Holla, dachte sie.

Sie dachte: So sieht der Teufel aus – ein nettes, herzförmiges Gesicht und die Hände eines Geigers.

»Ich weiß, daß Gottes Engel nicht in Hundehütten wohnen.« Er trat in das Zimmer (sie folgte ihm) und ging neben dem kleinen Glashaus in die Knie. Mit seinen Wänden und seinem Dach aus Glas war es nicht ganz zwei Meter lang, und nur der Boden bestand aus Holz. »Aber wenn sie es täten, würden sie bestimmt eine solche Hundehütte haben wollen.«

»Bitte«, sagte sie.

»Aber da ist gar nichts Gottloses dabei«, sagte er. »Wie könnten wir einen Sinn für Humor haben, wenn Er keinen hätte.«

Sie lächelte. Sie dachte: Ach herrje.

»Können Sie sich nicht vorstellen«, sagte er, »daß unser Herrgott mit Seinen Engeln lacht?«

Sie dachte: Ich bin verliebt. Wie seltsam.

»Wie könnte es sein, daß Gott, der doch allwissend ist, den Mechanismus nicht versteht, auf den der Witz sich gründet? Ich meine: Hier ist etwas, das so groß wie eine Hundehütte für einen Wolfshund und, dank Ihrer Bemühungen, ein von so viel Schönheit und Freude erfülltes Bauwerk ist, daß es eine angemessene Behausung für Seine Engel wäre.«

Er stand jetzt still, nachdem er vorher, beim Sprechen, wie ein balzender Kranich um das kleine Glashaus herumgetanzt war. Er breitete die Arme aus, als wollte er Lucinda umarmen, faltete sie dann aber über seiner Brust und umarmte sich selbst und beugte den Rücken ein wenig.

Sie dachte: Er wird mich fragen – nicht jetzt, aber später.

»Und haben Sie nicht etwas zustande gebracht?« sagte er. »Haben Sie nicht etwas *erreicht*? Ich muß gestehen, daß ich neidisch bin.«

Die Strahlen der untergehenden Sonne wurden von der Backsteinmauer des Lagerhauses gegenüber reflektiert. Das war es, was das Licht im Raum so rot färbte. Es wurde von der Glaskonstruktion auf dem Boden gebrochen und erstrahlte in einem spektroskopischen Kometenschweif, zu dessen beiden Seiten sie ordentlich aufgestellt standen. Ohne es zu beabsichtigen, nahm Lucinda dieselbe Haltung ein wie Oscar: Sie umarmte sich selbst, sie schlang die Arme fest um den eigenen Körper, und dabei spürte sie den Raum zwischen sich und ihm so deutlich, als wäre er etwas Lebendiges.

80
Promenade

All das, dachte Lucinda, habe ich von meiner Mama geerbt: daß ich überkritisch bin, daß ich mein Steckenpferd zuschanden reite, daß ich ein unausgeglichenes Wesen habe, daß ich nicht entspannt und ruhig sein kann, und so kommt es, daß ich die vor den Kopf stoße, die es gut mit mir meinen. Ich kann niemanden einen einfachen, »netten Kerl« sein lassen, wie mein Papa es immer konnte. Wie kann ich in ihn verliebt sein, wenn es mir gleichzeitig am elementarsten Vertrauen fehlt?

Diese Gedanken waren durch ihre Reaktion auf Oscar ausgelöst, der, als sie die Druitt Street in Richtung Castlereagh Street hinaufgingen, versucht hatte, ihren Arm zu nehmen. Sie hatte ihn in einem Reflex ruckartig weggezogen. Sogleich war sie deswegen wütend auf sich selbst. Tränen ließen die Gaslaternen verschwimmen, als wären sie Aquarelle. Heul nicht. Ich heule nicht. Nimm seinen Arm. Ich kann nicht. Nimm ihn. Ich *kann nicht*. Du mußt.

Sie nahm seinen Arm, mit klopfendem Herzen, den Blick starr geradeaus gerichtet.

Es war jene Abendstunde, in der der Himmel blau und die Beleuchtung der Läden gelb ist. Arm in Arm spazierten sie den Hügel zur Castlereagh Street hinauf. Oscar erklärte, er habe »einen Einfall«, den er ihr aber noch nicht verraten wolle. Das Lächeln, das dieser Einfall um seine Lippen spielen ließ, war wie eine Rosenknospe. Er würde ihr beim Abendessen – zu dem er sie einladen wollte – davon erzählen. Sie fühlte sich durch sein Schweigen zu diesem Thema freundlich geneckt. Er war groß und ging hochaufgerichtet, mit langem, gerecktem Hals und einem hohen schwarzen Hut, dessen Umklammerung sich seine Haare, wie man sah, widersetzten. Sie war klein – die Krempe ihres gewaltigen Hutes war gerade eben auf einer Höhe mit seiner Schulter. Seine Gesten waren fahrig, ihre waren beherrscht. Trotz der ausgebeulten Knie, trotz der traurig herabhängenden Revers, trotz der Falten rings um die Knöpfe hatte sie an seinem Anzug nichts auszusetzen, während sie selbst – obgleich sie ein weißes Kleid aus fließendem Baumwollstoff trug – so gebügelt und gestärkt aussah (sie wußte es und wünschte, es wäre nicht so) wie eine Baptistin im Reitkostüm.

Sie waren verschieden, und doch paßten sie gut zusammen.

Beide hatten sich an das Aufsehen gewöhnt, das zu erregen das Los der Exzentriker ist: an die versteckten Blicke, an das Lächeln, das Geflüster und auch an Schlimmeres. Lucinda pflegte auf der Straße niemanden anzusehen. Es war eine verschwommene Stadt der Männer mit Meeren hüpfender Hüte.

Aber heute abend hatte sie das Gefühl, daß die Straßen sie freundlich aufnahmen. Sie dachte: Wenn wir zu zweit sind, beachten sie uns nicht. Sie finden, daß wir gut zueinander passen. Wie klug ist die Masse? Sie ist eine Hydra, ein lebendiges Wesen, das sich oft dumm oder gefährlich verhält, aber wäre es nicht dennoch möglich, daß sie das richtige Gespür dafür hat, welche ihrer Elemente am besten für einander geeignet sind?

Sie schoben sich an jungen Frauen mit kecken Augen und zu vielen Bändern und Schmuckstücken vorbei, an eng geschnürten Mädchen und selbstzufriedenen Kaufleuten, deren Bäuche die Westen so energisch spannten, daß man über dem Hosenbund ein Stück Hemd sehen konnte. Lucinda war glücklich. Ihr Arm ruhte auf Oscars Arm.

Sie dachte: Man sieht, daß ich geweint habe. Sie dachte: Meine Augen sind so rot wie die einer Haselmaus. Aber eigentlich war ihr das egal.

81
Oscar verliebt

Mein Urgroßvater war verliebt, und obwohl es ihm gelang, alle Anzeichen der Verzweiflung vor Lucinda zu verbergen, war er unglücklich. Er machte Witzchen über die geschniegelten Herren in ihren karierten Westen, er lachte und tätschelte Lucindas Arm, aber alles Glück, das er empfand, war für ihn nur ein Symbol für all das, was ihm versagt bleiben würde.

Das lag daran, daß er einen Gedanken im Kopf hatte, und damit meine ich nicht den Einfall, den er Lucinda, wie versprochen, beim Essen verraten würde. Nein, es war ein anderer, ein völlig anderer Gedanke. Dieser Gedanke bereitete wirkliche Schwierigkeiten, und es war eben jener, den Lucinda selbst ihm in den Kopf gesetzt hatte: daß sie Dennis Hasset liebte. Sie hatte alles getan, um diesen Gedanken fest in ihm zu verankern. Sie hatte die dicken Briefumschläge tagelang auf dem Kaminsims liegen gelassen. Sie hatte ihm gesagt, sie sei verliebt. Sie hatte viele Stunden ihrer Sonntage am Schreibtisch verbracht. Die Briefe wurden so lang, daß es erhebliche Mengen roten Siegellacks brauchte, um sie zu verschließen.

Der Gedanke hatte sich festgesetzt, und Oscars Geist war so störrisch, daß es nicht so leicht sein würde, ihn wieder abzuschütteln. Es spielte also keine Rolle, daß sie seinen Arm nahm. Es war die vorausgegangen Handlung, das Wegziehen, die ihm im Kopf blieb. *Darin* schien die Wahrheit zu liegen, und in dem, was danach kam, nämlich daß Lucinda seinen Arm nahm, sah er nur einen Akt des Mitleids.

Oscar mochte Dennis Hasset nicht. Er war ihm nie begegnet, aber er mochte ihn trotzdem nicht. Nicht daß er gedacht hätte, dieser Mann sei ein schlechter Mensch. Ganz im Gegenteil. In Oscars Vorstellung war er gut, tüchtig, gutaussehend, großzügig, ein ganzer Mann, der auf Frauen anziehend wirkte. Ihm fiel kein Mittel ein, wie er seine Ansprüche als Rivale hätte geltend machen können, es sei denn, indem er eine übermäßige Güte und Selbstlosigkeit an den Tag legte, als könnte diese Haltung, diese liebevolle Selbstverleugnung, ihm jene Belohnung sichern, zu der die Selbstsucht ihm nicht verhelfen konnte.

Dies war der Hintergrund der gefährlichen Wette, die er nun, im Speisesaal des »Oriental Hotels«, vorschlagen wollte.

In dem höhlenartigen, schwarz-weiß gefliesten Speisesaal waren nur zwei Tische besetzt. Eine Farmerfamilie nahm einen Tisch ein, der unelegant an einer kannelierten Säule stand. Ein Herr in einem Gehrock saß allein an einem Tisch am Fenster; er las beim Essen in einem kleinen Buch.

Lucinda hatte keinen Hunger. Sie bestellte dasselbe wie Oscar. Ihre Gedanken waren mit dem Problem beschäftigt, wie sie das ausgeklügelte Geflecht ihrer Lügen über ihr Verhältnis zu Dennis Hasset behutsam auflösen könnte. Sie war nicht in der Lage, sich auf etwas so Gewöhnliches wie essen zu konzentrieren.

Sie dachte: So ist das also, wenn man einen Mann liebt. Sie sah zu, wie er Butter auf sein Brot strich und es in neun kleine Quadrate zerschnitt. Sollte diese bis dahin befremdliche Handlung ihr nun nicht liebenswert erscheinen?

»Wissen Sie, um was ich Sie beneide?« sagte sie. »Darum, daß Sie nicht eingeengt sind.«

Sie meinte: Wie du gehst, wie du hier auftrittst, in dieser Aufmachung, und dich keinen Pfifferling darum scherst, was die Ober oder die anderen Gäste über dich denken.

Er hielt ein Stück Brot zwischen Daumen und Zeigefinger und lächelte.

»Es ist Ihnen egal, ob jemand Sie beobachtet oder belauscht oder was er von Ihnen denkt. Ich glaube, Sie kennen Ihren Wert, und das verleiht Ihnen Stärke.«

»Und Sie?«

»Ach«, sagte sie und steckte eine kleine Haarnadel wieder fest, »ich bin zu vorsichtig.«

Er kaute sein Brot und machte sich eine Weile über diese Aussage Gedanken, und da er die Angewohnheit hatte, jeden Bissen zweiunddreißigmal zu kauen, verlieh ihm dies den Anschein großer Tiefgründigkeit, während er in Wirklichkeit beim Zählen darüber nachdachte, ob er ihrer eigenen Einschätzung widersprechen, als Beweis ihren Auftritt beim Pak-Ah-Pu anführen und sie fragen sollte, ob dies – im Ernst, Miss Leplastrier – wohl die Verhaltensweise einer vorsichtigen Frau sei.

Doch statt dessen sagte er: »Es kann nicht schaden, vorsichtig zu sein.«

Sie schwiegen. Ihm schien das nicht unangenehm zu sein. Ihr dagegen wohl. Das Schweigen ließ ihre sogenannte Liebe zu Dennis Hasset als eine zu große Last und ein unüberwindliches Hindernis erscheinen. Es bewirkte, daß sie den Eindruck hatte, langweilig zu sein. Es machte ihr zu sehr bewußt, daß die Ober sie beide beobachteten. Das »Oriental Hotel« mit seiner kriecherischen Verherrlichung des Reichtums gefiel ihr nicht. Sie begann, den Speisesaal zu verachten, und dachte daran, daß sie niemals auf den Gedanken gekommen wäre, hier zu essen.

Er sah sich um und sagte: »Was für ein schönes Restaurant.«

Sie dachte: Ärgere dich nicht und urteile nicht. Er ist nicht »sie«, und er ist nicht »du«. Er ist er selbst, und er ist einmalig. Wenn er das hier bewundert, so als jemand, der sich diesen Luxus nicht leisten kann, und nicht als einer, der glaubt, ein Anrecht darauf zu haben. Sei wie dein Papa, der neugierig gewesen wäre, wie diese kannelierten Säulen gemacht worden sind und was für einen Fisch der Mann da drüben ißt und wo er gefangen worden ist und ob er gut schmeckt.

»Soll ich Ihnen meinen Einfall verraten?« fragte er sie.

»Ja, bitte.«

»Er hat etwas mit Glas zu tun.«

»Das ist etwas, das mir sehr am Herzen liegt.«

»Manchmal verbergen wir das, was uns sehr am Herzen liegt.«

Sie sah ihn nicht an. Sie sagte: »Sie brauchen bei mir nicht so vorsichtig zu sein.«

»Ja«, sagte er unglücklich. Er sah in ihrer Bemerkung keine Aufforderung, einen vertraulicheren Ton anzuschlagen. Seine vorgefaßte Meinung machte eine solche Interpretation unmöglich, und so verstand er etwas völlig anderes, als sie gemeint hatte.

Lucinda hörte seinen Ton. Sie dachte: Ich bin zu direkt gewesen. Ich habe es immer zu eilig.

»Also«, sagte sie und stemmte sich gegen den Sog einer Depression, die sie jetzt erfaßte und bestimmt zu sein schien, die Herrschaft über sie zu gewinnen, »dieser Einfall, der mit Glas zu tun hat – erzählen Sie mir davon.«

Der Ober brachte ihnen die Consommé, allerdings nicht in einem

Suppenteller, sondern in einer tiefen Tasse. Aß er immer Consommé? Sie hatte stets gedacht, das sei eine Schonkost für Kranke.

»Sie könnten Gewächshäuser herstellen.«

»War das Ihr Einfall?« fragte sie, und ihr Herz war jetzt wirklich schwer wie Blei.

»Oh, nein.« Er grinste.

»Ich fände es *entsetzlich*« – sie lächelte – »Gewächshäuser herzustellen.«

Sie sahen einander an. Die Suppenlöffel verharrten über den Tassen. In diesem Augenblick fühlte sie sich lächerlich glücklich. Sie hatte das Gefühl, daß er sie doch liebte. Sie konnte gar nicht mehr aufhören zu lächeln. »Was für einen Einfall«, sagte sie lachend, »hatten Sie denn dann?«

Er spitzte den Mund und nippte an seiner Suppe. Er hatte genau den richtigen Mund zum Nippen. Die Art, wie die Lippen den Löffel berührten, gefiel ihr. Sie begehrte seinen Mund. Sie atmete ganz leise aus.

»Sie müssen mir davon erzählen«, sagte sie.

»Das werde ich.«

Aber er erzählte ihr nicht davon. Statt dessen beugte er sich über seine Suppentasse und aß in aller Eile. Einmal, als die Tasse bereits halb leer war, sah er auf und hob eine Augenbraue. Lucinda empfand jene Mischung aus Verärgerung und Zuneigung, die Wardley-Fish so vertraut gewesen war.

»So«, sagte er und tupfte sich den Mund mit einer Geziertheit ab, die ihm vielleicht der teure Stoff der Serviette eingegeben hatte. »Jetzt kann ich reden, ohne daß die Suppe kalt wird.«

»Sie sind ein praktisch denkender Mensch«, sagte sie und lachte. Sie fühlte sich ein wenig unwirklich – es war ein Pulsieren hinter ihren Ohren.

»In mancher Hinsicht bin ich das, ja«, sagte er. »Wie gefällt es Ihrem Briefpartner in Boat Harbour?«

Sie schloß die Augen vor dem Schlag, der in dieser Frage lag. Die kalte Feindseligkeit erschreckte sie. Und obgleich diese Feindseligkeit nicht beabsichtigt war, hatte Lucinda sich nicht getäuscht, als sie sie heraushörte.

Sie rückte ihr Besteck zurecht. Sie sagte: »Ganz gut.«

»Und hat man schon eine Kirche für ihn gebaut?«

Sie dachte: Du Dummkopf, du Dummkopf – meinst du denn, mir liegt etwas an Dennis Hasset?

Sie sagte: »Der Gottesdienst wird in einem Raum über einer Schuhmacherwerkstatt abgehalten. Seinen Vorgänger haben sie in den Fluß geworfen.«

»Oh je.«

»Vielleicht«, sagte sie, »werden sie mit ihm dasselbe machen.«

Oscar blickte ruckartig auf, aber Lucinda aß die letzten Löffel ihrer Suppe. Als er schließlich ihr Gesicht sehen konnte, war es wie ein Zimmer, aus dem man jeden Ausdruck säuberlich hinausgefegt hatte.

Ein Ober räumte ihre Suppentassen ab.

Oscar sagte: »Mr. Hasset sollte eine Kirche bekommen.«

Sie wollte nicht über Hasset sprechen. Sie sagte nichts.

Auch Oscar dachte nicht gern an Hasset. Es war das erste Mal, daß er den Namen ausgesprochen hatte. Bei seinem Klang dachte er an einen Hammer oder eine Zange, beides Werkzeuge, für die er nicht viel übrig hatte. Und doch mußte er den Namen aussprechen, denn sein Einfall hatte damit zu tun, ein Einfall, dessen Umsetzung eine so schreckliche Verletzung seiner eigenen Gefühle erforderte, daß man es kaum glauben mag. Und doch war er geboren aus Denkgewohnheiten, die ein Produkt der christlichen Lehre sind: daß man, wenn man sich opfert, irgendwie das erreicht, was man haben will. Es war ein Einfall wie ein Messer, ein grausames Opfermesser, aber auch ein Ding von großer Schönheit – silbern, gekrümmt, mit tanzenden Lichtreflexen. Die Chancen standen eindeutig gegen Oscar, und wäre die Entscheidung nicht vom Herzen einer Frau, sondern von einem Pferd abhängig gewesen, so hätte er niemals darauf gesetzt, nicht einmal auf Platz.

»Und was, glauben Sie, würde er sagen«, fragte Oscar, »wenn er eines Morgens aufwachen und beim Blick aus dem Fenster eine Kirche sehen würde?«

Lucinda öffnete den Mund, um zu antworten.

»Eine Kirche aus Glas«, sagte mein Urgroßvater. (Siehst du! So ein Mann bin ich!)

In diesem Augenblick brachte der Ober die Flunder. Sie sagten ja oder nein zur Sauce Tartare, sahen zu, wie Gemüse auf ihre Teller gehäuft wurde, ließen sich Spinat geben, wollten keinen gedämpften Kürbis und wußten kaum, was sie taten. All ihre Gefühle waren verschmolzen in dieser Glasvision, in der sie sahen, was man nicht sehen kann: Staunen, Freude, das durchscheinende Gewimmel tanzender Engel. Sie lächelten einander auf eine Art an, die fast unanständig war, und der Koch steckte den Kopf durch die Tür, um das, was der Ober ihm erzählt hatte, mit eigenen Augen zu sehen.

Das Fleisch des Fisches war weiß und feucht. Sie hob es behutsam von den Gräten und ließ es wieder sinken.

»Aber was würde man damit bezwecken?« fragte sie, und ihre Stimme war sehr ruhig und vorsichtig. »Aber was würde man mit einem solchen Geschenk bezwecken?«

Er hatte kaum eine Ahnung, was er damit bezweckte. Er wollte ein perfekter Freund für sie sein, sich über Eifersucht erhaben zeigen, wollte, daß sie ihm Arbeit gab, wollte ihr helfen, dieses makellose Ding zu bauen, wollte es irgendwie besitzen, wollte teilhaben dürfen an der Verfertigung eines Prismas, eines Gebetes, und er wollte, daß dieses Gebet aus Glas gemacht würde und daß sie ihn darum, für dieses Glasgebet, liebte. Wenn er diese Kirche aus Glas vor seinem geistigen Auge sah, mußte er lächeln. Eine ganz eigene Kraft ging von ihr aus. Er sah sie an, wie ich einmal meinen Vater in einem glänzend gebohnerten Korridor im »Sydney Museum of Arts and Sciences« eine Porzellantasse in einer Vitrine habe betrachten sehen.

»Es wäre eine wunderschöne Sache«, sagte er.

»Ja, da haben Sie recht.«

Er konnte ihr nicht in die Augen sehen.

»Wäre ein solches Geschenk«, sagte sie, »nicht etwas Persönliches?« Sie meinte »persönlich« in dem Sinne, daß es etwas mit ihr und Hasset zu tun hatte. Dieses Problem beschäftigte sie so, daß ihr der Gedanke an eine zweite Bedeutung des Wortes gar nicht kam.

»Aber nein«, sagte er, »gar nichts Persönliches.« Er dachte, sie meine mit »persönlich« etwas, das sie und ihn betraf; es war ihm unangenehm, daß sie seinen Plan so klar durchschaute. »Nein, nein, davon kann gar keine Rede sein.«

»Verstehen wir uns recht?«

»Ja.« Er sah ihr gerade in die Augen, und da erkannte sie die Kraft in ihm. Er war so schmächtig und zart und so sanft in seinem Auftreten, daß es immer wieder eine Überraschung war, dies zu sehen: den stählernen Panzer seiner Seele. Sie dachte daran, ihn zu küssen, aber dann schob sie diesen Gedanken energisch von sich. Sie wollte Oscar nicht verscheuchen.

»Ja«, sagte sie, »es wäre eine wunderschöne Sache.« Sie hatte es nie gewagt, sich etwas vorzustellen, das kommerziell so unsinnig war. All die schnurr- und backenbärtigen Eminenzen in Kirche und Wirtschaft würden sie auslachen. Sie dachte: Er ist verrückt; ich bin verrückt. Doch als sie Einwände erhob, stand das, was sie sagte, nicht im Einklang mit ihren Gedanken, die ungeduldig voraussprangen wie ein unbekümmerter kleiner Stein, den man über den Fluß tanzen läßt.

»Aber das ist wohl kaum praktisch, Mr. Hopkins.«

»Das ist ein gefährliches Wort«, sagte er lächelnd, verzaubert von ihrer Oberlippe.

»Welches Wort meinen Sie?«

»Praktisch. Das ist das Wort, das man in Sydney gebraucht, wenn man etwas tun will, woran die Seele Schaden nehmen wird. Entschuldigen Sie – Sie halten mich jetzt sicher für unhöflich.«

»Nein, nein, aber Sie dürfen auch nicht *mich* für Sydney verantwortlich machen.«

»Zu Hause bin ich diesem Wort nie so oft begegnet. Hier aber, müssen Sie wissen, ist es ein Wort, das Männer gebrauchen, wenn sie ihre Phantasielosigkeit verbergen wollen. Aber würden Sie sagen, daß es ›praktisch‹ ist, Choräle zu singen, Gott zu preisen, zu beten und zu fasten? Und was ist der praktische Zweck einer Kirche? Wenn sie bloß ein Dach über dem Kopf der Christen sein soll – mein lieber Papa würde diesen Standpunkt vertreten –, dann ist es besser, die Gemeinde versammelte sich in einer Schusterwerkstatt. Aber wenn Ihre Kirche, ganz gleich, wie klein sie ist, auch eine Verherrlichung Gottes sein soll, dann, würde ich sagen, bin ich der praktischste Mensch, mit dem Sie in diesem Jahr gesprochen haben.«

»Und es würden keine *persönlichen* Absichten dahinterstecken?«

»Mache ich auf Sie den Eindruck eines Schurken?«

»Nein.« Sie lächelte. »Nein, das tun Sie nicht«, und weil er sie zum Lächeln gebracht hatte, fiel ihr nicht auf, daß er ihr eine rätselhafte Antwort auf ihre Frage gegeben hatte. »Ihr Fisch ...« Sie wollte sagen, daß sein Fisch kalt war, unberührt, obwohl Oscar noch immer Messer und Gabel in den Händen hielt wie am Anfang dieses Gespräches.

»Mein Fisch spielt keine Rolle. Mein Fisch ist tot, wir aber sind lebendig. Wir sind Spieler im hochherzigen Sinn des Wortes. Wir glauben, daß uns die Ewigkeit erwartet. Und gehe ich fehl in der Annahme, daß man eine ganze Kirche in Kisten verpacken und mit Lastkarren transportieren könnte? Wie die Leiter in der Bibliothek. Vorgefertigt nennt man das. In Einzelteile zerlegt. Man schraubt sie zusammen, mit Bolzen und Muttern und so weiter.«

»Oder mit einem Schiff.«

»Man könnte eine ganze Kathedrale über die Berge transportieren und dort zusammenbauen. Können Sie sich eine Kathedrale aus Glas vorstellen?«

Sie konnte. Sie sah die Türme, die Kuppeln, die Strebebögen, Staubteilchen, Lichtstrahlen. »Mr. Hopkins, wir sind verrückt, an so etwas auch nur zu denken.«

»Nein, nicht verrückt, ich bitte Sie, nicht verrückt. Aber die schiere Freude, die den Gedanken daran begleitet, ist fast überwältigend.«

Sie dachte: Ich kann Liebe nicht von Glas trennen; ich muß doch ein bißchen verrückt sein.

Er sagte: »Ich glaube, es ist dies *Gefühl,* das Sie versucht sind, verrückt zu nennen, doch es gibt ein genaueres Wort dafür ... Aber ich werde Sie in Verlegenheit bringen ...«

»Sie brauchen keine Rücksicht auf mich zu nehmen.«

»Ich bringe mich selbst in Verlegenheit. Aber ... was wir fühlen, ist Ekstase.«

Sie nickte lächelnd, und ihre Augen schwammen in Tränen. »Aber auch verrückt.«

»Nein, nein, nein.« Er schlug mit der Faust auf den Tisch. Das Besteck hüpfte. Der Herr mit dem Büchlein erhob sich und ging. Er sagte etwas – mehr als drei Worte, weniger als zwanzig –, aber was er sagte, ist jetzt ebenso gleichgültig wie damals.

»Und Sie?« sagte Lucinda. »Würde es Ihnen Vergnügen bereiten, mir bei diesem Unternehmen zu helfen?«

»Ich bin ein praktisch orientierter Mensch«, sagte Oscar kichernd.

Sie hielt inne, denn sie wußte nicht, ob er das ironisch oder wörtlich meinte. »Aber vielleicht möchten Sie mir trotzdem helfen.«

»Mit Vergnügen«, sagte Oscar, der sich nun, da ein Teil seiner

Wünsche Wirklichkeit geworden war, so unbehaglich und schuldig fühlte, als hätte er ihr etwas gestohlen.

»Können Sie sich Hassets Gesicht vorstellen?«

Das Gesicht, das sie beschreiben wollte, war verblüfft, entgeistert, traurig, weil es an der Herstellung dieses Wunders nicht hatte teilhaben dürfen. Doch das Gesicht, das Oscar sah, war das eines Mannes, dessen Liebe neue Nahrung bekommen hatte. Das war das Risiko dieses Unternehmens.

»Aber Sie, liebe Freundin, sind es«, sagte Oscar, »die sein Gesicht sehen muß. Denn natürlich müssen Sie ihm diese Kirche bringen.«

»Oh, nein.«

»Aber gewiß . . .« widersprach er, und sein Herz wurde ihm bereits leichter.

»Oh, nein, ich kann die Fabrik nicht alleinlassen.«

»Sie würden nicht . . .«

»Das ist völlig ausgeschlossen«, sagte sie streng. »Sie erholt sich gerade erst von meiner letzten Abwesenheit.«

»Dann werde ich es tun«, rief Oscar. »In Ihrem Namen.«

Lucinda verstand den Grund für seinen Jubel nicht. Sie runzelte die Stirn und fragte sich, ob der Ballon ihres Traums nicht im nächsten Augenblick einen Nadelstich bekommen würde.

»Man muß mit dem Schiff dorthin fahren«, sagte sie. Sie dachte, obwohl sie das gar nicht wollte, an sein Verhalten während des Sturms an Bord der *Leviathan*.

»Dann werde ich auf dem Landweg reisen«, sagte er grinsend, faltete zufrieden die Hände und legte sie in den Schoß.

»Aber, Mr. Hopkins, ich glaube, Sie verstehen nicht.«

Er dachte: Es ist schwierig, ja, und gefährlich. Bei dieser Wette stehen die Chancen gegen mich, aber wenn ich derjenige bin, der dieses Abenteuer auf sich nimmt, dann wird sich bestimmt alles zu meinen Gunsten wenden.

Sein lächelndes Gesicht ließ Lucinda um ihn fürchten. Er war so blaß und schmächtig. Er verschränkte die Finger und stützte sein spitzes Kinn darauf. Sie wußte, daß er sich nicht vorstellen konnte, wie es im Hinterland aussah. Er gebrauchte sanfte Wörter wie »Bach« und »Straße« und »Hügel«. Er konnte sich die scharfkantige Wildheit dieses Landes nicht vorstellen.

»Ich werde der Überbringer sein.«

»Nein, Mr. Hopkins, ich bitte Sie.«

»Glauben Sie, ich sei dazu nicht fähig?« fragte Oscar. Er war nicht gekränkt, und der Grund dafür war, daß in seiner Seele für so etwas kein Platz war. In seinem Blut zirkulierten all jene Stoffe, die sein Körper bis dahin nur auf der Rennbahn freigesetzt hatte.

»Sprechen Sie's nur aus«, sagte er. »Sie glauben, ich sei dazu nicht fähig.«

»Das ist schließlich keine Schande«, sagte sie, beugte sich vor und strich ihm über den Arm.

»Aber es ist auch nicht wahr«, sagte er, innerlich jubilierend, denn er nahm ihre Geste als Liebkosung. »Ich wette mit Ihnen, daß ich es kann. Sie dürfen das Datum festsetzen.«

Sein Gesicht war sehr bleich, aber es leuchtete auch von innen heraus. Die Haut war straff gespannt, die Augen glänzten und waren auf die von Lucinda geheftet. Sie hielt es für das beste, ihre Hand zurückzuziehen.

»Mr. Hopkins, ich mag Sie zu gern, um Sie zu ermuntern, sich ins Verderben zu stürzen.«

»Aber ich *muß*.«

»Ich bitte Sie – das ist Wahnsinn.«

»Ich muß«, sagte er leise. »Es bedeutet mir sehr viel.«

Da wußte sie, daß er sie liebte.

»Sie tun das für mich?«

Das war eine Frage, die ihm nicht angenehm war. Sein Schweigen dröhnte ihm in den Ohren. Er konnte ihr nicht in die Augen sehen.

»Ja«, sagte er.

»Glauben Sie, ich möchte, daß Sie tot sind?«

»Ich bin zu glücklich, um mich nach dem Tod zu sehnen«, sagte er. »Ich habe nicht die Absicht zu sterben. Mr. Judd zum Beispiel – und ich weiß, daß Sie ihn nicht besonders mögen . . .«

»Ich ihn *mögen*?«

»Aber ich nehme ihn nur mal als Beispiel. Mr. Judd unternimmt andauernd solche Reisen. Ich bin bereit zu wetten, daß ich die Kirche aus Glas bis, sagen wir, zum Karfreitag nach Boat Harbour bringen kann.«

Es gab keine Grundlage für dieses Datum. Es war ihm einfach so eingefallen. Es schien angemessen. Er hatte keine Ahnung, wie lange es dauern würde, die Kirche zu bauen. Dieser Aspekt der Wette – der finanzielle Teil des Unternehmens – war für ihn uninteressant.

»Und was können Sie einsetzen?« fragte sie.

Er sah, wie sich ihr Gesicht bei diesen Worten veränderte. Ihre Augenlider wurden schwer, und ihre Unterlippe schob sich vor.

»Zehn Guineen.«

»Das ist nicht genug.«

»Was ist denn genug?«

Sie machte den Mund auf und schloß ihn wieder. Es war so still im Speisesaal, daß Oscar hören konnte, wie ihre Lippen sich öffneten.

Er legte seine Hände mit den Innenseiten nach unten auf den Tisch. »Was ist denn genug?« wiederholte er.

»Ihr Erbe«, sagte Lucinda leise. Seit zwei Wochen hatte sie nicht mehr gespielt, aber sie hatte in ihrem ganzen Leben noch keine Wette abgeschlossen wie die, welche sie jetzt mit Oscar Hopkins eingehen wollte.

»Mein Vater wird vielleicht hundert Jahre alt. Und außerdem ist er kein reicher Mann.«

»Das macht nichts.«

»Und was würden Sie einsetzen?«

»Dasselbe.«

»Denselben Betrag?«

»Dasselbe. Mein Erbe.«

»Aber Sie haben es doch schon.«

»Ja.«

»Ihre Fabrik.«

»Ja. Alles.«

»Das alles wollen Sie einsetzen?«

»Ja.«

»Dann sind Sie verrückt«, sagte Oscar. »Sie sind verrückt, nicht ich. Du lieber Himmel.« Er kratzte sich am Kopf, sah sich im Speisesaal um und war verwundert, daß niemand mehr da war. Er spürte, daß er das Objekt ihrer Leidenschaft war, aber (sie liebt Hasset) er verstand es nicht.

»Fünf Wochen ohne auch nur ein einziges Pokerspiel um Pennies«, sagte er, »und jetzt das.«

Lucinda lächelte ihn an. Sie fühlte sich leicht. Sie würde dafür sorgen, daß ihm nichts zustieß. Sie würde den erfahrensten Buschläufer, einen Forscher, einen Landvermesser in ihre Dienste nehmen. Sie würden ihn sicher ans Ziel tragen und ihn wieder zurückbringen. Er würde gewinnen. Sie würde verlieren. Sie würde ihm den Panzer überreichen, den sie bislang gebraucht hatte, um sich sicher zu fühlen. Sie war wirklich verrückt. Sie war gern verrückt. Sie liebte ihn. Sie würde versorgt sein.

»Überschlafen Sie es noch einmal«, sagte sie. »Niemand zwingt Sie, die Wette anzunehmen.«

»Aber ich *muß* gehen.«

»Überschlafen Sie es.«

»Ich bin nicht müde«, sagte er. Sie erfüllte ihn mit Ehrfurcht. Er liebte sie.

»Dann kommen Sie mit mir nach Hause«, sagte sie, »und spielen Sie Penny-Poker mit mir, bis sie es sind.«

Sie wußte, sie konnte diesen Mann heiraten und doch Gebieterin über ihre Seele bleiben.

82
Waisen

Unsere Geschichte ist eine Geschichte von Waisen – jedenfalls pflegte meine Mutter das zu sagen. Sie gebrauchte dieses Wort im wörtlichen und zugleich in einem sentimentalen Sinn. Sie wollte damit nicht behaupten, daß diese Aussage für die ganze Nation galt, sondern meinte vielmehr, daß sie die drei Eckpfeiler der Familiengeschichte betraf, nämlich Oscar, Lucinda und Miriam Chadwick, die ihre Mutter verlor, als die *Grafton* bei Bellingen Heads auf eine Sandbank lief.

Miriam Chadwick würde nie vergessen, wie die schwarze Farbe kam und ihr wunderschönes pfirsichfarbenes Seidenkleid verschlang. Das Kleid fiel wie eine Rose, wie eine »Prince's Pride«, in einen Waschkessel voll Ausziehtusche. Es verharrte einen Augenblick, und glänzend und schwarz umrahmt von der Farblauge erschien seine Farbe nur um so kostbarer und leuchtender; es verharrte, als wäre es gewillt, den Lokkungen selbst des Todes zu widerstehen, und dann – es war wie das Verwelken einer Blüte, nur ging es viel schneller – saugte das Kleid die Schwärze auf: Erst kroch sie in verschwommenen Linien durch die feinen Falten, dann breitete sie sich aus, eine Flut aus Grau, eine Decke aus Schwarz, und Mrs. Trevis nahm den Wäschestock und stieß das Kleid, drückte es hinab in die Farbe – wie ein Stich ins Herz – und rührte.

Diesen Stoß verzieh Miriam ihrer Dienstherrin nie. Alles andere, aber nicht die Art, wie sie das Kleid ertränkt hatte. Ein leises Grunzen, und dann ein Rühren mit energischem Arm. In den Jahren, die folgten, sah sie es immer wieder vor sich, sah den Leberfleck auf dem Handgelenk, die schwarzen Haare auf der blassen Haut.

Mrs. Trevis hatte nicht damit gerechnet, daß die Gouvernante so jung oder so schön sein würde. Es tat ihr nicht leid – und hätten Sie Mr. Trevis gekannt, so hätten Sie sie verstanden –, daß Miss Chadwick sich in Trauerkleidung hüllen mußte, und doch lag hinter dem Färben des Kleides keine böse Absicht. Es war Ungeduld und sonst nichts. Sie spürte Miriams Unwillen und war geneigt, ein hartes Urteil über sie zu fällen, weil sie ebensosehr um ihre schönen Kleider zu trauern schien wie um den Menschen, dessen Ableben der Anlaß des Umfärbens war.

Und sollten Sie versucht sein, dasselbe zu denken, nämlich daß sie zuviel Schmerz wegen ihres Kleides und nicht genug Schmerz über den Tod ihrer lieben Mutter empfand – deren Leichnam von der Flut am Strand von Bellingen Heads angespült und dort von den Krähen und dann erst von den Menschen gefunden wurde –, so müssen Sie bedenken, in welch einer Situation sie sich befand: Sie war nicht nur als Waise in einer harten und feindlichen Umgebung gestrandet, bei Menschen, die sie in der Heimat als gesellschaftlich unter ihr stehend betrachtet hätte, sie war nicht nur gänzlich mittellos, sondern darüber hinaus auch wieder zum Trauern verurteilt, wo sie doch mit ihren zwanzig Jahren bereits fast ihr ganzes Leben als Erwachsene in Trauerkleidung verbracht hatte.

Erst war ihre Großmutter mütterlicherseits gestorben, dann ihr Großvater väterlicherseits. Ihre Mutter, eine Schneiderin, war äußerst bedacht darauf gewesen, die korrekte Traueretikette einzuhalten, und hatte sich, soweit es ihr in ihrer extremen Neugier gelungen war, Einzelheiten in Erfahrung zu bringen, am Beispiel des königlichen Hofes orientiert. So gab es zunächst drei Monate tiefer Trauer, eine so vollständige Verhüllung, daß auch Hände und Gesicht mit schwarzem Stoff bedeckt waren. Die Rückkehr ins normale Leben erfolgte allmählich und stufenweise, so wie ein Taucher nur langsam aus der Tiefe an die Oberfläche aufsteigen darf, bis man, nach sechs Monaten, in der Öffentlichkeit essen, sich nach neun Monaten in einem Theater sehen lassen und am Ende des Trauerjahres die schwarze Kleidung ablegen und sich, mit ein bißchen Glück, zum Grenadierwalzer auffordern lassen durfte.

Sie war achtzehn und trauerte noch um ihren Großvater väterlicherseits, als ihr Vater, der ebenfalls Trauer trug, an Lungenentzündung erkrankte. Es war Winter. Sie saß in dem einschläfernden Dunst des Kohlefeuers, und selbst während sie ihn pflegte, während sie an seinem Bett saß, den schweren Körper aufrichtete, damit er besser atmen konnte, und sah, daß sein Gesicht ganz fleckig, verloren, mit einemmal alt war, die Augen geschlossen, die Lippen trocken und geschwollen, so daß sie so groß waren wie die des Negerjungen auf der Sammelbüchse der Missionsgesellschaft, selbst während sie wartete und weinte und ihn röcheln und sich zu Tode husten hörte, spürte sie noch einen anderen Kummer, eine andere Verzweiflung, eine andere Wut – egoistisch vielleicht, aber darum nicht weniger intensiv empfunden: daß sie noch als alte Jungfer enden würde, weil sie nun noch ein weiteres Jahr in Trauer würde verbringen müssen.

Aber schließlich war es doch kein ganzes Jahr gewesen, denn ihre Mutter war, obwohl streng in Fragen der Etikette, auch eine praktisch veranlagte Frau. Sie wollte nicht, daß kostbarer Platz im Schrankkoffer für Kleidung verschwendet wurde, die sie in Neusüdwales ohnehin nicht brauchen würden.

Die Mutter besaß einen starken Willen. Es war ihre Idee gewesen, nach Australien auszuwandern. Sie hatte ihren Entschluß verkündet, ohne irgend jemanden um Rat zu fragen. Sie war es gewesen, die ihrer Tochter eine Stelle als Gouvernante in Boat Harbour verschafft hatte. In ihrer Unwissenheit hatte sie sich eine Stadt wie Bournemouth vorgestellt. Es würde ein fröhlicher Ort sein, sagte sie, mit einem gesunden Klima. Passend zu ihrer neuen Heimat schneiderte sie ihnen neue Kleider, die ihrer Tochter skandalös farbenfroh vorkamen. Sie verwendete Taft und »Pekingseide«. Als sie an Bord der *Sounion* gingen, war ihre Aufmachung von einer Eleganz, die große Bewunderung hervorrief (bei Fremden – die Familie hatte sich in Hammersmith von ihnen verabschiedet). Mutter und Tochter hatten Kleider in den schönsten und zartesten Farben an – das der Mutter war in einem moirierten Grau gehalten, das der Tochter pfirsichfarben –, aber beide trugen bunte Unterröcke, und Miriams Krinoline erinnerte an eine Trompetenblume, wie sie angeblich in tropischen Breiten wuchs. An Bord jedoch wurde diese Herrlichkeit natürlich weggepackt, denn sie konnten sich nur eine Zwischendeckpassage leisten, und sie waren noch immer weggepackt, als der Schrankkoffer, eine große, mit schwarzen Eisenbändern gesicherte Holzkiste, am Tag, nachdem all diese Menschen ertrunken waren, bei Yellow Rock angespült wurde.

Das war am ersten Weihnachtstag des Jahres 1858 gewesen. Miriam war die einzige von dreißig Passagieren gewesen, die dem Tod entkommen war. Ihr rechter Arm war gebrochen und wurde nie fachmännisch gerichtet, aber sie lebte.

Der ganze Schrankkoffer wurde zum Haus der Trevis' gebracht, denn dort sollte sie ja ihre Stelle als Gouvernante antreten. Und am ersten Morgen, den Miriam dort erlebte, füllte Mrs. Trevis ihren Waschkessel mit schwarzer Wäschefarbe und warf all die schönen neuen Kleider, eines nach dem anderen, hinein. Miriam empfand eine tiefe

Wut; das Schwarz widerte sie ebenso an wie alles andere. Sie vergaß diesen Augenblick nie. Das pfirsichfarbene Kleid – eine gefallene Blüte in einem Waschkessel voll Tinte.

Als die Kleider gefärbt, getrocknet und gebügelt waren, zog sie sie an. Das Schwarz färbte auf ihre Haut ab. Es lag an der Luftfeuchtigkeit. Daran war nichts zu ändern, ebensowenig wie an den Sandfliegen, den Moskitos und den tropischen Regenfällen, die den Fluß anschwellen ließen und das Vieh davontrugen. Sie unterrichtete die Kinder, so gut es eben ging. Es gab nur wenige Bücher.

Natürlich gab es Tanzveranstaltungen, sogar eine ganze Menge. Aber es war völlig ausgeschlossen, daß sie daran teilnahm. Sie schrieb lange Briefe an Mrs. Carson in London, die die Agentur für Gouvernanten betrieb. Darin tat sie, als schlüge sie einen fröhlichen oder optimistischen Ton an, während sie in Wirklichkeit ihre Verzweiflung genau zum Ausdruck brachte. Sie bat darum, an einen Ort geschickt zu werden, wo man Bildung zu würdigen wußte. Sie beklagte sich, sie müsse Feuer machen, das Haus putzen, bei allen Verrichtungen »mit anpacken«. Diese beiden Wörter setzte sie in ironische Anführungszeichen. Kein einziges Mal machte sie eine Bemerkung über die gesellschaftliche Position oder das geistige Niveau der Trevis', und doch war irgendwie deutlich, daß sie unter ihr standen.

Miriam konnte es nicht wissen, aber Mrs. Carsons Leben war gespickt mit Briefen wie diesen. Sie gingen ihr auf die Nerven, und wenn sie auch zwei oder drei davon durchgehen ließ, reagierte sie auf den vierten gewöhnlich mit einer scharfen Zurechtweisung.

Im Januar 1862, einem Jahr, in dem die Überschwemmungen so verheerend waren wie erst 1955 wieder (Überschwemmungen, die George White und seine Mitstreiter geflissentlich vergessen, wenn sie Genehmigungen zur Landerschließung erteilen), wurde Miriam Mason mit Johnny Chadwick getraut, und zwar von Dennis Hassets Vorgänger, eben dem, den man später in den Bellinger warf. Im Kirchenbuch ist diese Ehe nicht eingetragen, aber im Heimatmuseum gibt es eine Photographie von Johnny Chadwick. Darauf steht er vor einer Blockhütte, bei der es sich – so hat es die Historische Gesellschaft beschlossen – um das Schulgebäude handelt. In Wirklichkeit war es sein Haus. Er ist von seinen Schülern umgeben, und auf dem kleinen, mit Schreibmaschine geschriebenen Zettel, den George White mit Klebeband am unteren Rand der Photographie befestigt hat, kann man lesen, daß er 1863 an einem Schlangenbiß gestorben ist. Daß die Schlange gereizt war, weil die Schüler sie auf dem Schulhof hin und her geworfen hatten, steht dort nicht. Sie hatten lange Stöcke, mit denen sie sie auf einander zuschleuderten. Wie es scheint, hat Johnny Chadwick versucht, die Schlange zu töten.

Wie auch immer – Miriam mußte ihre Kleider abermals färben, und sie arbeitete wieder für Mrs. Trevis, die sie selbstverständlich nicht daran erinnerte, daß sie, Mrs. Trevis, ihr damals abgeraten hatte, als sie ihre alten Trauerkleider zu Staublumpen zerrissen hatte.

Aber, oh, mit welchem Genuß hatte sie in ihrem Optimismus die schwarzen Kleider zerrissen und sich nicht darum geschert, daß das eine Verschwendung war. Und sie hatte sich wieder ihre herrlichen Stoffe schicken lassen, Seiden- und Taftstoffe aus Sydney, und hatte sich lange Kleider genäht, die kühl und leicht waren, und hatte begonnen, die Schönheit der Gegend wahrzunehmen, das weite, langsame Strömen des Flusses, seine breiten grünen Ufer, dieses Grün, das sich immer mehr ausdehnte und sich gegen das Khaki des Buschs stemmte, und Johnny Chadwick war sehr wortkarg, aber zärtlich und gutaussehend gewesen, und sie hatten vor ihrer Hütte gesessen, und er hatte ihr im Schein der Laterne Walter Scott vorgelesen, während Weiße Ameisen geschlüpft, ausgeschwärmt und gestorben waren, und sie war dumm genug gewesen, darin kein treffendes Bild der Vergänglichkeit aller Dinge zu sehen.

Sie schrieb wieder an Mrs. Carson. Mrs. Carsons Antwortbrief läßt sich nur als kühle Mitteilung bezeichnen.

Als Dennis Hasset in Boat Harbour eintraf, beobachtete sie ihn also vom Inneren ihres Käfigs aus tiefer Trauer. Sie stand auf der Veranda des Hauses der Trevis' in Fernmount. Von dort überblickte man die Biegung des Flusses. In diese Szenerie schob sich Hochwürden Dennis Hasset, korrekt gekleidet, ein Buch auf dem Schoß, inmitten seiner persönlichen Habe auf dem Deck einer Flußbarke sitzend.

Und wenn ich sage, daß sie – auf der Stelle und ohne ein Wort mit ihm gewechselt zu haben – begann, ihn in ihre Zukunftspläne einzubeziehen, so wäre es unfair, sie als gefühllose Frau oder Ränkeschmiedin zu verurteilen. Wichtiger ist es, sich anzusehen, welche Möglichkeiten sie überhaupt hatte.

Die erste bestand darin, weiter als Gouvernante für die Familie

Trevis zu arbeiten, und in deren Augen war sie eine schlechte Gouvernante, denn da sie selbst keine Bildung besaßen und ihr auch wenig Wert beimaßen, waren sie geneigt, eine Gouvernante als Haushilfe zu betrachten und sie, sollte man sie mit etwas so Nutzlosem wie einem Buch antreffen, aufzufordern, sich einer praktischeren Tätigkeit im Haushalt zu widmen. Infolgedessen war sie nicht nur deprimiert und geistig unterfordert, sondern auch ständig müde.

Die zweite Möglichkeit war eine Heirat. Nachdem sie beide Lebensweisen kennengelernt hatte, tendierte sie sehr dazu, der zweiten den Vorzug zu geben. So holte sie denn das Fernglas von Mr. Trevis' Nachttisch und betrachtete, während ihre Schützlinge sich an den Haaren zogen, den Pfarrer auf der Barke. Das war zwei Wochen vor Oscars denkwürdigem Kartenspiel im Pfarrhaus von Randwick.

83
Adventszeit

Die Wette lebte. Sie lebte in ihnen. Sie war eine Biene in einer Schachtel, ein Juckreiz an einer Stelle, an der man sich nicht kratzen kann; dies war es und nicht ihre nun ständigen Spiele – Penny-Poker, Cribbage, Solo: flüchtige Zerstreuungen, welche keineswegs imstande waren, ihre beherrschten Leidenschaften zu befriedigen, sondern lediglich dafür sorgten, daß ganze (ein Penny) oder halbe (ein halber Penny) Streichhölzer im ganzen Haus herumlagen – diese Biene in der Schachtel, diese Große Wette, diese Glaswette war es, die die Tage mit quälender Spannung, mit einer herrlichen Drift, und die Nächte mit Leichtigkeit, mit Vorfreude erfüllte. Sie küßten sich nicht und hielten sich nicht an den Händen. Die Wette gab ihnen eine Zukunft, der sie sich entgegenreckten.

In ganz Neusüdwales herrschte Dürre, aber die erste Dezemberwoche war mild, mit spielerischen Nordostwinden, die aufkamen und sich wieder legten, wie saubere Käsetücher aus Musselin, die auf einer Wäscheleine schaukeln. Die Nächte waren klar und voller Sterne. Lucinda und Oscar nahmen den Tee am Zinktisch hoch über dem schwarzen Wasser. Die knotigen Finger des Roten Jasmin trieben endlich Knospen. Der Jakarandabaum blühte. Sie sahen den Fliegenden Hunden zu, die über ihnen durch die Luft gaukelten wie Gedankenschatten – Dinge, die so unbestimmt waren, daß es sie erst geben konnte, wenn zwei Zeugen ihre Existenz bestätigten.

Sie waren durch ihre Verschwörung miteinander verbunden. Wie Liebende sehnten sie sich danach, ihr Geheimnis mit anderen zu teilen, aber sie hatten niemanden, mit dem sie es hätten teilen können. Lucinda konnte Hasset nichts davon verraten. Sie hätte es nicht ertragen, mit vernünftigen Einwänden konfrontiert zu werden. Dennoch fühlte sie sich schuldig, weil sie ein Geheimnis vor ihm hatte. Bald würde er erfahren, daß sie ihr Haus mit einem von der Kirche verstoßenen Pfarrer teilte und daß sie eben diesen eigenartigen Herrn überallhin begleitete, sogar bis zum »New Steyne Hotel« in Manly, wo sie unbeholfen und zum erstenmal in ihrem Leben getanzt hatte. Lucinda schrieb Dennis Hasset lange, langweilige, ausführliche Briefe, als könnte dieses beständige Leiern das heimliche Geflüster ihres Herzens übertönen. Diese Briefe machten Oscar natürlich besorgt und eifersüchtig. Er hatte niemanden, dem er seine Seelenqualen hätte offenbaren können, niemanden außer Wardley-Fish, und Wardley-Fish stand selbst im Mittelpunkt eines Skandals und war unerreichbar; er fuhr gerade sonnenverbrannt und betrunken durch den Suez-Kanal und erzählte unerhörte Geschichten, bis er eines Tages zu weit ging und »Es« wurde: der Passagier, neben dem auf dem Promenadendeck zu sitzen die anderen tunlichst vermieden.

Oscar war wie ein Mann im Märchen, dem seine Wünsche erfüllt worden sind. Er stand auf der Gehaltsliste der Prinz-Rupert-Glashütte. Er war an der Herstellung von Glas beteiligt. Er betrat eines Montagmorgens an Lucindas Seite die Fabrik und sah, wie die großen, roten, gummiartigen Glasplatten auf schimmernden Metallrollen wie Pastetenteig aus der Flachglasmaschine von Chance & Sons glitten. Lucinda stand neben ihm und war zu gleichen Teilen von Wut und jubelnder Freude erfüllt. Sie dachte: Ich darf nie wieder mit ihm hierherkommen; all meine Leidenschaft ist so kalt wie Eis. Damit meinte sie natürlich, daß er so bereitwillig akzeptiert wurde, wo man es ihr verweigerte, und daß in seinem Gang etwas Besitzergreifendes zum Ausdruck kam – worüber er, hätte man es ihm gesagt, wahrscheinlich erschrocken wäre.

Oscar war nicht blind für Lucindas Gefühle. Und als sie ihre Absicht bekanntgab, Mr. d'Abbs in das Projekt einzubeziehen, äußerte er seine Zweifel nur murmelnd und zurückhaltend. Hier nun erkannte er, mit welch wild entschlossener Loyalität Lucinda zu denen stand, die sie für ihre Verbündeten hielt. Und es spielte keine Rolle, daß Mr. d'Abbs sich als ihr Vertreter und auch in anderen wichtigen Dingen als unfähig erwiesen hatte: Sie würde ihn bei der Planung der Glaskirche um seinen Rat fragen.

»Er ist, wie Sie zweifellos wissen, künstlerisch begabt«, sagte sie.

Oscar glaubte, eine Spur von Streitlust in diesem Satz zu entdekken, und so erinnerte er sie nicht daran, daß sie ihm zwei Abende zuvor erzählt hatte, wie Mr. d'Abbs ihr Monsieur Huille empfohlen hatte, den Zeichenlehrer, dessen Kühe wie Schweine ausgesehen hatten.

So kam es, daß Oscar, keine zwei Wochen, nachdem er aus Mr. d'Abbs' Diensten ausgeschieden war, wieder dessen Büro betrat. Er sah, wie er es noch oft sehen würde, bevor die Glaskirche in die hölzernen

Transportkisten verpackt wurde, daß seine Idee eine besondere Faszination ausübte. Es gab kaum einen Menschen, der sie nicht sogleich an sein Herz drücken wollte, und selbst wenn diese Menschen, wie jetzt auch Mr. d'Abbs, anfangs noch umständlich mit Zigarre oder Schnupftabak hantierten und mit strenger Miene sagten, was für eine unpraktische Idee das sei, so landeten sie doch alle an demselben Punkt, jenem Punkt, den auch Mr. d'Abbs an diesem drückend heißen Dezembertag erreichte: Mit einem leicht blöden Lächeln und einem »Donnerwetter auch« auf den Lippen äußerten sie – oder jedenfalls Mr. d'Abbs – die Bitte (die, wie Oscar fand, eher eine Anmaßung war), die Pläne für die Kirche selbst zeichnen zu dürfen.

»Ich könnte mir die Zeit dafür nehmen«, sagte Mr. d'Abbs. Er zog die Schublade auf und entnahm ihr einen Bogen bestes weißes Büttenpapier. Er legte es auf die Mitte der Schreibtischplatte. Er öffnete eine andere Schublade und holte einen Federhalter hervor, und dann zeichnete er mit schnellen Bewegungen zwei oder drei Linien auf das Papier. Wohlwollend musterte er sie mit schräggelegtem Kopf und sah dann auf, als wollte er sagen: Nicht schlecht, gar nicht schlecht. Dann, nachdem er sich zu seiner Zufriedenheit seines zeichnerischen Könnens versichert hatte, faltete er das Papier zweimal zusammen, steckte es in die Brusttasche seines für die Jahreszeit zu dicken Anzugs und legte den Federhalter sorgsam wieder in die Schublade.

Oscar biß sich auf die Lippen, um sein Lächeln zu verbergen. Er warf einen raschen Blick zur Seite auf Lucinda, die mit geradem Rücken in ihrem unbequemen Sessel saß und so andächtig aussah wie beim Morgengebet. Sie hatte vor langer Zeit beschlossen, Mr. d'Abbs zu vertrauen, und es schien unwahrscheinlich, daß sie ihren Entschluß ändern würde. Diese Beobachtung führte Oscar zu einer rasiermesserscharfen Entsprechung: In ihrem Herzen würde sie Hasset ähnlich treu bleiben. Das dachte Oscar und wand sich in seinem Sessel. Er schnitt ein groteskes Gesicht, eine Karikatur der Qual. Niemand bemerkte es. Lucinda sah Mr. d'Abbs an. Mr. d'Abbs machte sich jetzt mit einem anderen Stück Papier zu schaffen. Es war ein gelber Bogen mit grünen Linien, einer von jenen, auf denen er seine Notizen (er bezeichnete sie als »Memoranden«) zu machen pflegte. Er holte wieder den Federhalter hervor, schraubte ihn auf, hielt die Feder prüfend gegen das gleißende Licht, schob die Lippen vor, so daß sein dünner Schnurrbart sich verzog, und ließ die Spitze seiner rosigen Zunge – ein kleines Tier in einer behaarten Schale – hervorkommen und die Luft prüfen.

»Also«, sagte er, zu Lucinda gewandt, denn seinen ehemaligen Buchhalter hatte er von Anfang an ignoriert. »Also, wie groß ist die Gemeinde, für die die Kirche gedacht ist? Da muß man anfangen. Das ist einer der großen Fehler beim Kirchenbau. Macht man sie zu groß, dann haben alle das Gefühl, daß die Predigt schlecht war. Macht man sie zu klein, dann ist nie genug in der Kollekte, um die Familie des Pfarrers zu ernähren, und man muß eine Menge Zeit verschwenden für Festivitäten und Wohltätigkeitsveranstaltungen und alle möglichen Laiengruppenspiele, die auf dem Land, das dürfen Sie mir glauben, eine regelrechte Tortur sein können. Da muß man also anfangen, aber es ist schwer, das richtig zu kalkulieren. Es hängt mehr von der Qualität der Predigten als von der Größe der Gemeinde ab.«

»Er spricht sehr gut«, sagte Lucinda, »und manchmal stellt er sich gegen die öffentliche Meinung.«

»Vierhundert«, sagte Mr. d'Abbs und schrieb es auf.

»Es ist nur eine kleine Stadt«, sagte Oscar, für den seine eigenen Predigten immer eine solche Qual gewesen waren.

»Dann also einhundert«, sagte Mr. d'Abbs.

Niemand widersprach ihm.

»Und bevorzugen Sie dorische oder korinthische Säulen?«

»Aber Mr. d'Abbs«, sagte Lucinda und beugte sich vor, »es wird weder dorische noch korinthische Säulen geben. Die Kirche wird, wie ich Ihnen ja schon erklärt habe, aus Glas und gußeisernen Stäben gebaut werden. Wir werden diese Art von Stützen nicht brauchen. Die Bauweise entspricht im Prinzip genau der eines Gewächshauses.«

»Ja, ja, natürlich.« Mr. d'Abbs schraubte die Kappe auf seinen schmucken Schildpattfederhalter und legte ihn neben das Blatt Papier. »Dennoch ist das etwas, das Sie werden entscheiden müssen, Ma'am. Sie betrachten das von außen, vom Standpunkt eines Laien. Sie können sich nicht vorstellen, daß das von Bedeutung ist, das ist ja ganz natürlich, ganz verständlich. Für Sie *braucht* es auch nicht von Bedeutung zu sein.« (Oscar fühlte sich stellvertretend für Lucinda beleidigt. Er fand den Ton ziemlich herablassend.) »Aber für mich muß es von Bedeutung sein. Von großer Bedeutung. Es ist eine Frage der Gesetze der Ästhetik. Man kann sie vielleicht nicht *sehen*, aber sie sind trotzdem da, so wie die Zehn Gebote unsichtbar in diesem Raum vorhanden sind.«

»Ich fürchte«, sagte Oscar, »daß ich Sie nicht ganz verstehe.«

Mr. d'Abbs sah ihn mit großem Mißvergnügen an. Es berührte ihn peinlich, einen ehemaligen Buchhalter in dieser Position zu sehen. Er wollte die Unterbrechung gerade übergehen, als er bemerkte, daß Miss Leplastrier eine Antwort erwartete.

»Es ist eine Frage der stilistischen Geschlossenheit«, sagte er.

»Inwiefern?« fragte sie.

»Inwiefern was?«

»Inwiefern beeinflußt das die stilistische Geschlossenheit?«

Mr. d'Abbs zog seine Uhr hervor und warf einen Blick darauf. Dann tauchte er seinen Federhalter in die Tinte und zeichnete ein kleines Diagramm auf das gelbe Papier. Er war kein Architekt. Natürlich nicht. Er hatte auch nie behauptet, einer zu sein. Aber er hatte Dinge gezeichnet. Das gehörte zu seinem Beruf. Man fängt mit einigen Grundstücksgeschäften an, und dann sind ein paar kleine Finanzierungsverträge erforderlich, und dann braucht der Klient, dem das Land gehört, ein Gebäude. Dies hier würde eine hübsche kleine Kirche werden. Eine schöne Sache. Mit der perspektivischen Darstellung würde er natürlich einen Künstler beauftragen müssen. Die Perspektive hatte er nie gemeistert, aber das hatte ihn nicht abgehalten, den neuen Säulengang für den Sydney Club zu entwerfen, aber der war, bei Gott, korinthisch und hatte große Bewunderung gefunden. Bischof Dancer hatte ihm ein großes Kompliment gemacht: »Christopher d'Wren« hatte er ihn genannt, was ein phonetisch anspruchsvoller Witz und außerdem etwas übertrieben gewesen war, aber es hatte ihm geschmeichelt. Es gab keinen Grund, warum diese kleine Kirche nicht eine Kuppel haben sollte. Zum Donner, ja!

»Es beeinflußt die Ästhetik«, sagte Mr. d'Abbs. »Ich würde Ihnen zu korinthischen Säulen raten, aber wenn Sie an meinem Urteil zweifeln – und warum sollten Sie nicht? Schließlich bin ich ja nur Ihr Finanzberater –, dann gehen Sie nur zur Castlereagh Street, sehen Sie sich den neuen Sydney Club an und sagen Sie mir, was Sie davon halten.«

Oscar warf Lucinda einen Blick zu. Anscheinend störte es sie nicht, daß Christi Tod und Auferstehung mit Hilfe eines heidnischen Stils verherrlicht werden sollte. Sie schien Mr. d'Abbs' Vorschlag zu akzeptieren.

Sie sagte: »Die Rahmen werden Glasscheiben einfassen, die neunzig Zentimeter lang und fünfundvierzig Zentimeter breit sind. Der Durchmesser der Pfosten sollte nicht größer sein als zwölf Zentimeter. Jeder der Pfosten wird, soviel ich weiß, etwa einhundertfünfzig Kilo wiegen.«

Mr. d'Abbs lächelte und nickte, aber im Gegensatz zu Mr. Flood, dem Gießer, der mit Hilfe seiner Greifzirkel ständig Berechnungen anstellte und in seinem abgegriffenen Notizbuch Zahlen addierte und subtrahierte, schrieb er sich nichts auf.

Er legte sogar den Federhalter beiseite.

Lucinda und Oscar saßen nebeneinander, wie Passagiere in jenem umstrittenen Verkehrsmittel, der Pitt-Street-Trambahn. Ihnen gegenüber saß Mr. d'Abbs, der nach der Glocke auf seinem Schreibtisch griff und läutete. Er stellte die Glocke wieder ab und lächelte seine Besucher die ganze Zeit, die Mr. Jeffris brauchte, um dem Ruf seines Chefs Folge zu leisten, an.

»Mr. Jeffris«, sagte Mr. d'Abbs, als sein Oberbuchhalter schließlich im Zimmer stand. »Sie sind doch diplomierter Landvermesser, nicht wahr?« Er sagte das in demselben Ton, in dem er bei anderen Gelegenheiten einen seiner Angestellten aufgefordert hatte zu bestätigen (oder zu verneinen), daß er Professor für Altgriechisch, publizierter Dichter, Konzertpianist oder Cousin eines Grafen sei.

»Das ist richtig«, sagte Mr. Jeffris. Er stand in formeller »Rührt euch«-Haltung da und ließ durch nichts erkennen, was er angesichts des gesellschaftlichen Aufstiegs des Schmierfinken empfand. Er würdigte ihn keines Blickes. Er stand neben ihm und sah seinen Chef an.

»Und haben Sie die Straße nach Boat Harbour vermessen?«

Mr. Jeffris sagte nichts. Er stieß einen Seufzer, einen ziemlich unwilligen Seufzer, aus, und Mr. d'Abbs lächelte Lucinda stolz an, als wäre dieser Seufzer die scharfsinnigste Antwort, die man sich nur vorstellen konnte. Dann hob er einen Finger, als wäre er ein Dirigent, der den Flötisten anwies, einen Triller zu spielen, und sagte: »Gibt es eine Straße nach Boat Harbour?«

»Nee, gibt es nicht«, sagte Mr. Jeffris, und Oscar, der keine Sympathien für Mr. Jeffris hegte, tat es dennoch leid, daß ihm dieser kleine Fauxpas unterlaufen war. Mr. Jeffris war jemand, der hart daran gearbeitet hatte, sich sein »Nee« abzugewöhnen.

»Aber«, half Mr. d'Abbs ihm weiter, »man könnte sich doch gewiß dorthin durchschlagen.«

Mr. Jeffris gab keine Antwort.

»Sie haben doch eine Straße nach New England vermessen, nicht wahr?«

»Ich war damit befaßt«, sagte Mr. Jeffris, der außer sich vor Wut war, weil man ihn zwang, vor dem Schmierfinken diese Rolle zu spielen. »Und zwar unter der Leitung eines gewissen Mr. Cruikshank.«

»Aber diese Straße ist nicht gut?«

»Nur ein Dummkopf würde den Landweg nehmen«, sagte Mr. Jeffris, der seine Gefühle nicht mehr ganz verbergen konnte. »Und die Frage ist rein theoretisch, weil niemand die Straße benützen würde. Nach Boat Harbour fährt man nicht über Land, sondern mit dem Schiff. Es gibt dort, wie jeder weiß, eine gefährliche Sandbank, aber die ist der Straße jederzeit vorzuziehen.«

»Und was würden Sie zu Mr. Hopkins hier sagen, wenn er Ihnen mitteilen würde, er habe die Absicht, auf dem Landweg dorthin zu fahren?«

»Bitte?« sagte Mr. Jeffris, der nun wirklich perplex war.

»Mr. Hopkins will auf dem Landweg nach Boat Harbour fahren.«

»Nein«, sagte Mr. Jeffris, zu verblüfft, um weiterhin schlecht gelaunt zu sein. Er wandte sich zu Oscar, der das Gefühl hatte, als nehme Mr. Jeffris ihn zum erstenmal wahr. »Stimmt das, Mr. Hopkins?«

»Ich fürchte ja.«

»Und warum nicht auf dem Seeweg?« fragte Mr. Jeffris. Sein Tonfall hatte sich geändert. Er war sanfter geworden. Man konnte das Echo davon in seinen Augen sehen.

»Das hat persönliche Gründe.«

Mr. Jeffris' normale Gemütsverfassung war die eines Mannes, dessen Laune ein großer Felsblock ist, welcher gefährlich auf einem rostigen Nagel balanciert. Seine Buchhalter pflegten in seiner Nähe auf Zehenspitzen zu gehen. Aber nun, als er Oscar ansah, machte er sich irgendwie ganz weich und ruhig. Der Felsen ließ sich auf dem Sand nieder.

»Diese Gründe«, sagte er mit sanfter Stimme, »könnte man die unter dem Oberbegriff ›Erforschung‹ zusammenfassen?«

»Oh, nein«, sagte Oscar und kicherte.

Mr. Jeffris' Stirn legte sich in komplizierte Falten.

»Er weigert sich, mit dem Dampfschiff zu fahren«, sagte Mr. d'Abbs.

Mr. Jeffris wandte nicht einmal den Kopf. »Und Sie müssen dorthin?« fragte er Oscar sanft, ganz sanft, und Lucinda konnte nicht glauben, daß dies derselbe Mann war, der sie an einen »gefährlichen Hund« erinnert hatte, als er mit seinen eisenbeschlagenen Schuhen durch den Buchhaltungsraum auf sie zugekommen war.

»Und Sie sind«, vermutete Mr. Jeffris, »aus persönlichen Gründen gezwungen, diese Reise zu unternehmen?«

Oscar lächelte Mr. Jeffris an. Er lächelte nicht, weil er so glücklich war. Er lächelte, weil Mr. Jeffris' Verhalten ihm angst vor dem machte, was er sich aufgeladen hatte. Er lächelte, weil er wollte, daß sich die ernste Besorgtheit in Mr. Jeffris' Gesichtsausdruck milderte. Aber Mr. Jeffris spielte nicht mit. Traurig musterte er Oscar von Kopf bis Fuß, als wäre dieser ein Tier auf dem Viehmarkt von Homebush, auf das eine Last wartete, die zu tragen über seine Kräfte ging.

»Nicht um alles in der Welt«, sagte Mr. Jeffris, »möchte ich in Ihrer Haut stecken.«

Oscar spürte einen Kloß in der Kehle. Er strich sich über den langen Hals und wandte sein »Lächeln« Mr. d'Abbs zu.

Mr. d'Abbs war zufrieden. Er war zufrieden, daß seine Firma mit solchen Fachkenntnissen aufwarten konnte. Er war zufrieden, weil er in der Lage war, seinen Klienten diese Dienste umsonst, gratis, zur Verfügung zu stellen.

»Danke, Jeffris«, sagte er. »Und jetzt zurück an die Arbeit.«

Lucinda dachte, wie arrogant und despektierlich das klang, aber es war keine Arroganz, sondern bloß eine Imitation von Arroganz, etwas, das Mr. Jeffris ihm in Anwesenheit von Dritten gestattete.

Mr. d'Abbs nahm wieder seinen Federhalter und zeichnete – niemand konnte sehen, was es war – einen hübschen kleinen Dreimaster mit einer Möwe, die darüber flog.

»Und darum«, sagte er.

Er fügte noch ein paar kleine Wellen hinzu.

»Und darum« – er legte den Federhalter hin – »werden Sie die vorgefertigten Teile natürlich auf dem Seeweg transportieren.«

»Vielleicht sollten wir noch einmal darüber sprechen«, sagte Lucinda zu Oscar.

»Aber meine Liebe«, sagte Mr. d'Abbs, »was gibt es da noch zu besprechen?«

Oscar stand auf. Er sah die kindische Zeichnung auf Mr. d'Abbs' Block. Sein Gesicht war dreieckig, kalkweiß – Knochen, Haut, eingesperrte Augen. Lucindas Herz war von Mitleid erfüllt. Oscar nahm wieder Platz. Er hätte nicht entsetzter sein können, wenn er abermals auf dem Hafenkai von Southampton in einem Käfig gesessen hätte.

84
Ein Gebet

Es war halb sechs am Abend und sehr warm. Durch ein Fenster weit oben fiel trübes Licht ins Treppenhaus, allerdings nicht so viel, daß man die Fleckigkeit der Tapete oder den Zustand des Läufers hätte erkennen können. Als Mr. Jeffris die Treppe hinaufging, hielt er die behandschuhten Hände gefaltet, als könnte er sonst unabsichtlich etwas berühren, das er ekelerregend finden würde. Er erreichte den ersten Absatz und tauchte in einen dunklen Korridor ein; er machte rasche Schritte, während ein Fremder gezwungen gewesen wäre, ein Streichholz anzuzünden oder sich an der Wand entlangzutasten. Er nahm noch zwei Stufen, wandte sich nach links und stand vor einer Tür, die nicht nur verschlossen, sondern zudem mit einem Vorhängeschloß gesichert war.

Er fummelte nicht lange mit den Schlüsseln herum. Das Türschloß gab ein dumpfes »Klock«, das Vorhängeschloß ein scharfes, messinghelles »Schnick« von sich. Der Türknauf knirschte. Mr. Jeffris war zu Hause.

Es war ein kleines Zimmer mit einem Fenster, durch das man auf andere Fenster und einen kleinen Hof mit Kopfsteinpflaster sah, wo drei große schwarze Katzen, die Lieblinge der Köchin der Pension, auf einem Haufen aus Holz und grauen Lumpen lagen.

Es war heiß im Zimmer. Mr. Jeffris stieß das Fenster auf, verzog bei dem Geruch, der ihm in die Nase stach, das Gesicht und machte das Fenster wieder halb zu. Zwei oder drei Schmeißfliegen drangen in das Zimmer ein und begannen sogleich, umherzusummen und krachend gegen das Glas zu fliegen. Mr. Jeffris ignorierte sie.

Er zog seinen Gehrock aus. Dieser hatte breite Schultern und eine schmale Taille, und obwohl dieser Stil schon seit fast dreißig Jahren aus der Mode war, konnte man aus dem Zustand des Stoffes nur schließen, daß das Kleidungsstück erst kürzlich geschneidert worden war. Mr. Jeffris zog den Gehrock auf einen Kleiderbügel aus Holz, bürstete ihn ab und hängte ihn an eine lange Stange, die er selbst mit Schnur an der Bilderleiste befestigt und dann – es handelte sich um ein kompliziertes System, dessen Vektoren ein Dreieck ergeben hätten – mit Zwirn, der über das Bett gespannt und an der Bilderleiste über dem Kopfende verknotet war, ein Stück von der Wand abgezogen hatte.

Wenn Mr. Jeffris sich auf das Bett setzte (was er jetzt tat, um sich die Stiefel auszuziehen), berührten seine Knie beinahe das schwere Bücherregal, das ebenso praktisch und sauber gearbeitet war wie alle anderen Verbesserungen, die er in dem Zimmer vorgenommen hatte. Alles war provisorisch und zugleich stabil. Es würde zehn Jahre halten. Es konnte im Nu zerlegt und zusammengepackt werden. Kurz gesagt: Es war ein »Lager«.

Am Fußende des Bettes war ein Stück Fußboden freigehalten und mit einem von der Sonne ausgebleichten Teppich belegt. Zwei Hanteln, die zu einer Seite des Teppichs lagen, erklärten diese Extravaganz in einem so kleinen und beengten Zimmer.

Mr. Jeffris saß auf dem Bett und hatte die Hände flach auf die Knie gelegt, und seine Haltung war so vollkommen reglos, daß man hätte meinen können, er bete.

In Wirklichkeit war er aufs äußerste erregt. Er saß so still, wie jemand am Rande eines Abgrundes oder auf der Spitze eines Pfahles oder auf einem Seil, das zwischen seinem Zimmer und dem Land seiner Träume gespannt ist, sitzen würde.

In einer kleinen, geschnitzten Kiste auf dem Bücherregal lagen ein mit Silber belegter Spiegel und ein Kamm. Er konnte beides erreichen, ohne sich von seinem Platz zu erheben. Als er sich vorbeugte und die Gegenstände in die Hand nahm, war leicht zu erkennen, daß die Kiste aus eben diesem Grund dort stand. Und wenn er seinen Schnurrbart kämmte, was er jetzt mit langsamen, sehr langsamen Bewegungen tat, hatte diese Handlung etwas von einem Gebet, einer täglich geübten Meditation. Er hatte einen breiten Mund und einen dichten, vollen Schnurrbart. Als er genug gekämmt hatte, nahm er eine Friseurschere zur Hand. Er hielt den silbernen Spiegel hoch und schnitt hier und dort ein Härchen ab. Nur das Heben und Senken der Brust verriet seine Erregung.

Sein ganzes Leben als erwachsener Mann hatte er sich auf den Tag vorbereitet, da er unkartographiertes Land erforschen, ein Expeditionstagebuch führen und eine Karte veröffentlichen würde. Dreimal hatte er sich für Forschungsreisen anwerben lassen, und dreimal hatte er seine Zusage zurückgezogen, noch bevor die Lasttiere gekauft worden waren. Er stellte gewisse Ansprüche, nämlich dieselben wie sein Held Major Mitchell, und hatte nicht die Absicht, mit Stümpern durch das Land zu stolpern, mit Idioten, die blindlings einen Fuß vor den anderen setzten und – ganz gleich, was sie wie benannten oder welche Karten sie zeichneten – keine Ahnung hatten, wo sie sich, in einem ordentlichen trigonometrischen Sinn, eigentlich befanden. Hume, Hovell, Burke, Eyre – sie alle hatten ihre Karten schlecht gezeichnet. Sowohl für Siedler als auch für Forscher war dieses Material unbrauchbar, aber ihre Autoren galten als Helden, während Mr. Jeffris Buchhalter in Sydney war.

Gegen alle Hoffnung, gegen allen gesunden Menschenverstand, hatte Mr. Jeffris sich vorbereitet, wie es Major Thomas Mitchell von ihm erwartet hätte. Er hatte aus Mitchells *Memoiren* dessen Rat an alle, die es ihm gleichtun wollten, abgeschrieben, jenen Rat, mit dem der Autor sich selbst herabsetzte. Mr. Jeffris hatte Mitchells Zeilen in seiner bewundernswerten Schönschrift niedergeschrieben; er hatte sie eingerahmt; er hatte sie über seinem Bett aufgehängt.

Einige mathematische Kenntnisse werden Ihren Stil verbessern und ihm Klarheit verleihen. Studieren Sie die Schriften großer Männer. Meiner Meinung nach gehört Caesars *Gallischer Krieg* an den Anfang einer jeden Literaturliste, aber ich rate Ihnen, auch Plinius, Plutarch, Sallust und Seneca nicht zu vernachlässigen. Studieren Sie diese Schriften sowohl in Bezug auf ihre Thematik als auch in Hinblick auf die Art, wie die Themen behandelt werden. Die richtige Anordnung ist in der Reiseliteratur wie auch bei historischen Schriften von großer Bedeutung; was diesen Punkt betrifft, ist mein Vertrauen in mein Können sehr klein. An Stoff mangelt es mir nie, und ich schrecke nicht davor zurück, Dinge, die eines Seemannes nicht würdig sind, in meiner Schilderung zu übergehen; aber einem Satzgefüge Eleganz zu verleihen oder die Sätze so zu formen, daß der Sinn sogleich ins Auge springt, übersteigt meine Fähigkeiten. Es ist eine zu große Kluft zwischen den Anforderungen, die an einen Seemann gestellt werden, und jenen, die ein Schriftsteller zu erfüllen hat.

Er hätte noch mehr abgeschrieben, wenn der Bogen Papier, den er gewählt hatte, größer gewesen wäre, denn Mr. Jeffris hatte etwas von einem Schauspieler in sich, und als er die Worte seines Helden auf dieses

Stück Papier schrieb, fühlte er, wie er sich in ihren Autor verwandelte, dessen Gehrock (auf einem Stich aus dem Jahre 1835) eine frappierende Ähnlichkeit mit jenem hatte, den Mr. Jeffris sich 1864 hatte anfertigen lassen.

Indem er dem Rat von Major Mitchell folgte, erschloß er sich Gebiete, die zu betreten der Sohn eines Gemüsehändlers unter normalen Umständen kaum hoffen durfte. Er hatte sich Latein beigebracht, damit er sich das, was er wissen mußte, durch Lesen aneignen konnte. Er hatte Aquarellmalerei gelernt, um die Landschaften der Neuen Welt wiedergeben zu können. Er hatte fünf Jahre seines Lebens als arschkriechender, speichelleckender Lehrling, Assistent und Mann für alle Drecksarbeiten bei dem unfähigen, asthmatischen Mr. Cruikshank verbracht, um sich Kenntnisse in jener Wissenschaft anzueignen, die Mitchell über alle anderen stellte: die Vermessungstechnik. Er war nach Sydney gekommen, um ein Schüler von Mr. Martin (dem Maler) zu werden, und war in den Diensten von Mr. d'Abbs, einem Freund von Mr. Martin, gelandet.

Stümperei war etwas, das Mr. Jeffris nicht ertragen konnte. Er war in der Lage, diese Einstellung durch Bibelzitate zu untermauern. Für ihn bestand kein Unterschied zwischen Dilettantismus und Faulheit. Er war eine Beleidigung Gottes, der uns nach Seinem Bilde erschaffen hat. Und doch stieß er allenthalben darauf. Sie war so verbreitet wie Staub. Niemand, in dessen Diensten er gestanden hatte, war von Mr. Jeffris' Urteil verschont geblieben.

Mr. d'Abbs war ein Stümper. Es war ein Wunder, daß er überhaupt Klienten hatte, und die hatte er auch nur, weil er seine Küche und seinen Keller in den Dienst der betrunkenen, selbstgefälligen Freunde an seinem Tisch stellte. Es war eine rein gesellschaftliche Angelegenheit. Das war offensichtlich. Er aß mit ihnen. Sie tranken zuviel Wein und legten einander die Arme um die Schultern. Sie bildeten sich ein, über Philosophie und die großen Menschheitsfragen zu sprechen, während sie doch kaum imstande waren, die Namen der Männer, die sie falsch zitierten, korrekt auszusprechen. Er war »der gute alte Jimmy d'Abbs«, aber er war ein Stümper und Trunkenbold. Er konnte nicht rechnen. Er konnte nicht rechnen, und das war ihm gleichgültig, und doch hatte das Leben entschieden, daß Mr. Jeffris in den Diensten dieses Mannes stehen sollte. Das machte Mr. Jeffris wütend – jede Minute, die er im Büro zubrachte, war er wütend. Jeden Tag mußte er sich zusammenreißen, sich Zügel anlegen; er konnte es kaum ertragen, dort zu sein, aber er mußte. Aber eines Tages würde er gehen. Eines Tages würde er nicht mehr da sein und dafür sorgen, daß die Arbeit richtig getan wurde, und dann würden all die zweitklassigen Firmen, die sich im Lauf der Zeit daran gewöhnt hatten, sich auf diesen Idioten zu verlassen, in tiefe Schwierigkeiten geraten. D'Abbs würde nie wieder einen so guten Oberbuchhalter finden, nicht weil es keine gab, sondern weil er nicht wußte, woran man einen guten Oberbuchhalter erkannte.

Jeffris träumte von d'Abbs. Er träumte, daß er ihn ins Gesicht schlug und ihm ein Messer in seine Spatzenbrust stieß.

Aber jetzt hatte d'Abbs ihm, wie ein Esel, den Gott Weihrauch tragen ließ, dieses Geschenk gebracht: einen stümperhaften Buchhalter, der es sich in den Kopf gesetzt hatte, nach Boat Harbour zu reisen, auf dem Landweg, durch unkartographiertes Gebiet. Und dieser Bursche war ein Hänfling, ein Mädelchen aus England mit milchweißer Haut und einer Schwäche für Poker.

Und so einer hatte sich eine Gönnerin geangelt, die einen Narren an ihm gefressen hatte!

Ganz, ganz still saß Mr. Jeffris da. Er mußte behutsam vorgehen. Er mußte diese Angelegenheit in Angriff nehmen, als wäre sie ein scheues Tier, ein kleines Vögelchen, das gefangen – nein, nicht gefangen; er war nicht so stark, daß er sich als Raubtier hätte sehen können; aber gelockt, überredet, umgarnt – werden mußte.

Mr. Jeffris erhob sich und kniete nieder. Zwischen dem Bücherregal und dem Bett war kaum genug Platz für ihn. Es war eine Woche vor Weihnachten. Er bat Gott, Er möge ihm diese Große Reise gewähren.

85
Weihnachten

Daß Lucinda Mr. Jeffris mit so überschwenglicher Freundlichkeit begrüßte, als er, ohne eingeladen zu sein, aber mit Armen voller Geschenke und einer Flasche warmem australischem Weißwein, am Abend des Weihnachtstages an ihrer Hintertür erschien, daß sie ihm die breite, kurzfingrige Hand schüttelte und ihn einlud, in den Salon zu kommen, daß sie also all ihre Intuitionen über diesen Mann, den sie in Gedanken mit einer Spinne, einem bösartigen Hund verglichen hatte, außer acht ließ, war nur eine weitere Folge der vernichtenden Predigt, die Hochwürden Dight am Morgen dieses Christtages gehalten hatte.

Hochwürden hatte diese Strafpredigt nicht geplant, auch wenn Mr. Chalmers, der Gemeindevorsteher, ihm immer mit seinem »Machen Sie ruhig ein bißchen Wirbel« im Nacken saß. Aber Mr. Chalmers war Geschäftsmann (er besaß drei Metzgereien, auf deren Schaufensterscheiben in weißer Kalkfarbe die Preise standen) und neigte, wie Hochwürden Dight fand, zu oft zu der Ansicht, daß zwischen dem Aufbau einer christlichen Gemeinde und dem eines guten Kundenkreises in der Hauptstraße kein Unterschied bestand.

Mr. Dight wußte, daß sein Gemeindevorsteher über diese Predigt entzückt war, denn mitten in seiner leidenschaftlichen Rede hatte er hinuntergeblickt und unter zweihundert ernsten und aufmerksamen Zuhörern das runde, glänzende Gesicht von Mr. Chalmers gesehen, auf dem ein Lächeln lag. Mr. Chalmers dachte, seine ständigen Aufforderungen, ein bißchen Wirbel zu machen, hätten endlich Erfolg gezeitigt, aber Hochwürden Dight hatte diese Predigt nicht vorbereitet. Möglicherweise hatte er sie im Kopf gehabt, hatte sie, ohne es zu wissen, mit sich herumgetragen wie schwarze Fliegen auf dem schweißnassen Rükken seines Hemdes. Aber erst als er auf der Kanzel stand – in dem Augenblick, bevor er anfing, nach den Lesezeichen zu tasten –, sah er, daß *sie* (die Hurer, die Spieler) es gewagt hatten, ihre frevelhaften Gesichter an diesem heiligsten aller Tage zu zeigen, und wütend stoben die schwarzen Fliegen auf, und er wählte als Bibeltext nicht die Frohe Botschaft, die er markiert hatte, sondern Matthäus 5, 27: »Ihr habt gehört, daß gesagt ist: ›Du sollst nicht ehebrechen.‹«

Darauf wurde ihm das Vergnügen zuteil, zu sehen, daß diese improvisierte Predigt eine Wirkung zeitigte, wie sie seine sorgfältigst vorbereiteten Reden nie gehabt hatten. Ein Rieseln, ein Schauer lief über die Gemeinde wie Wind über einen Teich. Er ließ sie erstarren. Er zwang sie, so still zu sein, daß sie kaum wagten, die verschränkten Arme zu entspannen oder die Beine anders übereinanderzuschlagen. Sie bildeten eine menschliche Mauer um die beiden Unzüchtigen, die stocksteif in ihrer Bank saßen und deren gerötete Hälse von ihrer Schuld kündeten.

Am Weihnachtstag war der Himmel tief kobaltblau. Auf der Whitfield Farm (die einen größeren Viehbestand hätte erhalten können) war das Gras lang und golden und raschelte unter den Füßen.

Alles an diesem Tag war Lucinda vollkommen erschienen. Sie und Oscar hatten den Tisch im Garten gedeckt, bevor sie zur Kirche aufgebrochen waren. Der Jakarandabaum hatte seine Blüten abgeworfen und war nun ein fedriger, kühler, grüner Schirm. Ein sachter Nordostwind wehte vom Hafen her. Sie legten ihre Geschenke vor den Kamin im Salon und gingen durch den peinlichen Überfluß der Whitfield Farm (ganz Neusüdwales befand sich im Würgegriff einer Dürre, und von Sydney bis Bathhurst war das Weideland bis auf die Wurzeln abgefressen) durch das hohe, goldene Gras zur Kirche. Oscar sagte, die Farbe passe gar nicht zur Weihnachtszeit. Lucinda sagte, in Bethlehem seien die Farben gewiß dieselben gewesen: ein blendend blauer Himmel und strohgoldene Erde, und nicht das kalte Farnbraun des heidnischen Britanniens.

Oscar lächelte sie an, seine Augen glänzten.

Sie dachte: Er liebt mich wirklich. Und wenn sein Verhalten immer schicklich ist, dann ist es doch geradezu pervers von mir, mich deswegen über ihn zu ärgern. Ich könnte ihn nicht achten, wenn er sich unschicklich verhalten, wenn er, wie Mr. d'Abbs oder Mr. Paxton, seine Hand auf mein Knie legen würde.

Die glänzenden Tropfen, die über die Ränder seiner Unterlider zu fließen drohten, waren für sie gleichbedeutend mit einem Kuß, und sie war berührt und aufgeregt und neigte den Kopf und setzte ihre Haube auf, obwohl sie das erst hatte tun wollen, wenn sie die neu errichteten Häuser von Balmain erreicht hatten.

Und dann kam die Predigt.

Sie fühlte sich, als hätte man ihr ins Gesicht geschlagen und sie angespuckt, und die ganze Landschaft, die sie keine halbe Stunde zuvor noch so selbstzufrieden gepriesen hatte – sie hatte gar nicht aufhören können, ihrem Gefährten die Namen der Bäume und Vögel zu nennen –, schien ihr nun hassenswert: trocken, rauh, eine Reisigkiste, in der sich schwarze Schlangen durch das tödliche Gras wanden.

Das Verlangen zu weinen war so stark, daß sie mit ihrem Körper kämpfen mußte, um es zu unterdrücken. Sie biß sich auf die Lippen und atmete durch den Mund. Mit feuerrotem Gesicht brachte sie den Spießrutenlauf durch die Menge auf dem Friedhof hinter sich. Sie dachte: Sie *hassen* mich, und zwar nicht nur die Männer.

Oscar sagte: »Sie *kennen* uns nicht einmal«, aber seine Stimme war hoch und nervös. Dieser Ton machte es auch nicht besser. Sie wandte sich von ihm ab.

»Ich kann nichts sagen«, brachte sie heraus. Sie nahm ihre Haube ab und wickelte sie, noch in Sichtweite der Kirche, um ihr Gebetbuch.

»Das war eine höchst unchristliche Predigt«, sagte Oscar, dem, mitten in all dieser Unruhe und Aufregung, ein sehr simpler Gedanke gekommen war: Es ist meine *Pflicht*, ihren guten Namen zu retten; es kann gar keinen Zweifel daran geben, daß ich um ihre Hand anhalten muß. Dieser Gedanke war ehrenhaft und anständig, aber weil er sich so gut mit seinen eigenen Wünschen deckte, wollte Oscar nicht glauben, daß er redlich sei. »*Höchst* unchristlich«, sagte er.

»Ach, seien Sie doch bitte nicht so *gekränkt*«, fuhr sie ihn an.

»Ich bin wegen Ihnen gekränkt.«

»Danke, aber was mich betrifft, so wäre es mir am liebsten, wir würden nicht mehr darüber sprechen.«

Lucinda mochte sich nicht, wenn sie so war. Sie wußte, daß sie im Unrecht war. Diese haßdurchtränkte Predigt, die Grobheit, die Intoleranz, die nach Whisky und Tabak riechende Selbstgewißheit, die darin lag, hatten sie vergiftet. Und jetzt fiel sie ausgerechnet über den Menschen her, an dessen Güte und Freundlichkeit sie nicht zweifeln konnte. Sie benahm sich wie ein verzogenes Kind, genauso wie ihre Mutter sich an den Tagen benommen hatte, an denen ihre Tochter sie gehaßt hatte, und obwohl sie das wußte, konnte sie nichts dagegen tun. Sie riß den Weihnachtstag in Stücke.

Sie hatte so große Erwartungen in diesen Tag gesetzt, und das hatte sich nicht nur in der Sorgfalt geäußert, mit der sie einen Truthahn und zwei blaßblaue Popelinehemden für ihren lieben Freund ausgesucht hatte. In ihrer Phantasie waren all die unausgesprochenen Dinge zwischen ihnen endlich deutlich ausgesprochen worden. Sie hatte sich vorgestellt, wie die Hemden ausgebreitet auf dem verschossenen Damast des Sessels im Salon lagen, hatte zerknittertes Geschenkpapier und achtlos weggeworfenes goldenes Geschenkband auf dem blutroten Orientteppich liegen sehen. Und anderes, wie zum Beispiel Küsse, hatte sie gesehen, wenn auch nicht ganz so klar und deutlich, sondern mit schlierigen, verschwommenen Umrissen, wie ein Aquarell.

Aber jetzt war ihr der Klang ihrer Stimme unerträglich. Sie war kein Mensch, den irgend jemand lieben konnte. Sie zog sich in sich selbst zurück, und als sie das Haus betraten, konnte sie den Tisch, den sie mit so vielen aufgeregten Gedanken gedeckt hatte, nicht einmal ansehen. Sie sagte sich: Es ist mir egal, was diese Frömmler über mich denken.

Aber es war ihr nicht egal. Sie konnte es nicht ertragen, so gehaßt zu werden.

Sie nahm die angeschlagene Teekanne mit der braunen Glasur vom Schrank. Sie setzte den Kessel auf und schürte das Feuer, und dann, als sie spürte, wie die Tränen in ihr hochstiegen, rannte sie hinauf in ihr Zimmer.

Oscar sah ihre bebende Oberlippe und verstand. Sie ging in ihr Zimmer, um zu weinen.

Aber er mußte ihr einen Heiratsantrag machen.

Wenn er es noch länger hinausschob, würde ihn aller Mut verlassen. Und darum rannte er ihr nach, immer zwei Stufen auf einmal die laute, kahle Treppe hinauf. Auf dem Absatz hatte er sie eingeholt, und er wagte es nicht, sie zu bitten, ihn nach unten, zu einem gemütlicheren Platz, zu begleiten: Er sah, daß sie sich fast ganz sicher weigern würde, denn sie hatte seine Absicht nicht begriffen, und ihre Augen blickten wild und in die Enge getrieben. Hier also, im düstersten Winkel des Hauses, an der klebrigen Stelle, wo Prucilla Twopenny den Honig vom Frühstückstablett ihrer Herrin verschüttet hatte, machte Oscar Lucinda Leplastrier seinen Heiratsantrag.

Ein Stück abgelöste Tapete kitzelte Lucinda im Genick. Sie glaubte, es sei eine Spinne, und schlug danach. Oscar steckte die Hand in die

Tasche und klimperte mit Penny- und Drei-Penny-Münzen. Er wollte prinzipientreu sein. Er wollte nicht Kapital aus einer Situation schlagen, in der ein christliches und anständiges Verhalten seinen eigenen Wünschen so entgegenkam. Daher vermied er in seiner atemlosen Rede alles, was hätte erkennen lassen, daß sein Herz gut und edel war. Er klimperte mit den Münzen. Er tappte mit dem Fuß. Er bot ihr an, sie zu heiraten, »um Ihren guten Ruf in Balmain zu retten«.

»Oh, nein«, sagte sie, »Sie sind wirklich zu gütig.«

Und damit floh sie in ihr Zimmer. Dort weinte sie bitterlich, ein häßliches Geräusch, das von heftigen Schluchzern unterbrochen wurde. Sie konnte nicht anders. Sie hörte seine Schritte auf dem Korridor. Er ging auf und ab, auf und ab.

»Komm doch«, betete sie. »Ach, Liebster, komm doch.«

Aber er kam nicht. Er wollte einfach nicht kommen. Dies war der Mann, mit dem sie praktisch vertraglich vereinbart hatte, daß sie ihm ihr Vermögen schenken würde. Um ihr einen Gefallen zu tun, bot er ihr an, sie zu heiraten, und dann wollte er nicht einmal in ihr Zimmer kommen.

Später konnte sie riechen, daß er sich einen süßen Pfannkuchen als Mittagessen machte. Sie fand, das sei etwas für Kinder und außerdem selbstsüchtig. Wenn er ein Gentleman war, dann würde er jetzt in ihr Zimmer kommen und sie aus dem Gefängnis befreien, in das ihre eigene Dummheit sie gesperrt hatte. Er kam nicht. Sie hörte ihn in seinem Zimmer auf und ab gehen.

Das war die Situation, als Mr. Jeffris mit seiner Flasche Weißwein und seinen sorgsam verpackten kleinen Geschenken eintraf. Für Lucinda hatte er ein Päckchen kernlose Rosinen mitgebracht, für Oscar einen Kompaß aus Messing. Und obgleich er ein nicht gerade fröhlicher, ja eigentlich meistens wütender, und wenn nicht wütender, dann ziemlich mürrischer Mensch war, konnte er doch charmant sein, sofern es einen ausreichenden Grund dafür gab. Er war gedrungen und sah gut aus, mit vollen, glänzenden schwarzen Haaren und sehr weißen, regelmäßigen Zähnen unter seinem großen Schnurrbart, und wenn er sich mit einem unterhielt, konnte er einem – ganz gleich, womit sein zwanghafter Geist sich gerade in Wirklichkeit beschäftigte – so in die Augen sehen, als wäre das, was man ihm erzählte, von großer Wichtigkeit für ihn. Er war, wie Mr. d'Abbs später behauptete, ein Schauspieler, allerdings kein so guter, daß er Lucinda unter normalen Umständen hätte täuschen können.

Aber die Umstände waren nicht normal, und es war Mr. Jeffris, der sie aus der Peinlichkeit und Entfremdung ihres ruinierten Weihnachtstages errettete. Sein Weißwein war warm und mehr als nur ein bißchen sauer, aber sie tranken ihn gierig und aßen seine Rosinen und ihr Gebäck und lachten dankbar über seine Witze und sprachen so zaghaft und zurückhaltend über die Reise nach Boat Harbour, daß Mr. Jeffris, der den persönlichen Aspekt dieser Angelegenheit nicht kannte, zu fürchten begann, er könnte sie verschreckt haben.

»Sie sollten auf meine kleine Rede in der Sussex Street nicht allzuviel geben«, sagte er. Er lächelte und zupfte an seinem Schnurrbart und schien abzuwägen, ob er sie weiter ins Vertrauen ziehen sollte oder nicht. »Ich werde es Ihnen erklären«, sagte er. »Ich bin ein Angestellter, nicht? Jedenfalls im Augenblick. Und solange ich angestellt bin, heißt es: ›Wes Brot ich eß, des Lied ich sing‹, habe ich recht, Miss Leplastrier?«

»Mr. d'Abbs hat von Ihnen verlangt, daß Sie diese Auskunft geben?« fragte Lucinda.

Mr. Jeffris sah, daß er nicht ihre volle Aufmerksamkeit hatte. Er konnte nicht wissen, daß ihre Gedanken sehr von der Lampe und der Frage, ob sie sie wohl weit genug heruntergedreht hatte, daß man ihre rotgeränderten Augen nicht sehen konnte, in Anspruch genommen waren. Mr. Jeffris glaubte, die Expedition befinde sich in großer Gefahr, eine Totgeburt zu werden.

»Er hat es mir nicht ausdrücklich gesagt, Miss Leplastrier, aber ich kenne meinen Arbeitgeber gut genug. Ihnen ist doch sicher aufgefallen, wie zufrieden der gute Mann mit der Antwort war, die ich Ihnen gegeben habe.« (Er sagte mit Bedacht »der gute Mann«. Das sollte die Schwierigkeiten dieser Beziehung verdeutlichen.) »Das hat mich die ganze Zeit belastet. Ich meine, daß ich Sie hinters Licht geführt habe. Ich habe überlegt, ob ich Ihnen vielleicht einen kurzen Brief schreiben sollte, aber das hätte alles zu sehr verzögert. Ich mag keine Verzögerungen. Die meisten Verzögerungen lassen sich vermeiden. Das gilt in Geschäftsdingen ebenso wie bei Reisen. Also habe ich mir gesagt, das ist eine unnötige Verzögerung, und außerdem« – Mr. Jeffris lächelte sie an, erst Oscar, dann Lucinda – »ist ja schließlich Weihnachten, und so bin ich persönlich gekommen.«

»Das ist sehr nett von Ihnen«, sagte Oscar, rutschte in seinem Sessel hin und her und wagte ein Lächeln in die Richtung von Lucinda, deren Stimmungen und Motive für ihn von weit größerer Bedeutung waren als die von Mr. Jeffris; obwohl er tatsächlich über die erfreuliche Veränderung des Wesens des Chefbuchhalters verwirrt war, bewegte sich sein Interesse an diesem Mann daher auf einer wesentlich niedrigeren Ebene als das Interesse an Lucinda Leplastrier, die ihm jetzt, im Schein der Lampe, ein so süßes Lächeln schenkte, daß er wußte: die plumpe Vermessenheit, um ihre Hand anzuhalten, war ihm inzwischen vergeben. Sie mochte ihn nicht – noch nicht – lieben, aber ebensowenig würde sie ihn hassen, wie er diesen ganzen schrecklichen Nachmittag lang befürchtet hatte. Noch einmal würde er sie erst fragen, wenn er diese Reise hinter sich hatte, über die Mr. Jeffris jetzt gerade so begeistert sprach. Oscar hörte ihn sagen, daß es, im Gegensatz zu dem, was er in Mr. d'Abbs' Büro behauptet hatte, einen sicheren Weg nach Boat Harbour gab.

»Vorausgesetzt«, sagte Mr. Jeffris, strich Butter auf sein Gebäck und bewirkte dadurch, daß Lucindas Augenbrauen sich hoben, »vorausgesetzt, daß Sie langsam und behutsam vorgehen.«

Oscar fiel nicht auf, daß diese Philosophie nicht recht zu jener paßte, die keine Verzögerungen duldete. Er interessierte sich mehr für die Butter auf dem Gebäck und hob eine Augenbraue, was Miss Leplastrier – ah! – ein Lächeln entlockte.

»Sie haben wahrscheinlich gehört, daß die Eingeborenen im Norden die Angewohnheit haben, Fremde abzuschlachten«, sagte Mr. Jeffris.

Das hatten sie. Es gab keine hochgezogenen Augenbrauen mehr. Mr. Jeffris hatte ihre volle Aufmerksamkeit.

»Das ist«, sagte Mr. Jeffris, »eine direkte Folge von zu großer Eile. Diese Leute sind Stümper. Sie gehen geradewags mitten durch das Niggergebiet. Das ist dasselbe, wie wenn man seine nackten Hände in einen Bienenkorb stecken würde: Es macht sie fuchsteufelswild, Ma'am. Wenn man sich aber, wie ich es täte, Zeit nehmen und diese Gebiete umgehen würde« – seine ganze Haltung veränderte sich; die Schultern wurden locker, die Hände weich – »dann würden diese Burschen einen, wie Sie sich vorstellen können, schön in Frieden lassen.«

Die Frau hörte aufmerksam und nachdenklich zu. Sie fragte: »Aber wer kennt die Grenzen dieser Gebiete?«

Er antwortete: »Ich.«

So gefiel ihm das. Eine Antwort wie ein Pistolenschuß.

Es war gelogen. Er hatte ein paar Gedanken über dieses Thema im Expeditionstagebuch von Mrs. Burrows' verstorbenem (nicht sehr gescheitem) Mann gelesen, der sich die letzten Monate seines Lebens benommen hatte wie einer, der mit einer brennenden Fackel zwischen Bienenstöcken umhertorkelt. Mr. Jeffris nahm diese Betrachtungen (als Theorien konnte man sie nicht bezeichnen) und entwickelte sie, während er sie darlegte, weiter. Er fand nicht, daß er log. Ebensowenig aber würde er, hätte er innegehalten und sich angesehen, was er tat, vor sich selbst bestritten haben, daß er log. Er hätte jetzt *alles* gesagt, wenn es nur dazu geführt hätte, daß man ihm die Leitung dieser Expedition übertrug. Er würde ein Expeditionstagebuch schreiben, wie es die Kolonie noch nie gesehen hatte: Die Höhe eines jeden Gipfels und Sattels würde genau vermessen, jede zackige Bergkette hervorragend wiedergegeben sein. Seine Beschreibungen würden ein Rückgrat aus Stahl haben und dabei doch so feinsinnig sein wie Veilchenblüten.

Mr. Jeffris war der Sohn eines Gemüsehändlers, und obgleich er Kaufleute inzwischen verachtete, besaß er die Raffinesse eines Verkäufers, und er wendete sich häufig und direkt an Lucinda – nicht weil er auf die Ansichten einer Frau Wert gelegt hätte (das war nicht der Fall), sondern weil er erkannte, daß es auf die Meinung dieser Frau hier mindestens ebenso ankam wie auf die des Schmierfinken, wenn es darum ging, ob sein wunderbares Expeditionstagebuch jemals geschrieben werden würde oder nicht. Er flirtete nicht, denn er sah, daß das nicht angebracht war, doch wäre es angebracht gewesen, so hätte er mit Lucinda geflirtet, ohne daß Oscar es gemerkt hätte.

Lucinda öffnete die Flasche Bordeaux, die für das Mittagessen bestimmt gewesen war. Und als Mr. Jeffris schließlich in den frühen Morgenstunden des Zweiten Weihnachtstags aufbrach, saßen sie und Oscar am Gartentisch und aßen – umschwebt vom schweren Duft des Zitronellöls, mit dem sie Gesicht und Arme einrieben, um die Moskitos fernzuhalten – kaltes, trockenes Truthahnfleisch und tranken starken schwarzen Tee.

Sie sprachen nicht über den Vorfall auf dem Treppenabsatz. Dennoch dachten sie an kaum etwas anderes, und all ihre zarten Gefühle – ihre Scheu, ihre Verlegenheit und Verletztheit, ihre scharfkantige, ängstliche, manchmal wütende Liebe – waren, wie Stücke aus kostbarem Stoff, die zwischen die Kettfäden eines groben Flickenteppichs geraten sind, in ihr Gespräch gewoben, das damit endete, daß sie sich fragten, ob es a) möglich und b) moralisch zu verantworten sei, Mr. Jeffris zu überreden, sich von Mr. d'Abbs beurlauben zu lassen, damit er die Expedition nach Boat Harbour anführen konnte.

86
Dankbarkeit

Lange, sichelförmige Streifen aus Sonnenlicht strichen über den Teppich, schnitten durch stumpfes Olivgrün und ließen es gemäht und leuchtend zurück. Mr. d'Abbs saß so, daß seine senfbraun karierten Knie von der Sonne beschienen waren, während sein Gesicht im Schatten blieb. Sein Gesichtsausdruck war schwer zu erkennen, aber seine Stimme verriet, ganz gleich, wieviel heimlichen Zorn er über die Abwerbung seines Oberbuchhalters empfand, lediglich seine große Zufriedenheit mit sich selbst, und wenn er wegen dieses ungeladenen Besuchs verstimmt war, so zeigte er es nicht.

Lucinda saß auf der Kante des Stuhls, der normalerweise »Mrs. Burrows' Stuhl« war, gegenüber von Mr. d'Abbs. Sie entrollte die Pläne, aber sie wollten nicht entrollt bleiben, und so hielt Oscar eine Ecke fest. Die Pläne sahen herrlich aus. Oscar war verwundert, daß Mr. d'Abbs' goldberingte Hände etwas so Zierliches und Phantastisches hatten hervorbringen können. Dünne Bleistiftstriche, weiches, knisterndes, gelbes Seidenpapier – es war, als hielte er zwischen Daumen und Zeigefinger die Landkarte eines Gedankens.

»Mr. d'Abbs«, sagte Lucinda, »für diesen Plan haben Sie acht Wochen gebraucht.«

Oscar dachte: Sie tut jetzt schon, was sie vor kaum einer halben Stunde geschworen hat, nicht zu tun. Sie hat ihm noch nicht einmal ein Kompliment gemacht.

Mr. d'Abbs erstarrte kaum merklich. Er schlug die Beine übereinander. Er hatte zierliche Füße und schmale Knöchel. »Auch Rom«, sagte er, »ist nicht an einem Tag erbaut worden.«

Aus Sympathie schlug Oscar ebenfalls die Beine übereinander. Sein rechtes Knie knackte. Seine Knie machten ihm Sorgen. Bald würde er neben den Wagen gehen müssen, die Mr. Jeffris in Auftrag gegeben hatte. Tag um Tag, Woche um Woche würde er marschieren müssen. Aus diesem Grund badete er seine Füße jeden Abend in vergälltem Spiritus und trug tagsüber diese außergewöhnlichen Stiefel, die seinen Füßen solche Schmerzen bereiteten.

»Und welche Scheibengröße haben Sie Ihren Berechnungen zugrunde gelegt?« fragte Lucinda. Sie lächelte, aber sie war keine Schauspielerin, und ihre Wangen schienen – wie immer, wenn sie unglücklich war – zu verschwinden; das Lächeln war so blaß wie eine in eine Hauswand gekratzte Zahl.

»Oh« – Mr. d'Abbs' Ringe flatterten durch das Sonnenlicht und zogen sich wieder in den Schatten zurück – »das stelle ich ganz in Ihr Ermessen.«

»Aber, Mr. d'Abbs« – sie sprach es »Mis-ter« aus – »ich habe doch ausdrücklich eine ganz bestimmte Größe festgelegt.«

Oscar sah mit Beunruhigung, wie Lucinda versuchte, ihre Wut im Zaum zu halten. Ihre Zornadern schienen sichtbar anzuschwellen. Ihre Nasenflügel bebten. Ihre Hände hinterließen feuchte Abdrücke auf dem raschelnden gelben Papier. Sie sagte: »Darum ging es doch in erster Linie.«

»Ihnen ging es darum.« Mr. d'Abbs streckte die Beine aus und kreuzte sie dann wieder anders.

»Ja, darum ging es mir.«

»Aber mir nicht.«

»Es ist mein Leben, um das es hier geht – um Ihr Leben geht es nur in einem sehr begrenzten Maße. Mit allem Respekt, Mr. d'Abbs: Worum es Ihnen geht, spielt keine Rolle.«

»Ich höre keinen Respekt aus Ihren Worten, Miss Leplastrier, und Sie erweisen ihn mir auch nicht, indem Sie einfach ›mit allem Respekt‹ sagen.«

Eine unheilvolle Stille trat ein. Oscar konnte Lucinda atmen hören. Er fürchtete, daß sie sich mit diesem Verhalten keinen Dienst erwies, und genaugenommen verstand er auch nicht, warum sie sich eigentlich so schrecklich aufregte. Es war eine ausgefallene Kirche, das sah er wohl, und sie wirkte vielleicht auch ein wenig heidnisch, aber das war gewiß nicht der Kern des Problems. Er betete: Lieber Gott, gib ihr Geduld und Nachsicht.

Aber Lucinda sah nur einen gottlosen Alptraum, ein aufgeblasenes Monument der Dummheit und Geschmacklosigkeit: gewölbte Altarüberdachungen, maurische Lettner, Giebel im Tudorstil, japanische »Effekte«. Außerdem war das Ganze ein dreißig Meter langes Monstrum.

»Ein Künstler«, sagte Mr. d'Abbs, »kann sich nicht von Grobschmieden Vorschriften machen lassen.«

»Aber verstehen Sie denn nicht, Mr. d'Abbs? Sie haben acht Wochen gebraucht, und das, was Sie da entworfen haben, kann ich nicht bauen.«

»Miss Leplastrier« – in Mr. d'Abbs' Stimme war ein Zittern – »acht Wochen sind gar nichts.« Er trat in das volle Licht der Morgensonne. Seine Augen blickten böse. Sein Kinn bebte. Die Hände, die anfangs noch so ausladende Gesten vollführt hatten, waren nun ineinander verkrampft und schienen auf seinem Rücken aneinandergefesselt. Er setzte sich. Er ließ den Blick über die Wände mit all den dicht an dicht aufgehängten Landschaftsbildern schweifen. Er lächelte. Ein bettelnder Blick kam in seine Augen. »Acht Wochen sind gar nichts für ein Bauwerk, das noch in hundert Jahren stehen wird.«

Während Mr. d'Abbs das sagte und Lucinda diese geschmacklose Kirche betrachtete, überkam sie ein beengtes Gefühl der Atemlosigkeit in der Brust. Daß der Gegenstand ihrer Wette sich jetzt als so bombastisch und zugleich so bieder präsentierte und daß man eine solche Kirche ohnehin nicht bauen konnte, verband sich in Lucindas Seele zu einem Katalysator, schuf einen Brennpunkt für all das vage Unbehagen, das sie über die Wette empfand, und die ängstlichen Gedanken, die sie bisher hatte unterdrücken können, stiegen nun in Blasen auf wie Sumpfgas und zerplatzten übelriechend mitten in ihrem Bewußtsein. Das Gefühl, daß sich ein enges Band um ihre Brust legte, war ihr gut vertraut. Normalerweise stellte es sich nach einer Nacht am Spieltisch ein. Es war eine Panik, hervorgerufen von der Angst, sie verschwende ihr Vermögen. Sie preßte die Unterarme an den Bauch. Sie sah Oscar an und wünschte sich nur, er möge die Panik mit einem Lächeln vertreiben.

Oscar streckte die Beine aus. Wieder knackte sein Knie. Er verschränkte die Arme, welche infolge des von Mr. Jeffris empfohlenen Hanteltrainings schmerzten.

Mr. d'Abbs beugte sich vor. Er rieb das gelbe Papier zwischen den Fingern, als wäre er ein Verkäufer für Manchesterstoffe und die Pläne eine Bahn Baumwolle, die er einer Kundin andrehen wollte. »Vielleicht ist Ihnen nicht bewußt, wieviel Arbeit darin steckt.«

»Oh, doch«, seufzte Lucinda, »das ist mir bewußt, Mr. d'Abbs, das ist mir sehr bewußt.« Sie sah jedoch nicht ihn an, sondern den grünäugigen Mann, an dessen gemutmaßte Liebe zu glauben sie sich gestattet hatte. Sie vermochte diesen Mann nicht zu sehen. Sie sah einen anderen, einen sonderbaren Fremden, der seine Hände aneinander rieb wie eine Gottesanbeterin. Sie hatte eine Wette mit ihm abgeschlossen, und das war alles. Man konnte behaupten, das sei ein Code für ein Verlöbnis, ein Unterpfand der Liebe – allerdings nur, wenn man etwas verrückt war. Es war eine Wette, und nur eine Verrückte konnte sich einbilden, es sei etwas anderes.

»Mit allem *Respekt*, Miss – es ist Ihnen nicht bewußt. Diesem Papier hier ist die Arbeit nicht anzusehen. Sie steckt in all den Entwürfen, den Notizen, den voll ausgearbeiteten Plänen, die Mängel hatten. Ich habe mich frühmorgens an die Arbeit gemacht. Ich habe mit vielen meiner Freunde, die Künstler sind, gesprochen. Ich habe mich diesem Unternehmen mit äußerster Sorgfalt gewidmet, Miss Leplastrier, und gewiß nicht, um damit Geld zu verdienen.«

»Ich weiß das sehr zu würdigen«, sagte Lucinda.

»Sie wissen es *nicht* zu würdigen.« Er erhob seine Stimme, und das Zittern darin war nicht zu überhören. Oscar sah, wie seine braunen Augen bettelten, und gleichzeitig, wie sie vor Wut einen verschlossenen Ausdruck bekamen. »Ich will kein Geld, ich will nur die Befriedigung, Ihren Auftrag gut ausgeführt zu haben, denn Angelegenheiten des Geistes liegen mir mehr am Herzen . . .«

Eine kleine senkrechte Falte erschien auf Lucindas hoher Stirn.

». . . als den meisten Männern in dieser Stadt. Aber das wissen Sie ja, das wissen Sie ja. Und ich finde« – seine Stimme wurde noch schriller, als ein Schwarm weißer Kakadus kreischend aus einem Feigenbaum vor dem Fenster aufstob – »ich finde es höchst unhöflich, wenn man nun deswegen an mir herummäkelt. Habe ich vielleicht Geld verlangt?« (Oscar schlug wieder die Beine übereinander.) »Habe ich Ihnen meine Mühen in Rechnung gestellt? Oder die Zeit, die ich darauf verwendet habe? Wer hat Ihre Interessen vertreten, als Sie nach Sydney kamen? Sie haben Glück gehabt, daß Sie nicht um alles, was Sie besaßen, gebracht worden sind. Wer hat Sie in sein Haus eingeladen und Ihnen einen Freundeskreis gegeben? Hier, in diesem Raum. Wie oft haben Sie mir dafür gedankt?«

»Bitte«, sagte Oscar, der den Schmerz des kleinen Mannes nicht mehr ertragen konnte. »Bitte, Mr. d'Abbs . . .«

»Sie, Sir, werden den Mund halten«, sagte Mr. d'Abbs und stand plötzlich auf. Er begann, im Raum umherzugehen, in Leder gebundene Bücher aufzuheben und gegeneinander zu schlagen. Ein Geruch von altem Bratfett ging von ihnen aus. Das Ganze schien keinen anderen Sinn zu haben als die Zurschaustellung von Wut. »Als niemand etwas mit Ihnen zu tun haben wollte, habe ich Sie aufgenommen. Sie konnten einem Buchhalter nicht einmal das Wasser reichen, Sir. Sie waren ein Schmierfink. Ein miserabler, ausgestoßener kleiner Schmierfink. Sie haben meine Bücher verschandelt. Ich werde beim Durchblättern immer an Ihre Unfähigkeit zur Ordnung erinnert werden. Maßen Sie sich also nicht an«, kreischte er, »mir sagen zu wollen, wie man einen Plan zeichnet!«

»Das hatte ich nicht vor«, sagte Oscar.

»Dann tun Sie es auch nicht«, sagte Mr. d'Abbs jetzt wieder ruhiger. Er atmete einmal tief ein und aus. Er wendete sich wieder an Lucinda, während er fortfuhr, die Bücher einzusammeln, die die Gesellschaft gestern abend auf Anrichte, Sofa, Tisch, Ottomane hatte liegen lassen. »Ich besitze nicht die Fähigkeit, perspektivisch zu zeichnen, Miss, und ich bin nicht der einzige Architekt, der das nicht kann. Fig hat mir erzählt, mit Greenway sei es dasselbe gewesen. Aber ich habe Mr. Hill beauftragt, und zwar auf eigene Kosten« (inzwischen hielt er ein halbes Dutzend Bücher an die Brust gepreßt) »auf eigene Kosten, die perspektivische Zeichnung anzufertigen, die Sie vor sich haben. Sie ist, wie Sie sehen, signiert« (es war ein unordentliches Nest von Büchern, das er in seinen Armen hielt, und es machte einen recht unstabilen Eindruck) »und wenn sie Ihnen nicht gefällt« (ein dicker, brauner Band fiel zu Boden, und er schoß ihn mit einem Tritt – zack! – gegen die Fußleiste) »wenn sie Ihnen nicht gefällt, können Sie sie zu Lawson bringen und für zehn Guineen verkaufen.«

Oscar hielt noch immer eine Ecke des Plans zwischen Daumen und Zeigefinger. Er hatte sich halb erhoben und stand jetzt unbeholfen und in gebückter Haltung da, und sein Hintern schwebte über Miss Shaddocks niedrigem Handarbeitssessel. Er sah Lucinda an und erwartete, daß sich ihr Gesichtsausdruck verständnisvoll milderte, aber wenn sich überhaupt etwas veränderte, dann höchstens zum Gegenteil.

»Mr. d'Abbs«, sagte sie und überließ Oscar den Plan. »Sie haben in einer Angelegenheit, die für mich von allerhöchster Bedeutung ist, eigenmächtig gehandelt. Von Geschmacksfragen einmal abgesehen –

diese Kirche kann ich nicht bauen. Sie haben die Informationen, die ich Ihnen gegeben habe, nicht beachtet. Die Glasscheiben müssen neunzig Zentimeter lang und fünfundvierzig Zentimeter breit sein. Haben Sie nur einmal daran gedacht«, rief sie mit bebender Stimme, »haben Sie sich je Gedanken darüber gemacht, was auf dem Spiel stehen könnte?«

Mr. d'Abbs war so voll von eigenen Gefühlen, daß in ihm kein Platz mehr war, um sich auf Lucindas Verzweiflung einzulassen oder sich zu fragen, was diese Verzweiflung hervorgerufen haben könnte. Er sah aus wie ein Schauspieler, dem man auf der Bühne einen Dolchstoß versetzt hat. Er machte den Mund auf und wieder zu. Er fing ein Buch auf, das ihm entglitten war.

»Ich bin eine Wette eingegangen, Mr. d'Abbs. Mein ganzes Vermögen steht auf dem Spiel.«

Insgeheim erwartete Lucinda, daß diese Enthüllung eine gewisse Wirkung auf Mr. d'Abbs haben würde. Es war eine Erwartung, die noch aus jener Zeit stammte, als sie einen Blumenkohl auf die Empfangstheke von »Petty's Hotel« gelegt hatte.

Aber sie war kein kleines Mädchen, und Mr. d'Abbs war nicht ihr Beschützer. »Was wissen Sie schon von Risiken?« zischte er.

Lucinda dachte: So! Er haßt mich also. Nun gut. Warum auch nicht?

»Sie sind ein verzogenes kleines Gör! Sie spielen mit Geld, als wäre es Fallobst. Was wissen Sie schon von Geschäftsdingen?«

Diese Beleidigung hatte eine sehr heilsame Wirkung auf Lucinda. Sie ließ ihre Panik verschwinden. Sie setzte die nicht ungewichtige Selbsteinschätzung frei, die ihr sagte, daß sie ein besserer Mensch als Mr. d'Abbs sei. Lucinda richtete sich zu ihrer vollen Größe auf, entfaltete ihre Hände und rieb sie aneinander.

»Behandeln Sie mich nicht von oben herab, Mr. d'Abbs«, sagte sie. »Sie sind ein Stümper. Sie alle sind Stümper.« Sie fühlte sich eins mit Oscar Hopkins. Sie standen beieinander, ausgestoßen von der Gemeinde, vereint. »Sie sind Kinder.«

»*Wir* sind Kinder?«

»Ja, genau«, sagte Lucinda und ahnte, daß sie diesen Ausbruch eines Tages bereuen würde. »Das sind Sie.«

»*Wir?*«

»Sie alle«, sagte Lucinda, schloß mit einer ausgreifenden Armbewegung all die leeren Sessel ein, beschwor so die Gestalten von Miss Malcolm, Mr. Tomasetti, Mr. Fig, Mr. Borrodaile und sogar – da – die von Mr. Henry Parkes und entließ sie wieder. Und so verbrannte sie hinter sich, mit einer Geringschätzung, die einer Elizabeth Leplastrier würdig gewesen wäre, ihre letzte gesellschaftliche Brücke in Sydney.

Mr. d'Abbs tat, als könnte er nur stottern. »Und Sie, nehme ich an, sind erwachsen?«

»Wir setzen alles aufs Spiel. Wir wagen unser Leben.«

»Oh, wie edel«, rief Mr. d'Abbs, und sein Gesicht war vor Erregung ganz verzerrt, »wie hochherzig!«

»Wir sind *lebendig*«, sagte Lucinda und spürte, daß sie in diesem Augenblick das war, was sie zu sein behauptete. »Wir stehen am Rande der Ewigkeit und sind lebendig.«

Lucinda nahm Oscar die Pläne aus der Hand und legte sie behutsam auf den niedrigen Tisch aus Walnußholz, der neben ihrem Sessel stand.

»Verlassen Sie mein Haus«, sagte Mr. d'Abbs und riß die Pläne an sich. Er sah aus, als würde er in Tränen ausbrechen, wenn sie seinem Befehl nicht gehorchten. »Sie, Sir, Sie Schmierfink – gehen Sie auf der Stelle.«

»Nennen Sie ihn nicht Schmierfink, wenn ich bitten darf.«

»Dies ist mein Haus, und ich nenne ihn, wie ich will.«

Einen Augenblick lang dachte Oscar, Lucinda würde Mr. d'Abbs schlagen. Mr. d'Abbs erwartete dasselbe. Er verzog das Gesicht, und das verlieh seinem Haß etwas Klägliches.

Lucindas Wangen waren gerötet, und ihre Lippen, die sie bislang so fest zusammengepreßt hatte, waren nun befreit und leicht geöffnet. Sie sah Mr. d'Abbs mit einem Gesichtsausdruck an, der mit Verachtung verwandt, aber ein wenig freundlicher als diese war. Die Leidenschaft pulsierte in ihren Adern und tat ihre Heftigkeit (wenn auch nicht ihre Verworrenheit) in Lippen und Nasenflügeln und in diesen außergewöhnlich großen grünen Augen kund. Oscar dachte: Wie schön sie ist.

»Sie haben keinen Geschäftssinn«, sagte Mr. d'Abbs.

Oscar bot ihr seinen Arm. Lucinda nahm ihn. Oscar dachte: Ich liebe sie.

»Sie nimmt seinen Arm«, zischte Mr. d'Abbs. »Nicht diese Tür, es sei denn, Sie suchen ein Bett. Sie haben keinen Geschäftssinn, und auch keinen Geschmack.«

Sie fanden den Weg in die Eingangshalle. Oscar sah eine Frau (es war Mrs. d'Abbs), die ihnen die Tür aufhielt. Sie hatte Apfelbäckchen und goldblonde Locken und sah sie beide mit glänzenden Augen und offenem Mund an. Als sie durch die Eingangstür ins Freie traten, drückte sie Oscar eine Orange in seine freie Hand.

»Diebe, die das Haus verlassen«, verkündete Mr. d'Abbs, der in die Halle gerannt kam. »Eine Idee stehlen und sich nicht einmal bedanken.«

Er stand neben seiner hübschen Frau und sah Oscar und Lucinda nach, die Arm in Arm die Gartenstufen hinauf zu ihrem Wagen gingen.

»Du bist nicht das Hausmädchen, Henny«, sagte er. »Es ist wohl kaum angebracht, daß du solchem Pack die Tür aufhältst.« Aber sein Ton war nicht so streng wie seine Worte, und während er sprach, suchten seine Augen in den ihren eine Antwort auf etwas ganz anderes, und dieses andere betraf die Frage, wieviel sie gehört hatte und wie sie nun über ihn dachte.

Und die ganze Zeit sah Henny d'Abbs ihre Orange vor sich. Sie sah, wie sie geschält und zerteilt wurde, und dachte daran, daß alles, was gut an dieser Frucht war, bald Teil einer völlig anderen Welt sein würde.

87
Eine Predigt über ein Gleichnis

Daß Mr. Ahearn beschloß, die ganzen vier Meilen von seinem Hotel in der Pitt Street zur Whitfield Farm zu Fuß zurückzulegen, lag zum Teil daran, daß er die Angewohnheit hatte, früh aufzustehen – eine gute Angewohnheit, zu Hause, wo man Feuer machen, die Hühner füttern, gründlich die Zeitung lesen und dennoch eine halbe Stunde vor den Angestellten im Büro sein konnte –, doch kam in diesem langen, langsamen Fußmarsch auch eine Art von Selbstgefälligkeit zum Ausdruck. Denn daß man sich die Schuhe im taufeuchten Gras durchnäßte, daß man vorsichtig ausschreitend einem jener knapp halbmeterbreiten, sich windenden Trampelpfade folgte, wie sie meist von Vieh und nicht von Menschen angelegt wurden, war in Mr. Ahearns Augen ein Beweis für eine gewisse Aufrichtigkeit, und dies unterschied seinen Rat (den Rat, den er nun erteilen wollte, den Rat, den er mit sich herumtrug) von dem jener Leute, die eilig mit Pferdewagen fuhren, die in vierrädrigen, offenen Zweisitzern, in Sulkys, Broughams und Phaetons dahinschnurrten. Im Geiste schaute er von hoher Warte auf die Erde hinab und sah sich selbst: einen Mann mit einem Stab, der seine Straße ging, einen Wanderer aus einem Gleichnis.

Mr. Ahearn war sich seiner Erscheinung so bewußt, daß es, hätte er nur ein wenig besser ausgesehen, offensichtlich gewesen wäre, wie eitel er war. Aber er war kein gutaussehender Mann, und das war ihm auch bewußt; zugleich jedoch wußte er so genau, wie er wirkte, daß er dieses Wissen nur durch eingehende Betrachtung nicht bloß in einem, sondern in zwei und manchmal auch in drei Spiegeln erworben haben konnte – seine Frau besaß einen mit Silber unterlegten Handspiegel, den er gelegentlich benutzte.

In den sieben Jahren, die vergangen waren, seit er Lucinda auf Sol Myers Schiff am Anlegesteg von Parramatta gesehen hatte, hatte Mr. Ahearns Gesicht eine Steigerung erfahren. Es war fleckiger und ledriger geworden. Die Wangen schienen eingesunken, der Adamsapfel hervorgetreten zu sein, und die langen Strähnen, die er quer über seine Glatze gekämmt hatte, waren anscheinend weniger geworden, wobei die Feinheit seiner schwarzen Haare mehr ins Auge stach. Die Nase reckte sich spitz vor, während der Bauch runder geworden war, und Mr. Ahearn hatte sich die Freiheit genommen, unter der Strickweste einen Knopf offen zu lassen. Er hatte schmale Schultern, aber seine Arme waren lang und kräftig und seine Hüften breit. Und das brauchte man ihm nicht zu sagen – er wußte es selbst. Er sah sich als Schildkröte, und daraus schöpfte er, so unwahrscheinlich das klingen mag, große Kraft, und wenn er sich in zwei oder drei Spiegeln musterte und dabei das Verhalten eines eitlen Mannes nicht bloß imitierte, sah er auch, wie eitel er tatsächlich war, obgleich er genau wußte, daß die meisten ihn als regelrecht häßlich bezeichnet hätten.

Mr. Ahearn glaubte, daß er für sein Aussehen als Erwachsener persönlich verantwortlich war, daß er sein Gesicht und seine Erscheinung durch seine Lebensgewohnheiten geformt hatte. Er hatte Güte und Schicklichkeit kultiviert. Er hatte als armer Büroangestellter angefangen und schätzte sich glücklich, es so weit gebracht zu haben. Seine Mutter war Lumpenhändlerin gewesen, desgleichen sein Vater, der jedoch meist betrunken oder abwesend gewesen war. Mit zwölf Jahren hatte Mr. Ahearn das Gleichnis von den anvertrauten Talenten abgeschrieben. Er hatte es auf ein kleines Stück weißes Papier geschrieben. Er besaß eine gute Handschrift, die glücklicherweise frei von modischen Schnörkeln war, und schaffte es, Matthäus 25, 14–30, auf ein Stück Papier von der Größe einer Postkarte zu schreiben. Dieses faltete er zweimal und legte es in seine Brieftasche, und dort, in der Brieftasche, trug er das Gleichnis auch nun, fünfzig Jahre später, bei sich, als er über die wacklige Plankenbrücke am Ortseingang von Balmain ging, dort, wo heute die Mullens Street ist. Die Brücke bestand nur aus einer einzigen Planke, welche oft gestohlen wurde, und in dieser Hinsicht hat sich in Balmain nicht viel geändert, aber unser Thema war ja nicht Balmain, sondern dieses fünfzehn Zentimeter lange und zehn Zentimeter breite Stück Papier, das natürlich nicht dasselbe Stück Papier war, auf das er das Gleichnis damals geschrieben hatte, denn es wurde dadurch, daß er es hervorholte, entfaltete, einem Kind, einem Enkel, einem Fremden in einem Kaffeehaus zeigte, stark beansprucht, was selbst das beste Papier nicht aushält, und so hatte Mr. Ahearn es sich im Lauf der Jahre zur Gewohnheit gemacht, das Gleichnis an jedem Neujahrstag auf ein neues Stück Papier abzuschreiben. Er begann: »Denn es ist wie bei einem Mann, der über Land zog . . .«, und arbeitete langsam und sorgfältig, bis er, gerade wenn seine Frau die gerösteten Kartoffeln auf braunes Papier legte und wieder in den Spiritusofen schob, mit großer Genugtuung schrieb: »Und den unnützen Knecht stoßet hinaus in die Finsternis, die draußen ist! Dort wird sein Heulen und Zähneklappern.« Und so begann damit, daß Chas Ahearn das Blatt Papier zweimal faltete und mit seinen breiten Fingernägeln über die Knickstellen strich, ein neues Jahr.

Die Talente, die ihm gegeben waren, hatte er genutzt. Er war ein begüterter Mensch, aber auch ein umsichtiger, ein christlicher Mensch, und wenn es dem Herrn gefallen hatte, Lucinda Leplastrier mit einem Kapital auszustatten, welches der Summe dessen entsprach, was er, Chas Ahearn, in seinem ganzen Leben verdienen würde, so regte sich in ihm kein Unmut.

Aber er hatte ein Auge auf sie gehabt. Er hatte ihre Schritte genau verfolgt, manchmal aus der Nähe, gewöhnlich jedoch aus der Entfernung, aufgrund von Gerüchten und Hörensagen. Er beobachtete sie, wie er ein fremdes Kind beobachtet hätte, das mit einer Kristallkugel spielte. Mit anderen Worten: Es stand ihm nicht zu, etwas zu sagen, aber er saß sprungbereit da, wartete auf das Klirren, hoffte, die Kugel vielleicht noch fangen zu können, bevor sie auf dem Boden aufschlug, und war vor lauter Sorge nicht imstande, sich zu entspannen oder sich in die Zeitung zu vertiefen.

Er hatte den Erwerb der Glashütte nicht gutgeheißen. In seinen Augen war dieser Entschluß impulsiv und unüberlegt gewesen. Aber als er von der Glaskirche erfuhr, war er außer sich. Er war zornig. Er war machtlos gegen diesen Zorn, aber er unternahm diese Reise nicht, um Miss Leplastrier den Kopf zurechtzurücken oder sich Luft zu machen, sondern um ihren Ruin abzuwenden. Das war seine Pflicht als Christenmensch.

Schließlich kam er auf dem felsigen Höhenrücken am Birchgrove House vorbei, einem sehr soliden Anwesen, das sie, wäre sie klug gewesen, selbst gekauft hätte. Er hatte ihr vor vier Jahren dazu geraten. Er fragte einen Knecht, der bis zu den Knien im Schweinemist stand, nach dem Weg. Der Mann wies auf den Obstgarten, hinter dem über der Westküste der Halbinsel ein kleines, halb angestrichenes Haus stand.

An seiner Hose und seinen Socken hingen Kletten. Selbst in den Schnürsenkeln hatten sie sich verfangen. Auf der Weide wuchs viel Unkraut, und Chas Ahearn sah die Kletten und den Zustand der Schuppen, der Zäune und des gescheckten Hauses und stellte unwillkürlich Überlegungen an, wieviel der Besitz wert sein mochte. Wenn er der Besitzer gewesen wäre, hätte er im Obstgarten Vermessungspflöcke setzen lassen, bis er aussah wie ein Cribbagebrett.

Das Zauntor fiel fast aus den Angeln. Wen oder was es fernhalten oder am Weglaufen hindern sollte, war nicht ersichtlich. Im Garten vor dem Haus war eine Kuh angebunden. Mr. Ahearn warf einen Blick auf seine goldene Taschenuhr. Sie war ein Geschenk des Wohltätigkeitsvereins von Parramatta, dessen Vorsitzender er seit zwanzig Jahren war. Er knöpfte die Jacke über seiner Strickweste zu und klopfte laut an die Tür.

Der Diener sah aus wie eine Vogelscheuche. Mr. Ahearn hatte noch nie einen solchen Diener gesehen, noch nicht einmal in Parramatta, wo jeder zweite ein Mörder war. Dieser hier hatte Kohlenstaub an den Händen und im Gesicht. Sein Haar war wirr und stand in alle Richtungen, und obwohl er keinen starken Bartwuchs hatte, ließ das erste Licht der Sonne, deren Strahlen schräg aus der Richtung von der Hafeneinfahrt einfielen, die rotblonden Stoppeln auf seinem Kinn hervortreten. Seine Augen waren gerötet, und das linke war schwarz verschmiert.

»Ist Ihre Herrin zu Hause?«

Er erfuhr, sie sei noch nicht aufgestanden. Diese Auskunft wurde in einem so reinen Englisch vorgetragen, daß Mr. Ahearn etwas verwirrt war, wenn auch nicht für lange: Er kam zu dem Schluß, der Mann sei ein Schauspieler, und nachdem er dieses Urteil so schnell gefällt hatte, blieb er dabei.

Er sagte dem Diener, er werde warten, aber wäre er nicht selbst in die Eingangshalle getreten, so wäre er vermutlich nicht hereingebeten worden. Der Diener führte ihn in die Küche, mit der Begründung, dort sei es »gemütlich«. Es war ein warmer Tag mit hoher Luftfeuchtigkeit, und so vermochte Mr. Ahearn in dem Wort »gemütlich« nur den raffinierten Affront eines Sträflings zu sehen. Kerle wie dieser waren es, die es Engländern erlaubten, süffisante Berichte über ihre Reisen durch die Kolonie zu schreiben. Und wie hätten sie hier spotten können! Das Haus war nicht sauber. Die Küche war praktisch ausgeschlachtet. Leere Töpfe mit durchgeschmorten Böden standen herum, und wenn diese in Lucindas Augen Symbole der Freude und der Unbekümmertheit waren, so machten sie auf Mr. Ahearn einen ganz anderen Eindruck. Ein weibliches Kleidungsstück hing wie ein Fischernetz über einem Stuhl. Eine Flasche Brandy stand neben einer kleinen Topfpflanze. Vor einem blitzblanken Fenster hing ein Maßwerk aus Spinnenfäden. Ein Zeichenbrett lag auf einer Werkbank, die bis vor kurzem noch einen ihr angemesseneren Platz im Gartenschuppen gehabt hatte. Auf dem Zeichenbrett entdeckte Mr. Ahearn einen Beweis für jenen Unsinn, dem ein Ende zu bereiten er gekommen war.

Mr. Ahearn ließ sich schwer auf einen Stuhl sinken und beugte sich, den Hut in der linken Hand, vor, während er sich mit der Rechten über den Kopf strich und seine Haare glättete und festklopfte.

Als Lucinda nach unten kam, um ihn zu begrüßen, stellte sie fest, daß er sich die Freiheit genommen hatte, ihre Zeichnung von dem Brett zu entfernen, auf dem sie sie so sorgfältig festgesteckt hatte. Er hielt sie gerade gegen das Fenster, kniete auf Lucindas dreibeinigem Hocker und drückte die große, schwitzende Nase (auf deren Spitze die stahlgefaßte Brille gefährlich balancierte) fast auf das Papier. Sie hatte ihn in flagranti ertappt. Er hatte keine Zeit, sein Gesicht in Ordnung zu bringen. Sein Mund stand offen, aber die Stirn war in Falten gelegt, als hätten sich Verwunderung und strenger Tadel zur Schlacht aufgestellt.

Er machte keine formelle Begrüßung. Ja, eigentlich begann er so, als hätte sie ihn eben für einen Augenblick allein gelassen und ihn gebeten, ihren Plan zu begutachten. Er entschuldigte sich nicht, daß er zu so früher Stunde gekommen war, sondern hielt ihr den Plan hin, als wäre er eine Serviette, die er benutzt hatte, und sie eine Frau, die nichts besseres zu tun hatte, als sie in die Wäsche zu geben.

Oscar stand in der Tür und sah ihnen zu. Mr. Ahearns Unhöflichkeit fiel ihm gar nicht auf. Er sah nur, was Mr. Ahearn, wie er vermutete, ebenfalls sehen mußte: daß er Miss Leplastrier vor zwei Stunden in eben diesem Raum auf ihren weichen, willigen Mund geküßt hatte. Die Lust war mit Händen zu greifen. Mr. Ahearn mußte es einfach sehen.

»Wo soll der Pfarrer sein Ornat anlegen?« wollte Mr. Ahearn wissen. »Wo soll er sich die Nase putzen, daß niemand es sieht? Wenn er spät dran ist, wird er allen Blicken ausgesetzt sein, wie ein Fisch im Aquarium. Und was«, fragte Mr. Ahearn und setzte sich auf den dreibeinigen Hocker, »wollen Sie gegen die Hitze machen?«

Lucinda wußte, daß es unhöflich war, den alten Knacker im Morgenmantel zu empfangen, aber er sollte sie ruhig so sehen. Sie war ein freier Mensch, und sie hatte den Mut, ihrem Besucher ohne Korsett und zwischen verbrannten Töpfen und ungespülten Tellern entgegenzutreten. Sie hatte ihren Logiergast auf den Mund geküßt und ihn fest an sich gedrückt. So stand sie vor Mr. Chas Ahearn und weigerte sich, Scham zu empfinden.

»Ein fataler Fehler«, sagte Mr. Ahearn zurechtweisend. »Ein Kardinalfehler.«

Lucinda sah Oscar an und verzog das Gesicht. Oscar errötete. Sie kannte den Grund dafür und fühlte sich, trotz ihres aufsteigenden Ärgers, von dieser Hitze erwärmt. Sie lächelte Mr. Ahearn an, der die schläfrige Zufriedenheit im Gesicht der jungen Frau bemerkte, aber nicht verstand, und nicht nur verwirrt, sondern auch ein wenig verlegen war.

»Das ist es, was diese Kirche unmöglich macht«, sagte er. Er sah, daß der verdammte Diener jedes seiner Worte hörte. »Die australische Sonne wird Ihre Gemeinde verbrennen, als wäre sie in der Hölle.«

»Es ist sehr freundlich von Ihnen, so früh zu kommen, um mir das mitzuteilen«, sagte Lucinda.

»Und Sie? Sind Sie so sarkastisch geworden, Miss Leplastrier?«

Es stimmte, sie war sarkastisch. Das war keine schöne Eigenschaft. Aber sie konnte die Befriedigung, die er daraus schöpfte, einen Fehler in ihrem Entwurf entdeckt zu haben, nicht ertragen. Er verurteilte ihre Arbeit so leidenschaftlich, wie sie vor kurzem Mr. d'Abbs' Arbeit verurteilt hatte. Sie hätte es nicht einmal ertragen, wenn er recht gehabt hätte.

Aber er konnte nicht recht haben.

Dafür, daß er recht haben könnte, war es viel zu spät.

Oscar trat vor und packte die Brandyflasche mit zwei Fingern wie mit einer Pinzette an ihrem langen Hals. Er trug sie hinaus. Lucinda öffnete den Mund, als wollte sie etwas zur Erklärung sagen, machte ihn dann aber wieder zu.

Mr. Ahearn schien jedoch weder Oscar noch die Flasche wahrzunehmen.

»Wer hat sie in Auftrag gegeben?«

»In Auftrag gegeben?« fragte Lucinda, voller Sorge, er könnte versuchen, noch mehr Fehler finden, und voller Angst, es könnten noch viele zu finden sein.

»Bestellt, gekauft, darum gebeten, daß Sie sie bauen.«

Er wußte, daß die Antwort lauten würde: »Niemand.« Aber Lucinda sagte: »Jesus Christus.«

Mr. Ahearn zischte.

»Dessen Herrlichkeit sie preisen soll«, sagte Lucinda und wickelte sich fester in ihren Morgenmantel.

»Die Herrlichkeit Gottes kann man nicht durch eine Dummheit preisen.«

»Es gibt Situationen, in denen der Weise dumm genannt wird.«

»Halten Sie mich nicht zum besten«, sagte Chas Ahearn. »Sie ist unpraktisch. Es wird darin zu heiß sein. Keine Gemeinde wird dafür bezahlen.«

Sie sah Oscar an, damit er ihr zu Hilfe kam, aber er hatte begonnen, Tassen und Untertassen ins Spülbecken zu stellen. »Sie wird«, beschloß sie, »unter einem schattigen Baum errichtet werden.«

»Ach, Unsinn«, sagte Chas Ahearn und erhob sich. Er knöpfte seine lange graue Jacke auf und zog seine Brieftasche aus der Geheimtasche, in der kein Straßenräuber von Sydney sie finden würde. Er nahm das Gleichnis heraus, das, da das Jahr ja schon fast um war, an den Kanten sehr ausgefranst war.

»Denn es ist wie bei einem Mann«, sagte Lucinda, »der verreist.«

»Der *über Land zog.*«

»Ja, ich weiß.«

Dennoch nahm sie das Stück Papier, als er es ihr hinhielt. Sie hatte es früher schon gelesen. Das Papier roch nach langweiligen Nachmittagen in Parramatta.

»Nein, Sie *wissen es eben nicht.* Sie benehmen sich, als wüßten Sie es nicht.«

»Ja, ja. Ich habe mein Vermögen nicht verdient. Es ist das Ergebnis Ihrer schlauen Aufteilung des Landes und mit der Arbeit meiner Mutter und meines Vaters und mit dem Blut der Eingeborenen vom Stamm der Dharuk erkauft worden. Ich habe kein Recht darauf.«

»In der Bibel steht nichts dergleichen.«

»Vielleicht ist das ein Fehler der Bibel.«

»Es wird heiß sein in der Kirche«, sagte er und nahm sein Gleichnis wieder an sich, »so heiß wie in der Hölle. Die Gemeinde wird gebraten werden«, sagte er. »Die Leute werden Sie verfluchen. Sie werden Gott fluchen.«

»Bitte beruhigen Sie sich, Mr. Ahearn.« Sie selbst war keineswegs ruhig. »Mr. Hopkins«, rief sie, »würden Sie Mr. Ahearn bitte ein Glas Brandy bringen?«

Mr. Ahearn dachte: *Mister*? Sie spricht ihren Diener mit Mister an! In seinen Mundwinkeln standen kleine weiße Bläschen, und er hatte große Schwierigkeiten, sein Gleichnis wieder in die Brieftasche zu stekken.

»Ich bin gekommen, um Ihnen das zu sagen, weil ich große Achtung vor den Wünschen Ihrer Mutter habe, die meine Klientin war. Sie haben einen hervorragenden Start ins Leben gehabt, junge Frau, und ich habe mein Bestes getan, Sie auf den richtigen Kurs zu bringen.« Aber sein Verhalten war nicht wie seine Worte. Seine Stimme war zornig. Etwas, das er nicht verstand, arbeitete in ihm, eine Wut, die so groß war, daß er seine Hände nicht ruhig halten konnte. Er sah, wie er sein Gleichnis zerriß. Es war keine symbolische Handlung. Es war mechanisch – es war das Werk der Erregung und der Wut. Er konnte den Gedanken an diese Kirche aus Glas nicht ertragen, und doch konnte er sich weder diese noch irgendeine andere seiner Leidenschaften erklären. Er sah sich wie aus großer Entfernung: einen Mann mit einem Hals wie eine Schildkröte und einer bebenden Stimme. Er hörte sich schreien. Er sah, wie er freundlich aus diesem Haus des Lasters geleitet wurde, und zwar von dem Mann, der, wie er später an diesem Tag erfuhr, keineswegs der Diener, sondern ein verstoßener Pfarrer und der Geliebte dieser kleinen Hure war.

88
Vom Teufel

Die Lust war ein Insekt, ein Käfer, ein Wurm. Sie kroch in seinen Bauch wie die langen, rosigen Parasiten, die in den Eingeweiden der Schweine der Strattons herumgewimmelt waren, und er hatte versucht, diese Lust mit großen Gläsern Wasser aus der Zisterne, mit Bibelzitaten, mit Meditationen über das Wesen der Hölle zu ersäufen.

Johannes hatte geschrieben: »Wer Sünde tut, der ist vom Teufel; denn der Teufel sündigt von Anfang.«

Im Brief des Paulus an die Galater hieß es: »Wenn wir im Geist leben, so lasset uns auch im Geist wandeln.«

Aber in der Post, die aus England eintraf, stand, daß Hochwürden Stratton sich an einem Dachbalken seiner Kirche erhängt hatte, während sein Verderber, eben jener Oscar Hopkins, der sogenannte Diener Gottes, eine ehrbare Frau verführt, seine Lippen auf ihren teesüßen Mund gepreßt und die weiche Wölbung ihres Bauches an seinem Leib gespürt hatte.

Es war drei Uhr morgens gewesen. Er war aus seinem Zimmer gekommen, um sich noch ein Glas Wasser zu holen, und hatte sie dort gefunden, in ihrem chinesischen Morgenmantel. Sein Penis drückte hart wie ein Stock an ihren weichen Bauch. Er spürte, wie Satan seine Seele wie eine überreife Birne mit einem Stockkorb pflückte.

Er küßte ihren lieben, weichen Mund. Er strich mit den Lippen über ihren langen weißen Hals. Er berührte sie und fuhr zurück, berührte sie und fuhr zurück, er stöhnte und bat Gott um Vergebung, während die Küchenuhr die Stunde schlug.

Er trat von ihr zurück und machte mit lang ausgestreckten Fingern tätschelnde Bewegungen in der Luft, als wäre ihre Leidenschaft ein seidiges Tier, das zwischen ihnen stand und das durch Streicheln und gute Worte fügsam gemacht werden konnte.

Sie gingen in die Küche und tranken Tee. Sie sprachen nicht über diese Sache, für die Oscar sich, mit außerordentlicher Ichbezogenheit, allein verantwortlich fühlte. Er dachte nicht: Sie liebt mich. Er dachte vielmehr: Ich verführe sie.

Sie sprachen ernsthaft über die Kirche aus Glas, wenn auch nicht über ihre unpraktischen Seiten und Mängel. Wenn die teuflische Leidenschaft in Oscar ihr Haupt erhob, brachte er sie durch Angst zum Schweigen. Er dachte an den Bootswagen, den Mr. Jeffris in Mort Bay bauen ließ. Mr. Jeffris hatte ihm diesen Wagen, an eben diesem Küchentisch, bis in die kleinsten Einzelheiten beschrieben, und Oscar hatte ihm mit einem Gefühl der Übelkeit in der Magengrube zugehört, als ginge es nicht um einen Wagen, mit dem man Boote transportierte, sondern um einen Galgen oder einen Stock, in den er geschlossen werden sollte. Mr. Jeffris war gewissenhaft und genau. Er freute sich, diese Eigenschaften beim Entwurf des Bootswagens demonstrieren zu können. Die beiden Boote wurden ineinander gestapelt wie Löffel. Jedes wurde von Segeltuchschlingen gehalten, und die Konstruktion war so durchdacht, daß die beiden Boote nicht an einander scheuern konnten.

Das, was Mr. Jeffris so stolz machte, übte auf Oscar nur eine lähmende Wirkung aus.

Er würde in einem Boot reisen müssen.

Lieber Gott, gib mir Schwieriges und Beschwerliches. Gib mir einen steinigen Pfad, auf daß ich nicht sündige.

Mr. Jeffris liebte es, über Flüsse, Berge und Trigonometrie zu sprechen. Er versprach Oscar, ihn sicher nach Boat Harbour zu bringen, keine Angst. Es bestand keine Gefahr zu ertrinken.

Als vom Landweg die Rede gewesen war, hatte Oscar nichts von diesen Flüssen gewußt. Nun schlängelten sie sich durch seine Träume: der Hastings, der Clarence, der Macleay. Sie waren kilometerbreit, schlammig und vom Regen angeschwollen.

Die Angst vor dem, was er da begonnen hatte, machte ihn schier krank. Wenn er aus dem Schlaf erwachte, war sie da und wartete auf ihn, so grausam wie der Tod.

Er dachte: Ich werde ertrinken.

Er dachte: Lieber Gott, halte Deine schützende Hand über meine Seele.

Er dachte: Ich liebe sie. Er dachte: Ich bin schlecht. In der Küche bissen sie sich und zerrten an ihren Gesichtern. Sie preßten sich am Türstock aneinander wie zwei Wäscheklammern.

Hochwürden Stratton hatte sich am Dachbalken über der Kanzel erhängt. Wardley-Fish mußte bereits in Sydney und auf der Suche nach seinem Freund sein, der sich schämte und vor ihm versteckte.

Er begehrte eine Frau, die einen anderen liebte.

Er dachte: Lieber Gott, laß mich sie nicht zur Sünde verleiten.

Er dachte: Es gibt keinen Gott. Es gibt nichts. Ich muß diese sechs Flüsse nicht überqueren. Ich muß nicht mit diesem verrückten Jeffris und seinen Kompassen, seinen Expeditionstagebüchern, seinen abgerichteten Verbrechern, seinen Hanteln, seinen Spitzhacken, seinem Zimmermann, seinem Sattler, seinen drei Messing-Chronometern gehen. Ich bin einer, der rückwärts auf ein Pferd gesetzt und zur allgemeinen Belustigung durch den Busch geführt wird. Er war ein Gepäckstück, das von Mr. Jeffris transportiert wurde und für das Miss Leplastrier bezahlte.

Aber er hatte Gott gelobt, es zu tun.

Wenn auch nur, weil er wollte, daß Lucinda ihn liebte.

Liebte sie ihn?

Sagte sie, daß sie ihn liebte?

Nein, sie sagte es nicht. Sie küßte ihn auf den Mund, bis seine Lippen blau wie Tinte waren, aber als er ihr am Weihnachtstag angeboten hatte, sie zu heiraten, war sie weinend in ihr Zimmer geflohen.

Warum hatte sie das getan?

Weil sie Hasset liebte.

Warum dann also diese Gefahr, dieses Risiko, diese lähmende Angst auf sich nehmen?

Damit sie ihn liebte.

Weil er es Gott gelobt hatte. Damit er nicht in die Hölle geworfen werden würde.

Und wenn es keinen Gott gab?

Aber er hatte gewettet, daß es einen Gott gab. Er hatte gewettet, daß es das Gute gab. Er hatte gewettet, daß er im Paradies belohnt werden würde. Er hatte gewettet, daß er es schaffen würde, dieses Juwel von einer Kirche bis Ostern durch den entsetzlichen Busch nach Boat Harbour zu schaffen.

Sein Leben war durchsetzt mit Sündigkeit und faulen Kompromissen. Mr. Stratton hatte sich eine Schlinge um den Hals gelegt und die Sünde des Selbstmords begangen. Mochte Gott ihm vergeben. Er war Oscar Hopkins' System zum Opfer gefallen.

Bei Wardley-Fish hatte er den Mann Gottes gespielt. Er hatte ihn zur Botany Bay gelockt und sich dann vor ihm versteckt.

Er war nicht imstande, seinen Vater richtig zu lieben. Er hatte geschrieben »Liebster Papa«, doch am glücklichsten war er gewesen, wenn er weit weg von ihm war. Er hatte diesen guten und frommen Mann verlassen und ließ ihn einsam und ungeliebt sterben, umsorgt nur von den ungebildeten Mitgliedern seiner Gemeinde.

Lieber Gott, gib mir eine beschwerliche Reise. Erlöse mich von dem Übel. Führe mich nicht in Versuchung.

Und dann, beim Frühstück, bot er Miss Leplastrier in der Beiküche seine aufgesprungenen, geschwollenen Lippen dar, und der Teufel spielte zum Tanz auf, und da sah er, in einem Winkel seines Kopfes, die Möglichkeit, daß diese Kirche aus Glas nur ein Trick des Teufels war. Mr. Ahearn hatte recht. Es würde heiß darin sein. Die Gemeinde würde dem Namen Gottes fluchen.

89
Eine Versöhnung

Viermal hatte Mr. d'Abbs das Büro von Miss Leplastrier aufgesucht, bis er sie schließlich antraf. Viermal war er diese breite Treppe bis zur dritten Etage hinaufgestiegen, viermal hatte er in Gedanken seine kleine Rede gehalten, doch als er ihr, beim fünften Mal, gegenüberstand, verlief die Begegnung nicht so, wie er sie geplant hatte.

Sein erster Gedanke war: Schwindsucht.

Ihr Gesicht war sehr blaß, die Haut straff gespannt; es lag ein leicht bläulicher und durchscheinender Schimmer darauf. Die Augen erschienen zu groß, und das Weiße war nicht weiß, sondern von jenem zarten Graublau, welches man von bestimmten Porzellanen kennt. In diesem hellen, heißen, sonnendurchfluteten Zimmer – alle Fenster standen offen, und auf einem mit grünem Filz bespannten Brett schlugen Papiere aufeinander ein, während andere unter Glasflaschen flatterten, die als Briefbeschwerer dienten – kam Mr. d'Abbs ihre ganze Art zu schnell, zu hektisch vor, und er vergaß sogleich seine Rede, in der es ausschließlich um den bleibenden Wert der Freundschaft ging und daß man sie nicht aufgrund eines bloßen Mißverständnisses wegwerfen dürfe und daß Freundschaft etwas sei, das ihm mehr bedeute als alles andere im Leben. Abgesehen davon, daß er, wie man leicht erraten konnte, das Wort »Freundschaft« gebrauchte, wo er eigentlich »Gemeinschaft« meinte, entsprach das der Wahrheit. Er hatte ihr ein Cribbage-Brett sowie eine Serie signierter Stiche seines Freundes Hill mit Ansichten von Pittwater mitgebracht. Er hatte vorgehabt, seine Rede zu halten und ihr dann die Geschenke zu überreichen, aber als er sie sah, wurde er von dem Gedanken an ihre Sterblichkeit überwältigt, und er drängte ihr die Geschenke auf, ohne seine Gefühle richtig zu erklären.

Er hatte seine Kleidung mit Sorgfalt gewählt und trug den herrlichen cremefarbenen Leinenanzug und den weißen Strohhut. Beim Aussuchen war ihm die Symbolik dieser Farben zumindest halb bewußt gewesen: eine neue Seite, ein neuer Anfang, und wenn er beabsichtigt hatte, etwas über Mr. Jeffris zu sagen, so höchstens als Bemerkung nebenbei. Aber nun brachte ihn Miss Leplastriers etwas zu strahlende

Erscheinung so aus der Fassung, daß er Jeffris erwähnte, während sie noch dabei war, die Geschenke auszupacken.

»Ach, übrigens, Miss Leplastrier«, sagte er und schloß, ohne nachzudenken, was er da tat, das eine Fenster. (Er konnte es nicht ertragen, wenn in einem Zimmer Papier flatterte.) »Sie sind doch sicher im Bilde über Mr. Jeffris' große Leidenschaft, oder nicht? Mir kam der Gedanke, Sie könnten vielleicht nichts davon wissen. Es wäre ungehörig, es zu erwähnen, wenn Sie und ich nicht so alte Freunde wären.«

Er steuerte einen gefährlichen Kurs, und er wußte es. Es konnte leicht der Eindruck entstehen, daß er ihr Vorhaben verhindern wollte und, unter dem Deckmantel der Freundschaft, gekommen war, um den Charakter des Mannes, dem sie die Leitung anvertraut hatte, zu diskreditieren. Und doch durfte er nicht behaupten, ihr Freund zu sein, wenn er sie nicht aufklärte: Jeffris war ein gefährlicher Bursche; man konnte ihn zwar im Büro anstellen, wo er, wie ein Kettenhund, nützlich und furchterregend zugleich war, doch sein Leben einem Mann anzuvertrauen, den ein solcher Ehrgeiz trieb, war etwas ganz anderes.

Als er Mr. Jeffris' große Leidenschaft erwähnte, sah er, daß sie erstarrte, und er fürchtete schon, jetzt werde sie wieder »in die Luft gehen«.

»Ach, Mr. d'Abbs«, seufzte sie und lächelte dann. (Mr. d'Abbs dachte: Ihre Arme sind zu dünn, sie waren früher nicht so dünn.) »Erzählen Sie mir von Mr. Jeffris. Ich merke ja, daß Sie hauptsächlich wegen seiner ›großen Leidenschaft‹ gekommen sind.« Und mit einem breiten Lächeln – so breit, daß er leicht das Gefühl hätte haben können, sehr von oben herab behandelt zu werden – setzte sie sich an ihren Schreibtisch und verschränkte die Arme vor der Brust.

»Nein«, sagte Mr. d'Abbs, »das stimmt nicht.« Es war kein Stuhl für ihn da. Er hätte auch das zweite Fenster geschlossen, kam aber zu dem Schluß, daß sie das falsch interpretieren würde. »Ganz im Gegenteil. Umgekehrt. Als ich herkam, hatte ich die Absicht, es für mich zu behalten. Ich dachte: Das geht mich nichts an, ebensowenig wie die Frage, wieviele Fenster bei Ihnen geöffnet sind. Es kränkt mich wirklich sehr, so falsch verstanden zu werden.«

»Vergeben Sie mir.«

»Sie wollen keine Vergebung, Sie kleine Hexe. Ich könnte schwören, daß Ihnen das landläufige Bewußtsein der Sündhaftigkeit völlig fehlt.«

»Tatsächlich?« sagte Lucinda, die sich freute, auf diese besondere Art mißverstanden zu werden.

»Ja, tatsächlich. Sie kennen keine Scham. Sie bestehen aus reinem Willen, das habe ich schon in dem Augenblick bemerkt, als Sie zum erstenmal in mein Büro kamen. Sie recken Ihr Kinn vor.« (Er dachte: Man sieht am Hals die Adern, und ihre Unterlippe ist eindeutig blau; das sind keine guten Zeichen.) »Ich habe zu Fig gesagt: Es spielt keine Rolle, was man sich über sie erzählt – darüber ist sie erhaben.«

Ach, wenn das doch wahr gewesen wäre.

»Und was«, fragte sie, »erzählt man sich über Mr. Jeffris?«

»Sehen Sie«, sagte Mr. d'Abbs mit aufrichtiger Bewunderung, »das ist das andere, was ich immer schon gesagt habe: daß Sie sich von nichts abbringen lassen.«

»So«, sagte Lucinda, die wußte, daß er ihr bloß schmeichelte, und überrascht war, daß sie diese Lügen derart genoß.

»Es ist kein Gerücht, sondern – bitte, glauben Sie mir – die Wahrheit.« Es erschien ihm albern, so vor ihr zu stehen. Er wollte sich auf der Schreibtischkante niederlassen, aber der Tisch war höher als sein Hintern, und nach ein oder zwei diskreten kleinen Hüpfern, die ihm Ähnlichkeit mit einem Vogel im Käfig verliehen, gab er den Versuch auf und begnügte sich damit, sich anzulehnen. »Es ist wirklich *äußerst* wichtig, daß Sie im Bilde sind: Er wird sich Ihrer bedienen.«

»Und ich werde mich seiner bedienen«, sagte Lucinda, spürte aber, noch während sie dies so selbstsicher aussprach, jene Art von Panik oder Wut, welche Mr. Ahearn ausgelöst hatte, als er ihre Kirche eine »Dummheit« genannt hatte.

»Ihm ist nur daran gelegen, sich mit seinen Erkundungen und trigonometrischen Berechnungen einen Namen zu machen. Miss Malcolm hat mir erzählt, er habe Mrs. Burrows den Hof gemacht – was für ein Paar, stellen Sie sich das mal vor! –, bis er sämtliche Expeditionstagebücher ihres verstorbenen Mannes abgeschrieben hatte, und dann habe er aufgehört, ihr den Hof zu machen.«

»Ich kann mir nicht vorstellen, daß Mrs. Burrows jemand ist, dessen man sich so leicht bedienen kann.«

»Mrs. Burrows ist nicht die widerspenstige Matrone, die sie der

Welt vorspielt. Was hat dieses kleine Lächeln nun wieder zu bedeuten? Aber lassen wir das. Das Entscheidende ist: Sie möchten, daß Mr. Hopkins sicher ans Ziel kommt.«

Es war grausam, so mit ihr zu sprechen. Sie sagte: »Mr. Jeffris scheint mir aufgrund seiner Erkundungen und trigonometrischen Berechnungen hervorragend qualifiziert.«

»Mr. Jeffris«, sagte Mr. d'Abbs und schaffte es endlich, seinen Hintern auf den Schreibtisch zu hieven, »ist ein Mann, der die Gefahr liebt.«

»Sie sollten wissen, Mr. d'Abbs, daß ich ausführlich mit Mr. Jeffris gesprochen habe. Wir befassen uns gemeinsam mit diesem Projekt.« Sie wies mit einer Geste auf die Blätter, die regelmäßig wie Mauersteine auf dem grünen Filz befestigt waren. »Ich finde ihn gewissenhaft.«

»*Sie* sind gewissenhaft«, sagte Mr. d'Abbs. »Darum ist er ebenfalls gewissenhaft. Er ist ein Schauspieler. Er paßt sein Spiel den Erwartungen des Publikums an. Wenn Sie ihn kennenlernen wollen, wie ich ihn kenne, müssen Sie hören, was er sagt, wenn er mit Männern zusammen ist. In weiblicher Gesellschaft ist er ein anderer Mensch. Wenn er mit Männern zusammen ist, endet jede seiner Geschichten damit, daß irgendein Kerl in Ohnmacht fällt oder Schreie des Entsetzens ausstößt, weil dieser tapfere Teufelskerl Jeffris sich mit Blut beschmiert oder sich sonstwas getan hat. Und jetzt haben Sie ihm Geld zur Verfügung gestellt, und er hat eine kleine Armee, und er ist darauf aus, sich einen Namen zu machen.«

»Mr. d'Abbs«, sagte Lucinda, »geben Sie es nur zu: Sie sind gekommen, um mir Angst zu machen.«

»Nein. Ich schwöre es.«

»Es war höchst ungehörig von mir, Ihnen Ihren Oberbuchhalter abzuwerben. Obwohl ich ihn nicht abgeworben habe. Es war nicht meine Absicht, ihn abzuwerben, aber ich verstehe, daß Sie mich vielleicht bestrafen möchten. Darum sprechen Sie so mit mir.«

»Nein«, sagte Mr. d'Abbs und fuchtelte heftig mit den Händen, »neinneinnein. Das ist Vergangenheit. Ich bin nicht gekommen, um Sie zu warnen, sondern um unseren Streit zu begraben, aber dann erschien mir mein Schweigen heuchlerisch.«

»Was also sollte ich Ihrer Meinung nach tun?«

»Ich bitte Sie«, sagte Mr. d'Abbs, »blasen Sie diese ganze dumme

Geschichte ab. Was Sie vorhaben, ist über alle Maßen verrückt, und Sie werden sich zum Gespött der Leute machen.«

Dann merkte er, daß er zu weit gegangen war. Er sah, wie ihr Gesicht sich vor ihm verschloß, und plötzlich mangelte es ihm an Mut, den Angriff fortzusetzen.

»Natürlich«, sagte er, »ich bin ein skeptischer Mensch. Vielleicht ist das eine Begleiterscheinung des Alters.«

»Ja.«

»Und natürlich bin ich verärgert, weil ich einen verdammt guten Oberbuchhalter verloren habe. Das müssen Sie mir zugute halten.«

»Das tue ich«, sagte Lucinda, einigermaßen erleichtert.

»Und darüber hinaus möchte ich nur, daß unsere Freundschaft bestehen bleibt. Meine Frau sagt, es tue ihr leid, daß sie sich mit Ihnen nicht enger angefreundet hat. Sie war sehr beeindruckt von Ihnen. Sie hat mich gebeten, den Streit mit Ihnen zu begraben.«

»Er ist schon begraben«, sagte Lucinda, und als sie sich ein oder zwei Minuten später von ihm verabschiedete, küßte sie ihn leicht auf die Wange. Das hatte sie noch nie getan.

Mr. d'Abbs' Besuch bei Lucinda hatte zur Folge, daß sie zu dem Urteil kam, er habe Mr. Jeffris fälschlich beschuldigt. Was sie berührte, war das Bild, das sie sich von Mr. d'Abbs im Kampf mit den Dämonen seiner eigenen Heuchelei machte. Sie wußte nicht, was sie davon halten sollte, wußte nur, daß sie berührt war, wie sie in jenem März, als die Vorbereitungen für die Reise liefen, von fast allem berührt war. Ihre Gemütsverfassung war so, daß Kleinigkeiten – die Zerbrechlichkeit eines Zweiges, die Auflösung einer Wolke am blauen Himmel – sie mit Schmerz und jener überfließenden Liebe erfüllten, die der bange Vorbote des Verlustes ist. Wohin sie sah, sah sie das Gute, und übertrug dabei vielleicht viele ihrer Eigenschaften und Sehnsüchte auf andere, und so beschloß sie, Mr. d'Abbs' »Beichte«, er sei ein Heuchler, als den Schlüssel zu seinem Charakter zu betrachten, als den Kernpunkt seiner Rede.

Es ist eigenartig, daß Lucinda zwar einerseits die meisten von Mr. d'Abbs' Anschuldigungen zurückwies, andererseits jedoch glaubte, daß Mr. Jeffris die Gefahr liebte. Dies zu glauben, gestattete ihr, Mr. Jeffris mehr zu mögen. Sie bildete sich ein, die Krankheit zu kennen, an der er litt, und selbst ebenfalls die Gefahr zu lieben – natürlich nicht jene, die zu Blut und Verletzungen führen konnte, sondern die, welche im eher normalen Leben verborgen lag. Es war nicht bloß das Risiko, das sie erregte, sondern tatsächlicher Verlust. An jenem Tag, an dem Mr. d'Abbs sie in ihrem Büro antraf, war sie bei einem Notar in der Pitt Street gewesen, wo sie, gegen nicht unerheblichen Widerstand, ihre Wette in einem juristisch verbindlichen Dokument abfassen ließ, welches sie am selben Abend in ihren nach Staub riechenden Sekretär legte.

Sie erzählte Oscar nicht, was sie getan hatte, und doch glaubte sie, dieses Dokument werde bewirken, daß Oscar auf magische Weise triumphieren werde. Sie faßte diesen Glauben nicht in Worte, nicht einmal sich selbst gegenüber. Aber das Vertrauen, das sie spürte, wenn sie das zusammengerollte Schriftstück berührte (was sie oft tat, mindestens zweimal täglich), konnte seinen Ursprung nur in dem simplen Aberglauben haben, daß Oscar Hopkins nicht sterben werde, wenn es ihr nur gelänge, die Wette zu verlieren.

Sie war eine gründliche Frau und besaß einen scharfen Blick für Details, und darum vertraute sie, was die Sicherheit ihres Liebsten betraf, nicht allein auf diesen Zauber im Zedernholzkistchen. Sie hielt Besprechungen mit Mr. Jeffris ab, weit mehr, als Mr. Jeffris für notwendig erachtet hatte. Sie ging seine Einkaufslisten und Abrechnungen durch, und wenn Mr. Jeffris zunächst empört war, sich dies von einer Frau bieten lassen zu müssen, so entdeckte er bald, daß seine Gönnerin – weit davon entfernt, die knickrige Pensionswirtin zu sein, für die er sie gehalten hatte – keine Ausgabe scheute, die irgendwie mit Sicherheit zu tun haben könnte. Aber anfangs hatte er sie nicht verstanden. Sie hatte wie ein Philosoph über das Wesen der Gefahr gesprochen. Es war ihm schwergefallen, nicht schief zu grinsen. Er hatte sie lächerlich gefunden, wie einen Affen mit einem Zylinder: eine Frau, die sich benahm wie ein Mann. Doch als der philosophische Aspekt der Sache erledigt war, erkannte er, daß sie bereit war, jede Ausgabe zu bestreiten, die geeignet zu sein schien, die Gefahr zu vermindern. Und sie *bat* ihn geradezu darum, ihr die Gefahren zu schildern. Es war ihm ein Vergnügen, ihren Bitten zu entsprechen. Er genoß es. Er jagte ihr große Angst ein.

Lucinda war zu verliebt, um darüber nachzudenken, wie Hierarchien unter Männern entstehen: Es war ein Fehler, diese Besprechungen ohne Oscar abzuhalten. Es bestärkte Mr. Jeffris in seiner Gewohnheit, verächtlich über Oscar zu denken.

Lucinda dachte nur daran, daß sie ihn liebte, daß ihm nichts geschehen durfte.

Wenn sie an »Liebe« gedacht hatte, dann hatte sie sich immer einen breitschultrigen, stämmigen Mann vorgestellt. Selbst Mr. Hasset war größer gewesen als dieser Tröster. In ihrer Phantasie war ihr zukünftiger Ehemann jemand mit breiten, starken Händen und einem breiten, schwarzen Bart gewesen. Sie hätte sich nie träumen lassen, daß sie jene sich schlangengleich einschleichende Leidenschaft empfinden würde, die sie überkam, wenn sie den hageren, weißhäutigen Mann in den Armen hielt, den sie (wenn auch nur in Gedanken) »meinen lieben Erzengel« nannte.

»Er ist ein mutiger Mann«, sagte sie zu Mr. Jeffris, »viel mutiger als Sie oder ich.«

»Er ist ein ungewöhnlicher Bursche«, sagte Mr. Jeffris.

»Sie werden es mit Bergen und Flüssen zu tun haben, aber er wird mit Dämonen kämpfen.«

»Man kann nur den Hut vor ihm ziehen, Ma'am«, sagte Mr. Jeffris.

Mr. Jeffris' Augen blickten sanft und mitfühlend, aber seine Gedanken waren ausschließlich auf sein augenblickliches Ziel gerichtet: sich einen Scheck über zwanzig Pfund ausstellen zu lassen, damit er bei Mr. Dulwich am Observatory Hill drei Messing-Chronometer kaufen konnte.

90
Ein Mann mit Befehlsgewalt

Infolge der langen Dürre waren Pferde und Ochsen schwer zu bekommen, und obwohl Mr. Jeffris nicht persönlich zu den Viehmärkten in Parramatta ging, um nach guten Zugtieren Ausschau zu halten, lastete diese Sorge schwer auf seinen Schultern, denn schließlich hatte es ja keinen Zweck, mit den besten, perfekt ausgerüsteten Männern stracks nach Wisemans Ferry zu marschieren, wenn im Geschirr Tiere steckten, wie man sie überall in der Kolonie sah, Tiere, bei denen sich das Rückgrat wie eine Zeltstange unter der sackartigen Plane ihrer Haut abhob.

Er war zu einem Mann mit Befehlsgewalt geworden. Endlich fühlte er sich unbehindert, frei von den kleinlichen Beschränkungen, denen er als Mr. d'Abbs' Angestellter unterworfen gewesen war. Er konnte zu einem Mann sagen »Geh«, und er ging, und zu einem anderen »Komm«, und er kam. Er war sich bewußt, daß er aufrechter stand. Er spürte, wie die Wölbung seiner Brust gegen die Knöpfe seines Hemdes drückte. Er warb hochgewachsene Männer an, die er mit der Kraft seiner Blicke beherrschen konnte. Er war streng mit ihnen und lächelte nicht. Er schickte den Aufseher und den Ochsentreiber zusammen auf den Viehmarkt, mit der Anweisung, ausschließlich Tiere zu kaufen, über deren Qualität sie sich einig waren. Sie nahmen den Befehl ohne Murren entgegen, obwohl er ihnen beiden sicher sehr zuwider war. Der Ochsentreiber nannte ihn »Captain«. Diese irrtümliche Anrede würde später von allen anderen übernommen werden.

Mr. Jeffris nahm einen Quartiermeister, zwei Schmiede, einen Arzt, einen Mann, der Vögel, und einen, der Pflanzen sammeln sollte (diese beiden setzte er allerdings als »Gewehrschützen« auf die Soldliste), einen Pferdeknecht, einen Trompeter, zwei Zimmerleute, einen Schuhmacher und einen Koch in Dienst.

Miss Leplastrier hatte nichts zu beanstanden.

Er lieh sich zwei Höhenmesser und vertraute einen davon dem für die Vögel zuständigen Mann und den anderen dem Pflanzensammler an und sagte ihnen, ihre Hauptaufgabe unterwegs werde darin bestehen, darauf achtzugeben, daß diese Höhenmesser nicht beschädigt würden, denn er hatte vor, diese Reise wie ein Trigonometer zu machen, wie jemand, der immer genau wußte, wo er sich gerade befand, und er würde sich, sagte er zu dem rotnackigen, in Belfast geborenen Pflanzensammler, nicht blindlings einen Weg durch den Busch schlagen wie ein Idiot, wie ein arschgesichtiger Ire.

Sie würden Äxte mitnehmen, deren Klingen stets rasiermesserscharf zu sein hatten, denn nichts ist einem Landvermesser mehr zuwider als ein Baum, der ihm den Blick auf seinen Bezugspunkt versperrt.

Miss Leplastrier stellte ihm ein Pferd und einen zweirädrigen Wagen zur Verfügung, damit er stilvoll fahren konnte. Bald war er für die Leute an der Straße nach Mort Bay ein alltäglicher Anblick, wie er aufrecht im Wagen stand und dem armen Tier die Peitsche gab, damit es schneller lief. Er war unterwegs zur Harrison-Werft, wo der alte Oliver Crawley, ein breitschultriger, O-beiniger Schiffszimmermann mit einem weißen Katarakt im linken Auge, zwei leichte Walfängerboote baute, von denen das kleinere genau in das größere paßte, wenn dessen Ruderbänke für die Dauer des Transportes entfernt worden waren. Das größere Boot würde dann in einem Holzrahmen an Gurten und Segeltuchschlaufen aufgehängt werden, wobei man jene Stellen, die am meisten mit dem Boot in Berührung kamen, mit Schaffell und fettgetränktem Leder würde polstern müssen; diese ganze Konstruktion war natürlich auf dem Bootswagen errichtet, jener Maschine, die lautlos durch Oscar Hopkins' Alpträume glitt.

Mr. Jeffris ging mit jedem in Dienst genommenen Mann in Anthony Horderns Geschäft und ließ ihn dort auf Miss Leplastriers Kosten neu einkleiden. Er bekam eine graue Hose aus grobem Drillich und ein rotes Wollhemd, das, wenn man gekreuzte weiße Hosenträger trug, für ein militärisches Erscheinungsbild sorgte. Das war genau die Absicht, die Mr. Jeffris verfolgte. Er würde absoluten Gehorsam verlangen, und daran ließ er von Anfang an keinen Zweifel.

Es war sein Wunsch, daß auch Oscar Hopkins diese Kleidung trug. Es war wichtig, daß er sich nicht sozusagen über das Gesetz stellte. Mr. Jeffris konnte diese Angelegenheit jedoch nicht direkt angehen. Er konnte es wohl kaum fordern, aber eine Ausnahme von seiner Regel durfte er auch nicht hinnehmen. Er brachte das Thema bei Miss Leplastrier zur Sprache, aber sie lachte nur und sagte, dies müsse er mit Mr. Hopkins persönlich besprechen. Wenn sie so lachte, hätte er sie gern im

Bett auf den Rücken gelegt. Er verbeugte sich förmlich und sagte nichts, aber er ging trotzdem zu Hordern und kaufte die richtigen Sachen in den Größen, die, wie er annahm, dem dürren Schmierfink passen würden. Dann ging es im Galopp quer durch die Stadt zurück zur Glashütte am Darling Harbour, wo Mr. Hopkins sich, wie es hieß, »vorbereitete«.

Die Vorstellung, daß der Schmierfink sich auf irgend etwas vorbereitete, amüsierte Mr. Jeffris. Er hatte noch nie jemanden gesehen, der geistig wie körperlich so ungenügend auf das Leben vorbereitet war. In der Welt, die Mr. Jeffris die »wirkliche Welt« nannte, einem imaginären Land ohne Fabriken oder Parlamente, würde der Schmierfink einfach sterben. Als Mr. Jeffris erfuhr, daß Oscar »sich vorbereitete«, sah er ihn vor seinem geistigen Auge in einer ausgeleierten Hemdhose mit bleistiftdünnen Ärmchen seine Hanteln stemmen. So war Mr. Jeffris bester Stimmung, als er in der Glashütte eintraf: Seine hübschen dunklen Augen tanzten, und hinter dem Vorhang des Schnurrbarts waren seine Zähne zu sehen. Er trug das in den Schultern breit geschnittene Jackett mit der Kellerfalte und weiße Baumwollhandschuhe. Falls dies exzentrisch wirkte, war es ihm nicht bewußt. In diesem Augenblick gab es in Sydney sechzehn Männer, die mit nichts anderem beschäftigt waren, als seinen Traum Wirklichkeit werden zu lassen,

Denn auch ich habe unter mir Kriegsknechte, und wenn ich sage zu einem: Gehe hin! so geht er; und zum andern: Komm her! so kommt er.

Als er aber die Glashütte betrat, war er nicht erfreut (Nicht *erfreut*? Er schäumte vor Wut.), daß sie schon wieder dabei waren, die Glaskirche auszupacken, und die Deckel all der Kisten, die gestern abend um sechs fest verschraubt worden waren, standen nun (A, B, C, D usw.) aufgereiht an der Wand, und all die ausgestopften und festgezurrten Säcke lagen nun da wie leere Schweinsblasen auf dem Boden eines Schlachthauses. Die Öfen waren kalt, und die Glasbläser machten sich wie Kinder am Weihnachtstag über die Kisten her, während das größte Kind von allen, der blasse, nervöse Schmierfink, mit seiner flötenden Chorknabenstimme Anweisungen gab.

Und sie gehorchten ihm! Mein Gott, dachte Mr. Jeffris, ich ertrage es nicht.

Es verstieß gegen die natürliche Ordnung, daß ein solcher Mensch

Männern wie diesen Befehle erteilte und daß man ihm nicht nur gehorchte, sondern sogar bereitwillig gehorchte.

»Nein, nein, Harry, nein«, schrie dieser Idiot Flood, den Gießer aus Leichhardt an, »ich muß es ja allein und ohne Hilfe schaffen.«

Er war ein Stümper. Man konnte sehen, daß er ein Stümper war. Er hielt einen kleinen Jutesack mit der Aufschrift »B1« in der Hand, dem er die Teile der gußeisernen Schmuckkrönung entnahm, die auf den Dachfirst aufgesetzt werden sollte. Warum fummelte er jetzt damit herum? Sollte er nicht eine Seitenwand zusammenbauen?

Jeffris sah hinüber zu der einzigen Person, die, wie er höchst widerwillig einräumte, »fähig« war. Sie, die dies alles doch eigentlich mißbilligen mußte, saß zufrieden auf dem hölzernen Thron des Glasbläsers. Sie war eine hübsche kleine Frau mit zierlichen Füßen und schlanken Knöcheln, und es machte Mr. Jeffris wütend, daß sie beschlossen hatte, ihr Bett mit diesem außerordentlichen Kindskopf zu teilen.

Was die Kirche selbst betraf, so war sie das Idiotischste, was ihm je unter die Augen gekommen war. Er glaubte, daß der Gießer – der Bursche, der sich ständig mit Schieblehre und Zollstock an den Teilen zu schaffen machte – dahinter steckte. Was für ein Vermögen er mit all diesen zusätzlichen Kinkerlitzchen machen mußte: mit dem filigranen Firstkamm, den herzigen kleinen »Endstücken«, den verzierten Streben, die, vermutete Mr. Jeffris, wohl allesamt »Sonderanfertigungen« waren und darum besonders viel kosteten.

Mr. Jeffris gefiel die Kirche nicht einmal in verpacktem Zustand. Und dennoch mußte er Miss Leplastrier einfach dafür bewundern, wie sie sich um die Details ihrer Phantastereien kümmerte. Sie hielt viel von Listen. Ihm ging es ebenso. Sein ganzes Leben war jetzt eine Ansammlung von Listen, und er sah in Lucinda Leplastrier eine Frau, die es in penibler Methodik mit ihm aufnehmen konnte. Davon abgesehen empfand er die Tatsache, daß sie Listen anlegte, allerdings als herabsetzend. Er, der Führer der Expedition, hätte derjenige sein sollen, der das Verladen der Fracht überwachte. Doch sie hatte sehr deutlich gemacht – und ihm dabei gerade in die Augen gesehen –, daß dies ihre Aufgabe sei. Sie übergab ihm eine Frachtliste mit einem beigehefteten Bogen Papier, auf dem sie in energischer, klarer Schrift vermerkt hatte, wie welcher Wagen beladen werden mußte. Das ganze verdammte Ding war wie ein Puzzlespiel. Die langen, in Sackleinen gewickelten, spiralförmigen Pfosten, die aussahen wie Zuckerstangen, mußten rechts liegen, während die Kisten »H« und »B«, die zusammen ebenso schwer waren wie die Pfosten, links liegen mußten. Kisten mit einer »2« (A2, B2) durften nicht auf eine Achse gelegt werden, und so weiter. Das Beladen hatte einen vollen Tag gedauert, und jetzt, gerade als alle zufrieden schienen und diese ganze Peinlichkeit mit einer Plane abgedeckt und festgezurrt war, hatte der Chorknabe beschlossen, daß alles wieder vom Wagen geholt werden mußte, damit er sich noch einmal darüber hermachen konnte. Er war wie ein Kind, das nicht von seinem Spielzeug lassen kann.

Er trug keine Hemdhose, wie Mr. Jeffris es sich beim Gedanken an Oscars »Vorbereitungen« vorgestellt hatte. Aber diese Vorstellung kam der Wirklichkeit schon sehr nahe. Oscar Hopkins trug eine Arbeitermontur. Sein Gesicht war mit Packfett verschmiert. Er erwiderte Mr. Jeffris' gekünsteltes Lächeln.

»Ich probe, müssen Sie wissen«, sagte er. »In Boat Harbour werde ich zwar zweifellos Hilfe brauchen, aber es müssen keine Handwerker sein. Ich kann nämlich selbst Glasscheiben einsetzen. Sie müssen zugeben, daß Sie erstaunt sind.«

»In der Tat.«

»Das ist kniffliger als lateinische Verben, das kann ich Ihnen sagen.«

Mr. Jeffris verbarg seinen Unmut. Er klemmte sich das Paket mit Oscars Uniform unter den Arm und faltete die Hände auf dem Rücken. Er wippte auf Zehen und Fersen und plauderte, während Oscar schwankend eine Leiter hinaufstieg und im leeren Spinnennetz des Daches der Kirche herumkletterte, mit Miss Leplastrier über ein Theaterstück, das sie im »Lyceum« in der Pitt Street gesehen hatten. Und die ganze Zeit wünschte er sich nur, sie würden *dieses Ding endlich wegpacken.*

Mr. Jeffris gefiel die Kirche nicht, aber er besaß unbestreitbar ein gewisses Geschichtsbewußtsein. Jede dieser Fensterscheiben, dachte er, würde durch ein Land transportiert werden, in dem Glas nie, niemals zuvor, existiert hatte. Diese Fensterscheiben würden sich einen Weg in die Geschichte bahnen. Sie würden die weißen Schutzbezüge der Geographie zerschneiden und die Karte darunter freilegen, mit Flüssen, Bergen und Namen, die eine Verbindung schufen zwischen den Straßen seiner Geburtsstadt Bromley und den Flüssen des wilden Kontinents Australien.

Diese Expedition würde mühselig sein und höchstwahrscheinlich Menschenleben kosten. Das wußte Mr. Jeffris jetzt. Er spürte die Axt in seiner Hand, er sah den durch den Busch geschlagenen Weg und die gezackte Kette der Berge, die seinen Theodoliten ihre exakte Höhe preisgeben mußten. Es würde Mühsalen geben, wie sie diesem wachshäutigen Jüngelchen noch nie begegnet waren, und wenn Wasser ihm angst machte, dann hatte er wirklich schlechte Karten.

91
Der Herr ist mein Hirte

Lucinda dachte: Schreckliche Dinge passieren immer an schönen Tagen. An einem Regentag ist mir noch nie etwas Schlimmes passiert. Als sie meinen Papa nach Hause brachten und man seine Socken sehen konnte, sangen die Neuntöter auf den Zäunen, und Eisvögel mit Brustfedern wie Smaragde flogen fünf Zentimeter über dem Bach. Der Himmel war blau.

Der Himmel war blau gewesen in der Woche, als ihre Mutter gestorben war, er war blau gewesen an dem Tag, an dem Hasset abgefahren war, und auch jetzt, als sie den Wagen zum Semi-Circular Quay folgten – sie mit ihrem weißen Hut und Schleier, er in der albernen Uniform, auf die Jeffris solchen Wert legte –, war der Himmel klar und blau.

Um Schultern und Brust war die Uniform zu weit. Sie warf Falten und scheuerte. Die Hosenträger saßen nicht straff. Sie dachte an einen armseligen Menschen, den sie einmal auf der Straße vor dem Irrenhaus von Sydney gesehen hatte, rechts und links von einer Krankenschwester gestützt; er hatte einen nackten, weißen Hals gehabt, und der war so lang gewesen, daß man unwillkürlich an Messer denken mußte.

All ihre Leidenschaft, all ihre Intelligenz, Disziplin, Liebe hatten nichts als eine Torheit hervorgebracht. Das hatte sie erst begriffen, als sie ihn in diesem entwürdigenden Aufzug gesehen hatte. Es schien, als wüßte auch er es. In seinen Augen stand Panik, aber nun waren diese Wagen nicht mehr aufzuhalten. Sie rollten wie Schinderkarren durch die Straßen von Sydney, und Kinder kamen aus den Gassen gerannt und johlten dem Zug nach. Sie nannten Mr. Jeffris »Captain« und wollten wissen, ob er Captain Stuart sei. Mr. Jeffris würdigte sie keiner Antwort. Er hielt sich kerzengerade, seine Lippen glänzten. Sein Pferd war ungeduldig, immer bereit loszugaloppieren. Lucinda empfand dem hübschen Braunen gegenüber eine Feindseligkeit, die sie sich dem Reiter gegenüber noch verbot.

Der Herr ist mein Hirte,
mir wird nichts mangeln.
Er weidet mich auf einer grünen Aue
und führet mich zum frischen Wasser.

Unter den Männern war kein einziger Eingeborener, obwohl Lucinda es gewünscht hatte. Jeffris klopperte jetzt neben ihr her und rief ihr zu, es habe überhaupt keinen Sinn, die armen Teufel auf den Straßen von Sydney anzuheuern. Er würde seine Nigger in der Wildnis anwerben.

»Ich biete Ihnen ein Prämie«, sagte Lucinda und kramte in ihrer Tasche.

Sie waren jetzt am Ende der George Street angekommen. Der Trompeter im Wagen hinter ihnen blies einen lauten, dissonanten Ton.

Jeffris riß sein Pferd herum, daß es sich aufbäumte, und brüllte: »Keine Trompeten!«

Warum dann einen Trompeter bezahlen? dachte Lucinda. »Eine Prämie«, rief sie und mußte den zerknitterten weißen Umschlag vor Mr. Jeffris schwenken. Sie wußte, daß sie damit ihre Schwäche und Verzweiflung offenbarte. Sie sah, wie sehr er sie verachtete, und was sie getan hatte, machte ihr angst.

Sie sagte zu Jeffris, Mr. Hopkins werde ihm das Geld übergeben, sobald er sicher an sein Ziel gebracht worden sei. Dann gab sie Oscar den Umschlag und erkannte, daß sie ihren Freund gekränkt und gedemütigt hatte. Sie merkte, wie gönnerhaft sie sich verhalten hatte. Sie hätte weinen können. Sie dachte: Sie werden ihm die Kehle durchschneiden und das Geld stehlen.

Er erquicket meine Seele. Er führet mich auf rechter Straße um seines Namens willen.

Als sie auf den Semi-Circular Quay fuhren, sah Lucinda den Wagenzug zum erstenmal in Marschordnung. Sie war erschrocken über seine gewaltige Größe. Sie dachte: Diese kleine Ratte hat mich ausgenommen. Lieber Gott, bitte laß nicht zu, daß ich als arme Frau in dieser Stadt zurückbleibe.

Der saure Geruch des Kots, den die nervösen Tiere fallen ließen, lag schwer in der Luft. Schmeißfliegen tanzten um Lucindas Schleier. Sie tastete auf dem Sitz nach Oscars Hand und drückte sie fest.

Er sah aus, als wäre ihm übel.

»So«, sagte er, wußte aber nicht, wie er fortfahren sollte.

Sie wartete. »So?«

»So« – er zog ein Taschentuch hervor und wischte sich die Stirn. Seine Augen waren stumpf, und obgleich er lächelte, wirkte sein Gesicht leblos. »So, und in welcher Reihenfolge werden wir übersetzen?«

Neben den hochmastigen Segelschiffen waren eine Reihe von Barken und Kähnen vertäut. Überall drängten sich die Leute und gafften sie mit unverhohlener Neugier an.

»Mr. Hopkins«, rief Mr. Jeffris. »Mr. Hopkins, bitte.«

Mr. Jeffris drängte sein Pferd durch die Menge. Sie dachte: Er trägt ein Schwert. »Mr. Hopkins, Sie müssen auf die erste Barke.«

»Oh je«, sagte Oscar.

»Aber wir haben doch noch etwas Zeit«, sagte Lucinda, doch ihre Stimme war leise, wurde nicht gehört, es war eine Frauenstimme in einem Meer von Männerhüten.

Er begann, vom Wagen zu steigen, und als er seinen Fuß auf das Trittbrett setzte, drückte er ihre Hand.

Sie umfaßte sein Handgelenk.

Dann hielt sie ihn im Arm. Sie küßte ihn. Beide hatten sie den Schleier im Mund. Die Menge veranstaltete ein Pfeifkonzert.

Du bereitest mir einen Tisch im Angesicht meiner Feinde. Du salbest mein Haupt mit Öl.

»Der Herr möge Sie beschützen«, sagte sie.

Sie gab ihm die Rolle, auf der die Wette notariell beglaubigt war. Auch er drückte ihr einen Umschlag in die Hand. Und dann stand er auf dem Kai, allein und getrennt von ihr. Sie spürte die grausame Leere in ihren Armen und ihrer Brust, als wäre sie nichts weiter als eine leere Gußform – sie spürte den Schmerz dort, wo sie Oscar eben noch an sich gedrückt hatte. Sie berührte ihre Schultern mit den Fingerspitzen. Sie umarmte das Echo seiner Gegenwart. Sie wickelte sich in eine Decke, obwohl es gar nicht kalt war.

Rings um sie her fluchten die Schauerleute über die schweren Kisten aus saftstrotzendem Holz, in denen nichts war, was Lucindas Träumen von jenem makellosen Bauwerk aus Kristall, mit Rippen, so filigran wie Fledermausflügel, gleichgekommen wäre, sondern die vielmehr eine bleischwere Torheit enthielten: dreißig Zentner gußeiserne Streben, fünfhundertzweiundsechzig Glasscheiben à zwei Pfund, zwanzig Gros Schrauben und Muttern, sechzig Pfund Kitt und zwölf Liter Leinöl.

Sie sah, wie er eine Barke bestieg und auf das Nachbarschiff geführt wurde. Rechts und links von ihm ging je ein Mann.

92
Knittelvers

Der Umschlag, den Oscar Lucinda gab, war einmal, dann noch einmal und schließlich noch ein drittes Mal gefaltet worden. Er war zusammen- und wieder auseinandergefaltet worden, bis er, in seinem jetzigen lappigen und abgegriffenen Zustand, die schlichte Adresse verschmiert, die Ecken mit Eselsohren versehen, zu einem zerfledderten Denkmal für Lucindas ganzes Elend geworden war.

Daß sie ihn nicht öffnete, war keine Vergeßlichkeit. Im Gegenteil: Während ihrer langsamen Rückfahrt nach Longnose Point war sie sich des Umschlags deutlicher bewußt als aller anderen Dinge in ihrer Umgebung. Sie stellte ihn auf den Küchentisch, lehnte ihn an die braun glasierte Teekanne, in der noch immer die kalten, durchweichten Teeblätter ihrer letzten gemeinsamen Tasse Tee waren. Auch Schmeißfliegen waren in der Küche. Sie krochen auf den milchverklebten Rändern der Teetassen herum, die beide nicht ausgetrunken waren. Sie nahm den Umschlag in die Hand, öffnete ihn aber nicht.

Sie wollte nicht weinen. Sie fürchtete sich vor dem Widerhall ihres Geheuls in dem leeren Haus. In ihrer Vorstellung war dieses Geräusch ein wahrgewordener Alptraum. Und sie wollte den Umschlag nicht öffnen, weil sie dachte, er enthalte all jene edlen Regungen des Herzens, die sie beide mit so viel Leidenschaft angedeutet hatten.

Darum las Lucinda den Brief erst am Dienstag, dem 15. März, volle sechs Tage nach dem Aufbruch der Expedition.

Sie hielt einen einfachen Knittelvers in der Hand:

Darf's hoffen nicht,
indes ich muß,
daß ich durch dieses Unterfangen
Eure Liebe mag erlangen

»Ach, Liebster«, rief sie laut, dort in der Küche, wie sie es nie getan hatte, als er noch da gewesen war. »Du hattest meine Liebe, immer.«

Sie ließ sich schwer auf den Stuhl mit der Speichenlehne sinken, sprang aber dann, getrieben von einem heftigen Schauer der Leidenschaft, mit verzerrtem Gesicht wieder auf und zog an den losen Strähnen in ihrem Genick.

»Mein Gott, *du Dummkopf.*«

Sie trat ans Fenster. Sie zog Nadeln aus ihren Haaren. Sie steckte sie wieder hinein. Das Licht, das vom Hafen herüberblitzte, war so hart und kalt wie Glasscherben. Sie biß in die Knöchel ihrer Hand. Sie kniff die Augen zu und stöhnte: Aaaah.

An der Kirche hatte ihr nichts gelegen. Diese Idee war wie die Ausgeburt eines Fiebers gewesen. Die Kirche sollte nicht die Liebe zwischen Gott und den Menschen verherrlichen, sondern die Liebe zwischen Oscar und Lucinda. Ebenso die Wette: Sie sah jetzt, während sie mit fest geschlossenen Augen die Stirn an die Fensterscheibe preßte, daß sie diese Wette nur abgeschlossen hatte, um vielleicht endlich zu tun, was sie am Spieltisch nie geschafft hatte – die große schuldbefrachtete Last ihrer Erbschaft abzuwerfen, sie fallenzulassen wie eine rostige Rüstung, die sie nicht mehr brauchte, um leicht wie eine Feder zu sein, so rein wie eine leere Handtasche, aller Fesseln ledig, nackt, und ihr Gesicht an die weiche, geheime Stelle am Ansatz seines anmutigen Halses zu schmiegen.

Durch diesen Ring nehme ich dich zum Mann, mit meinem Körper ehre ich dich, und mit meinem ganzen irdischen Vermögen statte ich dich aus.

»Du hast es gewußt«, sagte sie und ging durch den Salon und die Treppe hinauf. »Du hast gewußt, was in meinem Herzen vorging. Wie konntest du mich nur so mißverstehen?«

Noch am selben Tag schickte sie der Expedition einen Boten nach, aber Jeffris war bereits bei Singleton von der geplanten Route abgewichen und drang mit Hilfe zweier Eingeborener vom Stamm der Wonnarua in unerforschtes Gebiet vor.

93
Mr. Smith

Mr. Smith, Mr. Percy Smith mit dem sandfarbenen Haar und den sanften, blinzelnden Augen, Mr. Borrodailes Freund, der sich ständig Lamahaare von den Hosen zupfte, dieser Mr. Smith also war als zoologischer Begleiter verpflichtet worden, und er hatte von seinem eigenen Geld sieben Oktavbände mit je hundert Seiten und dazu sechzehn Kisten mit leeren Flaschen, Korken, Papier, Wachs usw. gekauft. Außerdem nahm er ein Faß Formaldehyd und ein zweites mit Spiritus sowie eine Reihe von Instrumenten mit, die er ebenfalls eigens für diese Expedition angeschafft hatte, eine Expedition, die seines Wissens in jenes von Tieren wimmelnde subtropische Gebiet führen sollte, das die Holzfäller, die dort Zedern schlugen, treffend »den Großen Busch« nannten.

Aber der Semi-Circular Quay lag noch keine zwanzig Meter hinter ihnen, als der Führer der Expedition ihn, ohne von seiner Bekanntschaft mit Hochwürden Hopkins zu wissen, zum Aufseher über diesen ernannte und ihn, während der Rest der Männer sich mehr für einen Passagier interessierte, der vom Heck der gerade ankernden *Sobraon* gesprungen war und anscheinend die Absicht hatte zu ertrinken (er wurde allerdings vom Lotsenboot herausgefischt), anwies, all seine anderen Pflichten dieser einen Aufgabe unterzuordnen. Während der Matrose auf dem Lotsenboot einen Bootshaken durch die Hose des schwimmenden Mannes zog, half Mr. Smith also Mr. Jeffris, einen Metalltrichter zwischen Oscar Hopkins' zusammengebissene Zähne zu zwängen. Der Trichter hatte zum letztenmal bei einem sterbenden Derby-Schwein Verwendung gefunden. Seitdem war er nicht sterilisiert worden, aber von solchen Feinheiten wollte Mr. Jeffris nichts wissen: Er verabreichte Oscar bereits die erste Dosis Laudanum, das er, wie er behauptete, gallonenweise speziell für diesen Zweck gekauft hatte. Als die sirupartige grüne Flüssigkeit über Mr. Hopkins' spitzes Kinn lief und die Segel der *Sobraon* ihre Schatten auf sein außerordentlich erregtes Gesicht warfen, schien Mr. Jeffris – der die Bedeutung einer fachmännischen Erfassung der Fauna so eifrig, ja geradezu *fanatisch* betont hatte – der geeignete Moment gekommen, um Mr. Smith kühl und ohne Erklärung neue Anordnungen zu geben. Er drückte sich so aus: »Sie werden ununterbrochen auf ihn aufpassen. Sie werden ihn ständig beobachten. Wenn Sie sich den Arsch abwischen, werden Sie ihn im Auge behalten. Wenn Sie die eine Hand an Ihrem Schwanz haben, werden Sie mit der anderen seinen Knöchel festhalten. Wenn Flüsse zu überqueren sind, werden Sie nach Möglichkeit vorher davon in Kenntnis gesetzt werden und ihm fünf Flüssigunzen Laudanum verabreichen.«

Percy Smith dachte: Ich bin ein Schwächling, daß ich mich darauf einlasse. Warum picken sie immer mich heraus, und warum lächle ich dann und nicke?

Er hatte Mr. Jeffris in die Augen gesehen, als der ihn auf dem Boot gefragt hatte, ob er mit dieser Anweisung einverstanden sei. Er hatte den Blick abwenden müssen. Seine Seele war eingeschrumpelt wie ein Blutegel im Salz.

Am ersten Lagerplatz hatte Mr. Jeffris eine Ansprache am Feuer gehalten. Er hatte den Männern gesagt: »Nachts könnt ihr die wilde Meute sein, aber, bei Gott, tagsüber seid ihr Soldaten.« Und das waren sie.

Jetzt, am zweiten Abend, bei Wisemans Ferry, waren die Männer sturzbetrunken, und Mr. Smith hielt es für nicht ausgeschlossen, daß einer von ihnen schießend oder hackend in das erleuchtete Zelt einbrechen würde, in dem ihr Anführer über seinem Tagebuch saß. Daß keiner das tat, lag ebensosehr an der Art von Männern, die Mr. Jeffris ausgesucht hatte, wie an seiner Ausstrahlung. Es waren Männer, die es, wie sehr sie auch murren oder fluchen mochten, genossen, »Soldaten« zu sein. Und angesichts von Mr. Jeffris' Führungsstil war man bereit zu glauben, daß dieser ehemalige Buchhalter imstande war, einen Mann wegen Ungehorsams zu töten. Pistole und Schwert hatte er immer zur Hand, und tatsächlich hatte er das letztere heute an einer Furt – einem schattigen Plätzchen mit einem fünfzehn Zentimeter tiefen Bach in einem sandigen Bett – gezogen und geschworen, er werde dem Zimmermann die Hand abschlagen und an die Hunde verfüttern, und das bloß, weil der Zimmermann die Ansicht geäußert hatte, der Ladung könne »nichts passieren«. Mr. Jeffris zeigte keine anderen Charaktereigenschaften als die, welche er in gestreiften Hosen in Mr. d'Abbs' Büro an den Tag gelegt hatte. Er brachte sich nur schärfer ins Bild. Er zog sein altertümliches Schwert und nannte den Mann – es war eigentlich ein Junge mit sandfarbenem Haar und einer von der Sonne frisch verbrannten Nase – einen »verdammten kriecherischen Hund«, einen »verdammten schwächlichen Stümper«. Er würde ihm die Hände abschlagen. Bei Gott, das würde er wirklich. Er sollte sich nur vorsehen. Er würde ihm seine Hand zum Abendessen verfüttern. Usw.

Mr. Smith setzte sich jetzt neben den jungen Pfarrer auf einen Baumstamm und starrte ins Feuer. Er war bei mehreren Expeditionen dabeigewesen, und diese Zeit des Tages hatte er immer genossen. Es gab hier reichlich Wasser, und darum hatte er seine tagsüber getragenen Kleider gewaschen und auf eine Leine gehängt, die er an dem Wagen befestigt hatte, auf dem Oscar und er als Passagiere fuhren. Dieser Wagen wurde wegen der Plane, mit der er ausgestattet war, von ihrem Anführer nur das »Damenabteil« genannt. Mr. Smith trug jetzt frische Kleider. Sie lagen kühl auf seiner Haut und rochen noch nach dem Bügelbrett seiner Frau.

Sein Kamerad hatte sich weder gewaschen noch umgezogen. Er war zu schüchtern, um sich vor den Augen der anderen auszuziehen, und fühlte sich jetzt gewiß recht unwohl. Mr. Smith genoß das Gefühl von sauberem Leinen auf seiner Haut so sehr, daß ihn schon beim Gedanken an Oscar Hopkins' verschwitzte Kleider Unbehagen überkam. Es war ein heißer Tag gewesen. Das Land war noch immer ausgetrocknet und dort, wo es gepflügt war, staubig. Den halben Tag waren sie über eine Hügelkette gezogen, wo Buschfeuer schwelten. Die Baumwurzeln glommen noch, und zweimal waren glühende Äste in gefährlicher Nähe zu Boden gefallen. Er und Mr. Hopkins hatten sich nasse Taschentücher umgebunden, aber Rauch und Asche hatten die Haut natürlich trotzdem verschmiert. Percy Smith konnte es nicht ertragen, daß sein Kamerad in seinem eigenen Dreck dasaß.

»Jetzt ist eine gute Zeit zum Baden«, sagte er. »Der Mond steht über dem Wasser. Ich glaube nicht, daß es etwas Schöneres gibt. Ich hätte gute Lust, nochmal zu baden. Mutter Nacht«, sagte er, »verbirgt uns vor aufdringlichen Blicken.«

Oscar erwiderte nichts.

Irgendwo beim Bootswagen sangen zwei Schotten:

»Und jetzt hört die Geschichte von Lucy dem Engel,
sie kam auf die Erde und suchte 'nen Stengel.«

Percy Smith war es peinlich, daß der Pfarrer sich das anhören mußte. Er nippte an seinem mit Wasser verdünnten Rum und sah ins Feuer.

»Tut der Hals noch weh?«

»Ach, das ist nicht so schlimm.«

»Ich hab mir gedacht«, sagte Percy Smith und holte Pfeife und Tabaksbeutel hervor, »vielleicht tut es weniger weh, wenn wir den Trichter mit Wachs überziehen. Ich hab bloß Angst, daß Sie darauf beißen, wenn Sie einen Anfall haben, und an einem Stück Wachs kann man leicht ersticken.«

»Ich hatte keinen Anfall.«

»Aber Sie haben Angst vor dem Wasser.«

»Immer schon. Aber als ich das Boot bestieg, hatte ich keine. Ich war nur traurig, daß ich die verlassen mußte, an der mein Herz hängt.«

»Mr. Hopkins«, sagte Mr. Smith und paffte große blaue Rauchwolken in die Nacht, »Mr. Hopkins, hat das Laudanum Ihre Erinnerung ausgelöscht?« Und er lachte, um zu zeigen, daß er es nicht böse meinte. »Sie wissen es nicht mehr.«

»Was weiß ich nicht mehr, Mr. Smith?« Die Stimme klang kühl und unfreundlich.

Mr. Smith dachte: Er wird mir das, was ich ihm antun muß, nicht so leicht verzeihen. Aber auch er ist in der Gewalt dieses Verrückten. Wir sitzen beide im selben Boot. Er muß mir verzeihen. Es wäre mir unerträglich, wenn er es nicht täte.

Mr. Smith sagte: »Sie wissen nicht mehr, daß Sie, als ich hinzukam, einen Anfall hatten. Sie haben die Zähne zusammengebissen. Ihr Gesicht war blutrot. Ihre Augen waren verdreht, und die Adern auf Ihrer Stirn sahen aus wie Würmer.«

»Daran war nur dieser Mensch schuld, den wir in unserer Dummheit beauftragt haben, diese Ladung nach Boat Harbour zu bringen«, zischte Oscar. »Er hat mich angefallen und zu Boden geworfen und mir dann diese ›Medizin‹ eingeflößt.«

»Er hat eine große Verantwortung zu tragen«, sagte Percy Smith. »Er hat Angst, daß Sie sich ins Wasser stürzen könnten.«

»Er hat Angst, seine Prämie zu verlieren. Aber er wird mich nicht verlieren. Ich werde mir nicht erlauben, verlorenzugehen. Ich habe vieles, für das zu leben sich lohnt.«

»Haben Sie vergessen, daß ich es war, der sie an unseren Tisch gebracht hat?«

»Entschuldigung, ich weiß nicht recht . . .«

»Das, ›für das zu leben sich lohnt‹. Erinnern Sie sich, daß ich dafür gesorgt habe, daß sie an Mr. Borrodailes Tisch eingeladen wurde?«

»Ach so, ja«, sagte Oscar, und Mr. Smith war froh, daß seine Stimme endlich etwas weniger bedrückt klang.

»Dafür müßten Sie mir dankbar sein.«

»Das bin ich.«

Einen Augenblick später sagte Oscar: »Ich habe noch nie gesehen, daß Männer sich so benehmen.«

Mr. Smith war sich nicht ganz sicher, ob er damit Mr. Jeffris meinte oder die Männer, die am Feuer miteinander rangen, oder jene, die betrunken um das Zelt ihres Anführers herumtanzten. Natürlich – das war ganz normal – wurde auch ausgiebig geflucht.

»Ich fürchte, ich bin für diese Art von Leben nicht geeignet«, sagte der Pfarrer. »Es hat etwas Grausames. Eigentlich ist es ja seltsam, daß man dahinlebt und gar nicht wirklich weiß, wie es im Leben zugeht. Ich nehme an, es ist meistens so wie hier.«

»Nur zu wahr«, bemerkte Percy Smith und seufzte. »Nur zu wahr.«

»Morgen brauchen Sie mir die Medizin nicht zu geben. Sie bekommt mir nicht.«

Percy Smith sagte nichts.

»Genaugenommen«, sagte Oscar, »ist Mr. Jeffris mein Angestellter.« Er stand auf. Einen Augenblick lang schien es, als wollte er zu Mr. Jeffris' Zelt gehen. Und wirklich tat er einen Schritt in die Richtung, in der das von drei Laternen erhellte Zelt stand. Aber dann blieb er stehen, und Mr. Smith erhob sich, um zu sehen, was ihn hatte innehalten lassen: Es war der Anblick des Zimmermanns, des jungen Mannes, dem Jeffris mit Amputation gedroht hatte. Er kniete am Rand des Lichtscheins, den das Feuer warf, und ließ es, den Kopf mit den blonden Haaren bis zum Boden geneigt, zu, daß ihm der Anführer seinen Schwanz in den Hintern steckte.

»Möge Gott euch vergeben«, sagte Oscar Hopkins. Er sagte es mit hoher, klarer Stimme. Sie klang deutlich über den Lagerplatz, ähnlich dem schneidenden Ruf des Peitschenvogels im dichten Unterholz.

Einen Augenblick später brach alles in Gelächter aus – ein häßlicher Lärm, in dessen Durcheinander auch Geräusche zu hören waren, die an knallende Türen und schreiende Esel erinnerten. Aber eine Sekunde lang war es ganz still.

94
Wardley-Fishs Ankunft (I)

Nach vier Wochen auf See blickte Ian Wardley-Fish in den mit Silber unterlegten Handspiegel und sah über dem makellos weißen Stehkragen des Geistlichen ein feistes Gesicht mit wulstigen Lippen und weichlichen, wässrigen, blutunterlaufenen Augen, einen Hanswurst, der – noch während er von seinem Besseren Selbst zur Rechenschaft gezogen wurde – versuchte, sich mit Witzchen und Gegrinse einzuschmeicheln; doch es nützte ihm nichts. Wardley-Fish legte den Spiegel auf den Waschtisch und kniete, nachdem er seinen massigen Körper zwischen Waschtisch und Bett gezwängt hatte, auf dem Boden der Kabine nieder. Er gelobte Gott, daß er von nun an nicht nur Kartenspiel, Alkohol und schmutzigen Reden entsagen, sondern auch auf ein würdiges Betragen achten und die Gesellschaft der Herren Clarkson und Maguire meiden würde, jener beiden »Gentlemen«, mit denen er vor noch nicht einmal drei Stunden mit großem Vergnügen sechzehn Strophen von »Eskimo Nell« rezitiert hatte.

Der Kopf tat ihm schrecklich weh. Er hatte etwas getrunken, das Clarkson, der in Sydney eine Art Agent war, »Squatter's Punch« nannte. Es bestand aus Grenadine, Champagner und einem besonders ekelhaften australischen Rum, den Clarkson, der nach diesem Zeug süchtig war, mit nach London genommen hatte. Maguire, der aus Belfast stammte, behauptete, er könne alles trinken, aber der Squatter's Punch hatte ihn in die Knie gezwungen. Wardley-Fish spielte den »modernen Diener Gottes«. Er hatte sich gestern nacht selbst übertroffen.

Er hatte außerdem und nicht zum erstenmal wenig schmeichelhafte Dinge über die Knie seiner Verlobten gesagt. Das hatte er auch früher schon getan. Er hatte behauptet, der Anblick dieser Knie – der sich ihm bei einer Bootspartie auf der Serpentine zufällig und nur ganz kurz geboten hatte – sei es gewesen, der ihm diese Ehe unmöglich gemacht habe. Das stimmte nicht. Aber wenn er einen sitzen hatte, machte es ihm Spaß, Maguire und Clarkson Bilder in krassen Farben zu malen. Sie fanden ihn überaus modern. Aber fortan würde er sich dessen enthalten, und während sein Magen gegen den Geruch seines eigenen Nachttopfes rebellierte, gelobte er Gott, daß er sich von nun an wie ein Christenmensch und Gentleman betragen würde.

Noch während er dieses feierliche Versprechen ablegte, fürchtete er, er werde nicht die Kraft haben, es einzuhalten, und doch brach er es nicht, auch nicht als die Flattrigkeit seines Magens ihn nicht mehr in diesem Entschluß bestärkte.

Seine früheren Kaspereien hatten erhebliches Aufsehen erregt, und so machte seine innere Umkehr großen Eindruck. Als die *Sobraon* sich beim letzten langen Schlag in den Hafen von Sydney zur Seite legte, begannen die Powells und die Halfsmiths und sogar Miss Masterson sich von ihm zu verabschieden, und zwar mit jenem besonders herzlichen Lächeln, das man für jene reserviert, die den Weg zurück in den Schoß der Gemeinde schließlich doch noch gefunden haben.

Aber man sollte nicht glauben, wie gründlich man zwischen den hohen, gefährlichen Klippen an der Einfahrt zum Hafen von Sydney und dem ruhigen Wasser am Semi-Circular Quay seinen Ruf ruinieren kann. Die Entfernung beträgt nicht mehr als drei Seemeilen.

Das Problem war: Wardley-Fish wollte, daß man ihn mochte. Das war eine Schwäche, und er wußte es, aber nachdem er Clarkson und Maguire ohne weitere Erklärung geschnitten und so viele Wochen lang überhaupt nicht beachtet hatte, wollte er nun seinen Frieden mit ihnen machen.

Er konnte nicht auf eine Versöhnung hoffen und dann das Glas Rum ablehnen, das Clarkson ihm anbot. Dieser Rum war für Clarkson etwas sehr Spezielles. Er würde ihn niemals einem Steward anvertrauen. Er mußte aus einer silbernen Taschenflasche eingeschenkt und mittels einer Pipette mit einem Spritzer Nelkenlikör versehen werden. Nun war Wardley-Fish ein großer, breiter Mann, und seine Figur hatte – dank seiner kräftigen Oberschenkel und seines dicken Hinterns – eine gewisse Ähnlichkeit mit einem robusten Tonkrug. Normalerweise vertrug er Alkohol recht gut, aber diesmal, als er an der Reling der *Sobraon* stand und Rum trank, brauchte es nur zwei Schlucke, um ihm die Zunge schwer zu machen. Vielleicht war es die Aufregung, an diesem herrlichen, strahlenden Sonnentag endlich in den Hafen von Sydney einzulaufen, oder die Erleichterung, daß Clarkson (der eine gouvernantenhafte rote Nase und einen kleinen, mäkeligen Mund hatte) ihn so schnell wieder als Freund zu betrachten schien. Aber als Wardley-Fish bemerkte, er werde sein Abendessen im Pfarrhaus von Randwick einnehmen, sagte er »Farraus«.

»Sie sind betrunken«, sagte Clarkson mißvergnügt. »Also wirklich, ich verstehe das beim besten Willen nicht. Als wir miteinander Spaß hätten haben können, haben Sie uns geschnitten, und jetzt, wo – wer weiß? – Ihr Bischof am Kai auf Sie wartet, betrinken Sie sich.«

»Ich habe keinen Bischof.«

»Und Ihr Pfarrhaus in Randwick gibt's auch nicht mehr«, sagte Clarkson und sah auf seine goldene Taschenuhr, wie immer, wenn er den Eindruck von Autorität vermitteln wollte. »Das Pfarrhaus von Randwick ist bis auf die Grundmauern abgebrannt.«

»Nein«, sagte Wardley-Fish. Sein Mund stand weit offen.

»Wir sind direkt daran vorbeigefahren.«

»Sie halten mich zum besten.«

»Nein, ich schwöre es Ihnen«, sagte Clarkson, der die Überlegenheit des Alten Hasen über das Greenhorn bereits genoß. »Sie haben es doch sicher auch bemerkt.« Er zeigte zurück in Richtung Watsons Bay, das gute sechs Meilen von Randwick entfernt liegt.

»Sie sollten Ihr Gesicht sehen«, sagte Maguire.

»Und Sie sollten Ihr eigenes sehen, Sie Halunke«, sagte Wardley-Fish. »Ich merke schon, wenn man mich auf den Arm nimmt.« Und er ließ sich noch einen Rum einschenken; er hielt das Glas ganz ruhig, während der Nelkenlikör tröpfchenweise hinzugefügt wurde, und verstand nicht, warum diese Lüge sein Herz so heftig schlagen ließ. Er dachte: Ich frage mich, ob ich den guten alten Hibbel *wirklich* heute abend sehen werde. Er wird wohl gemütlich in seinem Pfarrhaus sitzen, mit einer alten Mrs. Williams, die ihn herumkommandiert und ihm vor dem Servieren sagt, er solle gerade am Tisch sitzen. Heute ist Samstag. Ich werde bis morgen warten. Ich werde warten. Ich werde in seine Kirche gehen und mir die Predigt anhören. Er wird hinabschauen auf all die Gesichter und wird mich da sitzen sehen. Ja, ja, so werde ich es machen.

Im Hafen war genug Wind, aber die Hälfte der Segel war eingeholt, und sie machten wenig Fahrt. Wardley-Fish wurde plötzlich von Ungeduld überwältigt. Er wollte an Land sein. Er wollte schlafen. Er wollte erwachen und feststellen, daß es morgen war, und in der Kirche von Randwick sitzen. Er ließ sich ein viertes Glas geben. Das Nelkenaroma verbesserte zweifelsohne den Geschmack. Er blickte über die Reling hinunter und sah, daß der Lotse, der vor der Einfahrt in die Heads an Bord gekommen war, das Schiff wieder verließ, bevor es den Kai erreicht hatte. Das Lotsenboot ging längsseits, um ihn aufzunehmen. Als der drahtige, graubärtige Lotse wieder auf seinem eigenen Deck stand, blickte Wardley-Fish auf und sah, daß keine zwanzig Meter hinter dem Lotsenboot eine ganze Reihe Barken vom Kai ins offene Wasser geschleppt wurden. Man brach zu einer Expedition auf: Pferde, Wagen, Männer, die wie Soldaten herausgeputzt waren, ein kleines Kerlchen, das aussah wie eine Figur aus einer Gilbert-und-Sullivan-Posse und ein riesiges Blechschwert umgeschnallt hatte. Und neben ihm sah Wardley-Fish dieses entsetzliche Rätsel, diese Vision des Mannes, den wiederzusehen er kaum erwarten konnte: den Hibbel, dessen Hühnerhals sich aus einem dieser schrecklichen roten Hemden reckte und über dessen schmaler Brust alberne Hosenträger gekreuzt waren.

»Oh, nein«, sagte er. »Das ist mein Freund«, sagte er zu Clarkson, der zwar nickte, aber nicht zu begreifen schien, was man zu ihm sagte. »Mein Freund«, sagte er zu dem kleinen, dicklichen Maguire, der sich den Bauch rieb, als ginge es um etwas Eßbares oder den Mangel an etwas Eßbarem, nicht aber um dies: daß der Mann, der in einer schwarzen Soutane auf der Kanzel stehen sollte, hier, vor ihren Augen, in einem Boot vorbeifuhr.

»Hopkins«, brüllte Wardley-Fish. Er legte die Hände trichterförmig vor den Mund und rief noch einmal: »Mr. Oscar Hopkins!«

»Wer sind diese Burschen?« fragte Maguire. Er hatte ein kleines Teleskop aus Messing, das er stets mitnahm, wenn er an Deck ging. Jetzt setzte er es ans Auge und richtete es auf die Boote.

»Da ist mein Freund«, sagte Wardley-Fish. »Mr. Hopkins, der Gemeindepfarrer von Randwick.«

»Dann winken Sie«, sagte Clarkson und machte es ihm vor. »Juuhuu«, rief er in einer überzogenen Imitation einer Frau. »Juuhuu, Mr. Randwick!« Er drehte sich zu Wardley-Fish um. »Winken Sie«, sagte er. »Ihr Freund bricht zu einer Expedition ins Landesinnere auf. Winken Sie, Fish. Sie werden ihn erst in einem Jahr wiedersehen.«

Wardley-Fish sah Clarkson an und wußte, daß Clarkson ihn nicht mochte, ihm nicht verziehen hatte und ihm nie verzeihen würde.

»Lügner«, sagte Wardley-Fish.

»Wie bitte, Sir?«

»Unsinn«, korrigierte sich Wardley-Fish, der es sich nicht leisten konnte, mit dieser Art von Geplänkel Zeit zu verschwenden, sondern herausfinden mußte – und zwar schnell –, ob man ihn auf den Arm nahm oder nicht.

»Ist er jemand Berühmtes?« fragte Maguire, nahm seine Brille ab und stellte das Fernrohr ein.

»Ist das wahr?« fragte Wardley-Fish leise und höflich.

Clarkson schenkte sich Rum ein, bot ihm aber nichts an. »Sehen Sie den Wagen da?« sagte er und wies mit der Pipette darauf. »Den mit den beiden ineinandergestapelten Booten? Sehen Sie ihn? Dann verraten Sie mir, Fish: Warum sollte einer einen solchen Wagen mitnehmen, es sei denn, er geht auf eine Expedition? Und zum Donner, Mann, sehen Sie sich die Truppe doch an. Haben Sie je so viele Zinnsoldaten auf einem Haufen gesehen?«

Die Barken wurden von einem kleinen Dampfschiff hinausgeschleppt. Wardley-Fish zog sein Jackett aus und legte es lose über die Reling. Er nahm den Priesterkragen ab und legte ihn auf das Jackett. Er steckte die Kragenknöpfe in die Tasche.

Niemand achtete auf ihn, nicht einmal als er schrie: »Mr. Oscar Hopkins!«

Clarkson nippte an seinem Rum mit Nelkenlikör. Maguire lehnte mit seinem Bauch an der Reling und stellte das Fernrohr ein. Wardley-Fish kletterte auf die Reling und sprang, nachdem er seine Schuhe vor den Augen von Miss Masterson, der Halfsmiths *et al.* ausgezogen hatte, kopfüber in das Wasser des Hafens von Sydney.

Er war der »Ertrinkende«, den man mit einem Bootshaken herausfischte.

95
Wardley-Fishs Ankunft (II)

Der Mann, den sie vor dem Ertrinken bewahrt hatten, besaß – so behauptete jedenfalls Alfred Spinks, der Matrose, der ihn so geschickt an den Haken genommen hatte – einen Hintern wie ein Pferd und war so schwer, daß man sich glatt einen Bruch an ihm heben konnte. Der Haken durchstieß den Hosenstoff, ohne daß der weiche weiße Hintern des Gentleman auch nur einen Kratzer bekam. Der Mann war vor dem Ertrinken gerettet worden, wollte aber keine Belohnung herausrücken. Er war ein Greenhorn von der aufgeblasenen Sorte, bestimmt einer von denen, die Geld aus der Heimat bekamen, und jetzt hatte er keinen Penny in der Tasche und roch nach billigem Rum.

Alfred Spinks, dessen Rettungsarbeit nun getan war, stand im Ruderhaus und stemmte sich gegen das Rad, um das Boot nach Steuerbord zu lenken. Sie würden jetzt im Kreis fahren, während der schielende Captain Simmons – er war der ledrige, eingeschrumpelte Lotse mit dem silbrigen Bart – dem Mann ein paar Fragen stellte. Das würde einen Heidenspaß geben, denn Captain Simmons hatte für Belohnungen genausoviel übrig wie jeder andere, und er besaß eine heftige Abneigung gegen Greenhorn und eine noch heftigere Abneigung dagegen, Befehle zu bekommen, und jetzt wandte er dem Geretteten bereits sein schielendes Auge zu, während er mit dem anderen dem erwartungsvollen Alfred Spinks zuzwinkerte.

Der Gerettete hatte einen Goldzahn und am Rand seines blonden Bartes einen Leberfleck, den man leicht für eine Zecke halten konnte. »Ich bitte Sie nur noch ein einziges Mal«, sagte der aufgeblasene Kerl – man hätte meinen können, er sei ein verdammter Richter – »ich bitte Sie nur noch ein einziges Mal, mich an die Stelle zu bringen, wo die Boote der Expedition landen werden.«

Er benahm sich so verdammt fein und würdevoll. Es war eine Schande, daß man seine Brustwarzen durch das Hemd schimmern sehen konnte. Es war schockierend, daß er all das stinkende Wasser heraushusten und ausspucken mußte.

Captain Simmons setzte sich leutselig neben den tropfnassen Mann. Über ihm rülpste der Schornstein schwarzen Ruß in den Himmel. »Ich wußte gar nicht«, sagte der Lotse, »daß Sie ein hoher Offizier sind.«

»Ein hoher Offizier?«

»Ja, Sir, ein hoher Offizier. Ein Admiral oder Vizeadmiral, jemand, der – unter bestimmten Umständen – berechtigt ist, dem Kapitän eines Lotsenbootes Befehle zu erteilen.«

»Ich bin ein Gentleman, Sie Schuft«, sagte Wardley-Fish.

»Sie sollten mich nicht Schuft nennen, Sir. Ich bin Kapitän.«

Diese Antwort ließ Wardley-Fish die Augen zusammenkneifen. Wenn es in Neusüdwales überall so zuging, dann, ja, dann war es geradezu unerträglich: Nichts würde hier je erledigt werden. Man konnte doch nicht mit einem Mann diskutieren, ob er ein Schuft war oder nicht.

»Ich bin ein Gentleman«, sagte er.

»Und ich bin ein Kapitän, und ich werde Sie nicht zur anderen Seite des Hafens übersetzen, sondern zusammen mit Ihnen dem anderen Kapitän einen Besuch abstatten.«

»Was für einem anderen Kapitän, Mann?«

»Dem Kapitän der *Sobraon*, dem Kapitän, von dessen Schiff Sie soeben fliehen wollten.«

Wardley-Fish sprang auf, aber das verflixte Boot war so klein, daß er nirgendwo hingehen konnte. Mit zwei Schritten war er am Ruderhaus, wo er in die hellen Opossumaugen von Alfred Spinks sah. Er blickte hinauf zur *Sobraon*, aber die Decks waren jetzt voller Gesichter – allesamt aufmerksame Zeugen seiner öffentlichen Schande.

»Ich bitte Sie, Mann«, zischte er Captain Simmons zu.

Ein Lächeln regte sich in den Tiefen von Captain Simmons silbernem Bart.

»Sie sehen eigentlich nicht aus wie einer, der bittet«, sagte Captain Simmons und begann, mit einem dicken schwarzen Daumen Tabak in seine Pfeife zu stopfen.

Wardley-Fish blickte noch einmal zurück auf die Decks der *Sobraon*. Er sah Miss Masterson, in die verliebt zu sein er vor kaum fünf Wochen noch geglaubt hatte. Sie wendete ihren Blick nicht ab, aber sie lächelte auch nicht. Sie musterte ihn von dort oben, als wäre er irgendeine Art von Beutelratte.

Die Barken waren jetzt eine Viertelmeile entfernt. Wardley-Fish erwog, ihnen nachzuschwimmen, wußte aber, daß er dafür zu betrunken war.

»Warum sind Sie so hartherzig?« fragte er den Kapitän.

Captain Simmons fand das ziemlich stark: hartherzig. Er sagte aber nichts.

»Wenn Sie ein Kapitän sind«, sagte dieser Gentleman, »dann müssen Sie der begriffsstutzigste Kapitän weit und breit sein. Ich habe Ihnen doch schon einmal gesagt, und Ihrem Matrosen hier zweimal: Ich will nur zu meinem Freund. Er ist da drüben. Da fährt er. Ich habe die weite Reise von London hierher gemacht, um ihn zu sehen. Und da ist er, verdammt, und Sie wollen mich nicht hinbringen. Bringen Sie mich hin, bitte, ich flehe Sie an«, rief Wardley-Fish, aber sein ganzes Auftreten entsprach, wie Captain Simmons bereits bemerkt hatte, nicht dem eines Mannes, der bittet.

»Er war also unterwegs, um einen *Freund* wiederzusehen«, rief Captain Simmons seinem Matrosen zu. »War das so?«

»Sie wissen, daß es so war«, sagte Wardley-Fish.

»Trotzdem, müssen Sie wissen, habe ich das verflixte Gefühl, daß es da ein Problem mit einem Freund *dahinten* gibt, ein Problem wie zum Beispiel ein paar kleine Spielschulden oder irgendeine Vereinbarung zwischen Ihnen und dem Zahlmeister der *Sobraon,* irgendeine Kleinigkeit eben, die bewirkt hat, daß dieser ›Freund‹ auf der Barke da drüben aussieht wie ein Mann, mit dem Sie ganz dringend sprechen müssen, wenn Sie verstehen, was ich meine.«

»Oh, was für gemeine, niederträchtige Dinge Sie denken«, rief Wardley-Fish. »Wollen Sie Geld? Ich gebe Ihnen fünf Pfund, wenn Sie mich dorthin bringen, wohin die Barken verschwunden sind.«

Captain Simmons erhob sich langsam. Er steckte die Pfeife in die Hosentasche. »Zehn Pfund«, sagte er.

Wardley-Fish wurde von einem Strudel verschiedener heftiger Gemütsbewegungen erfaßt: Da waren die Empörung, daß man ihm zehn Pfund abnahm, das plötzliche Bewußtsein, daß er die zehn Pfund nicht bei sich hatte, sondern daß sie in seinem Jackett an Bord des Schiffes waren, das Wissen, daß der hakennasige kleine Kerl ihm mit dem größten Vergnügen jeglichen Kredit verweigern würde, die Demütigung, die es bedeutete, vor den Augen des ganzen Schiffes Schande über sich zu bringen, die Trauer darüber, daß er seinen Freund verpaßt hatte, die

Angst, es könnte durchaus nicht alles in Ordnung sein mit dem Hibbel, der mit diesem lächerlichen Hemd und den gekreuzten Hosenträgern wie ein armes Hühnchen ausgesehen hatte, das man für den Kochtopf dressiert hatte. Dies alles, und nicht seine schlichte Abscheu vor den hinterhältigen Sticheleien des Lotsen, führte dazu, daß er den Mann mit einem Bärengriff packte und hochhob und ihn dann mit einem Schrei, den alle an Bord der *Sobraon* hören konnten, ins Wasser warf.

Dieser Zwischenfall zog Komplikationen nach sich, die zur Folge hatten, daß Wardley-Fish zwei Tage im Gefängnis von Sydney verbrachte. Am dritten Tag brach er auf, um nach Mr. Jeffris' Expedition zu suchen.

96
Laudanum

Drei Tage lang hatte er sich Laudanum einflößen lassen, weil Percy Smith ihn flehentlich darum gebeten hatte, aber nun war er fest entschlossen, es nicht mehr einzunehmen. Er vertrug es nicht. Es gab ihm unheimliche Träume. Er wurde fahrig, und ihm war oft übel. Außerdem bekam er schwere Verstopfung, und nun hatte er auch noch Hämorrhoiden, und sein Arschloch juckte und blutete ständig. Er hatte noch nie Hämorrhoiden gehabt und befürchtete ein weit ernsteres Leiden. Er träumte von Blut und Scheiße, von dem in den Hintern gefickten Zimmermann und den Straßen, auf denen sie sich, immer auf dem Kamm der Höhenzüge, von Sydney entfernten und die ihm in seinen Phantasien wie die herausgezerrten Gedärme eines geschlachteten Tiers vorkamen.

Die anderen hatten sich alle gewaschen. Er hatte sich nicht gewaschen. Er wollte nicht nackt vor ihnen stehen. Er spritzte sich Wasser ins Gesicht, auf die Unterarme und Waden, aber der Rest seines Körpers fühlte sich an, als wäre er mit einem schmierigen, klebrigen Film überzogen. Die anderen fanden seine Schamhaftigkeit irgendwie beleidigend. Mr. Jeffris deutete an, es sei in seinem eigenen Interesse, »den Männern zu zeigen, daß Sie ordnungsgemäß ausgestattet sind«.

Oscar hatte noch nie zuvor jemanden gehaßt (nicht einmal die Jungen, die ihn gezwungen hatten, einen Stein zu essen, oder die Kommilitonen, die in seinem Zimmer in Oriel Ratten losgelassen hatten), aber er haßte Mr. Jeffris, der jetzt, am vierten Morgen ihrer Reise, durch das tote, braune, taunasse Gras stolzierte und an seinen »Soldaten« und ihren Wagen etwas auszusetzen fand.

Oscar und Mr. Smith standen neben ihrem Wagen. Mr. Smith hatte die Laudanum-Flasche auf die eiserne Trittstufe gestellt und den Trichter in die Tasche seiner Drillichhose gesteckt.

»Ich bin nicht stark genug, mich ihm zu widersetzen«, sagte er und verschränkte seine kräftigen, blondbehaarten Arme.

»Dann werden wir eben so tun als ob«, sagte Oscar. »Sie werden so tun, als ob Sie gießen, und ich werde so tun, als ob ich schlucke.«

»Nein«, sagte Percy Smith. »Das merkt er.«

Percy Smith hatte ein freundliches, anständiges Gesicht, ein Gesicht, dem man ganz von allein unbedingt vertrauen würde. Aber Mr. Jeffris besaß so viel Macht über ihn, daß Oscar sich, als er in sein Gesicht sah, an ein Kaninchen auf einem Labortisch erinnert fühlte, dem man Stromstöße aus einer galvanischen Zelle verabreichte.

»Er ist mein Chef«, sagte Percy Smith in flehentlichem Ton und blinzelte.

»Sehen Sie ihn sich doch an. Er ist zu beschäftigt, um irgend etwas zu merken.«

Mr. Jeffris stand am ersten Wagen und zog gerade an einem Seil, so daß ein riesiges bauchiges Bündel aus Segeltuch zu Boden fiel.

»Wenn Sie seine Befehle ändern wollen, müssen Sie das mit ihm besprechen.«

»Lieber Himmel«, rief Oscar verzweifelt. »Sie waren doch dabei, als ich das versucht habe.«

»Ja, er hat gesagt, das könne nur in Anwesenheit von Miss Leplastrier geschehen. Er läßt sich von Ihnen keine Anweisungen geben. Aber ich muß seine befolgen. Lieber Mr. Hopkins, Sie sind ein guter Mensch ...«

»Ein zorniger Mensch.«

»Ein guter Mensch, und ich kann Sie nur bitten«, sagte Percy Smith, legte seinen Arm verstohlen um Oscars Schultern und packte plötzlich mit eisernem Griff sein Kinn, »mir zu verzeihen.«

»Nein«, sagte Oscar. Sein Hinterkopf wurde fest gegen die Schnalle von Mr. Smiths gekreuzten weißen Hosenträgern gepreßt. Er wurde nach hinten, aus dem Schatten der Wagen, und zu Boden gezogen. Ein Streifen Sonnenlicht lag auf seinem wachsbleichen Gesicht. Eine Schmeißfliege landete auf seiner Nase. Er versuchte, sie mit einer Handbewegung zu verscheuchen. Mr. Smith packte mit der anderen Hand sein Handgelenk. Die zwei Ochsen vor dem Wagen des Zimmermanns schissen gleichzeitig. Mr. Jeffris brüllte den Koch an und drohte, ihn ohne Stiefel marschieren zu lassen. In diesem Augenblick, als Percy Smith sein Kinn umklammert hielt, dachte Oscar: Ich weiß nicht mal, wo ich eigentlich bin.

Percy Smith hatte den Trichter in der Hand und preßte ihn gegen seine Lippen. Oscar öffnete den Mund. Der Trichter stieß gegen seine Zähne. Er machte den Mund noch weiter auf. Das Zahnfleisch war bereits verletzt. Er konnte das Blut schmecken. Percy Smith roch aus dem Mund. Er hatte seine Knie in Oscars Kniekehlen gedrückt und zog ihn hintenüber.

»Nein«, sagte Oscar, oder vielmehr: er versuchte es zu sagen, denn schon bei dem Versuch zu sprechen würgte es ihn in der Kehle.

Percy Smith legte ihn auf den Boden. Oscar wehrte sich nicht. Sein Freund setzte ihm ein Knie auf die Brust. Er hatte die bauchige Tonflasche mit der braunen Aufschrift »Manufacturing Chemists« in der Hand. Er zog den Korken mit den Zähnen heraus. Und dann, bevor er das Laudanum durch den Trichter fließen ließ, stellte er die Flasche ab. Er strich Oscar mit dem Handrücken über die Wange. Es war ein seltsames, zärtliches, liebevolles Streicheln. »Um nichts in der Welt«, sagte Percy Smith, »würde ich Ihnen das antun.«

Und dann goß er das Zeug in den Trichter.

Oscar trat mit seinen Stiefeln aus. Er stieß ins Leere. Er haßte Percy Smith.

97
Ein Entdecker

Bevor er das Pech gehabt hatte, sich eine Kirche aus Glas vorzustellen, und daher gezwungen gewesen war, sich auf diese Reise zu begeben, hatte Oscar nur sehr wenig von der Welt gewußt. Seinem Wesen entsprach es von Natur aus mehr, sich in ein kleines Eckchen zu verkriechen, und so hatte er selbst in Oriel – das bei vielen als zivilisierte und gefahrlose Umgebung galt – seine fest abgesteckten Pfade gehabt, zu deren Seiten weite unerforschte Gebiete lagen, die zu erkunden ihm entweder der Mut oder das Interesse fehlte.

Seine Kenntnis von Hennacombe beschränkte sich auf zwei Haushalte und ein paar kaum einen halben Meter breite Wege aus rotem Staub. Und obwohl er in seinen Briefen in die Heimat so getan hatte, als wüßte er über Sydney bestens Bescheid, obwohl er frohgemut die gängigen Gemeinplätze ausgebreitet hatte (so zum Beispiel, daß es ein Paradies für Arbeiter sei), hatte er nichts von dieser Stadt gekannt.

Jetzt fühlte er sich, als hätte man ihn in einen Sumpf geworfen, und nicht im Traum wäre ihm eingefallen, daß er seinen schnaufenden, wundgerittenen Freund, den verwirrten Wardley-Fish, durch den Dreck hinter sich herzog. Er fühlte sich wie Käfer, der in den blutigen Eingeweiden irgendeines fremdartigen Tieres herumkrabbelte. Und alle Vorstellungen, die er gehegt hatte – nämlich, daß der Busch, nach den Stahlstichen in der *Sydney Mail* zu urteilen, ein reiner und unverdorbener Ort voller Farne und Wasserfälle sei –, erwiesen sich bald als völlig falsch. Es gab natürlich Farne und Wasserfälle. Es gab auch Schwärme herrlicher Vögel, aber das war nicht das Entscheidende.

Bei Maitland war Wardley-Fish nur eine Tagesreise hinter ihnen gewesen, aber dann hatte es im sogenannten Grand Hotel eine Kartenrunde mit ein paar Siedlern gegeben. Er hatte versucht, sich wieder auf den Weg zu machen, aber er hatte zuviel gewonnen gehabt, und seine Mitspieler hatten nichts davon wissen wollen. Als das Spiel schließlich beendet war, hatte Mr. Jeffris' quietschende, peitschenknallende Karawane einen weiten Vorsprung: Sie zog, irgendwo nördlich von Singleton, durch brennende Hügel. Die Augen des Hibbels tränten. Seine Lunge rebellierte. Der hart gefederte Wagen holperte und sprang über steinige Wege oder fuhr schmatzend durch furzsauer stinkenden Matsch. Der Hibbel saß auf einem hölzernen Kutschbock und knöpfte sich das langärmlige Hemd zu, um sich vor der Sonne und den Moskitos zu schützen. Er tröstete den stämmigen Percy Smith. Er versicherte ihm, ihm sei vergeben. Die Luft war erfüllt von Flüchen, von einem solchen Haß auf Gott, daß nach Oscars Meinung die Hölle der rechte Ort dafür gewesen wäre. Sie fuhren hinter dem Wagen des Quartiermeisters, in einer Wolke vom Gestank des verdorbenen Fleisches, aus dem ihre Mahlzeiten bestanden. Sie fuhren an häßlichen Holzstapeln vorbei, an großen Waldbäumen, welche die Siedler, die es nicht erwarten konnten, ihre Felder zum ersten Mal zu bestellen, zu Haufen aufgeschichtet hatten.

Auf einer hübschen Lichtung, neben den weißen Stämmen einiger Kajeputbäume, sah Oscar, wie ein Mann an einen Baum gebunden und ausgepeitscht wurde, bis er einen glänzenden roten Mantel um die weißen Schultern trug und ein feuchter brauner Fleck auf seiner Anthony-Hordern-Drillichhose erschien. Oscar betete zu Jesus, aber gegen den Geruch nach Scheiße konnte kein Gebet etwas ausrichten.

Er vergab Mr. Smith. Wie denn auch nicht? Er war ja Zeuge von Verbrechen, die weit schlimmer waren als seine. Er ließ sich das Laudanum einflößen. Er legte sich ins Gras und ließ sich den Trichter in den Mund stecken. Er hatte seltsame Laudanum-Träume und noch andere Gedanken, die nicht so leicht einzuordnen waren.

Wenn man Sydney aus der Erde reißen würde, dachte er, wie ein Organ, das man einem Menschen ausreißt, dann würden all diese Straßen und Flüsse mit herausgezerrt werden wie Wurzeln, wie Kanäle, wie Arterien. Er sah den großen haarigen, fleischigen Klumpen, der Sydney war, sah die Flüsse schieben und drücken, sah die langen, glitschigen gelben Wege und Straßen, die Ähnlichkeit mit dem Zeug hatten, aus dem Metzger Würste machten.

Er sah all das, sah auch Percy Smiths unglückliche, stumpfe, blinzelnde Augen, während der an seiner kurzen, schwarz gerauchten Pfeife herumfingerte.

Er sah, wie sein Vater Motten tötete, indem er ihnen Kupfernadeln in die Augen stach.

Er träumte von riesigen Meeresmuscheln, die weich waren wie gefütterte Damenjacken – blaßrosa, lila, lindgrün – und die von den Wellen an den Strand von Devonshire gespült worden waren.

Er hatte ekstatische Träume, in denen Wasser eine Rolle spielte, und in einem davon nahm sein Körper die Form eines Flusses an.

Sein Arschloch juckte. Sein Kopf wurde hin und her gerüttelt und nach vorn geworfen. Durch alle körperlichen Beschwerden hindurch drangen seine Träume zu ihm, wie komplizierte Melodien, gespielt von einem Mann, der auf einem Bett aus Nesseln ruht.

Er träumte, er sei irgendwie in dem Aquarium seines Vaters. Das kühle Wasser tat seiner prickelnden Haut wohl. Er konnte das weise und lächelnde Gesicht seines Vaters erkennen, das ihn ansah. Er konnte verschwommen die Außenwelt erkennen, den Stuhl und die Arbeitstische im Studierzimmer seines Vaters. Sonnenlicht strömte durch ein Fenster herein. Er dachte: Das Fenster geht nach Norden. Er war sehr glücklich, denn das bedeutete, daß sein Vater sich nun auf der südlichen Erdhalbkugel befand.

Aber es war Wardley-Fish, der sich auf der südlichen Erdhalbkugel befand. Er war einen schnellen Tagesritt hinter den Wagen. Er saß auf einem müden Pferd, besaß aber genug Geld für ein frisches. Auf dem flachen, sandigen Weg über dem Macleay ließ er das naßgeschwitzte Tier im Schritt gehen. Der Weg führte durch ein Kajeputgestrüpp. Wardley-Fish kam um eine Kurve und stand vor einem Mann, der sich ein Taschentuch vor das Gesicht gebunden hatte. Als der Mann seine Pistole zog, flogen hinter seiner Schulter bunte, laute Vögel über den Weg.

Oscar hatte Träume, durch die Teile der wirklichen Welt stolperten, wie Pferdehufe, die in den Rissen in ausgetrocknetem Lehm steckenbleiben. In diesen Träumen kamen das Filigran riesiger Bäume, die sich gegen den Himmel abhoben, und Bärte und Flüche und die deutschen Choräle des Pflanzensammlers vor.

Aber nur der längste und schönste Traum hob ihn über den schüttelnden, holpernden Rhythmus des Wagens hinaus. Er träumte von einem Glashaus, das wie eine ganz glatte Träne geformt war; die Träne hing in einem Drahtnetz; das Netz wurde von gußeisernen Stangen gehalten, die von einer Klippe über das Meer ragten. Weit unten, auf dem Sand, lagen die Überreste seiner anderen Träume: diese riesigen rosigen Muscheln, die Knöpfe seiner Mutter, eine Sherryflasche.

In seinem Traum hatte er einen Gedanken, der sich immer und immer wieder um sich selbst drehte wie ein Korkenzieher aus schimmerndem Stahl. Der Gedanke war: Ich habe keine Angst.

Wardley-Fish kehrte in Gesellschaft eines reisenden Stoffhändlers exotischer Abstammung nach Sydney zurück. Für die Hose, die er trug, war er dem Mann zu Dank verpflichtet.

98
Ein alter Eingeborener

Der Sand für unsere Glashütte kam nicht aus Bellingen, sondern aus Yellow Rock. Das liegt an der Küste, nicht weit von der Stelle, wo Mr. Jeffris' Expedition schließlich den Busch hinter sich ließ.

Der Sand von Yellow Rock ist nicht so gut wie der von der Botany Bay, auf den Dennis Hasset und andere vor ihm die Glasmacher in London und Sydney aufmerksam zu machen versuchten, aber er ist ziemlich gut. Aus ihm macht man Glas mit einem leichten Gelbschimmer, und der verleiht, wie man sehen kann, wenn man einen Blick durch die Fenster der alten Farmhäuser im Bellingertal wirft, dem Kikuyugras ein besonders saftiges Grün.

Der Sand wurde in großen Behältern aus Wellblech gelagert, und wenn der Vorrat zur Neige ging, stellte mein Vater ein paar Männer an, und dann zogen wir mit drei Wagen nach Yellow Rock und beluden sie. Ich sage »wir«, weil ich ebenfalls mitkam, sogar – und ich weiß gar nicht, wieso das so war, sondern nur, daß es eben so war – sogar an Schultagen. Wir übernachteten im »Old Black's Camp«.

Das »Old Black's Camp« bestand aus sieben Schalbretterhütten, die in einer Reihe standen. Sie waren im Stil jener sogenannten »Schutzräume« gebaut, die man noch immer auf jedem australischen Schulhof findet. Es waren trostlose Behausungen, ausgestattet mit einem »Zimmer«, einer Tür, drei Stufen und einem Fenster. Hier lebten – und starben – die letzten Kumbaingiri.

Der einzige, an den ich mich erinnern kann, ist der, den sie Kumbaingiri-Billy nannten. Geläufiger war der Name Come-and-get-it-Billy. Wie er wirklich hieß oder auch nur wie alt er war, weiß ich nicht.

Mein Vater mochte Kumbaingiri-Billy. Er brachte ihm immer Speck mit. Ich glaube, sie waren Freunde, richtige Freunde. Sie tranken Tee miteinander. Mein Vater machte nie Witze über ihn. Einmal sagte er: »Kumbaingiri-Billy hat in seinem kleinen Finger mehr Grips als alle Kreisräte zusammengenommen.«

Als ich zehn war, erzählte Kumbaingiri-Billy mir die Geschichte »Wie Jesus nach Bellingen gekommen, lang her«. Später machte ich spöttische Witzchen darüber, und mein Vater zog mir mit dem Kabel des

Wasserkochers eins über die Beine. Ich hab nie wieder Witze darüber gemacht, obwohl er die Geschichte noch ein paarmal erzählte. Kumbaingiri-Billy muß sie zum erstenmal als kleiner Junge gehört haben, und wenn ich's recht bedenke, stammt sie wahrscheinlich nicht von den Kumbaingiri, sondern von den Narcu, die Mr. Jeffris in Kempsey zwang, die Expedition auf dem letzten Abschnitt der Reise zu führen. Aber vielleicht ist es auch gar nicht dieselbe Geschichte. Die Behauptung, »unsere Leute hatten noch nie weiße Männer gesehen«, deutet auf eine Zeit vor 1866 hin und auf eine Entstehungsgeschichte, die zu komplex ist, als daß ich sie erforschen könnte.

99
Glas schneidet

Die weißen Männer kamen aus den Wolken um den Mount Darling. Unsere Leute hatten noch nie weiße Männer gesehen. Wir dachten, sie sind Geister. Sie kamen durch den Kajeputwald und zerrten die Kisten hinter sich her und schrien. Die Vögel fingen an zu kreischen. Was für einen Krach die machten. Als würden zwanzig Warane auf einmal kommen, um ihre Nester auszurauben. Und dabei war noch gar keine Brutzeit.

Wir dachten, sie wären Geister. Sie kletterten auf Hügel und fällten Bäume. Sie fällten sie nicht, um an Honigwaben zu kommen. Auf den Bäumen, die sie fällten, waren gar keine Bienennester. Sie ließen die Bäume einfach liegen. Sie hatten sie gefällt, damit sie eine Karte zeichnen konnten. Sie machten Vermessungen mit Maßbändern und Fernrohren auf Gestellen, aber wir verstanden nicht, was sie da machten. Wir sahen die toten Bäume. Bald kamen andere weiße Männer und schälten bei den anderen Bäumen ringsum die Rinde ab, so daß sie starben. Diesmal machten wir ein Lied darüber:

Wo sind die Bienen, die hier flogen?
Die Geister haben sie verjagt.
Sie sind zornig auf uns.
Sie nehmen uns das Feuerholz, wenn sie zornig sind.
Es werden nie mehr Bäume wachsen.
Wir trauern um unsere Wälder, aber der dunkle Geist wird sie uns nicht zurückgeben.
Der Geist ist zornig auf uns.

Die weißen Männer sprachen mit zwei Männern vom Narcu-Stamm. Es waren zwei junge Männer. Sie gaben den weißen Männern ein großes Känguruh und ein paar Coberra-Würmer. Die weißen Männer wollten die Coberra-Würmer nicht essen. Sie wollten, daß die Narcu-Männer sie zu den Kumbaingiri führten, obwohl die Narcu-Männer noch nie einem von diesem Stamm begegnet waren. Die Kumbaingiri waren Nachbarn, aber wir machten keine Besuche.

Die Narcu-Männer sagten: »Wartet hier.«

Sie gingen zurück zum Stamm, und die Ältesten hielten eine große Beratung ab, und dann sagten sie zu den beiden jungen Männern: »Seht zu, daß diese Saukerle möglichst schnell von hier verschwinden.«

Und das taten die jungen Männer. Sie zeigten ihnen den Weg, obwohl das nicht leicht war. Sie hatten sieben Wagen. Manchmal sagte der Boss: »Hier machen wir Lager.« Und dann galoppierte er los und fällte Bäume und zeichnete noch mehr Karten. Dann kam er zurück und sagte: »Ihr habt recht, wir fahren weiter.«

In diesen Lagern hörten die jungen Männer von Jesus. Es war das erste Mal, daß sie davon hörten. Man erzählte ihnen, wie Jesus ans Kreuz genagelt worden war. Der Pfarrer erzählte ihnen das. Immer wenn sie einen Fluß überquerten, mußte dieser Mann sich erst auf den Rücken legen. Dann steckten sie ihm einen Trichter in den Mund und füllten ihn mit Schnaps ab. Er muß betrunken gewesen sein, aber den jungen Männern bot man nie etwas an, und so wußten sie nicht, was er da trank.

Der Pfarrer erzählte ihnen die Geschichte vom heiligen Barnabas, der von den Löwen gefressen wurde. Er erzählte ihnen die Geschichte der heiligen Katharina, die unter dem Messerrad gestorben war. Er erzählte ihnen die Geschichte vom heiligen Sebastian, der von Speeren durchbohrt worden war.

Die Narcu-Männer verstanden natürlich vieles falsch, aber viele Dinge verstanden sie auch sehr gut. Etwas, das sie nicht verstanden, waren die Kisten auf den Wagen: Sie dachten, sie hätten irgend etwas mit den Geschichten zu tun. Sie dachten, sie wären heilig. Sie dachten, sie wären die Träume der weißen Männer.

Auf dem Weg vom Mount Leadenhall hinunter ins Tal war es so steil, daß sie die Wagen mit Seilen und Flaschenzügen hinablassen mußten. Es war ein großes schreckliches Durcheinander, mit Seilen, die um Bäume gewickelt waren, und Ochsen, die bergauf zogen, damit die Wagen langsam hinunterrollten. Es gab einen Unfall. Eine der Kisten fiel vom Wagen. Sofort machten die weißen Männer sie auf. Natürlich waren die Narcu-Männer sehr neugierig, was darin war.

Wißt ihr, was sie sahen? Es war Glas. Bis dahin hatten sie noch nie Glas gesehen. Unten in Kempsey und Port Macquarie gab es Fenster aus Glas, aber dort waren diese beiden noch nie gewesen. Sie sahen, daß das

Glas scharf war. Das war das erste, was sie merkten: Es schneidet. Schneidet Bäume. Schneidet in die Haut der Stämme und Clans.

Als die weißen Männer über den Mount Dawson ziehen wollten, wollten die Narcu-Männer sie davon abhalten. Der Mount Dawson war heilig. Die jungen Männer durften nicht dorthin. Es war gegen ihr Gesetz. Da erschoß der Anführer der weißen Männer mit seiner Pistole einen der Narcu-Männer. Der andere Narcu-Mann hieß Odalberee. Dieser Odalberee führte sie also über den Mount Dawson und hinunter ins Bellingertal. Er machte ein Lied.

Glas schneidet.
Wir haben es noch nie zuvor gesehen.
Jetzt ist es hier unter uns.
Den Fremden ist es heilig.
Glas schneidet.
Glas schneidet Känguruh.
Glas schneidet Beuteldachs.
Glas schneidet Gras und Bäume.
Macht schnell, Fremde.
Geht schnell zu den Kumbaingiri.
Verlaßt uns, gute Geister, geht, geht.

Odalberee führte sie hinunter zur Küste bei Uranga. Er dachte, es wäre das beste, sie ans Meer zu bringen, damit sie wegfahren konnten. Aber am letzten Abend, als sie schon fast da waren, merkten die Kumbaingiri, daß Fremde auf ihrem Gebiet waren. Die Kumbaingiri kamen nachts mit Fackeln. Sie kamen durch den Busch, um mit den Fremden zu reden. Aber die Fremden bekamen Angst. Auch Odalberee bekam Angst. Die Männer der Kumbaingiri verstanden ihn nicht. Dann wurde viel geschossen.

Der Pfarrer geriet ganz außer sich. Er schrie. Er rannte herum.

Der Anführer der weißen Männer sagte: »Bindet den Kerl an.«

Sie banden ihn in einer Senke an einen Baum. Zwei Männer blieben bei ihm, damit ihm nichts passierte. Die anderen gingen zurück und schossen weiter mit Gewehren auf die Kumbaingiri. Man konnte den rothaarigen Mann schreien und jammern hören. Er hörte sich an wie ein Geist in der Nacht.

Am nächsten Tag ging Odalberee weg und fand die Kumbaingiri wieder. Er erzählte ihnen alles, was ihm geschehen war. Er schnitt sich. Er hatte Glas mitgebracht, eingewickelt in eine Opossumhaut. Es machte ihn krank, daß er schuld war an so viel Tod. Er schnitt sich nicht nur in die Brust, sondern auch in die Arme. Er schnitt sich mit dem Glas.

Nach kurzer Zeit wurde Odalberee sehr krank. Keiner konnte ihn heilen. Bald darauf starb er.

Das Glas wurde von den Ältesten der Kumbaingiri noch lange aufbewahrt, aber nicht bei den heiligen Dingen. Es wurde woanders aufbewahrt, irgendwo, wo man es nicht finden konnte.

100
Oscar bei Bellingen Heads

Als Oscar am Ufer des Bellinger ankam, hatte er sich verändert. In den klaren, ruhigen Augen, die Wardley-Fish mit ihrer »heiligen« Pose einst so irritiert hatten, lag nun ein stumpfer, von Asche bedeckter Zorn. Sein Gesicht war zu einem schmerzhaften Zinnoberrot verbrannt, und die Nase erschien – die abgeschälte Haut erzeugte diese optische Täuschung – größer und leicht gebogen. Was man hier sah, war ein hageres, ausgehöhltes Wesen, vom Buschfeuer versengt und nicht imstande, sich einen so unerhörten Luxus wie Tränen leisten zu können. Er war ein roter Lachs, der seinen Heimatfluß hinaufschwimmt, wo er laichen und sterben wird: nicht mehr plump und silbrig, sondern mit leerem Bauch; sein Maul ist breit geworden, mit herabgezogenen Mundwinkeln, und sein ganzer Körper ist leuchtend rot und von einer grandiosen, triumphierenden Häßlichkeit.

Mr. Jeffris' Expedition stieß an der Stelle auf den Bellinger, wo sie nach Meinung des Narcu-Mannes am wenigsten Schaden anrichten konnte. Das war bei Urunga – die Gegend dort war ohnehin geschunden. Damals hieß sie Bellingen Heads.

Als sie den trockenen, kiesbedeckten Abhang auf die hohen weißen Bäume zufuhren, schlich sich der Narcu-Mann davon. Mr. Jeffris feuerte ihm blindlings nach, allerdings ohne ihn wirklich töten zu wollen – es war bloß ein Schuß ins Blaue, der weiße Kakadus aufstieben ließ wie kreischende Federn aus einem geplatzten Kissen.

Oscar saß neben Mr. Smith unter dem Segeltuchverdeck des »Damenabteils«. Mr. Smith schärfte eine Axt mit einem Wetzstein. Die Laudanum-Flasche stand zwischen ihnen, aber der demütigende Trichter war nirgends zu sehen. Seit dem Massaker bei Sandy Creek nahm Oscar das Laudanum freiwillig ein. Er hatte immer eine kleine Flasche aus farblosem Glas in der Jackentasche, die er aus der großen Steingutflasche nachfüllte. Von Zeit zu Zeit nahm er einen kleinen Schluck, aber es war wie ein Tropfen auf einem heißen Stein: Es dampfte, aber die Hitze wurde nicht weniger. Er saß auf dem harten Kutschbock neben dem schweigsamen Mr. Smith, der sich völlig in den Schatten seines Hutes zurückgezogen zu haben schien. Mr. Smith schärfte seine Axt. Er hatte sie nun schon eine ganze Weile geschärft. Oscar Hopkins war vom Laudanum umnebelt. Er lehnte mit dem Rücken an den sorgsam beschrifteten Kisten voller Glas und Eisen. Er rieb an den braun verkrusteten Verbänden um die Handgelenke. Er wußte, daß die vom Seil aufgescheuerten Stellen entzündet waren, konnte sich aber nicht überwinden, über dies oder irgend etwas anderes mit Mr. Jeffris zu sprechen, der nun, da sie ihr Ziel fast erreicht hatten, sein Verhalten ihm gegenüber geändert hatte und es, wenn er den Hügel hinauf auf Oscars Wagen zugaloppierte, fertigbrachte zu lächeln und ihn ohne eine Spur von Bedauern oder Ironie zu fragen, ob es nicht ein Lust sei zu leben.

Mr. Jeffris war zufrieden. Er hatte keine große Forschungsreise gemacht – mit sieben Wagen in hügeligem Gelände war eine große Forschungsreise unmöglich –, aber er hatte gute Arbeit geleistet, die als Beleg für seine Fähigkeit, andere Expeditionen zu führen, dienen konnte. Er hatte einigen größeren Bächen Namen gegeben. Er hatte die Höhe vieler Berge bestimmt, die früher völlig falsch beschrieben worden waren. Er hatte sich den Ruf eines mutigen Mannes erworben, indem er den Wagenzug durch Gebiete geführt hatte, die von verzweifelten Eingeborenen bewohnt wurden. In seinen Journalen hatte er festgehalten, daß er bei »einem Gefecht mit dem Stamm der ›Spucker‹ mehr ausgeteilt als eingesteckt« habe. Auch »6 heimtückische Wilde« vom Stamm der Yarra-Happini seien mit Gewehrschüssen »erledigt« worden. Außerdem hatte er die Expedition erfolgreich gegen die »mordlustigen Kumbaingiri« verteidigt. All dies schrieb er in seiner ordentlichen, flüssigen Handschrift nieder, die nichts von den Eigentümlichkeiten seiner Persönlichkeit verriet. Seine Landschaftsskizzen, die langgestreckten Höhenzüge usw., konnten es mit denen in Mitchells Tagebüchern aufnehmen.

Als er den Hügelkamm entlang auf die Herren Smith und Hopkins zugaloppierte, fühlte er sich so rein und frisch wie an dem Morgen, als sie von Port Jackson aufgebrochen waren, ja sogar noch weit besser, denn dort hatte er einen leichten Anfall von Nervosität gehabt, verbunden mit einer beschleunigten Verdauung, und das war vor diesen Männern, die ein sicheres Auge für Schwächen hatten, schwierig zu verbergen gewesen.

Der Schmierfink »sprach nicht« mit ihm. So, so, dachte er, wir schmollen ein bißchen. Und unwillkürlich kräuselte ein Lächeln die glatte Maske der Besorgtheit, die er seinem gutaussehenden Gesicht aufgesetzt hatte. Der Schmierfink hatte sich noch immer nicht um seine Toilette gekümmert. Er hatte rötlich-blonde Bartstoppeln am Kinn und ein paar schwarze Holzkohleflecke an den Ohren, wo er Moskitostiche aufgekratzt hatte. Er hob sich sehr von seinem Gefährten ab, der in seinen frisch gewaschenen Baumwoll- und Drillichsachen adrett wie immer aussah. Dennoch konnte man daraus nicht ableiten, daß der eine »Charakter« hatte und der andere nicht. In Jeffris' Augen waren sie ein Paar, und er fand, daß der Ausdruck »Damenabteil« gut paßte.

Mr. Jeffris hatte den Schmierfink vielleicht zu hart angefaßt. Aber schließlich war der Mann noch am Leben, oder nicht? Er würde wie gewünscht abgeliefert werden. Er war nicht von Speeren durchbohrt oder von giftigen Schlangen gebissen worden. Er hatte Dinge gesehen, die sich ein Buchhalter in Sydney nie hätte träumen lassen: Leben, Tod, Wilde. Er hatte Schlangen gegessen und den Missionar gespielt. Und nun hätte er nicht stocksteif und hoch aufgerichtet auf dem Wagen sitzen, sondern den Hut in die Luft werfen und seinen Beschützern ein paar Runden ausgeben sollen. Sie hatten schließlich dafür gesorgt, daß er einen Platz in der Geschichte bekam.

Es war ein so frischer, schöner Tag, und der Hügelkamm war fast ebenso bequem zu befahren wie eine Landstraße Ihrer Majestät. Mr. Jeffris setzte seinen Hengst in Trab und ritt ein Weilchen neben dem »Damenabteil« her. Die Aussicht war herrlich: Unter ihnen schwang sich die Mündung des Bellingers in einem Bogen dahin wie eine Illustration zu einem Märchen – Pinselstriche aus Aquamarin, Gold und Türkis. Drei Pelikane glitten dort unten mit gewölbter Brust durch die Luft.

»Na, Mr. Hopkins«, sagte Mr. Jeffris und drehte eine vollgesaugte Zecke aus dem Hals des Hengstes, »was sagen Sie dazu?«

»Wozu?« stieß der Priester hervor und sah den Frager kurz an, bevor er sein hageres rotes Gesicht wieder abwandte. Neben ihm schärfte Mr. Smith seine Axt und bemühte sich nicht, seine Wut und Selbstverachtung vor irgend jemandem zu verbergen.

»Was sagen Sie«, beharrte Mr. Jeffris, »hierzu, zu dieser Landschaft?«

»Wenn es mein Land wäre, Sir, würde Ihr Kommen mir angst machen.«

Mr. Jeffris lachte ein hartes, ungeduldiges Lachen.

»Und ich würde zu Gott beten, Er möge Ihnen verzeihen, und auch uns anderen, die wir zu Ihrer Expedition gehören.«

»Es war lehrreich für Sie«, sagte Mr. Jeffris selbstzufrieden. »Das kann ich verstehen.«

Oscar sagte nichts. Sein Arschloch juckte unvorstellbar. Er dachte: Wenn ich ein starker Mann wäre, würde ich mich jetzt auf ihn stürzen und die Sünde eines Mordes auf mich laden.

»Kirchen werden nicht von Chorknaben getragen«, sagte Mr. Jeffris. »Und das Empire ist auch nicht von Engeln errichtet worden«, und er hätte noch mehr gesagt, denn er hatte eine heimliche Leidenschaft für dieses Thema, und seine Hand war gerade zu seinem breiten Schnurrbart gewandert, über den er bei der Aufzählung der Argumente zu seiner Verteidigung streichen würde, als er von dem O-beinigen Gentleman unterbrochen wurde, der für die Pflanzen zuständig war und der sich, wie gewöhnlich, von der Expedition entfernen und den Zimmermann als »Leibwache« mitnehmen wollte. Da eine Übereinkunft bestand, nach der Mr. Jeffris der Erlös aus dem Verkauf all der feinen, detaillierten Zeichnungen des Botanikers zustand, war er nur zu gern bereit, ihn bei Laune zu halten.

Noch andere Entscheidungen waren zu treffen, und so konnte er das Thema »Das Empire und die Engel« nicht weiter verfolgen und gab es schließlich auf. »Wir werden darauf trinken«, rief er, als er zurücktrabte, um einen Streit zu verhindern, den sein farbenprächtig tätowierter Aufseher gerade vom Zaun brach. »Wir werden Champagner darauf trinken und Miss Leplastrier mit dem Postboot Nachricht geben.«

Oscar stieß ein leises Geräusch aus, ein unterdrücktes Schmerzgrunzen. Was seine Beziehung zu Miss Leplastrier betraf, so fühlte er sich wie ein Feigling, wie der Komplize eines Mörders. Während der Wagen rumpelnd und holpernd den Abhang hinunter nach Bellingen Heads fuhr – auf dem letzten steilen Stück quietschten die hölzernen Bremsklötze –, saß Oscar ebenso zusammengesunken und schweigend da wie sein Gefährte. In jedem feuergeschwärzten Baumstumpf, jedem gefällten Baum, jedem Schatten einer Eiche oder Terebinthe sah er immer dieselben hingestreckten schwarzen Leichname, die zarten, zerbrechlichen Hüllen menschlicher Seelen. Er tastete nach seinem Laudanum. Er bildete sich ein, Blut zu schmecken, und vielleicht schmeckte er es auch wirklich, denn seine Verbände waren damit verkrustet.

Es gab zwei Tavernen bei Bellingen Heads, und abgesehen von ein paar grauen, vernachlässigten Zelten, in deren Abflußgräben Unkraut mit glanzlosen, fleischigen Blättern wuchs, gab es sonst nichts. Die Tavernen standen einander gegenüber; zwischen ihnen lag eine sandige Fläche, in deren Mittelpunkt sich ein grünliches, von einem Ring aus Fäkalien umgebenes Wasserloch befand. Während die Tiere ausgeschirrt und getränkt wurden, blieben Oscar und Mr. Smith auf dem Kutschbock sitzen, aber als diese langwierige Prozedur schließlich beendet war, stieg Oscar vom Wagen.

»Kommen Sie, Smith.«

»Oh Gott, Mann«, sagte Percy Smith. »Sie werden doch nicht mit denen trinken wollen?«

Oscar sagte: »Ich bin doch auch mit ihnen gereist.«

In der Taverne legte er seine zerschundenen Hände flach auf einen der rohen Tische. Es herrschte ein Gestank, der wie die Kondensation jenes gerade wahrnehmbaren Geruchs nach verstopften Abflußröhren war, der, zusammen mit dem der salzigen Meerluft, für Sydney typisch war. Überall waren kleine schwarze Fliegen. Sie krabbelten über seine Verbände, sein Gesicht und seine Augenlider. Er hatte das Gefühl, ins innerste Herz von Neusüdwales vorgedrungen zu sein.

Er trug nicht mehr seine »Uniform«, sondern den glänzenden schwarzen Anzug, den er als Pfarrer wie als Buchhalter getragen hatte. Er hatte ein kragenloses weißes Hamd an, aus dem sein langer, bleicher Hals mit dem starrenden, krebsroten Gesicht und dem wie Blütenblätter abstehenden rötlich-blonden Haar sproß. Mit dem Rücken zur Wand saß er kerzengerade da und legte seine Hände übereinander an die Brust. Er dachte: Ich werde sie alle niederwerfen.

Er zitterte. Er sah sich um und starrte in die Gesichter schnurrbärtiger Männer, die nicht nur zurückstarrten, sondern, und dies öfter, lachten und auf ihn zeigten.

Er sagte: »Die Stützen der Gesellschaft.«

Er dachte: Was will Gott von mir? Vor seinem geistigen Auge sah er das Gesicht seines Vaters. Er seufzte.

Er war der Gegenstand großer Neugier. Er selbst spürte nur, daß er an einem üblen Ort war. Mehr interessierte ihn nicht. Und doch war die kleine Taverne voller Seltsamkeiten. Die Bartheke bestand aus einem einzigen, einen Meter breiten Zedernbrett. Pennies und Zweischillingmünzen waren mit fünfzehn Zentimeter langen Nägeln an die Wände genagelt. Hinter dem zerrissenen Vorhang, durch den die Männer – die meisten klein und breitschultrig, mit einem spitzen Vollbart, und nicht mehr allzu sicher auf den Beinen – gelegentlich gingen, schien ein Paar geschlechtlichen Verkehr zu haben.

Draußen war der Himmel lehmweiß, aber hier drinnen waren die Wände so dunkel und verrußt wie ein Bild über einem offenen Kamin. Man drängte sich um Mr. Jeffris, der in dieser Umgebung vornehm und elegant wirkte wie ein Offizier, der für sein Portrait Modell sitzt.

Die Zedernfäller wollten unbedingt mit Mr. Jeffris Karten spielen. Sie machten Witze, aber wenn sie auch bereitwillig lachten und mit den Augen zwinkerten, so waren sie doch Männer, deren Gesichter mehr von ihrer Grausamkeit und Selbstsucht verrieten. Es waren Gesichter, die von einem Augenblick auf den anderen »unangenehm werden« konnten, und diese Information war, wie eine Mistgabel, im Heuhaufen ihres Lachens nur unvollkommen verborgen.

Jeffris konnte, wenn es nötig war, ein harter Bursche sein, aber er wollte kein Spiel mit ihnen machen. Er schickte Moët & Chandon an Mr. Hopkins' Tisch und befahl dem Schmied und dem Trompeter, auf ihn aufzupassen.

Oscar nahm von all diesen Schwingungen nichts wahr. Die überschwere Last des Bösen drückte ihn nieder. Mr. Jeffris hatte recht gehabt: Das Empire war nicht von Chorknaben errichtet worden.

In diesem Augenblick war er seines Vaters Sohn, und er würde Verderben über die Gottlosen bringen. Er würde die Taverne niederbrennen. Dieser Brand war es, der seinen Blick entflammte. Er fragte sich nicht, warum jemand fünfzehn Zentimeter lange Nägel durch die silbernen oder kupfernen Bilder der Königin trieb, sondern stellte sich nur vor, wie sie geschmolzen und verbogen in der Asche liegen würden. Seine Gedanken kreisten um Anmachholz, Ascheneimer und Miss Leplastriers Kamin. Er hatte das Laudanum im Wagen gelassen.

Der Schmied hatte dem Alkohol abgeschworen, und der Trompeter (der nur einmal, bei der Überfahrt im Hafen von Sydney, trompetet hatte und für den Rest der Reise gezwungen gewesen war, den mannigfachen und gefährlichen Befehlen von Mr. Jeffris zu gehorchen) war noch so jung, daß er sich mit dem Rasiermesser schnitt und seinen Rum mit Limonade verdünnte. Er hatte Angst, auch wenn sie bislang noch unbestimmt war. Auch der Schmied war nervös. Die drei sagten nichts, sondern drängten sich aneinander wie Rinder in der Auktionshalle, die sich mit dem Hintern an das Gatter drücken, bis der Auktionator einen Handlanger losschickt, der sie mit seinem spitzen Stock antreibt, daß sie rennen und springen und sich vollscheißen vor all den Käufern und Verkäufern und den vorsichtigen Bauern, die ihr Vieh erst nächste Woche anbieten wollen.

Und dann lehnte Mr. Jeffris ein Pokerspiel mit der Begründung ab, »der Gentleman da drüben« sei »ein Mann der Kirche und könnte Anstoß daran nehmen«.

Möglicherweise war sich Mr. Jeffris nicht bewußt, wie verhaßt die Kirche in diesem Teil des Landes war. Er konnte nicht wissen, daß Dennis Hassets Vorgänger ertrunken war, nachdem man ihn in den Bellinger geworfen hatte.

In seiner schmutzigen Haut, einer kalten, klebrigen Hülle, saß Oscar da und nippte an seinem schalen Champagner. Er war so aufgewühlt, daß es ihm nicht unangenehm war, die Feindseligkeit der Holzfäller zu spüren. Er musterte sie und wurde gemustert. Er fühlte einen stechenden Schmerz rings um die Augen, den nur das Laudanum würde beseitigen können.

Man lud ihn ein, hinter den zerrissenen Vorhang zu treten und seinen »kleinen weißen Zeh in den heiligen Brunnen zu tauchen«. Mehrere mit dunklem Schnaps gefüllte Gläser wurden von der bleichen, pickligen Frau des Wirtes an seinen Tisch gebracht, begleitet von »den besten Empfehlungen von Sir Morgenlatte« oder »Lord Fickelby«, und jedes Glas wurde Oscar in ehrfürchtigem Schweigen vorgesetzt, und jedesmal wurde der Name des Spenders mit Pfeifen und unbändigem Gelächter begrüßt.

Man konnte spüren, wie die Atmosphäre sich auflud, und wäre die Taverne ein lebendiger Organismus gewesen, so hätte sie bald einen Brechreiz verspürt und ihren giftigen Mageninhalt in das grüne, vollgeschissene Wasserloch gespien. Aber die Taverne hatte kein eigenes Leben; ihre Eckpfeiler bestanden aus halbmeterdicken Terebinthenstämmen vom Ufer des Bellinger, und diese waren über einen Meter tief in den sandigen Boden getrieben worden.

Mr. Jeffris war nicht so weit gezogen, um in einer Kneipenschlägerei sein Leben zu verlieren. Er fingerte am Griff seines Schwertes herum. Der Wirt nahm einen Klauenhammer und schlug mit dem schweren Kopf auf die fleischige Fläche seiner großen Hand. Da – in dem Augenblick, da aller Aufmerksamkeit auf den Hammer gerichtet schien – merkte Oscar, daß er sich erhob. Er hatte das nicht beabsichtigt. Es war, als würde das gekrümmte Rohr seines Körpers durch den Druck seiner Empörung gestreckt. Er erhob sich, ohne einen Plan zu haben, aber mit dem klaren Wissen, daß diese Gotteslästerer ihre Strafe empfangen mußten. Er konnte nicht gerade stehen, sondern mußte sich vorbeugen und seine langen Arme auf den Tisch stützen.

Eine Stille legte sich über die Taverne. Auf der anderen Seite des zerrissenen Vorhangs weinte leise eine Frau.

Oscar dachte: Was will Gott von mir?

Alle Bewegung, alles Atmen schien verlangsamt. Ein grotesk großer, rotbärtiger Mann setzte sein Glas an die feuchten Lippen. Oscar dachte: Wie ein Uhrzeiger.

Er hob die Hand. Er sah, und sie sahen, wie sein Handgelenk – ein lebendes Wesen – aus der ausgefransten Schutzhülle des Ärmels zum Vorschein kam.

»Wie dünn mein Handgelenk ist«, sagte er zu ihnen. »Das Handgelenk, das Gott mir gegeben hat.«

Niemand sagte etwas.

»Wie könnte ich euch niederwerfen?«

Er hatte keine Angst. Er war von einer großen Klarheit erfüllt. Er sah seine eigene Hand. Er sah vor seinem inneren Auge, wie sie eine leuchtend weiße Blume mit fünf Blütenblättern hielt. Die Blume verwandelte sich in ein Pokerblatt.

»Aber ich werde Poker mit euch spielen, und ich werde gewinnen. Und ihr sollt wissen, daß euer Geld eine Spende für Gottes Werk in Boat Harbour sein wird.«

Eine Bewegung an seinem Tisch ließ ihn hinuntersehen. Der Trompeter hatte sein Glas verschüttet. Seine roten Lippen bewegten sich. Der Junge betete. Oscar dachte: Ich bin vom Laudanum betrunken. Er dachte: Ich brauche einen kleinen Schluck. Er fuhr mit der Hand in die Jackentasche, wo die Flasche normalerweise war, und erinnerte sich – wie enttäuschend das war, wie wütend ihn das machte –, daß er das verflixte Ding auf dem Wagen zurückgelassen hatte. Statt dessen fanden seine Finger den zerknitterten Umschlag mit der Prämie für Mr. Jeffris, den Lucinda ihm gegeben hatte.

Das hat mir Gott in die Hand gegeben.

Er zog den Umschlag hervor und hielt ihn hoch. »Mein Einsatz sind einhundert Guineen.«

»Nein«, schrie der widerwärtige Mr. Jeffris von der Bar. »Ich verbiete es Ihnen.«

»Ich würde Sie erschießen«, rief Oscar durch den allgemeinen Lärm, »und dafür zur Hölle fahren, und mich rettet nur der Umstand, daß ich keine Waffe habe.« Er schob den Tisch vor, daß das Glas Sodawasser des Schmieds umkippte und sowohl der Schmied als auch der Trompeter sich mühsam aus dem Gewirr von Stuhl- und Tischbeinen befreien mußten. »Sie Mörder«, schrie Oscar. Er steckte die Hand in die Tasche. Die Tasche war leer. Mr. Jeffris hatte sein Schwert gezogen und kam auf ihn zu. Niemand versuchte ihn zurückzuhalten.

»›Der Herr ist mein Hirte‹«, sagte Oscar hochaufgerichtet und mit funkelnden Augen, »›mir wird nichts mangeln. Du bereitest mir einen Tisch im Angesicht meiner Feinde. Du salbest mein Haupt mit Öl.‹«

Mr. Jeffris packte Oscar am Oberarm und zerrte so gewaltsam an ihm, daß er vor Schmerz aufschrie. Mr. Jeffris' blauschwarzes Haar war sorgfältig gebürstet. Sein Schnurrbart war gewichst. Er roch nach Friseur.

»Hinaus«, kreischte Mr. Jeffris. »Hinaus, auf der Stelle!«

»Ich warne Sie«, rief Oscar. Er wurde wie ein Zahn aus der Taverne gerissen. Lautes Gelächter klang ihm nach, aber er hörte es gar nicht. Er spürte nur seine Empörung, seinen Schmerz, seine Ohnmacht, seinen Haß. Er wurde auf den nackten Boden geworfen. Er wurde getreten. Wieder und wieder. Es gab keine Zeugen, die ihn hätten retten können. Er hatte Angst. Er war eine Krabbe, die seitwärts über den trostlosen grauen Sand kroch. Er war ein Köter. Da stand ein Wagen. Er suchte unter der ranzig riechenden Achse Zuflucht. Der Stiefel folgte ihm. Das Schwert stieß zwischen den Radspeichen hindurch nach ihm.

Er betete: Oh Herr, gib mir ein Mittel, auf daß ich Deinen Feind niederwerfe.

101
Ein christlicher Mensch

Percy Smith hatte sich immer für einen guten und christlichen Menschen gehalten. Er sagte seine Gebete nicht auswendig auf. Die Umschläge, die er auf den filzbezogenen Kollekteteller in der Kirche seiner Gemeinde legte, waren dicker als allgemein üblich, und das nicht, weil er reich gewesen wäre, sondern weil er es für seine Pflicht hielt.

Er war ein sanfter Mensch. Er ging sanft mit den ihm anvertrauten Tieren um und gab sich ungewöhnlich viel Mühe, sie so wenig wie möglich leiden zu lassen. Er war ein treuer Ehemann und seinen kleinen Töchtern ein zärtlicher Vater.

Doch er fürchtete, all diese Weichheit sei nur der sichtbare Schatten seiner Feigheit. Wenn er freundlich und sanft zu denen war, die zu leiden hatten, so darum, weil er sich ihnen verbunden fühlte und weil er Angst hatte.

Er konnte es nicht ertragen, die Geschichte von der Kreuzigung Jesu zu hören. Weder Gewohnheit noch Wiederholung vermochten dem Schmerz des Speerstoßes in die Seite, des langen, langsamen, durstgequälten Todeskampfes die Schärfe zu nehmen. Wenn ein Priester ihm das leuchtende Beispiel der christlichen Märtyrer vorhielt, fürchtete er, daß er in einem solchen Augenblick seinen Gott verleugnen würde.

Diese Reise unter dem Kommando von Mr. Jeffris hatte all die Befürchtungen, die er über sich selbst hegte, bestätigt. Er war ein Heuchler und Feigling. Er hatte Oscar Hopkins mit einem Trichter gequält. Er war nicht aufgestanden, um ihn in Schutz zu nehmen. Er hatte die Augen niedergeschlagen und zu allen Befehlen dieses kleinen Schinders »Ja, Sir« gesagt. Er war ein Mitläufer gewesen. Er hatte sich eingeredet, das sei nichts Schlimmes. Er hatte – wie verdammenswert das war! – untätig dagesessen, als Eingeborene abgeschlachtet wurden. Und als Mr. Hopkins protestiert hatte, war er einer von denen gewesen, die ihn – auf Mr. Jeffris' Geheiß – an einen Baum gebunden hatten, damit er keinen Schaden anrichten konnte.

All sein Zorn und Ekel, alles, was anständigerweise nach außen hätte gerichtet sein sollen, kehrte sich nach innen, und er – dieser glückliche, optimistische, liebevolle Mann – ertappte sich dabei, daß er seine

Axt schärfte, daß er die Klinge wetzte und wetzte, bis sie rasiermesserscharf war.

Er dachte nicht: Ein Rasiermesser für meine Handgelenke. Er dachte nicht in Worten. Er trieb den runden Wetzstein an und schmeckte nur das Wasser aus dem großen, tiefen Brunnen des Bösen, von dem er getrunken hatte.

Als er mit der Axt fertig war, nahm er sich das Beil vor.

So saß er im »Damenabteil«, als er einen Schrei hörte und sah, wie Mr. Jeffris, das Schwert hoch erhoben, Mr. Hopkins in den Rücken und in die Rippen trat. Mr. Hopkins hielt einen Umschlag in der Hand, den Mr. Jeffris ihm entreißen wollte.

Mr. Hopkins verschwand unter dem Wagen. Und dann war er neben dem »Damenabteil« und versuchte hinaufzuklettern.

»Lieber Gott, hilf mir«, sagte Oscar Hopkins.

Mr. Hopkins war schon fast oben, als Mr. Jeffris ihn an der Schulter packte.

Percy Smith holte mit dem Beil aus und schlug es in Mr. Jeffris' Oberarm. Das Beil war nicht sehr schwer. Aber Mr. Smith war ein starker Mann. Er spürte, wie die Klinge in den Knochen schnitt. Er spürte eine gewaltige Befriedigung, einen Schauer von etwas, das der Freude so nahe kam, daß es kein anderes Wort dafür gab.

Blut quoll durch den Stoff der leuchtend blauen Jacke, und als Mr. Jeffris vom Wagen zurücktaumelte, sah Mr. Smith, daß Mr. Hopkins die Axt erhoben hatte.

Mr. Hopkins stand breitbeinig da und hielt die Axt ganz falsch; seine beiden weißen Hände waren zu nah beieinander. Sein Gesicht war feuerrot. Sein Mund stand offen. Als der Pfarrer die Axt über seinen Kopf hob, dachte Mr. Smith: Er wird sich verletzen, er macht es falsch.

»Ha!« schrie Mr. Hopkins.

Er schlug die haßblitzende Axt mitten in Mr. Jeffris' pomadeglänzenden Kopf. Und dann zuckten seine Hände zurück. Sie zitterten und schlugen aneinander. Mr. Jeffris sank in die Knie und fiel nach vorn in die Richtung, in die der Axtstiel aus Eschenholz wies. Die Klinge steckte acht Zentimeter tief in seinem bis unter die linke Augenhöhle gespaltenen Schädel.

Alle Zecher waren in der Taverne. Davon überzeugte sich Mr. Smith als erstes. Dann nahm er eine Decke vom Kutschbock und legte sie dem zitternden Mr. Hopkins um. Er zog ihn mit Gewalt zu Boden, und dort nahm er ihn, ohne über das Was und Warum seines Tuns nachzudenken, in seine Arme, als wäre er ein kleines Kind. Er hielt die um sich schlagenden Glieder fest. Er legte ihn auf seinen Schoß und streichelte ihn.

102
Habe ich nicht gemordet?

»Mr. Smith, habe ich nicht einen Menschen ermordet?«

»Wir waren es, wir.«

»Dann sagen Sie mir: Warum spüre ich diese schreckliche Leichtigkeit? Und warum sind wir hier? Und wo sind die anderen?«

Oscar war am Morgen nach dem Tag erwacht, an dem Mr. Smith ihn in seine Decke gewickelt hatte. Es hatte ein wenig gedauert, bis er sich aus der verschwitzten Umhüllung befreit hatte, aber als er aus der Vertrautheit der fleckigen Segeltuchwände des Zeltes ins Freie trat, entdeckte er, daß er nicht am Schauplatz seines Alptraums stand, sondern an einem kühlen, blauen Abschnitt des Bellinger, an einer breiten, stillen Wasserfläche, und zwar an einer Stelle, wo ein kleiner, behelfsmäßiger Anlegesteg gebaut worden war. Dort lagen zwei Flußbarken, oder vielmehr Leichter (es waren lange Boote mit stumpfem Bug). Auf dem Steg stand Percy Smith, der ein sauberes weißes Hemd trug und geschäftig hämmerte und sägte. Er hatte bereits eine flache Plattform auf den beiden Leichtern errichtet.

»Unsere ›Truppe‹ ist im Augenblick dabei, Mr. Jeffris in südlicher Richtung zu verfolgen«, rief Mr. Smith, lächelte Oscar freundlich zu und strich sich durch das kurze Haar, so daß es im Nacken abstand wie der Kamm eines Kakadus. »Für die ist er jetzt bloß noch ein Betrüger. Sie wollen ihr Geld und haben beschlossen, es ihm abzunehmen.«

»Oh, Gott«, stöhnte Oscar und hielt sich den Kopf mit beiden Händen.

Mr. Smith steckte den Hammer in den Gürtel und kletterte über die Leiter aus zusammengebundenen jungen Bäumen auf den Steg.

»Na, na«, sagte er. »Ganz ruhig.«

»Oh, Gott«, sagte Oscar und achtete nicht darauf, wohin er seine Füße setzte. Er stolperte über Eisenträger, die rings um ihn aufgestapelt waren. »Lieber Gott, was haben wir getan?«

»Nur ruhig«, sagte Percy Smith und führte seinen Freund durch das Durcheinander aus Sackleinen und Holzbalken vom Steg auf das Ufer. »Nur ruhig, Sie brauchen keine Angst zu haben.«

»Ich habe einen Menschen getötet.«

»Ihr Schöpfer wird Ihnen vergeben.«

Ein Beben lief durch Oscars dünnen weißen Körper. Percy Smith spürte und erkannte es. Er hatte Symptome derselben Art, doch was er hauptsächlich empfand – und wofür er Gott um Vergebung bat –, war Lebensfreude.

Er fühlte sich so leicht. Als er über den Steg auf Oscar zuging, hätte er hüpfen und springen können.

»Auch ihn hatte der Herr erschaffen«, sagte Oscar streng.

»Hören Sie«, sagte Percy Smith. »Wir leben. Er ist tot. Danken Sie dem Herrn für unsere Errettung.«

Percy Smith nahm Oscars Arm und führte ihn zu einem Baumstamm am qualmenden Lagerfeuer. Er suchte ein paar Zweige und Blätter zusammen und hatte das Feuer in Handumdrehen wieder angefacht. »Die sind so nett gewesen, uns Tee und Zucker und einen Topf dazulassen. Für alles andere hatten sie es zu eilig.«

»Meine Kirche«, rief Oscar und sprang auf.

»Ihre Kirche haben sie nicht mitgenommen.«

Oscar sah sich wild um, und Percy Smith mußte einfach lachen.

»Oh«, sagte Oscar und verzerrte sein bleiches Gesicht, daß es aussah wie ein ärgerlich zerknülltes Blatt Papier, »Sie sind verrückt.«

»Ihre Kirche ist hier«, sagte Mr. Smith beruhigend. »Ihre Kirche ist hier, Hochwürden. Wirklich.«

»Aber was soll ich hier damit, Sie Narr?« schrie Oscar, sprang auf und fuchtelte mit dem fingerdicken Stock herum, mit dem er im Feuer gestochert hatte. »Sie muß nach Boat Harbour. Ich habe den Mann getötet, der sie hätte dorthin bringen können. Und Sie, Sie ...« Er seufzte. »Oh je.« Er setzte sich wieder. »Ich kann Ihnen keinen Vorwurf machen, Mr. Smith, und da man uns wohl bald verhaften wird, ist das alles ohnehin gleichgültig.«

»Lieber Mr. Hopkins, lassen Sie doch den Kopf nicht so hängen.«

»Ich soll den Kopf nicht hängen lassen?« schrie Oscar.

»Sie führen sich auf wie einer von diesen kleinen Rosellapapageien. Sehen Sie sich doch an: knallrot verbrannt, und machen ein Geschrei wie die da oben in den Bäumen. Wenn es hier Polizei gäbe, würden die uns bald haben. Aber es gibt im ganzen Distrikt keine Polizei.«

»Keine Polizei?«

»Und ich wette um Ihre Laudanumflasche: Selbst wenn ein ganzes

Rudel Konstabler aus Sydney hier auftauchen würde, wären sie immer noch zu langsam für Percy Smith. Sie sollten stolz darauf sein, mich zu kennen, Mr. Hopkins.«

»Ach«, sagte Oscar, »ich bin viel schlimmer als Sie.«

»Hören Sie mir damit auf, Hopkins. Ich habe den Kerl verschwinden lassen, bevor einer von denen wieder ans Licht der Sonne gekommen ist. Sie sollten mir gratulieren.«

»Es tut mir leid, Mr. Smith, das kann ich nicht.«

»Dann essen Sie einen Pfannkuchen. Schade, daß Sie noch geschlafen haben, als er warm war.«

Mr. Smith sah ihm zu, wie er an seinem Tee nippte. »Wer hätte mir zugetraut, daß ich einen Menschen ermorden würde?« sagte Oscar. »Ich selbst hätte es nie für möglich gehalten. Wenn ich an meine arme Mutter denke, als sie mich an ihre Brust gedrückt hat ...« Er hielt inne und starrte dem Rauch nach.

»Grübeln Sie nicht zu sehr darüber nach.«

Oscar nahm seinen Becher in beide Hände und sah sich um. Percy Smith ließ ihn nicht aus den Augen.

»Sie dürfen nicht so viel darüber nachdenken.«

»Und wo ist diese Kirche, wegen der so viel Blut vergossen worden ist?«

»Sehen Sie sich doch um. Wissen Sie nicht mehr, wie eine Fensterscheibe aussieht?« Und tatsächlich lagen die Eisen- und Glasteile der Kirche ordentlich rund um das Lager und auf dem Steg aufgestapelt, und die kleinen Etiketten flatterten wie Blätter aus Manilapapier.

»Ich dachte schon, Sie würden über die Mittelpfosten stolpern.«

»Oh je«, sagte Oscar leise. »Oh je.«

»Nichts da ›Oh je‹.«

»Oh Gott.«

»Nichts da ›Oh Gott‹.«

»Und wo sind all die Kisten? Wie sollen wir ...?«

»›Sag nie: All unser Trachten führt zu nichts‹«, sagte Percy Smith, »›und nichtig ist unser Hoffen und Streben.‹ Wie ging das noch weiter? Sie haben die Kisten doch gesehen.«

»Smith«, sagte Oscar. »Ich bitte Sie, ich bin nicht in der Verfassung, alberne Rätsel zu lösen.«

»Dann hören Sie mir zu und regen Sie sich nicht auf. Ich habe diese beiden Leichter da drüben am Steg gemietet. Jeder für sich wäre nicht groß genug, um die Kirche tragen zu können, und darum habe ich – während Sie geschlafen haben – aus dem Holz der Kisten eine Plattform gebaut. Ich habe alles genau berechnet. Ihre Kirche ist fünfzehn Meter lang und sieben Meter fünfzig breit.«

»Sechs Meter fünfundsiebzig.«

»Gut. Und alle Teile zusammen wiegen zwölf Tonnen, wie Sie mir ja oft genug gesagt haben. Und um zwölf Tonnen auf dem Wasser zu transportieren, brauchen wir Boote, die zusammen eine Verdrängung von nicht ganz sieben Kubikmetern haben. Die beiden da erfüllen die Bedingung. Wir können die Kirche mit der Flut den Fluß hinauf bringen. Ich habe dafür gesorgt, daß wir beim Zusammenbauen Hilfe haben. Zwei Männer sind genug, um die Schiffe zu staken und in der Mitte des Flusses zu halten. Ich schätze, wir können in drei Tagen da sein.«

»Und dort werden wir sie zusammenbauen müssen.«

»Nicht dort«, sagte Percy Smith. Er stand auf. Er begann im Kreis um das Feuer zu gehen. »Nicht dort, sondern hier, jetzt. Auf den Booten. Ich habe alles genau bedacht. Wir werden im Triumph nach Boat Harbour kommen. Können Sie sich das vorstellen? Können Sie sich den Ausdruck auf ihren gottlosen Gesichtern vorstellen? Eine gläserne Vision. Herrje. Können Sie sich das vorstellen, Mr. Hopkins? Was für ein heiliger Schrecken über sie kommen wird, wenn sie das Haus Gottes über das Wasser auf sich zu fahren sehen werden.«

»Ich bin müde, Mr. Smith.«

»Seien Sie das nicht, mein lieber Hochwürden«, sagte Percy Smith. »Verlassen Sie sich auf mich. Ich bin ein praktisch veranlagter Mensch. Ich habe das Bodenstück schon zusammengebaut, auf der Plattform. Es war ganz einfach.«

»Aber was soll geschehen, wenn wir angekommen sind?«

»Hören Sie gut zu, lieber Mr. Hopkins. Ich habe mir dieselbe Frage gestellt. Ich habe mir gedacht: Es ist ja nichts dabei, diese Kirche aus Glas zusammenzubauen, aber was machen wir, wenn wir da sind? Und die Lösung ist: Ich habe zwölf Balken quer über die beiden Boote gelegt. Sie müßten Ihnen aufgefallen sein. Aber sie sind Ihnen natürlich nicht aufgefallen. Sie haben ja geträumt wie Macbeth. Ich war nicht untätig. Also: zwölf Balken. Wenn wir in Boat Harbour sind, werde ich die

Kirche von vierundzwanzig Männern an den Balken hochheben und an ihren Platz tragen lassen. Sie sollten mir gratulieren.«

»Vierundzwanzig sind nicht genug. Da müßte jeder eine halbe Tonne tragen.«

»Dann eben achtundvierzig oder sechsundneunzig. Das spielt keine Rolle. In solchen Städten gibt es immer genug Männer, die ihre Kraft beweisen wollen. Wir werden sie die Kirche durch die Hauptstraße tragen lassen wie einen Prozessionsaltar.«

»Warum sind Sie so, Mr. Smith?«

»Die Antwort würde Ihnen nicht gefallen, Mr. Hopkins.«

»Sagen Sie es mir trotzdem.«

»Ich bin so, weil wir einen bösen Menschen getötet haben«, sagte Percy Smith. »Das hat mir sehr gut getan. Ich kann Ihnen gar nicht sagen, wie gut.«

»Und Sie schämen sich nicht?«

»Oh, doch, natürlich. Und ich empfinde auch Schuld, aber ich sage Ihnen ganz ehrlich, daß es mir mehr zu schaffen gemacht hat, wenn ich ein Tier geschlachtet habe. Das ist etwas, an das man sich nie gewöhnt. Man achtet darauf, daß das Messer scharf ist und daß man rasch tötet, aber es kommt immer der Moment, wo man dem amen Tier ins Auge sieht, und Sie können anderen Farmern dieselbe Frage stellen, und wenn sie ehrlich sind, werden sie Ihnen dieselbe Antwort geben: Es ist schrecklich. Aber dieser Mann war grausam. Ich bin froh, daß wir ihn getötet haben. Ich hätte es nicht einen Tag länger ertragen, ein solcher Feigling zu sein.«

»Und was ist mit dem Gebot, das wir gebrochen haben?«

»Ich bin sicher, daß der Allmächtige kein Buchhalter ist.«

»Was meinen Sie damit?«

»Er ist kein aufgeblasener kleiner Wichtigtuer in einer Amtsstube. Er weiß, daß Sie kein schlechter Mensch sind.«

Oscar steckte die Hand in die Tasche und stellte fest, daß die Laudanumflasche war, wo sie hingehörte.

»Sie sollten sich waschen«, sagte Percy Smith. »Ich habe Seife.«

»Ja«, sagte Oscar. Er glaubte Mr. Smith kein Wort von dem, was er über Gott gesagt hatte.

103
Maria Magdalena

Kumbaingiri-Billy war nie in dieser oder irgendeiner anderen Taverne. Aber die Frau hinter dem Vorhang war die Schwester seines Vaters. Zedernfäller hatten sie ungefähr ein Jahr vor diesen Ereignissen geraubt, und sie war so verzweifelt und unglücklich, wie es ein Mensch nur sein kann. Kumbaingiri-Billys Vaterschwester war etwa zwanzig Jahre alt. Sie sagte, es sei sehr still in der Taverne gewesen, als Oscar seine kleine Ansprache hielt. Sie sagte, die Haut in seinem Gesicht sei so blättrig und zerschunden gewesen wie die Stämme der Kajeputbäume, die im Sumpfland rechts und links des Bellingers wuchsen. Sie habe viel Leiden in diesem Gesicht gesehen, sagte Kumbaingiri-Billy, aber das, meinte er, sei wohl ihr eigenes Leiden gewesen.

Diese junge Frau war Zeugin des Mordes. Sie war es, die Percy Smith die Senkgrube zeigte, in der Mr. Jeffris seine letzte Ruhe fand. Sie war es, die ihn zu H. M. McCrackens baufälliger Hütte am Fluß führte und dort wartete und sich die langen, schlanken Beine kratzte, während Percy Smith mit Mr. McCracken um einen fairen Mietpreis für seine lecken Leichter feilschte.

Sie sah Oscar erwachen. Sie hörte das ganze Hin und Her über den Mord. Sie hockte etwa fünf Meter von ihnen entfernt im Gebüsch. Sie war sehr von Oscar eingenommen. Sie fand, er sei ein guter Mensch. Als er den Pfannkuchen gegessen hatte, kam sie hervor und sagte ihm, sie könne zwei Männer holen, die ihnen beim Bau helfen würden.

Sie sah, wie die Kirche aus Glas auf den Leichtern errichtet wurde.

Kumbaingiri-Billy kannte die Geschichte. Er sagte: »Er bewegte sich schnell, der Mann mit dem roten Gesicht und den roten Haaren. Meine Tante nannte ihn ›Buschfeuer‹, weil er auf den Booten von einer Stelle zur anderen sprang, glutrot, als würde er im Schein seines eigenen Feuers tanzen. Zuerst stellten sie die Pfosten auf – sie waren gedreht wie Seile, wie der Korkenzieher an einem Büchsenöffner. Die Pfosten waren schwarz und eingefettet. Das Fett war auch schwarz. Es machte, daß die Weißen aussahen wie schwarze Leute. Sie stützten die Pfosten mit jungen Bäumen. Sie konnten natürlich keine Nägel nehmen. Sie banden die jungen Bäume mit Seilen fest. Und dann haben sie den Dachstuhl auf dem Steg zusammengebaut. Am Dachstuhl war nichts Besonderes dran. Es gab viele Verzierungen, aber die kamen später, all diese Eisenverzierungen wie an den Häusern in der Lawson Street, die wurden unten an den Wänden festgemacht. Sie hatten noch anderes Zeug, für das Dach, das sah regelrecht aus wie der Kamm von einem Kakadu, aber die Eisenstangen vom Dachstuhl waren ganz glatt. Sie bauten sie auf dem Steg zusammen, und dann warteten sie auf die Ebbe. Sie warteten. Sie rauchten eine Pfeife. So um Mittag herum kam die Ebbe. Das obere Ende der Wände war auf einer Höhe mit dem Steg, und dann rief dieser Mr. Hopkins: ›Sie haben recht.‹ Sie schoben den Dachstuhl auf die Wände und machten ihn fest. Mr. Hopkins wollte nicht auf das Dach steigen, aber, Donnerwetter, er dachte sich kein bißchen was dabei, den anderen Befehle zu geben. Er rief ihnen zu, du tust dies, Sie tun das, paß auf, laß das nicht fallen, sonst geht es kaputt. Zwei Tage vor Palmsonntag fingen sie an. Sie arbeiteten auch am Sonntag. Das war der Tag, an dem sie anfingen, das Eisen mit Glas abzudecken. Es ging um eine Wette, hab ich später gehört, und darum haben sie am Sonntag gearbeitet. Sie fingen unten an und gingen von links nach rechts, zack zack. Ich schätze, daß sie irgendwelche Metallklammern gehabt haben, um das Glas in den Rahmen zu halten. Das war das erste Mal, daß meine Tante Glas sah. Wirklich wahr, sie war ganz hingerissen. Bis dahin hatte sie Glas nur als Schnapsflaschen gesehen. Sie sah, daß Glas gut sein konnte. Daran hatte sie noch nie gedacht. Als sie sah, wie diese Kirche aus Glas gebaut wurde, wollte sie Christin werden. Das war der Tag, an dem Jesus zum erstenmal an den Bellinger kam. Sie sah Jesus, Maria, Joseph, Paulus und Jonas – all diese Leute, von denen sie vorher noch nie was gehört hatte. Sie sah, daß dein Urgroßvater ein mutiger Mann war. Sie sah, daß er einen Kranz um den Kopf hatte wie einer von diesen Heiligen. Sie sah, daß er nachts zitterte – nicht vor Kälte, sondern von so einer Art heiligem Glücksgefühl. Er sagte zu ihr: ›Du wirst im Paradies leben.‹ Er taufte sie Mary, wegen Magdalena. Es war ein verdammt blöder Name für eine Kumbaingiri, und wenn du meine Meinung hören willst, Bob: Es war dumm, uns Schwarzen solche Sachen zu erzählen.«

104
Miriam

Miriam Chadwick war nicht in Trauer und hatte wieder einmal ihre schwarzen Kleider weggeworfen, obgleich Mrs. Trevis, ihre Chefin mit dem lippenstiftverschmierten Mund, die Ansicht geäußert hatte, damit fordere sie das Schicksal geradezu heraus.

»Um wen sollte *ich* denn noch trauern?« sagte Miriam Chadwick, die, als dieses Gespräch stattfand, Mrs. Trevis' Baby auf dem Arm hatte, ein übellauniges Kerlchen, das immer nuckeln wollte und die Angewohnheit hatte, mit seinem kleinen Kopf gegen die Schulter der Gouvernante zu schlagen.

»Sie könnten doch um mich trauern, oder um Mr. Trevis«, schlug Mrs. Trevis vor.

»Ach, das ist sehr unwahrscheinlich«, sagte Miriam Chadwick und warf ihr Haar über die Schulter zurück – wunderschönes Haar, kohlschwarzes Haar, rabenschwarzes Haar, aber wer sollte schon hier draußen, bei Marx Hill, den dunkelblauen Schimmer darauf sehen? »Sehr unwahrscheinlich«, sagte Miriam, ruckte das Baby mißmutig ein Stück höher und ließ ihre Bemerkung so lange, wie sie es wagte, zweideutig in der Luft hängen, »wo Sie und Mr. Trevis doch bei so guter Gesundheit sind.«

»Hier«, sagte Mrs. Trevis, streckte die Arme nach dem Baby aus und gab ihrem kleinen Sohn, der gerade nach der Pfanne auf dem Küchentisch greifen wollte, einen sanften Knuff. »Geben Sie mir mal den Kleinen. Sie können an dem Ding weitermachen.«

Das »Ding« war das Butterfaß, dessen hölzernes Folterrad Mrs. Trevis nun ihrer Gouvernante überließ.

»Wenn Sie sich unseren jungen Pfarrer Hasset geschnappt hätten«, begann Mrs. Trevis, und diese Bemerkung hatte ganz und gar nichts mit Trauerzeit und schwarzen Kleidern zu tun, sondern sollte ihre hochnäsige Gouvernante (die sich zu schade war, Feuer zu machen oder die Milcheimer auszuwaschen) das richtige Verständnis dafür vermitteln, wo ihr Platz in dieser Gesellschaft war.

»Ich habe *nicht* versucht, mir diesen armen Mann zu ›schnappen‹, wie Sie es ausdrücken, obwohl man wohl nicht bezweifeln kann, daß er

›geschnappt‹ worden ist, ohne recht zu wissen, wie ihm eigentlich geschah.«

»Neid ist der Anfang vom Ende«, sagte Mrs. Trevis, fuhr mit dem Finger in die Butter und steckte ihn ihrem Baby in den saugenden Mund.

Miriam Chadwick sah ihr zu und rümpfte ihre hübsche Nase.

»Neugier.«

»Bitte?«

»Neugier ist der Anfang vom Ende.«

»Neugier am Anfang«, sagte Mrs. Trevis, »aber Neid am Ende. Es bringt Pech, seine Trauerkleidung wegzuwerfen.«

Dieses Gespräch schoß Miriam an dem heißen Donnerstagnachmittag durch den Kopf, als die Trevises nach Boat Harbour gefahren waren, um ihre Einkäufe für das Osterfest zu machen, und sie selbst das Alleinsein genoß, auf der Holztreppe saß und hinunter auf die Biegung des Bellinger sah. Sie ging gerade ihre Liste mit unbefriedigenden oder ärgerlichen oder ungehobelten Verehrern durch, als von zwei Männern in breitkrempigen Strohhüten eine Kirche aus Glas in ihr Blickfeld gerudert wurde.

Ihr erster Gedanke war, daß Mrs. Trevis nicht da war, um dieses Ding mit ihr zu betrachten, und daß ihr Ausruf ungehört verhallte. »Meine Güte«, sagte sie und hatte das Gefühl, daß sie irgendwie um einen subtilen Triumph gebracht worden war, »sehen Sie sich nur an, was Sie da verpassen. Sehen Sie sich das an. Sehen Sie sich das bloß an.«

Es kam den Fluß herauf, seine Wände waren wie leuchtendes Eis, und es war so großartig und elegant wie die Zivilisation selbst.

»Wer?« fragte Miriam Chadwick gebieterisch. »Wer? Das möchte ich doch gern wissen.« Wer in diesem Tal der schlammverschmierten Stiefel konnte für so etwas verantwortlich sein? Denn diese kleine Kirche mit dem steilen Dach war nicht nur aus Glas, sondern hatte auch die herrlichen Proportionen und Verzierungen eines Pavillons, den ein Prinz, ein Prinz von Bayern vielleicht, hatte bauen lassen.

Auf dem Dachfirst war eine Schmuckborte, ein Besatz angebracht – sie konnte nicht genau erkennen, was es war, aber es sah aus wie eine Reihe von Fleurs de Lis. Die Glaswände bestanden nicht aus langweiligen Quadraten wie gewöhnliche Fensterscheiben, sondern waren lang und hoch, mit einem Abschluß aus dreieckigen Scheiben und einem wunderschönen, gußeisernen, aus Medaillons (oder Wappenschilden?) gebildeten Fries, der sich am Fuß der Wände wiederholte. Dieser Gußeisenfries mußte fast einen Meter hoch sein und war verziert wie der Lettner in einer Kathedrale.

Mr. Floods Spezialität, nämlich die gußeisernen, spiralförmigen Pfosten, auf die er so stolz gewesen war, nahm sie nicht wahr und hätte sie auch nicht zu würdigen gewußt, und tatsächlich war kaum eine Minute vergangen, da hatte sie das wunderbare Gebäude schon ganz und gar vergessen – es hatte schon bald nicht mehr Bedeutung als ein hübsches Geschenkpapier. Als die Leichter auf dem Fluß herumschwangen, wurde das Glas wieder durchsichtig, und sie sah die schwarzgekleidete Gestalt auf einem Stuhl in der Kirche sitzen.

In diesem Augenblick wurde ihr Staunen von praktischeren Erwägungen restlos verdrängt, denn wenn dieses herrliche Gebäude eine Kirche war – und war das da nicht ein Kreuz am Ende des Dachfirstes? –, dann war der Mann darin fast mit Sicherheit ein Geistlicher.

Sie besaß ein blaugrünes Reitkostüm aus moirierter Seide, das man in Boat Harbour »unpassend« fand. Sie zog es an. Sie besaß einen kleinen Hut mit einem Schleier. Sie steckte ihn mit einer Nadel fest. Für ein Bad war keine Zeit mehr. Sie ging hinaus auf die Wiese am Haus, fing das immer übelgelaunte Shetlandpony ein, das zu Hause gelassen worden war, und gab ihm einen scharfen Klaps auf die Nase, als es sie zu beißen versuchte. Das Tier riß den Kopf hoch, und seine Augen blickten zwar wild, aber nicht ganz so wild wie sonst. So, dachte Miriam Chadwick, du bist also auch bloß so ein angeberischer Kraftmeier wie die anderen. Das Pony zog. Miriam schlug es noch einmal und dachte bittere Gedanken über die verrohende Wirkung des Lebens in Fernmount.

Das Pony wollte nicht langsam gehen. Es beeilte sich und lief im Galopp, fast im gestreckten Galopp, auf dem Weg mit den tiefen Wagenspuren den ausgewaschenen Hügel aus Schieferton hinab zum Fluß. Am Tor verlor sie ihre elegante kleine Gerte, aber das Pony war hartmäulig und wollte nicht stehenbleiben. Sie kam auf den Viehweg am Bellinger. Sie kam auf gleiche Höhe mit den rudernden Männern und der Kirche aus Glas auf den Booten.

»Lieber Gott«, betete sie, »laß mich nicht wie eine Idiotin aussehen.« Sie schrie vor Angst, als das Pony ausglitt, weil ein Stück der Uferböschung nachgegeben hatte, und ritt, die Kirche hinter sich lassend, weiter in Richtung des Landungsstegs von Boat Harbour.

Sie dachte, es sei für jeden offensichtlich, was sie vorhatte, und dementsprechend schämte sie sich.

In Boat Harbour mußte sie sich eine oder zwei Stunden lang verstecken, um nicht von ihrer Herrschaft und den Kindern gesehen zu werden, die, wie es schien, in jedes Stoffgeschäft gehen mußten. Sie saß im Betsaal über der Werkstatt des Schuhmachers, und nachdem sie anfangs nur so getan hatte, als wäre sie in ein Gebet versunken, betete sie schließlich ernsthaft.

105
Der Mittelgang einer Kathedrale

Der Bellinger war damals anders als heute, wo breite, saftig grüne Felder bis an den Fluß reichen. Damals sahen seine Ufer aus wie steile Klippen, mit Tarnnetzen behängt, welche von riesigen Stricknadeln durchbohrt und von Schlingpflanzen und Farnen durchwachsen und überwuchert waren. Es war eine Landschaft, die bereits aus den Stich- und Hackwunden blutete, die ihr die Zedernfäller beigebracht hatten, doch diese Verletzungen waren innerlich, im Bauch des Buschs, und obwohl Oscar sah, daß Percy Smith und seine beiden Helfer ständig auf dem Sprung sein und mit ihren Stangen an treibenden Zedernstämmen vorbeilenken mußten, wußte er nichts von der Geschichte dieser Baumstämme. Er sah nur die kreischenden Wände des Urwalds, der beim Nahen der Kirche Vögel mit großen Flügeln ausspuckte.

Er nahm das Laudanum und fühlte sich trotzdem unbehaglich. Er rief Percy Smith und ließ ihn die Tür verschließen. Er stellte den harten Holzstuhl genau in die Mitte der Kirche. Er betete laut, und zwischen den Glaswänden hatte seine Stimme einen harten, vibrierenden Klang. Er sagte: »Oh Herr, ich bin am Leben, mitten auf Deinem schrecklichen Fluß. Rings um mich her ist Deine Herrlichkeit, aber ich fürchte mich.«

Draußen hörte er den Mann, der »Rumgo« genannt wurde, kichern. Es kümmerte ihn so wenig wie die Schreie der wilden Vögel.

Mein Urgroßvater glitt den Bellinger hinauf wie ein Blinder, der sich durch den Mittelgang von Notre Dame tastet. Er sah nichts. Das Land war voller heiliger Geschichten, die älter waren als die, welche er in seiner verschwitzten ledergebundenen Bibel mitbrachte. Er hatte keine Ahnung von ihrer Existenz. Einige dieser Geschichten waren so winzig wie die durchscheinenden Kleinstlebewesen, die in den Pfützen unter den Flußkasuarinen lebten. Diese Geschichten waren wie Flöhe, wie Thrips – so winzig, daß sie an Orten existieren konnten (in den Samenkörnern der Grasähren), über die er später hinweggehen würde, ohne sie auch nur wahrzunehmen. In dieser Landschaft hatte jeder Felsblock einen Namen, und in den meisten Namen lebten Geister, Gespenster, Bedeutungen.

Er hatte der Schwester von Kumbaingiri-Billys Vater seinen Hut geschenkt. Es war der Mittwoch vor Karfreitag, und obgleich es in Sydney inzwischen abgekühlt hatte, war es hier, in diesen Breiten, heiß. Unter dem Glasdach war es wirklich sehr heiß. Nur an der engen Biegung bei Fernmount spendete das Flußufer ein wenig Schatten.

Kumbaingiri-Billy sah die Glaskirche. Er war noch ein Junge und erst im Jahr zuvor feierlich in die Gemeinschaft der Männer aufgenommen worden. Er war mit den Männern auf der Jagd, in der Gegend, die heute Marx Hill heißt. Er sah die Kirche von weitem – ein Prisma, einen Würfel, einen Turm aus Licht, der in die grünen Schatten bei Fernmount glitt. Es waren Männer mit blauen Hemden und breitkrempigen Hüten dabei. Sie hatten lange Stangen. Sie standen am Rand. In der Mitte saß ein Mann. Selbst im Schatten, erzählte Kumbaingiri-Billy meinem Vater, habe um den Kopf des Mannes ein Feuer getanzt.

Oscar konnte die Eingeborenen, die ihn beobachteten, nicht sehen. Er fürchtete sich nicht vor Eingeborenen. Er fürchtete sich vor anderen Dingen. Die hölzerne Plattform unter seinen Füßen ruhte auf H. M. McCrackens Leichtern, die trotz aller Nägel und Planken und Seile, mit denen sie verbunden waren, zwei getrennte Boote blieben.

Wenn also eines der Boote schaukelte, so tat es das unabhängig von dem anderen, und das hatte zur Folge, daß der Boden dieses zerbrechlichen Vogelkäfigs von einer Kirche sich bog und verwand. Trotz seiner großen Druckfestigkeit hält Glas diese Art von Belastung nicht lange aus.

Drei Scheiben hatten Sprünge bekommen. Diese Scheiben befanden sich im Dach. Sie waren gebrochen und hingen da wie Messer aus Eis. Ihre gezackten Bruchkanten warfen einen Regenbogen auf die gefalteten Hände meines Urgroßvaters. Er war hager und häßlich, er hatte einen roten Adamsapfel und eine leuchtend rote Hakennase. Er sah aus wie ein furchterregender Calvinist. Er hatte weiße, nicht von der Sonne verbrannte Ringe um die Augen. Die grüne Iris seiner Pupillen war eingebettet in ein gelbliches Weiß, und durch dieses schlängelten sich feine rote Flüsse.

Percy Smith stemmte seine Stange in den Schlamm. Vektoren kämpften miteinander um die Oberhand. Die Plattform unter Oscars Füßen bog sich. Noch eine Scheibe sprang, und diesmal landeten die Splitter am Fuß der spiralförmig gedrehten Pfeiler unter der kleinen Kanzel. »Oh Herr«, betete er, während ihm der Schweiß über die Stirn und in die Augen rann, »ich danke Dir, daß Du mich diesen Tag erleben läßt.«

Als Antwort bekamen drei weitere Scheiben Sprünge. Und obwohl sie, nach allen Gesetzen der Physik, hätten herabfallen müssen – das Glas war nicht mit Draht verstärkt und wurde von nichts anderem als seinen splitternden Kanten gehalten –, blieben sie in ihren Rahmen. Sie waren wie ein Makel am Himmel, wie etwas Geronnenes – milchigweiß und wie zerknittertes Zellophan.

Der Mann in der Kirche gestikulierte mit den Händen. Vom Marx Hill aus wirkten diese Bewegungen geheimnisvoll, ja magisch, aber in dem kristallenen Ofen der Kirche hatten sie die simple Funktion, die großen, furchterregenden Insekten zu vertreiben, die dort gefangen waren.

Es waren Buschfliegen in der Kirche. Sie wußten nicht, was Glas war. Es waren auch drei Libellen mit blauen Unterseiten in der Kirche. Seit dreihunderttausend Jahren hatten ihre Vorfahren in diesem Tal gelebt, ohne auch nur ein einziges Mal auf Glas zu stoßen. Plötzlich war die Luft hart, wo sie hätte weich sein sollen. Der gelbbraune Wasserkäfer mit dem harten Panzer und die langbeinige Wespe machten dieselbe Erfahrung. Sie flogen voller Panik gegen das Glas. Ihr Verstand konnte das Wesen von Glas nicht erfassen. Sie stießen gegen »nichts«, als wären sie nur erschaffen worden, um Oscar zu zeigen, wie begrenzt sein eigenes Begriffsvermögen war, wie wenig er von Gott wußte und daß die Wände der Hölle vielleicht aus einem ähnlichen Material bestanden: unvorstellbar, unsinnig, unmöglich.

Während rings um ihn her die drei Männer mit ihren Stangen aus jungen Bäumen arbeiteten, hielt Oscar sich die Ohren zu oder fuchtelte mit den Händen in der Luft herum. Das gesprungene Glas malte ein leuchtendes Spektrum auf seine Stirn. Er sagte: »Oh Herr, ich preise Dich. Ich preise Deinen schrecklichen Fluß. Ich fürchte mich nicht.« Aber seine Hand lag auf der harten Ausbuchtung der Tasche, in der die klebrige Flasche mit dem Laudanum steckte.

Er dachte: Es ist bald vorbei.

Aber die Kirche hatte bereits seine Haut verbrannt, und er sah zu, wie die herrlichen, blau funkelnden Libellen gegen das Glas stießen. Er spürte einen Anfall von Panik, er könnte diese Wette aufgrund zweitklassiger Informationen abgeschlossen haben. Nicht Gott war es gewesen, der ihn überredet hatte, sondern »die andere Stimme«.

Er zog seine Jacke aus und legte sie über Kopf und Schultern, und so kam es, daß ihn der kurzsichtige Regierungsinspektor für eine Nonne mit einer langen Haube hielt, als die Kirche schließlich zum Anlegesteg von Boat Harbour gestakt wurde.

106
Ankunft der anglikanischen Kirche in Boat Harbour

Hochwürden Dennis Hasset hatte einen Blutegel in seinem Strumpf entdeckt. Er versuchte nach Hause zu gehen, um ihn dort zu entfernen. Eigentlich war es nicht bloß ein Blutegel, sondern zwei, aber beide hatten sich an fast derselben Stelle festgesetzt, so daß sich der eine vollgesogen hatte, während der andere dünn geblieben war. Der Anblick dieses glänzenden schwarzen Blutsaugers mit den zwei Schwänzen drehte Dennis Hasset den Magen um, und er wäre gerannt, wenn die Tatsache, daß man ihn vor etwas davonlaufen sah, nicht wahrscheinlich zur Folge gehabt hätte, daß betrunkene Ochsentreiber ihm nachjohlten oder die rotznasigen Kinder der Magneys oder der Walls ihn mit Kartoffeln bewarfen.

Als er von der Kirche aus Glas erfuhr, war sein einziger Gedanke, daß er die Blutegel nun nicht zu Hause würde entfernen können. Auf jeden Fall sah er keine Verbindung zu Lucinda. Eigentlich glaubte er gar nicht recht, was er da hörte. Er wußte nur, daß etwas aufgetaucht war, das sein Informant, der Schreiber, für eine Kirche hielt und das sich schließlich als eine Dampfsäge oder ein Rettungsboot oder ein ramponierter Phaeton aus einem Wrack bei den Heads entpuppen würde.

Um die Blutegel zu entfernen, brauchte er Salz. Er konnte für einen halben Penny etwas Salz bei »Hammond & Wheatley« kaufen, und dorthin ging er auch, wobei er ein Bein etwas schonte und dem Drang widerstand, einen Knöchel am anderen zu reiben, als er hinter Mrs. Trevis wartete, die, während sie Mehl und Speck kaufte, die Geschichte von ihrem Großvater Dawson erzählte, der die Kutschen Ihrer Majestät der Königin bemalt hatte. Der Schreiber kam zweimal hereingerannt, um ihn zu holen, und er war es auch, der Mr. Hammond bat, den Herrn Pfarrer doch bitte sofort zu bedienen, da der Regierungsinspektor ihn »sofort und auf der Stelle« am Landungssteg brauche.

Hochwürden Dennis Hasset bekam sein Salz. Er war es nicht gewöhnt einzukaufen. Er war überrascht, wieviel Salz man für einen halben Penny bekam. Man konnte es unmöglich in die Tasche stecken. Es war eine bauchige Tüte, die man sich unter den Arm klemmen mußte.

Das tat er auch, und dann stapfte er die Hyde Street hinunter, während der Schreiber, ein Hüne mit riesigen Händen und einem demütigen Wesen, dem er eine geduckte Haltung und einen gebeugten Kopf verdankte, sich aufgeregt ereiferte und allerlei Spekulationen über diese seltsame Kirche aus Glas anstellte.

Hochwürden Hasset überlegte, wie er das Salz und die Blutegel zusammenbringen könnte. Er war daher enttäuscht, als er sah, daß sich am Landungssteg eine Menge Menschen versammelt hatte. Das würde die Sache weit schwieriger gestalten.

Er hörte dem Schreiber zu, während sie sich durch die Leute einen Weg zum Fluß bahnten. Die meisten waren, wie üblich, betrunken. Sie stanken entsetzlich: ungewaschene Wäsche, Rum, Erbrochenes. In der Hölle konnte es nicht schlimmer riechen. Dennis Hasset öffnete die Tüte und nahm eine Handvoll Salz.

In diesem Augenblick sah er die Kirche. Viele Gedanken schossen ihm gleichzeitig durch den Kopf. Daß sie ein Wunder war, ein Spinnweb, etwas Zerbrochenes, eine Tragödie, ein Traum, wie etwas, das für George III. gebaut und dann in einem Wutanfall schwer beschädigt worden war. Er dachte: Sie ist in Hagel gekommen. Er dachte: Sie ist aus einem Wrack draußen an den Heads geborgen worden. Er dachte: Es war ein Fehler, den oberen Abschluß der Scheiben dreieckig zu machen, wo doch ein romanischer Bogen viel eleganter ausgesehen hätte. Er dachte: Lucinda.

Dieser letzte Gedanke war es, der bewirkte, daß das Muttermal auf seinem Rücken heiß wurde und juckte, denn er hatte es in all seinen Briefen nie für nötig befunden, ihr mitzuteilen, daß er nun ein verheirateter Mann war und bald Vater sein würde.

Angesichts dieses wahnsinnigen Symbols für Lucindas leidenschaftliche Gefühle war er von Panik wie betäubt.

Der Juckreiz auf seinem Muttermal machte ihn verrückt. Er hatte sein Salz in der Hand. Das meiste Gewicht seines Körpers ruhte auf dem Bein, an dem keine Blutegel waren. Er wartete darauf, daß Lucinda zwischen den Pfeilern hervortrat. Durch das Glas konnte er nichts sehen – es war durch all die Sprünge fast blind geworden. Er klemmte sich die Tüte wieder unter den Arm und setzte ein Lächeln auf, aber als H. M. McCrackens undichte alte Leichter an den Pollern des Landungsstegs festgemacht hatten, war die Gestalt, die durch die hölzerne Tür der

Kirche trat, nicht Lucinda Leplastrier, sondern ein hageres, kragenloses, von der Sonne verbranntes Gespenst, das auf ihn zukam und einen kleinen Koffer trug, der wie eine Hutschachtel aussah.

»Sir«, sagte Oscar und streckte ihm die Hand entgegen.

Dennis Hassets Hand war leider voller Salz. Er öffnete sie erklärend. Der Mann mit dem Sonnenbrand starrte sie an und lachte; es war kein normales Lachen, sondern ein trockenes Geräusch wie ein Husten.

»Hochwürden Hasset?«

Es war etwas sehr Gefährliches um diesen starrenden Mann. Der Blick seiner grünen Augen war zu fordernd. Er ließ Dennis Hassets Augen keine Sekunde lang los.

»Ja«, sagte Dennis Hasset.

»Dann, Sir, habe ich das Vergnügen, Ihnen diese herrliche Kirche zu übergeben. Es ist ein Geschenk an die Christen in Boat Harbour, von der wunderbarsten Frau in ganz Neusüdwales.« Das Gespenst schien den desolaten Zustand der Kirche nicht bemerkt zu haben. »Ich sage Ihnen hier und ohne alle Vorbehalte«, brüllte es, »daß ich Sie beneide! Diese Frau liebt Sie!«

Dennis Hasset wurde übel. Er hätte sich gerne zurückgezogen. All die Gottlosen von Boat Harbour reckten ihre Stiernacken und sperrten ihre Blumenkohlohren auf. Er bückte sich und schüttete seine Handvoll Salz in den Strumpf.

Der Verrückte weinte jetzt. Sein Gesicht war so schmutzig und mitgenommen wie die Verbände an seinen Handgelenken.

»Wie Sie da stehen können«, sagte Oscar, »während sich Miss Leplastrier in Sydney nach Ihnen sehnt, das geht über meinen Verstand.«

Das Salz in Dennis Hassets Strumpf tat so weh wie gemahlenes Glas. Er dachte: Wann, oh Herr, werden die Sünden meiner Vergangenheit aufhören, zu mir zurückzukehren, um mich zu quälen?

Er legte dem Weinenden die Hand auf die Schulter. Es hatte eine Geste christlicher Nächstenliebe sein sollen, aber er fühlte nur einen fremden Körper, der so hart und knochig war, daß er einer Rüstung glich. In diesem Augenblick, als er gerade überlegte, wie er die Ausbreitung der Bazillen des Skandals, die sich rings um ihn her bereits vermehrten, verhindern könnte, sah er Miriam Chadwicks leuchtend grünes Reitkostüm.

»Mrs. Chadwick«, sagte er, »könnten Sie uns wohl behilflich sein?«

Und so wurde Oscar Hopkins, während Percy Smith die Boote gemäß den Wünschen des Regierungsinspektors an einen anderen Liegeplatz bugsierte, von Dennis Hasset und Miriam Chadwick den ausgefahrenen Weg hinauf zur Hyde Street geführt. Beide Männer hinkten leicht, der eine infolge einer Verletzung, die er sich auf einer Reise zugezogen hatte, der andere, weil blutrotes Salz auf der Haut eines hochgewölbten Fußes scheuerte.

An der Ecke der Hyde Street bat Dennis Hasset Oscar, Mrs. Chadwick und ihn für einen Augenblick zu entschuldigen. Er ließ ihn, der noch immer weinte, im Schutz des Postamtes stehen, um sich mit Miriam Chadwick zu beraten, deren große dunkle Augen, die so offensichtlich voll von Mitleid für den Weinenden waren, ihn sehr anrührten.

»Miriam«, sagte er, »bitte, Sie müssen mir helfen. Ich muß schnell zu meiner Frau, bevor sie durch den bösartigen Klatsch davon erfährt. Würden Sie die gute Samariterin spielen? Hier sind zweieinhalb Schillinge. Kaufen Sie Verbandsstoff und Mercurochrom. Hier ist der Schlüssel zum Betsaal. Sie können die Tür abschließen, damit die Neugierigen draußen bleiben. Kümmern Sie sich um ihn. Er ist in einem schlechten Zustand, der arme Teufel. Schaffen Sie das? Wird Mrs. Trevis das zulassen?«

»Lieber Dennis«, sagte Miriam Chadwick, entzückt, daß sie genau das bekam, was sie sich gewünscht hatte, und zugleich empört, daß ein Mann, der sie (und zwar vor gar nicht langer Zeit) grausam verschmäht hatte, sie nun um einen Gefallen bat. »Lieber Dennis, gehen Sie nur schnell nach Hause zu Elizabeth und überlassen Sie diese verwundete Seele mir.«

Sie nahm den großen Messingschlüssel, die Zweischillingmünze und die zerrissene Salztüte, die Dennis Hasset ihr in die Arme drückte. Und dann faßte meine Urgroßmutter Oscar Hopkins am Arm und ging ganz langsam und ohne die Gaffer zu beachten zum Betsaal über der Schuhmacherwerkstatt. Dort verschloß sie die Tür und begann mit ihren Verrichtungen.

107
Oscar und Miriam

Oscar Hopkins und Miriam Chadwick kamen schließlich die Treppe zur Werkstatt des Schuhmachers herunter, um ihre bevorstehende Heirat bekanntzugeben.

Das grüne seidene Reitkostüm meiner Urgroßmutter hatte auf der Rückseite einen kleinen nassen Fleck. Man machte Bemerkungen – wie hätte es auch anders sein können? –, aber es wurde nie laut darüber gesprochen, und letzten Endes hatte Miriam den jungen Reisenden mit Mr. Hammonds teuren Heilsalben und Cremes, mit brennendem Jod, blaurotem Mercurochrom und hellgelbem »Wundbalsam« behandelt, hatte ihn mit so vielen den Heilprozeß fördernden farbigen Tinkturen eingerieben, daß er bald aussah wie ein tropischer Fisch im Aquarium seines Vaters. Es war wohl nicht verwunderlich, daß sie beim Hantieren mit einer solchen Menge flüssiger und fettiger Mittel einen Tropfen auf ihr Kostüm verschüttet hatte.

Als Oscar endlich die schwere Zedernholztür über der Schuhmacherwerkstatt, am oberen Ende der Treppe, öffnete, wirkte er benommen und etwas geistesabwesend, wie etwa einer, der aus einem brennenden Haus gerettet worden ist.

Er ging die laute, nackte Holztreppe hinunter und hatte das Gefühl, als wäre seine Sünde aller Welt offenbar.

Ich liebe Lucinda Leplastrier.

Der Schuhmacher saß an seiner Bank und arbeitete. Oscar konnte ihm nicht ins Gesicht sehen. Er starrte statt dessen auf ein Paar Tanzschuhe, die an der Tür hingen. Er nickte ihnen zu.

Er hatte im Haus Gottes Unzucht getrieben – er, der sich ein Urteil über die Zedernfäller in Urunga angemaßt hatte.

Mein ganzes Leben lang, dachte er, habe ich den Einflüsterungen des Teufels gelauscht, habe mich überreden lassen, daß es gottgefällig sei, um Geld zu spielen, und daß ich meinen Vater verlassen und den armen Stratton in den Sumpf hinabziehen solle, und die ganze Zeit habe ich einen Panzer aus Selbstgefälligkeit getragen. Ich spiele den Heiligen. Als Miss Leplastrier und ich einander so leidenschaftlich zugetan waren, habe ich mir eingebildet, ich sei es, der uns davon abhielt zu sündigen, ich sei es, der unsere Keuschheit bis zu jenem glücklichen Tag bewahrte (heute, heute hätte ich ihr die Triumphnachricht geben können), da sie sehen würde, was für ein Mensch ich bin, und meinen Antrag annehmen könnte, als Braut und Bräutigam vor Gottes Angesicht zu treten. Aber das alles war gar nicht mein Verdienst. Und das ist der Beweis: Eine helfende Hand streicht über jenen gewissen Teil meines Körpers, und in derselben Sekunde, im selben Augenblick, da er, zum ersten Mal in meinem Leben, berührt wird, versage ich. Und muß feststellen, daß mein christlicher Glaube so mühelos beiseitegefegt wird wie ein Spinnweb. Und ich bin wie ein Straßenköter, der bereit ist, sich von einem Wagenrad überrollen zu lassen, wenn nur sein niedriger Trieb zu seinem Recht kommt. Ich vermag meine Tat noch nicht einmal dadurch zu rechtfertigen, daß ich rufe: »Liebe – es geschah nur aus Liebe.«

Seine Strafe sollte sein, daß er die Frau heiratete, die er kompromittiert hatte. Er kam gar nicht auf den Gedanken, sie könnte ihn kompromittiert haben. Er mußte sie heiraten. Er holte die Laudanumflasche hervor und nahm im tiefen Schatten des Eingangs zur Schuhmacherwerkstatt einen Schluck. Die Straße war voller Ochsenkarren, hoch beladen mit Baumstämmen, so dick wie vier große Männer. Die Luft war fett und warm und klebrig, süß vom Geruch nach Harz, Urin und Brandy. Er sah gelbe Hunde und gelbe, mit pelziger Borke übersäte lehmige Erde.

Oscar konzentrierte sich auf den Mittelgrund. Er zog die Wangen ein und biß darauf, fester, als es ihm bewußt war. Er ging hinkend neben meiner Urgroßmutter her, als sie sich daran machten, die Formalitäten zu erledigen; beide waren gleichermaßen entschlossen, diese Sache ordentlich abzuwickeln, und doch hielten sie eine deutliche Distanz zueinander, wie zwei Geschäftsleute, die sich auf ein gemeinsames Unternehmen einlassen, oder wie die Kapitäne zweier gegnerischer Cricket-Mannschaften. Sie bestellten das Aufgebot. Das war eine Sache von fünfzehn Minuten. Sie gingen zu Bernie Lovell und änderten ihre Testamente. Das dauerte eine halbe Stunde. Sie gingen zum Büro der *Courier-Sun* und füllten das kleine Formular für die Anzeige aus, die ihre Verlobung bekanntgab.

Erst als meine Urgroßmutter sah, daß er auf diesem Formular nicht den Titel »Hochwürden« vor seinen Namen setzte, kam ihr der Verdacht, er sei vielleicht gar kein Geistlicher. Bestimmt hatte sie keine

Ahnung, daß er nun Besitzer einer Glashütte in Sydney war und über ein Vermögen von zehntausend Pfund verfügte.

Das hatte Oscar selbst vergessen. Er war todunglücklich, und seine Gedanken beschäftigten sich nicht mit dem, was er gewonnen, sondern vielmehr mit dem, was er verloren hatte. Er konnte nur daran denken, daß die Kirche aus Glas ein Teufelswerk war, ein Ding, das ihn zu Mord und Unzucht getrieben hatte. Der einzige klare Gedanke, den er fassen und durch die tobenden Leidenschaften seines hämmernden Herzens vernehmen konnte, kreiste um die Frage, wie er dieses verhaßte Ding zerstören könnte.

Es war gerade fünf Uhr, und die Schreiber in der Amtsstube schlossen bereits ihre Schalter, als er sich von ihr verabschiedete. Sie mußte zurück zu ihrer Arbeit, und obwohl er das Wort »Gouvernante« sowohl in ihrem Testament als auch auf dem Aufgebot hätte sehen können, war es ihm nicht aufgefallen; welcher Art ihre Arbeit war, blieb ihm ein Rätsel. Wie zwei Fremde, die durch ein Zeitungsinserat zu einer geschäftlichen Zusammenarbeit gefunden haben, verabredeten sie sich für den nächsten Morgen um zehn Uhr am Postamt. Er begleitete sie noch zu ihrem Pony, das sie auf der Gemeindewiese angebunden hatte. Er muß bereits gewußt haben, daß er sich ihr lediglich in rein juristischem Sinn verbunden fühlen würde, denn er war nur leicht befremdet, als er sah, wie sie das Tier behandelte. Er machte eine Geste, als zöge er den Hut vor ihr, obgleich er gar keinen Hut mehr besaß, denn den hatte er ja der Schwester von Kumbaingiri-Billys Vater geschenkt. Er hielt ihr das Tor der Gemeindewiese auf, und als das Pony und seine Reiterin hindurchgeschritten waren, ging er in Gedanken versunken hinunter zum Fluß, wobei er einen Stock hinter sich her zog, der einen Strich auf dem von der Sonne ausgetrockneten Lehmboden des Pfades hinterließ, und so – mit dieser dünnen, ziellos hin und her pendelnden Linie, die seinen Weg markierte – verschwand er für immer aus dem Leben meiner Urgroßmutter.

108
Ein Scheck unter ihren Unterröcken

Als Miriam alt war, trug sie lange schwarze Kleider und schreiend bunte Unterröcke (karminrot, purpurrot, dottergelb), und da war es dann leicht, in ihr einen häßlichen alten Papagei in einem viktorianischen Käfig zu sehen, aber als sie in Dennis Hassets kleinem Studierzimmer stand – man konnte es kaum ein Studierzimmer nennen, denn es war das, was man in Bellingen einen »Schlafanbau« nennt: eine mit Wänden versehene hübsche Hinterveranda –, als sie da stand, hielt sie sich gerade und war jung und auffallend schön. Sie hatte ein energisches Gesicht, eine gerade Nase, ein langes Kinn, weit auseinanderstehende Augen über ausgeprägten Backenknochen. Sie wirkte fast herb, doch das war sie nicht, und ihre eigentlichen zwanghaften Charakterzüge wurden durch ihre Angewohnheit überdeckt, kleine kokette Gesten zu machen, was sie – es schien stärker zu sein als sie – selbst dann tat, wenn sie sehr wütend war. So mochte sie die Augen niederschlagen oder sich auf eine bestimmte Weise vorbeugen oder ihr Gegenüber sogar mit einem Teil ihres Kleides streifen, all dies in sanfter, ja verführerischer Manier, auch wenn man, sofern man einen Blick dafür hatte, ihre heimlich und fest angespannten Backenmuskeln sehen konnte.

Sie war in Trauer um Oscar, und während sie ihre koketten Gewohnheiten sehr bald hinter sich lassen würde, legte sie diese besondere Art der Trauerkleidung nie ab. Es war keine Moderichtung. Es war etwas, das sie selbst erfunden hatte, um ihre widerstreitenden Ansprüche zu befriedigen, und obgleich einem dieser Stil schließlich, wie gesagt, verschroben und viktorianisch und einfach verrückt vorkam, war die Wirkung, als Dennis Hasset sie ansah, eine ganz andere.

Sie trug ein langes schwarzes Kleid aus moirierter Seide, das an ihrem wohlgeformten Busen eng geschnitten war und in teuren Falten über ihre Tournüre floß. Sie trug einen schwarzen Schleier und einen schwarzen Hut mit Federn. Hier und da war ein Zipfel ihrer Unterröcke zu sehen. Sie waren feuerrot. Sie sagten: Zum Teufel mit dir – ich tue, was ich will.

Wenn Dennis Hasset je bereut hatte, sie nicht geheiratet zu haben, so war das nicht mehr der Fall. Er sah, daß sie eine gefährliche Frau war.

Er wünschte, sie würde sein Studierzimmer verlassen. Sie lächelte ihn an und berührte zweimal (unabsichtlich, nahm er an) sein Hosenbein mit der Spitze ihres kleinen geknöpften Stiefels.

Sie hatte nicht geahnt, wie groß Oscars Hinterlassenschaft war, bis Dennis Hasset sie aufgesucht und sie beschworen hatte, darauf zu verzichten. Ausgerechnet er, dieser gutaussehende, gebildete Mann, der wie ein Mädchen zitterte, wenn er den gottlosen Zedernfällern gegenüberstand, hatte versucht, sie mit List dazu zu bringen, eine »Verzichterklärung« zu unterschreiben. Erst da, und nur ganz langsam, begann sie zu begreifen, was es mit der Wette auf sich hatte, die in dem zusammengerollten Dokument, das der Tote in seinem kleinen Koffer bei sich gehabt hatte, feierlich aufgezeichnet war.

Zu dieser Zeit begann ihre lebenslange Gewohnheit, gegen die Gebote des »besten Rates« zu handeln. Hätte sie sich an den besten Rat gehalten, so wäre sie noch immer Gouvernante gewesen, weniger als eine Gouvernante: eine Zielscheibe für die milchweiße Spucke des jüngsten Trevis-Kindes. Hätte sie sich an den besten Rat gehalten, so hätte sie die Glashütte in Darling Harbour gelassen und geglaubt, es sei ganz unmöglich, sie in einen so abgeschiedenen Ort wie Boat Harbour zu verlegen. Sie sagte (sehr, sehr oft): »Ich habe Boat Harbour geliebt. Es war meine Heimat. Wie hätte ich es verlassen können?« Sie verkaufte das Land in Darling Harbour und transportierte alles, was sich transportieren ließ, nach Boat Harbour, einschließlich der Glasbläser und ihrer Familien, die sie allesamt durch persönliche Besuche, Präsente, Geldgeschenke, Prämien überredete, sich auf die gefährliche Schiffsreise nach Norden zu machen.

Sie liebte Boat Harbour keineswegs. Sie haßte es. Aber nun war sie reich, und für den Rest ihres Lebens zahlte sie es denen heim, die sie, wie sie meinte, gekränkt hatten. Und in der ausgeklügelten, fast feudalistischen Konstruktion, die sie sich für die Hierarchie der Kränkungen ausgedacht hatte, nahm dieser Geistliche eine Stelle weit oben ein, in der Nähe der Spitze der Pyramide, welche Mrs. Trevis vorbehalten blieb.

Es war kein Platz in dem kleinen Studierzimmer. Man saß beengt auf einem Stuhl mit gerader Lehne und sah über die Schulter des Vikars auf die an der Seite offene Veranda, wo die Bücherkisten, die auszupakken seine gegenwärtigen Verhältnisse unmöglich machten, sich grau verfärbten und jedesmal, wenn der Wind von Süden wehte, neue Hochwassermarken bekamen. Oder man konnte, wenn man sich den Hals ein wenig verrenkte, hinunterblicken auf das lange, schmale Stück Land mit der Jersey-Kuh des Pfarrers, die versuchte, sich an dem kurzen Wintergras sattzufressen, und dorthin sehen, wo das schwarze Gerippe der Kirche stand, deren Scheiben zum größten Teil gebrochen waren oder unzählige Sprünge hatten und an deren Dach vertrocknete Stränge toter Flußalgen klebten.

Diese Kirche gehörte Miriam – so hatte jedenfalls das Gericht in Sydney entschieden. Dennis Hasset hatte geglaubt, sie gehöre ihm, denn schließlich hatte sie ja ein Geschenk sein sollen, und darum hatte er sie auf eigene Kosten zum hinteren Ende seines Stückes Land transportieren lassen.

Miriam saß auf dem Stuhl und glättete ihre Röcke. Sie legte die Hände in den Schoß, einfach so und ohne die Absicht – auch wenn Dennis Hasset das ganz anders sah –, die vielsagende Rundung ihres Bauches zu verbergen. Sie schlug die Beine übereinander, zeigte dabei einen Zipfel ihrer Unterröcke und sah ihn mit einem Blick an, dem er nicht lange standhalten konnte.

»Ich habe mit Mr. Field aus Gleniffer gesprochen«, sagte Miriam, streifte einen Handschuh ab und enthüllte einen zweiten Trauring, der in Sydney den Weg an ihre schöne Hand gefunden hatte. »Er sagt, er hat jetzt fünfzehn anglikanische Familien, die Ihnen mit Vergnügen jeden Sonntag den Kollekteteller vollmachen würden.«

Dennis Hasset dachte: den Kollekteteller vollmachen. Sie sagt es so großspurig, aber sie hat die Kupfermünzen und Dreipennystücke nicht gesehen, wie sie da verloren auf dem grünen Filz liegen. Wenn Mr. Field sagt, er werde »einen Teller vollmachen«, dann ist er ein großspuriger Mann, der seine Daumen in die Hosenträger hakt, aber die Wirklichkeit sieht anders aus. Sie wollen, dachte Dennis Hasset, daß ich jeden Sonntag zweimal nach Gleniffer fahre, und sie erwarten von mir, daß ich es für Gotteslohn und zweieinhalb Pennies tue.

»Und da fiel mir ein«, sagte Miriam und lächelte süß, »daß wir ihnen doch meine nette kleine Kirche schenken könnten. Mr. Field sagt, er hat eine Menge Wellblech, und was die Seiten betrifft, so hat er mir erklärt, wie er sie mit Schalbrettern verkleiden will.«

»Ein geschickter Mensch«, sagte Dennis Hasset säuerlich.

»Ja«, sagte Miriam, »das ist er. Man kann so ein Brett schließlich nicht an den Gußeisenrahmen nageln.«

»Daran habe ich noch nie gedacht«, sagte Dennis Hasset. Das Ganze war eine Posse. Ein Schalbrett konnte, wie Glas, an den hölzernen Mittelpfosten der Fenster befestigt werden.

»Dann ersparen Sie mir Ihre geistreichen Bemerkungen, Herr Pfarrer, und wenn Sie sich in diesen weltlichen Dingen so gut auskennen, dann sagen Sie mir doch, wie *Sie* ein Schalbrett an den Wänden dieser Kirche anbringen würden.«

Dennis Hasset schenkte ihr ein Lächeln, das unter anderen Umständen als freundlich aufgefaßt worden wäre.

»Mit Zaundraht nämlich«, sagte Miriam. »Wie bei einem Viehzaun. Aber wenn Sie diese bäuerlichen Fertigkeiten beherrschen, werden Sie ja wissen, wie das geht. Allerdings wird das gar nicht nötig sein. Die Anglikaner von Gleniffer kommen morgen. Sie hatten so viel Ärger mit weißen Ameisen, daß sie froh sind, einen Gußeisenrahmen zu bekommen. Sie sehen enttäuscht aus, Mr. Hasset.«

»Sie wissen ja«, sagte er, »daß ich gehofft hatte, ich würde hier endlich eine Kirche haben.«

»Dann müssen wir ein Wohltätigkeitsfest veranstalten, um Geld zu sammeln«, sagte Miriam. »Sie können von mir doch wohl nicht erwarten, daß ich einem Gottesdienst im Grab meines Mannes beiwohne.«

»Dennoch bin ich enttäuscht.«

»Sie werden sonntags bestimmt viel zu tun haben.«

»Ich beklage mich nicht über die Arbeit im Dienste Gottes, sondern nur die Tatsache, daß die Kirche für mich bestimmt war. Allerdings, allerdings« – er hob die Hand, als wollte er ihren Wutausbruch abwehren – »hat das Gericht anders entschieden.«

»Miss Leplastrier muß große Stücke auf Sie gehalten haben.«

»Wir waren Freunde, ja.«

»Und auf meinen Mann hat sie offenbar ebenfalls große Stücke gehalten.«

Ihr Mann? Wieso ihr Mann?

»Sie hat mir wieder geschrieben. Ich muß sagen, ich bewundere ihre Offenheit.«

»Ach?«

»Wußten Sie nicht, daß wir in einem Briefwechsel stehen? Sie hält Sie nicht darüber auf dem laufenden? Dabei habe ich aus dem, was sie vor dem Gerichtsgebäude in Sydney zu mir gesagt hat, geschlossen, daß Sie beide in engem Briefkontakt standen. Ja, wirklich, sie wußte so viel über unsere kleine Stadt.«

»Kommen Sie, Miriam, was hat sie geschrieben?« Er streckte die Hand nach dem Brief aus, den Miriam gerade entfaltete.

»Es ziemt sich nicht für einen Gentleman, in den privaten Briefen junger Damen herumzuschnüffeln. Aber ich werde Ihnen kurze Passagen vorlesen. Sie schreibt: ›Ich habe eine Wette abgeschlossen, um meinen Geliebten vor Gefahren zu schützen.‹ Das nehme ich ihr übel, Dennis, daß sie ihn ›meinen Geliebten‹ nennt. Was sagen Sie dazu?«

»Daß sie große Stücke auf ihn hielt?«

»Sie scheint auf fast jeden große Stücke zu halten. Aber lassen Sie mich noch ein bißchen mehr vorlesen: ›Ich bitte Sie, von Frau zu Frau, mir dies nicht anzutun. Ich bin überrascht, daß mir diese Worte in die Feder fließen, doch sie tun es. Lassen wir nicht zu, daß unsere Ängste uns gierig machen.‹ Unsere Ängste«, sagte Miriam, »*uns* gierig machen. Wirklich, ich weiß nicht, was sie damit meinen könnte. ›Wenn ich durch die Straßen von Sydney gehe, wird mir klar, daß ich es nicht ertragen könnte, als verarmte Frau in dieser Stadt zu leben. Bitte, Mrs. Chadwick, wenn in Ihnen nur ein bißchen christliche Nächstenliebe ist, werden Sie mir einen kleinen Teil meines Vermögens lassen.‹« Miriam faltete den Brief zusammen und steckte ihn in ihre Handtasche.

»So«, sagte sie.

Dennis Hassets Lippen öffneten sich, und seine Augen verengten sich ein wenig.

»Und?« sagte er. »Was haben Sie geantwortet?«

»Ich habe ihr natürlich einen mitfühlenden Brief geschrieben. Wie sollte ich auch kein Mitgefühl haben, wo ich doch, wie auch jetzt wieder, mein halbes Leben lang Trauer tragen mußte? Ich weiß genau, in welch einer Situation diese arme Frau steckt. Immerhin bin ich ja durch widrige Umstände in diese Stadt verschlagen worden, habe einen Schiffbruch erlitten und mußte, obwohl ich eigentlich Gouvernante war, die Demütigungen eines Lebens ertragen, das besser zu einem irischen Dienstmädchen gepaßt hätte. Ich weiß besser als sie, was es heißt, in ihrer Situation zu sein.«

»Und Ihre Antwort?«

»Ich habe Dienstmädchenarbeiten verrichtet«, wiederholte Miriam. »Ich habe Feuer gemacht. Ich habe die Kühe gemolken, während ich ihnen eigentlich ihren Shakespeare und ihren Milton hätte beibringen sollen.«

»Und Sie wollen, daß es ihr genauso geht.«

»Dennis, Sie halten mich für grausam.«

»Mrs. Chadwick«, sagte er.

»Mrs. Hopkins«, korrigierte sie ihn.

»Mrs. Hopkins«, sagte er, »wir wollen keine Feinde sein.«

»Mr. Hasset, Sie sind so darauf erpicht, mein Freund zu sein, daß Sie mir auf die Zehen treten. Habe ich Ihnen nicht gesagt, daß ich meine kleine Kirche der Gemeinde von Gleniffer stiften will?«

»Das haben Sie.«

»Nun also, ich werde Miss Leplastrier heute noch meinen Scheck schicken. Es ist kein Vermögen, aber der Betrag wird ihre augenblickliche Not bestimmt ein wenig lindern.«

Dieser Scheck war es, auf den sich Lucindas kurzer Brief bezog, welcher fast ein halbes Jahrhundert später zwischen Miriams abgetragenen und geflickten Unterröcken auftauchte. Als er entdeckt wurde, war das Papier so brüchig wie der Körper einer schon lange toten Libelle. Seine Säfte waren vertrocknet. Er war Geschichte. Lucindas Berühmtheit gründete sich auf bedeutendere Dinge als ihre leidenschaftlichen Gefühle für einen nervösen Geistlichen. Sie war berühmt, jedenfalls unter denen, die sich mit der Geschichte der australischen Arbeiterbewegung befaßten. Man konnte diesen Brief lesen und spüren, daß der Schmerz und die Angst, die darin zum Ausdruck kamen, nur einer der heftigen Schläge waren, die sie in ihrem langen und fruchtbaren Leben noch erwarteten. Man konnte sie als etwas betrachten, das noch durchlebt werden mußte, bevor ihr eigentliches Leben beginnen konnte. Aber 1866 war Lucinda zu einer solchen Distanz nicht fähig, und sie hatte den Brief mit heftigen Unterlängen auf schlechtem Papier geschrieben, das so gesprenkelt war wie ein Wachtelei und übersät mit dunkelblauen Flecken, wo das Papier die Tinte allzu durstig aufgesogen hatte. Es war der Brief einer müden Frau mit geröteten Augen und verbrühten Armen, einer Arbeiterin in Mr. Edward Jasons Picklesfabrik in der Druitt Street.

»Sehr geehrte Mrs. Chadwick«, schrieb Lucinda, »es kann keinen

Zweifel daran geben, daß Sie eine Diebin sind, allerdings, wie ich glaube, eine Diebin, die durch Angst und Schwäche dazu geworden ist, und da ich verstehe, mit welchem Schrecken der Gedanke, als Frau allein in Neusüdwales leben zu müssen, Ihr Herz erfüllt hat, will ich Ihnen verzeihen.«

Dem Brief war Miriams Scheck über zehn Guineen beigefügt.

Lucinda hatte keinen Absender auf den Umschlag geschrieben, aber sie lebte mit Sicherheit nicht mehr in Longnose Point, denn als Wardley-Fish im Juni 1866 auf der Suche nach dem Hibbel hinaus zur Whitfields Farm fuhr, mußte er feststellen, daß das kleine Haus verlassen war, und er fand nicht einmal eine Decke oder einen Knopf, die ihm einen Hinweis hätten geben können, welche Leidenschaften seinen Freund dazu getrieben haben mochten, an diesem feuchten und traurigen Ort zu wohnen. Es war ein regnerischer, bedeckter Tag, und der Wind kam aus Süden über die Snails Bay. Wardley-Fish stand auf dem felsigen Grat. Sein Bart war tropfnaß. Er kniff die Augen gegen den Wind und den Regen zusammen. Die einzigen Farbflecken auf der Halbinsel waren Borrodailes leuchtend roten Vermessungspfähle, die so regelmäßig wie die Kegel auf einem Cribbagebrett in die Erde geschlagen waren.

109
Lieder über Disteln

Nach nur hundertzwanzig Jahren wurde diese Kirche, in der meine Mutter »Heilig, heilig, heilig« gesungen hat, auf die mein Vater so eifersüchtig war, die von meinem Urgroßvater auf dem Bellinger zusammengebaut worden war, strahlend wie ein Kristall, wie der Himmel selbst, diese Kirche wurde weggekarrt. Sie war zu nichts mehr nutze.

Wo sie am letzten Weihnachtsfest noch gestanden hat, ist jetzt ein Fleck nackte Erde, der mit dem Kikuyugras durch zwei tiefe Wagenspuren verbunden ist, wo der Tieflader für eine Weile steckengeblieben ist. Es gibt noch sechzehn Reihen alte Kinostühle, die zuletzt als Kirchenbänke für die kleine Gemeinde gedient haben. Aber es ist nichts mehr von dem geblieben, was diese Kirche uns bedeutet hat: Palmsonntage, Auferstehungen, Wasser in Wein, Brote und Fische, all die grausamen und erhabenen Vorstellungen, die der hagere, von der Sonne verbrannte Oscar, mit weißen Ringen um die Augen, im Jahre 1866 den Fluß hinauf gebracht hat.

Überall wachsen Disteln. Noch sind sie klein und schmiegen sich an den Boden wie stachlige Sonnenbadende, aber gegen Ende des Sommers werden sie fast einen Meter hoch sein, und am dichtesten werden sie bei den kurzen, dicken Holzpfählen wachsen, auf denen einst die Kirche stand. Niemand wird sie abmähen, denn der Grund gehört der Kirche, und die Kirche ist nicht mehr da.

Es gibt Wagenspuren. Es gibt Disteln. Im Herbst werden ihre Samen sich in den Nadeln der Kasuarinen verfangen und über das flache Kiesbett des Sweet Water Creek treiben. Es gibt keine Geschichten über Disteln.

110
Ein Lied für Oscar

Als Oscar sich von meiner Urgroßmutter verabschiedete, glaubte er nicht mehr, die Kirche aus Glas sei etwas Gottgefälliges. Er glaubte, sie sei etwas Selbstgefälliges, etwas Eitles, ein Produkt dessen, was Satan der Phantasiefabrik seines Geistes eingeflüstert hatte. Er war wie ein Trinker, der nach einer Sauftour aufwacht: Er fühlte sich bitter und zerschlagen und war voller Reue, und in all dies mischte sich seine Sünde der Unzucht, sein Entsetzen, als er entdeckt hatte, daß Frauen Haare »da unten« haben, der pochende Schmerz seines Sonnenbrands, der weniger deutliche Schmerz der entzündeten Blase an seiner Ferse, sein juckendes, blutendes Arschloch, die von den Seilen aufgescheuerten Handgelenke und das Übelkeit erregende, flatternde Gefühl, welches ihm anzeigte, daß er wieder Laudanum brauchte.

Er ging hinaus auf den widerhallenden Landesteg, als wäre das Wasser keine Bedrohung für ihn. Die Kirche war vertäut, und man hörte ein leises Quietschen, wenn die Seile sich in der Strömung der Flut, die ihren höchsten Stand erreicht hatte, spannten. Er humpelte mit verzerrtem Gesicht die Stufen hinunter und betrat die Kirche durch die Tür aus Zedernholz, die er sorgfältig hinter sich schloß. Er trat auf Glassplitter und tote Libellen und Wespen. Er setzte sich auf den Stuhl mit der geraden Lehne, den die Schwester von Kumbaingiri-Billys Vater durch den Busch getragen hatte, um ihn Oscar als Abschiedsgeschenk zu geben. Er holte seine Laudanumflasche hervor, setzte sie an die Lippen und stellte fest, daß sie leer war. Er ließ die Flasche auf den Boden fallen und beugte den Kopf, um zu beten.

Er betete, Gott möge ihm die Morde an den Eingeborenen vergeben, die er durch seine Eitelkeit herbeigeführt hatte.

Er betete, Gott möge ihm den Tod von Mr. Stratton vergeben.

Er betete, Gott möge ihm den Mord an Mr. Jeffris vergeben.

Er betete, Gott möge ihm vergeben, daß er Mrs. Chadwick verführt hatte.

Er betete, Gott möge ihm seine Selbstzufriedenheit, seinen Hochmut, seine mutwillige Dummheit vergeben. Aber selbst während er betete, fühlte er sich so unrein, daß er an eine Erlösung kaum glauben konnte.

Er betete, wie er in seinem Zimmer in der Pension in der Bathurst Street gebetet hatte, er grub die Nägel in seine Handrücken und schaukelte auf dem Stuhl vor und zurück, bis die Stuhlbeine ächzten, aber irgendwann, als der Himmel sich nach der Abenddämmerung dunkel färbte wie Tinte und die knochigen, zerfledderten Gestalten der Fliegenden Hunde begannen, sich aus den Kronen der Feigenbäume am Bellinger zu lösen, sank er in Schlaf.

So kam er nie zum Endzweck seines Gebets, nämlich der Bitte, Gott möge diese Kirche aus Glas zerstören. Letztlich war ein Eingreifen des Himmels auch gar nicht erforderlich, denn die Leichter gehörten H. M. McCracken, dessen Haus auf versinkenden Pfählen stand und dessen Wagen auf Rädern mit gebrochenen Speichen fuhren. Einer der Leichter, und zwar derjenige, der außen lag, war leck – nicht sehr, aber doch so viel, daß H. M. McCracken Percy Smith den Rat gegeben hatte, »ein Auge darauf« zu haben. Das Boot hatte pro Stunde etwas mehr als zwei Zentimeter Wasser genommen, und es war jetzt über hundert Stunden her, daß jemand auf den Gedanken gekommen war, einen Blick in den Laderaum zu werfen. Am Abend des Karfreitags, um zehn Minuten nach acht, hörte der alte Leichter auf, ein schwimmender Gegenstand zu sein, und ging mir nichts dir nichts unter.

Die klug durchdachte Plattform, die Percy Smith gebaut hatte, senkte sich auf einer Seite. Wasser stieg in die Kirche. Es war nichts da, was es hätte aufhalten können.

Oscar fiel zu Boden und erwachte. Er rutschte auf die tiefere Seite, die am weitesten von der Tür entfernt war.

Er kroch über die schräge Plattform zur Tür. Er zerschnitt sich die Hände an den Glasscherben. Die Verwindung der Plattform hatte die Tür verklemmt.

Es war nicht ganz dunkel. Der Himmel über dem Fluß war voller Fliegender Hunde. Die geneigte Plattform verwandelte sich in eine Rampe, auf der die Glaskirche ins Wasser glitt, und während mein Urgroßvater gegen die verklemmte Tür trat und an ihr rüttelte, gaben die gesprungenen Glasscheiben hinter ihm nach und ließen seinen alten Feind ein.

Eine große Luftblase zerplatzte an der Oberfläche des Bellinger, und die Fliegenden Hunde flogen dicht über dem Fluß dahin. Als sie so nahe waren, daß Oscars schlechte Augen sie erkennen konnten, erschienen sie ihm wie Engel mit Fledermausflügeln. Er betrachtete das als Zeichen Gottes. Im Angesicht der Ewigkeit überkam ihn Panik, und er schüttelte den Kopf. Er klammerte sich am Griff der Tür fest, die nun zum Dach seiner Welt wurde. Das Wasser stieg. In der plötzlich hereinbrechenden Dunkelheit sah er das weise, lächelnde Gesicht seines Vaters, der ihn von draußen betrachtete. Er konnte schemenhaft die Außenwelt erkennen, den Sessel und die Arbeitstische im Studierzimmer seines Vaters. Rings um ihn her rieselten Splitter von Aquariumglas nieder wie Schneeflocken. Und als die lange erwarteten weißen Finger des Wassers an Oscars Lippen klopften, hieß er es willkommen wie immer: mit einem Schrei, wie ein kleiner Junge, der sich in den Falten eines Alptraums verfangen hat.

Inhalt